La Templanza

María Dueñas

La Templanza

Una novela

ATRIA ESPAÑOL

Nueva York Londres Toronto Sídney Nueva Delhi

Un sello de Simon & Schuster, Inc.
1230 Avenue of the Americas
Nueva York, NY 10020

Este libro es una obra de ficción. Los nombres, personajes, lugares e incidentes son productos de la imaginación del autor o se utilizan de manera ficticia. Cualquier semejanza con acontecimientos, lugares o personajes reales, vivos o muertos, es una coincidencia.

Originalmente publicado en España en 2015 por Editorial Planeta, S.A.

Primera edición en rústica de Atria Español septiembre 2017

ATRIA ESPAÑOL es un sello editorial registrado de Simon & Schuster, Inc.

Para obtener información respecto a descuentos especiales en ventas al por mayor, diríjase a Simon & Schuster Special Sales al 1-866-506-1949 o escriba al siguiente correo electrónico: business@simonandschuster.com.

La Oficina de Oradores (Speakers Bureau) de Simon & Schuster puede presentar autores en cualquiera de sus eventos en vivo. Para obtener más información o para hacer una reservación para un evento, llame al Speakers Bureau de Simon & Schuster, 1-866-248-3049, o visite nuestra página web en www.simonspeakers.com.

Impreso en los Estados Unidos de América

10 9 8 7 6 5 4 3 2

Datos de catalogación de la Biblioteca del Congreso

Names: Dueñas, María, 1964– author.
Title: La templanza / María Dueñas.
Description: New York : Atria Books, 2017. | Series: Atria español | Novel.
Identifiers: LCCN 2017014768 (print) | LCCN 2017018728 (ebook) | ISBN 9781501125201 (eBook) | ISBN 9781501125195 (paperback)
Subjects: | BISAC: FICTION / Historical. | FICTION / Literary. | FICTION / Romance / Historical.
Classification: LCC PQ6704.U35 (ebook) | LCC PQ6704.U35 T46 2017 (print) | DDC 863/.7—dc23
LC record available at https://lccn.loc.gov/2017014768

ISBN 978-1-5011-2519-5
ISBN 978-1-5011-2520-1 (ebook)

A mi padre, Pablo Dueñas Samper,
que sabe de minas y gusta de vinos

La Templanza

I.
Ciudad de México

1

¿Qué pasa por la cabeza y por el cuerpo de un hombre acostumbrado a triunfar, cuando una tarde de septiembre le confirman el peor de sus temores?

Ni un gesto fuera de tono, ni un exabrupto. Tan sólo, fugaz e imperceptible, un estremecimiento le recorrió el espinazo y le subió a las sienes y le bajó hasta las uñas de los pies. Nada pareció variar sin embargo en su postura al constatar lo que ya anticipaba. Impertérrito, así permaneció. Con una mano apoyada sobre el nogal recio del escritorio y las pupilas clavadas en las portadoras de la noticia: en sus rostros demacrados por el cansancio, en sus vestimentas de luto desolador.

—Terminen su chocolate, señoras. Siento haberles causado este contratiempo, les agradezco la consideración de venir a informarme en persona.

Como si fuera una orden, las norteamericanas acataron el mandato en cuanto el intérprete les tradujo una a una las palabras. La legación de su país les había facilitado aquel intermediario, un puente para que las dos mujeres llenas de fatiga, malas nuevas e ignorancia de la lengua lograran hacerse entender y cumplir así el objetivo de su viaje.

Ambas se llevaron las tazas a la boca sin ganas ni gusto. Lo hicieron por respeto, seguramente. Por no contrariarle. Los bizcochos de las monjas de San Bernardo, en cambio, no los tocaron, y él no insistió. Mientras las mujeres sorbían el líquido espeso con mal disimulada incomodidad, un silencio que no era del todo silencio se instaló en la sala como un reptil: resbalando por el suelo de tablas barnizadas y por el entelado que cubría las paredes; deslizándose sobre los muebles de factura europea y entre los óleos de paisajes y bodegones.

El intérprete, apenas un veinteañero imberbe, permanecía desconcertado con las manos sudorosas entrelazadas a la altura de sus partes pudendas, pensando para sus adentros qué diablos hago yo aquí. Por el aire, entretanto, planeaban mil sonidos. Del patio subía el eco del trajín de los criados mientras regaban las losas con agua de laurel. De la calle, a través de las rejas de forja, llegaba el repiqueteo de cascos de mulos y caballos, los lamentos de los mendigos suplicando una limosna y el grito del vendedor esquinero que pregonaba machacón su mercancía. Empanadas de manjar, tortillas de cuajada, ate de guayaba, dulces de maíz.

Las señoras se rozaron los labios con las servilletas de holanda recién planchadas, sonaron las cinco y media. Y después no supieron qué hacer.

El dueño de la casa rompió entonces la tensión.

—Permítanme que les ofrezca mi hospitalidad para pasar la noche antes de emprender el regreso.

—Muchas gracias, señor —respondieron casi al unísono—. Pero tenemos ya un cuarto reservado en una fonda que nos han recomendado en la embajada.

—¡Santos!

Aunque ellas no eran las destinatarias del bronco vozarrón, las dos se estremecieron.

—Que Laureano acompañe a estas señoras a recoger su equipaje y las traslade después al hotel de Iturbide, que anoten sus gastos a mi cuenta. Y luego te andas en busca de Andrade, le arrancas de la partida de dominó y le dices que venga sin demora.

El criado de piel de bronce recibió las instrucciones con un simple a la orden, patrón. Como si desde el otro lado de la puerta, con el oído bien pegado a la madera, no se hubiera enterado de que el destino de Mauro Larrea, hasta entonces acaudalado minero de la plata, se acababa de truncar.

Las mujeres se levantaron de las butacas y sus faldas crujieron al ahuecarse como las alas de un cuervo siniestro. Tras el criado, ellas fueron las primeras en abandonar la sala y salir a la fresca galería. La que dijo ser la hermana avanzó delante. La que dijo ser la viuda, detrás. A su espalda dejaron los pliegos de papel que habían traído consigo: los que ratificaban, negro sobre blanco, la veracidad de una premonición. Por último se dispuso a salir el intérprete, pero el dueño de la casa le frenó la voluntad.

Su mano grande y nudosa, áspera, fuerte aún, se posó sobre el pecho del americano con la firmeza de quien sabe mandar y sabe que le van a obedecer.

—Un momento, joven, hágame el favor.

El intérprete apenas tuvo tiempo de responder al requerimiento.

—Samuelson ha dicho que se llama usted, ¿verdad?

—Así es, señor.

—Muy bien, Samuelson —dijo bajando la voz—. Sobra decirle que esta conversación ha sido del todo privada. Una palabra a alguien sobre ella, y me encargo de que la semana que viene le deporten y le llamen a filas en su país. ¿De dónde es usted, amigo?

El joven notó la garganta seca como el techo de un jacal.

—De Hartford, Connecticut, señor Larrea.

—Mejor me lo pone. Así podrá contribuir a que los yanquis le ganen la guerra a la Confederación de una puñetera vez.

Cuando calculó que ya habían alcanzado el zaguán, alzó con los dedos el cortinón de uno de los balcones y observó a las cuñadas salir de la casa y subir a su propia berlina. El cochero Laureano arreó a las yeguas y éstas arrancaron el paso briosas, sorteando a viandantes respetables, a criaturas harapientas sin zapatos ni guaraches y a docenas de indios envueltos en sarapes que proclamaban en un caótico torrente de voces la venta de sebo y tapetes de Puebla, cecina, aguacates, nevados de sabores y figuras en cera del Niño Dios. Una vez comprobó que el carruaje doblaba hacia la calle de las Damas, se apartó del balcón. Sabía que Elías Andrade, su apoderado, tardaría al menos media hora en llegar. Y no tuvo duda sobre qué hacer durante la espera.

Blindado ante cualquier mirada ajena, en el tránsito de una estancia a otra Mauro Larrea se fue quitando la chaqueta con furia. Se desanudó luego a tirones el corbatón, se desabotonó los gemelos y se arremangó por encima de los codos las mangas de la camisa de cambray. Cuando llegó a su destino, con los antebrazos desnudos y el cuello abierto, inspiró con fuerza e hizo por fin girar el mueble con forma de ruleta que sostenía los tacos en posición vertical.

Santa Madre de Dios, murmuró.

Nada hacía prever que elegiría el que acabó eligiendo. Poseía otros más nuevos, más sofisticados y valiosos, acumulados a lo largo de los años como muestras tangibles de su auge imparable. Más certeros para el tiro, más equilibrados. Y sin embargo, en aquella tarde que desgarró su vida y cuya luz se fue apagando mientras los criados encendían quinqués y candiles por los rincones de su gran casa, mientras las calles seguían rebosantes de pulso, y el país se mantenía obcecadamente ingobernable en contiendas que parecían no tener fin, él rechazó lo predecible. Sin ninguna lógica aparente, sin ninguna razón, eligió el taco viejo y tosco que le ataba a su pasado y se dispuso a batirse rabioso contra sus propios demonios frente a la mesa de billar.

Pasaron los minutos mientras ejecutaba tiros con eficacia implacable. Uno tras otro, tras otro, tras otro, acompañado tan sólo por el ruido de las bolas al rebotar contra las bandas y el sonido seco del choque del marfil. Controlando, calculando, decidiendo como hacía siempre. O como casi siempre. Hasta que, desde la puerta, una voz sonó a su espalda.

—Nada bueno barrunto al verte con ese taco en las manos.

Prosiguió el juego como si nada hubiera escuchado: ahora girando la muñeca para rematar un tiro certero, ahora formando con los dedos un sólido anillo por enésima vez, dejando visible en su mano izquierda dos dedos machacados en sus extremos y aquella oscura cicatriz que le subía desde el arranque del pulgar. Heridas de guerra, solía decir irónico. Las secuelas de su paso por las tripas de la tierra.

Pero sí había oído la voz de su apoderado, claro que sí. La voz bien modulada de aquel hombre alto de elegancia exquisitamente trasnochada que, tras su cráneo limpio como un canto de río, escondía un cerebro vibrante y sagaz. Elías Andrade, además de velar por sus finanzas y sus intereses, también era su amigo más cercano: el hermano mayor que nunca tuvo, la voz de su conciencia cuando la vorágine de los días convulsos le escatimaba la serenidad necesaria para discernir.

Inclinándose elástico sobre el tapete, Mauro Larrea impulsó la última bola de lleno y dio por terminada su solitaria partida. Entonces devolvió el taco a su mueble y, sin prisa, se giró hacia el recién llegado.

Se miraron frente a frente, como tantas otras veces. Para lo bueno y para lo malo, siempre había sido así. A la cara. Sin subterfugios.

—Estoy en la ruina, compadre.

Su hombre de confianza cerró los ojos con fuerza, pero no replicó. Simplemente, sacó un pañuelo del bolsillo y se lo pasó por la frente. Había empezado a sudar.

A la espera de una respuesta, el minero levantó la tapa de una caja de fumar y sacó un par de tabacos. Los encendieron con un brasero de plata y el aire se llenó de humo; sólo entonces reaccionó el apoderado ante la tremebunda noticia que acababa de llegarle a los oídos.

—Adiós a Las Tres Lunas.

—Adiós a todo. Al carajo se fue todo a la vez.

Conforme a su vida entre dos mundos, a veces mantenía recias expresiones castellanas y en otras sonaba más mexicano que el Castillo de Chapultepec. Dos décadas y media habían transcurrido desde que llegara a la vieja Nueva España, convertida ya en una joven república tras un largo y doloroso proceso de independencia. Arrastraba él por entonces un tajo en el corazón, dos responsabilidades irrenunciables y la necesidad imperiosa de sobrevivir. Nada hacía prever que su camino se cruzara con el de Elías Andrade, último eslabón de una añeja saga criolla tan noble como empobrecida desde el ocaso de la colonia. Pero, como en tantas otras cosas en las que intervienen los vientos del azar, los dos hombres acabaron por coincidir en la infame cantina de un campamento minero en Real de Catorce, cuando los negocios de Larrea —una docena de años más joven— comenzaban a tomar vuelo y los sueños de Andrade —otros tantos más viejo— habían caído ya hasta lo más hondo. Y pese a los mil altibajos que ambos sortearon, pese a los descalabros y los triunfos y las alegrías y los sinsabores que la fortuna acabó poniéndoles por delante, nunca volvieron a separarse.

—¿Te la jugó el gringo?

—Peor. Está muerto.

La ceja alzada de Andrade enmarcó un signo de interrogación.

—Lo liquidaron los sudistas en la batalla de Manassas. Su mujer y su hermana vinieron desde Filadelfia para comunicármelo. Ésa fue su última voluntad.

—¿Y la maquinaria?

—La requisaron antes sus propios socios para las minas de carbón del valle de Lackawanna.

—La habíamos pagado entera... —musitó estupefacto.

—Hasta el último tornillo, no tuvimos otra opción. Pero ni una sola pieza llegó a embarcar.

El apoderado se acercó a un balcón sin mediar palabra y abrió las hojas de par en par, tal vez con el iluso deseo de que un soplo de aire espantara lo que acababa de oír. De la calle, sin embargo, sólo subieron las voces y los ruidos de siempre: el ajetreo imparable de la que hasta pocos lustros antes fuera la mayor metrópoli de las Américas. La más rica, la más poderosa, la vieja Tenochtitlán.

—Te avisé —mascullló con la mirada abstraída en el tumulto callejero, sin girarse.

La única reacción de Mauro Larrea fue una intensa calada a su habano.

—Te dije que volver a explotar esa mina era algo demasiado

temerario: que no optaras por esa concesión diabólica, que no invirtieras tal barbaridad de dinero en máquinas extranjeras, que buscaras accionistas para compartir el riesgo... Que te quitaras ese maldito disparate de la cabeza.

Sonó un cohetón cerca de la catedral, se oyó la gresca entre dos cocheros y el relincho de una bestia. Él expulsó el humo, sin replicar.

—Cien veces te reiteré que no había ninguna necesidad de apostar tan fuerte —insistió Andrade en un tono cada vez más áspero—. Y aun así, contra mi consejo y contra el más elemental sentido común, te empeñaste en arriesgar hasta las pestañas. Hipotecaste la hacienda de Tacubaya, vendiste las del partido de Coyoacán, los ranchos de San Antonio Coapa, los almacenes de la calle Sepulcro, las huertas de Chapingo, los corrales junto a la iglesia de Santa Catarina Mártir.

Recitó el inventario de propiedades como si escupiera bilis, después llegó el turno al resto.

—Te desprendiste además de todas tus acciones, de los bonos contra la deuda pública, de los títulos de crédito y de participación. Y no contento con arriesgar todo lo tuyo, te endeudaste además hasta las cejas. Y ahora no sé cómo piensas que hagamos frente a lo que se nos viene encima.

Por fin él lo interrumpió.

—Aún nos queda algo.

Abrió las manos como si quisiera abarcar la estancia en la que estaban. Y mediante ese gesto, por extensión, atravesó muros y techos, patios, escaleras y tejados.

—¡Ni se te ocurra! —bramó Andrade envolviéndose el cráneo con los diez dedos de las dos manos.

—Necesitamos capital para pagar las deudas más perentorias primero, y para empezar a moverme después.

Si hubiera visto un espectro, la cara del apoderado no habría mostrado más pavor.

—Moverte, ¿hacia dónde?

—Aún no lo sé, pero lo único claro es que tengo que irme.

No me queda otra, hermano. Acá estoy quemado; no habrá manera de reemprender nada.

—Espera —insistió Andrade intentando imbuirle serenidad—. Espera, por lo que más quieras. Antes tenemos que valorarlo todo, quizá podamos disimular un tiempo mientras voy apagando fuegos y negociando con acreedores.

—Sabes igual que yo que así no vamos a llegar a ningún sitio. Que, al final de tus cuentas y tus balances, no vas a encontrar más que desolación.

—Ten sosiego, Mauro; témplate. No te anticipes y, sobre todo, no comprometas esta casa. Es lo último que te queda intacto y lo único que quizá pueda servirte para que todo parezca lo que no es.

La imponente mansión colonial de la calle de San Felipe Neri, a eso se refería. El viejo palacio barroco comprado a los descendientes del conde de Regla, el que fuera el mayor minero del virreinato: la propiedad que le posicionaba socialmente en las coordenadas más deseables de la traza urbana. Aquello era lo único que no puso en juego a fin de conseguir la monstruosa cantidad de dinero contante que necesitaba para revivir la mina Las Tres Lunas; lo único que quedaba intacto del patrimonio que levantó con los años. Más allá de su mero valor material, los dos sabían lo mucho que aquella residencia significaba: un punto de apoyo sobre el que mantener —aun precariamente apuntalada— su respetabilidad pública. Retenerla le libraba del escarnio y la humillación. Perderla implicaba convertirlo a ojos de toda la capital en un fracaso.

Entre los dos hombres volvió a expandirse una quietud espesa. Los amigos antaño tocados por la suerte, triunfadores, admirados, respetados y atractivos, se miraban ahora como dos náufragos en mitad de una tormenta, arrojados sin aviso a las aguas heladas por un traicionero golpe de mar.

—Fuiste un pinche insensato —reiteró al cabo Andrade, como si repitiendo una y otra vez sus pensamientos fuera a conseguir atenuar lo tremendo del impacto.

—De lo mismo me acusaste cuando te conté cómo empecé

con La Elvira. Y cuando me metí en La Santa Clara. Y cuando La Abundancia y La Prosperidad. Y en todas esas minas acabé dando bonanza y saqué plata por toneladas.

—¡Pero entonces no alcanzabas treinta años, eras un puro salvaje perdido en el fin del mundo y podías arriesgarte, pedazo de loco! Ahora que te faltan tres credos para los cincuenta, ¿crees que vas a ser capaz de empezar desde abajo otra vez?

El minero dejó que su apoderado se desahogara a gritos.

—¡Te han propuesto entrar en consorcios y alianzas con las mayores empresas del país! ¡Te han tentado los liberales y los conservadores, podrías ser ministro con cualquiera de ellos en cuanto mostraras el más mínimo interés! No hay salón que no quiera contar contigo como invitado y has sentado a tu mesa a lo más granado de la nación. Y ahora lo mandas todo al carajo por tu testarudez. ¡Tienes una reputación a punto de saltar por los aires, un hijo que sin tu dinero no es más que un desatino y una hija con una posición a la que estás a punto de deshonrar!

Cuando acabó de soltar sapos por la boca, retorció el habano a medio fumar en un cenicero de cristal de roca y se dirigió a la puerta. La silueta de Santos Huesos, el criado indígena, se perfilaba en ese momento bajo el dintel: en una bandeja llevaba dos vasos tallados, un botellón de aguardiente catalán y otro de whisky de contrabando de la Luisiana.

Ni siquiera le dejó depositarla sobre la mesa. Frenándole el paso, Andrade se sirvió un trago con brusquedad. Se lo bebió de un golpe y se limpió la boca con el dorso de la mano.

—Déjame que repase esta noche las cuentas, a ver si podemos salvar algo. Pero de deshacerte de la casa, por lo que más quieras, olvídate. Es lo único que te queda si esperas que alguien vuelva a confiar en ti. Tu coartada. Tu escudo protector.

Mauro Larrea fingió que le escuchaba, incluso asintió con la mandíbula pero, para entonces, su mente ya avanzaba en otra dirección radicalmente distinta.

Sabía que tenía que empezar de nuevo.

Y para ello necesitaba un capital sonante y poder pensar.

2

No encontró sitio en el estómago para cenar después de que Andrade se marchara lanzando maldiciones entre los arcos de la espléndida galería. A cambio, optó por darse un baño, para reflexionar sin la voz de su apoderado lanzándole cuchilladas a la conciencia.

Sumergido en la bañera, Mariana fue la primera imagen que acudió a su mente. Ella sería la única en saber de su boca lo acontecido, como siempre. A pesar de llevar ya vidas separadas, el trato entre ambos era constante. Se seguían viendo prácticamente a diario, raro era que no dieran juntos un paseo por Bucareli o que ella no pasara en algún momento por su antiguo domicilio. Y para el servicio, y más en su nuevo estado, cada vez que cruzaba el zaguán era una fiesta, y le decían lo hermosa que lucía, y le insistían en que se quedara otro ratito, y le sacaban merengues y pan de huevo y dulces de azúcar candí.

Otra cosa iba a ser Nicolás, el peor de sus tormentos. Por suerte para todos, la hecatombe iba a agarrarlo en Europa. En Francia, en las minas de carbón del Pas-de-Calais, a donde le había mandado bajo el ala de un viejo amigo a fin de apartarlo de México temporalmente. Extraña mezcla de sangres, ángel y demonio, ingenioso e irreflexivo, impetuoso, impredecible en todos sus actos. Su propia buena estrella y la sombra protectora de su padre le habían acompañado siempre, hasta que comenzó a sacar los pies del tiesto más de la cuenta. A los diecinueve fue una pasión arrebatada por la esposa de un diputado de la República. Meses después, una monumental francachela en la que acabaron hundiendo el piso de un salón. Para cuando su hijo cumplió los veinte, Mauro Larrea había perdido la cuenta de los desmanes de los que había tenido que arrancarlo. Por fortuna, no obstante, ya tenía convenido un matrimonio prometedor con la hija de los Gorostiza. Y para que acabara de formarse a fin de entrar en los negocios paternos y evitar de paso que siguiera cometiendo tropelías antes del casamiento, consiguió convencerle para pasar un año al otro lado del mar. A partir de entonces, sin embargo, todo sería distinto, y por ello habría que sopesar con suma cautela cada movimiento. En el escalafón de las máximas preocupaciones de Mauro Larrea ante su inminente hundimiento, el puesto de honor lo ocupaba sin duda alguna Nicolás.

Cerró los ojos e intentó vaciar el cerebro de trabas al menos momentáneamente. Abstraerse del gringo muerto, de la maquinaria que ya nunca llegaría a su destino, del monumental fracaso de la más ambiciosa de sus empresas, del futuro de su hijo y del abismo que se abría ante sus propios pies. Lo que ahora necesitaba perentoriamente era moverse, avanzar. Y puestas sus opciones del derecho y del revés, sabía que sólo había una salida segura. Piénsalo bien, cabrón, se dijo. No tienes más opciones por mucho que te pese, le replicó su segunda voz. Nada puedes hacer dentro de la capital sin que se sepa. Salir de ella es la única solución. Así que decídete de una maldita vez.

Como tantos hombres hechos a base de lucha sin tregua, Mauro Larrea había desarrollado una pasmosa facilidad para huir siempre hacia delante. Los pozos de plata de Guanajuato en sus primeros años en América le forjaron el carácter: once horas diarias bregando en las entrañas de la tierra, peleando contra las rocas a la luz de las antorchas, vestido tan sólo con un mísero calzón de cuero y una banda de tela mugrienta atravesándole la frente a fin de proteger los ojos de la mezcla infecta de mugre, sudor y polvo. Once horas diarias, seis días a la semana, moliendo piedra a fuerza bruta entre las tinieblas del infierno acabaron por marcarle un temple del que nunca se desprendió.

Quizá por eso el autorreproche no tenía cabida en su persona, ni siquiera dentro de aquella espléndida bañera de esmalte belga que, a su llegada a México, habría sido un sueño al que jamás se permitió aspirar. Por entonces, en aquellos primeros tiempos, se aseaba debajo de una higuera en medio tonel lleno de agua de lluvia y, a falta de jabón, se arrancaba la mugre con un mero estropajo. Para secarse tenía su propia camisa y los rayos del sol; por afeite, el aire cortante. Y, como gran lujo, un burdo peine de madera y la pomada de toronjil que compraba por cuartillos los días de cobro y con la que lograba mantener medianamente en orden la espesura de un pelo indómito que por entonces tenía el color de las castañas. Años atroces, aquellos. Hasta que la mina le mordió la carne y él decidió que había llegado el momento de cambiar de lugar.

Y ahora, perra suerte, la única manera de evitar el derrumbe más absoluto era volviendo al pasado. A pesar de los sensatos consejos de su apoderado, si quería que nada trascendiera en los círculos en los que solía moverse; si quería huir hacia delante antes de que todo se supiera y ya no hubiera forma de levantarse, sólo le quedaba un recurso. El más ingrato. El que, a pesar de los años y los avatares, le obligaba a retornar a sendas oscuras pobladas de sombras.

Abrió los ojos. El agua se estaba quedando fría y su alma también. Salió de la tina, agarró la toalla. Las gotas de agua se le escurrieron por la piel desnuda hasta el mármol del suelo. Como si su organismo quisiera rendir un tributo a los titánicos esfuerzos del ayer, el paso del tiempo no le había castigado en demasía. A sus cuarenta y siete años, aparte de un buen puñado de huellas de heridas, de la notoria cicatriz de la mano izquierda y del par de dedos machacados, conservaba fibrosos los brazos y piernas, el abdomen contenido y los mismos recios hombros que nunca pasaban desapercibidos ante sastres, adversarios y mujeres.

Terminó de secarse, se rasuró deprisa, se untó a ciegas la mandíbula con aceite de Macasar y eligió después la ropa necesaria para su propósito. Oscura, resistente. Se vistió de espaldas al espejo, se ajustó a las caderas la protección que siempre le acompañaba en trances como el que ahora anticipaba. Su cuchillo. Su pistola. Por último, sacó de un cajón una carpeta atada con cintas rojas. Y de ésta, varios pliegos de papel que dobló sin miramientos y se guardó en el pecho.

Sólo cuando estuvo listo, volvió la vista a la gran luna del ropero.

—Tu última partida, compadre —anunció a su propia estampa.

Después sopló el quinqué, lanzó un grito a Santos Huesos y salió al corredor.

—Mañana de amanecida te andas a casa de don Elías Andrade y le dices que me fui adonde él nunca querría que fuera.

—¿Adónde don Tadeo? —preguntó el chichimeca desconcertado.

Pero el patrón había echado a andar con paso presto camino de las cuadras, y el muchacho hubo de aligerar las piernas para mantener el ritmo. La pregunta quedó sin respuesta mientras seguían fluyendo las instrucciones.

—Si acudiera la niña Mariana, ni media palabra. Y a cualquiera que asome a la puerta preguntando por mí, le cuentas la primera pendejada que se te ocurra.

El criado estaba a punto de abrir la boca cuando el patrón se le adelantó.

—Y no, esta vez no vas a venir conmigo, muchacho. Acabe como acabe este despropósito, voy a entrar solo y solo voy a salir de él.

Pasaban las nueve y las calles seguían latiendo con ritmo incontenible. A lomos de su caballo criollo, con el rostro casi oculto bajo el sombrero de ala holgada y embozado en una capa queretana, se esforzó por esquivar los cruces y flancos más bulliciosos. Aquel hervidero de gentes era algo que solía entretenerle en otras ocasiones, quizá porque normalmente marcaba el preludio de su llegada a una reunión interesante, a una cena provechosa para sus negocios. A alguna cita con una mujer. Esa noche, sin embargo, lo único que ansiaba era dejarlo todo a la espalda.

Gringo cabrón, mascullό entre dientes espoleando al corcel. Pero el gringo no tenía la culpa, y él lo sabía. El gringo, antiguo militar del cuerpo de ingenieros del Ejército de los Estados Unidos y puritano hasta la médula, había cumplido con sus responsabilidades y había tenido incluso la decencia póstuma de enviar hasta México a su mujer y a su hermana para comunicarle lo que él ya nunca podría llegarle a decir, enterrado como estaba en una fosa común con un ojo reventado y el cráneo hecho astillas. Puerca guerra, malditos negreros, mascullό otra vez. Cómo había podido ocurrir tal cúmulo de despropósitos. Cómo le había jugado la fortuna aquella mala pasada. Las preguntas le trituraban el cerebro mientras atravesaba al trote la negrura de la calzada de los Misterios.

* * *

Thomas Sachs se llamaba el yanqui y, a pesar de su rencor momentáneo, Mauro Larrea era consciente de que jamás fue un indeseable y sí un metodista cumplidor y cabal. Había aparecido en su vida trece meses antes, lo mandaba un viejo amigo desde San Luis Potosí. Llegó cuando él estaba a punto de acabar el desayuno, cuando la casa todavía andaba medio desarmada y desde los fondos de las cocinas salían las voces de las criaditas mientras picaban cebollas y molían el maíz. Santos Huesos lo acompañó al despacho y le indicó que esperara. El gringo lo hizo de pie, con la vista en el piso, balanceándose.

—Me han dicho que podría estar interesado en conseguir maquinaria para una explotación.

Ése fue el saludo al verle entrar. Antes de responder, Mauro Larrea lo contempló. Fornido, con piel tendente a la rojez y un español bastante aceptable.

—Depende de qué pueda ofrecerme.

—Novedosas máquinas de vapor. Fabricadas en nuestras factorías de Harrisburg, Pennsylvania, por la casa industrial Lyons, Brookman & Sachs. Bajo pedido, según las necesidades particulares del comprador.

—¿Capaces de desaguar a setecientas varas?

—Y hasta a ochocientas cincuenta.

—Entonces quiero escucharlo.

Y lo escuchó. Y mientras lo escuchaba, volvió a notar en su interior el hervor de algo que llevaba años dormido. Devolver su esplendor a la vieja mina Las Tres Lunas, encumbrarla otra vez.

El potencial de la maquinaria que Sachs le puso ante los ojos le resultó abrumador. Ni los viejos mineros españoles de tiempos del virreinato, ni los ingleses que se instalaron en Pachuca y Real del Monte, ni los escoceses que se establecieron en Oaxaca. Nadie fue nunca tan lejos en todo México, por eso supo desde un principio que aquello era algo diferente. Gigantesco. Inmensamente prometedor.

—Deme un día para pensarlo.

Lo recibió a la mañana siguiente tendiéndole su mano de minero recio. De la estirpe que el extranjero conocía bien: la de aquellos hombres audaces e intuitivos, sabedores de que aquel oficio suyo era una constante rueda de victorias y caídas. Con una manera segura y directa de tomar decisiones desafiantes, temerarias incluso; tentando constantemente al azar y a la providencia. Hombres dotados de un sentido de la vida tremendamente pragmático y una afilada inteligencia natural con los que el gringo estaba acostumbrado a bandearse.

—Vamos a negociar, amigo mío.

Cerraron el acuerdo, solicitó los permisos pertinentes ante la Junta de Minería, trazó un arriesgado plan de financiación que Andrade no paró de reprobar. Y, a partir de ahí, con los plazos pactados de antemano, comenzó a desembolsar periódicamente gruesas cantidades de dinero hasta desecar todos sus capitales y todas sus inversiones. En reciprocidad, cada tres semanas fue cumplidamente informado desde Pennsylvania acerca del avance del proyecto: las complejas máquinas que se iban montando, las toneladas de equipamiento que se apilaban en los almacenes. Las calderas, las grúas, los equipos auxiliares. Hasta que las cartas del norte dejaron de llegar.

* * *

Un año y un mes habían transcurrido entre aquellos días plagados de ilusiones y la noche del presente en la que, a través de caminos desnudos, su negra silueta cabalgaba bajo un cielo sin estrellas en busca de una solución que le permitiera al menos volver a tomar aire.

Empezaban a despuntar las primeras claridades cuando se detuvo junto a un recio portón de madera. Llegaba entumecido, con la boca seca y los ojos rojos; apenas había dado respiro a la montura y a sí mismo. Aun así, desmontó presto. El caballo, exhausto y sediento, dobló las patas delanteras babeando chorros de espuma y se dejó caer.

Lo recibía el final de la madrugada junto a una cañada a las faldas del cerro de San Cristóbal, a tiro de piedra del Mineral de Pachuca. Nadie le esperaba en aquella hacienda apartada, quién podía imaginar una llegada tan fuera de hora. Los perros, sin embargo, sí lo supieron. Por el oído, sería. O por el olor.

Un coro de ladridos frenéticos rajó la paz del alba.

Apenas unos instantes después, oyó el ruido de pasos, chasquidos y gritos acallando a los canes. Cuando éstos rebajaron su fiereza, desde el interior gritó una voz joven y brusca:

—¿Quién anda?

—En busca vengo de don Tadeo.

Dos cerrojos chirriaron rugosos al descorrerse. Pesados, llenos de herrumbre. Un tercero empezó a sonar después, pero quedó parado a medio camino, como si quien lo movía hubiese cambiado de parecer en el último segundo. Tras unos momentos de quietud, oyó el sonido de pasos crujiendo contra la tierra, alejándose.

Transcurrieron tres o cuatro minutos hasta que volvió a escuchar vida humana al otro lado. En vez de un individuo, ahora eran dos.

—¿Quién anda?

La pregunta era la misma, pero la voz distinta. A pesar de que llevaba más de tres lustros sin oírla, Mauro Larrea la habría reconocido en cualquier sitio.

—Alguien a quien nunca imaginaste que volverías a ver.

El tercer cerrojo se acabó de descorrer con un chirrido oxidado y el portón empezó a abrirse. Los perros, como hostigados por Belcebú, volvieron a encresparse con aullidos feroces. Hasta que en medio de la barahúnda se oyó un tiro al aire. El caballo, medio adormecido tras la galopada a través de las tinieblas, alzó la cabeza y se levantó de súbito. Las sombras de los perros, cuatro o cinco, sucios, huesudos y despelucados, se alejaron de la entrada arrastrando entre los rabos una estela de gemidos lastimeros.

Los hombres le esperaban parados con las piernas entreabiertas. El más joven, un mero guardián de noche, sostenía a media altura el trabuco que acababa de disparar. El otro lo taladró con los ojos cubiertos por legañas. A la espalda de ambos, al fondo de una amplia explanada, el contorno de la casa comenzaba a recortarse contra el cielo del amanecer.

Entre el mayor de los hombres y el minero se cruzó una mirada tensa. Allá seguía Dimas Carrús, enjuto y triste como siempre, falto de un afeitado desde hacía al menos una semana, recién sacado por el guardia del jergón de paja en el que dormía. A su costado derecho, caído y pegado al cuerpo, el brazo sin vida que una paliza paterna le malogró en la infancia.

Sin despegar la mirada, al cabo amasó en la boca un regüeldo y lo escupió con consistencia de gargajo espeso. Tras éste llegó el saludo.

—Híjole, Larrea. Nunca pensé que fueras tan loco como para volver.

Sopló una ráfaga de aire frío.

—Despierta a tu padre, Dimas. Dile que tengo que platicar con él.

El hombre movió lentamente la cabeza de un lado a otro, pero no era rechazo lo que mostraba, sino incredulidad. Por verlo otra vez. Después de tanto como llovió.

Echó a andar hacia la casa sin una palabra, con el brazo yerto colgándole del hombro como una anguila muerta. Él lo siguió hasta el patio, aplastando las piedras con las botas; después quedó a la espera mientras el heredero de todo aquello se escurría por una de las puertas laterales. Sólo había estado en aquella casa una vez después de que todo saltara por los aires, cuando los días de Real de Catorce quedaron atrás. La propiedad parecía haber cambiado poco, aunque la desoladora falta de cuidado era evidente a pesar de la escasa luz. La misma construcción grande, ruda, de muros gruesos y escaso refinamiento. Aperos sin uso amontonados, estragos y restos, excrementos de animales.

Dimas tardó poco en aparecer tras una puerta distinta.

—Entra y espera. Lo oirás llegar.

3

En la estancia de techo bajo que Tadeo Carrús usaba para diligenciar sus asuntos, nada parecía haberse movido tampoco con el tiempo. La misma tosca mesa cubierta por papeles revueltos y cartapacios abiertos en canal. Tinteros medio secos, plumas ralas, una antigua balanza con dos platillos. Desde la pared parda y desconchada, seguía observándolo la misma imagen de Nuestra Señora de Guadalupe que ya colgara por entonces, indígena y morena entre rayos de oro viejo, con las manos unidas al pecho, y su luna y su ángel a los pies.

Escuchó unos pasos lentos arrastrarse por las losas de barro cocido del corredor, sin anticipar que pertenecían al hombre que estaba esperando. Cuando entró en el despacho, apenas lo reconoció. Ni rastro le quedaba en el cuerpo del vigor y la firmeza del pasado. Incluso la altura considerable de otros tiempos parecía haber mermado al menos un palmo y medio. Aún no habría cumplido los sesenta, pero su aspecto era el de un nonagenario decrépito. Ceniciento, encorvado, quebradizo, penosamente vestido, cobijado del relente por una raída manta gris.

—Para llevar tantos años sin acordarte de mí, bien podías haber esperado al mediodía.

A la memoria de Mauro Larrea afluyó de golpe un torrente de recuerdos y sensaciones. El mediodía en que aquel prestamista fue a buscarlo a los socavones que él pretendía explotar; la tienda de mercaderías que por entonces regentaba junto a los pozos de Real de Catorce. Sentados frente a frente en sendos taburetes con un candil y una jarra de pulque de por medio, el usurero lanzó una propuesta al joven minero rebosante de ambición que Mauro Larrea era entonces. Yo voy a respaldarte a lo grande, gachupín, le había dicho echándole una zarpa poderosa al hombro. Juntos vamos a hacer fortuna, ya verás. Y, aun a sabiendas de lo leonino del trato, como a él le faltaban caudales y le sobraban anhelos, aceptó.

Por suerte para ambos, sacó beneficios más que medianos y correspondió con lo pactado en consecuencia. Siete partes de mineral para el prestamista, tres para sí. Después vino otro empeño con visos optimistas, y otra vez usó el dinero de Tadeo Carrús. Cinco y cinco, se aventuró a proponerle. Vayamos a partes iguales esta vez. Tú arriesgas el dinero y yo el trabajo. Y mi olfato. Y mi vida. El prestamista se carcajeó. ¿Acaso te volviste loco, muchacho? Siete y tres, o no hay pacto. Volvieron a dar con tiros generosos, una vez más hubo bonanza. Y el reparto volvió a ser aparatosamente desnivelado.

Para el siguiente asalto, sin embargo, Mauro Larrea se sentó a hacer cuentas y comprobó que ya no necesitaba apoyo de nadie; que él solo se valía. Así se lo hizo saber en la misma tienda frente a dos nuevos vasos de pulque. Pero Carrús no encajó el despego de buen grado. O te hundes tú solo, cabrón, o yo me encargo de ello. El acoso fue feroz. Hubo amenazas, recelos, ruindades, obstrucciones. Corrió la sangre entre los partidarios de uno y otro, lo asediaron, lo bloquearon. Les troncharon las patas a sus mulas, le intentaron robar el hierro y el azogue. Más de una vez le pusieron un puñal en el cuello, una tarde de lluvia sintió el roce de un cañón en la nuca. Cielo y tierra removió el codicioso comerciante para hacerlo fracasar. No lo consiguió.

Diecisiete años llevaba sin verle. Y ahora, en vez del fanfarrón de escrúpulos rastreros y torso corpulento al que se aventuró a plantar cara, encontró a un esqueleto andante, con las costillas abultadas sobresaliéndole obscenas del tronco, piel amarilla como la manteca rancia y un tufo hediondo en el aliento capaz de percibirse a cinco pasos.

—Siéntate por donde puedas —ordenó Carrús mientras se dejaba caer a plomo tras la mesa.

—No es necesario, voy a ser breve.

—Siéntate, carajo —insistió con la voz asfixiada. El pecho le sonaba como una flauta de dos agujeros—. Si cabalgaste la noche entera, bien puedes dedicarme un cuarto de hora antes de volver.

Accedió ocupando una estrecha silla de palo, sin reclinar la espalda ni mostrar el más mínimo signo de comodidad.

—Necesito dinero.

El usurero pareció querer reír, pero las flemas no lo dejaron. El amago se tornó en un crudo ataque de tos.

—¿Otra vez quieres que seamos socios, como en los viejos tiempos?

—Tú y yo nunca fuimos socios; tan sólo metiste tu plata en mis proyectos en busca de magros rendimientos. Eso es lo que pretendo que hagas ahora otra vez, más o menos. Y como me sigues teniendo ganas, sé que no vas a decirme que no.

En el rostro ajado del viejo se dibujó un gesto cínico.

—Me dijeron que progresaste a lo grande, gachupín.

—Tú conoces el negocio igual que yo —replicó en tono neutro—. Se sube y se baja.

—Se sube y se baja… —musitó el prestamista irónico. Después dejó un hueco en el que sólo se oyeron los silbidos entrecortados de su respiración—. Se sube y se baja... —repitió.

Por una rendija de la contraventana se coló un trozo de mañana tempranera. La luz perfiló los contornos y acrecentó la decadencia del escenario.

Esta vez no hubo falsas risas.

—¿Y a cuenta de qué quieres que te dé ese capital?

—De la cédula de propiedad de mi casa.

A la vez que hablaba, Mauro Larrea se llevó la mano al pecho. Extrajo los pliegos de papel de entre las ropas, los dejó sobre la mesa.

El saco de huesos en que se había convertido Tadeo Carrús

alzó el esternón con un soplido afilado, como si quisiera ilusamente armarse de energía.

—En la cuerda floja debes de andar, cabrón, si estás dispuesto a malbaratar la mejor de tus propiedades de esta manera. Conozco de sobra lo que vale el viejo palacio de don Pedro Romero de Terreros, el pinche conde de Regla. Aunque tú no lo sepas, te seguí el rastro a lo largo de los años.

Lo intuía, pero no quiso darle el placer de confirmarlo. Prefirió dejarle continuar.

—Sé dónde vives y con quién te mueves; estoy al tanto de por dónde anduviste invirtiendo; sé que matrimoniaste a tu Marianita bien decentemente y sé que andas ahora amañando otro casamiento para tu chamaco.

—Tengo prisa —zanjó contundente. No quería oírlo mencionar a sus hijos, ni tampoco saber si el viejo tenía sospecha de su descalabrado empeño final.

—¿Para qué tanta premura, si puede saberse?

—He de irme.

—¿Adónde?

Como si yo lo supiera, se dijo con sarcasmo.

—Eso no es asunto tuyo —fue, en cambio, lo que respondió.

Tadeo Carrús sonrió con boca carroñera.

—Todo tú eres ahora asunto mío. ¿Para qué viniste, si no?

—Necesito la cantidad que consta en la escritura. Si no te la devuelvo en los plazos que establezcamos, te quedas con la casa. Íntegra.

—¿Y si regresas con la plata?

—Te devolveré el préstamo completo, además del interés que hoy acordemos.

—La mitad del monto suele ser lo que pido a mis clientes, pero contigo estoy dispuesto a hacerlo de forma distinta.

—¿Cuánto?

—El ciento por ciento, por ser tú.

Cicatero y miserable como desde el día en que su pobre madre lo echó al mundo, rumió. ¿Qué esperabas, compadre, que el tiempo lo hubiera tornado una monja clarisa?, le espetó su conciencia. Por eso sabía que no iba a rechazar la tentación de volverle a tener cerca. Por si podía lanzarle un zarpazo otra vez.

—Acepto.

Le pareció que unas manos invisibles le ataban al cuello una recia soga.

—Hablemos pues de plazos —prosiguió el usurero—. El que suelo conceder es de un año.

—Bien.

—Pero por tratarse de ti, operaré de una forma distinta.

—Tú dirás.

—Quiero que me pagues en tres vencimientos.

—Preferiría todo al final.

—Pero yo no. Un tercio, de hoy en cuatro meses. Otro, a los ocho. Con el tercero, cerramos la anualidad.

Notó cómo la soga inexistente le apretaba la yugular, a punto de asfixiarlo.

—Acepto.

Los perros, en la distancia, ladraron febriles.

Así quedó cerrado el trato más mezquino de su vida. En posesión del viejo caimán permanecerían a partir de entonces las cédulas de la última de sus propiedades. A cambio, dentro de dos mugrientas sacas de piel de res, se llevaba el capital necesario para pagar un puñado de gruesas deudas y para dar los primeros pasos hacia una posible reconstrucción. Cómo y dónde, aún lo ignoraba. Y las consecuencias a medio plazo que aquel desastroso convenio podría acarrearle, prefirió no contemplarlas todavía.

Tan pronto ventilaron la transacción, se dio una seca palmada en la pierna.

—Listo, pues —anunció recogiendo el capote y el sombrero—. Sabrás de mí en su momento.

Le faltaban apenas dos pasos para alcanzar la puerta cuando la voz jadeante lo acribilló por la espalda.

—No eras más que un mísero español en busca del becerro

de oro, como tantos otros ilusos llegados de la pinche madre patria.

Respondió sin volverse.

—En mi legítimo derecho estaba. ¿O no?

—Nada habrías prosperado de no haber sido por mí. Hasta de comer les di a ti y a tus hijos cuando no tenían más que un puñado de frijoles que llevarse a la boca.

Paciencia, se ordenó. No lo escuches, no es más que el mismo cabrón rastrero de siempre. Tú ya conseguiste lo que venías buscando; no pierdas ahora un segundo más. Lárgate.

Pero no pudo ser.

—Lo único que pretendías, viejo del demonio —replicó volviéndose con lentitud—, era tenerme endeudado hasta la eternidad, como llevabas haciendo la vida entera con docenas de pobres infelices. Ofrecías préstamos a un interés asfixiante; abusabas, engañabas y exigías fidelidad perpetua cuando lo único que hacías era chuparnos la sangre como una alimaña. Sobre todo a mí, que te estaba enriqueciendo más que el resto. Por eso te resistías a dejarme ir por libre.

—Me traicionaste, hijo de la gran puta.

Retornó a la mesa, descargó sobre ella las dos manos de golpe y dobló la espalda hasta acercársele a un palmo del rostro. El olor que le llegó era nauseabundo, pero apenas lo percibió.

—Jamás fui tu socio. Jamás fui tu amigo. Jamás te aprecié, como tú tampoco me apreciaste a mí. Así que déjate de rencores patéticos y queda en paz con Dios y con los hombres en el poco tiempo que te resta por vivir.

El viejo le devolvió una mirada turbia cargada de rabia.

—No me estoy muriendo, si es eso lo que piensas. Así, con estos bronquios entecos, llevo viviendo más de diez años para pasmo de todos, empezando por el inútil de mi propio hijo y acabando por ti. Aunque no creas que me importaría demasiado que la pelona viniera por mí a estas alturas del baile.

Alzó la mirada hacia el cuadro de la Virgen mestiza y los pulmones le silbaron como dos cobras en celo.

—Pero, por si acaso, por lo más sagrado te juro que a partir de hoy le rezaré cada noche tres avemarías para que no me entierren sin antes verte rodando en el barro.

El silencio se hizo sólido.

—Si en cuatro meses contados a partir de hoy no te tengo de vuelta con el primer plazo, Mauro Larrea, no voy a quedarme con tu palacio, no. —Hizo una pausa, jadeó, retomó fuerzas—. Lo voy a tumbar. Lo voy a mandar volar con cargas de pólvora desde los cimientos a las azoteas, como tú mismo hacías en los socavones cuando no eras más que un vándalo sin domesticar. Y aunque sea lo último que haga, me voy a plantar en mitad de la calle de San Felipe Neri para ver cómo se desploman una a una tus paredes y cómo con ellas se hunde tu nombre y lo mucho o poco que todavía te quede de crédito y prestigio.

Por un oído le entraron las ruines amenazas de Tadeo Carrús, y por el otro le salieron. Cuatro meses. Eso fue lo único que le quedó marcado a fuego en el cerebro. La tercera parte de un año tenía por delante para encontrar una salida. Cuatro meses como cuatro fogonazos que le atronaron en la cabeza mientras se alejaba de aquel detritus humano, montaba su caballo bajo el primer sol templado de la mañana y emprendía el camino de vuelta hacia la incertidumbre.

Entró en el zaguán cuando ya había anochecido, llamó a gritos a Santos Huesos.

—Encárgate del animal y avisa a Laureano; que tenga la berlina lista en diez minutos.

Sin detenerse, atravesó el gran patio a zancadas rumbo a las cocinas, pidiendo agua a voces. Las criadas, intuyendo el genio que el patrón traía, corrieron despavoridas a obedecerlo. Deprisa, deprisa, las espoleó el ama. Saquen los baldes, suban toallas limpias.

Aunque su cuerpo entumecido le pedía un respiro a gritos, esta vez no había tiempo para baños sosegados. Agua, jabón y una esponja fue lo que necesitó para arrancarse con furia de la piel la espesa capa de polvo y sudor que llevaba pegada. La navaja afilada se paseó después con vértigo sobre la mandíbula. Aún estaba secándose el mentón mientras se desbravaba el pelo; el brazo derecho entró por la manga de la camisa casi a la vez que la pierna izquierda lo hacía por la pernera del pantalón. Botonadura, cuello, botas de charol brillante. La corbata se la terminó de anudar en la galería; a la levita le llegó el turno en la escalera.

Cuando el cochero Laureano detuvo la berlina entre un barullo de carruajes junto al Gran Teatro Vergara, él se ajustó los puños, se alisó las solapas y volvió a pasarse los dedos entre el cabello mojado todavía. El retorno al presente, a la noche agitada de un estreno, demandaba de momento toda su atención: saludos que responder, nombres que recordar. Dejarse ver era su objetivo. Que nadie sospechara.

Entró en el vestíbulo con el porte erguido, el frac impecable y una pizca consciente de altanería añadida a los andares. Después realizó los gestos protocolarios con aparente naturalidad: cruzó cortesías con políticos y aspirantes a serlo, y apretó brioso las manos de aquéllos con apellido, dinero, potencial o raigambre. Entre el humo intenso reinaba, como siempre, la mezcla. Esparcidos por el grandioso vestíbulo, los descendientes de las élites criollas que se deshicieron de la vieja España se amalgamaban ahora con ricos comerciantes de nueva hornada. Mezclados entre ellos, abundantes militares condecorados, bellezas de ojos negros con los escotes bañados en suero de leche, y un grupo nutrido de diplomáticos y altos funcionarios. Gente, en resumen, de tono y muy principal.

En los hombros masculinos que verdaderamente valían la pena dio las palmadas correspondientes; besó después galante las manos enguantadas de un buen puñado de señoras que fumaban sus cigarritos y charlaban animadas envueltas en perlas de Ceilán, sedas y plumas. Y como si su mundo siguiera girando sobre el eje de siempre, el hasta entonces próspero empresario minero se mostró tal como se esperaba de él: un calco de su comportamiento en cualquier otra noche de la mejor sociedad de la ciudad de México. Nadie pareció notar que todos y cada uno de los pasos que estaba dando respondían a un laborioso esfuerzo por no perder la dignidad.

—¡Mi querido Mauro, por fin te dejas ver!

Aún tuvo tiempo para añadir a su fingimiento una dosis extra de artificio.

—Muchos compromisos, muchas invitaciones, ya sabes, lo de siempre… —respondió mientras se fundía en un sonoro abrazo con el recién llegado—. ¿Cómo estás, Alonso, cómo están?

—Bien, bien, a la espera… Aunque eso de que las mujeres en estado sean mal vistas en las reuniones nocturnas de sociedad se está convirtiendo en una pesadilla para Mariana.

Soltaron una risotada ambos: la del hijo de la condesa de Colima sonó sincera y la de él, en apariencia, no se quedó atrás. Antes muerto que mostrar la menor preocupación delante del marido de su hija. Sabía que ella sería prudente cuando tuviera que justificarlo, pero todo en su momento, pensó.

Se acercó entonces a ellos otro par de varones con los que un día anduvo en negocios, se interrumpió la conversación. Al corrillo saltaron temas dispares, Alonso fue reclamado desde otro grupo, al de Mauro Larrea llegó entonces el gobernador de Zacatecas, después se sumaron el embajador de Venezuela y el ministro de la Corte de Justicia, y al poco una viuda de Jalisco vestida en raso carmesí que llevaba meses rondándolo allá por donde lo veía. Así transcurrió un rato, en cruce de conversaciones sobre chismes políticos mezclados con preocupaciones serias acerca del indescifrable destino de la nación. Hasta que los ujieres fueron avisando que la función estaba a punto de comenzar.

Una vez en su palco, mientras se sentaba, siguió saludando a unos y otros intentando encontrar la frase justa para cada cual; la palabra precisa o el piropo certero según para quién. Por fin se apagaron las luces, el director alzó la batuta y la sala se llenó de orquesta.

Cuatro meses, volvió a repetirse.

Oculto tras el dramático preludio de *Rigoletto*, por fin pudo dejar de fingir.

4

Pasó por casa de su apoderado frente a la iglesia de Santa Brígida para amargarle el primer café de la mañana.

—Si tú solo decidiste ahorcarte, poco puedo hacer yo —fue la áspera respuesta de Andrade—. Dios quiera que no tengas que arrepentirte.

—Con esto haremos frente a las deudas más perentorias, y lo que reste será lo que me lleve para invertir.

—Supongo que no hay vuelta atrás —concluyó su amigo. A sabiendas de que de poco iban a servirle las lamentaciones, optó por canalizar su cólera hacia algo más constructivo—. Así que empecemos a movernos. La hacienda de Tacubaya será lo primero que desalojemos: al estar más alejada de la ciudad, podremos trabajar con discreción. Sacaremos todos los muebles y enseres para venderlos cuanto antes; de ahí podremos lograr otro buen pellizco. Cuando acabemos hablaré discretamente con Ramón Antequera, el banquero, para decirle que la finca pasa a su propiedad por imposibilidad de pago del crédito hipotecario que contrajimos con él. Es un hombre discreto, sabrá llevar el asunto sin dar que hablar a nadie.

Un par de horas más tarde, dos criados de confianza empujaban una cómoda panzuda mientras Santos Huesos les orientaba en su camino hacia el carretón detenido en la rotonda. Dentro de éste reposaban ya un ropero de dos cuerpos y cuatro cabeceros de roble. Junto a las ruedas, a la espera de ser cargada, la sillería completa de cuero claveteado que en sus días buenos sentó a la mesa a docena y media de comensales.

A una distancia a la vez cercana y a la vez remota al ajetreo doméstico, Mauro Larrea acababa de comunicar a su hija las tristes novedades. Ruina, partida, búsqueda, destino aún sin decidir: ésas eran las palabras que quedaron ondeando en el aire. Mariana comprendió.

La había recogido al abandonar el domicilio de Andrade, antes le mandó una nota para pedirle que estuviera preparada. Juntos llegaron a la hacienda de recreo en la berlina y juntos hablaban ahora bajo una pérgola del gran jardín delantero.

—¿Qué vamos a hacer con Nico?

Una pregunta envuelta en un susurro fue la primera reacción de Mariana. Una pregunta que rezumaba inquietud por su hermano: el tercer componente de ese número impar en que se transmutó la familia el mismo día del nacimiento del pequeño, cuando la fiebre puerperal se llevó tras el alumbramiento a la joven que hasta entonces les había cohesionado: la madre de Mariana y Nicolás, la compañera de Mauro Larrea, su mujer. Elvira era su nombre, como lo fue el de la primera mina de la que él fue propietario con el paso de los años tras su muerte; como el eco que retumbó en sus desvelos hasta que el tiempo lo fue diluyendo y lo hizo desvanecer. Elvira, la hija de un labriego que nunca aceptó que ella quedara preñada del nieto sin padre reconocido de un herrero vascongado, ni que se casara con aquel muchacho al alba y sin testigos, ni que junto a él viviera hasta su último aliento en una paupérrima herrería allí donde el pueblo castellano dejaba de ser pueblo y se tornaba camino.

—Ocultárselo, naturalmente.

* * *

Resguardar a Nicolás había sido siempre la consigna entre padre e hija: sobreproteger en su minúscula orfandad a aquella criatura frágil como un espejo. Por eso creció pronto Mariana, a la fuerza. Lista como una liebre, audaz y responsable como sólo puede serlo alguien que cumplió los cuatro años entre los fletes, las ratas y los estibadores del puerto de Burdeos, ocupándose de un niño que apenas sabía andar mientras su padre transportaba en dos bultos las escasas pertenencias de la familia. En tiempo de tensiones entre España y México, a punto estaban de embarcar en un decadente paquebote galo cargado de hierro de Vizcaya y vino de la Gironda que respondía al poético y un tanto irónico nombre de *La Belle Étoile*. Nada tuvo por su parte de lírica aquella dura travesía en la que cruzaron el Atlántico navegando a lo largo de setenta y nueve penosas jornadas con la más absoluta ignorancia de lo que les depararía el destino al otro lado del océano. Los azares aleatorios de la vida, unidos a las optimistas perspectivas de unos cuantos mineros de la cornisa galesa con los que coincidieron en el puerto de Tampico, les hicieron dirigirse a Guanajuato. Para empezar.

Con siete primaveras, Mariana manejaba más mal que bien la mísera cabaña de adobe gris y techo romo que habitaban junto al campamento minero de La Valenciana. A diario preparaba una rudimentaria comida en la cocina común junto a muchachas que le sacaban dos cabezas y, cuando alguna de ellas o la mujer de algún otro minero se ofrecía a echar un ojo al pequeño Nico, ella se plantaba a la carrera en la escuela para aprender a juntar las letras y —sobre todo— a hacer números a fin de lograr que el dueño de la tienda de abarrotes, un viejo compatriota aragonés, no la engañara sumando y restando los pesos que su padre le entregaba cada sábado para la manutención diaria.

Año y medio después volvieron a empaquetar los bártulos y se mudaron a Real de Catorce, al reclamo de la virulenta fiebre de la plata que se había desatado por segunda vez en la historia de aquel lugar perdido entre montañas. Fue justo al mes de su llegada cuando él estuvo cuatro días y cuatro noches desaparecido, atrapado en el esófago de la mina Las Tres Lunas, con una mano machacada entre dos piedras y el agua llegándole a la altura de la nuez. De los veintisiete operarios que faenaban a más de quinientas varas bajo la tierra cuando tuvo lugar aquella monumental explosión, sólo cinco vieron de nuevo la luz. Mauro Larrea fue uno de ellos. Al resto, desnudos de cintura para arriba y guarnecidos con escapularios y medallas de vírgenes protectoras que bien poco protegieron, los sacaron con los rostros teñidos de azul, los músculos del cuello tensos como cuerdas y la expresión atormentada de los ahogados.

La catástrofe obligó a cortar sogas, como llamaban en el oficio a clausurar una explotación. Las Tres Lunas quedó desde entonces en la memoria colectiva como una mina maldita y fue abandonada como impracticable sin que nadie osara jamás volver a laborarla. Pero él supo siempre que sus profundidades quedaban plagadas de plata de una magnífica ley. De momento, sin embargo, pretender devolverle la vida a quien había estado a punto de acabar con la suya era un proyecto demencial que ni siquiera se le pasó por la cabeza.

De aquella experiencia atroz nació en el minero Mauro Larrea una pétrea voluntad por cambiar su destino. Se negó a seguir siendo un mero trabajador, decidió arriesgar: cada vez circulaban más rumores frenéticos sobre ricas vetas que surgían en medio de la nada, cada vez se recuperaban más pozos y trepaba más la euforia. Se adentró así, a ciegas, en su primera humilde empresa propia. Usted me adelanta lo que necesito para empezar a excavar, conseguir las mulas y contratar a unos cuantos hombres, decía mostrando un terrón gris sobre la palma encallecida de su mano. Después lo soplaba hasta hacerlo brillar. Y del mineral bruto como éste que yo saque, la mitad para usted y mitad para mí. Aquélla era la oferta que iba soltando por las cantinas y las pulquerías, por las cercanías de los campamentos, los cruces de caminos y las esquinas de los poblachones. Después añadía:

—Y que cada cual refine lo suyo como Dios le dé a entender.

No tardó mucho en conseguir que un raquítico inversor oportunista, un tahúr de poca monta —aviadores, así llamaban a los de aquella calaña—, confiara en su empresa, si es que así podía llamarse al humilde pozo anegado en el que puso sus anhelos. Pero la intuición le susurró al oído que a rumbo de poniente éste aún podía dar virtud. La bautizó entonces con el nombre de su mujer muerta cuyo rostro ya casi se le había desdibujado del pensamiento, y empezó a trabajar.

Y en La Elvira dio tiro y puso malacate, y de ese modo comenzó, moviéndose como contaban los más viejos que en otros tiempos hacían sus compatriotas, los mineros españoles de la colonia. A tientas. Perforando desde la más absoluta ignorancia, siguiendo tan sólo su olfato como un perro; a golpe de conjeturas. Sin basarse en cálculos medianamente razonados, sin el menor rigor científico. Con errores de bulto, refractario a la prudencia. Sólo lo apoyaban una terca determinación, el vigor de su cuerpo y un par de hijos a los que criar.

En La Santa Clara, su siguiente proyecto, fue cuando entró en su vida Tadeo Carrús. Dos empresas, tres años y muchos sinsabores después, logró arrancárselo de encima y empezó a moverse otra vez por sí mismo. A pesar de las provocaciones y de los usurarios empeños del prestamista por hacerlo fracasar, ya no paró. Y aunque en aquellos días hubo también reveses, y promovió empeños insensatos, y hasta en unas cuantas ocasiones lo cegó la urgencia y rozó peligrosamente la temeridad, la diosa fortuna de la geología fue aliándose con él y poniendo a su paso filones de suerte en las arrugas del terreno que pisó. En La Buenaventura los hados le salieron al paso por tres bandas; en La Prosperidad aprendió que, cuando una excavación empezaba a tornarse borrascosa, una retirada a tiempo era la mejor de las ganancias. En el cañón de La Abundancia comenzó a sacar un mineral tan rico que hasta acudieron a comprárselo los refinadores independientes de otras comarcas.

No fue el único en despuntar, sin embargo. Para entonces, y tras décadas de parón, Real de Catorce se había vuelto a convertir, tal como fuera durante el virreinato, en un lugar martilleante lleno de voladuras, barrenazos y explosiones; un sitio caótico, salvaje, convulso, en donde conservar el sosiego y el orden no era más que una mera ensoñación. El dinero que aquel resurgir de la plata generó a chorros en su rico subsuelo acarreó —como no podía ser de otra manera— innumerables conflictos. Ambiciones y tensiones desaforadas, puñetazos entre compañeros, desórdenes constantes, cuchillos desnudos al aire, riñas a palazos y pedradas. Hasta aquella noche de sábado en la que, de vuelta eufórico tras vender una partida de plata a un alemán, al bajarse del caballo oyó desde la calle gritar a Mariana y llorar a Nico. Y un estrépito anormal puertas adentro.

Había comprado una casa medio decente en las afueras del pueblo tras sus primeros progresos; había contratado a una vieja cocinera que a la caída de la tarde regresaba con su gente, y a una criadita que esa noche andaba zapateando en un fandango. Y, para ocuparse de sus hijos, contaba con Delfina, una joven otomí. Como si a esas alturas ellos no supieran ya cuidarse solos. Lo que oyó entonces, sin embargo, le hizo ser consciente de que todavía necesitaban mucha más ayuda de la que aquella dulce indígena de lustrosos cabellos negros podía ofrecerles.

Subió de tres en tres los escalones, anticipando despavorido lo que iba a encontrar al ver los muebles volcados, las cortinas arrancadas de sus rieles y un candil ardiendo en el suelo sobre un charco de aceite. Sus previsiones se quedaron cortas: la escena era una pesadilla aún peor. Encima de su propia cama, un hombre con los pantalones bajados se movía con ímpetu animal sobre el cuerpo inmovilizado de la indita Delfina. Acorralada en su habitación entretanto, Mariana, con la camisa de dormir desgarrada, un arañazo sangrante en el cuello y el hierro de revolver la lumbre como arma, lanzaba estocadas llenas de furia y desatino a un segundo hombre borracho a todas luces. Nicolás, arrinconado en una esquina y medio tapado por un colchón de lana que sobre él había volcado su hermana a modo de parapeto, no paraba de llorar y gritar como un poseso.

Sobrado de fuerza y —sobre todo— de ira, Mauro Larrea agarró por la espalda y el pelo de la nuca al atacante y le aplastó repetidamente la cara contra la pared. Una vez, otra, otra, con golpes secos y contundentes, otra más, otra, ante las miradas aturdidas de sus hijos. Después lo dejó resbalar hasta el suelo mientras sobre el empapelado de inocentes ramos florales de la recámara de Mariana iba quedando impreso un reguero de sangre tan negra como la medianoche que se colaba por el balcón. Tras comprobar precipitadamente que ninguno de los niños tenía más lesiones que las visibles, se abalanzó sin perder un segundo al cuarto contiguo en busca del agresor de Delfina, afanoso y jadeante todavía sobre el cuerpo aterrorizado de la joven. La operación fue idéntica, duró lo mismo y tuvo un resultado similar: el rostro del atacante reventado, la cabeza aplastada y más sangre a borbotones saliendo espesa de la boca y la nariz. Todo fue rápido; difícil saber —y bien poco le importaba— si aquellas bestias estaban muertas o tan sólo inconscientes.

No esperó para cerciorarse: de inmediato agarró a sus hijos en brazos y, con Delfina cobijada contra su pecho y rota en lágrimas, salió a depositarlos a recaudo de los vecinos. Un grupo de curiosos se agolpaba frente a la vivienda, alarmados por el estruendo. Entre ellos, un muchacho que llevaba un par de meses trabajando en sus pozos: un joven indio sagaz y escurridizo con el pelo largo hasta media espalda que aquella noche de asueto regresaba de un baile de barracón. No recordaba su nombre, pero le reconoció cuando dio un par de pasos contundentes hacia delante.

—A su servicio, patrón, en lo que pueda ayudarle.

Con un golpe de mandíbula le dijo aguarda un instante. Se aseguró entonces de que un par de mujeres se hicieran cargo momentáneamente de las tres criaturas y propagó entre los presentes la mentira de que los maleantes huyeron por una ventana. En cuanto confirmó que el grupo de mirones se desintegraba, buscó al chico en la penumbra.

—Dentro hay dos hombres, no sé si viven o no. Sácalos por el corral trasero y encárgate de ellos.

—¿Qué tal si nomás los dejo así como quietitos de por vida junto a la tapia del cementerio?

—Ni un minuto pierdas, ándale.

Así entró Santos Huesos Quevedo Calderón en su vida; a partir de ahí dejó de faenar bajo tierra y se convirtió en su sombra.

Y mientras el muchacho cumplía aquella madrugada siniestra con su primer cometido, Mauro Larrea salió a caballo en busca de Elías Andrade, que por entonces ya se ocupaba de las cuentas y el personal. Dos fueron los encargos que le hizo al arrancarle del sueño: devolver a Delfina a sus padres con una bolsa de plata como inútil compensación por su virtud vejada, y sacar a su familia esa misma noche del pueblo para no regresar jamás.

* * *

—Pero las capitulaciones matrimoniales de Nicolás y Teresita son firmes, ¿cierto?

Años después, la misma Mariana que subiera magullada, sucia y en camisa de dormir a una carretela preguntaba inquisitiva, vestida de muselina bordada sobre el vientre abultado mientras sacaba un cigarrito de una tabaquera de madreperla.

Los ruidos del desmantelamiento de la casona proseguían entretanto: revuelo y gritos, prisa, bulla y movimiento entre los magnolios y las fuentes del jardín. Saquen, empaquen, preparen. Apúrense, huevones, carguen a otro carro esas vitrinas; tengan cuidado con esos pedestales de alabastro, por el amor de Dios. Hasta las sartenes y las marmitas se estaban llevando. Para empeñarlo o revenderlo, o sacarle de algún modo un rendimiento inmediato con el que empezar a taponar los boquetes abiertos. Andrade era el que disparaba las órdenes: padre e hija, mientras, continuaban hablando bajo la luz tamizada que se filtraba por las enredaderas de la pérgola. Ella sentada en una butaca que alguien salvó del desalojo, con las manos apoyadas sobre la redondez del vientre. Él, de pie.

—Me temo que pueden ser anuladas a petición de cualquiera de los cónyuges. Y más habiendo una razón.

Casi siete meses de vida acogía Mariana en su seno, los mismos que Nicolás llevaba gestándose cuando nació antes de tiempo, canijo como un pajarillo, en esa España a la que jamás volvió ninguno de ellos. Una aldea del norte de la vieja Castilla, la risa hermosa y plena de la joven mujer que les abandonó retorcida entre sudor y sangre sobre un camastro de paja, la cruz de hierro clavada en el barro del camposanto una mañana de niebla espesa. La incredulidad, el desconcierto, la desolación: todo eso eran ya retazos desdibujados de memoria que muy raramente solían revisitar.

México, la capital, era ahora su universo, su día a día, el amarre de los tres. Y Nico había dejado de ser un renacuajo raquítico para convertirse en un muchacho vital e impetuoso, un seductor natural que desbordaba las mismas cargas de simpatía que de irresponsabilidades y desatinos, al que habían logrado mandar una temporada a Europa para que dejara de hacer barrabasadas hasta el momento de su boda con uno de los mejores partidos de la capital.

—Anteayer me encontré precisamente con Teresita y con su madre en los cajones de Porta Coeli —añadió Mariana expulsando el humo—. Comprando terciopelo de Génova y encaje de Malinas; ya están preparando los trajes para el casamiento.

Teresa Gorostiza Fagoaga se llamaba la prometida de Nico, la descendiente de dos ramas de robusto abolengo desde el virreinato. Ni demasiado bonita ni demasiado graciosa, pero sí agradable en extremo. Y sensata. Y enamorada hasta los tuétanos. Justo lo que, a ojos de Mauro Larrea, necesitaba el bala perdida de su hijo: una atadura, una seguridad que le hiciera sentar la cabeza y que, a la vez, contribuyera a reafirmar a la familia en el lugar más conveniente de la sociedad que a pulso se habían ganado. El dinero fresco y abundante de un acaudalado minero español, unido a una lustrosa estirpe criolla de generaciones. Imposible pensar en una mejor alianza. Sólo que aquel sugestivo proyecto acababa de desencajarse: a los Gorostiza aún les quedaba raigambre en cantidad mientras que la fortuna de los Larrea, en cambio, se había volatilizado por la caprichosa culpa de una guerra ajena.

Y sin un centavo en el bolsillo, sin cuenta abierta en el mejor sastre de la calle Cordobanes, sin un carruaje forrado de satín en el que llegar a las tertulias, los saraos y las jamaicas, carente de un brioso corcel con el que galantear delante de las muchachas y desprovisto de la firmeza de carácter de su padre, Nicolás Larrea sería humo. Un muchacho atractivo y simpático sin oficio ni beneficio, nada más. Un currutaco, un lagartijo, como solían llamar a los presuntuosos sin patrimonio entregados a la frivolidad. El hijo de un minero arruinado que como llegó se fue.

—Los Gorostiza no pueden enterarse —farfulló entre dientes con la vista perdida en el horizonte—. Ni tu familia política tampoco. Esto queda entre tú y yo. Y Elías, lógicamente.

Desde la turbia noche en la que Elías Andrade los sacó de Real de Catorce, el hasta entonces contable de las minas de su padre se convirtió para Mariana y Nicolás en lo más cercano a un familiar que nunca tuvieron. Idea suya fue asentar a los niños en México, la capital de la que él provenía y cuyos códigos y claves conocía a fondo. El colegio de las Vizcaínas fue su propuesta para Mariana. Para Nicolás, la casa de un pariente en la calle de los Donceles, uno de los últimos resquicios de aquella saga de los antaño ilustres Andrade de cuya gloria ya no quedaban más que telarañas.

Ahora la voz del apoderado, indiferente a ellos, seguía lanzando en la distancia una carga implacable de instrucciones apelotonadas. Esos platones de talavera, empáquenlos bien en lienzo no vayan a fracturarse; los colchones los quiero enrollados; ese balancín está a punto de volcarse, ¿es que no lo ven, pendejos? Los criados, acobardados ante la furia que don Elías se gastaba aquella mañana en la que nada era como solía ser, se esforzaban por obedecer entre carreras, convirtiendo la casa y el jardín de la que fuera una deliciosa hacienda de descanso en algo parecido a un cuartel sitiado.

Mariana arqueó entonces la espalda y se sostuvo los riñones con las dos manos, aliviando las molestias por el peso de su preñez.

—Quizá nunca debiste aspirar a tanto. Podríamos habernos conformado con menos, con una vida más sencilla.

Él negó con la cabeza, corrigiéndola. Nunca había pretendido imitar a esos legendarios mineros de tiempos coloniales, empeñados en afianzar su puesto entre la aristocracia a base de sobornos y mordidas a virreyes insaciables y a funcionarios corruptos. Comprar títulos nobiliarios y hacer una ostentosa exhibición pública de la riqueza era común por entonces. Él, sin embargo, era un hombre de otra pasta y otro tiempo. Él sólo quiso prosperar.

—Apenas tenía treinta años, y ya había entrado en el negocio de la plata por la puerta grande, pero me negaba a partirme el alma por acumular dinero a montones para seguir siendo un bruto sin moral ni clase. No quería pasarme el resto de la vida viviendo entre salvajes en una casa opulenta a la que no iba más que a dormir o pavoneándome por los burdeles delante de fulanas y fanfarrones, para después no saber comportarme ni enterarme de lo que pasaba por el mundo. No quería que tú y Nico, que para entonces ya estaban en la capital, se avergonzaran de mí.

—Pero nosotros nunca…

—Tuve pesadillas durante años. Jamás logré deshacerme del todo de esa angustia negra que te deja en el alma el haberle visto el rostro a la muerte. Y quizá también por eso quise resarcirme y me empeñé en desafiar a esa mina que me sacó los colmillos y estuvo a punto de dejarlos huérfanos.

Inspiró con fuerza el aire puro y seco que había hecho de Tacubaya el destino de descanso preferido por las élites de la capital. Los dos sabían que jamás iban a volver a aquella hermosa finca en la que tantos momentos gratos habían vivido. La puesta de largo de ella, sonoras reuniones de amigos, tardes frescas de plática entre sauces, madreselvas y limeros mientras en la ciudad se achicharraban de calor. Se oyeron salvas de artillería provenientes de algún lugar impreciso, pero ninguno se sobresaltó; ya estaban más que acostumbrados a su estruendo en aquellos días convulsos tras el fin de la Guerra de Reforma. Ajeno a todo, Andrade disparó a sus espaldas otra descarga de gritos. ¡Despejen la salida, quítense de en medio! ¡Ese aparador, arriba, a la de tres!

Mauro Larrea se alejó entonces del cobijo de la pérgola y caminó unos pasos hasta acercarse a la balaustrada de la terraza. Mariana no tardó en seguirle. Juntos contemplaron el valle y los volcanes imponentes. Hasta que ella se le anudó al brazo y apoyó la cabeza en su hombro, como diciéndole estoy contigo.

—Después de tantos años peleando, uno no se acomoda fácilmente a ver las cosas desde la distancia, ¿sabes? El cuerpo te pide otros retos, otras aventuras. Te vuelves ambicioso, te resistes a parar.

—Pero esta vez se te fue de las manos.

En la voz de su hija no había reproche, tan sólo una reflexión serena y transparente.

—Así es este juego, Mariana; yo no escribí las normas. A veces se gana y a veces se pierde. Y cuanto más fuerte apuestas, más grande es la caída.

5

La ayudó a salir de la berlina, la agarró por los hombros y le depositó un beso en la frente. Después la abrazó. No era dado a exponer sus afectos privados en público. Ni con sus hijos, ni con las mujeres que en algún momento pasaron por su vida. Aquel día, sin embargo, no se contuvo. Quizá porque ver a Mariana embarazada era algo que todavía le descolocaba. O porque sabía que el tiempo de estar juntos se iba agotando.

A diferencia de otras ocasiones, aquella tarde se marchó del palacio de la calle Capuchinas en el que ahora residía su hija sin entrar a saludar a su consuegra. Su intención no era esconderse de la vieja condesa de Colima ni de su título rancio o de su tormentoso carácter; simplemente tenía otras urgencias. La necesidad de marcharse en busca de una recomposición era cada vez más perentoria; habría de buscar nuevas vías, una salida que lo respaldase en caso de que la noticia de su derrumbe se filtrara por algún resquicio. Para no verse desprotegido, en cueros frente a una lamentable realidad que podría llegar a ser por todos conocida. Y comentada. Y chismeada. Y hasta celebrada por más de uno, como solía ocurrir en todas las derrotas ajenas. Y los cuatro meses de Tadeo Carrús ya habían empezado la cuenta atrás.

El café del Progreso a media tarde fue su siguiente destino: cuando estaba en su apogeo, antes de la desbandada para las cenas sociales o familiares. Antes de que se llenara de noctámbulos ociosos que no habían sido invitados a ningún sitio mejor. El local de encuentro más distinguido del momento, el frecuentado por la gente más principal, por hombres como él. De dinero. De negocios. De poder. Sólo que la mayoría no se había arruinado aún.

No había acordado encontrarse con nadie, pero sí tenía meridianamente claras cuáles eran las presencias que deseaba hallar y aquéllas con las que preferiría no coincidir. Escuchar, ésa era su pretensión. Recibir información. Y quizá dejar caer él mismo alguna miga en el lugar conveniente, si se asomaba la coyuntura.

Sentados en divanes y sillones forrados de brocatel, lo más prominente del peso económico de la capital mexicana fumaba y bebía café negro como si fuera una causa común. Se leía la prensa y se debatía con ardor acerca de cuestiones políticas. Se hablaba de negocios y acerca de la perenne bancarrota del país. Sobre lo que pasaba en el mundo, sobre las leyes en perpetuo proceso de cambio al socaire de los distintos próceres de la patria e incluso acerca de amoríos, trifulcas y comadreos sociales si tenían algún legítimo interés.

Apenas entró se hizo cargo de la situación con un rápido barrido visual. Casi todos eran clientes fijos, casi todos conocidos. A primera vista no le pareció que estuviera por allí Ernesto Gorostiza, su futuro consuegro, y se tranquilizó. Mejor así, de momento. Tampoco vio a Eliseo Samper, y esto, sin embargo, le contrarió. Nadie como ellos sabía de las políticas del Gobierno relativas a finanzas y empréstitos, por lo que sondearle podría ser una buena opción. Ni a Aurelio Palencia, otro reseñable nombre que conocía a fondo los entresijos de la banca y sus tentáculos. Sí, en cambio, vislumbró la presencia formidable de Mariano Asencio. Empecemos por ahí, decidió.

Se acercó a la mesa aparentando naturalidad: distribuyendo saludos, parándose de vez en cuando a cruzar unas palabras, pidiendo su café al reclamo de un mozo. Hasta que alcanzó su objetivo.

—¡Hombre, Larrea! —saludó Asencio sin sacarse el cigarro de la boca, con su vozarrón y su desenvoltura habitual—. ¡Mucho llevas sin dejarte ver!

Antiguo embajador de México en Washington, el gigante Asencio andaba metido desde su regreso en los negocios más variopintos con los vecinos del norte y con todo el que se le cruzaba en el camino. Estaba además casado con una yanqui a la que doblaba en tamaño, y conocía como pocos los aconteceres del país vecino. Sobre su guerra entre hermanos, precisamente, giraba por entonces la conversación.

—Y el hecho de que el Sur pelee en su propio territorio es una enorme ventaja —apuntó alguien desde un extremo de la mesa cuando la tertulia se reanudó—. Dicen que sus soldados luchan con gran arrojo y mantienen una moral excelente.

—Pero también son mucho menos numerosos —rebatió alguien más.

—Cierto, como se comenta también que la Unión, el Norte, está en disposición de triplicar sus hombres en un corto plazo.

El número de soldados y la moral de las tropas importaban a Mauro Larrea bastante poco, aunque escuchó simulando interés. Hasta que, como quien no quiere la cosa, metió una cuña con su pregunta.

—¿Y cuánto calculas tú, Mariano, que les queda de guerra?

Todo apuntaba a que el conflicto sería largo y sangriento, y él lo sabía de sobra. Pero a la desesperada persistía en agarrarse inútilmente a la ilusión de un rápido desenlace. Tal vez, si todo concluyera relativamente pronto, él podría intentar recuperar su maquinaria. O, al menos, parte. Podría embarcarse para investigar el paradero de sus propiedades, contratar a un abogado gringo, reclamar compensaciones...

—Mucho me temo que va para largo, amigo mío. Para un buen puñado de años seguramente.

Se oyeron murmullos de asentimiento, como si todos los presentes sostuvieran la misma seguridad.

—Se trata de una contienda bastante más compleja de lo que desde aquí logramos entender —añadió el gigantón—. El trasfondo es una lucha entre dos mundos diferentes con dos filosofías de vida y dos economías radicalmente distintas. Pelean por algo más profundo que la esclavitud. Lo que el Sur persigue es su mera independencia, de eso no hay duda. Ahora sí que les podemos llamar a esos pendejos los Estados Desunidos de América.

La risa fue general: las heridas de la invasión sufrida unos años antes aún estaban frescas y nada complacía más a los mexicanos que todo lo que atacara frontalmente a sus vecinos. Pero tampoco aquello preocupaba al minero; lo único que sacó en claro de esa charla fue que reconfirmaba lo que él ya sabía que era un combate perdido. Ni en sus mejores sueños iba a existir la menor oportunidad de recuperar una sola tuerca de su maquinaria, ni un simple peso de sus inversiones.

La mayoría del grupo estaba ya a punto de abandonar el café cuando Mariano Asencio, por sorpresa, le agarró el codo con su manaza de oso y le retuvo.

—Llevo días intentando verte, Larrea. Pero de una manera u otra no logramos coincidir.

—Cierto, llevo un tiempo bastante ocupado, ya sabes.

Palabras vacuas, qué otra cosa podía decirle. Por fortuna, Asencio no les prestó mayor atención.

—Tengo interés en hacerte una consulta.

Dejaron que los demás tertulianos abandonaran el café y se dispersaran con rumbos distintos; sólo entonces salieron. A él le esperaba Laureano en su berlina, pero a Asencio no parecía aguardarle carruaje alguno. De inmediato supo por qué.

—El matasanos de Van Kampen, ese médico alemán del demonio cuyas monsergas mi mujer me obliga a obedecer, se ha empeñado en que tengo que moverme. Así que ella misma se ha encargado de dar órdenes a mi cochero de que no me espere en ningún sitio.

—Yo puedo llevarte a donde quieras…

Rechazó la propuesta con un aspaviento al aire.

—Olvídalo, ya me pescó la otra noche llegando a casa en el landó de Teófilo Vallejo y no te imaginas la que me armó. Quién me mandaría a mí matrimoniarme con una güera episcopaliana de New Hampshire... —protestó con cierta sorna—. Pero sí te agradecería infinito, amigo mío, que me acompañaras caminando, si no tienes prisa. Vivo en la calle de la Canoa, no nos demorará mucho.

Despachó a Laureano tras darle la nueva dirección; su coche arrancó vacío y él se dispuso a escuchar a aquel hombre que siempre le había generado sensaciones contrapuestas.

Las calles, como todos los días, estaban atestadas de transeúntes con mil tonos de piel que se cruzaban en un bullicioso ir y venir. Mujeres indígenas con enormes ramos de flores entre los brazos y sus criaturas cargadas en rebozos; hombres de color bruñido que llevaban a la cabeza fuentes de barro llenas de dulces o manteca amontonada; limosneros, gente honrada, soldadesca y charlatanes que deambulaban sin reposo de la mañana a la noche en una rueda sin fin.

Entre todos ellos se abría paso Asencio con el empuje de un galeón, apartando a bastonazos a pedigüeños y mendigos andrajosos que, entre lamentos y gimoteos, les pedían una limosna por la purísima sangre de Cristo Nuestro Señor.

—Se ha puesto en contacto conmigo un grupo de inversores británicos. Tenían todo organizado para arrancar una prometedora campaña minera en los Apalaches. Pero la guerra, lógicamente, les paró los pies. Están pensando en trasladar sus intereses a México y me piden información.

Una broma. Una asquerosa broma del destino. Eso fue lo primero que Mauro Larrea pensó al escuchar la noticia. Él se había hundido en la miseria por culpa de aquella contienda que ni le iba ni le venía, y Asencio, precisamente en ese momento, le decía que los viejos hermanos ingleses de los gringos que ahora andaban matándose entre sí pretendían instalarse en los dominios que él dejaba libres a causa de su caída.

Ignorante de la zozobra que mordía al minero como una sabandija agarrada a sus tripas, Asencio, todo a la vez, continuaba hablando, caminando como un paquidermo y quitándose de encima sin la menor misericordia y a golpes de bastón a unos cuantos ciegos con las cuencas vacías y a docenas de tullidos que enseñaban con obscena ostentosidad sus taras y muñones.

—Yo les insistí en que no es un buen momento para invertir ni una guinea en México —añadió rebufando—. Y eso a pesar de que los Gobiernos llevan ya años dándoles todas las bendiciones a fin de atraer capitales extranjeros.

—Ya lo intentaron sus compatriotas de la Compañía de Aventureros en Real del Monte y Pachuca. Y fracasaron —aclaró en un esfuerzo por sonar natural a pesar de la angustia que lo fustigaba—. No lograron hacerse con las formas de trabajar de los mexicanos, se negaron a dar partido...

—Lo saben, lo saben —atajó Asencio—. Pero parece que ahora están más preparados. Y tienen la maquinaria lista para ser embarcada desde Southampton. Y a mí me viene de perlas que la traigan hasta acá porque así uso yo el mismo buque para mandar mis mercancías hasta Inglaterra. Lo único que necesitan es un buen caladero, si me permites la expresión; disculpa mi ignorancia en este negocio de ustedes. Una buena mina que no haya sido explotada en los últimos tiempos, dicen, pero que tenga garantía de potencial.

Se contuvo para no soltar una carcajada malsana, cargada de amargura. Las Tres Lunas. El perfil de Las Tres Lunas, su gran sueño, era exactamente lo que aquellos ingleses andaban buscando sin saberlo. Puta madre que los parió.

—Les prometí hacer algunas averiguaciones —prosiguió el gigantón—. Y pensé en preguntarte. Sin entrar en conflicto con tus intereses, claro está.

Y lo más irónico de todo, lo más terrible a la vez, siguió pensando, era que Las Tres Lunas, sometida a las normas habituales de los sitios mineros, no era siquiera de su propiedad. De haber sido así, tal vez incluso habría podido vendérsela a los ingleses, o arrendársela y sacarle alguna tajada. O se habría postulado ante Asencio como socio en esa hipotética futura empresa. Pero no tenía ningún título de propiedad sobre la mina porque se lo impedían las viejas ordenanzas de tiempos del virreinato que aún se mantenían vigentes. Un permiso de amparo: un expediente que lo autorizaba a tomar posesión y laborarla, eso era todo lo que obraba en su poder. Algo que podría declararse nulo con todas las de la ley si no se empezaba en breve, dejando así el camino abierto para quien pudiera llegar detrás.

Asencio volvió a agarrarle del brazo, esta vez para proponerle una parada en una esquina, frente a una vieja chimolera instalada tras un brasero que rezumaba mugre. Sobre él calentaba las tortillas que antes había amasado con unas manos de larguísimas uñas negras. Ni aposta, entre los mil vendedores de comida que surcaban las calles, podría haberse decidido por un puesto más innoble.

—Ese pánfilo de Van Kampen también le dijo a mi mujer que tengo que comer menos y entre los dos me están matando de hambre. —Rebuscó entonces en el bolsillo del chaleco en busca de unos pesos—. Más me valdría haberme casado con una buena doña mexicana de las que te esperan siempre con la mesa bien repleta. ¿Te hace un taquito de puerco, compadre? ¿Una gorda de manteca?

Prosiguieron el camino mientras Asencio, todo a una, engullía la comida recién comprada, hablaba sin tregua y despachaba pordioseros con una agilidad admirable. Y, de paso, se condecoraba la pechera con los restos pringosos que le caían de la boca.

—Supongo que a ti también te estará afectando negativamente esta guerra —tanteó entonces Mauro Larrea—. Con los puertos de los confederados del Sur bloqueados por la Unión.

—En absoluto, mi querido amigo —replicó masticando a dos carrillos—. A causa del bloqueo, los sudistas están empezando a comerciar desde el puerto de Matamoros, donde tengo algunos intereses. Y como el Norte ya no le compra algodón al Sur, que era el principal comercio entre ellos, yo también he empezado a suministrárselo a los yanquis; poseo por ahí unas cuantas haciendas que adquirí a precio de saldo antes de que estallara el conflicto.

Dio entonces cuenta del último bocado de su tercer taco y, sin mayor miramiento, se limpió la boca con la manga de la levita. Soltó luego un sonoro eructo. Perdón, dijo. Por decir.

—Entonces, volviendo a nuestro asunto, ¿qué me aconsejas que les diga a los súbditos de su Graciosa Majestad? Esperan una respuesta en breve, andan impacientados. Ya seguiré yo haciendo mis averiguaciones por ahí, a ver qué me cuenta Ovidio Calleja, el del archivo de la Junta de Minería, que me debe unas cuantas. A ese pendejo tampoco se le escapa ni una, y más si hay algún beneficio de por medio para él. Pero me gustaría saber tu opinión, porque la plata, en confianza, sigue siendo un buen negocio, ¿cierto?

—No creas —improvisó compulsivo—. Los problemas crecen sin freno, y a menudo los gastos no compensan los rendimientos. El azogue y la pólvora, que se precisan por toneladas, cambian de precio según el día. El bandidaje se ha convertido en una pesadilla y hay que pagar escoltas militares para las conductas del metal; cada vez queda menos mena de buena ley, los trabajadores se están volviendo combativos como demonios…

No mentía. Pero sí exageraba. Todos aquellos problemas existían como lo habían hecho siempre desde que entró en aquel mundo, no se trataba de ninguna novedad. Y él mismo les había plantado cara a lo largo de los años.

—De hecho —añadió elaborando una mentira sobre la marcha—, yo mismo estoy pensando en diversificar mis negocios fuera del país.

—Para dirigirlos ¿hacia dónde? —preguntó Asencio con curiosidad descarada. Además de su conocimiento acerca de los asuntos del norte, de su verbo impetuoso y de la extravagante disparidad de sus negocios, el gigantón tenía también fama de cazar las oportunidades ajenas con enorme rapidez.

Jamás había sido Mauro Larrea un hombre embustero, siempre había ido de frente. Pero, ante el acoso, no tuvo más remedio que soltar una sarta de mentiras elaboradas precipitadamente a partir de lo escuchado en conversaciones sueltas por acá y por allá.

—No lo tengo del todo claro, estoy estudiando varias ofertas. Me gustaría tal vez abrirme hacia el sur, invertir en fincas de añil en Guatemala. Tengo también un antiguo socio que me ha propuesto algo relacionado con el cacao de Caracas. Hay, además…

La manaza de Asencio le cayó entonces sobre el brazo como un plomo, obligándole a detenerse en medio de la calle.

—Si este que te habla tuviera tu liquidez, Mauro, ¿tú sabes lo que haría?

Y sin esperar respuesta le acercó al oído su aliento aún cargado de cebolla, chile y puerco y, entre olores y letras, le lanzó una descarga que le hizo pensar.

6

Andrade lo aguardaba con su cráneo brillante y los anteojos sobre el puente de la nariz, frente a una pila de documentos.

—Pinche oportunista —farfulló el minero tras aislarse del exterior con un portazo.

El apoderado apenas levantó la vista de las cuentas que repasaba.

—Confío en que no te refieras a mí.

—Hablo de Mariano Asencio.

—¿El gigante?

—El gigante filibustero.

—Nada nuevo bajo el sol.

—Está en tratos con unos ingleses. Una compañía de aventureros listos para plantar sus voluntades allá donde les aconsejen. Traen medios solventes y dinero fresco, y no van a perder el tiempo arriesgándose con minas vírgenes. Van a fiarse de lo que él les diga, y ese demonio va a remover cielo y tierra para ofrecerles algo apetitoso y llevarse después su buena tajada.

—No te quepa duda.

—Ya me anunció que el primer sitio en el que meterá su gran nariz será el archivo de la Junta de Minería, donde va a encontrar proyectos a mansalva.

—Menores, casi todos, para las ambiciones de esa gente. Excepto...

—Excepto el nuestro.

—Lo cual significa...

—Que en cuanto Asencio vea que no arrancamos con Las Tres Lunas, les abrirá camino a través del rastro que dejemos.

—Y que donde sepan que tú has olfateado posibilidades de bonanza, ellos se plantarán en tres días.

El silencio se hizo tenso como una catapulta lista para disparar. Fue Andrade quien lo rompió.

—Lo peor será que actuarán con todas las de la ley, porque hemos sobrepasado los plazos —adelantó con voz negra.

—Largamente.

—Y eso implica que Las Tres Lunas puede declararse…

Dos palabras siniestras retumbaron al unísono.

—Desierta y desamparada.

En la jerga del negocio minero, tales adjetivos dispuestos en ese preciso orden sólo anticipan algo funesto: que si a partir de la fecha estipulada se faltaba al cumplimiento, si no arrancaban las labores o si éstas se suspendían prolongadamente sin causa que lo justificara, cualquiera podría solicitar un nuevo amparo, privar al anterior emprendedor del dominio del yacimiento y tomar posesión de él.

—Como cuando había que pedir permiso al rey de España para poner malacate en las propiedades de la Corona, maldita sea —masculló.

Mauro Larrea cerró los ojos unos instantes y se presionó los párpados con las yemas de los dedos. Entre las momentáneas tinieblas, a su retina volvieron los once pliegos de papel timbrado que depositó con su rúbrica en las dependencias del archivo de la Junta de Minería. Cumplidor con la normativa, en ellos solicitaba amparo oficial para laborar la mina abandonada y exponía concienzudamente sus aspiraciones. La extensión que pretendía explorar y su orientación, la profundidad, los diversos tiros por los que adentrarse.

Como si Andrade le leyera el pensamiento, sus labios pronunciaron quedamente:

—Dios nos agarre confesados…

Unos extranjeros se habían quedado con su maquinaria

arrastrándolo a la ruina más absoluta. Y si no lo remediaban a tiempo, otros estaban a punto de arrebatarle también sus ideas y conocimientos, el único agarre que le quedaba por si algún día las cosas volvían a cambiar.

Los dos hombres se miraron y asintieron mudos: en ambas mentes flotaba la misma decisión. Había que sacar el expediente de los archivos como fuera, para que nunca llegara ni a Asencio ni a los ingleses. Y a fin de no levantar curiosidad ni suspicacias, toda cautela era poca.

La conversación continuó por la noche, cuando Andrade regresó tras haber hecho unas cuantas averiguaciones. Sobre ellas le puso al tanto, frente a la mesa de billar en la que Mauro Larrea llevaba otro par de horas batiéndose de nuevo consigo mismo: la única manera de mantener a los demonios amordazados mientras iba tomando decisiones.

—Calleja lleva fuera varias semanas, en su visita anual a las diputaciones.

No necesitó aclarar que Ovidio Calleja era el superintendente del archivo de la Junta de Minería: un viejo conocido del ramo con el que años atrás no les había faltado más de un desencuentro. Por unas lindes entre pozos, en una ocasión. Por unas remesas de azogue en otra, y alguna más hubo. En ninguna de ellas logró Calleja salir airoso y casi siempre se acabaron llevando Larrea y Andrade la parte del león. Así las cosas, ambos sabían que, a pesar de los años transcurridos, el resquemor aún le escocía a su otrora contrincante. Nada generoso podrían por ello esperar de él. Si acaso, lo contrario.

Alejado hacía tiempo de los campamentos mineros tras la irregular suerte de sus inversiones, Calleja había logrado finalmente aquel puesto burocrático que no le reportaba abiertamente grandes beneficios, pero sí le confería algunas prebendas adicionales gracias a su moral no del todo escrupulosa.

—Quizá esa ausencia juegue a nuestro favor —fue la reflexión del apoderado—. Si estuviera acá, en cuanto supiera que tenemos interés en retirar el proyecto, se interesaría por él. Y se demoraría en devolvérnoslo con cualquier excusa, y aprovecharía para que un escribano le hiciera una copia o él mismo anotaría los detalles y se los guardaría para sí.

—O para compartirlos con cualquiera que mostrara interés.

—Ni lo dudes —replicó el apoderado llevándose a los labios el vaso de brandy que su amigo había dejado a medio beber sobre uno de los bordes de la mesa. No le pidió permiso, no hacía falta.

Las dos mentes maquinaban al unísono. A la desesperada.

—Podríamos aprovechar su ausencia para morder a alguno de los subalternos. Al flaco de la barba rala. O al de las lentes ahumadas. Sugerirles que distraigan discretamente el expediente del archivo, proponerles a cambio algo suculento; quizá tentarles con algo de valor antes de que nos acabemos desprendiendo hasta de las pestañas. Una buena pintura, un juego de candelabros de plata maciza, un par de yeguas...

Andrade pareció concentrar toda su atención en devolver cuidadosamente el vaso tallado al sitio exacto que ocupaba unos momentos antes: el que marcaba un rodal húmedo sobre la caoba.

—Calleja cuenta tan sólo con esos dos subalternos a quienes bien conoces, y los tiene adiestrados como a macacos de feria. Jamás hacen nada a su espalda, no osan traicionar la mano que les da de comer. A no ser que les pusieras enfrente el tesoro de Moctezuma, cosa que veo harto compleja, siempre sacarán mejores beneficios si mantienen la lealtad a su superior.

No necesitó preguntar cómo se había enterado: en la tupida red de la burocracia capitalina, todo se podía saber con tan sólo unas cuantas preguntas lanzadas con buen tino.

—Esperemos a mañana, en cualquier caso —concluyó—. Entretanto, hay algo más que Mariano Asencio me comentó y que me gustaría que supieras.

Le repitió entonces el último consejo que salió de la boca del titán entre vahídos de comida grasienta. Y le dijo que estaba pensando que quizá aquélla no fuera la peor de las opciones. Y Andrade, como siempre que tenía constancia de que su amigo andaba entre las sombras al borde de un precipicio, se sacó el pañuelo del bolsillo y se lo llevó a la frente. Había empezado a sudar.

* * *

Aparecieron por el Palacio de Minería a eso de las once y media de la mañana, para no dejar traslucir su ansiedad. Como si pasaran accidentalmente por el imponente edificio que albergaba el archivo. O como si hubieran encontrado un hueco fortuito entre sus múltiples obligaciones. Armados con los sempiternos rollos de papel propios de su oficio y con una carpeta de piel repleta de supuestos documentos. Seguros de sí mismos, elegantemente ataviados con sus levitas de alpaca inglesa y sus corbatas recién planchadas y los sombreros de media copa que se quitaron al entrar. Como cuando la fortuna aún les cortejaba y les guiñaba un ojo con simpatía.

Apenas había actividad en las dependencias; al fin y al cabo, no eran demasiados los proyectos mineros que se registraban aquellos días. Tan sólo encontraron por eso a los dos empleados previstos, cada uno sumergido en sus quehaceres, protegidos de tinta y polvo por manguitos de percalina. Alrededor, multitud de vitrinas con puertas de cristal extendidas de techo a suelo. Y bien cerradas con llave, según certificaron con apenas un vistazo. Dentro, apretados entre sí y amarillentos en su mayoría, miles de legajos, cédulas y actas de posesión capaces de ofrecer a quien tuviera la paciencia de leerlos un paseo pormenorizado por la ancha trayectoria de la minería mexicana desde la colonia hasta el presente.

Saludaron con una cierta familiaridad; hartos estaban al fin y al cabo los cuatro hombres de verse las caras al menos un par de veces al año. Sólo que, en otras ocasiones, los empleados no intervenían en nada y era el propio Ovidio Calleja quien les atendía con unos formalismos exagerados que revelaban su categórica antipatía.

Los subalternos se levantaron ceremoniosos.

—El superintendente no se encuentra.

Ellos manifestaron una fingida contrariedad.

—Pero si en algo podemos nosotros ayudar a los señores…

—Supongo que sí: ustedes son de la absoluta confianza de don Ovidio y conocen esta casa tan a fondo como él mismo. O mejor, incluso.

El apoderado fue quien lanzó esa primera piedra, con la coba por delante. La segunda la tiró él.

—Necesitamos consultar un expediente de denuncio. A mi nombre, Mauro Larrea. Conmigo traigo el comprobante del depósito, para que encuentren la referencia con facilidad.

El más alto de los empleados, el de las lentes emplomadas, carraspeó. El otro, el delgado y poca cosa, se puso las manos a la espalda y bajó la mirada.

Transcurrieron unos incómodos segundos en los que sólo se escuchó el péndulo de un reloj de pared situado sobre el gran escritorio vacío del superior ausente.

El hombre volvió a carraspear antes de soltar lo que ya esperaban.

—Lamentándolo mucho, señores, creo que no va a sernos posible.

Ambos fingieron una exquisita sorpresa. Andrade alzó una ceja extrañado, el minero frunció levemente el entrecejo.

—¿Y eso, cómo es, don Mónico?

El empleado alzó los hombros en señal de impotencia.

—Órdenes del superintendente.

—Increíble se me antoja —replicó Andrade con elaborada retórica.

El flaco intervino entonces, en refuerzo de su compañero:

—Son órdenes que hemos de acatar, señores. Ni siquiera tenemos las llaves a nuestra disposición.

Ni un plumín se movía de aquel archivo sin la autorización

expresa de Ovidio Calleja; de esa férrea inflexibilidad no iban a descabalgarlos ni a tiros.

Y ahora por dónde salimos, compadre, se dijeron sin voz uno a otro. No tenían nada previsto, no les quedaba más alternativa que una humillante desbandada con las manos vacías. Por Dios que a veces las cosas se complicaban como si un perverso emisario de Satanás las estuviera manipulando a su capricho.

Todavía se debatían entre seguir insistiendo o resignarse ante el revés, cuando al fondo de la estancia oyeron el crujido de una puerta lateral. Los cuatro pares de ojos se dirigieron a ella como atraídos por un imán, aliviados por la ruptura momentánea de la tensión. Apenas comenzó a abrirse, tres gatos ágiles como soplos de viento se escurrieron dentro de las dependencias. Luego asomó el ruedo de una falda del color de la mostaza. Y finalmente, cuando la puerta quedó del todo abierta, entró una mujer de edad indefinida. Ni joven ni vieja, ni guapa ni fea. Ni lo contrario.

Andrade se adelantó un paso, imprimiendo en su cara una sonrisa zorruna. Tras ella escondía su inmenso desahogo por haber encontrado una imprevista excusa para prolongar su presencia en el archivo.

—Gusto de verla, señorita Calleja.

Mauro Larrea, por su parte, contuvo las ganas de decirle irónico a su amigo bien hiciste tus pesquisas, cabrón. No sólo averiguaste el nombre de los subalternos, sino que también te enteraste de que existe una hija.

Al rostro de la recién llegada asomó un gesto de desconcierto, como si no esperara encontrar a nadie en el archivo a aquella hora. Probablemente se había acercado tan sólo un minuto desde la vivienda que el superintendente y su familia ocupaban en el mismo inmueble del Palacio de Minería. Sin arreglarse, vestida casi de andar por casa.

Con todo, no tuvo más remedio que mantenerse a la altura y, con un punto de apocamiento, les dio los buenos días.

El apoderado avanzó dos pasos más.

—Don Mónico y don Severino nos estaban notificando en este preciso momento la ausencia de su señor padre.

Rostro redondo, cabello tirante recogido en la nuca, la treintena ampliamente superada, el cuerpo sin demasiada gracia enfundado en un anodino vestido de mañana con recatado cuello de color marfil. Una mujer como cientos de mujeres, de las que no dejan poso en la retina cuando un hombre se las cruza por la calle; una fémina de las que tampoco resultan nunca ingratas o desagradables. Así era Fausta Calleja vista desde la distancia que les separaba: una mujer del montón.

—En efecto, se encuentra fuera de la ciudad —replicó—. Aunque creemos que tiene previsto el regreso en breve. A preguntar venía, de hecho; a saber si ya se recibió la correspondencia que lo confirme.

—Todavía no tenemos constancia, señorita Fausta —respondió el de las lentes opacas—. Nada llegó aún.

Con excepción de los pasos que había avanzado el apoderado para acercarse a la hija del superintendente, todos permanecían inmóviles, como clavados sobre los tablones mientras los gatos se movían a sus anchas entre las patas de los muebles y las piernas de los empleados. Uno, rojizo como una llama, saltó a una de las mesas y se paseó con descaro pisando folios y pliegos.

Andrade, de nuevo, fue quien retomó el amago de conversación.

—Y su señora madre, señorita, ¿qué tal se encuentra estos días?

De no tener por delante una realidad tan tremebunda, Mauro Larrea habría estallado en una bronca risotada. ¿De dónde sacaste, viejo demonio, semejante interés por la familia de un tipo que estaría dispuesto a dejarse rebanar una oreja antes de echarnos una mano?

La hija, como era de esperar, no percibió la hipocresía de la pregunta.

—Prácticamente recuperada, muchas gracias, señor...

—Andrade, Elías Andrade, un devoto amigo de su señor padre, a su entera disposición. Y este otro señor, idénticamente afecto a la amistad de su papá, es don Mauro Larrea, un próspero minero viudo a quien tengo el honor de representar y por cuya honradez, bonhomía y calidad moral soy capaz de apostar mi alma.

¿Te volviste loco, hermano? ¿Adónde quieres llegar con ese lenguaje de novelón para damiselas? ¿Qué pretendes de esta pobre mujer mintiéndole sobre la relación que nos une con su padre, destripando mis intimidades y cubriéndome de ridículas alabanzas?

De inmediato supo, sin embargo, que no necesitaba respuestas: al recibir la mirada de Fausta Calleja entendió con instantánea lucidez lo que su amigo perseguía. Todo estaba en sus ojos, en la intensidad con que ella observó su cuerpo, sus ropas, su rostro y su empaque. Híjole, cabrón. Así que te enteraste de que la hija es soltera y de pronto se te ocurrió presentarme en bandeja como un potencial pretendiente, por si tal vez por ahí pudiéramos avanzar a la desesperada.

—Nos alegramos enormemente, señorita, de que su mamá haya recobrado la salud. ¿Y qué malestar la aquejó, si no es indiscreción?

Con la misma oratoria recargada, el apoderado había retomado su absurda conversación en el mismo lugar en que la había dejado. Ella, como pillada en un renuncio, desprendió veloz la mirada de él.

—Un fuerte catarro, por suerte superado.

—Dios quiera que no se repita.

—Eso esperamos, señor.

—Y… y… ¿se encuentra ya en disposición de recibir visitas?

—Precisamente esta misma mañana vinieron a verla unas amigas.

—Y… y… ¿cree usted que podría aceptar también la visita de un servidor? Acompañado del señor Larrea, naturalmente.

Esta vez fue él quien tomó la iniciativa. Ni modo, resolvió

consigo mismo. Hay mucho en juego como para andarnos con remilgos. Y de los malditos cuatro meses que tenía para enderezarse, ya había malgastado dos días.

Sin el menor recato y con todo el aplomo que fue capaz de reunir, clavó en la mujer una mirada prolongada e impetuosa que la atravesó.

Ella bajó el rostro al suelo, azorada. El gato color fuego se le restregó mimoso entre los pliegues de la falda; se agachó a recogerlo, lo acunó entre los brazos y le hizo una monería en el hocico, susurrándole algo que no llegaron a oír.

A la espera de una respuesta, los dos amigos guardaron la más hidalga compostura. Sus cerebros, mientras tanto, no paraban de trajinar. Si los empleados no daban su brazo a torcer para sacarles el expediente del archivo, tal vez la esposa y la hija pudieran hacer algo por ellos. En el interior de sus cabezas, por eso, martilleaban sus propias voces. Vamos, vamos, vamos. Ándale, muchacha, di que sí.

Por fin se agachó para dejar al gato libre. Al levantarse, con las mejillas levemente enrojecidas, les dejó oír lo que ansiaban.

—En nuestro humilde hogar serán cordialmente recibidos cuando los señores consideren oportuno.

7

Madre e hija se encontraban a mitad del puchero de carnero y res que almorzaban, cuando les llegó el suntuoso tarjetón. Los señores Larrea y Andrade anunciaban su visita para esa misma tarde en punto de las seis.

Un par de horas después, con las mejores piezas del menaje doméstico desparramadas por todos los rincones de la sala, la esposa del superintendente apretó por enésima vez la misiva contra su pecho voluminoso. Y si fuera verdad…

—No sabes cómo me miró, mamá. No sabes de qué manera.

Todavía resonaba en los oídos de doña Hilaria el eco de las palabras de su hija al regresar abrumada del archivo.

—Y es viudo. Y buen mozo como pocos.

—Y con capitales, mija. Y con capitales...

La cautela, no obstante, la obligó a amarrar cortas las ilusiones. Desde que a su esposo le asignaran el puesto que ahora ocupaba, rara era la semana en que no llegaba hasta la puerta de la familia algún agasajo. Invitaciones a lonches y veladas, o una inmensa charola de hojaldres, o una discreta bolsa de onzas de oro. Incluso meses atrás les sorprendieron —muy gratamente, había que reconocerlo— con un coche bombé. Todo a cambio tan sólo de que su Ovidio, entre las docenas de papeles que a diario pasaban por sus manos, pusiera o quitara una fecha acá o un sello allá, diera por traspapelado algún asunto o mirara hacia el lado contrario al que debería mirar.

Por eso, la primera reacción de la esposa fue de desconfianza.

—Pero ¿estás segura, niña, de que te miró como te miró así porque sí?

—Tan segura como de que es de día, mamá. A los ojos, primero. Y después...

Se retorció los dedos, pudorosa.

—Después me miró como... Como un hombre de una pieza mira a una mujer.

Ni por ésas quedó doña Hilaria convencida. Algo se trae entre manos, rumió. Si no, ¿de cuándo acá iba a fijarse en Fausta un ejemplar como don Mauro Larrea? Menudo era, según contaba su marido. Mucho llevaban corrido él y su fiel amigo Andrade, y a los dos les chorreaba el colmillo cada vez que olfateaban una oportunidad. Sabía también que se movía como pez en el agua en los ambientes más distinguidos, entre gentes de la clase sofisticada a la que los Calleja por desgracia no pertenecían. Y en esos ambientes, seguro que le sobraban candidatas para sacarle de la viudedad. Algo le interesaba sobremanera si se había decidido a lanzar un dardo a su hija; de eso estaba casi casi segura. Algo que sólo su marido podría hacer por él. Tremendo era el pinche español, repetía su Ovidio cada vez que venía al caso. Como un sabueso olía los buenos negocios; como un zorro hambriento. Ni una presa viva dejaba escapar.

Pero... Y si... Las dudas le iban y le venían como vahídos mientras buscaba en el arca el mantel más apropiado. ¿El de hilo de Escocia bordado en punto de lomillo? ¿O el de encaje richelieu? Qué más daba que todo fuera un juego de intereses, pensó. Qué eran unos cuantos favores a cambio de un respaldo permanente para la niña, de un cuerpo viril que meter en su vida insulsa y en su cama fría. Un marido, por Dios santo. A esas alturas. Ya encontraría ella manera de que Ovidio se olvidara de los desencuentros que hubo entre ellos. Que no fueron cosa chica, por cierto, recordó echando el vaho a una cucharilla de plata: sus buenos dolores de vientre le causaron al pobre, hasta sangre vomitó más de una vez en aquellos tiempos de tensiones por unos pozos o unas partidas de azogue, o... O lo que fuera: hay que olvidarse de aquello, farfulló en voz queda mientras alzaba la tapa del azucarero de los días grandes. Además, mejor aprovechar ahora que él no está en la capital. Así será más fácil convencerlo si el asunto prospera. Lo pasado, pasado está.

En ésas andaba doña Hilaria mientras Fausta, con el rostro untado de una pasta de almendras y agua de salvado para blanquearse la piel, daba instrucciones a las criadas en la cocina sobre cómo planchar la muselina de su vestido más delicado. Unas cuantas cuadras más al sur de la ciudad y ajeno a los preparativos en su honor, Mauro Larrea, encerrado en su despacho sin levita ni corbata, caído a plomo sobre un sillón con un cigarro entre los dedos, había apartado deliberadamente de su cabeza la merienda que les esperaba aquella tarde y, dando un salto en el tiempo, revivía machaconamente el final del encuentro con Mariano Asencio del día anterior.

Los gestos y el vozarrón con aroma a chile y puerco le atronaban todavía en la memoria; casi sintió de nuevo el peso de la manaza al caerle sobre el brazo. Si este que te habla tuviera tu liquidez, ¿tú sabes lo que haría?, ésa fue la pregunta que le lanzó el titán. Por respuesta obtuvo el nombre de cuatro letras al que seguía dando vueltas. La misma opción sobre la que le habló a Andrade la noche anterior. Asencio era un oportunista capaz de vender a su padre por un plato de chícharos, cierto, pero poseía un ojo certero para pelear por sus intereses allá donde husmeara beneficios. Qué tal si tuviera razón, masculló por enésima vez. Chupó otra vez el cigarro ya medio consumido. Qué tal si ése fuera mi destino.

El sonido de unos nudillos vigorosos chocando contra la madera le devolvió a la realidad. La puerta se abrió al instante.

Para entonces, se había reafirmado en su decisión.

—¿Todavía andas así, fumando apachurrado y sin vestir? —bramó el apoderado al verle.

Tocaban las seis en punto cuando ambos bajaron de la berlina en la calle de San Andrés, de vuelta a la monumental fachada del Palacio de Minería.

Un sirviente les esperaba frente al gran portón abierto de par en par. Al verles acercarse, cesó su animada plática con el portero y, obviando la grandiosidad de la escalinata, les dirigió desde el patio central hacia el ala de poniente de la planta baja. Les vino bien que les guiara: aunque estaban acostumbrados a moverse cómodamente por los vericuetos públicos del edificio, las dependencias privadas les eran desconocidas. El joven indio, descalzo, se deslizaba por las losas con sigilo de serpiente. Los pasos de ellos, con sus botines ingleses y su prisa acompasada, resonaban en contraste con un repique vibrante sobre la piedra gris.

Apenas se cruzaron con nadie a aquella hora de la tarde. Para entonces los estudiantes ya habían terminado sus lecciones de física subterránea y química del reino mineral, y andarían requebrando a las muchachas en la Alameda. Los profesores y los empleados estarían volcados en sus asuntos particulares tras cumplir con las labores del día y, para alivio de ambos, tampoco se cruzaron con el rector o el vicerrector.

—De haber seguido activo don Florián, bien podría habernos echado una mano.

Pero el capellán, un viejo cascarrabias con doblez entrañable, conocido desde los tiempos de Real de Catorce, hacía tiempo que había colgado la sotana, a la luz de los nuevos aires laicos que impregnaban la nación.

—Tal vez tendríamos que haber traído algo a la muchacha —fue lo siguiente que soltó Mauro Larrea entre dientes en mitad de un corredor solitario.

—¿Algo como qué?

—Qué sé yo, compadre. —En su voz había un tono de fastidio y ni pizca de verdadero interés—. Camelias, o golosinas, o un libro de poemas.

—¿Poesías, tú? —Andrade reprimió una ácida risa—. Demasiado tarde —anunció bajando la voz—. Creo que estamos llegando; pórtate regio, pues.

Una escalera accesoria acababa de conducirles al entresuelo en el que se alineaban las viviendas del personal. La tercera puerta de la izquierda estaba entreabierta; desde ella, otra muchachita indígena con trenzas relucientes se encargó de conducirles hasta la sala.

—Muy buenas tardes, mis estimados amigos.

En su calidad de convaleciente, la señora de Calleja no se levantó de su butacón. Tan sólo, vestida de oscuro y con perlas discretas al cuello, les tendió una mano que ambos besaron ceremoniosos. Dos pasos más atrás, Fausta cruzaba los dedos entre los pliegues de un insulso vestido que todavía guardaba el calor prolongado de la plancha.

Se sentaron tras los saludos, ocupando las posiciones estratégicas que doña Hilaria tenía previstas. Usted acá, a mi lado, don Elías, indicó palmeando el brazo un sillón cercano. Y usted, señor Larrea, acomódese si le place en el diván. En la esquina derecha del mismo se aposentó la hija, naturalmente.

Con una ojeada tuvieron suficiente para calibrar el panorama que les rodeaba. Una estancia de techo no demasiado alto y dimensiones no demasiado generosas, con muebles mediocres y escasa suntuosidad. Acá o allá, no obstante, se vislumbraba algún indicio de opulencia. Un par de cornucopias de cristal sobre una peana de cedro, un espléndido florero de alabastro bien a la vista. Incluso un piano nuevito como una novia adolescente. Ambos intuyeron el origen de aquellos detalles: evidencias de gratitud por los favores prestados. Por hacer el superintendente la vista gorda a algún asunto, por intermediar, por entregar cierta información que no debería salir de su custodia como archivero.

La conversación, como era previsible, arrancó sin ninguna sustancia. Doña Hilaria les puso meticulosamente al tanto de su estado de salud y ellos la escucharon con interés postizo, lanzando de tanto en tanto miradas de reojo al reloj de pared. De marquetería de limoncillo, espléndido por cierto; otra prebenda por alguna gestión favorable, sin duda. Mientras por el aire de la sala volaban imparables las frases cargadas de síntomas y remedios magistrales, la sonería del mecanismo les recordaba cada cuarto de hora que el tiempo pasaba sin que lograran avanzar hacia ningún sitio. Tras los quebrantos del cuerpo, la señora de la casa siguió monopolizando la charla, esta vez con un detallado recuento de los sucesos locales más llamativos de los últimos días: el crimen aún no resuelto del puente de la Lagunilla, el último robo en los bajos de Porta Coeli.

Por esos apasionantes derroteros trotaba la tarde, y ya eran las siete y cuarto. Mauro Larrea, harto de tanta cháchara vacua e incapaz de contener su impaciencia, había empezado inconscientemente a mover la pierna derecha como si la empujara un resorte. Su apoderado se estaba sacando el pañuelo del bolsillo, a punto de arrancar a sudar.

Hasta que doña Hilaria, como quien no quiere la cosa, decidió meterse al fin en harina.

—Pero dejemos de platicar sobre cosas que nos son ajenas y cuéntennos a mi Fausta y a mí, queridísimos señores, ¿qué proyectos tienen a la vista?

No dio tiempo a que Andrade soltara alguna de sus elaboradas patrañas.

—Un viaje.

Las dos mujeres clavaron las pupilas en el minero. Ahora sí que Andrade se pasó el pañuelo por el cráneo calvo y brillante.

—No tardaré en emprenderlo, aún desconozco el momento exacto.

—¿Un viaje largo? —preguntó Fausta con la voz quebrada.

Apenas había tenido hasta entonces ocasión de hablar, constreñida como estaba por la incontinencia verbal de la madre. Mauro Larrea aprovechó para mirarla a la vez que le respondía intentando dar un barniz de optimismo a sus palabras:

—Asuntos de negocios, confío en que no.

Ella sonrió aliviada, sin que su rostro plano se llegara a iluminar del todo. Él sintió una punzada de culpa.

Doña Hilaria, incapaz de resistirse a agarrar de nuevo las riendas del protagonismo, lanzó entonces su consulta:

—Y ¿adónde ha de llevarle tal viaje, don Mauro, si me permite la curiosidad?

El estrépito de la taza, la cuchara y el plato al chocar contra el suelo cortó en seco la conversación. El mantel se llenó de lamparones de chocolate, incluso la pernera derecha de Andrade, del color de la avellana, quedó llena de gotas espesas.

—¡Por Dios bendito, qué torpeza la mía!

Aunque todo había sido una pamema para evitar que su amigo siguiera hablando, el apoderado se esforzó por sonar sincero.

—Discúlpeme, señora, se lo ruego; soy un verdadero patán.

Las consecuencias del supuesto accidente se prolongaron a lo largo de unos momentos eternos: Andrade se agachaba para recoger los pedazos de china rota caídos bajo la mesa a la par que la dueña de la casa insistía en que no lo hiciera; Andrade se pasaba afanoso una servilleta sobre el pantalón para intentar limpiar las manchas y ella le advertía que iba a acabar siendo peor el remedio que la enfermedad.

—Llama a Luciana, niña. Dile que traiga un balde de agua con jugo de limón.

Pero Fausta, aprovechando el imprevisto alboroto y hastiada del abusivo acaparamiento de su progenitora, acababa de trazar en su mente otros planes muy distintos. Es a mí a quien vinieron a ver, madre; déjame disfrutar de un minuto de gloria. Eso querría haberle gritado, pero no lo hizo. Simplemente, simulando no haber oído la orden de buscar a la criada, se inclinó para recoger del suelo un pedazo de porcelana que quedó cerca de sus pies. Mientras Mauro Larrea contemplaba empachado el patético tira y afloja entre su apoderado y la dueña de la casa a cuenta del chocolate derramado, ella, aún medio agachada y cobijada por los pliegues de la falda, se deslizó cuidadosamente el borde afilado de un trozo de taza por la yema del pulgar.

—Por todos los santos, me he cortado —susurró enderezándose.

Sólo el minero, sentado en el mismo diván, pareció oírla. Desvió entonces la atención, dejando a los otros dos sumidos en su refriega contra las manchas.

Ella le mostró el dedo.

—Sangra —dijo.

Sangraba, en efecto. Poco, lo justo como para que una gota solitaria se deslizara hasta la tapicería.

Él, atento, se apresuró a sacarse un pañuelo del bolsillo.

—Permítame, por favor…

Le agarró una mano pequeña y blanda, le envolvió con cuidado el dedo de uña roma, apretó ligeramente.

—Manténgalo así, no tardará en cortarse.

Intuitivamente supo que Andrade los estaba viendo de reojo, por eso no le extrañó que siguiera prolongando su ridículo parloteo con doña Hilaria a fin de impedir que la madre les prestara atención. Entonces, ¿usted me aconseja que no frote el tejido?, le oyó decir, como si los quehaceres domésticos y el cuidado de sus prendas de vestir generaran en su apoderado una intensa preocupación. A duras penas se guardó las ganas de soltar una risotada.

—Tengo oído que el mejor remedio es la saliva.

Fausta era la que hablaba de nuevo.

—Para que no brote la sangre, quiero decir.

El tono fue quedo. Quedo pero firme, sin fisuras.

Santo Dios, pensó él anticipando las intenciones de la muchacha. Para entonces, ella había abierto el pañuelo que le enfundaba el dedo y, como Salomé tendiendo en una bandeja la cabeza cortada del Bautista, se lo ofreció.

No tuvo más remedio que llevárselo a la boca, no había tiempo que perder, las escasas dotes dramáticas de Andrade ya no podían dar más de sí. Fausta, quizá por rebelión ante la palabrería exuberante de su madre, o quizá en busca de una prueba del interés del minero por ella como mujer, requería un contacto con sus manos y su boca; un roce carnal por fugaz que fuera. Y él sabía que no podía defraudarla.

Envolvió entonces la yema con los labios y sobre ella pasó la lengua. Al alzar la mirada vio que la muchacha entrecerraba los ojos. Dejó pasar apenas dos segundos, volvió a lamerla. La garganta femenina, alojada en un cuello chato y lechoso, reprimió un sonido ronco. Eres un pedazo de cabrón, le acusó una voz remota en algún lugar de la conciencia. Haciendo caso omiso, oprimió la punta del dedo entre los labios y deslizó la lengua húmeda una tercera vez.

—Espero que esto ayude —dijo con un murmullo sordo al devolver la mano a su dueña.

Ella no tuvo tiempo de responder, el carraspeo de Andrade les obligó a volver las cabezas. Doña Hilaria les contemplaba con el ceño arrugado; de pronto parecía preguntarse qué pasó acá, qué me perdí.

Casi había oscurecido fuera, poco más había que hacer aquella tarde perdida. No queremos seguir molestándolas, dijeron dándose por vencidos. Ha sido una linda merienda, cuán generosa su hospitalidad. Mientras los amigos soltaban una sarta de vaguedades y la madre insistía en que se quedaran otro ratito, los dos se preguntaban al unísono de qué pinche manera podrían proceder a continuación.

Como no podía ser de otra forma, la esposa del superintendente se encargó de mover la batuta.

—A puntito está mi esposo de acabar con su quehacer en Taxco —anunció con una lentitud perversa mientras se levantaba con esfuerzo del butacón—. Por fin supimos esta misma tarde que no tardará más de tres días en regresar a la capital. Cuatro, quizá. A lo sumo.

Aquello era un aviso en toda regla, o así lo entendieron ellos. Muévanse sin demora, señores, vino a decirles. Si tanto interés tienen en ganarse los favores del padre, decidan cómo actuar con la hija. Y por su propio interés, si no quieren que el superintendente los saque a patadas de su casa, más vale que se apresuren y lo dejen todo bien rematado antes de que él pueda intervenir.

Un oscuro pasillo les condujo a la salida de la vivienda, volvieron a enlazarse las vacuas frases obsequiosas entre la madre y Andrade.

A punto estaban de salir a la galería cuando el gato color llama apareció maullando desde el fondo del corredor. Fausta se agachó a levantarlo con el mismo mimo de la mañana. Tu última oportunidad, compadre, se dijo al verla doblar el espinazo. Por eso la imitó, como movido por un incontenible interés en acariciar al minino. Y en esa postura, ambos casi en cuclillas, fue cuando volcó en ella su voz.

—Volveré mañana en la madrugada, cuando ya no quede un alma en vela. Envíeme una misiva indicándome por dónde puedo entrar.

8

Veinticuatro horas más tarde de abandonar la vivienda de los Calleja, Mauro Larrea alzaba su copa a modo de brindis y se disponía a pregonar sus propósitos a una audiencia cuidadosamente seleccionada. Exactamente lo contrario de lo que su apoderado y la prudencia le aconsejaban.

—Querida condesa, queridos hijos, queridos amigos...

La puesta en escena del comedor era impecable. Las dos docenas de luces de la araña del techo resplandecían sobre la plata y la cristalería, los vinos estaban listos, la cena á la française a punto de ser servida.

—Querida condesa, queridos hijos, queridos amigos —continuó—, los he convocado esta noche porque quiero comunicaros una muy grata noticia.

En una cabecera se sentaba él, el anfitrión. En la contraria, enlutada, altiva e impactante como siempre, la suegra de su hija: la magnífica condesa de Colima, que ya no era condesa ni tenía rango aristocrático alguno, pero seguía emperrada en hacerse llamar así. Mariana, su marido Alonso y Andrade ocupaban el flanco de la mesa a su derecha. A la izquierda, dos amigos circunstanciales de caudal y renombre acompañados por sus respectivas esposas, maestras en transmitir chismes y novedades en la vida social de la capital. Justo lo que él deseaba.

—Como bien saben todos, la situación de este país dista mucho de encaminarse hacia el sosiego para los hombres de negocios como yo.

No mentía exactamente, tan sólo amoldaba a su interés la realidad. Las medidas que los liberales habían impulsado en los últimos años habían sido sin duda perjudiciales para la antigua nobleza criolla, para la élite terrateniente y para algunos empresarios. Pero no tanto para los que habían sabido moverse con habilidad. Algunos, incluso, habían desarrollado un sabio talento para sacar beneficio de las turbulentas aguas políticas haciéndose con jugosas prebendas y contratos públicos. No era exactamente su caso, pero a él en absoluto le había ido mal. Ni tampoco era contrario a las medidas liberales del momento, aunque prefería ser cauto y bandearse con tiento en aquellas cuestiones que inflamaban los ánimos con ardores incombustibles. Por lo que pudiera pasar.

—Las tensiones constantes nos obligan a replantear muchas cosas…

—¡A la ruina absoluta nos va a llevar ese impío de Juárez! —le interrumpió su consuegra a voz en grito—. ¡Al desastre más atroz va a llevar a esta nación ese zapoteca del demonio!

Colgando de las orejas de la anciana, al ritmo de su furia, bailaba un par de formidables aretes de brillantes, resplandeciendo a la luz de las velas y las bujías. Las esposas invitadas asintieron con murmullos aprobatorios.

—¿Dónde, si no en el seminario —insistió arrebatada—, enseñaron a ese indio a comer sentado y con cuchara, y a calzar zapatos, y a hablar español? ¡Y ahora nos viene con esas chingaderas del matrimonio civil, y de expropiar los bienes de la Iglesia, y de sacar a los frailes y a las monjitas de sus conventos! ¡Por Dios bendito, hasta dónde vamos a llegar!

—Mamá, por favor —la recriminó Alonso con tono paciente de resignación, más que acostumbrado a las salidas de tono de su despótica madre.

La condesa calló con evidente desgana; se llevó luego la servilleta a la boca y, con los labios cubiertos por el tejido de hilo, musitó airada otro par de frases incomprensibles.

—Muchas gracias, querida Úrsula —continuó el minero sin

alterarse. Ya conocía a la vieja y poco le sorprendía la vehemencia de sus intervenciones—. Bien, como os decía, y sin necesidad de entrar en mayores honduras políticas —añadió diplomático—, quiero anunciaros que, tras serias reflexiones, he decidido emprender nuevos negocios fuera de las fronteras de la República.

De casi todas las gargantas salió un murmullo de asombro, excepto de la de Andrade y Mariana, que ya estaban al tanto. A su hija se lo había hecho saber aquella misma mañana, recorriendo ambos el paseo de Bucareli en el carruaje descubierto que ella solía usar. El rostro de la joven reflejó primero sorpresa y luego un gesto de entendimiento y aprobación que intensificó con una sonrisa. Será para bien, dijo. Seguro que lo consigues. Después se acarició el vientre, como si con el calor de las manos quisiera transmitir a su criatura aún no nacida la serenidad que simulaba ante su padre. La incertidumbre, que era mucha, se la guardó para sí.

—Querida condesa, queridos hijos, queridos amigos… —repitió por tercera vez con pausada teatralidad—. Tras sopesar con detenimiento varias opciones, he resuelto trasladar todos mis capitales a Cuba.

Los murmullos se tornaron en voces altas y el asombro en aprobación. La condesa soltó una ácida carcajada.

—¡Bien hecho, consuegro! —aulló plantando un sonoro puñetazo sobre la mesa—. ¡Vete a las colonias de la madre patria! ¡Vuelve a los dominios españoles donde sigue imperando el orden y la ley, donde hay una reina a la que respetar y gente de bien en el poder!

Los comentarios de sorpresa, los aplausos y los plácemes volaron de un flanco a otro de la mesa. Mientras, Mariana y él intercambiaron una mirada fugaz. Ambos sabían que aquello era sólo un primer paso. Nada estaba enderezado todavía, aún quedaba mucho por andar.

—Cuba aún está llena de oportunidades, mi querido amigo —sentenció Salvador Leal, potentado empresario textil—. La tuya es una sabia decisión.

—Si yo lograra convencer a mis hermanos para vender nuestras fincas, ten por seguro que te imitaría —añadió Enrique Camino, propietario de inmensas haciendas de cereal.

La charla se prolongó en la sala entre el café y los licores; las previsiones y los augurios se sucedieron hasta que por los balcones entró la medianoche. Sin bajar la guardia ni un solo segundo, él continuó atendiendo a sus invitados con su habitual cordialidad, respondiendo con embustes encubiertos a docenas de preguntas. Sí, sí, claro, ya estaban casi todas sus propiedades vendidas; sí, sí, evidentemente, tenía contactos muy interesantes en las Antillas; sí, sí, llevaba meses planeándolo todo; sí, ciertamente, ya preveía desde hacía un tiempo que el negocio de la plata en México se iba agotando sin remisión. Sí, sí, sí, sí. Claro, naturalmente, cómo no.

Les acompañó finalmente hasta el zaguán, donde recibió despedidas sonoras y más parabienes. Cuando el repiqueteo de los cascos de los últimos caballos se perdió en la madrugada y con él desaparecieron los carruajes y los invitados, él volvió a entrar. No llegó a atravesar el patio entero, se detuvo en el centro y, con las manos hundidas en el fondo de los bolsillos, alzó la vista al cielo e inspiró con fuerza. Contuvo el aire unos largos instantes, lo expulsó luego sin bajar la mirada, quizá buscando entre las estrellas algún astro capaz de arrojar algo de luz sobre su destino incierto.

Así estuvo unos minutos, parado entre las arcadas de piedra chiluca, sin desprenderse del firmamento. Pensando en Mariana, en cómo le afectaría si él no lograra remontar y todo se fuera definitivamente al carajo; en Nico y sus preocupantes vaivenes, en ese futuro casamiento suyo antes bien afianzado y ahora tan resbaloso como la clara de huevo.

Hasta que sintió tras él unos pasos sigilosos y una presencia. No necesitó girarse para saber de quién se trataba.

—Quihubo, muchacho. Lo escuchaste todo, ¿verdad?

Santos Huesos Quevedo Calderón, su compañero en tantas andadas. El chichimeca que apenas sabía leer y escribir y que, por esas casualidades demenciales del azar, arrastraba apellidos de literato español. Ahí estaba, cubriéndole las espaldas, como tantas veces.

—Clarititamente, patrón.

—¿Y no tienes nada que decirme?

La respuesta fue inmediata:

—Pues que a la espera estoy de que me diga para cuándo partimos.

Él sonrió con un rictus de amarga ironía. Lealtad a prueba de bombas.

—En breve, muchacho. Pero antes, esta noche, tengo algo que hacer.

No quiso compañía. Ni criado, ni cochero, ni apoderado. Sabía que iba a lo que saliera, dispuesto a improvisar sobre la marcha según encontrara de receptiva a Fausta Calleja. La hija del superintendente le había hecho llegar una nota con olor a violetas a media mañana. Le daba instrucciones sobre cómo entrar al Palacio de Minería por uno de los costados. Terminaba con un le espero. Y así, a ciegas, el minero asumía el riesgo de ser sorprendido entrando clandestinamente donde bajo ningún concepto debería entrar. Por si algo le faltaba.

Prefirió ir andando: su sombra oscura pasaría más desapercibida que la berlina. Al llegar junto a la capilla de Nuestra Señora de Belén se adentró por el oscuro callejón de los Betlemitas. Envuelto en su capa, con el sombrero hundido.

¿Y si alguien se hubiera comportado así con Mariana?, pensó mientras avanzaba. ¿Y si alguien hubiese despertado ingenuas ilusiones en su hija? ¿Y si algún canalla la hubiera utilizado egoístamente, para después dejarla tirada como una colilla rechupada tan pronto lograra sus intereses? Habría ido a por él, sin duda. A sacarle los ojos con sus propias uñas. Deja de darle vueltas, se reprochó. Las cosas son como son y tú no tienes otra salida. Nomás faltaba que a tus años te volvieras un sentimental.

Tan sólo unos pasos después, bajo un tenue farol, vislumbró lo que buscaba. Una puerta accesoria por la que entraban de forma rápida y directa los empleados que residían en el palacio, nada que ver con los imponentes portones de la fachada a San Andrés. Aparentaba estar cerrada; sólo tuvo que empujar levemente para comprobar tras un chirrido que no era así.

Empezó a subir sigiloso, tentando el barandal de forja con cautela, atento a los escalones que no veía y al crujir de la madera bajo sus pies. Ni un mal candil alumbraba la escalera, por eso se le tensó el espinazo al escuchar un susurro vibrante desde el piso superior.

—Buenas noches tenga usted, don Mauro.

Prefirió no replicar. Todavía. Otro pie arriba, otro más. Apenas le restaba un tramo para alcanzar el entresuelo cuando oyó rasgar un fósforo. La pequeña llama se transformó de inmediato en una más grande, Fausta había encendido una linterna de aceite. Él seguía callado, ella volvió a hablarle:

—No estaba segura de que acabara viniendo.

Alzó los ojos y vio a la muchacha en lo alto, alumbrada por una luz amarillenta. Qué carajo haces tú aquí, compadre, le gritó la voz antipática de la conciencia cuando por delante le restaban tan sólo cuatro escalones. No compliques más las cosas, aún estás a tiempo, busca otra manera de resolver tus asuntos. No cargues de falsas ilusiones a esta pobre mujer. Pero la premura le soplaba en el cogote sin misericordia, por eso se tragó los recelos. Al alcanzar el último escalón, dio una patada mental a las preocupaciones morales y desplegó su más hipócrita cortesía.

—Buenas noches, mi estimada Fausta. Gusto de volver a verla.

Ella sonrió azorada, pero los ojos siguieron sin brillarle.

—Le he traído un presente. Un humilde detalle, nada espléndido; supongo que me disculpará.

Justo antes de la cena, mientras los criados ultimaban los detalles y corrían ajetreados por las estancias y los corredores cargando jarras de agua fría y ramos de flores, él había vuelto a entrar en la recámara de Mariana por primera vez desde que ella se fuera de la casa. Todavía quedaban muchas de sus cosas: muñecas de porcelana, un bastidor de bordar, el escritorio lleno de cajones. Haciendo un esfuerzo para no dar carrete a la melancolía, se dirigió directo a la vitrina en la que ella guardaba mil pequeños cachivaches. Los cristales de las puertas tintinearon cuando las abrió sin miramientos. ¿El monedero de chaquira que años atrás le trajo de Morelia? ¿El pequeño espejo con marco de turquesa del día que cumplió los dieciséis? Sin pensárselo demasiado, agarró un anónimo abanico con varillas de asta calada y se lo guardó en un bolsillo.

Fausta lo recibió con mano temblorosa.

—Don Mauro, qué preciosidad —murmuró.

A él se le revolvieron de nuevo los sentimientos, pero no había tiempo para compasiones, tenía que proseguir.

—¿Tiene pensado algún lugar en el que podamos acomodarnos?

Aún se encontraban en el descansillo de la escalera, platicando entre susurros.

—Había considerado un salón de estudio de la primera planta. Asoma a un corral trasero, nadie podrá ver la luz.

—Es una excelente idea.

Ella hizo un mohín de modestia.

—Aunque se me ocurre que quizá podríamos considerar un lugar más discreto, más privado —sugirió cínico—. Menos accesible. Por salvaguardar su reputación lo digo, sobre todo.

La muchacha apretó los labios pensando. Él se adelantó.

—El archivo, por ejemplo.

—¿El archivo de…? —repitió con sorpresa.

—El mismo. Está lejos de las viviendas y de las dependencias de los colegiales. Nadie nos oirá.

Reflexionó cautelosa unos instantes prolongados. Hasta que murmuró algo:

—Quizá sea una buena idea.

Un latigazo de excitación le atravesó las entrañas. Tuvo que contenerse para no decirle ándale pues, preciosa, allá vamos.

—Aunque supongo que su papá, como fiel cumplidor de sus muy altos deberes, lo mantendrá bien cerrado.

—Con doble llave, por ser precisa.

Con qué celo te cubres, cabrón, farfulló recordando al superintendente, pero sin sacar la voz de la garganta.

—Y… —carraspeó—. Y ¿cree usted…, cree usted que podría conseguir esas llaves fácilmente?

Ella dudó, calculando el riesgo.

—Lo digo para que estemos más cómodos. Sin preocupaciones. —Se demoró unos instantes—. Juntos. Los dos.

—Esta noche, imposible; él guarda las llaves en un cajón de la cómoda de su recámara, y en ella duerme ahorita mi mamá.

—¿Para mañana, tal vez?

Volvió a apretar los labios, no demasiado convencida.

—Puede ser.

Lentamente, acercó la mano hasta la mejilla y le acarició el rostro insulso. Ella entrecerró los párpados. Con una sonrisa desabrida, se dejó hacer.

Frena, cabrón, le bramó de nuevo la conciencia. No hay ninguna necesidad. Pero los malditos cuatro meses menos dos días de Tadeo Carrús le volvieron a hacer toc toc.

—Mañana volveré entonces —le susurró al oído.

El anuncio devolvió a Fausta a la realidad.

—¿A poco ya se va? —preguntó dejando la boca entreabierta por la sorpresa.

—Mucho me temo que sí, querida. —Se llevó la mano al bolsillo del chaleco, sacó el reloj, recordó que probablemente también tuviera que acabar vendiéndolo—. Son casi las tres de la mañana, me espera una jornada complicada al levantarme.

—Lo entiendo, lo entiendo, don Mauro.

Volvió a acariciarle la mejilla.

—No es preciso que me sigas llamando don Mauro. Ni de usted.

Ella apretó los labios una vez más, y con un movimiento de la barbilla vino a decir sí. Él comenzó entonces a bajar la escalera. Ya sin cautela, ansioso por respirar el aire fresco de la madrugada.

A punto de llegar a la calle, la oyó llamarle. Se detuvo, se giró. Fausta comenzó a descender en su busca, trotando casi, a oscuras. Qué cuernos querrás ahora, mujer.

—Duerme tranquilo, mi estimado Mauro, y ten por seguro que voy a conseguirte las llaves del archivo —le dijo con la respiración entrecortada.

Le agarró entonces una de sus manos machacadas por las minas y la vida, se la llevó abierta hasta el corazón. Pero él no notó pálpitos ni latidos, tan sólo un pecho blando, desprovisto de cualquier recuerdo de la turgencia que quizá tuvo algún día. Después ella puso sus propias manos encima y apretó levemente.

Se alzó entonces de puntillas, se le acercó al oído.

—Ve pensando en qué harás, a cambio, tú por mí.

9

—Muy buen día nos dé Dios, consuegro. Espero no haberte despertado con mi reclamo.

—En absoluto, querida condesa. Suelo ser bastante madrugador.

Apenas había logrado un par de horas de sueño. Tardó en dormirse tras el regreso y al alba ya estaba despierto, con los brazos desnudos cruzados sobre la almohada, la cabeza apoyada en ellos y los ojos fijos en ningún sitio mientras en su cerebro se amontonaban recuerdos y sensaciones. Perros que ladraban en la alborada, chocolate derramado por el suelo, Nico siempre imprevisible, el rostro sin gracia de Fausta Calleja, el contorno de una isla antillana, un niño sin nacer.

No fue por tanto Santos Huesos quien lo sacó del sueño cuando entró antes de las ocho.

—La señora mamá política de la niña Mariana manda aviso de que quiere verle, patrón. En su casa de Capuchinas a la mayor prontitud.

Llegó hacia las nueve, cuando las criadas andaban prestas a vaciar los orinales y en el aire sonaba el repique de campanas de las iglesias vecinas.

Alta y flaca hasta el borde de lo cadavérico, con su espeso cabello blanco peinado con un inmenso esmero, Úrsula Hernández de Soto y Villalobos lo recibió en su gabinete vestida de encaje negro, con un camafeo al cuello, perlas de pera en los lóbulos y un monóculo colgado de una cadena de oro sobre el pecho seco como un tasajo.

—¿Ya desayunaste, querido? Yo acabo nomás de tomarme mi atole, pero ahorita mismo pido que nos suban más.

Rechazó el ofrecimiento aludiendo a un suculento desayuno que en realidad no probó. Apenas había bebido un poco de café, tenía el estómago cerrado como un puño.

—La edad me hace dormir cada vez menos —continuó la condesa—, y eso es bueno para muchas cosas. A esta hora en que las jovencitas andan todavía en brazos de Morfeo, yo ya asistí a misa, liquidé unas cuantas facturas y te hice venir. Y supongo que te estarás preguntando para qué.

—Ciertamente; sobre todo considerando que apenas hace unas horas que nos despedimos.

Siempre la trató con exquisita cortesía y una actitud complaciente, pero jamás consintió sentirse inferior en su presencia. Nunca se había amedrentado ante el carácter y el abolengo de la viuda del ilustre Bruno de la Garza y Roel, heredera por derecho propio del título nobiliario que el rey Carlos III concediera un siglo atrás a su abuelo a cambio de unos cuantos miles de pesos fuertes. Un título, como todos los otorgados durante el virreinato, que fue abolido de un plumazo por las leyes de la nueva República mexicana tras la independencia y que ella, aun consciente de su nula vigencia, se resistía con uñas y dientes a dejar de usar.

—Así que aquí me tienes —añadió acomodándose en una butaca—, dispuesto a escucharte.

Como si quisiera prepararse para añadir una dosis de solemnidad a sus palabras, antes de comenzar a hablar, la anciana carraspeó y comprobó con sus dedos como sarmientos que el camafeo estaba colocado en el sitio correcto. A su espalda, un gran tapiz de Flandes reproducía una abigarrada escena bélica con multitud de armas entrelazadas, soldados barbudos llenos de arrojo y unos cuantos moros degollados. Sobre el resto de las paredes, retratos al óleo de sus ancestros: imponentes militares condecorados y regias damas de abolengo caduco.

—Sabes que te aprecio, Mauro —dijo al cabo—. A pesar de

nuestras distancias, tú bien sabes que te aprecio. Y te respeto, además, porque perteneces a la estirpe de aquellos grandiosos mineros de la Nueva España que arrancaron el desarrollo de la economía de esta nación en tiempos de la colonia. Sus inmensos caudales sirvieron para impulsar la industria y el comercio, dieron de comer a miles de familias y levantaron palacios y pueblos, asilos, hospitales y multitud de obras de caridad.

Adónde querrás llegar, bruja, con semejante perorata, pensó él para sus adentros. Pero la dejó explayarse en sus añejas evocaciones.

—Eres listo como lo fueron tus predecesores, aunque, a diferencia de ellos, no seas demasiado dado a las obras pías ni se te vea por las iglesias más que lo justitito.

—Yo no tengo fe más que en mí mismo, mi querida Úrsula, y hasta estoy empezando a perderla. Si la tuviera en Dios, nunca habría entrado en este negocio.

—Y, al igual que ellos, eres tenaz y ambicioso también —continuó haciendo oídos sordos a su herejía—. Nunca me cupo la menor duda, desde el día en que te conocí. Por eso entiendo perfectamente tu decisión de irte. Y la aplaudo. Pero para mí que anoche no nos contaste toda la verdad.

Recibió el envite simulando no inmutarse. Con las piernas cruzadas dentro de un excelente traje de paño de Manchester, a la altura de su tono. Pero los intestinos se le contrajeron como atados por un nudo. Se había enterado. Su consuegra se había enterado de su hecatombe. De alguna manera, en algún sitio, alguien levantó un tapón. Tal vez algún criado indiscreto oyó algo, tal vez algún contacto de Andrade se fue de la lengua. La chingada madre que los parió.

—Yo sé que tú no te vas de México por las tensiones intestinas de este loco país, ni porque la minería de la plata esté de capa caída. Hasta la fecha, muy buenos réditos te dio, y los pozos no se secan en dos días; eso lo sé hasta yo. Tú te vas por una razón muy distinta.

Mariana sería objeto de miradas insolentes cada vez que pisara la calle, Nico nunca sentaría la cabeza y se convertiría en un patético hazmerreír cuando se anularan sus capitulaciones matrimoniales; el derrumbe de la familia iba a convertirse en un suculento tema de conversación en todas las buenas casas y en todos los corrillos y en todos los cafés. Hasta los fieros soldados del tapiz de Flandes parecían haber dejado momentáneamente su contienda contra los infieles para volver la vista hacia él, con las espadas en alto y los ojos cargados de chanza. Así que te hundiste, gachupín, parecían decirle.

De alguna víscera remota sacó un poso de aplomo.

—Desconozco a qué razón te refieres, mi estimada consuegra.

—Tu propia hija me puso sobre la pista.

Frunció las cejas en un gesto que entremezclaba la incredulidad con la interrogación. Imposible. De ninguna de las maneras. Imposible que Mariana le hubiera confesado a su suegra aquello que él a toda costa pretendía ocultar. Jamás lo traicionaría de esa manera. Y tampoco era ninguna incauta como para que algo tan serio se le hubiera escapado de la boca en un descuido.

—Anoche, cuando volvíamos en mi carruaje, y de eso fue testigo tu apoderado, ella dijo algo que me dio que pensar. Me recordó que, a pesar de los largos años que llevas avecindado a este lado del océano, tú sigues siendo puritito ciudadano español.

Cierto. A pesar de su prolongada residencia en México, nunca había solicitado un cambio de nacionalidad. Por ninguna razón en concreto: ni alardeaba de su origen, ni ocultaba su condición. Tuviera pasaporte de un país u otro, todo el mundo sabía que era español de nacimiento, y no le importaba reconocerlo aun siendo consciente de que nada lo ataba ya a la patria lejana que le vio nacer.

—¿Y tú de verdad crees que eso tiene algo que ver con mis intenciones?

En su tono de voz había un punto incontrolado de agresividad, pero la anciana no se alteró.

—Mucho. Tú sabes igual que yo que Juárez suspendió el pago de la deuda exterior, y eso afecta a España. A Francia e Inglaterra también, pero sobre todo a España.

—Pero esa deuda a mí en nada me incumbe, como supondrás.

—No, la mera deuda en nada te concierne, tienes razón. Pero sí quizá lo hagan las consecuencias de su impago. En respuesta a la decisión de Juárez, tengo oído decir que no sería descabellado que España tomara medidas: que hubiera algún tipo de represalia, incluso que la madre patria llegara a plantearse invadir su antiguo virreinato otra vez. Que pretendiera reconquistarlo.

La interrumpió contundente:

—Úrsula, por todos los santos, pero ¿cómo se te ocurre semejante barbaridad?

—Y, como consecuencia —prosiguió la condesa imparable alzando la mano con un gesto que le exigía paciencia y atención—, ello tal vez llevaría a estos demonios de liberales que tenemos por Gobierno a reaccionar de manera agresiva contra ustedes, los súbditos españoles que residen acá. Ya se hizo otras veces: hasta tres órdenes de expulsión hubo contra los gachupines, que los pusieron a todos fueritita de las fronteras en cuatro días. Yo misma vi cómo se desmembraban familias enteras, cómo se hundían patrimonios...

—Aquello fue hace más de treinta años, antes de que España aceptara de una vez por todas la independencia. Mucho antes de que yo llegara a México, desde luego.

Así habían sido las cosas, en efecto. Una sangrienta guerra de independencia y largos años de obcecación necesitó la Corona española para reconocer a la nueva nación mexicana: los transcurridos entre el grito de Dolores del padre Hidalgo hasta el Tratado de Paz y Amistad de 1836. A partir de entonces, sin embargo, se estableció una política de reconciliación entre la vieja metrópoli y la joven República a fin de superar aquella eterna desconfianza mutua que desde el principio de la colonia se dio entre criollos y peninsulares. Para los criollos, los españoles fueron durante siglos un hatajo de fanfarrones avariciosos, orgullosos y opresores, que venían a robarles sus riquezas y sus tierras. Para los españoles, los criollos eran inferiores por el simple hecho de haber nacido en América, tendían a la pereza y a la inconstancia, a una desmedida prodigalidad y al gusto exagerado por el ocio y el deleite. Y, sin embargo, como hermanos que a la postre eran, a lo largo de los tiempos convivieron puerta con puerta, se enamoraron entre ellos, celebraron infinitos casamientos, parieron miles de hijos comunes, se lloraron en sus muertes y filtraron sin remedio en la existencia de unos y otros rasgos contagiados de identidad.

—Todo puede volver, Mauro —insistió ella con aspereza—. Todo. Ítem más, ojalá fuera así. Ojalá regresara el viejo orden y volviéramos a ser un virreinato.

Por fin se le destensaron los músculos que tenía agarrotados; la carcajada que soltó a continuación expulsó el puro alivio que sentía.

—Úrsula, eres una inmensa nostálgica.

Cada vez que la anciana desempolvaba sus memorias de los pretéritos tiempos de la colonia, todos a su alrededor se echaban a temblar. Por su manera obstinada de ver las cosas y su reiterada cerrazón. Y porque podía pasarse horas hurgando en un mundo que para los mexicanos hacía ya cincuenta años que había dejado de existir. Pero en ese momento a él no le habría importado que hubiera seguido entonando loas a los sueños imperiales hasta hartarse. Él estaba a salvo, y eso era lo fundamental. Limpio. Ileso. Ella nada sabía de su debacle. Ni siquiera la intuía, falsamente convencida de que su afán por irse obedecía a un supuesto salto hacia delante para escapar de una hipotética medida política que probablemente nunca llegaría a tornarse realidad.

—Te equivocas, consuegro.

Agarró entonces con una mano huesuda su tabaquera de oro y pedrería, él le acercó un fósforo.

—Yo no soy ninguna melancólica —prosiguió tras expulsar

el humo por una comisura de la boca—, aunque admito que soy una señora de otro tiempo y que no me gusta en absoluto este que nos está tocando vivir. Por lo demás, soy una persona del todo práctica, sobre todo en asuntos de dineros. Ya sabes que, desde que murió mi marido hace treinta y dos años, de las haciendas pulqueras de la familia en Tlalpan y Xochimilco me encargo yo.

Claro que lo sabía. De no haber sido consciente de que las finanzas de la condesa andaban bien saneadas y de no haber conocido de antemano el robusto estado de sus fincas de maguey en el campo y de sus pulquerías en la capital, él no habría aceptado de tan buen grado el casamiento de Mariana con su hijo Alonso. Y ella lo sabía también. Ambos ganaron con aquel matrimonio, de eso tenían plena conciencia los dos.

—Por eso —continuó— he tomado la decisión de pedirte un favor.

—Todo lo que esté en mi mano, como siempre…

—Quiero que te lleves un pellizco de mis capitales contigo a Cuba. Que los inviertas allá.

La brusquedad de su tono fue patente.

—De ninguna de las maneras.

Ella fingió no oírle.

—Que donde pongas tu dinero, pongas también el mío —insistió contundente—. Confío en ti.

En aquel preciso momento, justo cuando él iba a enfatizar categóricamente su negativa, llegó Mariana: con su vientre pronunciado envuelto en una túnica de gasa y el cabello a medio recoger, con un cierto desaliño doméstico que realzaba su gracia natural. Con cara de sueño.

—Acabo de despertarme; me dijeron que andaban platicando desde temprano. Buenos días a los dos, bendición.

—Nomás le di las nuevas —la interrumpió su suegra.

Depositó un beso etéreo en la mejilla de su padre.

—Una idea formidable, ¿verdad? Nuestras familias unidas en una empresa común.

Después se dejó caer con languidez sobre un diván de terciopelo granate mientras él la miraba desconcertado.

—En Cuba vas a ser un privilegiado —prosiguió la condesa—. La isla continúa siendo parte de la Corona y a ti, como natural español, se te van a abrir multitud de puertas.

—No es una buena idea llevarme tu dinero, Úrsula —volvió a rechazar contundente—. Te agradezco tu confianza, pero es demasiada responsabilidad. Quizá cuando tenga algo más consolidado.

La anciana se levantó haciendo palanca con las manos sobre los brazos de la butaca. Como si no le hubiera oído, se acercó a la mesa de bálsamo que usaba para llevar sus asuntos. Sobre ella, bajo la protección de un grandioso crucifijo de marfil, montones de pliegos y libros de cuentas atestiguaban que, además de sus actos benéficos y sus nostalgias polvorientas, aquella dama se dedicaba a algo más. Mientras revolvía entre ellos, continuó hablando sin mirarle:

—Podría haber hecho como muchas de mis amistades: sacar mis caudales de México e invertirlos en Europa, por si acaso el desastre en el que está inmerso este demencial país se vuelve aún peor.

Mientras su consuegra mantenía la vista ocupada sobre sus cosas, él aprovechó para buscar precipitadamente la mirada de su hija. Alzó entonces los hombros y las manos en un patente gesto interrogatorio, con la alarma pintada en el rostro. Ella tan sólo se llevó un dedo a los labios. Calla, le vino a decir.

—Nunca he sido muy dada a las aventuras especulativas, bien lo sabe Dios —prosiguió la condesa dándoles aún la espalda—, porque el negocio del pulque fue siempre de ingresos bien fijos. El maguey crece con facilidad, la extracción es simple, fermenta solo y todo el mundo lo consume noche y día, lo mismo los indios y las castas que los cristianos de toda la vida. Y la venta del pulque embotellado nos está también dando otro buen empujón.

Se giró entonces, por fin parecía tener en las manos lo que se había levantado a buscar: unas abultadas bolsas de cuero que le tendió. Mariana, entretanto, continuaba recostada en el diván acariciándose el vientre, como ajena a aquel trajín.

—Llevamos años consiguiendo unos magros beneficios pero, tal como está acá todo, no encuentro la manera de rentabilizarlos. Por eso quiero hacerte entrega de una parte. Te pido por eso que inviertas este dinero como madre política de tu hija que soy y como futura abuela de esa criatura que mi hijo ha engendrado en ella. Como parte de tu familia, en definitiva.

Él negó firmemente moviendo la cabeza a izquierda y derecha. Ella prosiguió con el empeño de un martillo pilón.

—Con un partido para ti, por supuesto, como alguna vez te oí comentar que hiciste siempre en tus minas. Tengo entendido que lo común entre ustedes los mineros es un octavo.

—Se suele dar un octavo, cierto, pero esto no tiene nada que ver con las minas. Esto es un asunto del todo distinto.

—Aun así, yo te ofrezco el doble por tu esfuerzo, por hacer de intermediario. Una cuarta parte de las ganancias que obtengas con mi dinero, te las quedas tú.

Ambos se mantuvieron obstinados: ella en su empeño, él en su negativa. Hasta que intervino Mariana. Ligera y semiausente en apariencia, casi como si no fuera consciente del alcance de lo que allí estaba pasando.

—¿Por qué no aceptarlo, padre? Le harás a Úrsula un gran favor. Y para ti es un honor que ella confíe así en ti.

Dio después un largo bostezo y añadió distraídamente:

—Seguro que eres capaz de invertirla con un provecho envidiable. No es demasiado para arrancar; si todo fuera bien, después podría haber más.

Él la miró atónito y la anciana sonrió con un punto de ironía.

—Si he de serte del todo sincera, Mauro, la desnuda verdad es que en un principio me interesaba bastante más la dote de tu hija que su hermosura y su virtud. Pero, al irla conociendo, me he dado cuenta de que, además del considerable respaldo económico que aportó al matrimonio, y además de hacer feliz a mi hijo, Mariana es una mujer lista, lo mismo que tú. Ya ves, desde bien pronto ha empezado a preocuparse por crear alianzas entre los asuntos financieros de nuestros linajes. De no haber sido por ella, quizá ni se me habría ocurrido lo que acabo de pedirte que hagas por mí.

Un criado llegó entonces, se excusó y distrajo a su ama con el relato precipitado de algún pequeño desastre doméstico en los patios o en las cocinas. Otros dos llegaron al punto con más argumentos y explicaciones. La condesa salió a la galería refunfuñando y, por unos momentos, volcó en aquel asunto toda su atención.

Él aprovechó para levantarse de inmediato y en dos pasos se plantó ante Mariana.

—Pero cómo se te ocurrió semejante majadería —masculló atropellado.

A pesar de su avanzado embarazo y de su supuesta somnolencia, ella se incorporó del diván con la agilidad de un gato joven y lanzó una mirada veloz para asegurarse de que su suegra seguía ajena a ellos, despachando órdenes al servicio con su despotismo habitual.

—Para que arranques tu nueva vida con paso firme, ¿o es que pensabas que iba a dejar que te fueras sin respaldo por esos mundos de Dios?

Le partía el alma contradecir a su hija, pero su decisión fue abandonar el palacio de la condesa con las manos vacías.

10

Abandonó la mansión de Capuchinas con un regusto amargo en la boca. Por haber rechazado la iniciativa de Mariana. Por disgustar a la matriarca de la familia a la que ella ahora pertenecía.

—¡Santos!

La orden fue taxativa:

—Empieza a empacar. Nos vamos.

Todo estaba decidido y debidamente propagado. Tan sólo le quedaba por solucionar el problema del archivo, pero ya casi tenía a Fausta subyugada con sus cretinas artes de casanova. Mucho tendrían que torcerse las cosas para que aquella noche no lograra su objetivo.

Entretanto, mejor no demorarse. Por eso se encerró con Andrade en su despacho, dispuestos a rematar los últimos asuntos importantes. En brega intensa estaban desde que regresara de casa de la condesa: actas notariales, carpetones, libros de cuentas abiertos, tazas medio vacías de café.

—Aún quedan unos cuantos pagos pendientes —dijo el apoderado mientras pasaba la pluma al vuelo sobre un documento lleno de cifras—. Así que todos los muebles y enseres que sacamos de la hacienda de Tacubaya irán a parar a casas de compraventa y de empeño a fin de obtener liquidez para hacer esos pagos. Acá en San Felipe Neri dejaremos lo mínimo para que el palacio no pierda su empaque aparente, pero nos desharemos de lo más valioso: las mejores pinturas, la cristalería de Bohemia, las tallas, los marfiles. Lo mismo se hará con los enseres personales y la ropa que no vaya en tu equipaje; más caudal para tapar agujeros. A partir de ahora, Mauro, tus únicas posesiones serán las que viajen contigo.

—Actúa con discreción, Elías, por favor.

Andrade alzó la vista por encima de los anteojos.

—Pierde cuidado, compadre. Depositaré todo en gente de confianza, en prestamistas y en el montepío de ciudades pequeñas. Haré particiones para que quede disperso y siempre será por persona interpuesta; nadie sospechará su procedencia. Eliminaremos tus iniciales cuando vayan grabadas o bordadas, intentaré no dejar el menor rastro.

Sonó un puño sobre la puerta que mantenían firmemente cerrada. Antes de dar permiso, asomó una cabeza.

—Acaba de llegar don Ernesto Gorostiza, patrón —anunció Santos Huesos.

El cruce de miradas entre los amigos fue un fogonazo. Pinche malaventura, el que faltaba.

—Que suba, por supuesto. Acompáñale.

El apoderado comenzó a guardar a puñados los documentos más comprometidos en los cajones mientras él se recomponía la corbata y salía a recibir al recién llegado a la galería.

—Mis disculpas antes de nada, Ernesto, por el lamentable estado de mi casa —dijo tendiéndole una mano—. No sé si sabes que estoy a punto de salir de viaje, precisamente tenía entre mis planes más inmediatos hacerles una visita a fin de despedirme de ti, de Clementina y de nuestra querida Teresita.

Su sinceridad era absoluta: sería incapaz de abandonar la capital sin antes haberse visto con sus futuros consuegros y con la niña que penaba por el botarate de su hijo Nicolás. Sólo que habría preferido otro momento.

—Todo México lo sabe a estas alturas, amigo mío. Tu consuegra se encargó de difundirlo en la puerta de La Profesa a primera hora de la mañana, apenas don Cristóbal pronunció el Ite missa est.

Nada bueno trae, masculló para sí. El apoderado, a la espalda del recién llegado, simuló pegarse un tiro en la sien con el índice.

¿Le habían alcanzado los ecos de su insolvencia? ¿Venía dispuesto a anunciarle la ruptura del compromiso entre sus hijos? Las más siniestras previsiones cruzaron su mente como canes rabiosos: Nico sometido a vejación pública al verse rechazado por la familia de su prometida; Nico llamando a puertas que nadie le abría; Nico andrajoso y sin futuro, convertido en uno de aquellos petimetres a los que cada noche echaban a patadas de los cafés.

Su actitud exterior, con todo, apenas dejó entrever aquella angustia. Bien al contrario: cordial como siempre en apariencia, Mauro Larrea ofreció a su invitado un asiento que aceptó y una taza de café que rechazó. ¿Un jugo de papaya? ¿Un anisete francés? Gracias infinitas, amigo, pero me marcharé enseguida; estás ocupado y no quiero entretenerte.

Andrade, por su parte, anunció con una vaga excusa que debía ausentarse; salió discretamente y cerró sin ruido. Una vez solos, Ernesto Gorostiza arrancó a hablar.

—Verás, se trata de una cuestión en la que confluye lo material con lo personal.

Vestía intachable y se tomaba su tiempo al desgranar las palabras, uniendo las yemas de los dedos a la vez que encadenaba las frases. Unos dedos muy distintos a los suyos: estilizados, sin apariencia de haber manejado en la vida ninguna herramienta más allá del abrecartas o el tenedor.

—No sé si sabes que tengo una hermana en Cuba —continuó—. Mi hermana Carola, la menor. Se casó muy joven con un español recién llegado por entonces de la Península y marcharon juntos a las Antillas. Desde entonces sabemos de ellos nomás lo justo y tan sólo esporádicamente; nunca los volvimos a ver. Pero ahora...

Estuvo tentado a abrazarle, con un pellizco de emoción agarrado a las vísceras. No viniste a hundir a mi hijo; no vas a triturar a mi pequeño tarambana, todavía le crees digno. Gracias, Ernesto; gracias, amigo; gracias desde lo más profundo de mi corazón.

—... ahora, Mauro, necesito un favor.

El descomunal alivio que sintió al saber que las primeras preocupaciones de Gorostiza ni siquiera rozaban a Nico se mezcló con una reacción de alerta al escuchar la palabra «favor». Híjole, ahora viene la factura.

—Hace apenas unas semanas que vendimos la hacienda de mi familia materna en El Bajío; recordarás que mi madre murió hace unos meses.

Cómo no recordar aquel sepelio de alcurnia. El lujoso catafalco, el coche fúnebre tirado por cuatro corceles con penachos negros, lo más granado de la ciudad dando el último adiós a la matriarca del ilustre clan.

—Y en estos días, con todo ya liquidado, me veo en la obligación de hacer llegar a Carola la cantidad que le corresponde por la venta: una quinta parte como la quinta hermana que es.

Empezó a intuir por dónde iban los tiros, pero no le interrumpió.

—Sabes tan bien como yo que no corren vientos favorables para las buenas transacciones pero, aun así, no se trata de un montante en absoluto desestimable. Tenía pensado enviárselo por medio de un intermediario; sin embargo, al saber de tus intenciones pensé que si tú, que eres de plena confianza y ya casi parte de la familia, pudieras encargarte, yo me quedaría infinitamente más tranquilo.

—Dalo por hecho.

La serena seguridad que pretendía transmitir con sus palabras no coincidía, lógicamente, con lo que sentía en su interior. Grandísima faena. Más compromisos. Más ataduras. Menos margen de libertad para moverse. Pero si con ese favor reforzaba el encaje de Nico entre los Gorostiza, alabado fuera Dios.

—No tenemos demasiada relación con ella desde hace años, se casó jovencita con un español, ¿te lo dije ya?

Asintió con un discreto movimiento de barbilla; no quería incomodarle al reconocer que estaba siendo un tanto reiterativo.

—Él era un muchacho de buena planta que llegaba a América respaldado por un digno capital. Reservado aunque extremadamente correcto; procedía de una distinguida familia andaluza pero, por alguna razón que no llegamos a conocer, había cortado relación con ellos. Y, por desgracia, tampoco mostró demasiado interés en acoplarse a la nuestra; una lástima, porque le habríamos acogido con los brazos abiertos, lo mismo que haremos con tu hijo en cuanto matrimonie con Teresita.

Volvió a asentir, esta vez con un gesto que indicaba gratitud, aunque por dentro se le revolvieron las asaduras. Dios te oiga, hermano. Dios te oiga y te ilumine para que nunca te arrepientas de lo que acabas de decir.

—A pesar de que les ofrecíamos dependencias en nuestro palacio de la calle de la Moneda, él prefirió cortar amarras y trasladarse a Cuba. Y Carola, lógicamente, se fue con él. Por ponerte en antecedentes, en confianza he de confesarte que fue un matrimonio un tanto precipitado y no exento de un potencial escándalo; ella quedó en estado antes de los esponsales, así que todo se precipitó. Y aunque ese embarazo nunca llegó a término, a los tres meses de conocerse ya estaban casados. Una semana más tarde los despedimos rumbo al Caribe. Después supimos que él compró un cafetal, que se instalaron en una buena casa y se integraron en la vida social de La Habana. Y hasta hoy.

—Entiendo —musitó. No se le ocurrió otra cosa que decir.

—Zayas.

—¿Perdón?

—Gustavo Zayas Montalvo, así se llama el esposo. Con el metálico que te entregue irá también la dirección.

Gorostiza dio entonces una lánguida palmada y se frotó las manos, concluyendo el asunto.

—Listo, pues; no sabes la tranquilidad que me queda en el cuerpo.

Mientras bajaban la escalinata, concretaron que de los detalles y la entrega de los bienes se encargarían sus respectivos apoderados. En el patio intercambiaron los últimos comentarios sobre la estancia de Nico en Europa. Volverá convertido en un hombre de provecho, será un matrimonio magnífico,

Teresita se pasa el día rezando para que todo salga bien. A él se le volvieron a retorcer las entrañas.

Se dieron el último adiós en el zaguán con un abrazo sonoro.

—Eternamente agradecido quedo, amigo mío.

—Por vosotros, lo que haga falta —respondió el minero palmeándole el hombro.

Tan pronto comprobó que el carruaje echaba a rodar, regresó al patio y lanzó a Santos Huesos un grito que hizo temblar los cristales.

Había que acabar cuanto antes con los preparativos. Necesitaba irse ya, distanciarse de todos para impedir que le siguieran llegando peticiones y reclamos que entorpecieran su camino.

Pero el hombre propone y Dios dispone, y esta vez el proverbio se materializó en un imprevisible reencuentro con la vieja condesa tras el almuerzo. Fiel cumplidora de sus costumbres, llegó sin aviso previo, cuando todo seguía siendo un caos. La reacción de Mauro Larrea al enterarse de que la anciana ya estaba subiendo la escalera fue un bufido. Aún estaba sepultado entre enseres y papeles, con el pelo bravío y la camisa a medio abotonar. Vieja del demonio, qué carajo querrás ahora.

—Supongo que imaginabas que insistiría.

Venía cargada con las dos voluminosas bolsas de piel llenas de onzas de oro que él había rechazado unas horas antes. Lo primero que hizo fue dejarlas sobre el escritorio con sendos golpes contundentes, haciendo notar el peso del contenido y el tintineo del metal. Después, sin esperar a que el dueño de la casa la invitara a sentarse, apartó unos cuantos documentos de una butaca cercana, ahuecó su falda y se acomodó.

Él contempló los movimientos sin ocultar su fastidio, de pie, con los brazos cruzados y un rictus adusto.

—Te recuerdo, condesa, que di por zanjado el asunto esta mañana.

—Exactamente, querido. Tú lo diste por zanjado. Pero yo no.

Soltó otro rebufo. A esas alturas, con la casa patas arriba y su aspecto de adán desharrapado, bien poco le importaba la etiqueta.

—Por lo que más quieras, Úrsula, haz el favor de dejarme en paz.

—Tienes que ayudarme.

La voz de la imperiosa dama sonó por una vez desprovista de altanería. Humilde casi. Y él, armándose de paciencia, se obligó a posponer su enojo y optó por dejar que se explicara.

—Voy a serte sincera como no lo soy ni con mi propio hijo, Mauro. Tengo miedo. Mucho miedo. Un miedo profundo, visceral.

La contempló con sarcasmo. ¿Miedo, la brava y altiva aristócrata acostumbrada a tener el mundo a sus pies? Cualquiera lo diría.

—Mi familia fue siempre leal a la Corona, crecí soñando con cruzar el Atlántico, conocer Madrid y el Palacio Real, el Toledo imperial, El Escorial... Hasta que todo se derrumbó cuando dejamos de ser parte de España. Pero nos adaptamos, no tuvimos otra. Y ahora... Ahora me empieza a dar pavor este país: sus Gobiernos alocados, los desmanes de los próceres.

—Y el sacrílego de Juárez, y sus afrentas contra la Iglesia. Ya me conozco esa cantaleta, querida.

—No me fío de nadie, consuegro; no sé cómo va a acabar esta sinrazón.

Bajó la mirada y se retorció los dedos, largos y huesudos como sarmientos. Durante unos momentos tirantes nadie pronunció una sílaba.

—Te convenció Mariana, ¿cierto?

Ante el mutismo de la anciana, él se agachó hasta ponerse a su altura. Extraña pareja la que formaban la ilustre anciana envuelta en su luto perenne y el minero a medio vestir con las piernas flexionadas a fin de ganar intimidad entre los dos.

—Dime la verdad, Úrsula.

Hizo un chasquido con la lengua, como diciendo maldita sea, me descubrió.

—Esa niña tuya tiene la cabeza muy pero que muy requetebién amueblada, mijo. Lleva insistiendo desde que te fuiste y consiguió convencerme para que viniera.

Mauro Larrea soltó una carcajada sarcástica y, apoyándose en las rodillas, se puso de nuevo en pie. Mariana, tan habilidosa y determinada siempre. Por un momento estuvo a punto de caer en la trampa: de creer que la condesa en verdad se estaba volviendo una anciana timorata. Y era su hija, sin embargo, la que movía los hilos.

—Al fin y al cabo —continuó ella—, todo lo mío acabará siendo de Alonso y, consiguientemente, suyo también el día en que yo cierre el ojo. Suyo, y de la criatura que esperan, puritita mezcla de nuestras sangres.

Flotó una pausa en el aire, mientras cada uno pensaba en la joven Mariana a su manera. Ella tasaba con perspicacia de negociante, empezando a descubrir que la esposa de su hijo podría también convertirse en una admirable colaboradora para los intereses de la familia. Él, por su parte, lo hacía con la mente del padre que la acompañó en todos los trayectos de la vida, desde que acurrucara su cuerpito recién nacido envuelto en una burda toalla para darle calor hasta que la llevó del brazo al altar de los Reyes a los sones del órgano de la catedral.

No arrincones a tu propia hija, cabrón, se dijo. Es intuitiva y sagaz, y, sobre todo, vela por ti. Y tú te estás bloqueando en medio de todo este aluvión de desastres que se te vino encima y te empeñas en dejarla de lado. Hazlo por ella. Fíate.

—De acuerdo. Intentaré no defraudaros.

Total, ya llevaba el lastre del encargo de Gorostiza. Qué tal si fueran dos.

La condesa se levantó con cierto esfuerzo. Malditas reumas, farfulló. Y para su desconcierto y su embarazo, dio un par de pasos hacia él y le abrazó, clavándole en el cuerpo sus huesos artríticos afilados como puñales. Olía a lavanda y a algo más que no fue capaz de identificar. Quizá, simplemente, a vejez.

—El buen Dios te lo pagará, querido mío.

Después, recompuesto ya el talante de siempre, prosiguió:

—Son varias las amistades que pretendían que te encargaras también de sus capitales, ¿sabes? Pero quédate tranquilo porque a todos les paré los pies en firme.

—No sabes cuánto te agradezco la consideración —replicó con una mal disimulada ironía.

—Hora de irme; entiendo que te estoy estorbando.

Él se dispuso a abrirle la puerta.

—No hace falta que me acompañes, tengo a mi india Manuelita esperándome en el patio y al cochero en el zaguán.

—Cómo no, consuegra.

Una circunspecta caída de ojos le hizo desistir. La falsa condesa había retornado a su piel; cómo se le pudo a él pasar siquiera por la cabeza que se había convertido en una abuela temerosa y vulnerable.

Ya estaba saliendo a la galería cuando frenó en seco, como si de pronto recordara algo.

Le repasó con la mirada de la cabeza a los pies, luego apuntó una media sonrisa.

—Siempre me pregunté por qué nunca volviste a casarte, Mauro.

Podría haberle respondido a aquella descarada pregunta con varias razones: porque vivía a gusto solo, porque los brutales campos mineros no eran sitio para una esposa decente, porque no había espacio para una presencia ajena en el triángulo que formaba con Mariana y Nicolás. O porque, a pesar de que fueron unas cuantas las mujeres que pasaron por su vida después de Elvira, jamás encontró a ninguna que le provocara dar ese paso. Como una sombra negra, la estampa de Fausta Calleja voló de un lado a otro de la habitación.

Pero no pudo decirle nada porque, antes de que lograra abrir la boca, la aristocrática, tiránica y nostálgica excondesa de Colima, erguida como una escoba dentro de su soberbio traje negro de encaje, empuñó el marfil de su bastón y lo alzó al aire como quien blande un florete.

—Si a mí me llegas a agarrar con treinta años menos, vive Dios que no te habría dejado escapar.

11

Recorrió a zancadas el callejón de los Betlemitas y subió los escalones de dos en dos. Ya no había tiempo para cautelas ni remordimientos: o conseguía su propósito esa noche, o tendría que marcharse dejando un agujero negro a su espalda. Sería entonces tan sólo cuestión de días que el superintendente Calleja permitiera a Asencio y a los ingleses colarse por esa brecha. El machetazo de gracia al gran proyecto de su vida tardaría poco en llegar.

—¿Consiguió las llaves?

Incluso la pregunta la lanzó con brusquedad, acuciado por la urgencia.

—¿Acaso dudaba de mi palabra, don Mauro?

Fausta, iluminada esta vez por un farol de aceite, había vuelto a tratarle de usted, pero él no se molestó en corregirla. Como si quería llamarle su excelencia; lo único que le importaba en ese momento era entrar cuanto antes en el maldito archivo.

—Más vale no perder tiempo.

Ella lo guió por una maraña de pasillos secundarios, desviándose de las galerías centrales y de los amplios corredores. Con andares sigilosos, deslizándose pegados a los muros y sin apenas cruzar palabra, llegaron finalmente al otro costado del edificio. De entre los pliegues de la falda, la hija del superintendente sacó entonces un aro de hierro con dos llaves de idéntico tamaño. A Mauro Larrea le entraron unas ganas feroces de arrancárselas de las manos, pero se contuvo. Ella se las puso frente a los ojos y las hizo tintinear.

—¿Ve?

—Muy diestra; confío en que doña Hilaria no las extrañe. Ni a las llaves, ni a usted.

Sonrió entre las sombras, con una picardía algo torpe. Quizá llevara toda la tarde ensayando frente al espejo.

—No creo. Le puse unas gotitas en la tisana.

El minero prefirió no preguntar de qué.

—¿Quiere que abra yo?

Mientras la mujer rechazaba la propuesta moviendo la cabeza de un lado a otro, la primera llave fue a parar a la más alta de las cerraduras. Él, entretanto, sostenía la lámpara. Pero la llave no encajó.

—Pruebe con la otra —ordenó.

No lo pretendía, pero sonó áspero. Cuidado, cabrón. A ver si ahora que estamos en la mera antesala, lo vas a fastidiar. El segundo intento sonó limpio y él creyó oír un coro de ángeles. Una cerradura lista, vamos con la segunda.

Cuando Fausta estaba a punto de insertarla algo la previno, deteniéndola.

—¿Qué ocurre? —preguntó él en voz baja.

En la oquedad de los pasillos se oyó a alguien silbar en la distancia. Alguien que se acercaba, entonando sin gracia la melodía cansina de un viejo baile popular.

—Salustiano —musitó ella—. El guardia de noche.

—Abra, rápido.

Pero Fausta, ante la inesperada presencia, había perdido el temple y no logró insertar la llave en la cerradura correspondiente.

—Por Dios, dese prisa.

Los silbidos sonaban cada vez más próximos.

—Déjeme a mí.

—No, espere…

—No, déjeme…

—Un momento, ya casi…

En mitad de la disputa, el aro con las llaves cayó al suelo

rebotando sobre las losas. El sonido del metal contra la piedra los paralizó. El silbido dejó de oírse.

Conteniendo la respiración, Mauro Larrea bajó el farol con sigilo hasta casi rozar el suelo. Fausta, angustiada, amagó con agacharse a buscarlas.

—¡No se mueva! —susurró aferrándole el brazo.

Pasó la luz a su alrededor, como si barriera el piso. La llama alumbró sus propias botas, el ruedo del vestido de ella, las juntas entre las losas. Las llaves, en cambio, seguían sin verse.

El silbido, siniestro como un presagio sombrío, arrancó de nuevo.

—Súbase la falda —musitó.

—Por Dios, don Mauro.

—Álcese la falda, Fausta, por lo que más quiera.

Las manos femeninas comenzaron a temblar bajo la luz floja del farol. Mauro Larrea, con una súbita ráfaga de lucidez, supo que ella estaba a punto de gritar.

Sólo necesitó tres movimientos rápidos. Con uno le tapó la boca, con otro dejó el farol en el suelo. Con el tercero agarró la tela de la falda y se la subió hasta la rodilla sin miramientos. Ella, aterrorizada, cerró los ojos.

Allí estaban las llaves, entre los escarpines de satén.

—Sólo quería encontrarlas y ya las tenemos, ¿ve? —le bisbiseó apresurado al oído con la mano aún tapándole la boca—. Y ahora, por favor, no haga ningún ruido; vamos a entrar. ¿De acuerdo?

Ella asintió con un tembloroso movimiento de cabeza. El silbido, entretanto, se agrandaba por segundos. Igual de desentonado, pero más brioso. Más próximo.

Metió una de las llaves al azar en la segunda cerradura sin resultado, soltó una brutalidad. La melodía desafinada se acercaba temerariamente, la segunda llave funcionó por fin. Una vuelta, otra vuelta, listo. Empujó a Fausta hacia el interior y, con el cuerpo prácticamente pegado a su espalda, entró detrás de ella. Los silbidos y los pasos del guardia estaban a punto de aparecer por la esquina cuando cerró la puerta. A oscuras, apoyado contra la recia madera y con la hija del superintendente temblando a su lado, contuvo el aliento.

La oscuridad era cavernosa, por las ventanas no se colaba ni un flaco rayo de luna. Transcurrieron unos momentos llenos de angustia, el guardia y su torva melodía rozaron la puerta por el exterior y siguieron su paso, hasta dejar de oírse.

—Lamento enormemente haberla violentado —fue lo primero que dijo.

Seguían hombro con hombro, con las espaldas descargadas contra la puerta. Ella aún no había dejado de temblar.

—Su interés no es sincero, ¿cierto?

Estaba a punto de conseguirlo, sólo necesitaba recuperar la confianza de la hija. Que volviera a creerle, devolverle su ilusa fantasía. El viudo apuesto y próspero rendido ante la solterona en el momento en el que cualquier promesa de matrimonio era ya una quimera: con tres caricias y un par de mentiras más, quizá volviera a tenerla comiendo de su mano. Pero algo le traicionó.

—Mi objetivo era llegar hasta aquí.

Ante aquel imprudente arranque de sinceridad, su propia conciencia le acribilló de inmediato a preguntas. ¿Y ahora qué piensas hacer, pedazo de insensato? ¿Atarla a una silla mientras buscas lo que quieres? ¿Amordazarla, reducirla? ¿O montaste todo este número demencial para convertirte a la postre en un pinche buen samaritano?

—Primero me ilusioné tontamente, lo confieso —dijo la muchacha—. Pero después, con la cabeza fría, fui consciente de que no era posible. De que los hombres como usted nunca cortejan a mujeres como yo.

No despegó los labios, pero la saliva le supo amarga.

—Yo también tuve pretendientes, ¿sabe, don Mauro?

La voz sonaba queda, un poco alterada todavía.

—Un joven sastre a los diecisiete con el que tan sólo intercambié esquelitas —prosiguió—. Años después, un capitán de milicias primo hermano de una amiga de la infancia. Y, finalmente, cuando estaba a punto de cumplir los treinta y ya me daban por moza vieja, un delineante. Pero ninguno les pareció suficiente a mis papás.

Mientras hablaba, se despegó de la puerta sobre la que aún permanecía apoyada y empezó a moverse entre los muebles. Los ojos de ambos se habían acostumbrado a la oscuridad, al menos eran capaces de distinguir los contornos.

—Salarios parcos, familias sin lustre... Siempre había una causa que no les convencía. El último, el delineante, residía incluso en este mismo palacio y nos veíamos a escondidas en sus dependencias. Hasta que un mal día osó pedirle a mi padre permiso para sacarme a pasear por la Alameda. Una semana después, lo destinaron a Tamaulipas.

Había llegado junto al escritorio del superintendente. El minero, entretanto, permanecía inmóvil, escuchándola mientras se esforzaba por descifrar sus reacciones.

Fausta rebuscó entre los cajones y las gavetas; instantes después la llama de un fósforo rasgó las tinieblas y con ella encendió el candil que reposaba en un ángulo de la gran mesa.

—Así que usted no ha sido el primero, pero sí el más conveniente; para mi mamá, al menos. A mi padre seguramente no le agradaría, pero ya se encargaría ella de convencerle.

El archivo se había llenado de una luz tenue que creaba ilusiones con las sombras.

—Lamento mi comportamiento.

—Déjese de pendejadas, don Mauro —le interrumpió agria—. No lo lamenta en absoluto: ya consiguió llegar donde quería. Dígame ahora, ¿qué es lo que le interesa de este archivo, exactamente?

—Un expediente —reconoció. Para qué seguir mintiendo.

—¿Sabe dónde se encuentra?

—Más o menos.

—¿En uno de estos armarios, quizá?

Moviéndose con el candil a la altura del pecho, Fausta se

había aproximado a la larga fila de estantes resguardados por puertas de madera y cristal. De la mesa más cercana, la del subalterno de las lentes ahumadas, agarró con la mano libre algo que él no pudo distinguir. Después lo estampó de un golpe contra el vidrio, sobre el suelo cayó una catarata de cristales.

—¡Fausta, por Dios!

No le dio tiempo a llegar.

—¿O tal vez lo que busca se halla en este otro armario?

Otro golpe, otra riada de cristales sobre las losas. Un pisapapeles de jaspe era lo que estaba usando. La cabeza de un gallo, recordó. O de un zorro. Qué más daba, si ya estaba empuñándolo otra vez.

En un par de pasos se puso a su lado, intentó detenerla pero se le escapó.

—¡Deténgase, mujer!

El tercer golpe tuvo el mismo efecto.

—¡Va a oírla el guardia, va a oírla todo el mundo!

Por fin frenó aquella acometida irracional y se volvió hacia él.

—Busque lo que quiera, querido. Sírvase.

Por todos los demonios, pero qué carajo estaba pasando.

—Sólo por ver la cara de mi papá, valdrá la pena el estropicio. —La carcajada sonó ácida como un mango verde—. ¿Y la de mi mamá? ¿Se imagina la cara de mi mamá cuando se entere de que pasé en el archivo la noche con usted?

Sereno, amigo. Sereno.

—No creo que haya necesidad de que lo sepan.

—Para usted, quizá no. Pero para mí, sí.

Se llenó los pulmones de aire.

—¿Está segura?

—Absolutamente. Será mi pequeña venganza. Por no permitirme tener una vida como cualquier otra muchacha, por rechazar a aquellos hombres que de verdad mostraron interés por mí.

—Y yo… ¿Cómo voy yo a cuadrar en esa historia? ¿Cómo va a explicarles a sus padres mi presencia?

Ella alzó el candil a la altura de los ojos y le contempló con gesto cínico. Por fin había una pizca de brillo en su mirada.

—No tengo la menor idea, don Mauro. Ya lo pensaré. De momento, tan sólo agarre lo que necesite y lárguese antes de que me arrepienta.

No perdió un segundo; tomó la caja de fósforos que ella había dejado sobre el escritorio y se lanzó como un poseso a buscar. Tenía una idea somera de por dónde podrían andar sus intereses, pero no a ciencia cierta. Al fondo, seguramente, por donde estaban los más recientes. Moviéndose de izquierda a derecha, encendiendo fósforo a fósforo e iluminándose con ellos hasta quemarse las yemas de los dedos, fue barriendo raudo estantes y anaqueles con la vista. Muchos documentos aparecían empaquetados conjuntamente; en la ancha faja que los envolvía podía leerse el asunto o la fecha que los aunaba.

Las pupilas y el cerebro se afanaban enfebrecidos. Marzo, fue marzo. ¿O abril? Abril, abril del año anterior, seguro. Por fin, alumbrado por la tenue luz de un cerillo casi consumido, encontró la balda que contenía los asuntos de ese mes. La puerta, sin embargo, estaba cerrada. Quizá debería pedirle a Fausta su herramienta. O no, mejor no incitarla, ahora que por fin parecía haberse sosegado.

De un golpe con el codo, rompió el cristal sin miramientos. Ella rio a su espalda.

—No quiero ni imaginar el susto de mi papá.

Sacó un paquetón de una tacada, lo dejó sobre la mesa del subalterno joven. Con manos ansiosas, empezó a buscar su documentación. Esto no, esto tampoco, esto tampoco. Hasta que estuvo a punto de soltar un aullido. Ahí estaba, con su nombre y su firma.

La seguía notando a su espalda, respiraba con fuerza.

—¿Satisfecho?

Se volvió. Del moño tirante que solía llevar se le habían separado unos cuantos mechones.

—Verá, Fausta, no sé cómo…

—Hay una trampilla que baja hasta el sótano, desde ahí podrá salir al callejón, frente al hospital. No creo que tarde en llegar alguien; seguro que el guardia ya despertó a medio edificio.

—Dios se lo pague, mujer.

—¿Sabe qué, don Mauro? No lamento haber sido una ingenua. Al menos me creó una ilusión.

Él hizo un cilindro con los pliegos de papel, se lo guardó apresurado bajo la levita.

Después, con las manos ya libres y aún pisando cristales, le sostuvo las mejillas y, como si fuera el amor más grande de su vida, la besó.

12

La marcha de Mauro Larrea rumbo a lo incierto estuvo al nivel de su vida en los últimos años, como si su mundo no se hubiera abierto por la mitad como una gigantesca sandía. Partió en su propio carruaje con Andrade, Santos Huesos, y un par de baúles, protegidos por una recia escolta de doce hombres: doce chinacos armados hasta los dientes para hacer frente al inefable bandidaje. A caballo todos ellos, con las carabinas terciadas en las sillas y las pistolas al cinto; curtidos como guerrilleros en la Guerra de Reforma y pagados peso a peso por Ernesto Gorostiza.

—Qué menos, querido amigo —escribió su futuro consuegro en la misiva que le hizo llegar—, que ofrecerte como muestra de agradecimiento el que corra por mi cuenta tu protección hasta Veracruz. Las gavillas de bandoleros son el pan nuestro de cada día, y ni tú ni yo necesitamos correr más riesgos de los justos.

Todo fue una premura desde que volviera en medio de la madrugada del Palacio de Minería con el expediente de Las Tres Lunas resguardado en el pecho. ¡Ándale, Santos, nos vamos! Azuza a los muchachos, no podemos esperar. Los baúles, los capotes de viaje, agua y comida para las primeras etapas, todo estaba previsto. A partir de ahí, relinchos de bestias, susurros sonoros, pasos cruzados sobre las losas del patio y los ojos de la nutrida servidumbre entrecerrados por el sueño y el desconcierto al comprobar que, en efecto, el patrón se iba.

Estaba recordando al ama la orden de cerrar los pisos superiores a cal y canto cuando oyó su nombre a la espalda. Notó la sangre en las sienes, se tensó.

No necesitó volverse para saber quién le requería.

—¿Qué carajo haces tú aquí?

* * *

El hombre que ahora le miraba con ojos taciturnos llevaba jornada y media a la espera de ese momento: acurrucado contra cualquier paredón cercano, medio oculto bajo una manta costrosa, con el ala del sombrero cubriéndole el rostro. Calentado por una mísera fogata y alimentándose con comida callejera, como tantísimas almas sin techo ni dueño hacían a diario en aquella populosa ciudad.

Dimas Carrús, el hijo del prestamista, con el eterno aspecto de un perro apaleado por su padre y por la vida, dio un paso hacia el minero.

—Vine a la capital con un encargo.

Mauro Larrea le contempló con el ceño contraído, todos los músculos del cuerpo se le pusieron en guardia. Ahora fue él quien se acercó.

—¿Qué encargo, cabrón?

—Contar las varas que mide tu casa. Los huecos y las ventanas que tiene; los balcones y los indios que trabajan para ti.

—¿Y ya lo hiciste?

—Incluso lo ordené anotar a un escribiente, por si se me iba de la sesera.

—Pues entonces, lárgate.

—También traigo un recordatorio.

—¡Santos!

El criado ya estaba a su espalda, tenso y alerta.

—Que de los cuatro meses que tenías para hacer frente al primer plazo…

—¡Sácalo!

—... ya consumiste...

—¡A patadas, si hace falta!

Aquel medio tísico que arrastraba un brazo de títere no tenía la ambición desbocada ni el carácter volcánico de su padre. Pero Mauro Larrea sabía que, bajo su cuerpo esmirriado, escondía un alma igual de miserable. El palo y la astilla. Y si Tadeo Carrús llegara a exhalar su último aliento sin haber recibido lo pactado, su hijo Dimas se encargaría, de una manera u otra, de hacérselo pagar.

Cuando el ruido de los cascos de las monturas empezó a resonar sobre los adoquines, agachó la cabeza desde el interior del coche y contempló su casa por última vez: el soberbio palacio que un siglo atrás hiciera levantar el conde de Regla, el minero más rico de la colonia. Los ojos recorrieron la fachada barroca de tezontle y cantera labrada con su grandioso portón todavía abierto de par en par. Quizá a simple vista tan sólo se tratara de un pellizco de la grandeza del difunto virreinato; la residencia de un prohombre de la mejor sociedad. Para él y para su destino, sin embargo, tenía un significado mucho más profundo.

Dos grandes faroles de fierro colado flanqueaban la entrada; su luz se distorsionaba caprichosamente a través de la turbiedad del cristal del carruaje. Con todo, pudo verle. Apoyado en la pared, a la diestra, observando fijamente su partida, Dimas Carrús rascaba el hocico de un galgo sarnoso.

Hicieron una parada en la calle de las Capuchinas, Mariana y Alonso estaban avisados. Le esperaban en el zaguán, despeinados, ataviados con una mezcla de ropa de dormir y ropa de calle superpuesta. Pero eran jóvenes, y eran gentiles, y lo que en muchos habría resultado una disparatada amalgama de prendas, en ellos rezumaba gracia y naturalidad.

En el piso superior, la condesa roncaba estruendosa ajena a todo, satisfecha por haberse salido con la suya.

Mariana se le echó al cuello nada más verlo, y a él le confundió una vez más el vientre firme que se interpuso entre ellos.

—Todo va a estar bien —le susurró al oído.

El minero asintió sin convencimiento, clavándole la mandíbula en el hombro.

—Te escribiré en cuanto me ubique.

Deshicieron el abrazo y trenzaron las últimas frases alumbrados por unas tenues bujías. Sobre Nico, sobre la casa y los cien pequeños asuntos pendientes de los que ella iba a encargarse. Hasta que Andrade, desde fuera, carraspeó. Hora de irse.

—Guarda esto a buen recaudo —le pidió sacándose del pecho el expediente de Las Tres Lunas. Qué mejor custodia que la de su propia hija.

Ella no precisó explicaciones: si su padre así lo quería, no había más que preguntar. Después agarró sus manos grandes y las posó sobre la redondez de su vientre. Rotunda y plena, alta todavía. Te esperamos, dijo. Él quiso sonreír, pero no pudo. Era la primera vez que rozaba con las puntas de los dedos aquella vida palpitante. Cerró los ojos unos momentos, sintiéndola. Un grumo de algo sin nombre le atravesó la garganta.

Ya tenía un pie en la calle cuando Mariana lo volvió a abrazar y murmuró algo que sólo él escuchó. Subió al carruaje apretando los labios; la sensación de la carne de su carne se le quedó pegada en el alma. En los oídos aún le retumbaban las últimas palabras de su hija. Muerde el capital de Úrsula si te hace falta. Sin pudor.

Las vías cuadriculadas del centro de la ciudad se tornaron poco a poco en callejones más sucios, más estrechos e innobles. Sus nombres cambiaron a la par: ya no eran Plateros, Don Juan Manuel, Donceles o Arzobispado, sino la Bizcochera, la Higuera, las Navajas o el Cebollón. Hasta que dejaron de verse nombres y luces, y por fin abandonaron la ciudad de los palacios para recorrer las ochenta y nueve leguas castellanas del viejo Camino Real que les separaban de su destino.

Tres jornadas enteras de caminos pedregosos llenas de zarandeos y sacudidas, ruedas atascadas en los socavones y a ratos un calor abrasador: eso era lo que les esperaba por delante. A su paso se fueron abriendo extensiones inmensas de terreno sin un alma, precipicios y barrancos que hacían resbalar a las monturas al trepar por los cerros rocosos llenos de zarzas enmarañadas. De tanto en tanto, una hacienda acá y otra allá, chozas y milpas aisladas, y numerosas muestras de devastación en pueblos e iglesias tras los varios decenios de guerra civil. Esporádicamente, alguna ciudad que dejaban a un lado, un ranchero a caballo, algún indio a quien comprar granaditas para refrescar la boca o un mísero jacal de adobe en el que una vieja con la mirada perdida acariciaba a una gallina sostenida en el regazo.

Apenas pararon lo imprescindible para el reposo de las caballerías, agotadas y sedientas, y para que los hombres que los protegían pudieran descansar. Por él, sin embargo, habrían seguido hasta el final del tirón. Podría también haberse alojado en la hacienda de algún terrateniente amigo: allí habrían puesto a su disposición colchones de lana y sábanas limpias, comida sabrosa, velas de cera blanca y agua fresca con la que arrancarse el polvo y la suciedad. Pero prefirió seguir adelante sin demora, comiendo puras tortillas con sal y chile allá donde hubiera un brasero y una india acurrucada dispuesta a vendérselas; hundiendo una calabaza en los arroyos para beber y durmiendo sobre petates tirados encima de la pura tierra.

—Peor era bregar en el turno de noche en Real de Catorce, compadre, ¿o es que ya no te acuerdas?

Daba la espalda a Andrade; sobre su cuerpo grande, una frazada pequeña. Bajo la cabeza, un bolsón de cuero con los encargos de la condesa y de Gorostiza. Las botas puestas, la pistola al cinto y el cuchillo a mano. Por lo que pudiera pasar. Clavadas a su alrededor, un puñado de hachas de brea encendidas para alejar a los coyotes.

—Tendríamos que habernos quedado en la hacienda San Gabriel, estamos a tan sólo unas leguas —gruñó el apoderado, incapaz de encontrar acomodo.

—Te me estás volviendo muy comodón, Elías. No está mal recordar de vez en cuando de dónde venimos.

Por qué nunca dejará de asombrarme este cabrón, pensó Andrade antes de que el agotamiento le cerrara los ojos. Y en su pensamiento no había más que verdad. A pesar de lo mucho que lo conocía, él mismo seguía desconcertado ante la manera en la que Mauro Larrea había encajado su descomunal revés. En el mundo siempre cambiante en el que ambos llevaban moviéndose desde hacía décadas, los dos habían sido testigos de numerosos descalabros a su alrededor: hombres encumbrados que en su caída perdían el juicio y cometían todos los desatinos imaginables; seres cuya entereza se mecía como un junco apenas se sentían despojados de su riqueza.

A muy pocos había visto portarse como él cuando la suerte les mordía la yugular de una manera tan atroz como imprevista. En los caprichosos y demoledores altibajos de las empresas mineras, jamás había visto a nadie perder tanto y perderlo tan bien como al hombre que en ese momento dormía a su lado en el suelo, desprovisto de cualquier comodidad. Como los arrieros, como las bestias, como los propios chinacos que le escoltaban, aquellos campesinos metidos a espontáneos guerrilleros. Tan bravos como indisciplinados; tan fieros como leales.

Apenas se adentraron en Veracruz, comprobaron los estragos del vómito negro, el azote de aquellas costas. Un hedor nauseabundo flotaba en el aire, había cadáveres de mulos y caballos a medio pudrir y los sempiternos zopilotes —negros, grandes, feos— aparecían posados en los postes y los aleros, prestos siempre a lanzarse sobre los restos de los animales.

Como si huyeran del mismo diablo, el cochero les llevó sin detenerse al hotel de Diligencias.

—Qué bochorno, Virgen santa —fueron las palabras del apoderado tan pronto pisó el suelo polvoriento.

Mauro Larrea se quitó el pañuelo que le cubría la mitad inferior del rostro y se limpió la frente con él mientras estudiaba atento la calle a derecha e izquierda y se aseguraba sin demasiado disimulo de que seguía llevando el revólver en su sitio. Y luego, con el bolsón de cuero de los capitales bien aferrado, fue tendiendo uno a uno la mano a los chinacos, a modo de despedida.

Andrade y Santos Huesos comenzaron a encargarse del equipaje y del traslado de las monturas mientras él, tras intentar acomodarse la ropa arrugada y pasarse los dedos por el pelo en un deseo infructuoso por mostrarse presentable, se adentró en el hospedaje.

Una hora más tarde esperaba a su apoderado entre clientes anónimos bajo los magníficos portales de la entrada. Sentado en un sillón de caña, bebía agua de una gran jarra sin llegar a saciarse. Un bidón entero le había caído sobre el cuerpo poco antes, mientras se frotaba con furia para librarse de las huellas de los tres días de abrupto viaje. Se había puesto después una camisa de batista blanca y el más ligero de sus trajes para combatir los últimos zarpazos del calor. Con el cabello aún húmedo domado al fin, y aquella ropa que le restaba formalidad, ya no parecía un forajido ni un extravagante hombre de gran ciudad fuera de su sitio.

El hecho de haber dejado el bolsón oculto bajo su cama y a Santos Huesos vigilante en la puerta con su pistola al cinto, le hacía sentirse más liviano en todos los sentidos. Y, bien pensado, quizá también contribuyera a apaciguar su ánimo el hecho de haber abandonado al fin la ciudad de México. Las presiones. Los acosos. Las mentiras.

Habían acordado dedicar el tiempo que les restaba antes de la partida a hacer diversas gestiones cobijados bajo el anonimato. Querían vender las yeguas y el carruaje, algunos enseres. Querían además indagar más a fondo sobre la situación en Cuba, con la que desde Veracruz existía un intenso contacto, y acerca de los avances en la guerra de los americanos del norte, por si hubiera nuevas noticias. Incluso tal vez despedirse con una francachela grandiosa, en memoria de los viejos tiempos y en emplazamiento de unos aires favorables para el más que incierto porvenir.

La espera que les quedaba por delante, sin embargo, se acabó perfilando más breve de lo previsto.

—Zarpas mañana, vengo del muelle.

Andrade llegaba con el paso decidido de siempre, aún sin asearse. Con todo, a pesar de la suciedad, las arrugas de la ropa y el cansancio, no dejaba de destilar una cierta elegancia en sus maneras.

Se dejó caer en un sillón parejo, se pasó un pañuelo no muy limpio por el cráneo calvo y brillante, y agarró el vaso de su amigo. Sin permiso, como siempre, se lo llevó a la boca hasta dejarlo vacío.

—Estuve también haciendo indagaciones para ver si tenemos algo de correo; todas las sacas de Europa pasan por acá. A cambio de un puñado de pesos, mañana me dirán qué hay.

El minero asintió mientras lanzaba una seña al mozo para que les atendiera. Y después esperaron en silencio, cada uno absorto en sus propios pensamientos. Quizá, conociéndose como se conocían, éstos fueran los mismos.

¿Dónde estaban los días en que fueron un atractivo empresario de la plata y su enérgico apoderado, cómo era posible que toda su gloria se les hubiera escapado como el agua entre los dedos? Ahora, frente a frente sin palabras en aquel puerto de entrada al Nuevo Mundo, tan sólo eran dos almas desgastadas sacudiéndose el polvo tras la caída y tanteando a ciegas la manera de labrarse un futuro desde abajo. Y como quizá lo único que ambos mantenían medianamente intacto era la lucidez, optaron por tragarse las ganas de lanzar maldiciones rabiosas al aire, guardaron la compostura y aceptaron el par de vasos de whisky de maíz que en ese momento les puso delante un mesero. Del condado de Bourbon, lo mejor de la casa para los finos huéspedes recién llegados de la capital, apostilló el muchacho sin pizca de sorna. Después les trajo la cena y se retiraron temprano, a trajinar cada quien con sus demonios entre las sábanas.

Durmió mal, como casi todas las noches en los últimos meses. Desayunó solo, a la espera de que su apoderado se decidiera a bajar del cuarto. Pero cuando éste hizo acto de presencia finalmente, no fue descendiendo la escalera que comunicaba con las recámaras, sino entrando por la puerta principal del hotel.

—Por fin conseguí el correo —anunció sin sentarse.

—¿Y?

—Noticias del otro lado del mar.

—¿Malas?

—Infames.

Despegó la espalda de la butaca, un escalofrío le erizó la piel.

—¿Nico?

El apoderado confirmó con un sombrío gesto. Después se sentó a su lado.

—Abandonó el domicilio de Christophe Rousset en Lens. Dejó simplemente una nota diciendo que le asfixiaba esa pequeña ciudad, que no le interesaban en absoluto las minas de carbón, y que ya se encargaría él de discutir contigo en su momento lo que a partir de entonces hiciera.

Mauro Larrea no supo si soltar la carcajada más amarga y bestial de su vida o blasfemar como un condenado a muerte frente al paredón; si volcar la mesa con sus tazas y sus platos, o tumbar de un puñetazo a cualquiera de los inocentes huéspedes que a aquella hora temprana sorbían, aún somnolientos, su primer chocolate.

Ante la duda, se esforzó por mantener la serenidad.

—¿Adónde fue?

—Creen que partió desde Lille en tren hacia París. Un empleado de Rousset lo vio en la estación de ferrocarril.

Vámonos, mi hermano, quiso decirle a su amigo. Vámonos por ahí tú y yo aunque no sean más que las ocho de la mañana. A tomar por las cantinas hasta perder el sentido; seguro que alguna queda abierta desde anoche todavía. A jugar nuestra última partida de billar, a revolcarnos con malas mujeres en los burdeles del puerto, a dejarnos en las riñas de gallos lo poco que tenemos. A olvidarnos de que existe el mundo y, dentro de él, todos los problemas que me están ahogando.

A duras penas logró hacer acopio de la escasa sangre fría que le quedaba en las venas; con ella bombeándole las sienes como un tambor enloquecido, reenfocó la situación.

—¿Cuándo le mandamos dinero por última vez?

—Seis mil pesos con Pancho Prats cuando éste llevó a su mujer a tomar las aguas a Vichy. Supongo que le llegarían hace unas cuantas semanas.

Apretó los puños y se clavó las uñas en la carne hasta dejarlas blancas.

—Y en cuanto los agarró, el muy canalla salió por pies.

Andrade asintió. Seguramente.

—Por si le diera por volver a México cuando se quede sin blanca, apenas leí la carta pacté con el recaudador del puerto. Controla todos los cargamentos y pasajes que llegan desde Europa; va a costarnos un chingo pero, a cambio, me asegura que estará ojo avizor.

—¿Y si da con él?

—Lo retendrá y me mandará aviso.

Gorostiza y su hija casadera rezando al Altísimo por el orate de su hijo, su casa medio cerrada, Tadeo Carrús. Todos volvieron a su mente como fantasmas salidos de una negra pesadilla.

—No dejes que llegue hasta allá en mi ausencia, por lo que más quieras, hermano. Que nadie lo vea, que no hable con nadie, que no se meta en ningún lío, que no se intrigue porque me fui. Avisa a Mariana nomás regreses; que esté alerta por si lo alcanza algún comadreo de boca de alguien que venga de Francia.

Y Andrade, que sentía al muchacho como si también fuera su propio hijo, simplemente asintió.

A mediodía, la densa masa de nubes de color pizarra que cubría el puerto impedía ver dónde acababa el cielo y dónde empezaba la mar.

Todo se veía teñido de un triste color gris. Los rostros y las manos que le brindaban ayuda, las velas de los buques anclados, los bultos y las redes, su ánimo. Hasta los gritos de los estibadores, el golpear del agua contra los maderos y el chirriar de los remos en los botes parecían tener algo de grisáceo. Los tablones del malecón se elevaban y descendían bajo sus pies mientras la distancia lo iba separando de su apoderado del alma y lo acercaba a la falúa que habría de trasladarlo al *Flor de Llanes,* el bergantín con bandera de esa España cuyos asuntos tan ajenos le eran ya.

Desde la cubierta contempló por última vez Veracruz, con sus zopilotes y sus arenales: puerta atlántica de gentes y riquezas durante el virreinato, testigo mudo de los anhelos de aquellos que a lo largo de los siglos llegaron de allende el océano en pos de una ambición desbocada, un futuro más digno o una simple quimera.

En las cercanías, la fortaleza legendaria y semiabandonada de San Juan de Ulúa, el último baluarte de la metrópoli del que —enfermos, hambrientos, harapientos y desolados— partieron años después de la declaración de independencia mexicana los últimos soldados españoles que lucharon ilusamente por mantener el viejo virreinato amarrado a perpetuidad a la Corona.

Las finales palabras de Elías Andrade todavía le acompañaban en la falúa.

—Cuídate, compadre; de los problemas que dejas atrás, ahora me encargo yo. Tú, tan sólo, intenta repetir tu propia historia. Con apenas treinta años reventaste minas con las que nadie se atrevió y te ganaste el respeto de tus propios hombres y de mineros de raza. Fuiste honrado cuando hubo que serlo y le echaste huevos cuando hizo falta. Te convertiste en una leyenda, Mauro Larrea, que no se te olvide. Ahora, sin embargo, no hace falta que levantes ningún emporio; tan sólo tienes que empezar otra vez.

II.
La Habana

13

Se reconocieron en la distancia, pero ninguno dio muestras de que así fuera. Instantes después, en el momento de las presentaciones, se miraron a los ojos apenas un segundo y los dos parecieron decirse lo mismo sin mediar palabra. Así que es usted.

No obstante, al tenderle la mano enguantada, ella fingió con descaro un helador desinterés.

—Carola Gorostiza de Zayas, un placer —murmuró con voz neutra, como quien recita un poema polvoriento o responde a la liturgia de una misa de domingo.

Guardaba un levísimo parecido con su hermano, quizá en la manera en que la boca se les conformaba a ambos como un cuadrado al hablar, o en la forma afilada del hueso de la nariz. Hermosa sin duda, vistosa hasta la exageración, pensó Mauro Larrea mientras le besaba el raso del guante. Una cascada de topacios le aderezaba el busto; del recogido en el que llevaba peinada la espesa cabellera negra salían un par de exóticas plumas de avestruz a juego con el tono del vestido.

—Gustavo Zayas, a sus pies.

Eso fue lo siguiente que oyó, aunque el tal Zayas no estuviera a sus pies precisamente, sino frente a él, junto a su esposa. Con ojos claros, acuosos, y un cabello que fue trigueño peinado hacia atrás. Alto, buenmozo, más joven de lo que preveía. Sin fundamento alguno, le había imaginado de la edad de su propio consuegro, siete u ocho años mayor que él mismo. El hombre que ahora tenía enfrente rebasaba por poco los cuarenta,

aunque su rostro anguloso denotara las huellas de avatares que muchos no vivían ni en cien vidas.

Apenas hubo tiempo para más: tras el saludo protocolario de la pareja Zayas Gorostiza, ambos le dieron sin más la espalda y se abrieron paso entre los presentes para adentrarse en el salón de baile. Las intenciones de ella, no obstante, quedaron bien claras: que su esposo no supiera en modo alguno quién era aquel desconocido.

A la orden si usted así lo quiere, señora mía. Sus razones tendrá, se dijo Mauro Larrea; sólo espero que no tarde demasiado en hacerme saber qué carajo espera de mí. Entretanto, siguió estrechando las manos de otros invitados según se los presentaba la dueña de la casa, esforzándose por archivar en la memoria los rostros y los nombres de aquella tupida red de criollos y de peninsulares de peso, españoles de dos mundos estrechamente relacionados. Arango, Egea, O'Farrill, Bazán, Santa Cruz, Peñalver, Fernandina, Mirasol. Encantado, sí, de México, un placer; no, mexicano del todo no, español. El gusto es mío, encantado, muchas gracias, un placer para mí también.

La opulencia flotaba en el ambiente de la suntuosa villa de El Cerro, la zona de traza distinguida en la que numerosos miembros de la oligarquía habanera habían levantado sus grandes residencias tras abandonar los viejos palacetes de intramuros que albergaran a sus familias durante generaciones. El derroche y la suntuosidad se palpaban en las telas y las joyas que lucían las señoras; en las botonaduras de oro, los galones y las bandas honoríficas que cruzaban el pecho de los señores; en los muebles de maderas tropicales, los pesados cortinajes y las lámparas de brillo abrumador. La desbordada riqueza del último bastión del decrépito Imperio español, pensó el minero; sólo Dios sabría cuánto tiempo le quedaba a la Corona para perderlo.

El salón se fue llenando de parejas mecidas al compás de una orquesta de músicos negros; alrededor, en los márgenes, los invitados departían arracimados en grupos flotantes. Un ejército

de esclavos vestidos con galanura de brigadier transitaba entre unos y otros sirviendo champaña a chorros y haciendo equilibrios con bandejas de plata cargadas de delicadezas.

Se limitó a contemplar la escena: las cinturas flexibles de las hermosas criollas al compás de la música dulzona, la languidez seductora de las largas faldas mecidas por el vaivén. Todo aquello, no obstante, le importaba bien poco. En realidad, se estaba dedicando a esperar a que Carola Gorostiza, a pesar de su aparente desinterés inicial, le hiciera alguna indicación.

No se equivocaba; apenas media hora después, notó un hombro femenino rozarle la espalda con cierto descaro.

—No le veo muy interesado por lanzarse a bailar, señor Larrea; quizá le venga bien el aire del jardín. Salga discretamente, le espero.

Tan pronto le dejó el mensaje pegado al oído, la mexicana siguió ondulante su camino, agitando al ritmo de la orquesta un llamativo abanico de marabú.

Barrió el salón con la mirada antes de obedecerla. En medio de un nutrido grupo, distinguió al marido. Parecía escuchar ajeno, algo ausente; como si su pensamiento estuviera en un sitio infinitamente más lejano. Mejor. Se escurrió entonces hacia una de las salidas y atravesó las grandes puertas de vitrales de colores que separaban el caserón de la noche. En la oscuridad, entre cocoteros y júcaros, recostadas sobre las balaustradas o sentadas en los bancos de mármol, unas cuantas parejas dispersas hablaban en susurros: se seducían, se rechazaban, recomponían desarreglos del corazón o se juraban falsos amores eternos.

Unos pasos más allá, intuyó la silueta inconfundible de Carola Gorostiza: la falda ricamente abullonada, la cintura comprimida, el escote prominente.

—Supongo que sabe que le traigo un encargo —fue su saludo. A bocajarro, para qué demorarse.

Como si no lo hubiera oído, ella echó a andar hacia el fondo del jardín, sin comprobar si él la seguía o no. Cuando tuvo la seguridad de que estaba lo suficientemente distante de la mansión, se volvió.

—Y yo tengo algo que pedirle a usted.

Lo imaginaba: algo incómodo presentía desde que recibió su esquela en el hospedaje de la calle de los Mercaderes. Allí se había instalado el día anterior, recién desembarcado en La Habana tras varias jornadas de travesía infernal. Podría haber elegido un hotel, los había abundantes en aquel puerto que a diario acogía y despedía a tropeles de almas. Pero cuando le hablaron de una casa de hospedaje cómoda y bien situada, optó por ella. Más económica para una estancia de duración incierta, incluso más conveniente para tomarle el pulso a la ciudad.

A primera hora de su primera mañana en la isla, intentando hacerse todavía a la humedad pegajosa del ambiente y ansiando librarse de lastres, había mandado a Santos Huesos a la calle del Teniente Rey, en busca del domicilio de Carola Gorostiza con un breve mensaje. Le pedía ser recibido con prontitud y anticipaba que la aceptación sería inmediata. Para su desconcierto, en cambio, lo que su criado le trajo de vuelta fue un rechazo en toda regla escrito con primorosa caligrafía. Mi estimado amigo, lamento con profundo penar no poder recibir esta mañana su visita… Encadenada a la sarta de vacuas excusas llegaba también, sorprendentemente, una invitación. A un baile, esa misma noche. En el domicilio particular de la viuda de Barrón, íntima amiga de la firmante, según aclaraba la misiva. Un quitrín propiedad de la anfitriona lo recogería en su alojamiento a las diez.

Releyó la nota varias veces frente a una segunda taza de café neto, sentado entre las palmas exuberantes del patio donde servían a los huéspedes el desayuno. Intentó interpretarla, confuso. Y lo que dedujo entre líneas fue que lo que la hermana de su futuro consuegro Ernesto Gorostiza pretendía, de entrada y a toda costa, era alejarlo de su propia residencia familiar. Y después, recuperar la oportunidad de verle, para lo cual ofrecía un territorio menos privado y más neutro.

Rondaba la medianoche cuando por fin se encontraron cara a cara en la penumbra del jardín.

—Una demora tan sólo, eso es lo que quiero rogarle —prosiguió ella—. Que mantenga de momento en su poder todo lo que me envía mi hermano.

A pesar de la falta de luz, el gesto de contrariedad del minero debió de resultar evidente.

—Dos, tres semanas a lo sumo. Hasta que mi esposo acabe de completar unas cuantas gestiones pendientes. Está..., está sopesando si realiza o no un viaje. Y prefiero que no sepa nada hasta que se acabe de decidir.

Acabáramos, pensó. Pinches problemas matrimoniales, por si algo me faltaba.

—En nombre de la amistad que une a nuestras familias —insistió tras unos instantes—, le ruego que no se niegue, señor Larrea. Según tengo entendido por la carta de Ernesto que me llegó apenas ayer, mi hermano y usted van a trenzar lazos familiares.

—Confío en que así sea —replicó escueto. Y el recuerdo de Nicolás y su fuga se le volvió a clavar como un punzón.

Ella medio sonrió con un rictus amargo bajo el rostro empolvado con cascarilla.

—Recuerdo a la prometida de su hijo de recién nacida, envuelta en encajes dentro de su cuna. Teresita fue el único ser del que me despedí al marcharme de México. A nadie en la familia le agradó la idea de que decidiera desposarme con un peninsular y trasladarme a Cuba.

Mientras desgranaba sin rubor las mismas intimidades que ya le contara a él su hermano Ernesto, Carola Gorostiza volvió un par de veces la cabeza hacia la mansión. En la distancia, a través de las grandes cristaleras, se percibían las figuras de los invitados entre las luces doradas de las arañas y los candelabros. Traídos por la brisa, hasta ellos llegaban también ecos de voces, ráfagas de carcajadas y los compases melodiosos de las contradanzas.

—Para evitar mayores problemas —añadió entonces ella retornando al presente— es fundamental que mi esposo tampoco sepa que usted tiene contacto alguno con los míos en México. Le ruego por ello que no haga intento alguno de volver a acercarse a mí.

A saco, sin las delicadas florituras de la nota que había manuscrito aquella mañana. Así, sin miramientos, acababa de exponerle un requisito y una realidad.

—Y en compensación por las molestias que mi petición pudiera acarrearle, le propongo retribuirle generosamente digamos que con una décima parte del monto que me trae.

Estuvo a punto de estallar en una carcajada. A ese paso, si aceptaba todo lo que le iban proponiendo, acabaría otra vez rico sin mover un solo dedo. Primero su consuegra, ahora otra desconcertante mujer.

Se fijó mejor en ella entre las sombras. Agraciada, atractiva sin duda con su descarado escote y su porte suntuoso. No tenía el aspecto de ser la víctima de un marido tirano, pero en el territorio de las tensiones conyugales él tenía nula experiencia. Al fin y al cabo, la única mujer a la que de verdad había querido en su vida se le había muerto entre los brazos, envuelta en sudor y sangre tras haber parido a su último hijo antes de cumplir los veintidós.

—De acuerdo.

Incluso él mismo quedó sorprendido ante la temeraria rapidez con la que accedió. Tremendo insensato, pero ¿cómo se te ocurre?, se reprochó apenas cerró la boca. Pero ya era tarde para retroceder.

—Accedo a mantener la discreción y a hacerme cargo de sus pertenencias el tiempo necesario. Pero no a cambio de una compensación económica.

Ella endureció el gesto.

—Diga, pues.

—Yo también necesito ayuda. Vengo en busca de oportunidades de negocio, de algo rápido que no requiera una inversión desmedida. Usted conoce bien esta sociedad, se mueve entre gente de posibles. Quizá sepa dónde puede haber algún asunto de provecho.

Una carcajada fue la respuesta, agria como chorro de vinagre. Los ojos negros le brillaron entre las tinieblas.

—Si tan fácil resultara hacer crecer la plata, mi marido probablemente ya se habría marchado, y yo no tendría que andar ahora con estas malditas cautelas a sus espaldas.

Ni sabía adónde tenía previsto irse su marido, ni le interesaba. Pero cada vez se sentía más incómodo en aquella inesperada conversación y ansiaba terminarla cuanto antes. La brisa les trajo el rumor de una conversación no demasiado lejana, ella bajó la voz. Sin duda, no eran los únicos que se protegían de oídos y miradas en la oscuridad del jardín.

—Déjeme indagar —zanjó en un susurro—. Pero no me busque; yo haré por verlo. Y recuerde: ni yo le conozco a usted, ni usted me conoce a mí.

Entre crujidos de moiré tornasolado, Carola Gorostiza emprendió el camino de vuelta hacia las luces, la orquesta y la multitud. Él, con las manos en los bolsillos y sin moverse de la espesura negra de la vegetación, la contempló hasta verla atravesar las cristaleras para ser engullida por la fiesta.

Con la soledad le llegó la conciencia en toda su magnitud. En vez de librarse de un peso, acababa de echarse otro costal de plomo a las espaldas. Y ya no había manera de volver atrás. Ojalá aquel asunto de la entrega de la herencia hubiera concluido de un plumazo y él, aligerado de su obligación, pudiera celebrarlo sacando a bailar a una hermosa habanera de carne prieta o enredado entre los brazos de una mulata con caramelo en la piel, aunque antes tuviera que ajustar con ella el precio de las caricias. Ojalá pudiera sentir el suelo estable bajo sus pies.

Y, sin embargo, imprudente, irreflexivamente, acababa de aliarse con una esposa desleal que había quemado hacía tiempo todos los puentes con su propia familia y que pretendía mantener engañado a su marido a costa de un dinero que él guardaba en el fondo de su propio armario. Por todos los santos del cielo, hermano, pero ¿es que perdiste el poco juicio que te quedaba?, pareció gritarle Andrade dentro de la cabeza con su demoledora sensatez.

Volvió a entrar a la residencia cuando se marchaban los últimos invitados y los músicos guardaban los instrumentos entre bostezos. Por el mármol del suelo, donde antes hubo pasos de baile infinitos, se mezclaban ahora tabacos pisoteados a medio fumar, restos de dulces espachurrados y plumas desprendidas de los abanicos. Bajo los altos techos del salón, entre los estucos y los espejos, los esclavos de la casa, envueltos en carcajadas, se echaban a la boca los restos de las botellas de champaña.

De la pareja Zayas Gorostiza no quedaba ni el rastro.

14

Amaneció dando vueltas a lo acontecido la noche previa. Sopesando, debatiendo consigo mismo. Hasta que decidió dejar de pensar: la prisa apretaba, tenía que moverse. Y enroscarse en lo ya hecho no iba a llevarlo a ningún sitio.

Salió con Santos Huesos temprano. Su objetivo más inmediato era encontrar un sitio fiable a fin de depositar el dinero de la condesa, los muy escasos capitales propios y la herencia de la hermana de Gorostiza de la que, de momento, no iba a desprenderse. Tal vez podría haber preguntado a la dueña de su hospedaje por una firma comercial de confianza, pero prefirió no llamar la atención. Todo parecía confuso en aquel puerto, mejor no desvelar a nadie más de lo justo.

Notando lo incómodas que resultaban para las temperaturas del trópico sus ropas de excelente paño inglés, recorrió sin rumbo definido la extensa cuadrícula de calles estrechas que conformaban el corazón de La Habana. En nada se parecían a las que a diario transitaba en México a pesar de la lengua común. Empedrado, Aguacate, Tejadillo, Aguiar. Y de pronto, una plaza. La de San Francisco, la del Cristo, la Vieja, la de la Catedral: todo revuelto en una enmarañada promiscuidad arquitectónica y humana que ubicaba almacenes de bacalao seco en los bajos alquilados de las más regias mansiones, y donde los baratillos y las tiendas de quincalla convivían tabique con tabique con grandes casas de abolengo.

Bajó por la calle del Obispo, abarrotada de gentes, voces y olores punzantes. Cruzó la de San Ignacio, subió la muy cotizada de O'Reilly, donde decían que los solares y los locales se pagaban a más de una onza de oro la vara. Vías angostas que formaban una cuadrícula casi perfecta y sobre las que flotaba un olor a mar y a café, a naranjas agrias y a sudor de mil pieles mezclado con pescado, salitre y jazmín. En todas sin excepción se respiraba una humedad pegajosa que casi podría cortarse con el filo de un cuchillo. Una algarabía enfebrecida llenaba el aire de gritos y carcajadas: de esquina a esquina, de carruaje a carruaje, de balcón a balcón.

Los toldos de los comercios —grandes retales de tela multicolor colgados de un flanco a otro— filtraban la luz inclemente con una sombra muy de agradecer. Serpenteando entre las calles paralelas y las perpendiculares, por todas partes tuvo que esquivar a viandantes de mil tonalidades; a niños, a perros y a porteadores, a mensajeros, a vendedores de frutas y cachivaches, y a los dependientes que salían cargados de los establecimientos para acercar el género a aquellos carruajes de ruedas altísimas que por allá llamaban volantas y quitrines, en los que aguardaban las señoras y las jovencitas que ni siquiera se molestaban en poner un pie en el suelo para hacer sus compras.

Después de tantear un par de casas de comercio que no acabaron de convencerlo por razones de pura intuición, el tercer intento acabó fructificando en un caserón de la calle de los Oficios. Casa Bancaria Calafat, rezaba una placa de esmalte. El propio dueño, con su bigote mongol, pelo blanco y algodonoso, y una carga considerable de años a las espaldas, lo recibió tras una imponente mesa de caoba. A su espalda, un óleo del puerto de Palma de Mallorca rememoraba el ya lejano origen del apellido.

—Tengo la intención de depositar temporalmente un capital —fue su anuncio.

—No creo pecar de soberbio si le digo que difícilmente podría haber encontrado en toda la isla un sitio mejor que éste, amigo mío. Haga el favor de sentarse, si lo tiene a bien.

Discutieron sobre corretajes e intereses, cada uno presionando educadamente a su favor. Y una vez puestos de acuerdo, contaron los caudales. Después llegaron las firmas y el preludio de la despedida tras un trato en el que ambos ganaban algo y ninguno de los dos perdía.

—Ni que decir tiene, señor Larrea —apuntó el banquero al término de la transacción—, que quedo a su entera disposición para asesorarlo sobre cualquier asunto local vinculado a los negocios a los que tenga la intención de dedicarse entre nosotros. —Su olfato le había anticipado que aquel individuo de pasaporte español que tenía hechuras de estibador portuario, un habla entre Lope de Vega y el biznieto de Moctezuma y el afilado tino negociador de un bucanero de la Jamaica, tal vez podría convertirse a la larga en un buen cliente fijo.

Al mismito Satanás vendería yo mi alma por saber cuáles son tales negocios, compadre, masculló el minero para sí.

—Iremos hablando —respondió evasivo mientras se levantaba—. De momento, me doy por servido si antes de irme me recomienda un buen sastre de su confianza.

—El italiano Porcio, de la calle Compostela, sin duda; dígale que va de mi parte.

—Listo, pues; muy agradecido.

Ya estaba de pie, dispuesto a marcharse.

—Y una vez subsanado el asunto de su indumentaria, mi estimado don Mauro, me pregunto si quizá no le interesaría también que le recomendara una buena inversión.

Se habría carcajeado con ganas delante del imponente bigote de don Julián Calafat. ¿Sabe una cosa, señor mío?, estuvo tentado de decirle. De todos estos caudales que estoy dejando a su recaudo, de todo esto que me hace parecer ante sus ojos como un boyante extranjero al que el dinero se le sale a chorros por las orejas, ni siquiera una quinta parte es de mi propiedad. Y aun así, para conseguirlo, tuve que hipotecar mi casa con un mezquino prestamista que ansía verme rodando por el barro. Eso debería haberle contestado. Pero, corroído por la curiosidad, se contuvo y permitió al banquero continuar.

—Ni que decirle tengo que este dinero, puesto en algunas operaciones bien escogidas, le rentarían de una manera altamente provechosa.

En vez de quedarse estático a la espera de una respuesta inmediata, Calafat, viejo zorro, le ofreció unos instantes para reaccionar mientras se entretenía en sacar de una caja contigua un par de tabacos de las vegas de Vueltabajo. Tomándose su tiempo, los presionó levemente para apreciar su nivel de humedad; los olfateó después parsimonioso y acabó tendiéndole uno que él, aún de pie, aceptó.

Sin palabra de por medio, cortaron las boquillas con una guillotina de plata. Y luego, sumidos en un silencio prolongado, cada cual encendió el suyo con una larga cerilla de cedro.

Hasta que Mauro Larrea, ocultando la desazón que le comía las tripas, se sentó de nuevo frente al escritorio.

—Usted dirá.

—Precisamente —prosiguió el banquero expulsando las primeras volutas— estamos cerrando estos días un asunto en el que se nos acaba de retirar uno de los socios comanditarios; un asunto que tal vez podría resultar de su interés.

El minero cruzó entonces una pierna sobre otra y se acodó en la butaca. Una vez compuesta la postura, dio otra chupada al habano. Rotunda, plena; como si fuera el amo del mundo. Y con ello logró que su resquebrajada firmeza quedara escondida tras una fachada de cínica seguridad. Ándale pues, se dijo. Nada pierdo con escucharte, viejo.

—Soy todo oídos.

—Un barco congelador.

—¿Perdón?

—El portentoso invento de un alemán; los ingleses andan también tras la misma técnica, pero aún no se han lanzado. Para transportar carne de vacuno fresca desde la Argentina hasta el Caribe. Conservada en perfectas condiciones, lista para el consumo sin necesidad de ser previamente salada como hacen con ese asqueroso tasajo de penca que dan a los negros.

Volvió a chupar el cigarro. Con ansia.

—¿Y cuál es exactamente su propuesta?

—Que se integre en la comandita con una quinta parte del total. Seríamos cinco socios si entra usted. De no hacerlo, esa parte la asumiré yo mismo.

Desconocía el potencial del negocio pero, a juzgar por el calibre de la inversión, se trataba de algo grande. Y su instinto más primario le hacía confiar ciegamente en Calafat. Por eso calculó a la velocidad del rayo. Y, como era previsible, no le salieron las cuentas. Ni siquiera llegaría sumando el dinero de la condesa y el suyo propio.

Pero. Tal vez. Desde encima de la mesa de Calafat, los doblones de oro contenidos en las bolsas de cuero que le entregara Ernesto Gorostiza parecían atraerlo con la fuerza del centro de la Tierra.

¿Y si le propusiera a su hermana invertir con él? Ir a medias, ser socios.

¡Loco, loco, loco!, le habría gritado Andrade de haber estado juntos. No puedes arriesgarte, Mauro; ni se te ocurra emperrarte en algo que no estás en condiciones de asumir. Por tus hijos, compadre, por tus hijos te lo ruego, empieza con tiento y no te ahorques en el primer árbol del camino.

No me vengas con cautelas, compadre, y atiéndeme, protestó mentalmente ante las supuestas palabras del apoderado. Quizá esto no es tan descabellado como puede parecer a simple vista. Algo turba a esa mujer, anoche lo vi en sus ojos, pero no tiene aspecto de necesitar dinero a la desesperada. Tan sólo parece querer blindarlo de su marido por alguna razón que prefiere ocultarme. Para que él no lo despilfarre, seguramente, o para que no se lo lleve a ese viaje que quizá emprenda.

¿Y si se entera su hermano? ¿Y si ella le va con el chisme a tu futuro consuegro? Ésa habría sido la réplica de su apoderado, y también tenía el minero una contestación. Por la cuenta que le trae, callará. Y en caso de que así no fuera, ya discutiría yo con Ernesto llegado el momento: para mí que confía más en mí mismo que en ella. Yo puedo ofrecerle a la mexicana poner su plata a buen recaudo sin que ni un alma en La Habana se entere; puedo alejarla permanentemente de las manos de su esposo, invertirla con juicio. Velar por sus bienes, en definitiva, sin que nadie lo sepa.

Todos esos argumentos serían los que le habría expuesto a su amigo de haberlo tenido cerca. Como no lo tenía, calló y siguió atento a Calafat.

—Mire, Larrea, voy a hablarle claro, si me permite la confianza. Esta isla nuestra va a tardar muy poco en irse al carajo, así que yo estoy interesado en empezar a moverme también fuera de ella, por lo que pueda pasar. Acá vive todo el mundo feliz pensando en que seguimos siendo la llave del Nuevo Mundo hasta el fin de los días, convencidos de que el esplendor de la caña, el tabaco y el café nos va a mantener ricos por los siglos de los siglos, amén. Nadie excepto cuatro visionarios parece darse cuenta de la que se avecina al más rico florón de la Corona. Todas las colonias españolas de Ultramar, con excepción de las del Caribe, ya se han independizado y han emprendido sus propios caminos, y más pronto que tarde, nuestro destino será romper también ese cordón umbilical. El problema es cómo lo haremos y hacia dónde iremos después...

Los números seguían bailando en la cabeza del minero en forma de operaciones matemáticas: lo que tengo, lo que debo, lo que puedo conseguir. El futuro de Cuba le importaba en ese momento bien poco. Pero, por mera cortesía, fingió una cierta curiosidad.

—Me hago cargo, supongo que la situación será como en México antes de la independencia: la metrópoli imponiendo tributos exagerados y manteniendo un rígido control, y todos sometidos a las leyes dictadas a su antojo.

—Exactamente. Esta isla, no obstante, es mucho menos compleja que México. Por extensión, por sociedad, por economía.

Acá todo es infinitamente más simple y sólo tenemos tres opciones reales de futuro. Y en confianza le digo que no sé cuál de todas es la peor.

La inversión, don Julián. El asunto del congelador: deje de divagar y hábleme de él, por lo que más quiera. Pero el banquero no parecía tener el don de leer el pensamiento así que, ajeno a las preocupaciones de su nuevo cliente, prosiguió con su disertación sobre el incierto porvenir de la Gran Antilla:

—La primera solución, que es la que defiende la oligarquía, es que nos quedemos eternamente vinculados a la Península, pero ganando cada vez más poder propio con una mayor representación en las Cortes españolas. De hecho, los propietarios de las grandes fortunas de la isla ya invierten millones de reales en comprar influencias en Madrid.

De nuevo, por educación, no tuvo más remedio que intervenir.

—Pero ellos serían los más beneficiados con la independencia: dejarían de pagar tributos y aranceles y comerciarían con mayor libertad.

—No, amigo mío, no —replicó Calafat contundente—. La independencia sería para ellos la peor de las opciones porque implicaría el fin de la esclavitud. Perderían las fortunas invertidas en las dotaciones de esclavos y, sin el robusto brazo africano trabajando dieciséis horas diarias en las plantaciones, sus negocios no se sostendrían en pie ni tres semanas. Paradójicamente, fíjese qué ironía, ellos están en cierta manera esclavizados por sus esclavos también. Sus propios negros son los que les impiden arriesgarse a ser independientes.

—¿Nadie quiere la independencia, entonces?

—Por supuesto que sí, pero casi como una utopía: una república liberal y antiesclavista, laica a ser posible. Un hermoso ideal promovido por los patriotas soñadores desde sus logias masónicas, con sus reuniones a escondidas y su prensa clandestina. Pero eso no es más que una ilusión platónica, me temo: la realidad es que, de momento, no tenemos fuerzas ni estructuras para vivir sin tutela. Poco duraríamos sin que nos cayera encima otra mano opresora.

Él arqueó una ceja.

—Los Estados Unidos de América, mi respetado don Mauro —prosiguió Calafat—. Cuba es su principal objetivo más allá del territorio continental; siempre hemos estado en su punto de mira como una obsesión. Ahora mismo todo está frenado por su propia guerra civil pero, en cuanto dejen de matarse entre ellos, juntos o separados volverán otra vez la mirada hacia nosotros. Ocupamos una posición estratégica frente a las costas de la Florida y la Luisiana, y más de tres cuartas partes de nuestra producción azucarera va para el norte; por acá se los admira y ellos se mueven a sus anchas. De hecho, le han propuesto a España comprarnos varias veces. No les hace la menor gracia que gran parte de los muchísimos dólares que ellos pagan por endulzar su té y sus bizcochos acabe en las arcas de la Corona borbónica en forma de impuestos, ¿me entiende?

Pinches gringos, otra vez.

—Perfectamente, señor Calafat. O sea, que el dilema de Cuba está entre seguir atada a la codiciosa madre patria o pasar a las manos de los mercachifles del norte.

—A no ser que suceda lo más temido.

El banquero se quitó los anteojos, como si le molestaran a pesar de la levedad de su fina montura de oro. Los depositó cuidadosamente sobre la mesa, después lo miró con pupilas de miope y le aclaró la cuestión:

—El levantamiento de la negrada, amigo. Una sublevación de los esclavos, algo parecido a lo que ocurrió en Haití a principios de siglo, cuando obtuvieron la independencia de los franceses. Ése es el miedo mayor de esta isla, nuestro eterno fantasma: que los negros nos fulminen. La pesadilla recurrente en todo el Caribe.

Asintió, comprendiendo.

—Así que por todas partes estamos bien jodidos —añadió el cubano—, si me permite la expresión.

No se escandalizó por la palabra, ciertamente. Pero sí le chocó la desnuda lucidez con la que Calafat le había esbozado aquellas perspectivas.

—Y mientras tanto —continuó con cierta sorna—, aquí seguimos en la Perla de las Antillas, retozando en el lujo de nuestros salones y bailando contradanzas una noche sí y otra también, aplastados por la indolencia, el gusto por aparentar y la cortedad de miras. Todo es así en esta isla: sin conciencia, sin un orden moral. Para todo hay una excusa, una justificación o un pretexto. No somos más que un gran campamento de negociantes frívolos e irresponsables ocupados tan sólo por el presente: nadie tiene interés en educar sólidamente a sus hijos, no existe la pequeña propiedad, casi todos los comerciantes son extranjeros, las fortunas se disipan como la espuma en cualquier mesa de juego y raro es el negocio que trasciende hasta una segunda generación. Somos vivos, simpáticos y generosos, apasionados incluso, pero la negligencia acabará comiéndonos por los pies.

Interesante, razonó él. Un buen retrato de la isla resumido con sensatez y brevedad. Y ahora, señor Calafat, vaya al grano, si no le importa. Su mandato mental, por fin, encontró respuesta.

—Por eso le propongo entrar como accionista en esta empresa. Porque usted es mexicano. O español mexicanizado como me ha explicado, tanto me da. Pero su fortuna proviene de México y allá pretende usted regresar, a una nación hermana e independiente, y eso es lo que de verdad me importa.

—Disculpe mi ignorancia, pero sigo sin comprender la razón.

—Porque si yo a usted le tiendo ahora una mano acá y le incluyo en mis negocios, amigo mío, estoy seguro de que usted me la tenderá a mí allá si alguna vez las cosas se ponen turbias en esta isla y tengo que expandirme hacia otros territorios.

—No está la situación en México ahora mismo para grandes inversiones, si me permite aclararle.

—Lo sé de sobra. Pero en algún momento se encauzará. Y ustedes tienen riquezas gigantescas por explotar aún. Por eso le propongo que se sume a nuestra empresa. Hoy por ti, y mañana por mí, como dice el refrán.

Décadas de guerra civil, las arcas del Estado llenas de telarañas, agrias tensiones con las potencias europeas. Ése era en realidad el panorama que había dejado atrás en su patria de adopción. Pero no insistió. Si el banquero anticipaba un porvenir más luminoso, no era él quién para abrirle los ojos a costa de su propio perjuicio.

—¿Cuándo cree usted que podría comenzarse a obtener réditos en el asunto del barco de carne congelada? —preguntó entonces reconduciendo la conversación hacia su lado más pragmático—. Perdone mi franqueza, pero desconozco de momento el tiempo que me quedaré en Cuba y antes de nada necesitaría contar con esa previsión.

—Unos tres meses hasta que recibamos el primer cargamento. Tres meses y medio quizá, dependiendo de la mar. Por lo demás, todo está listo: la maquinaria montada, los permisos concedidos…

Tres meses, tres y medio. Justo lo que necesitaba para hacer frente al primer plazo de su deuda. A su memoria acudió Tadeo Carrús, consumido y cicatero, rogando a la Virgen de Guadalupe que le concediera vida para poder contemplar su derrumbe. Y Dimas, el hijo tronchado, contando los balcones de su casa en medio de la noche. Y Nico, deambulando por Europa o a punto de regresar.

—Y ¿de qué beneficio estamos hablando, don Julián?

—Estime multiplicar por cinco lo invertido.

Estuvo a punto de bramar un cuente conmigo, viejo. Aquello podría ser su salida definitiva. Su salvación. El proyecto parecía prometedor y solvente; Calafat también. Y el plazo, el justo para cobrar y volver a México. Los números y las fechas seguían bailándole desenfrenados en la cabeza mientras la voz de su apoderado volvía a tronar de lejos. Soborna a un funcionario de los muelles para que te dé un soplo sobre algún cargamento, métete en el contrabando si hace falta; peores cosas hicimos tú y yo en otros tiempos, cuando trampeábamos como demonios con el azogue para las minas. Pero no pretendas arrastrar contigo a una mujer a la que apenas conoces a espaldas de su marido, cabrón. No juegues con fuego, por Dios.

—¿Qué tiempo me da para decidirme?

—No más de un par de días, me temo. Dos de los socios están a punto de partir hacia Buenos Aires y todo debe quedar atado antes de que zarpen.

Se levantó esforzándose por serenar a la jauría de cifras y voces que albergaba en el cerebro.

—Le daré mi respuesta lo antes posible.

Calafat le estrechó la mano.

—A la espera quedo, mi estimado amigo.

¡Cállate, Andrade, carajo!, le gritó a su conciencia mientras salía de nuevo al calor y entrecerraba los ojos al contacto brutal con la luz del mediodía. Inspiró con fuerza y sintió el yodo marino.

Calla de una vez, hermano, y déjame pensar.

15

Seguía haciendo cálculos mientras se dejaba tomar medidas y encargaba dos trajes de dril crudo y cuatro camisas de algodón. Porcio, el sastre italiano que le recomendó Calafat, resultó tan habilidoso con la aguja como charlatán emperrado en ilustrarlo acerca de las modas de la isla. Rara habilidad la de aquel hombre para medir brazos, piernas y espaldas a la vez que disertaba con su acento cantarín sobre las maneras confrontadas entre el modo de vestir de los propios cubanos —tejidos más ligeros, colores más claros, facturas livianas— y el de los peninsulares que iban y venían entre España y su última gran colonia, aferrados a las levitas de solapas anchas y a los recios paños de la Meseta.

—Y ahora ya no necesita el señor más que un par de jipijapas.

Por encima de mi cadáver, masculló entre dientes sin que el italiano lo oyera. Su intención no era mimetizarse con los antillanos de pura sangre, tan sólo combatir de la mejor manera aquel pegajoso calor mientras iba aclarando su destino. Pero, por su propia supervivencia, acabó cediendo en parte y trastocó sus formales sombreros europeos de copa media, fieltro y castor por un ejemplar más claro y flexible, con poco cuerpo, mucha boca y el ala suficiente para protegerse de la canícula.

Y una vez cumplida esa obligación, se dedicó a reflexionar. Y a observar. Con una parte del cerebro, seguía desmenuzando la propuesta del banquero. Con la otra, diseccionaba el ambiente y clavaba los ojos en los negocios que iba encontrando alrededor para ver qué se vendía, qué se compraba en La Habana. Qué transacciones se hacían, por dónde se movía el dinero, dónde podría hallar algo asequible a lo que él se pudiera aferrar. Sabía de antemano que las minas de cobre, escasas y poco productivas, no eran una opción: estaban ya en poder de grandes corporaciones norteamericanas desde que la Corona española relajara sus regulaciones tres décadas atrás. Sabía también que, por encima de todo, el mayor negocio de Cuba estaba en el azúcar. El oro blanco movía millones: inmensas haciendas dedicadas al cultivo de la caña, centenares de ingenios para su procesamiento y más de un noventa por ciento de la producción en constante salida desde aquellos puertos rumbo al mundo, para volver luego a la isla en forma de voluminosos réditos en dólares, libras o duros de plata. De cerca lo seguían las producciones de los cafetales y las fértiles vegas de tabaco. Como resultado de todo ello, una riquísima clase alta criolla que a menudo protestaba por los altos tributos que les exigía la madre patria, pero cuya independencia ni siquiera se llegaba a plantear con seriedad. Y como motor necesario para que nada parara de moverse y se siguiera generando riqueza a borbotones, decenas de miles de brazos esclavos trabajando sin tregua de sol a sol.

Sus pasos sin dirección lo llevaron a atravesar la muralla por la puerta de Monserrate, hasta adentrarlo en la zona más nueva y amplia de la ciudad. Las sombras de los árboles del Parque Central y el rugido de sus propias tripas hambrientas lo encaminaron hasta los soportales de un café que resultó llamarse El Louvre y que resultó tener mesas de mármol y butacas de caña prestas para el almuerzo. Aprovechó el sitio que dejaba un trío de oficiales de uniforme; con un gesto indicó al mesero que tomaría en principio lo mismo que acababa de servir a un par de extranjeros sentados cerca, algo con aspecto refrescante para combatir el tórrido calor. Ahoritica mismo le traigo su licuado de mamey al señor, replicó el joven mulato.

Y él, mientras, siguió pensando. Pensando. Pensando. ¿Va a querer almorzar el señor?, preguntó el camarero al ver el vaso vacío en dos tragos. Por qué no, decidió.

Mientras esperaba a que le sirvieran el ajiaco criollo, siguió cavilando. Mientras se lo comía acompañado de un par de copas de clarete francés, también. Acerca de la propuesta de Calafat. Acerca de Carola Gorostiza. Acerca de lo lejos que le quedaba cualquier negocio vinculado con la explotación de la tierra —caña de azúcar, tabaco, café— y el agravante inasumible de la espera, sometida al ciclo natural de las cosechas. Hasta que, con la ciudad sumida en el sopor de la primera hora de la tarde y la incertidumbre aferrada a las entrañas, decidió regresar a su hospedaje.

—Disculpe un momentico, señor Larrea —reclamó la dueña de la casa cuando le oyó llegar a la fresca galería superior.

En ella, repartidos entre las hamacas y las mecedoras, y protegidos por largas cortinas de hilo blanco, los huéspedes explayaban a gusto su modorra. Con todos ellos compartió cena la noche de su llegada: un catalán representante de productos de papelería, un recio norteamericano que consumió una jarra entera de tinto portugués, un próspero comerciante de Santiago de Cuba de visita en la capital, y una señora holandesa, oronda e incomprensible, cuya razón de estancia en la isla nadie conocía.

Ya camino a su cuarto, doña Caridad acababa de pararle: una mujer madura algo entrada en carnes, vestida de blanco del cuello a los pies como la mayoría de las habaneras, con algunas hebras grises atravesándole el cabello negro zaíno y maneras de fémina acostumbrada a moverse con seguridad a pesar de su notable cojera. La antigua amante de un cirujano mayor del Ejército español, le habían dicho que era. De él, a su muerte, no recibió pensión de viudedad, pero sí aquella casa, para berrinche de la legítima familia del difunto en Madrid.

—Antes del almuerzo llegó algo para usted.

De un buró cercano tomó una misiva lacrada. En el anverso aparecía su nombre, el reverso estaba en blanco.

—Se la entregó un calesero a una de mis mulatas, no puedo precisarle más.

Él la deslizó al bolsillo con una actitud de fingido desinterés.

—¿Querrá tomar un cafetico con el resto de los huéspedes, don Mauro?

Se disculpó con una vacua excusa: intuía quién le enviaba la nota y le quemaba el ansia por conocer su contenido.

Sus pronósticos quedaron confirmados apenas se encerró en su cuarto. Carola Gorostiza volvía a escribirle. Y, ante su estupor, le adjuntaba una entrada. Para esa misma noche, en el teatro Tacón. *La hija de las flores o Todos están locos,* de Gertrudis Gómez de Avellaneda. Confío en que le guste el teatro romántico, rezaba. Disfrute la función. A su debido tiempo, yo le buscaré.

El teatro romántico, en verdad, no le daba ni frío ni calor. Ni siquiera le generaba curiosidad aquel teatro Tacón —magnífico, según decía todo el mundo—, que debía su nombre a un antiguo capitán general español, un militar ayacucho cuya memoria, pasadas casi tres décadas desde su destitución, aún flotaba sobre la Gran Antilla.

—¿Otra vez acude a un baile de postín en El Cerro, señor Larrea?

La pregunta sonó a su espalda unas horas después, cuando había anochecido y en la galería ya habían encendido las primeras bujías y el patio olía a macetas recién regadas. Cómo carajo sabe esta buena mujer adónde voy y adónde dejo de ir, pensó mientras se volvía. Pero antes de replicar a doña Caridad, ella misma, tras repasarlo aprobatoriamente con una mirada lenta, le respondió:

—Todo se conoce en esta chismosa Habana, mi estimado señor. Y más cuando se trata de un caballero de presencia y posibles como usted.

Volvía a vestir frac, acababa de bañarse. Aún llevaba el pelo húmedo y la piel le olía a navaja y a jabón. Si le hubiera dicho a la dueña de la casa lo que estuvo a punto de soltarle, habría desentonado con su empaque: métase en sus asuntos, señora mía, y déjeme en paz. Por eso se tragó la frase; por eso y porque intuía que más le valdría tenerla como aliada, por si en algún momento de su estancia la necesitara.

—Pues este caballero de presencia y posibles, como usted dice, lamenta comunicarle que no va esta noche a baile alguno.

—¿Adónde, pues, si me permite la indiscreción?

—Al teatro Tacón.

Ella se acercó unos pasos, arrastrando su cojera sin complejos.

—¿Sabe que hay un dicho muy habanero que todos los que nos visitan acaban aprendiendo?

—Ansioso estoy de escucharlo —replicó con intención.

—Tres cosas hay en La Habana que causan admiración: son el Morro, la Cabaña y la araña del Tacón.

El Morro y la Cabaña, las fortalezas defensivas del puerto que recibían y despedían a todo aquel que llegara o se fuera de La Habana, los había contemplado al entrar en el puerto a bordo del *Flor de Llanes,* y los seguía viendo cada vez que sus pasos lo acercaban a la bahía. Para conocer la araña del Tacón —una gigantesca lámpara de cristal de manufactura francesa que colgaba desde el cielo raso—, tan sólo tuvo que esperar a que un quitrín de alquiler lo dejara en el teatro.

Se acomodó en una de las lunetas siguiendo las instrucciones de la misiva recibida; saludó con un cortés movimiento de cabeza a izquierda y derecha, y se dedicó a observar los detalles a su alrededor. Apenas lo deslumbraron las decoraciones en blanco y oro de los cinco imponentes pisos o las barandas aterciopeladas que parapetaban los palcos; incluso la mítica lámpara no le provocó la menor atención. Lo único que él buscaba entre los centenares de asistentes que poco a poco iban ocupando sus asientos era el rostro de Carola Gorostiza y, para ello, recorrió con ojos ávidos el resto de las lunetas, los palcos y la platea, los asientos de tertulia y paraíso; hasta el propio escenario. Incluso estuvo a punto de pedir prestados los binoculares de bronce y nácar que su despampanante y madura vecina de butaca lucía sobre el brocado del regazo mientras cuchicheaba lindezas al oído de su acompañante, un joven de patillas rizadas quince o veinte años menor que ella.

Lo contuvo una orden de sus propias vísceras. Quieto, compadre, se dijo. Tranquilo. Ya aparecerá.

Ella no apareció, sin embargo. Pero sí le llegaron sus palabras, entregadas por un ujier en el momento justo en que la inmensa sala empezaba a oscurecerse. Desdobló el papel con dedos rápidos y, antes de que se apagara la última luz, atinó a leerlo. Antepalco de los condes de Casaflores. Entreacto.

Jamás habría podido decir si la representación fue sublime, aceptable o nefasta; el único calificativo que se le ocurrió fue el de insoportablemente larga. O eso le pareció, quizá porque, sumido en sus propios pensamientos, apenas hizo caso ni a los enredos de la trama ni a las voces timbradas de los actores. Tan pronto como los aplausos comenzaron a llenar la sala, aliviado, se levantó.

El antepalco en el que la Gorostiza le había citado resultó ser un opulento salón de moderadas dimensiones donde los anfitriones abonados, según la costumbre, ofrecían un refrigerio a sus amigos y compromisos durante el receso de la obra. Nadie le preguntó quién era ni quién lo había invitado cuando, con paso fingidamente seguro, atravesó la espesa cortina de terciopelo. Los esclavos negros, vestidos con su ostentación habitual, pasaban bandejas de plata llenas de licores, y jarras de agua en las que flotaban pedazos de hielo, y vasos tallados con refrescos de guayaba y chirimoya. La autora del mensaje tardó poco en dejarse ver. Vestida en deslumbrante satén del color del coral, con un vistoso aderezo de rubíes al cuello y su espesa melena negra cuajada de flores: para no pasar por alto ante nadie. Y mucho menos, ante él.

Si se percató a primera vista de que el minero ya estaba allí esperándola, lo disimuló con soltura porque, durante unos cuantos minutos, decidió ignorarlo. Él, entretanto, se limitó a aguardar, intercambiando de tanto en tanto un breve saludo con alguien con quien hubiera coincidido en el baile de Casilda Barrón en El Cerro, o cuyo rostro le resultara remotamente familiar.

Hasta que ella, acompañada de dos amigas, se le acercó y, con pericia sutil, logró desplazar al grupo a un lateral de la sala. Cruzaron cumplidos y frases triviales: sobre la función, sobre la magnificencia del teatro, sobre la apostura de la actriz principal. Al cabo de unas cuantas nimiedades, las acompañantes, alertadas por un carraspeo de la señora de Zayas, se escurrieron entre los asistentes con un revuelo de sedas y tafetanes. Y entonces, por fin, la hermana de su futuro consuegro le habló sobre lo que él ansiaba oír:

—Me cuentan que hay algo que quizá pueda interesarle. Todo depende de cómo ande usted de escrúpulos.

Él alzó una ceja con gesto de curiosidad.

—No estamos en el sitio más adecuado para entrar en detalles —agregó ella bajando la voz—. Acuda mañana noche al almacén de loza Casa Novás, en la calle de la Obrapía. Habrá una reunión en punto de las once. Anuncie que va de parte de Samuel.

—¿Quién es Samuel?

—Un judío empeñista de extramuros. Decir que va de su parte es como decir que va de parte del señor obispo o del capitán general: un contacto tan falso como certero. Pero todo el mundo conoce a Samuel y nadie dudará de que es él quien le ha puesto sobre aviso.

—Adelánteme algo.

Suspiró y con su suspiro alzó un escote bastante más profundo y procaz que el que solían gastar sus compatriotas en los encuentros sociales de la capital mexicana.

—Ya se enterará en detalle.

—¿Y usted? ¿O ustedes?

Su reacción fue un pestañeo, como si no se esperara la osadía de aquel dardo directo. Alrededor se oían descorches de botellas y el tintineo de risas y cristales; en el aire flotaban cien voces y un calor denso pringoso como la miel.

—Nosotros, ¿qué?

—¿Usted y su esposo van a participar en ese mismo asunto?

En su garganta quedó ahogada una risa seca.

—Ni jugando, señor mío.

—¿Por qué no, si se trata de una buena oportunidad?

—Porque, en teoría, no disponemos en este momento de liquidez.

—Le recuerdo que tiene su herencia.

—Le recuerdo que intento mantenerla al margen de mi marido por circunstancias personales que, si me lo permite, prefiero reservar para mí.

Para usted para siempre sus asuntos, señora mía. Lejos de mí la intención de inmiscuirme en sus problemas conyugales, pensó. Lo único que necesito ahora mismo, Carola Gorostiza, es su dinero. Su esposo, sus enredos y trajines me son del todo ajenos y así prefiero que sigan.

—Yo puedo invertirlo por usted sin que ni él ni nadie lo sospeche —fue en cambio lo que su voz le lanzó—. Multiplicarlo.

A ella se le quedó una sonrisa de piedra en los labios. Una sonrisa sin sangre, la fachada de una reacción de estupor.

—Le propongo unir su capital al mío, implicarme yo por los dos —aclaró Mauro Larrea sin darle tiempo a intervenir—. A su debido tiempo valoraré el negocio del que usted prefiere no hablarme de momento, pero de antemano le digo que yo mismo tengo otro a la vista también. Sólido y solvente. Garantizado.

—Eso que me propone es algo sumamente arriesgado, apenas lo conozco… —susurró.

Acompañó su desconcierto con el agitar brioso de otro espléndido abanico de plumas de marabú. En tono coral intenso, parejo al color del vestido. A la velocidad de un rayo, sin embargo, pareció recomponerse y su sonrisa pétrea recobró vida, reanudando saludos a diestro y siniestro en la distancia.

Él continuó insistiendo, insensible al esforzado afán de ella por disimular ante el resto de los invitados. Firme, convencido. Aquélla era su única baza. Y aquél, el mejor momento para jugarla.

—Me dan un plazo de unos tres meses para comenzar a obtener rentabilidades, la inversión se incrementará con creces y yo le garantizo entretanto confidencialidad absoluta. Creo que ya le he demostrado que puede contar con mi honradez: si quisiera aprovecharme de usted y quedarme con lo que es suyo, ya lo habría hecho, oportunidades no me han faltado desde que su hermano me encargó hacerle llegar su dinero. Tan sólo le estoy proponiendo moverlo anónimamente para hacerlo crecer junto a mis capitales. Ambos ganaremos con ello, no lo dude.

Te vi poner la pistola encima de la mesa frente a militares bragados en cien batallas para negociar a cara de perro el precio de las conductas de plata. Te vi echar pulsos feroces hasta con el mismo diablo por hacerte con la concesión de un pozo en el que tenías puesto el ojo; te vi emborrachar a tus adversarios en una casa de putas para sacarles información sobre el rumbo de una veta cargada de mineral. Pero jamás imaginé que llegarías a acorralar así a una mujer para hacerte con su dinero, cabrón. La voz de Andrade le martilleaba de nuevo en la conciencia con la misma tenacidad con la que él mismo había machacado las paredes de las minas en su día. Con fuerza bruta, con furia. Los largos años que pasaron juntos le habían enseñado a anticipar las reacciones de su apoderado y ahora, como un lastre, le impedían librarse de él en el pensamiento.

No me estoy aprovechando de nadie, hermano, le rebatió mentalmente mientras Carola Gorostiza se mordía un extremo del labio inferior en un esfuerzo por asumir su propuesta. No estoy seduciendo a una tierna paloma como Fausta Calleja; esta mujer no es una mansa cordera a la que un hombre engaña para llevársela al catre o robarle el corazón. Sabe lo que quiere, lo que le interesa. Y, en todo caso, recuerda que fue ella la que intentó en un principio obtener algo de mí.

Y el marido, ¿qué vas a hacer con el marido, insensato?, persistió el fantasma de Andrade. ¿Qué pasará si ese caimán de Zayas se entera de los tejemanejes que te traes con su mujer? Ya lo pensaré cuando llegue la ocasión. De momento, lárgate, por tus muertos te lo pido. Sal de mi cabeza de una puñetera vez.

—Considérelo despacio. Participan socios de todo crédito —insistió acercándosele al oído y convirtiendo la voz en un bronco susurro—. Confíe en mí.

A la vez que separaba la boca del rostro de ella, movido por un intuitivo sentido de precaución, volteó la vista hacia la entrada. Sosteniendo el cortinón de terciopelo, en ese momento preciso, vio a Gustavo Zayas cruzar el umbral. Con un cigarro en la boca, el porte erguido y una sombra de algo indescifrable en el rostro. Algo difícil de precisar, entre la turbiedad y la melancolía.

Las miradas de los dos hombres no llegaron a encararse, pero sí friccionaron. De una forma mínima, casi imperceptible, pero evidente para ambos. Como dos quitrines que circularan en sentido contrario por cualquier calle estrecha de La Habana; como dos seres que pretendieran cruzar a la vez una misma puerta. De costado, tangencialmente. Después, como candelas, ambos las retiraron al instante.

Para entonces, la sala se había llenado hasta rebosar y Carola Gorostiza había desaparecido de su lado. Los cuerpos entrechocaban entre sí sin atisbo de recato: se restregaban hombros con espaldas, costados con riñones y bustos femeninos con brazos masculinos en una maraña humana que a nadie parecía resultar incómoda y en la que resultaba difícil distinguir quién estaba inmerso con quién en qué grupo, en qué conversación, en qué último chisme social. En medio de tal espesura, quizá

Gustavo Zayas no hubiera percibido que su mujer y aquel desconocido acababan de mantener un diálogo privado, ajeno al resto de los invitados. O quizá sí.

Mauro Larrea no se quedó a la segunda parte de la función: dejó que le sirvieran una última copa, fue cediendo el paso a todo el mundo y, mientras se reconcomía por no haber conseguido arrancar un sí decisivo a la hermana de su futuro consuegro, se dedicó a contemplar las láminas que colgaban de las paredes: escenas a plumilla de donjuanes y bufones, barítonos dramáticos y doncellas desmayadas con sus largas melenas enredadas entre las lágrimas de algún joven galán.

Cuando intuyó que todo el mundo había ocupado de nuevo sus asientos; cuando tuvo la certeza de que la legendaria araña del Tacón había apagado sus luces y el silencio había envuelto el teatro como un grandioso pañuelo, bajó con trote amortiguado las escaleras de mármol, salió a la noche del trópico y se evaporó.

16

A lo largo de la mañana recorrió arriba y abajo y abajo y arriba la calle de la Obrapía. Acompañado por Santos Huesos, para que fuera de avanzadilla.

—Ándale, entra y dime qué ves —le ordenó. Era la cuarta vez que pasaban frente al almacén de loza.

—Con alguna razón habré de entrar, patrón, pienso yo —respondió el chichimeca con su pausada cautela de siempre.

—Compra cualquier cosa —dijo echándose la mano al bolsillo y entregándole un puñado de pesos—. Un azucarero, un aguamanil, lo que se te ocurra. Lo importante es que me digas qué hay dentro. Y, sobre todo, quién.

El criado deslizó su figura sigilosa a través de la puerta acristalada. Sobre ésta, un cartel: Casa Novás, Locería Propia y de Importación. A su izquierda, una vidriera dividida en estantes mostraba diversos objetos de loza corriente. Pilas de platos, una gran sopera, jofainas de varios tamaños, la imagen de un Sagrado Corazón de Jesús. Nada de relevancia: cerámica corriente, de la que cualquier cristiano con casa propia sacaba a la mesa todos los días del año.

Santos Huesos tardó un rato en salir, en la mano llevaba un pequeño bulto envuelto en una hoja atrasada del *Diario de La Marina*. Él lo esperaba en la esquina con la calle del Aguacate.

—¿Quihubo, muchacho? —preguntó con la vieja familiaridad de siempre mientras juntos echaban a andar: un don Quijote sin barba ni rocín y algo más joven que el original, y un flaco Sancho Panza de piel bronce, moviéndose ambos con cautela por un territorio del todo ajeno a los dos.

—Cuatro empleados y un señor que podría ser el dueño.

—¿Edad?

—Yo diría que de la de don Elías Andrade, más o menos.

—¿Los cincuenta y tantos?

—Algo así me pareció.

—¿Lo oíste hablar?

—No lo logré, patrón; nomás tenía la cabeza gacha sobre unos libros de cuentas. Para mí que no alzó la vista ni una sola vez en todo el tiempo que estuve dentro.

Seguían ambos caminando entre las docenas de cuerpos en movimiento que plagaban las calles, bajo los toldos coloridos que filtraban el sol.

—¿Y vestido, cómo iba vestido?

—Pues bien, como un señor.

—¿Como yo?

A primera hora de aquella misma mañana había recibido uno de los trajes del sastre italiano. Agradeciendo su ligereza y su frescura sobre la piel, se lo puso de inmediato. Antes de salir, doña Caridad le había lanzado otra de sus intensas miradas apreciativas. Bueno está, pues, pensó.

—Más bien sí, vestido así como usted, que ya va medio aviado como un pinche habanero. Lástima que no puedan verle la niña Mariana y el niño Nicolás.

No frenaron el paso mientras él se quitaba el sombrero y propinaba un golpe contundente pero inocuo sobre la cabeza del indio.

—Una sola palabra a la vuelta y te corto los huevos y luego me los sirvo rancheros en el desayuno. ¿Qué más?

—Los empleados llevaban una especie de gabán gris, todos iguales, abrochado de arriba abajo.

—¿Eran blancos o negros?

—Blanquitos tal que una pared.

—¿Y la clientela?

—No mucha, pero tardaban en despacharla porque sólo uno de los dependientes se dedicaba a atenderla.

—¿Y el resto?

—Llenaban cajones y preparaban paquetes. Pedidos serían, digo yo, para entregarlos después de casa en casa.

—¿Y en los estantes? ¿Y en las vitrinas?

—Loza y más loza.

—¿De la buena, como la que teníamos en San Felipe Neri? ¿O de la corriente, como la de Real de Catorce, antes de marcharnos a la capital?

—Pues yo más bien diría que así como ninguna de las dos.

—Aclárate.

—Ni tan lujosa como la primera ni tan humilde como la segunda. Más bien como la que ahora se saca a la mesa en casa de doña Caridad.

Tal cual se mostraba en el escaparate, concluyó. Y volvió a quemarle la duda. ¿Qué tipo de negocio ventajoso podría salir de ese anodino establecimiento? ¿Pretendía la mexicana que se hermanase comercialmente con un vendedor de floreros y orinales; que se hiciera socio de un añoso tendero, por si pronto le dieran cajón y flores, y él pudiera heredarle? ¿Y a cuento de qué citarlo a las once de la noche, cuando en toda La Habana arrancaban las francachelas, se desenfundaban las barajas de naipes y los músicos afinaban sus instrumentos a punto de empezar los bailes y los saraos?

Una docena de horas hubo de esperar para hallar respuesta. Hasta que veinte minutos antes de las once volvió a abandonar el hospedaje, de nuevo vestido de oscuro con sus ropas de siempre. Las calles seguían agitadas a pesar de estar ya próxima la medianoche; hubo de echarse varias veces a los costados para impedir que lo atropellara alguna de aquellas extravagantes volantas descubiertas que cruzaban la noche antillana transportando rumbo al deleite a los señores más distinguidos y a hermosas habaneras de ojos oscuros y hombros al aire, con la risa despreocupada y la melena suelta llena de flores. Algunas lo miraron con descaro, una le hizo un gesto con el abanico, otra le sonrió. Yanqui cabrón, farfulló retornando la memoria al origen de todo su descalabro. Al menos, mentando al muerto, tenía un agujero en el que volcar su incertidumbre.

Santos Huesos volvió a acompañarlo, pero esta vez se quedó fuera. No te muevas de la entrada, ¿entendido?, le dijo por el camino. A la orden, patrón. Le aguardaré nomás. Hasta el alba si fuera menester.

Pasaban dos minutos de las once cuando empujó la puerta.

El comercio estaba oscuro y aparentemente vacío, aunque desde algún lugar muy al fondo llegaba un reflejo de luz y el sonido medio apagado de conversaciones.

—Sus naturales, mi amito.

Su primera reacción fue echar mano a la pistola que por pura precaución llevaba ensamblada al cinto. Pero el tono poco hostil de su interlocutor, probablemente un simple esclavo, lo tranquilizó.

—O dígame tan sólo de parte de quién viene.

—De Samuel —recordó.

—Adelante entonces; está en su casa, su merced.

Antes de dar con el lugar del encuentro hubo de atravesar un ancho pasillo lleno de cajones de madera burda y de montones de paja arrumbados contra las paredes; intuyó que serían enseres de embalaje. Después llegó a un patio y, en su extremo, vio un par de portones entreabiertos.

—Buenas noches nos dé Dios, señores —saludó sobrio al cruzar el umbral.

—Buenas noches tenga usted —respondieron casi al unísono los presentes.

Con los cinco sentidos alerta, barrió la estancia.

La vista, en primer lugar, le sirvió para percibir que los estantes de aquella otra zona de la locería se hallaban repletos de lo que sin duda era el grueso verdadero del negocio, más allá de la fachada de palanganas, violeteros baratos y vulgares figuritas de santos milagreros. Apreciando de inmediato la calidad del género, vislumbró docenas de sofisticadas piezas de porcelana fina procedentes de medio mundo. Estatuillas de

Derby y Staffordshire desviadas de su destino a la Jamaica inglesa, cervatillos y escenas pastoriles de porcelana de Meissen, muñecas de biscuit, bustos de emperadores romanos, piezas de mayólica; hasta tibores, biombos y figuras cantonesas traídas desde Oriente a través de Manila saltándose a la torera los férreos controles aduaneros establecidos por la Corona entre sus últimas colonias.

El olfato, a continuación, le dijo que aquello apestaba a contrabando.

El oído le indicó después que las voces de los convocados —todos con aspecto bien decente y respetable— habían cesado de forma abrupta, a la espera de que el recién llegado se presentase.

El tacto, por su parte, le sugirió acto seguido que más le valdría retirar los dedos de la culata de su revólver, conseguido por cierto años antes a través de un traficante de armas del Mississippi por medios no mucho más limpios que los que allí parecían traerse entre manos.

Y el gusto le ordenó por último que se tragara de inmediato aquella bola de cautela con sabor a suspicacia que llevaba todo el día masticando.

Contrabando de piezas decorativas de lujo: ése es el negocio en el que la señora de Zayas me quiere meter, resolvió. No atenta en demasía contra mis escrúpulos, ciertamente, ni parece algo turbio o vergonzante en exceso. Con tantos socios de por medio, no obstante, dudo de que el beneficio acabe generando un gran caudal. En todo esto iba pensando mientras tendía la mano y saludaba uno a uno a los siete hombres presentes. Mauro Larrea, a sus órdenes; Mauro Larrea, a su disposición. Ningún sentido tenía esconder su nombre: a cualquiera de ellos le habría sido harto sencillo indagar a la mañana siguiente sobre él.

Tampoco ellos ocultaron sus credenciales: un coronel de milicias, el dueño del renombrado restaurante francés Le Grand, un hacendado tabaquero, dos funcionarios españoles de alto ringorrango. Para su sorpresa, también estaba allí Porcio, el locuaz sastre italiano que le había hecho el traje de dril que había llevado puesto durante gran parte del día. Y, como anfitrión, Lorenzo Novás, el propietario.

A pesar del incuestionable valor de las piezas que les rodeaban, el lugar no era más que un almacén de paredes cenicientas. El mobiliario, en consonancia con esa realidad, consistía en una burda mesa de tablones de madera con dos bancos corridos enfrentados. El único avituallamiento lo componían un botellón de ron y unos cuantos vasos a medio llenar. Más un mazo de tabacos atados por una cinta de algodón rojo y un par de mecheros de yesca: cortesía de la casa, supuso.

—Bien, señores…

Novás, ceremonioso, golpeó la mesa con los nudillos en busca de atención. Las voces se aplacaron, todos estaban ya sentados.

—Antes de nada, quiero agradecerles que hayan confiado en mí para escuchar lo que tengo que ofrecerles en esta prometedora aventura. Dicho lo cual, permítanme que no perdamos más tiempo y comencemos por las cuestiones verdaderamente relevantes que todos los presentes estarán interesados en conocer. En primer lugar, quisiera anunciarles que ya está fondeado en el muelle de Regla el que será nuestro buque: un bergantín hecho en Baltimore, veloz y bien armado como casi todos los que salían de ese puerto antes de que los yanquis entraran en guerra. De los que navegan como los cisnes si soplan galenos favorables y se defienden corajudos si les vienen adversos, nada de una simple balandra de cabotaje o una vieja goleta de cuando el sitio de Pensacola: un excelente navío, se los garantizo. Con cuatro cañones modernos y las bodegas rehechas en distintos sollados a fin de optimizar la estibación de la mercancía.

La audiencia asintió con sonidos quedos.

—Me complace comunicarles también —prosiguió— que ya tenemos capitán: un malagueño experimentado en este negocio, con contactos interesantes entre los agentes y factores de la zona. De total confianza, créanme; de los que empiezan a escasear en estos tiempos. Anda contratando ya a los oficiales y los técnicos: ya saben, los pilotos, un condestable, el cirujano. Y en breve se lanzará gallardete y el contramaestre irá haciéndose con gente para la marinería. Para este negocio, como bien conocerán los presentes, se suele contar con tripulaciones mixtas...

—Mucha canalla —soltó alguno entre dientes.

—Gente brava y veterana, de plena valía para lo que nos ocupa —zanjó el locero—. Para pretendientes de mis hijas no los quisiera yo tener cerca, pero para lo que ahora nos concierne, les sobra capacidad.

En tres o cuatro de los rostros se dibujaron algunas medias sonrisas sardónicas; el sastre italiano lanzó una pequeña carcajada que nadie imitó. El minero, entretanto, atendía con las muelas apretadas.

—Cuarenta hombres bragados, en cualquier caso —continuó Novás—, a los que se les pagarán ochenta pesos al mes más una gratificación de siete duros por pieza que llegue a puerto en condiciones satisfactorias, como es común. Y, por si las moscas, he encargado insistentemente al capitán que pongan especial celo en elegir al cocinero; teniéndolos bien alimentados, reducimos el riesgo de insubordinaciones.

—Quizá alguien les pueda ceder alguna de las exquisitas recetas del Le Grand —apostilló con supuesto buen humor el italiano otra vez.

Ninguno le rio la gracia, menos aún el dueño del negocio aludido. El locero, haciendo caso omiso, retomó la palabra:

—Se han encargado a un tonelero doscientas pipas para el agua; el resto del avituallamiento se irá comprando estos días: bocoyes de melaza y licores, barriles de tocino, sacos de papas, frijoles y arroz. La santabárbara irá cargada de pólvora hasta los topes, y un herrero está preparando todo lo necesario para... —Hizo una breve pausa, luego vino un carraspeo—. Para sostener el cargamento adecuadamente sujeto, ustedes me entienden.

Asintieron casi todos por tercera vez, con gestos y sonidos roncos.

—¿Para cuándo calcula que estén listos los preparativos? —se interesó el hostelero.

—Confiamos en que en tres semanas a más tardar. A fin también de evitar cualquier tipo de sospecha, el buque llevará habilitación para Puerto Rico, aunque después pondrán proa hacia el destino que todos conocemos. Al regreso, no obstante, la intención es no tocar fondo en La Habana: el desembarco se hará en una bahía despoblada próxima a algún ingenio donde ya hayamos pactado la acogida.

—No quiero precipitar acontecimientos, pero ¿ya está previsto el desembarco? —Ahora era uno de los españoles quien solicitaba más detalles.

—Por supuesto; se hará en canoas y los accionistas llegaremos por tierra en carruajes para proceder al reparto de lotes tan pronto tengamos noticia. Después, en función del estado en que quede el barco, decidiremos si le damos barreno y lo hacemos arder, o si lo recomponemos e intentamos revenderlo para otra operación.

Excesivas cautelas, pensó Mauro Larrea tras haber escuchado con atención extrema. Pero así era sin duda como se hacían las cosas en aquella isla. Muy distintas a México, desde luego, donde el control en ese tipo de asuntos clandestinos era infinitamente menos riguroso. Supuso que los largos tentáculos de la burocracia peninsular, amenazadores y siempre omnipresentes, requerían tales procedimientos.

—Respecto a la implicación de los socios —prosiguió Novás—, les recuerdo que el monto total de la empresa estará dividido en diez participaciones…

El cerebro de Mauro Larrea fue por delante cuadrando números. Por sí mismo, no llegaba. Le faltaba un pico. Un pico considerable.

—… de las cuales yo, como armador, tengo previsto quedarme con tres.

Los presentes asintieron a las palabras del locero con sordos gruñidos de aceptación, mientras él continuaba con sus conjeturas. Le faltaba un pico, cierto. Pero si Carola Gorostiza accediera…

—¿De qué plazos estamos hablando entre el principio y el fin de la expedición? —preguntó entonces el coronel.

—Entre tres y cuatro meses, aproximadamente.

Notó el pálpito del corazón. Un plazo similar al del congelador. Si Carola Gorostiza aceptara, tal vez podría conseguirlo. Era arriesgado, los ruines márgenes de Tadeo Carrús apretaban como fierros. Pero aun así. Con todo. Quizá.

—Dependerá de las condiciones de navegación, lógicamente —prosiguió Novás mientras el minero se obligaba a dejar de hacer castillos en el aire para escucharle—. Lo común es que cada trayecto no lleve más de cincuenta días, pero la duración definitiva estará sobre todo condicionada a si finalmente el aprovisionamiento se realiza en tierra firme o en plataformas flotantes cercanas a las costas. Todo depende de la existencia de mercancía en el momento; a veces hay suerte y se consiguen excelentes compras sin tocar siquiera tierra.

—¿Cómo?

—Dependerá de la oferta. Antes se lograban transacciones más rentables a cambio de unas cuantas pipas de aguardiente de caña, unas yardas de tejidos de colores o media docena de barriles de pólvora; incluso por un saco lleno de espejos y abalorios se podía conseguir algo interesante. Pero ahora ya no: los factores llevan con mano dura su negocio como intermediarios y no hay manera humana de comerciar sin ellos de por medio.

—¿Y cuántas…, cuántas piezas de mercancía se estima que arriben a puerto en un estado aceptable? —quiso saber el otro funcionario con su recio acento de la metrópoli.

—Presuponiendo la pérdida de un diez por ciento durante el viaje, calculamos que cerca de seiscientas cincuenta.

Para todo parecía tener el locero una respuesta contundente: no era ningún novato, sin duda, en aquellos cargamentos clandestinos.

—¿Y el rédito una vez aquí? —preguntó alguien más.

—Unos quinientos pesos de promedio por cada una de ellas.

Hubo un murmullo general, y no precisamente satisfactorio. Malditos usureros, pensó, ¿qué carajo querrán? Para él, sin duda, aquélla era una cantidad nada desestimable. Los engranajes de la cabeza comenzaron de nuevo a hacer operaciones matemáticas a toda velocidad.

El armador volvió a interrumpir sus pensamientos.

—En algunos casos se logrará más ganancia, claro está; el precio es variable como saben, en función de los años, la altura, el estado general. Por las que traen cría puede llegarse incluso a duplicar el precio.

Se le perdían algunos detalles, pero prefirió seguir atento y no intervenir hasta llegar al final.

—Y en otros casos, la ganancia será menor, normalmente por cuestiones de deterioro. Aunque hablamos siempre de piezas enteras, se sobreentiende.

Lógicamente. Nadie querría una ponchera desportillada o un angelote manco.

—Vivas, quiero decir.

Todos asintieron, él frunció el entrecejo. ¿Qué?

Piezas vivas, que necesitaban toneles de agua, que valían más o valían menos en función de su estado general, que corrían el riesgo de perecer durante la travesía, que podían llevar una criatura en las entrañas. Aquello no acababa de ajustarse a las existencias que desbordaban las estanterías de ese almacén.

A no ser… A no ser que no fueran exactamente caprichos de porcelana lo que la empresa que estaba armándose en aquel almacén tendría por objetivo y lo que el bergantín de Baltimore transportaría en su bodega.

Y entonces comprendió, y de la boca estuvo a punto de escapársele un aterrado Madre de Dios.

Aquellos hombres no hablaban de comerciar con figuras de pastores y angelitos. Se referían a cuerpos, a alientos.

Trata negrera en su más siniestra desnudez.

17

Aguardó al banquero lanzando miradas ansiosas tras el portón abierto de par en par. En los despachos de la planta baja tan sólo habían entrado hasta entonces un par de escribanos y tres jóvenes esclavas armadas con trapos y escobas.

Había pasado media noche en vela y, para mitigar los efectos del insomnio, en lo que iba de mañana llevaba tomadas tres tazas de café en La Dominica, el elegante establecimiento de la esquina de O'Reilly con los Mercaderes, apenas a unas cuadras del domicilio de Calafat.

Ya estaba empezando a mentar madres por la escasa afición de los habaneros ricos a levantarse temprano cuando, minutos después de las nueve y media, la estampa inconfundible del anciano por fin asomó al zaguán.

—¿Señor Calafat? —le llamó con voz potente mientras cruzaba la calle en tres zancadas.

No pareció sorprenderle su presencia.

—Gusto de verle de nuevo, amigo mío. Si viene a darme una respuesta afirmativa a mi proposición, no sabe lo que me alegro. Esta tarde zarpa el correo que lleva nuestros hombres a la Argentina y…

Cerró los puños, apretándolos. Se le iba. Se le iba ese negocio de las manos. Pero quizá otro se abría. O quizá no. O tal vez sí.

—De momento estoy aquí para una consulta rápida —dijo sin comprometerse.

—Todo suyo soy.

—No es nada complejo ni gravoso; tan sólo necesito información acerca de otro asunto. Como supongo que usted ya anticipará, son varias las opciones que estoy barajando.

Entraron al despacho, se sentaron otra vez en flancos opuestos de la gran mesa de caoba, en la fresca semipenumbra de las persianas medio cerradas.

—Dispare. Independientemente de que acabe o no asociándose con nosotros en el proyecto del barco congelador, de momento sigo siendo el curador de sus bienes y estoy, como le ofrecí, a su entera disposición.

No se anduvo por las ramas.

—¿Qué puede decirme de la trata?

Tampoco el banquero se enredó en sutilezas.

—Que es una actividad turbia.

El adjetivo quedó flotando en el aire. Turbia. Una actividad turbia, con todo lo que tal calificativo pudiera significar.

—Siga, por favor.

—No está proscrita por las leyes españolas que se aplican en las Antillas, aunque su abolición en teoría sí quedó convenida con los británicos, los primeros en suprimirla. Por esa razón, los buques ingleses vigilan con celo el cumplimiento de su ley en el Atlántico y el Caribe.

—Aun así, desde Cuba se sigue llevando a cabo.

—En magnitudes menores que antes, pero sí, tengo entendido que se mantiene. Sus días de gloria, si me permite la frase macabra, tuvieron lugar a principios de siglo. Pero todo el mundo sabe que a día de hoy la carrera africana se mantiene activa y que aún se sigue desembarcando a miles de infelices en estas costas.

—Cargamentos de ébano los llaman, ¿no?

—O de carbón.

—Y dígame, ¿quién la patrocina, normalmente?

—Gente como la que, por sus preguntas, Larrea, deduzco que usted ya ha conocido. Cualquiera con capacidad para armar un barco y financiar total o parcialmente una expedición.

Comerciantes o dueños de negocios variopintos por lo general. A veces incluso algún oportunista que pretende jugarse la suerte en esa ruleta. En solitario o en compañía, de todo hay.

—¿Y los hacendados ricos del azúcar? ¿Los cafeteros, los tabaqueros? ¿No se meten en este negocio, cuando son ellos los principales beneficiados de la mano de obra africana?

—Los oligarcas azucareros, lo mismo que los otros, son cada vez más contrarios a la trata, por extraño que le suene. Pero no se deje engañar: no les mueve la compasión, sino el miedo. Tal como ya le comenté, el crecimiento de la población africana en la isla es extraordinario y, si siguen llegando barcos repletos, el riesgo de subversión aumentará proporcionalmente. Y ésa es su peor amenaza, créame. Así que han adoptado la postura más conveniente para ellos, que es mantenerse opuestos a la importación de brazo negro, pero sin querer ni oír hablar de la abolición de la esclavitud.

Con las cejas contraídas, se tomó unos segundos para digerir la información.

—Cualquiera puede dedicarse a ello, don Mauro. Usted o yo mismo podríamos convertirnos en armadores negreros con suma facilidad, si quisiéramos.

—Pero no queremos.

—Yo, desde luego, no tengo la más remota intención. Usted, no lo sé.

Con la objetividad propia de su oficio, sin tremendismo pero alejada de cualquier tono de falsa delicadeza compasiva, el viejo banquero añadió:

—Puede ser una empresa lucrativa, ciertamente. Pero también sucia. E inmoral.

¿Dónde carajo estás ahora, Andrade, dónde están tus reproches? Estoy andando descalzo sobre el borde de un asunto tan siniestro como un cuchillo recién afilado, y no oigo ni una palabra de ti. ¿No tienes nada que decirme, hermano? ¿No tienes ninguna queja, ninguna recriminación? Su conciencia interpelaba a su apoderado mientras Calafat le acompañaba a la puerta.

—Usted sabrá en qué invierte sus capitales, estimado amigo, pero recuerde en cualquier caso que mi oferta sigue en pie.

Alzó la mirada hacia el reloj que colgaba de una de las paredes.

—Aunque ya tan sólo por unas horas —añadió—. Como le dije, esta noche zarparán dos de los socios rumbo al Mar del Plata y, a partir de ahí, ya no habrá manera humana de cambiar las tornas de la empresa.

Mauro Larrea volvió a acariciarse la cicatriz de la mano.

—Tan sólo una firma sería suficiente —concluyó Calafat—. Su dinero ya lo tengo a buen recaudo; para que sea uno de nosotros, nada más necesito su rúbrica sobre un papel.

Una única idea lo machacaba cuando salió de casa del banquero. Convencer a Carola Gorostiza, ésa era su única opción. Convencerla de que aquella inversión valía la pena, de que ambos podrían sacar una buena tajada sin necesidad de rozar siquiera el inmundo negocio de la venta de esclavos.

Sobre cómo aproximarse a ella fue pensando mientras, acompañado de Santos Huesos, deambulaba por el trazado callejero casi sin ser consciente de por dónde pisaba. Sus ojos, sin embargo, parecían ya mirar de otra manera alrededor.

En las cercanías de la Plaza de Armas se cruzaron con docenas de amas negras que llevaban en los brazos a pequeños niños criollos encomendados a su cuidado: les mimaban, les amamantaban, les hacían carantoñas y arrumacos. En los muelles observaron multitud de cuerpos oscuros sin más ropa que un calzón; cuerpos que movían su musculatura sudorosa entre cargas y barquichuelas al compás de cantos retumbantes. En la cuadrícula de calles comerciales, bajo los toldos multicolores que tamizaban la luz, contemplaron a mulatas veinteañeras de bocas carnosas caminando con andares sensuales y bromeando desprejuiciadas con todos aquellos —muchos y de todos los colores— que a su paso les lanzaban un requiebro.

Por acá y por allá, bajo los portales de la Plaza Vieja, en el mercado del Cristo y en la Cortina de Valdés, frente a las puertas de los cafés y de las iglesias, como todos los días y como a todas las horas, vieron en definitiva africanos a montones: al fin y al cabo, según le habían dicho, rozaban ya en número la mitad de la población. Las mondongueras apoyadas contra las fachadas compartiendo entre ellas chanzas y chocarrerías. Los caleseros voceando entre el estrépito de cascos con su látigo en la mano, compitiendo orgullosos por el lujo de sus vestimentas y el brío de sus corceles. Los mulatos carretilleros con calzón arremangado y sombreros de yarey; los vendedores de torso desnudo entonando con cadencia dulzona esos pregones que lo mismo les servían para ofrecerse a afilar tijeras que para vender maní. Y tras los muros y las rejas de las casas importantes y medianas, intuyó a los negros domésticos: veinte almas, treinta, cuarenta, hasta sesenta o setenta en las residencias más pudientes, según le habían contado. Bien comidos y vestidos, con poco quehacer y mucho espacio para extender esteras de guano por las soleras, y allí charlar y dormitar en las horas de calor, y peinarse ellas unas a otras entre risas, y bromear entre ellos o sentarse remolones a la espera de su amito. Mi mulatica, mi negrilla, eran entre sus amos palabras cariñosas de uso común. Hasta deferencia en el trato existía: ño Domingo por acá, ña Matilde por allá.

No parecen llevar mala vida estos esclavos, masculló en un intento de endulzar con esas mansas estampas la atrocidad del sombrío negocio en el que le habían invitado a participar. Inmensamente más duro es el quehacer de los mineros mexicanos, a pesar de no pertenecer a un propietario y de tener estipulado un jornal, siguió pensando. En esos desvaríos andaba cuando, en mitad de la calle del Teniente Rey, lo vio salir.

Gustavo Zayas abandonaba en ese momento el zaguán de la que él supuso que era su residencia, sosteniendo un bastón bajo el brazo y poniéndose el sombrero, vestido de elegante dril del color del café con leche. Tenía la mandíbula apretada y las facciones tensas, sombrías, como casi siempre. Nunca le había visto sonreír.

El enjambre cotidiano de las calles de La Habana, por fortuna, impidió que el cuñado de su consuegro se percatara de su presencia en el flanco de enfrente de su misma calle. Y, por si acaso, para doblar la protección, Mauro Larrea tiró del brazo de Santos Huesos y junto a él, piel con piel, se encajonó en la entrada de una farmacia.

—¿Acá es donde vive la hermana de don Ernesto?

No necesitó que su criado se lo confirmara.

Volviendo la cabeza con disimulo, siguió la espalda alta y distinguida de Gustavo Zayas mientras éste se abría paso entre el gentío, comprobando cómo desaparecía por la esquina. Después le concedió un par de minutos, hasta que calculó que ya estaba lo suficientemente lejos como para no regresar de inmediato en busca de cualquier olvido.

—Ándale, muchacho. Allá vamos.

Cruzaron la calle, entraron al patio por el portón abierto. Y una vez dentro, preguntó por ella a una mulata flaca y joven que sacudía una alfombra.

—¿Se volvió loco, o qué? —le gritó Carola Gorostiza apenas cerró la puerta a su espalda.

Lejos de invitarle a sentarse en los aposentos de la familia del piso superior, lo había arrastrado a un cuarto de la planta baja, una especie de pequeño almacén en el que se amontonaban unos cuantos sacos de café y un montón de trastos inútiles. Llevaba la melena negra suelta hasta media espalda y una bata de gasa añil anudada con desmaño a la cintura. Aún no se había puesto joyas ni afeites, y esa descarga de excesos le quitaba unos cuantos años de encima. Probablemente se había levantado hacía poco; la mulata le había dicho que su amita estaba desayunando cuando él la mandó llamar.

—Necesito hablar con usted.

—Pero ¿cómo se le ocurre aparecer por esta casa, insensato?

Tras la puerta se oyeron los ladridos chillones de una perra pequeña, suplicando entrar.

—Acabo de ver salir a su marido, descuide.

—Pero, pero... Pero ¿es que perdió usted la cabeza, por el amor de Dios?

Un puño golpeó la madera al otro lado, se oyó la voz de un hombre, un esclavo doméstico seguramente. Preguntaba a su ama si todo estaba en orden. La perra ladró otra vez.

—Cíteme dentro de un rato donde más le convenga si no quiere escucharme ahora, pero tengo que reunirme con usted inmediatamente.

Ella respiró ansiosa un par de veces, intentando serenarse mientras el busto apenas cubierto por la muselina subía y bajaba acompasado.

—En la Alameda de Paula. A las doce. Y ahora, desaparezca, haga el favor.

* * *

Había poca gente en aquel hermoso paseo abierto a la bahía, la elección había sido sabia. Por la tarde, cuando descendiera el sol y el calor diera una tregua, se llenaría de almas: parejas y familias, soldadesca y oficiales, jóvenes españoles recién llegados a la isla en busca de fortuna y lindas criollas en edad de merecer. De momento, en cambio, sólo un puñado de figuras solitarias salpicaba la explanada.

La esperó acodado sobre el forjado caprichoso que separaba la tierra firme del agua, con el batir de las pequeñas olas a los pies. Ella llegó más de media hora tarde subida en un quitrín, con su estampa de dama de empaque recuperada: el rostro blanqueado, el cabello recogido, y la falda amplia y espesa del vestido amarillo canario extendida a ambos lados del asiento del carruaje, hasta quedar suspendidos los últimos encajes de las enaguas apenas a medio palmo del suelo. Sobre el regazo, con una lazada de raso entre las orejas, traía a la perrilla que ladraba endemoniada tras la puerta en los escasos minutos que permanecieron encerrados juntos.

Como buena habanera adoptiva, y como a menudo ocurría con sus propias compatriotas mexicanas, bajarse del carruaje en plena vía pública y permitir que sus escarpines de seda pisaran el suelo terroso era para Carola Gorostiza algo casi tan irreverente como quedarse en cueros vivos frente al altar mayor de la catedral. Por eso, tras su llegada, despidió al calesero con un gesto y permaneció sentada en su quitrín.

Él, por su parte, se mantuvo en pie. Erguido, en guardia.

—Hágame el favor de no volver a aparecer por mi casa, señor mío. Jamás.

Ése fue su saludo.

Tampoco el minero se anduvo por las ramas.

—¿Consideró lo que le planteé en el teatro?

De la boca de la esposa de Zayas no salió ni un sí ni un no. En su lugar, con ese tono brioso que volvió a recordarle a su consuegra, le lanzó otra pregunta directa:

—¿Cómo a usted le fue donde el locero Novás?

—Se trató de una reunión meramente informativa.

—Eso quiere decir que se lo está pensando.

Era lista y fría Carola Gorostiza, pero él tenía que arreglárselas para ser más gélido aún. Por eso cambió de tercio inmediatamente, retrocediendo a la cuestión de su interés.

—¿Consideró mi oferta del barco congelador? —repitió.

Se tomó unos instantes antes de responder, metiendo los dedos entre el pelo tupido de la minúscula perra. Mientras le rascaba la cabeza, le observaba con esos ojos suyos tan inescrutables y tan negros, que ni eran hermosos ni dejaban de serlo, pero que transmitían siempre una firme carga de determinación.

—Sí y no.

—¿Le importaría ser más precisa?

—Tal como me propuso, estoy dispuesta a asociarme con usted, señor Larrea. Accedo a que unamos nuestros capitales en beneficio mutuo.

—¿Pero?

—Pero no en el negocio que me sugiere.

—Un negocio del todo solvente, se lo aseguro —la interrumpió.

—Puede. Pero yo prefiero el otro. El de... —Echó una mirada de soslayo a su calesero, un esbelto mulato vestido con casaca encarnada y sombrero de copa que daba las últimas chupetadas a un tabaco sentado en un banco de piedra un poco más allá—. El negocio de los morenos. Ahí es donde yo quiero entrar. Sólo en ese caso estoy dispuesta a asociarme con usted.

—Déjeme antes que le explique, señora.

La réplica sonó con la misma fuerza que un cañonazo lanzado desde El Morro.

—No.

Hijos de su pinche madre los Gorostiza, maldita sea su herencia y maldita sea la perra que parió al locero. Mientras por su mente pasaban barbaridades más propias del bronco lenguaje de los mineros que de su presente posición social; mientras las olas mansas golpeaban contra la piedra y él mantenía la boca firmemente cerrada en un rictus adusto, su cabeza comenzó una lenta oscilación de izquierda a derecha, de derecha a izquierda y vuelta a empezar. Me niego, decía sin sonidos.

—¿Por qué? —preguntó ella con un punto de arrogante extrañeza—. ¿Por qué no quiere que entremos juntos en esa empresa? Mis capitales valen lo mismo para un negocio que para otro.

—Porque no me gusta. Porque no...

Una agria carcajada salió del cuello enjoyado. Aguamarinas, llevaba esa mañana.

—No me irá a decir, Larrea, que es usted también uno de esos ridículos liberales abolicionistas. Le creía un hombre con menos prejuicios, amigo mío, con tanta prestancia como se gasta y tanta aparente seguridad. Ya veo que las fachadas engañan.

Prefirió ignorar el comentario y volcar toda su capacidad de persuasión en lo que de verdad le interesaba.

—Déjeme que le exponga los detalles del otro negocio que le propongo; apenas queda tiempo, están a punto de zarpar.

Ella suspiró, disgustada a todas luces. Después chasqueó la lengua, enfatizando su descontento. La perra, como si la entendiera, ladró con furia chillona mientras el busto turgente de su dueña volvió a subir y bajar al ritmo de su respiración.

—Creía que en México y en Cuba hablábamos todos el mismo español. ¿De verdad no entiende lo que quiero decir cuando digo no?

Él se llenó los pulmones con una bocanada de aire marino, ansiando que la sal le metiera en el cuerpo la paciencia que le estaba empezando a faltar.

—Tan sólo le pido que recapacite —insistió impostando un tono neutro para no dejar entrever su desesperación.

La cabeza femenina se giró con gesto altanero hacia la bahía, negándose a escucharle.

—Por si acaso recapacita, pasaré toda la tarde en mi hospedaje, a la espera de su respuesta definitiva.

—Dudo mucho que la tenga —escupió ella sin mirarle.

—Ya sabe dónde encontrarme, por si acaso.

Se llevó los dedos al ala del sombrero y dio así por concluida la conversación. Mientras la Gorostiza, encaramada en su quitrín, contraía el gesto y mantenía la vista obcecadamente fija en los mástiles de los bergantines y los trapos desplegados de las goletas, él se alejó por la Alameda.

De la decisión de ella, colgando de un hilo tan fino como el que teje una araña, dependía para Mauro Larrea el poder buscar ganancias con un mínimo de dignidad o el seguir asomado al abismo.

18

Los huéspedes se empezaban a levantar tras el almuerzo, rumbo a las mecedoras de la galería. Dos muchachas de piel tostada trasegaban del comedor a las cocinas, cargando platos con restos de guanajo relleno y arroz con leche: jóvenes y hermosas ambas, con sus flacos brazos desnudos, sus sonrisas carnosas y los pañolones de colores liados con suma gracia en la cabeza a modo de turbantes.

Ninguna de ellas, sin embargo, le trajo una misiva. Ni para él ni para doña Caridad: nada les llegó de Carola Gorostiza en las horas posteriores a su encuentro. Tal vez más tarde. Tal vez.

—Parece mentira, don Mauro, los pocos días que lleva usted en La Habana, y lo mucho que le están cundiendo.

Ya estaba empezando a acostumbrarse a las indiscreciones de la dueña del hospedaje, por eso se limitó a murmurar una vaguedad mientras se despojaba de la servilleta dispuesto a retirarse.

—Lo mismo acude a bailes y a teatros —continuó ella sin inmutarse—, que a reuniones nocturnas de lo más privado.

Le lanzó una mirada capaz de partir un limón por la mitad. Con todo, a pesar de estar en ese momento a punto de ponerse de pie, optó por no hacerlo. Ándele, vino a decirle. Continúe, doña Caridad; suelte a gusto por su boca. Total, ya lo tengo todo prácticamente perdido.

Ella ganó tiempo dando unas órdenes innecesarias a las esclavas, hasta que el resto de los comensales desapareció.

—Me sorprende la manera en que parecen preocuparle mis asuntos, señora —dijo él tan pronto quedaron solos.

—Sólo superficialmente, no crea. Pero cuando un huésped de los que acojo bajo mi techo pisa terrenos pantanosos, hasta acá no tardan en llegar los chismes.

—Le lleguen o no, lo que yo haga fuera de su casa no creo que sea de su incumbencia. ¿O sí?

—No, señor, no lo es; en eso tiene usted más razón que un santo. Pero aprovechando que me honra con seguir sentado a mi mesa, permítame que le robe un ratico.

Hizo una pausa un tanto teatral y a sus labios añosos acudió una sonrisa tan beatífica como falsa.

—Para que no sólo yo sepa algunas cosas de usted, sino también usted de mí —agregó.

Váyase al cuerno, pudo haberle dicho previendo una encerrona. Pero no se movió.

—Cuarterona soy —prosiguió ella—. De Guanajay, hija de un canario de La Gomera y de una esclava del ingenio de San Rafael. Cuarterona significa que tengo un cuarto de sangre negra, o sea, que mi papá era blanco y mi mamá mulata. Una hermosa mulatica, mi mamita, la hija de una negrita bozal recién traída de Gallinas, preñada a los trece años por el amo de la casa, de cincuenta y dos. La agarró por la cintura mientras la niña tumbaba la caña; la levantó como una pluma, de flaquita que estaba. Ocho meses después, le nació mi mamá. Y como los amos no tenían descendencia y la señora estaba más seca por dentro que una escoba de palmiche, decidió quedársela como quien se queda una muñeca de cartón. A la negrita madre, a mi abuela, para que no le agarrara cariño a la beba, se la llevaron a otra propiedad. Y allá, sin poder ver crecer a su hija, ella se volvió cada día más brava, y a los dieciséis terminó yéndose para la manigua. ¿Usted sabe qué les pasa a los esclavos que se van para la manigua, señor Larrea?

—Mentiría si le dijera que sí.

Tampoco tenía conciencia de que por las venas de doña Caridad, con una piel del mismo color que la suya, corriera un rastro de sangre africana. Aunque, ahora que la miraba detenidamente, quizá había algo que podría haberle dado una pista. La textura del cabello. La anchura de la nariz.

Por lo demás, sin moverse de su sitio y desprovisto ya de platos y cubiertos, Mauro Larrea siguió escuchando a la dueña del hospedaje aparentando indiferencia.

—Pues para los cimarrones suele haber tres salidas. Cimarrones, disculpe, por si tampoco lo sabe, son los esclavos que se atreven a escapar de sus amos y de las dieciséis horas diarias de labor que les imponen a cambio de unos cuantos plátanos, un poco de yuca y unos pedazos de carne seca. ¿Quiere saber cuáles son esas salidas, señor mío?

—Ilústreme si gusta, cómo no.

—La mejor para ellos es conseguir llegar hasta La Habana o a otro puerto y arreglárselas en los muelles para embarcarse hacia cualquier país americano emancipado y poder vivir en libertad. La segunda es que los agarren y los sometan a los castigos habituales: un mes de cepo en el rincón más oscuro de un barracón; un bocabajo a base de latigazos hasta hacerles perder el sentido…

—¿Y la tercera?

—Que los maten los perros a dentelladas. Perros de presa amaestrados para encontrar a negros y mulatos huidos en la manigua y, normalmente, darles fin. ¿Quiere saber con cuál de las tres suertes se acabó topando mi abuela?

—Por favor.

—A mí también me gustaría enterarme. Pero nunca se supo. Nunca jamás.

En torno al mantel seguían tan sólo ellos dos. Doña Caridad en la cabecera y él en un flanco, de espaldas a las cortinas blancas que tamizaban la luz y les separaban del patio. Pasaron unos largos instantes de quietud; apenas se oían ruidos. Las muchachas andarían fregando la loza, los huéspedes dormitando la siesta entre lianas y buganvillas.

—La moraleja de la historia, doña Caridad, ¿me la va a contar usted ahora, o la tengo que sacar yo solo?

—¿Quién habló de moraleja, don Mauro? —replicó ella con un tono levemente burlón.

Tal vez habría sido un buen momento para mandarla al carajo. Pero la dueña de la casa se le adelantó.

—Era tan sólo un episodio que yo le quería relatar, un ejemplo de tantos. Para que sepa cómo viven los esclavos de fuera de la capital: los de las haciendas, los ingenios, los cafetales y las vegas de tabaco. Los que usted no ve.

—Pues ya lo ha hecho, agradecido quedo. ¿Le importa si me recojo ahora en mi cuarto, o tiene alguna otra lección moral que regalarme?

—¿No desea antes que le sirvan aquí mismitico el café?

A pesar de su aparente aplomo, agarrado a algún punto de los intestinos notaba un pellizco de incomodidad. Mejor quitarse de en medio.

—Prefiero retirarme, si me disculpa —dijo levantándose al fin—. Tanto café está empezando a sentarme regular.

Estaba ya en pie, con una mano apoyada en la espalda de la silla, cuando volvió a mirarla. Ni era joven ni era hermosa, aunque quizá lo fue algún día. A esas alturas, superados los cincuenta, tenía la cintura ancha, ojeras profundas como noches de lobos, y la piel a los lados de la cara se le estaba empezando a descolgar. Pero se la veía vivida, cuajada, con la sabiduría natural que dan largos años de tratar con gente de la ralea más diversa. Desde que hacía dos décadas transformara la mansión que le dejó su viejo amante en una casa para huéspedes selectos, Caridad Cervera ya estaba más que acostumbrada a contender de tú a tú hasta con el lucero del alba.

Sin pensarlo siquiera, Mauro Larrea se volvió a sentar.

—Puesto que tanto conoce de mí y tan dispuesta parece estar a instruirme sobre la cara oscura de mis asuntos, quizá también podría usted ayudarme a arrojar algo de luz sobre otra cuestión.

—Lo que esté en mi mano, cómo no.

—Don Gustavo Zayas y su mujer.

Hizo un gesto irónico con la comisura de la boca.

—¿Quién le interesa más, él o ella?

—Indistintamente.

La risa fue silenciosa, mullida.

—No me engañe, don Mauro.

—Lejos de mí tal intención.

—En caso de ser su objetivo el marido, no habría aprovechado esta mañana el momento en que salió de su casa para colarse dentro y hacer por ver a su esposa.

Fue entonces ella la que se levantó y se acercó renqueando hasta un aparador cercano. Pinche chismosa, pensó contemplándola. Apenas habían pasado unas cuantas horas desde que se atrevió a entrar en casa de los Zayas, y ya se había enterado: su red de contactos debía de ser mayúscula, expandida por todas las esquinas de la ciudad.

Regresó a la mesa con un par de pequeñas copas y una damajuana de aguardiente, volvió a sentarse.

—Sirva, por favor. Cortesía de la casa.

La obedeció, llenando ambas copas. Una para ella, otra para él.

—Conozco a la pareja —dijo al cabo—. Todo el mundo se conoce en La Habana. De vista tan sólo, ni siquiera de saludo los trato; no somos amistades de cumplimiento. Pero sí, sé quiénes son.

—Cuénteme entonces.

—Un matrimonio como tantos otros. Con sus vaivenes y sus enredos. Lo común.

Bebió un trago diminuto de aguardiente y él la imitó con otro mayor. Después esperó a que siguiera, convencido de que ella no iba a quedarse en aquellas vaguedades.

—No han tenido descendencia.

—Eso ya lo sé.

—Pero sí fama.

—Y ¿de qué, exactamente, si se puede saber?

—Ella de exigente y de gastosa: de tener un agujero en cada

mano, no hay más que verla. Si puede o no por familia, eso no lo sé.

Él sí lo sabía. De sobra. Pero se cuidó de compartirlo.

—¿Y él?

—Él tiene reputación de haber sido siempre un tanto inestable en sus empresas y capitales, aunque eso tampoco es nada infrecuente por acá. Lo mismo han venido peninsulares con una mano delante y otra detrás y han levantado emporios en cinco años que otros potentados de grandes apellidos criollos han caído al barro y se han empobrecido en un amén.

Cinco años para enriquecerse, una eternidad. Pero él no necesitaba levantar un emporio, como bien le recalcó Andrade al despedirse en Veracruz. Tan sólo precisaba reunir el monto necesario para sacar la cabeza del fango y comenzar a respirar.

En cualquier caso, estaban hablando de la pareja, mejor no desviarse.

—Y dígame, doña Caridad, ¿en qué situación financiera se encuentran en estos momentos?

Ella volvió a medio sonreír con ironía.

—¿En duros contantes? Hasta ahí no llegan mis conocimientos, señor mío. Tan sólo sé de ellos lo que oigo y veo en la calle, y lo que me cuentan mis comadres cuando vienen de visita. Ambos se mueven por los mejores salones, como usted mismo bien sabe; él con porte de señor notable y ella vestida vistosamente por la carísima mademoiselle Minett. Y siempre con su bichón.

—¿Perdone?

—La bichón, la perrica fina que lleva con ella.

—Ya.

—Aunque hay ciertos asuntos vinculados últimamente con los señores Zayas que son de todos conocidos y por eso creo que, si le pongo a usted al tanto de ellos, no voy a contar nada comprometido…

Volvió a llevarse la copa a la boca, dio otro pequeño trago.

—Porque, en realidad, no se trata más que de uno de tantos episodios de esta isla impredecible en la que todo cambia según soplen los vientos. ¿Me entiende usted, don Mauro?

—Por supuesto, señora mía.

Doña Caridad hizo un gesto cómplice. Bien estaba así.

—Heredaron no hace mucho. Unas propiedades, según cuentan.

Nueva pausa.

—En Andalucía. O eso oí.

Harto de recibir la información a miguitas, optó por servirse otra copa.

—Y ¿de quién heredaron, si puede saberse?

—Tuvieron por acá un tiempo a un huésped. Un primo de él.

—¿Un español?

—Un españolito, más bien. Por su tamaño lo digo. Un hombre chiquito, enclenque, con aspecto casi de niño. Don Luisito, empezaron a llamarle por La Habana. No había baile ni cena ni tertulia ni función a la que faltaran los tres durante una temporada. Aunque según contaban, porque yo no lo vi…

Un nuevo traguito de aguardiente la interrumpió.

—Según contaban, decía, porque yo no fui testigo —prosiguió—, era ella sobre todo la que se deshacía con el primo. Le reía las bromas a carcajadas, le soplaba cuchicheos al oído, lo llevaba arriba y abajo en su quitrín cada vez que el marido tenía algún asunto que atender. Hasta hubo alguna que otra habladuría: que si entre ellos había más cercanía de la cuenta, que si ella entraba y salía a su gusto de su habitación. Esas cosas que se cuentan sin saber, ya sabe usted, don Mauro. Por el mero gusto de chismear. Y lo mismo, claro está, se hablaba de ella que se hablaba de él.

Interesante, pensó. Interesante saber qué habladurías corrían por La Habana acerca de la mujer que seguía negándose a tenderle una mano. Echó un ojo al reloj de pared con disimulo. Las cuatro y cuarto de la tarde. Y sin saber de ella. Todavía es pronto, se dijo. No desesperes. No aún.

—Y... ¿qué era exactamente lo que se decía de él?

El aguardiente parecía haber calentado la lengua de doña Caridad; ahora hablaba más suelta, con menos interrupciones y menos esfuerzo por dosificar la información. Aunque lo mismo no era el aguardiente lo que la animaba, sino su mero regodeo en los asuntos ajenos.

—Que si el primo vino a arreglar cuentas de familia pendientes. Que si don Gustavo estuvo envuelto en asuntos feos y por eso hubo de marcharse de la Península años atrás. Que si anduvo de joven en amores con una mujer, que si ella se fue con otro. Que si él siempre guardó el ansia de volver a la tierra que dejó. Invenciones de la gente en gran medida, supongo, ¿no le parece?

—Supongo que supone bien —reconoció él. Lo que contaba parecía el libreto de una opereta digna del teatro Tacón.

—Hasta que el primo dejó de verse en los paseos y las reuniones sociales y, al cabo de unas semanas, corrió la noticia de su muerte. En el cafetal que tienen en la provincia de Las Villas, dicen que fue.

—Y entonces ellos heredaron de él unas cuantas propiedades.

—Exactamente.

—¿Y capital?

—No me consta. Pero a partir del día en que lo enterraron, ella habla como cotorra de las grandes haciendas que poseen en España. Inmuebles señoriales, dice. Y una plantación de uvas.

—¿Una viña?

Doña Caridad encogió los hombros.

—Así será como puede que las llamen; mucho me temo que yo no estoy al tanto del nombre que tienen esas cosas en la madre patria. En cualquier caso, y por rematar la cuestión...

Una de las esclavas entró en ese momento a la carrera con algo para su ama y a Mauro Larrea se le tensó el espinazo. Parecía un papel doblado, quizá contenía el mensaje de la Gorostiza que él ansiaba con todas sus fuerzas. Acepto aliarme con usted, vuele a casa de Calafat, dígale que sí. Habría dado los dedos que le quedaban intactos en la mano izquierda porque ésa hubiera sido la respuesta. Pero no lo fue.

—Mucho me temo, señor Larrea, que tendremos que dejar aquí nuestra grata conversación —dijo levantándose—. Me reclama cierto asunto familiar, mi sobrina se puso de parto en Regla, y para allá he de ir.

Él la imitó.

—Por supuesto, no quiero hacerla perder un segundo.

Estaban a punto de retirarse en direcciones contrarias cada uno hacia su cuarto cuando ella se volvió.

—¿Quiere un consejo, don Mauro?

—Viniendo de usted, los que hagan falta —contestó sin que se le notara la sorna.

—Deposite en otra sus afectos. No le conviene esa mujer.

A duras penas contuvo una agria carcajada. Sus afectos, decía. Sus afectos. Por Dios.

Pasó la tarde encerrado en su cuarto, a la espera. En mangas de camisa, con las persianas tan cerradas que apenas se filtraban unos rayos de luz. Primero escribió a Mariana, arrancó preguntándole por Nico. Tiende puentes, hija; tú tienes contactos que van y vienen entre las dos orillas. Averigua, haz por saber de él. A continuación trazó un amplio retrato de La Habana y los habaneros; de sus calles, sus comercios, sus sabores. Todas esas imágenes quedaron plasmadas en tinta sobre papel mientras para sí se guardaba aquello que lo perturbaba y aturdía; lo que fustigaba su entereza, le volcaba el estómago y hacía tambalear los pilares de su moral. En algún momento, recordando a su hija embarazada, por la mente se le cruzó la imagen de la negrita de trece años preñada por el amo. Se la sacó a zarpazos, siguió adelante.

Al terminar la extensa misiva miró la hora. Las seis menos cinco. Y nada sabía aún de la Gorostiza.

Después comenzó a redactar otra carta para su apoderado. En principio iba a ser mucho más breve: apenas cuatro o cinco impresiones generales y la exposición de los dos asuntos que de momento concentraban su atención. Uno limpio y otro sucio. Uno seguro y otro riesgoso. Pero las palabras se le atascaban: no sabía cómo narrar lo que quería decir sin escribir letra a letra los términos que se negaba a usar. Indecencia. Vergüenza. Inhumanidad. Logró llenar un par de pliegos llenos de borrones y tachaduras. A la postre, desistió. Con un mechero de yesca prendió los papeles a medio garabatear y después añadió una nota en el final de la larga carta dirigida a Mariana. Habla con Elías, ponle al tanto, dile que todo está bien.

Volvió a mirar el reloj. Las siete y veinte. Y la Gorostiza sin respirar.

Estaba anocheciendo cuando abrió las persianas y salió al balcón, a terminar de fumar con la camisa abierta y los brazos apoyados en la herrería, mientras contemplaba de nuevo la bulla imparable. Blancos y negros, negros y blancos, y todas sus tonalidades intermedias, en tránsito hacia mil sitios a todas horas, soltando voces y carcajadas, pregones, saludos y juramentos. Loca gente, pensó. Loca Habana, loca isla. Loco mundo.

Después se dio un baño y se vistió de nuevo como una persona de bien. Por pura casualidad abandonó su habitación a la vez que otros dos huéspedes, el catalán y la holandesa. Bajaron juntos la escalera pero, a diferencia de ellos, él no se dirigió esa noche al comedor.

19

Cuando desde el fuerte de La Cabaña se oyó el cañonazo de las nueve, la banda militar dio inicio a la retreta. La Plaza de Armas estaba abarrotada, media Habana dispuesta a disfrutar de la música al aire libre y de la brisa fresca que subía del mar. Algunos permanecían sentados en los bancos, muchos paseaban parsimoniosos entre los parterres y las palmeras alrededor del pedestal sobre el que se encaramaba la estatua del poco agraciado Fernando VII. Un cordón de carruajes rodeaba el perímetro de los jardines; dentro de ellos, las señoritas más distinguidas recibían al estribo a una corte de galanes y admiradores.

Mauro Larrea se dejó caer a plomo contra una de las columnas del palacio del conde de Santovenia, con el gesto sombrío y los brazos cruzados. Mientras los músicos esparcían por el aire fragmentos de óperas y tonadillas de moda, él era consciente de que, en ese mismo momento, dos de los socios del banquero Calafat decían adiós a los suyos desde la cubierta de un vapor de la Mala Real Inglesa. Zarpaban con rumbo a Buenos Aires, llevaban con ellos un capital abundante y un proyecto financiero enormemente prometedor. Un proyecto en el que pudo haber estado él mismo. Y en el que ya nunca estaría.

La noche había caído con toda su contundencia y los balcones del palacio de los Capitanes Generales, abiertos de par en par, mostraban bajo la luz de docenas de bujías su interior esplendoroso. Él seguía contemplando la escena ausente, con Santos Huesos al lado. Estando sin estar, matando el tiempo y la desazón con la espalda apoyada contra la piedra de la pilastra. Un tuerto le ofreció papeletas para la rifa de un lechón. Un muchachuelo con costras en la cabeza le propuso limpiarle las botas; al rato, otro intentó venderle una cuchilla. Rechazó a todos sin miramientos; estaba empezando a hartarse de tanto mercachifle callejero cuando notó que una mano se le posaba en la manga derecha.

A punto de desasirse de un tirón, se contuvo al oír su nombre. Volvió el rostro y se topó con una joven mulata.

—¡Por fin doy con su merced, ño Mauro, gracias a Dios! —dijo jadeante—. Media Habana me recorrí hasta encontrarlo.

La reconoció de inmediato: la misma muchacha que sacudía una alfombra cuando se colaron en la residencia de los Gorostiza.

—Me manda mi ama, tiene que verlo —anunció esforzándose por recuperar el resuello—. Una volanta lo espera detrás del Templete, en el callejón. Le llevará hasta ella.

Santos Huesos estiró el cuello, como diciendo estoy listo, patrón. Pero la chica captó el gesto y lo frenó en seco. Era delgada y garbosa, con la boca grande y unas larguísimas pestañas.

—Mi ama quiere que vaya sin compañía.

Tal vez aún estaba a tiempo. Una firma, eso era lo único que Calafat necesitaba de él. Un consentimiento, una aceptación en tinta. Quizá el barco aún no había levado anclas y la Gorostiza había entrado en razón.

—¿Dónde me espera?

Casi estaba seguro de que diría en el muelle de Caballería. Quizá junto al anciano banquero. Quizá ella se había convencido al fin.

—¿Cómo quiere que yo sepa, ño Mauro? El cochero será quien se encargue; yo sólo conozco lo que ña Carola me quiere decir.

Los músicos arrancaban los primeros compases de *La Paloma* de Iradier cuando él, abriéndose paso con los hombros entre la multitud, se dirigió apresurado en busca del carruaje.

Para su desconcierto, el sitio elegido resultó infinitamente distinto al de un muelle frente a un barco a punto de zarpar. En la iglesia del Cristo del Buen Viaje: en una estancia al costado de la sacristía donde las señoras de buena posición cosían y remendaban ropa blanca todos los martes para los menesterosos de la ciudad. Entre anaqueles y baúles repletos de yardas de lienzo. Allí le esperaba Carola Gorostiza a la luz de un pequeño quinqué de aceite.

—Alguien de la casa le contó a mi esposo que usted estuvo allá esta mañana —le espetó apenas asomó por la puerta—. Por eso le mandé una volanta de alquiler y por eso vine yo misma en otra. Ya no me fío ni de mi sombra.

Él contestó quitándose el sombrero. La decepción le atravesaba todos los huesos del cuerpo, pero sacó de donde pudo el último pellizco de orgullo que le quedaba y optó por no mostrar su sentimiento.

—De mí tampoco, supongo.

—Tampoco, naturalmente —replicó la mujer de Zayas—. Pero, a estas alturas, no me interesa desprenderme de usted. Ni a usted de mí.

Notó que sostenía algo en las manos; algo pequeño y oscuro que, con la escasa luz, no pudo distinguir.

—¿Ya partieron sus otros amigos, los del negocio del barco de hielo? —preguntó con su tono cortante.

—Barco congelador.

—Tanto da. Conteste, ¿partieron o no?

Tragó saliva.

—Supongo que sí.

La hermana de su consuegro esbozó una sonrisa sarcástica.

—Entonces, tan sólo le queda una carta que jugar. La del otro buque con otro cargamento muy distinto.

Ni muelle, ni firma a la carrera, ni vapor a punto de zarpar hacia el Mar del Plata: nada de eso entraba en los planes de aquella mujer. El bergantín cargado de argollas y cadenas con rumbo a las costas africanas era la única baza que le restaba, efectivamente: el triste comercio de esclavos. En caso contrario, habría de empezar a trazar nuevos planes sin el capital de ella. Solo y seco como una raspa, una vez más.

Aun así, intentó resistirse.

—Sigo sin estar convencido.

Ella le interrumpió con tono de impaciencia, mientras realizaba movimientos cortos y nerviosos con los dedos de la mano derecha a la luz del quinqué. Como si pellizcara algo, lo soltara y lo volviera a pellizcar.

—Los interesados con los que se reunió en el almacén de loza dieron ya su conformidad en pleno; el único que falta es usted. Sin embargo, según me cuentan, las tornas cambiaron de ayer a hoy. Sólo queda una participación disponible, la que usted no ratificó todavía, pero ha surgido un nuevo interesado en hacerse con ella. Agustín Vivancos se llama, por si duda de mi palabra: el dueño de la botica de la calle de la Merced. En caso de que usted no responda, él está dispuesto a ocupar su puesto.

Cundió el silencio, por la ventana cerrada se oyeron las ruedas de un carro al traquetear contra el empedrado. Ninguno habló hasta que el sonido se fue extinguiendo. Cada vez más tenue, más liviano. Hasta desaparecer.

—Permítame decirle, señora, que su actitud me desconcierta enormemente. —Dio un paso hacia ella, firme—. En un principio no tenía usted el menor interés en mover su capital y ahora, de pronto, parece corroerle la urgencia.

—Usted fue quien me propuso hacerlo, no lo olvide.

—Cierto. Pero satisfaga mi curiosidad, si no le importa. ¿Por qué se emperra en este asunto y por qué obra, de pronto, tan impulsivamente?

Ella hizo una mueca altiva y dio otro paso hacia él, desafiante. Mauro Larrea por fin distinguió el objeto que sostenía. Un alfiletero de los que las señoras utilizaban en aquel cuarto destinado a la costura caritativa. Un alfiletero en el que ella, machaconamente, clavaba y desclavaba una y otra vez el mismo alfiler.

—Por dos razones, señor Larrea. Dos razones harto importantes. La primera tiene que ver con el propio negocio en sí. O mejor dicho, con sus implicados. La hija mayor del dueño del almacén es una buena amiga, alguien de absoluta confianza. Y eso me tranquiliza, me da la seguridad de que mi plata estará en manos de alguien próximo que me irá reportando detalles sobre el avance de la operación en caso de que a usted le diera por desaparecer. Alguien..., alguien digamos como de la familia. En caso contrario, si me hubiera metido en la vaina esa del buque de hielo, me vería entre sesudos varones inmersos en asuntos financieros de los que yo apenas entiendo y jamás me tratarían como a una igual.

Aunque la respuesta tenía su poso de sensatez, él supuso que mentía. En cualquier caso, prefirió no plantearse si creerla o no.

—¿Y la segunda razón?

—La segunda, amigo mío, es mucho más personal.

Enmudeció y, por unos instantes, él pensó que no iba a decir nada más. Se equivocaba.

—¿Está usted casado, señor Larrea?

—Lo estuve.

Pasó otro carruaje con su repiqueteo sobre las piedras, más rápido y fugaz.

—Convendrá entonces conmigo en que el matrimonio es una alianza compleja. Te da alegrías, te da amarguras... Y a veces, también, se torna en un juego de poderes. Su propuesta me hizo pensar. Y llegué a la conclusión de que, con más plata en mis manos, quizá dentro de mi propio matrimonio logre más poder.

Más poder, ¿para qué?, estuvo a un verbo de preguntarle. Pero antes de hacerlo rememoró lo que aquella misma tarde le había contado doña Caridad: su entregada dedicación al primo de su marido llegado desde España, el extraño triángulo que formaron entre los tres, la mujer en la que Gustavo Zayas puso su corazón al otro lado del charco y que acabó por marcharse con otro, mil conflictos del ayer. Prefirió contenerse a pesar de la curiosidad. Sonsacarle exigiría una contraprestación, y él no estaba dispuesto a soltar prenda acerca de sí mismo. Ella, entretanto, siguió acercándose, hasta alcanzar el límite de lo impudoroso.

Los volantes de la falda se enredaron entre las piernas del minero. Notó su busto prácticamente pegado al pecho. Sintió su respiración.

—Usted me puso este dulce en la boca —dijo con voz cadenciosa—. Multiplicar mi herencia sin tocarla siquiera. No me gustan los hombres que dejan a medias a las mujeres.

Ni a mí las mujeres que atenazan como usted, pensó. Pero se guardó de decírselo y en su lugar, sin romper la íntima cercanía, le hizo una pregunta. En voz baja, sombría.

—¿De verdad, Carola, que la esencia de este negocio rastrero no le genera ningún reparo?

Ella ladeó parsimoniosa la cabeza y acercó los labios a su oído. Su cabello oscuro le rozó el rostro mientras volcaba en él un susurro.

—El día que tenga remordimientos, querido mío, lo solventaré con mi confesor.

Retrocedió un par de pasos, despegándose del cuerpo femenino.

—Deje los reparos para los meapilas y los masones, por Dios bendito —prosiguió la Gorostiza retomando su brío de siempre—. Los escrúpulos no van a llenarle las alforjas, y usted anda también a la desesperada. Vuelva donde el locero mañana por la mañana, a las once en punto; entre como si fuera a comprar cualquier cosa. Retire antes la plata de casa del banquero, la mía y la suya, hasta que entre los dos juntemos el monto de la inversión. He decidido que Novás sepa de mi presencia, lo esperaremos.

Acto seguido lanzó el alfiletero sobre la mesa y apagó el quinqué. Después, sin una palabra más, se echó sobre la cabeza un mantón que hasta entonces descansaba en la espalda de una silla y se marchó.

Él quedó con las tinieblas aferradas a los ojos, entre estantes repletos de sábanas y retales. Dejó transcurrir unos minutos, hasta calcular que sus caminos no se juntarían. Al salir sigiloso por la espalda de la iglesia, comprobó que no lo aguardaba ninguna volanta y arrancó a caminar por la calle de la Amargura en dirección a su hospedaje, con el desasosiego metido en el cuerpo.

Encontró la casa sumida en un silencio de camposanto, a oscuras. Todos dormían y, contrariamente a lo habitual, su criado no le esperaba ni en el zaguán ni en el patio. Atravesó la galería en penumbra rumbo a su cuarto; estaba a punto de llegar a él cuando se dio la vuelta. Moviéndose cauteloso para no hacer ruido, entró en el comedor y sorteó con tino los muebles, hasta dar con lo que buscaba. Hasta rozar el cristal. Agarró entonces la damajuana de aguardiente por el cuello y se la llevó.

* * *

Dormía boca abajo, desnudo, atravesado en la cama con las piernas y los brazos abiertos como aspas; el izquierdo desbordaba el margen del colchón, los dedos casi rozaban las baldosas. Notó una presión en el tobillo, alguien se lo apretaba.

Se despertó con un brinco y, al incorporarse alarmado, sintió la cabeza pesada como una barra de plomo. Bajo el mosquitero alzado, sin más luz que la que entraba por el balcón abierto, vislumbró un rostro familiar.

—¿Qué pasó, muchacho, ocurrió algo?

—Nada.

—¿Cómo que nada, Santos? —masculló—. Me despiertas…, me despiertas a las…, ¿qué hora es?

—Las cinco de la mañana, a punto está de rayar el alba.

—¿Me despiertas a las cinco de la mañana, pendejo, y me dices que no pasa nada?

—No se meta, patrón.

Tardó en procesar lo que estaba oyendo.

—No se meta —escuchó otra vez.

Se pasó los dedos entre el pelo, confuso.

—Tú también bebiste más de la cuenta, ¿o qué?

—Son humanos. Como usted. Como yo. Sudan, comen, piensan, fornican. Les duelen las muelas, lloran a sus muertos.

Retorciéndose con un esfuerzo titánico la memoria entumecida, logró rememorar la última vez que lo vio. En la Plaza de Armas, mientras el público comenzaba a entonar los primeros versos de *La Paloma* al compás de los acordes de la banda militar: «Cuando salí de La Habana, válgame Dios...». Junto a la mulata flaca de sonrisa grande le había dejado, hombro con hombro.

—¿Te mareó la esclava de doña Carola? ¿Te anduvo con cuentos cuando yo me marché en busca de su dueña? ¿Te...? ¿Te...?

—La esclava tiene nombre. Se llama Trinidad. Todos lo tienen, patrón.

Hablaba con su voz de siempre. Sosegada y melodiosa. Pero firme.

—¿Se acuerda cuando bajábamos a los pozos? Usted hacía trabajar a su gente hasta que nos dolía el alma, pero jamás nos trató como a animales. Aunque apretó cuando hubo que apretar, siempre fue justo. Quien se quiso quedar a su lado, se quedó. Y quien quiso buscar otro camino, nunca tuvo ataduras.

Mauro Larrea, sin levantarse, se tapó el rostro con las manos intentando recobrar una brizna de lucidez. La voz le surgió por eso cavernosa.

—Estamos en la pinche Habana, pedazo de orate, y no en las minas de Real de Catorce. Esos tiempos pasaron, ahora tenemos otros problemas.

—Ni sus hombres ni sus hijos querrían que hiciera lo que pretende hacer.

La silueta de Santos Huesos salió del dormitorio filtrada por el tamiz del mosquitero. En cuanto cerró la puerta sin ruido, él se dejó caer como un peso muerto sobre la cama. Siguió tumbado hasta bien entrada la amanecida, pero no logró dormirse. Confuso, embotado por el aguardiente que le escamoteó a la patrona del hospedaje para ahogar su desazón; sin saber si la aparición del chichimeca había sido tan sólo un sueño grotesco o una tristísima realidad. Así permaneció unas horas que se le antojaron eternas, con un sabor vomitivo pegado en el paladar y un pellizco de angustia tarascándole las vísceras.

No lo pienses, cabrón, no lo pienses, no lo pienses. Eso se iba repitiendo mentalmente mientras se aseaba, mientras se vestía, mientras intentaba apaciguar la infernal resaca a golpe de café neto, mientras salía del hospedaje sin que la sombra de Santos Huesos apareciera de nuevo. La voz de su amigo Andrade tampoco acudió.

No eran aún las diez cuando echó a andar entre el tumulto mañanero de todos los días remolcando un descomunal dolor de cabeza. La operación sería sencilla: retirar el dinero, rubricar el consecuente recibo y listo. Un asunto fácil. Rápido. Inocuo. No lo pienses más, hermano, no lo pienses.

Tan ensimismado iba, tan obsesivamente dispuesto a enfocar su atención en una dirección única, que al entrar en el zaguán estuvo a punto de tropezar. Al contacto de su pie contra algo inesperado, soltó una ruda blasfemia. Lo inesperado resultó ser una joven negra que, de manera instintiva, lanzó un chillido punzante.

Estaba sentada en el suelo; tenía la espalda apoyada contra el pilar del que colgaba el portón abierto y un seno fuera de la camisa blanca. Antes de que la punta de la bota del minero se le clavara en el muslo, amamantaba serena a su criatura envuelta en un trapo de algodón. Él recuperó el equilibrio apoyándose en la pared. Y a la vez que lo hacía, a la vez que aplastaba la palma y los dedos contra la cal en busca del equilibrio, bajó la vista.

Un pecho pleno y colmado llenó sus ojos. Aferrada a él, una boca diminuta chupaba el pezón. Y de pronto, ante la simple imagen de una joven madre de piel oscura amamantando a su hijo, todo aquello que se había esforzado por mantener fuera de su cerebro lo embistió como una tromba de agua que escapara del caudal. Sus manos sacando a Nicolás de las entrañas ensangrentadas de Elvira; sus manos puestas sobre el vientre de Mariana en la noche de su despedida en México, palpando al nuevo ser aún no nacido. La esclava flaquita abusada por un amo viejo mientras cortaba la caña; la niña que trajo al mundo con tan sólo trece años y que después le arrancaron como quien quita la piel a un mísero plátano. Vida a chorros, vida henchida. Cuerpos, sangre, alientos, almas. Vidas que llegaban entre gritos estremecedores y se iban con un hilo precario de fragilidad; vidas que llegaban trayendo consuelo frente al desamparo, que recomponían las grietas ante el abismo y se encajaban en el mundo como certezas que no se podían comprar y no se podían vender. Vida humana, vida entera. Vida.

—Buen día, Larrea.

La voz del banquero, saludándole en la distancia desde el interior del patio, lo retrotrajo a la realidad. Acababa de bajar tras el desayuno, seguramente. E iría camino de su escritorio cuando lo vio.

Por respuesta él tan sólo enderezó la postura y alzó un brazo por encima de la cabeza. Nada, vino a decir. No quiero nada. Calafat le miró frunciendo el bigote.

—¿Seguro?

Asintió con la mandíbula, sin despegar los labios. Seguro. Después se dio la vuelta y se perdió entre la muchedumbre callejera.

Encontró el cuarto tal cual lo dejó, aún no habían entrado las muchachas a arreglarlo. La cama seguía deshecha, las sábanas arrastrando por el suelo, su ropa sucia amontonada, un cenicero repleto y la damajuana de aguardiente, prácticamente vacía, tumbada bajo la mesa de noche. Se quitó la chaqueta de dril, se aflojó la corbata y cerró las persianas de madera. Después, dejando el resto intacto, se sentó a esperar.

Oyó sonar las diez y media en el reloj de la Aduana. Las once en punto, las once y media. La luz del exterior se proyectaba contra la penumbra cada vez con más fuerza, dibujando finas rayas horizontales sobre la pared. Se acercaba el mediodía cuando por fin oyó pasos y gritos, ladridos y un escándalo que se iba aproximando. Golpes, chirridos, portazos, como si una turba estuviera poniendo la casa entera patas arriba. Hasta que su puerta, sin que nadie se molestara en llamar antes, se abrió de par en par.

—¡Es usted un traidor y un hijo de mala madre! ¡Un cobarde, un desgraciado!

—Puede recoger su dinero cuando guste en la casa bancaria Calafat —dijo sin inmutarse.

Llevaba un largo rato esperándola, previendo su reacción.

—¡Lo estuve esperando, di mi palabra a Novás de que vendría!

Doña Caridad entró unos instantes después, arrastrando su cojera y una catarata de disculpas. Tras ella, cuatro o cinco esclavos se agolparon bajo el dintel. La bichón, contagiada por la ira de su propietaria, ladraba como poseída por el can de Belcebú.

Delante de todos ellos, Carola Gorostiza se llenó los pulmones de aire y le vomitó su última advertencia:

—No le quepa duda, Mauro Larrea, de que volverá a saber de mí.

20

Por ninguna razón concreta, aquella noche volvió al Café de El Louvre. Para dejar de machacarse el pensamiento, a lo mejor. O para amortiguar su soledad entre el gentío.

Esquivó las mesas bajo los portales, llenas de jóvenes y figurones, y accedió al interior. Entre palmas frondosas y enormes espejos que multiplicaban engañosos las presencias, tampoco en el comedor faltaba vitalidad. Le sirvieron pargo a la brasa y otra vez vino francés, rechazó el postre y acabó con un café al gusto cubano, bien cargado, con poca agua y raspadura para limar el amargor. Había mentido sin reparo a la propietaria de su hospedaje cuando el día anterior le dijo que tanto café empezaba a sentarle mal: todo lo contrario. Aquel café tan denso, tan oscuro, era prácticamente lo único que le estimulaba desde que llegó.

A medida que daba cuenta del pescado, vio que eran unos cuantos los recién llegados que se encaminaban hacia la amplia escalera del fondo.

—¿Hay mesas arriba? —preguntó al mesero mientras pagaba la cuenta.

—Todas las que guste su merced.

El tresillo y el monte eran los juegos de moda, y la sala del piso superior de El Louvre no era excepción. A pesar de ser relativamente temprano, ya habían arrancado un par de partidas. En una mesa de esquina, un jugador solitario colocaba con chasquidos las fichas de dominó; en otra se oía el ruido de los dados entrechocando. Pero los ojos de Mauro Larrea se desviaron hacia el fondo, al espacio iluminado por unas grandes bombas de cristal colgadas del techo.

Bajo éstas tres mesas de billar. Dos en calma, una ocupada. En ella lanzaban tiros sin entusiasmo un par de españoles cuyo origen distinguió con los ojos y los oídos: trajes de paño, maneras más formales y un tono al hablar infinitamente más duro, más áspero y cortante que el de los naturales del Nuevo Mundo.

Se acercó a una de las mesas vacías, deslizó despacio la mano por la madera encerada de las bandas. Agarró luego una bola y apretó la frialdad del marfil. La sopesó, la hizo rodar. Sin prisa, demorando cada segundo, sacó después un taco de su estante y de pronto, sin preverlo, como una caricia tierna después de una pesadilla, como un sorbo de agua fresca tras una larga caminata bajo el sol, sintió un consuelo difícil de describir. Quizá, desde que desembarcó en ese puerto, aquello fuera lo único que logró infundirle una pizca de serenidad.

Palpó la puntera del taco, cerró y abrió la mano varias veces sobre el mango apreciando su volumen y su textura; después desplazó los ojos por el océano de fieltro verde. Por fin tenía ante sí algo que le era conocido, cercano, controlable. Algo sobre lo que ejercer sus capacidades y su voluntad. Sus recuerdos volaron por unos instantes años atrás, hacia rincones perdidos entre los dobleces de la memoria: a las noches turbias y violentas de los campamentos, a tantas tardes en locales inmundos llenos de vociferantes mineros de uñas negras ávidos por dar con la veta madre, con un golpe de suerte en forma de filón que los sacara de la miseria y les descerrajara la puerta de acceso a un futuro carente de penurias. Decenas, centenares, miles de partidas en oscuros tugurios hasta la alborada: con amigos que fue dejando por el camino, contra adversarios que acabaron convirtiéndose en hermanos, frente a hombres que un mal día fueron tragados por el fondo de la tierra o por una malaventura que no fueron capaces de remontar. Tiempos tremendos, broncos, devastadores. Con todo, cuantísimo los añoraba ahora. Al menos por entonces tenía un objetivo nítido y certero por el que luchar al levantarse cada mañana.

Colocó las bolas en sus posiciones, volvió a agarrar el taco con mano firme. Flexionó el brazo derecho, se dobló sobre la mesa y expandió sobre ella el izquierdo en toda su longitud. Y lejos de su mundo y de los suyos, solo, frustrado y confuso como jamás imaginó que llegaría a estarlo en su vida, por unos instantes Mauro Larrea se reencontró con el hombre que un día fue.

La carambola resultó tan limpia, tan luminosa, que los peninsulares de la mesa vecina plantaron sus tacos en el suelo y dejaron de inmediato de hablar entre sí. Con ellos arrancó su primera partida, sin saber sus nombres ni sus quehaceres y sin presentarse a sí mismo. Otros hombres los fueron sustituyendo en el transcurso de la noche: jugadores más o menos avezados empeñados en medirse con él. Espontáneos, optimistas, confianzudos, retadores. A todos les fue ganando partida tras partida a la vez que el piso superior de El Louvre se iba abarrotando y en las mesas apenas quedaba un sitio libre, y el humo y las voces se elevaban hasta las vigas del techo y salían por las altas ventanas abiertas al Parque Central.

Apuntaba ahora de cerca a una bola blanca con gesto concentrado, calculando el movimiento preciso para lanzarla de lleno contra la roja que esperaba incauta al fondo de la mesa. Algo le distrajo entonces la atención, no pudo precisar qué fue. Un movimiento brusco, una palabra desconcertante. O quizá la desnuda intuición de que algo no encajaba en el orden de las cosas. Alzó brevemente la mirada sin cambiar de posición, ampliando su horizonte un poco más allá de la banda. Fue entonces cuando lo vio.

De inmediato supo que, a diferencia del resto de los presentes, Gustavo Zayas no sólo estaba contemplando su juego como un mero pasatiempo sino que, con su mirada de ojos claros, aquel hombre también le estaba traspasando la piel.

Deslizó el taco con aparente parsimonia entre el anillo que formaban sus dedos hasta que remató la jugada mediante un golpe seco. Se enderezó entonces, comprobó la hora y calculó que llevaba más de tres horas sobre el tapiz. Ante el murmullo de contrariedad de algunos de los espectadores, depositó el taco en su bastidor dispuesto a dar término a la noche.

—Permítame que le convide a un trago —escuchó a su espalda.

Cómo no. Con un simple gesto, aceptó ante la imprevista invitación del marido de la Gorostiza. Qué carajo quieres de mí, pensó mientras ambos se abrían paso por la sala saturada; con qué historias te fue tu mujer. Pero no preguntó.

Aceptó una copa de brandy y pidió una jarra de agua que bebió íntegra en tres vasos seguidos; sólo entonces fue consciente de la sed que acumulaba, del nudo de su corbata medio deshecho y de su ropa empapada de sudor. Tenía también el pelo revuelto y los ojos brillantes, pero eso tan sólo lo apreciaban los demás. Zayas, por su parte, lucía impecable. Bien peinado como siempre; bien vestido y exquisito en sus maneras. Impenetrable más allá.

—Nos conocimos en el baile de Casilda Barrón, ¿recuerda?

Se habían sentado en sendas butacas junto a un gran balcón abierto a la noche antillana. Lo contempló unos instantes antes de contestarle: el rostro tenso de siempre, un rictus de algo que recordaba a la amargura pegado a la piel. Qué te turba, hombre de Dios, le habría preguntado. Qué te araña el alma, qué te corroe.

—Lo recuerdo perfectamente —fue en cambio lo que dijo.

El inicio de la conversación se vio interrumpido por unos cuantos señores que se acercaron a saludar. Lo felicitaron por su buen juego; alguno recordaba haberlo visto en la mansión de El Cerro, otro en el teatro. Le preguntaron por su nombre, por su procedencia —español, ¿no?, sí, no, bueno, no, sí—. Le ofrecieron sus tabacos, sus salones y sus mesas, y en esos términos básicamente insustanciales transcurrió la charla espontánea mientras en él crecía la sensación de que por fin, a ojos del mundo, volvía a existir.

El cuñado de Gorostiza permaneció prácticamente callado. Pero no ausente, ni distante. Atento, ojo avizor con las piernas cruzadas, dejándoles hacer.

—Y fue un elegante gesto por parte del señor Zayas cederle todo el protagonismo esta noche —intervino uno de los presentes; un agente portuario, si no recordaba mal.

Él alzó su copa. ¿Perdón?

—Manejar el taco con brillantez debe de ser algo que corre por las venas de los peninsulares y que nosotros, los criollos, sabe Dios por qué razón, no hemos logrado todavía igualar.

Hubo una carcajada unánime y Mauro Larrea se unió a medias, sin ganas. Acto seguido, alguien aclaró:

—Desde que llegó a La Habana hace ya unos buenos años, nuestro amigo aquí presente no ha tenido rival en una mesa de billar.

Todos los ojos se volvieron hacia Zayas. Así que era el mejor jugador de aquel puerto. Así que le había concedido a él, un advenedizo, la pleitesía de dejar que se luciera en su propio feudo.

Cautela, hermano. Cautela. La voz de su apoderado surgió como un proyectil directo a su cerebro, intentando reencauzar sus pensamientos. ¿Dónde carajo te metiste cuando te pedí consejo a gritos por el asunto del negrero asqueroso?, estuvo a punto de bramarle de vuelta. Contente, Mauro, no te lances, insistió Andrade sobre su conciencia. Sin habértelo propuesto, acabas de lograr un formidable golpe de efecto en un sitio crucial. Te has dado a conocer por ti mismo en una capital de vida licenciosa y derrochadora en la que el juego mueve querencias, designios y fortunas. Esta noche empiezas a tener un nombre, se te han abierto contactos, tras ellos vendrán las oportunidades. Ten un poco de paciencia, compadre, sólo un poco.

Con todo lo que tuvieran de sensatas, las palabras de su amigo llegaron demasiado tarde: por su sangre corría ya una nueva euforia. Las mansas victorias contra los desconocidos con los que jugó un rato antes le habían devuelto una brizna de seguridad en sí mismo, algo muy de agradecer en sus lamentables circunstancias. Le había complacido saber que admiraban su juego; por unas horas había dejado de ser un alma transparente y confundida. Aunque fuera fugazmente, se había vuelto a sentir un hombre estimado, apreciado. Había recuperado una parte de su pundonor.

Pero algo le faltaba. Algo impreciso, algo intangible.

La fiebre en los ojos, el pálpito indómito bulléndole en las sienes: eso no había estado allí. La tensión no le había agarrado la boca del estómago con la furia de un coyote hambriento, ni le habría hecho descargar un puñetazo sobre la pared en caso de haber perdido, ni lo hizo aullar como un salvaje tras ganar.

Sin embargo, en cuanto supo que el esposo de la mujer que había rechazado tenderle una mano era el mejor jugador de La Habana, por las entrañas comenzó a serpentearle aquella vieja quemazón. La misma de los tiempos en que tentaba la suerte a ciegas: la que le hacía lanzar envites sin cartas a negocios temerarios y a tipos curtidos que le doblaban la edad y superaban por cien veces su capital y experiencia.

Como traída por la brisa que a través del balcón abierto subía desde el mar, el alma del joven minero que fue años atrás —intuitivo, indomable, audaz— se le metió de nuevo en los huesos.

No me invitaste a este trago para alabar mi juego, cabrón; sé que hay algo detrás, quiso decirle. Algo te contaron sobre mí, algo que no te complace aunque quizá no se ajuste del todo a la verdad.

Fue el español quien dio el paso siguiente.

—¿Nos disculpan, señores?

Por fin quedaron solos. Un mozo les rellenó las copas, él volvió el rostro hacia el balcón en busca de un soplo de aire y se pasó los dedos por el cabello rebelde.

—Suéltelo de una vez.

—Deje en paz a mi mujer.

Estuvo a punto de atragantarse con una carcajada. Pinche

Carola Gorostiza, con qué patrañas habría malmetido a su marido, con qué trápalas y embustes.

—Mire, amigo, yo no sé con qué cuentos le habrán ido…

—O arriesgue por ella —añadió Zayas sin perder la calma.

Ni se te ocurra, oyó gritar a Andrade dentro de su cabeza. Aclárale todo, cuéntale la verdad, quítate de en medio. Tienes que parar, pedazo de chiflado, antes de que sea demasiado tarde. Pero el apoderado seguía lejos de su conciencia mientras su cuerpo, en cambio, empezaba a rebosar adrenalina.

Hasta que dio una última calada a su tabaco y, con una parábola, lanzó la punta por el balcón.

Después despegó la espalda de la butaca y acercó el rostro con lentitud al del marido supuestamente ultrajado.

—A cambio ¿de qué?

21

Mandó a Santos Huesos a hacer averiguaciones apenas despuntó el día.

—Un barrio orillero de la bahía lleno de mala gente, patrón —proclamó éste a su vuelta—. Eso es el Manglar. Y la Chucha, una negra con un colmillo de oro y más años que mi mula, que regenta allá un negocio a medias entre burdel y taberna al que acuden desde los negros curros más pendencieros de las cercanías hasta los blancos con los apellidos más ilustres de la ciudad. A beber ron, cerveza lager y whisky de maíz de contrabando; a danzar si se tercia, a acostarse con fulanas de todos los colores o a jugarse las pestañas hasta el alba. Eso es lo que averigüé nomás acerca de lo que usted me pidió.

Al tocar la medianoche en el Manglar, le había citado Zayas en la madrugada previa. Usted y yo. En casa de la Chucha. Una partida de billar. Si gano, no volverá a ver a mi esposa, la dejará para siempre en paz.

—¿Y si pierde? —preguntó el minero con un punto de osadía.

El marido de la Gorostiza no despegó de él sus ojos verdosos.

—Me iré. Me asentaré definitivamente en España y ella permanecerá en La Habana para lo que entre ustedes convengan. Les dejaré el terreno libre. Podrá hacerla su amante a ojos del mundo o proceder tal como les salga del alma. Jamás les importunaré.

Santa Madre de Dios.

De no haber pisado tantas veces los miserables antros plantados junto a las minas, seguramente aquella propuesta habría sonado en los oídos de Mauro Larrea como la fanfarronería de un desequilibrado reconcomido por celos imaginarios, o como el desvarío de un pobre diablo cargado de una demencial estupidez. Pero entre jugadores dados a envidar fuerte, en México, en Cuba o en las mismas calderas del infierno, por estrambóticas que sonaran las palabras del hombre que tenía enfrente, nadie habría dudado de su veracidad. Cosas más raras había visto apostar sobre un tapete, en una febril partida de naipes o en una riña de gallos. Patrimonios familiares, ricos pozos de plata en activo, la renta de un año puesta íntegra a una carta... Hasta la virtud de una hija adolescente, entregada por un padre desquiciado a un tahúr sin pizca de piedad. De todo ello había sido testigo en abundantes madrugadas de farra. Por eso el desafío de Zayas, aun disparatado como era, no le pasmó.

Lo que sí le maravilló, en cambio, fue la pericia de Carola Gorostiza para engañar a su marido sin despeinar ni un bucle de su cuidada melena negra. La hermana de su consuegro demostraba ser, a partes iguales, lista, embustera, maquinadora y perversa. Tu esposa te convenció de que yo la requiebro, habría querido decirle al marido la noche anterior. De que me estorbas en el camino, cuando a quien en verdad pretende engañar ella es a ti, mi amigo. Y por esa mentira que tú no pareces sospechar siquiera, Gustavo Zayas, me propones que nos midamos en un lance de billar. Y yo voy a aceptarlo. Voy a decirte que sí. Tal vez me tumbes o tal vez no; lo que nunca sabrás antes de que nos enfanguemos en este reto que me estás lanzando es que yo jamás tuve, ni tendría en cien años que viviera, nada que ver con esa alimaña que es tu mujer.

Pues si no tienes nada con ella ni pretendes tenerlo, qué carajo haces recogiendo el guante que te lanza este insensato sumido en un monumental ataque de furia por cornudo, habría bramado Andrade. Pero él, en previsión, había amordazado anticipadamente al apoderado en su conciencia para que no lo breara de nuevo con sus recelos. Por razones que ni él mismo era capaz de explicarse, había decidido entrar en aquel retorcido juego y ya no tenía intención de echarse atrás.

Ypor eso mismo, lo primero que hizo a la mañana siguiente, antes incluso de bajar a desayunar, fue mandar a Santos Huesos en busca de información. Salte a la calle, a ver qué averiguas sobre el Manglar y la Chucha, le ordenó. Tres horas más tarde obtuvo la respuesta. Una zona cenagosa y marginal llena de gentuza más allá del barrio de Jesús María, a la que también acudían por las noches los señores de la mejor sociedad en busca de diversión cuando los saraos con gente de su propia clase comenzaban a aburrirles: eso era el Manglar. Y la Chucha, una vieja meretriz propietaria de un tugurio legendario. Aquello fue lo que el chichimeca averiguó, lo que le trajo de vuelta ya cercano el mediodía. Y con tales apuntes, a su cabeza llegó también un soplo de incertidumbre que se mantuvo flotando en el aire como una bruma espesa.

Almorzó frugalmente en el hospedaje de doña Caridad; por suerte, ella no se sentó aquel día a la mesa. Seguiría en Regla con su sobrina la parturienta, pensó. O a saber. En cualquier caso, él agradeció la ausencia: no estaba su humor para comadreos ni intrusiones. Tras el café se encerró en el cuarto, abstraído, dando vueltas a lo que le esperaba en las horas siguientes. ¿Cómo sería el juego de Gustavo Zayas? ¿Qué le habría contado en realidad su esposa, qué pasaría si ganaba, qué pasaría si perdía?

Cuando percibió que La Habana se desperezaba y volvía a bullir tras la modorra de la siesta, salió.

—Gusto de verle de nuevo, señor Larrea —saludó Calafat—. Aunque sospecho que, a estas alturas, ya no viene a decirme cuánto lamenta no haberse unido a nuestra empresa.

—Hoy me traen otras cuitas, don Julián.

—¿Prometedoras?

—Aún no lo sé.

Y entonces, sentándose frente al soberbio escritorio de caoba que cada vez le resultaba más familiar, le planteó la situación sin tapujos.

—Necesito retirar una suma de dinero. Don Gustavo Zayas me retó a una partida de billar. En principio no hay apuestas monetarias de por medio, pero prefiero ir preparado, por si acaso.

Como anticipo a la contestación, el anciano banquero le tendió un habano. Como siempre. Los desperillaron a la vez y los encendieron en silencio. Como siempre, también.

—Ya estoy al tanto —anunció el anciano tras la primera chupada.

—Me lo imaginaba.

—Todo se sabe más temprano que tarde en la indiscreta Perla de las Antillas, mi querido amigo —añadió Calafat con un punto de agria ironía—. En condiciones normales, me habría enterado al tomar mi cafetico en La Dominica a media mañana, o alguien se habría encargado de referirlo durante la partida de dominó. Pero esta vez las noticias volaron más rápido: a primera hora vinieron a preguntarme por usted. Desde entonces estoy esperando su visita.

Su réplica fue otra potente calada al tabaco. Chinga tu madre, Zayas, esto va más en serio de lo que yo esperaba.

—Según entendí —añadió el banquero—, se trata de un desagravio por cuestiones sentimentales.

—Eso es lo que piensa él, aunque la realidad es muy distinta. Pero antes de desmigársela, acláreme algo, haga el favor. ¿Quién y qué le preguntó acerca de mí?

—La respuesta a quién es tres amigos del señor Zayas. La respuesta al qué es un poco de todo, incluida la salud de sus finanzas.

—Y ¿qué les dijo?

—Que eso es algo del todo privado entre usted y yo.

—Se lo agradezco.

—No lo haga: es mi obligación. Confidencialidad a rajatabla respecto a los asuntos de nuestros clientes: ésa ha sido la clave de esta casa desde que mi abuelo dejara atrás su Mallorca natal para fundarla a principio de siglo, aunque a veces me pregunto si no habría sido mejor para todos que se hubiera quedado de contable en el pacífico puerto de Palma en vez de aventurarse en estos extravagantes trópicos. En fin, retornemos al presente, amigo mío; disculpe mis seniles reflexiones. Entonces, si no se trata de un asunto de amoríos, ilumíneme, Larrea, ¿qué demonios hay detrás de este insospechado lance?

Sopesó las posibles respuestas. Podría mentirle descaradamente. Podría también disfrazar un poco la verdad, retocarla a su manera. O podría ser franco con el banquero y referirle su realidad desnuda sin tapujos. Tras unos breves segundos, se decantó por la última opción. Y así, sintetizando los datos pero sin ocultar ninguno, expuso ante Calafat su sinuoso tránsito entre el próspero propietario minero que hasta hacía poco había sido y el supuesto amante de Carola Gorostiza que ahora le atribuían ser. Por su boca pasaron el gringo Sachs, la mina Las Tres Lunas, Tadeo Carrús y el mastuerzo de su hijo, los dineros de la condesa, Nico y su incierto paradero, Ernesto Gorostiza con aquel encargo envenenado, la maldita hermana de éste y, finalmente, Zayas y su desafío.

—Por la Virgen del Cobre, amigo; al final va a resultar que tiene usted la misma sangre caliente que toda esta cuadrilla de caribeños descerebrados que nos rodea.

Buenas migas habrían hecho tú y tus cautelas con mi compadre Andrade, viejo del demonio, pensó mientras acogía sus palabras con una amarga carcajada que a él mismo le sorprendió. Malditas las ganas que tenía de reír.

—Para que se fíe usted de sus clientes, don Julián.

El banquero soltó entonces un chasquido.

—El juego es algo serio en Cuba, ¿sabe?

—Como en todas partes.

—Y, a ojos de esta irreflexiva isla, lo que Zayas le ha propuesto es una especie de duelo. Un duelo por un asunto de honor, sin espadas ni pistolas, sino con tacos de billar.

—Eso me temo.

—Hay detalles, no obstante, que me desconciertan.

Tamborileó con los dedos sobre el escritorio mientras ambos reflexionaban en silencio.

—Por muy deslumbrante jugador que él sea —prosiguió el anciano—, resultaría demasiado arriesgado, demasiado osado e imprudente por su parte, el estar de antemano convencido de su victoria ante usted.

—Desconozco hasta dónde llega su talento, ciertamente. Pero tiene razón, en una buena partida siempre existe el riesgo. El billar es…

Se tomó entonces unos segundos para reflexionar, intentando encontrar las palabras más certeras. A pesar de los montones de partidas que llevaba a las espaldas, jamás se le había ocurrido teorizar.

—El billar es un juego de precisión y destreza, de cerebro y método, pero no es matemática pura. Hay otros muchos factores que influyen: tu propio cuerpo, tu temperamento, el entorno. Y, sobre todo, tu contrincante.

—En cualquier caso, para conocer el alcance exacto de la pericia de Zayas, me temo que tendremos que esperar a esta noche. Lo que a mí me perturba, sin embargo, es qué puede haber detrás de este reto.

—Acabo de decírselo: su mujer le convenció de que yo…

Calafat negó contundente con la cabeza.

—No, no, no. No. Quiero decir, sí y no. Puede que la señora de Zayas pretenda castigarle a usted a la vez que encela a su marido, y puede que él haya acabado convencido de que hay algo entre ustedes dos, eso no lo descarto. Pero lo que a mí me intriga es otra cosa que va más allá de un mero ataque de cuernos, si me permite la expresión. Algo favorable para él que ella le haya puesto delante de los ojos sin sospecharlo siquiera.

—Discúlpeme, pero sigo sin entender hacia dónde van sus tiros.

—Verá, Larrea. Hasta donde yo sé, Gustavo Zayas no es ningún blando cordero de los que se arrugan en cuanto huelen al lobo. Es un tipo listo y sólido al que no siempre le fueron bien los negocios; alguien con aspecto algo torturado tal vez por su pasado, o tal vez por esa mujer con la que comparte la vida, o vaya usted a saber el porqué. Pero en ningún modo se trata de un pelele o un fanfarrón.

—Apenas lo conozco, pero tal es su aspecto, efectivamente.

—Pues si no tiene consigo todas las de ganar esta noche, ¿no le parece que está allanándoles el camino con una facilidad un tanto preocupante a usted, a su propia mujer, y a la hipotética relación que mantienen o pretenden mantener? Si él gana, nada cambia. Pero si pierde, lo cual es algo que puede provocar él mismo con un esfuerzo mínimo, promete apartarse y cederles elegantemente el paso hacia un futuro cargado de felicidad. ¿No le suena todo eso un tanto extraño?

Grandísimo hijo de la chingada, Zayas, pensó. Puede que el viejo tenga razón.

—Permítame que sea malpensado —prosiguió Calafat—, pero llevo el día entero dándole vueltas y he llegado a la conclusión de que no sería extraño que lo que Gustavo Zayas en realidad pretenda es simplemente librarse de su despampanante esposa y quitarse de en medio. Tan pronto como sus amigos se fueron de mi despacho esta mañana, lancé a la calle mis redes y me han contado que los dos llevan un tiempo hablando por ahí de unas propiedades familiares que poseen en España.

—Algo escuché acerca de la herencia de un primo hermano, sí señor.

—Un primo muerto en el cafetal de la pareja al poco de llegar de España, que les dejó en su testamento algo interesante en Andalucía.

—Propiedades inmuebles. Casas, viñas o algo así.

—Si usted ganara esta noche la partida, la esposa infiel quedaría a su supuesto recaudo de aguerrido amante mexicano. Y él, agraviado pero fiel cumplidor de su palabra, se lavaría las manos y tendría el camino libre para volar. A la madre patria o a donde le salga del alma. Sin lastres, ni responsabilidades, ni demandantes que le pidan cuentas. Y sin su mujer.

Demasiado complejo. Demasiado precipitado todo, demasiado enmarañado. Pero quizá, pensó. Quizá, entre todo ese barullo de despropósitos, hubiera algo de verdad.

—Y de caudales, ¿cómo anda?

—Borrascoso, me temo. Lo mismo que su relación conyugal.

—¿Arrastrando deudas con usted?

—Alguna —fue la discreta respuesta del banquero—. Los altibajos financieros parecen ser la tónica habitual en la pareja, lo mismo que las riñas, las trifulcas y los reencuentros. Él parece esforzarse, pero nunca acaban de cuadrarle las cuentas, ni con el cafetal ni con su mujer. Y ella gasta como si el dinero creciera como los plátanos, no hay más que ver su estampa.

—Entiendo.

—Así que, de momento —añadió Calafat—, esta misma madrugada y en caso de que él pierda la partida, se aseguraría un digno adiós a Cuba. Recuerde: sólo tendría que dejarse ganar para desentenderse de su esposa, endilgársela a usted y encontrar una vía libre por la que quitarse de en medio.

Por enrevesado que sonara, aquel planteamiento no dejaba de encerrar una cierta lógica.

—Menuda pareja… —musitó entonces el anciano. Esta vez fue él mismo quien acompañó sus palabras con una risotada seca—. En fin, no quiero ponerle las tripas más negras de lo necesario, Larrea; puede que todas estas suspicacias no sean más que los desvaríos de un viejo fantasioso, y puede que tras esta lid no haya más nada que el orgullo herido de un hombre manipulado por su esposa o de una mujer que pide a su marido a gritos un poco de atención.

Iba a decir Dios le oiga, sin demasiado convencimiento, pero tampoco esta vez se lo permitió la verborrea de Calafat.

—Lo único que tenemos claro es que el tiempo corre en su contra, amigo mío, así que mi propuesta es que nos concentremos en ir por delante. Dígame, ahora…

—Dígame antes algo usted a mí.

El anciano alzó las manos al aire en gesto de prodigalidad. Lo que guste, ofreció.

—Perdone mi franqueza, don Julián, pero ¿por qué parece estar tan interesado en este feo asunto mío, que a usted ni le va ni le viene?

—Por una razón de mero procedimiento, lógicamente. Hemos quedado en que Zayas plantea esto como una especie de duelo, ¿verdad? En ese caso y como ocurre en cualquier desafío que se precie, creo que usted necesitará un padrino. Y estando como está más solo que la una en esta isla, y siendo yo el curador de sus bienes como soy, me siento en la obligación moral de acompañarle.

Su carcajada fue auténtica esta vez. Híjole, cabrón, lo que quieres es cuidarme. A mis años.

—Se lo agradezco en el alma, mi estimado amigo, pero yo no necesito a nadie para vérmelas con un indeseable frente a una mesa de billar.

Bajo el bigotazo mongol no asomó ninguna sonrisa, sino un rictus serio.

—Vamos a ver si me hago entender, señor mío. Gustavo Zayas es Gustavo Zayas. El Manglar es el Manglar, y la casa de la Chucha es la casa de la Chucha. Y yo soy un reputado banquero cubano, y usted es un gachupín arruinado que llegó a este puerto traído por los vientos del azar. Creo que me explico.

El minero reaccionó con lucidez: Calafat tenía razón. Él se movía por un terreno pantanoso y tal vez adverso, y el banquero le estaba proponiendo algo tan simple como sagaz.

—Sea, pues. Y le quedo agradecido.

—Sobra decirle que una gran partida de billar es una empresa mucho más honesta que el nefando negocio de comerciar con pobres infelices africanos.

Pero la sombra siniestra del locero Novás y su barco de Baltimore cargado de argollas, cadenas y lágrimas ya se habían desviado momentáneamente del horizonte de Mauro Larrea.

En su cabeza se entrechocaban ahora las preocupaciones y las conjeturas; por la sangre empezaba a bullirle la excitación.

El anciano se levantó y se acercó a la ventana, abrió las persianas. La tarde se había vuelto gris. Gris y densa como el plomo, sin una brizna de aire. El calor del día había sido sofocante, la atmósfera se había ido cargando de humedad a medida que pasaban las horas. Aún no soplaba brisa alguna ni caía una sola gota, pero el cielo amenazaba con abrirse enfurecido.

—Temporal a la vista —murmuró.

Después volvió a sumirse en un pensativo silencio mientras desde la calle entraba a borbotones el sonido de las ruedas de los carruajes sobre los adoquines, los gritos escandalosos de los caleseros y otras tantas docenas de ruidos y melodías.

—Pierda.

—¿Cómo dice?

—Pierda, déjese ganar —propuso Calafat con la vista aparentemente concentrada en el exterior.

Sin moverse de su sitio, contemplando la frágil espalda del viejo contra la ventana, le dejó continuar sin interrumpirle.

—Descoloque a Zayas, que vea cómo sus planes saltan por los aires. Desconciértelo. Luego, propóngale un desquite. Una segunda partida. Y vaya a muerte por él.

Acogió la iniciativa como quien recibe un rayo de luz. De pleno, cegador.

—Ni por lo más remoto tiene previsto que usted no pelee hasta con los dientes —agregó el banquero volviéndose—. Aparte de ese supuesto amorío con su propia esposa, él sabe lo mucho que le ayudaría a usted una victoria contundente para reafirmar su presencia en La Habana; en esta tierra ardiente nos encantan los héroes, aunque la gloria les dure un día.

El minero rememoró entonces las sensaciones de la noche anterior. Algo meloso y electrizante como la mano de una mujer desnuda bajo las sábanas le había recorrido la espalda al saberse de nuevo visible y estimado a ojos de los demás. A su alma había retornado una especie de energía, de coraje. Dejar de ser un fantasma y retornar a la piel del hombre que solía ser, aunque fuera ganando al billar, sonaba tan seductor como un canto de sirena. Quizá, sólo por eso, valiera la pena todo aquel diabólico desatino.

—Lo cierto, muchacho, es que ha tenido usted un buen par de cojones resistiendo el envite de Zayas en este fregado —proclamó el banquero apartándose de la ventana y regresando hacia él.

Hacía mucho tiempo que nadie lo llamaba así: muchacho. Patrón, amo, señor, ésos eran los tratamientos más comunes. Padre le decían Mariana y Nicolás, a la recia manera española; jamás usaron ese «papá» más tierno, tan cotidiano en aquel Nuevo Mundo que los acogió a los tres. Pero nadie se había dirigido a él como muchacho en mucho tiempo. Y, pese a su ruina y su desconcierto y sus cuarenta y siete años de vida intensa, aquella palabra no le desagradó.

Miró el sobrio reloj de pared sobre la cabeza encanecida del anciano, junto al óleo de los muelles de aquella bahía mallorquina de la que llegaron hasta el loco Caribe los cautelosos antepasados de Calafat. Las ocho menos veinte, hora de irse preparando. Dio entonces un golpe con la palma de la mano sobre el reposabrazos de su butaca, se levantó y agarró el sombrero.

—Puesto que voy a ser su protegido —dijo llevándoselo a la cabeza—, ¿qué tal si me recoge y me invita a cenar antes de la batalla?

Sin esperar respuesta, se dirigió a la puerta.

—Mauro —oyó cuando ya había empuñado el picaporte.

Se volvió.

—Cuentan por ahí que su juego en El Louvre fue deslumbrante. Prepárese para estar a la altura otra vez.

22

Al salir del restaurante en el paseo del Prado cayeron las primeras gotas y, para cuando llegaron al Manglar, llovía a mantas. Las callejas cenagosas eran a esa hora puro barro, las rachas de viento arrastraban con furia todo aquello que no tuviera una sujeción firme. La cólera del mar de los trópicos había decidido triunfar esa noche haciendo aullar a los perros, obligando a amarrar los navíos en los muelles y despojando las calles de quitrines, volantas y cualquier asomo de vida humana.

Las únicas luces que los recibieron al adentrarse en semejante lodazal fueron las de un puñado escaso de faroles amarillentos desperdigados sin ton ni son, como si la mano de un demente los hubiera lanzado al azar. De haber realizado esa visita a la misma hora cualquier otro día, habrían sido testigos de un hervidero de gente cruzándose bajo la luna por vías de casas bajas: mulatas de risa incitante luciendo al aire sus carnes, marineros barbudos recién desembarcados, buscavidas, bravucones, alcahuetas y tahúres, señoritos de buen tono, negros curros de andar chulesco con la navaja guardada en la manga, niños medio desnudos a la caza de un gato o un cigarrito y matronas pechugonas friendo chicharrones en los portales. Ése era el catálogo de seres que poblaba el Manglar todos los días y todas las noches desde el amanecer hasta la madrugada. En el momento en el que el carruaje del banquero paró frente al portón de la Chucha, sin embargo, ni un alma vagaba por allí.

En el interior, no obstante, les estaban esperando. Un negro embozado en un capotón de hule salió a recibirles al estribo con un gran paraguas en la mano. Sobre el fango habían dispuesto un recio tablón, para que no se hundieran hasta el tobillo. Cinco pasos después estaban dentro.

Toda la vida que el vendaval y la lluvia habían barrido esa noche de las calles habaneras parecía haberse concentrado en el local. Y Santos Huesos, a quien habían mandado por delante con anticipación, no podía haber estado más atinado esa misma mañana en su escueta descripción del negocio. Aquello era un tugurio a medio caballo entre una gran taberna rebosante hasta los topes y un burdel de mediana estofa, a juzgar por el aspecto de las mujeres que bebían y reían a carcajadas con los parroquianos, ajenas a palabras como pudor, decoro o recato.

A él, con todo, bien poco le interesaban en ese momento ni la parroquia ni las fulanas. Tan sólo le preocupaba el asunto que le había llevado hasta allá.

—Vaya noche de perros, amo Julianico —escuchó decir al corpulento criado con una carcajada grandiosa mientras cerraba el paraguas empapado.

Tras la carcajada percibió una boca llena de inmensos dientes. Y, tras la boca, a un hombre entrado en años, más alto y grande incluso que él mismo a pesar de la joroba que mostraba una vez desprovisto del capotón.

—De perros y dragones, Horacio, de perros y dragones —masculló el banquero. A la vez que hablaba, se quitó el sombrero de copa y extendió el brazo para sacudirlo, a fin de que los chorreones de agua cobijados en el ala cayeran más allá de sus pies.

Así que el viejo es cliente de la casa, rumió para sí mismo el minero mientras repetía el gesto de Calafat. ¿Y si todo es una jugarreta, una emboscada, una celada amañada entre Zayas y mi supuesto protector?, malpensó. Quieta, no te distraigas, céntrate, ordenó a su mente. En ese preciso instante, como una sombra, notó deslizarse hasta su costado una presencia familiar.

—¿Todo en orden, muchacho? —preguntó sin apenas despegar los labios.

—Arriba lo tiene, recién llegado.

El tal Horacio se dirigió en ese momento a él con una aparatosa reverencia que no hizo sino acentuar la giba de su espalda.

—Gusto de acogerle en nuestra humilde casa, señor Larrea. Doña Chucha ya les está aguardando en el saloncico turquesa, vamos para allá.

—¿Alguien más vino con Zayas? —preguntó al criado entre dientes mientras el gigantón les abría paso a empujones a través de la algarabía.

—Pues yo diría que seis o siete señores nomás trajo consigo.

Pinche cabrón, estuvo a punto de decir. Pero más le valía callar, no fuera alguno de los presentes a sentirse erróneamente aludido en su honor. En lugares como ése, donde los puños y las cuchilladas eran tan comunes como el licor que corría de los barriles a las gargantas, mejor era contenerse.

—A mi espalda te quiero toda la noche. Vendrás bien provisto, espero.

—Pues no iría usted a dudarlo a estas alturas, digo yo, patrón.

El banquero y él subieron por la escalera de tablones siguiendo el espinazo contrahecho del criado Horacio; tras ellos, Santos Huesos cubriéndoles la retaguardia, con un cuchillo y una pistola cobijados bajo el sarape. No percibieron, sin embargo, la menor sospecha de amenaza alrededor. Los clientes seguían en lo suyo. Los menos, trasegando en solitario con sus demonios y sus nostalgias empapadas en ron; otros compartiendo jarras de lager y plática a gritos, otros tantos frente a mesas en las que corrían los naipes, los duros españoles y las onzas de oro, y un buen montón cortejando a las furcias con soez galantería, o metiéndoles las manos bajo las faldas y entre los pechos mientras ellas se persignaban acobardadas cada vez que oían un trueno. Al fondo del salón, sobre una tarima alzada del suelo, se preparaba un quinteto de músicos mulatos. Nadie, en definitiva, les prestó atención aunque el chichimeca, por si acaso, ocupó su puesto en la rezaga con precisión militar.

En el piso de arriba les recibieron un par de grandes puertas de sabicú. Talladas, espléndidas e incongruentes con el lugar: un anticipo de lo que encontrarían en el salón entelado en seda azul que la mayoría de los días permanecía cerrado a cal y canto, inaccesible para la caterva de pobretones que frecuentaba la planta baja.

Ocho varones esperaban dentro, en compañía de la anfitriona y de unas cuantas de las mejores señoritas de la casa procazmente ataviadas. Todos, al igual que él mismo, llevaban pantalón rayado y levita en diversos tonos de gris, camisa blanca de cuello almidonado y plastrón de seda al cuello: como dictaban las buenas maneras en aquella y en cualquier otra capital.

—Sean bienvenidos a mi humilde morada —saludó la Chucha con voz de terciopelo espeso, un tanto ajado pero envolvente todavía.

Y su colmillo refulgió. Sesenta y cinco, setenta, setenta y cinco. Imposible calcularle los años de vida acumulados en su rostro rematado por un tirante moño gris. Durante décadas fue la puta más cotizada de la isla: por sus ojos rasgados del color de la melaza, por su cuerpo asilvestrado de gacela, según le contó Calafat mientras cenaban. A él no le cupo duda al comprobar la exquisitez que aún mantenía en la osamenta y aquellos ojos raros que le seguían brillando entre las patas de gallo a la luz de las bujías.

Cuando los años le robaron esplendor a su porte de reina africana, la antigua esclava y posterior amante de caballeros de campanillas demostró ser también astuta y previsora. Con sus propios ahorros levantó ese local. Y de algunos señores rendidos a sus encantos, en prenda de sus deudores o como herencia de algún apopléjico fenecido entre sus piernas —que más de uno hubo—, se hizo con los muebles y enseres que decoraban aquella estancia suntuosa y abigarrada. Candelabros de bronce, jarrones cantoneses, baúles filipinos, retratos de antepasados de otras estirpes más blancas, más rancias y más feas que la suya, butacones y espejos enmarcados en pan de oro, todo revuelto sin la menor concesión al buen gusto o al equilibrio estético. Todo desbordante y excesivo, un tributo a la más desquiciada ostentación.

La Chucha sólo abre su salón en ocasiones muy particulares, le había contado el anciano. Cuando los ricos hacendados azucareros acababan la zafra y llegaban a La Habana con los bolsillos repletos, por ejemplo. Cuando atracaba en el puerto algún buque de guerra de Su Majestad, cuando quería presentar en sociedad a alguna nueva remesa de jóvenes prostitutas recién desembarcadas desde Nueva Orleans. O cuando algún cliente se lo solicitaba como territorio neutral para algún evento como el de aquella noche.

—Gusto de verlo otra vez, don Julián. Muy olvidadica tenía usted a esta negra —saludó la meretriz tendiendo su oscura mano al banquero con un aristocrático gesto—. Y gusto también de conocer a nuestro invitado —añadió tasándolo con ojo experto. Discreta, no obstante, se guardó los comentarios y continuó—: Bien, señores, creo que ya estamos los justos.

Los hombres asintieron sin palabras.

En medio de tanto cruce de saludos, de tantos rostros desconocidos y tanta profusión de muebles y ornamentos desmadrados, la mirada del minero y la de Zayas no se habían encontrado aún. Lo hicieron entonces, en el momento en el que la Chucha los reclamó.

—Don Gustavo, señor Larrea, tengan la bondad.

El resto de los presentes, conscientes de su papel secundario en la escena, dieron un paso atrás. Por fin se vieron la cara sin subterfugios, como los contrincantes que iban a ser. Las voces se acallaron tal que cortadas por un tajo de cuchillo; por los balcones abiertos a la noche se oyó la lluvia densa chocar contra el terrizo encharcado de la calle.

Los ojos claros de Zayas se mantenían tan impenetrables como la noche anterior en El Louvre. Claros y acuosos, estáticos, sin permitir descifrar qué había tras ellos. Su porte desprendía seguridad. Alto, digno, atildado en su vestimenta, con su fino cabello impecablemente peinado y sangre de buena familia corriéndole sin duda por las venas. Desprovisto de joyas y aditamentos: ni anillos, ni prendedores de corbata, ni cadena visible de reloj. Como él.

—Buenas noches, señor Zayas —dijo tendiéndole la mano.

El marido de la Gorostiza le devolvió el saludo con la precisión justa. Estás bien templado, cabrón, pensó.

—He traído mis propios tacos, confío en que no le moleste.

Mauro Larrea dio su consentimiento con un gesto escueto.

—Puedo cederle alguno si lo estima conveniente.

Otro breve gesto marcó su negativa.

—Usaré uno de la casa, si doña Chucha lo tiene a bien.

Ella asintió con un discreto movimiento afirmativo y después les abrió paso hasta la mesa al fondo del salón. Insólitamente buena para un antro de semejante calaña, calculó él al primer golpe de vista. Grande, sin buchacas, bien nivelada. Sobre ella, una formidable lámpara de bronce con tres luces colgada del cielo raso por gruesas cadenas. Alrededor, escupideras de latón y una sillería tallada que se alineaba en perfecto orden contra la pared. En una esquina, bajo un óleo colmado de ninfas en cueros vivos, se encontraba el mueble de los tacos: a él se dirigió.

Zayas, entretanto, abrió una funda de piel y de ella sacó un magnífico taco de madera pulida, con flecha de cuero y su apellido grabado en el puño. Él probó los que la casa ofrecía, buscando el de grosor y textura precisos. Cada uno tomó luego un trozo de tiza y frotó con ella la punta; se espolvorearon a continuación cantidades generosas de talco en las manos para absorber la humedad. Sin volverse a dar la cara, concentrado cada quien en lo suyo. Como una pareja de duelistas preparando sus armas.

Apenas fue necesario pactar las condiciones del desafío más allá de cuatro detalles: los dos tenían claras las normas esenciales del juego. Billar francés, carambolas a tres bandas, acordaron. Lo que apostaban estaba ya firmemente blindado entre ambos desde la noche previa.

Por su cabeza ya no volvió a pasar ni una sola duda sobre lo desatinado de aquel enfrentamiento. Sus preocupaciones parecieron desintegrarse en el aire, como barridas por la tormenta que seguía cayendo sobre las tinieblas del Manglar. La manipuladora esposa de su contrincante se difuminó entre brumas, y lo mismo hicieron su pasado remoto e inmediato, su origen, su infortunio, sus esperanzas y su inquietante porvenir. Todo se desvaneció de su cerebro como humo: a partir de ahora sólo sería brazos y dedos, ojos agudos, tendones firmes, cálculos, precisión.

Cuando indicaron que estaban listos, los acompañantes y las fulanas silenciaron otra vez sus voces y se dispusieron a una prudente distancia de la mesa. En la sala cundió un silencio de altar mayor mientras del piso de abajo ascendía el ritmo de una contradanza mezclado con el estruendo de voces de la clientela y el patear furioso de los danzantes sobre los tablones del suelo.

La Chucha, con sus ojos de miel y su colmillo enjoyado, asumió entonces la seriedad de un juez de primera instancia. Tal si se encontraran en una dependencia oficial del palacio de los Capitanes Generales, y no en aquel híbrido entre prostíbulo y taberna portuaria en el arrabal más indigno de La Habana colonial.

Al aire saltó un doblón de oro para determinar la suerte de salida. El regio perfil de la muy españolaza Isabel II, al caerle sobre la mano, marcó el arranque.

—Don Mauro Larrea, le corresponde sacar.

23

Las bolas se deslizaban vertiginosas: giraban sobre su propio eje, colisionaban contra las bandas y chocaban entre ellas a veces con un clic suave y a veces con un crac sonoro. El juego tardó poco en convertirse en una especie de tenso combate sin ceder cada quien ni una pizca: sin errores ni aberturas ni concesiones. Una partida hechizante que confrontaba a dos hombres de estilos y esencias claramente dispares.

Era bueno Gustavo Zayas, muy bueno, reconoció Mauro Larrea. Algo altivo en su postura, pero eficaz y rutilante en las tiradas, con toques diestros y jugadas magníficamente elaboradas por esa mente hermética que no dejaba entrever nada de lo que bullía dentro. El minero, a su vez, afinaba los tiros con garra en un arriesgado equilibrio entre la solidez y la soltura, a caballo entre lo que anticipaba como certezas y el empuje demoledor de su intuición. Un estilo exquisito frente a un juego mestizo, bastardo, demostrando inequívocamente las escuelas de las que salieron ambos: salones de ciudad frente a cantinas infames levantadas al socaire de los pozos y los socavones. Ortodoxia y cerebro frío frente a pasión arrebatada y promiscuidad.

Tan distintos como sus formas de jugar lo eran a la par sus cuerpos y temperamentos. Estilizado Zayas, afilado casi. Gélido, impecable su cabello claro repeinado hacia atrás a partir de las amplias entradas; impredecible tras los ojos transparentes y los movimientos calculados. Mauro Larrea, por su parte, rezumaba su apabullante humanidad por todos los poros. La espalda sobrevolaba la mesa con desenvoltura hasta dejar el mentón alineado con el taco, rozándole casi con la barbilla. El cabello espeso se le tornaba cada vez más indómito, flexionaba las piernas con elasticidad y los brazos desplegaban toda su envergadura al agarrar, al impulsar, al disparar.

Los tantos fueron ascendiendo sin tregua a medida que se adentraban en la madrugada, con un permanente toma y daca en pos del objetivo que determinaban las reglas: el que primero anotara ciento cincuenta carambolas sería el ganador.

Se seguían los pasos como dos lobos hambrientos; en las escasas ocasiones en que se distanciaron por más de cuatro o cinco puntos, tardaron poco en volverse a encontrar. Veintiséis frente a veintinueve, mano contra madera, vueltas infinitas alrededor de la mesa, más tiza. Setenta y dos frente a setenta y tres, más talco en las manos, cuero contra marfil. Uno remontaba, otro se estancaba; uno se rezagaba, el otro comenzaba a repuntar. Ciento cinco frente a ciento ocho. El margen se mantuvo en todo momento estrechísimo, hasta llegar a la recta final.

Quizá, de no haber sido prevenido de antemano por Calafat, él habría seguido imparable hasta la victoria. Pero como estaba alerta, lo notó de inmediato: escondida tras el juego apasionado, su mente se mantenía en guardia para comprobar si las sospechas del banquero se acabarían tornando realidad. Puede que Zayas pretenda dejarse ganar, le había dicho esa tarde en su despacho. Y tuvo razón el viejo porque, al entrar en la carambola ciento cuarenta, cuando ya había demostrado ante Dios y ante los hombres su virtuosismo, el juego del marido de la Gorostiza, de manera apenas apreciable, empezó a decaer. Nada ostensible, ninguna pifia llamativa: tan sólo un diminuto error de precisión en el momento justo, un tiro demasiado arriesgado que no acabó de cuajar, una bola que esquivó su objetivo por milímetros.

Mauro Larrea se puso entonces por delante con contundencia, a cuatro tantos. Hasta que, al alcanzar la carambola que hacía su número ciento cuarenta y cinco, inesperadamente, comenzó a errar con la misma sutileza que su contrincante. Un nimio desliz en un contraataque, un recorrido que se quedó corto por un suspiro, un efecto que no culminó por una levísima falta de intensidad.

Por primera vez en la noche, al igualarse a ciento cuarenta y seis tantos y al percibir el freno de su oponente, Gustavo Zayas empezó a sudar. Copiosamente, por las sienes, por la frente, por el pecho. Se le cayó la tiza al suelo y masculló entre dientes un exabrupto, en sus ojos afloraron los nervios. Tal como había intuido el anciano banquero, el comportamiento intempestivo del minero lo estaba descuadrando. Acababa de ser consciente de que su contrincante no tenía la menor intención de acoplarse a sus planes y dejarle perder a su antojo.

La tensión flotaba en el aire con el espesor de una cortina de cañamazo, apenas se oía nada en la sala más allá de algún áspero carraspeo aislado, el sonido de la lluvia contra los charcos a través de los balcones, y los ruidos que emanaban de la mesa y de los cuerpos de los jugadores al moverse. A las tres y veinte de la mañana, nivelados en unas desquiciantes ciento cuarenta y nueve carambolas, y tan sólo a una del final, llegó el turno a Mauro Larrea.

Asió la culata, dobló el tronco. El taco penetró con firmeza en la curva conformada por sus dedos, a la vista quedaron una vez más las secuelas que en la mano izquierda le dejó la explosión de Las Tres Lunas. Calibró, preparó el tiro, apuntó. Y cuando estaba a punto de lanzar el golpe, paró. El silencio podía cortarse con el filo de una navaja mientras él volvía a enderezar el torso con lentitud inquietante. Se tomó unos segundos, miró concentrado a lo largo del taco, luego alzó la vista. Calafat se retorcía las guías del bigote; la Chucha, a su lado, le observaba con sus extraños ojos de melaza mientras apretaba los dedos sobre el brazo del jorobado. Un cuarteto de furcias formaba una piña mordiéndose las uñas, algunos de los amigos de Zayas mostraban en sus caras una sombría preocupación. Tras todos ellos descubrió entonces un número incontable de rostros agolpados entre las paredes, algunos incluso encaramados a los muebles para tener una mejor visión: hombres barbudos y desgreñados, negros con aros en las orejas, putas de poco lustre.

Fue entonces consciente de que ya no llegaban los ruidos de la taberna, de que ya no había música ni pateo sobre las tablas. Ni fandangos, ni rumbas, ni tangos congos: en el tugurio no quedaba un alma. Los últimos habían subido las escaleras y traspasado sin impedimento las puertas de madera noble que marcaban la frontera entre el abajo y el arriba; entre el lugar correspondiente a la plebe ordinaria y la ostentosa sala de entretenimiento destinada a los tocados por la vara de la fortuna. Y ahora, arracimados, contemplaban absortos el juego bravío entre aquellos dos señores, ansiosos por conocer el desenlace.

Agarró de nuevo el taco, volvió a inclinarse, enfiló, golpeó al fin. La bola blanca que podría dar por terminada la partida brindándole el triunfo trazó veloz su recorrido, impactó las tres veces de rigor contra las bandas y se acercó con determinación hacia las otras dos. Pasó entonces junto a la roja a una distancia más estrecha que el canto de un escudo, pero no la rozó.

Por la sala corrió un murmullo bronco. Turno de Zayas.

Volvió a espolvorearse talco en las manos: no paraba de sudar. Después calculó sin prisa su estrategia concentrando la vista sobre el tapiz; quizá incluso le sobraron algunos instantes para prever la trascendencia de aquellas tacadas finales. Ni por lo más remoto había pronosticado que Mauro Larrea se resistiera conscientemente a ganar, que rechazara quedarse con Carola y descartara que su fama de triunfador se extendiera por La Habana como la bruma mañanera. A pesar de su desconcierto, el tiro fue limpio y eficaz. El efecto hizo a la bola chocar contra las tres bandas elegidas; después partió camino del supuesto encuentro con las otras dos esferas. La velocidad, sin embargo, comenzó entonces a disminuir. Poco a poco, con lentitud perturbadora. Hasta que dejó de deslizarse cuando apenas le restaba una caricia para alcanzar su destino.

El público contuvo a duras penas un rugido entre la admiración y el desencanto. Se fruncieron los rostros, la tensión arreció. El montante de puntos se mantenía sin cambios. Turno de Larrea.

Frente a esa mesa podría llegarle el día de San Lázaro, la pascua de Navidad o el mismo Viernes Santo, no tenía intención de rendirse. O lo que era lo mismo: se negaba a ganar. Y para ello, una vez más, evaluó los ángulos y tasó las opciones, previó reacciones, acomodó las manos al taco, giró la pelvis, se dobló. La tacada fue tan efectiva como había anticipado. En vez de dibujar un triángulo, la bola impactó contra dos bandas tan sólo. Cuando tendría que haber colisionado contra la tercera, se refugió a su sombra y se resistió a seguir rodando.

Esta vez no hubo contención. El aullido del respetable se oyó por medio Manglar. Blancos, negros, ricos, pobres, comerciantes, marineros, borrachuzos, mujerzuelas, hacendados, delincuentes, gente de bien o de mal, igual dio. Para entonces, todos intuían que el objetivo por el que aquellos hombres peleaban a brazo partido no era otro que el de perder. Bien poco les importaban las razones ocultas tras aquella estrambótica actitud, vive Dios. Lo que ansiaban era presenciar con sus propios ojos cuál de los dos lograba imponer su voluntad.

Sonaron las cuatro y media de la mañana cuando Zayas se hizo a la idea de que en nada le convenía seguir manteniendo aquel delirante pulso. Efectivamente, había maquinado dejarse derrotar en busca de su propio beneficio, pero no contaba con que las cosas se salieran así de madre. Ese maldito mexicano, o maldito compatriota español, o lo que fuera, le estaba desquiciando. Con las venas del cuello marcadas como cuerdas, la ropa a punto de reventarle por los hombros, el cabello despeinado por el mismo Satanás y el juego temerario de alguien acostumbrado a bordear precipicios a oscuras, el tal Mauro Larrea parecía dispuesto a combatir hasta el último aliento y anticipaba transformar al otrora rey del billar en el hazmerreír de la isla. Entonces supo que su única salida medianamente digna era ganarle.

Veinte minutos y unas cuantas filigranas más tarde, un aplauso estrepitoso señaló el fin de la partida. Llovieron las felicitaciones a ambos mientras la Chucha y su fiel Horacio, que hasta entonces habían permanecido abducidos en primera fila, echaban a empujones del salón turquesa a toda la turba que se les había colado dentro. Los amigos de Zayas brindaron parabienes al minero a pesar de haber perdido; las fulanas lo colmaron de arrumacos. Lanzó un guiño a Santos Huesos en la retaguardia, y a Calafat una mirada de complicidad. Buen trabajo, muchacho, intuyó que le decía de vuelta el viejo por debajo del bigotón. Él se llevó la mano derecha al pecho e inclinó solemne la cabeza en señal de gratitud.

Se acercó después a uno de los balcones y aspiró con ansia el último aire de la madrugada. Ya no llovía, el temporal se había marchado con rumbo a la Florida o a los cayos de las Bahamas, dejando un preludio de amanecer purificado. El cañonazo del Ave María tardaría poco en sonar desde el apostadero; se abrirían entonces las puertas de la muralla y por las poternas entrarían desde extramuros las gentes prestas para emprender sus oficios y los carros rumbo a los mercados. El puerto se pondría en movimiento, arrancaría la actividad en los comercios, rodarían las volantas y los quitrines. Un nuevo día arrancaría en La Habana y él volvería a tener el abismo a sus pies.

Desde el balcón contempló a los últimos clientes del burdel perderse entre sombras por las callejas embarradas. Pensó que debería imitarles: volver a su hospedaje en el carruaje de Calafat, retirarse a descansar. O tal vez podría quedarse y acabar en la cama templando con alguna de las putas de la casa: liberado ya de la tensión, se había dado cuenta de que varias eran sumamente tentadoras, con sus escotes voluptuosos y sus cinturas de junco fajadas por angostos corsés.

Cualquiera de ésas habría sido, con toda seguridad, la manera más sensata de dar por finalizada aquella febril noche: durmiendo solo en su habitación de la calle de los Mercaderes o amarrado al cuerpo cálido de una mujer. Pero, contra pronóstico, ninguna de las dos opciones se acabó materializando.

Al dejar de mirar la calle y volver los ojos al interior, percibió a Zayas todavía con el taco entre los brazos mientras sus amigos mantenían la charla y las risotadas en torno a él. Se le veía partícipe en apariencia: respondía a los parabienes, se unió al coro en alguna carcajada y contestó cuando algo le preguntaron. Pero Mauro Larrea sabía que aún no había digerido aquella derrota disfrazada de victoria; sabía que aquel hombre llevaba una estaca clavada en el alma. Y también sabía cómo se la podía sacar.

Se acercó, le tendió una mano.

—Mis felicitaciones y mis respetos. Ha demostrado ser un excelente contrincante y un gran jugador.

El cuñado de su consuegro murmuró unas someras palabras de agradecimiento.

—Entiendo que nuestro asunto queda saldado —añadió bajando la voz—. Presente por favor a su señora mis respetos.

Notó la silenciosa furia de Zayas en el gesto adusto de su boca.

—A menos que…

Antes de terminar la frase, supo que iba a escuchar un sí.

—A menos que quiera usted desquitarse y jugar de verdad.

24

A todos excepto a Calafat les sorprendió el anuncio del nuevo enfrentamiento. Pierda, descolóquelo y luego propóngale un desquite, le había aconsejado el banquero esa misma tarde en su despacho. Y llegado el momento, él pensó por qué no.

—Vete por doña Chucha, chica —pidió a una fulana de rostro aniñado y hechuras carnosas.

En un amén tenían a la meretriz de vuelta.

—El señor Zayas y yo hemos convenido jugar una segunda partida —anunció con tono imperturbable. Como si, después de las cinco horas de lid que llevaban en sus cuerpos, aquello fuera lo más natural.

—Cómo no, mis señores, cómo no.

El colmillo de oro brilló tal que el faro del Morro mientras disparaba órdenes entre sus pupilas. Bebidas para los invitados, agua y pedazos de hielo, botellones de licor. Barran este piso, limpien el tapete, rellenen el talco, suban toallas blancas. Recolóquenme esta sala desastrosa, por la santísima Oshún.

—Y si desean los señores refrescarse un poquitico antes del arranque, hagan el favor de seguirme.

A él le correspondió un cuarto de aseo con una gran tina de baño en el centro y un batiburrillo de escenas licenciosas pintadas al fresco en la pared. Alegres pastoras de faldas alzadas y cazadores insólitamente bien equipados; mirones de calzón bajado atisbando tras los arbustos, mozas ensartadas por muchachos portentosos y otras tantas imágenes de corte semejante plasmadas por la mano de algún pintor tan mediocre en el manejo del pincel como calenturiento en su imaginación.

—Sangre de Cristo, qué barbaridad... —murmuró sarcástico mientras se lavaba en una jofaina desnudo de cintura para arriba. El jabón olía a putiferio mezclado con violetas: con él se frotó manos, axilas, cara, cuello y el mentón, azulado a aquellas horas, añorante de una buena navaja barbera. Se enjuagó después la boca y escupió con fuerza. Finalmente se pasó los dedos empapados por la cabeza en un intento de aplacar la subversión de su pelo en rebeldía.

Le vino bien el agua: le arrancó de la piel la mezcla mugrienta de sudor con talco, tabaco y tiza. Lo despejó. Se pasaba una toalla por el pecho cuando unos nudillos golpearon la puerta. ¿Se le antoja un alivio al señor?, preguntó dulzona una hermosa mulata clavándole la vista en el torso. La respuesta fue no.

Junto a la ventana abierta sacudió varias veces la camisa que horas antes luciera blanca impoluta y crujiente de almidón, y que ahora semejaba un fuelle plagado de rodales. Estaba poniéndosela cuando volvieron a llamar. Dio la venia, se abrió la puerta. Tras ella no apareció otra fulana de la casa a ofrecerle los encantos de sus carnes, ni el negro Horacio preguntando si todo iba bien.

—Necesito hablarle.

Era Zayas, de nuevo atildado, con tono seco de voz y sin concesión alguna a la cordialidad. Él, en respuesta, tan sólo señaló la estancia con la palma de la mano.

—Deseo apostar con usted.

Introdujo el brazo derecho por la manga de la camisa antes de contestar. Tranquilo, compadre, se dijo. Esto era lo previsto, ¿no? Pues vamos a ver cómo respira.

—En eso confiaba —respondió.

—Quiero aclararle, no obstante, que en estos momentos me encuentro sumido en un problema de liquidez.

Acabáramos, pensó. ¿Y cómo te crees que ando yo?

—Cancelemos la partida entonces —propuso enfundando

el otro brazo en la manga suelta—. Sin pegas por mi parte; vuélvase a su casa y estamos en paz.

—No es ésa mi intención: pienso hacer todo lo humanamente posible por ganarle.

Había sobriedad en su tono, pero no fanfarronería. O eso creyó percibir mientras se remetía los faldones de la camisa por la cintura del pantalón.

—Eso tendremos que verlo —musitó seco, con la atención aparentemente concentrada en su quehacer.

—Aunque, como acabo de decirle, antes quiero advertirle de mi situación.

—Adelante, pues.

—No estoy en disposición de apostar una suma en metálico, pero sí puedo proponerle algo distinto.

De la garganta de Mauro Larrea brotó una risotada cínica.

—¿Sabe, Zayas? No estoy acostumbrado a retarme con hombres tan complicados como usted. En el mundo del que yo vengo, cada uno pone encima de la mesa lo que buenamente tiene. Y si no cuenta con nada en su poder, se retira con honor, y aquí paz y después gloria. Así que haga el favor de no enredarme más.

—Lo que puedo permitirme arriesgar son unas propiedades.

Se volvió hacia el espejo a fin de ajustarse el cuello. Sí que eres de los duros, cabrón.

—En el sur de España —prosiguió—. Una casa, una bodega y una viña es lo que yo apuesto, y un monto de treinta mil duros lo que le propongo que aventure usted. Ni que decir tiene que el valor conjunto de mis inmuebles es muy superior.

Mauro Larrea medio rio con un punto de amargura. Estaba proponiéndole jugarse la herencia de su primo, ésa de la que con tanto orgullo se pavoneaba su esposa. Serás un pinche peninsular, pensó, pero los aires del trópico te hicieron perder la chaveta, amigo.

—Una apuesta de alto riesgo, ¿no le parece?

—Extremo. Pero no me queda otra —repuso con frialdad.

Se giró entonces, amañándose todavía el collarín de la camisa.

—Insisto: vamos a dejarlo. Ya jugamos una gran partida; teóricamente ganó usted y, a nuestros efectos, gané yo. Cancelemos si quiere la siguiente, hagamos como si nunca le hubiera propuesto una revancha. A partir de ahora, que cada cual emprenda su camino. No hay ninguna necesidad de forzar las cosas.

—Mi oferta es firme.

Dio un paso para acercarse. Los gallos ya cantaban en los corrales del Manglar.

—¿Sabe que nunca tuve ningún interés en hacer mía a su mujer?

—Su actitud al empecinarse en no ganar acaba de confirmármelo.

—¿Sabe que ella sí tiene ese capital que usted parece necesitar tan desesperadamente? Corresponde a la herencia de su familia materna, yo mismo se lo traje desde México. Soy amigo personal de su hermano. Ésa es toda la relación existente entre ella y yo.

Si en algo le sorprendió aquel testimonio a Gustavo Zayas, no lo demostró.

—Lo intuía también. En cualquier caso, digamos que mi esposa queda fuera de mis planes inmediatos. Y, junto a ella, sus finanzas personales.

Las palabras y el tono confirmaron las sospechas del banquero. Efectivamente, lo que aquel tipo parecía ansiar era largarse lejos y solo; decir adiós a Cuba, a su mujer y a su ayer. Y para ello estaba dispuesto a jugárselo a todo o nada. Si ganaba, mantenía sus inmuebles y conseguía la liquidez necesaria para ponerse en marcha. Si perdía, se quedaba amarrado a su vida de siempre y a una hembra a la que a todas luces no quería. Rememoró entonces lo que le contara sobre él la dueña del hospedaje. Las turbiedades de su pasado. Los asuntos de familia que el primo vino a arreglar. La existencia de otra mujer que al cabo nunca fue suya.

—Usted sabrá lo que hace...

La camisa estaba por fin en su sitio; algo arrugada y sucia, pero medianamente digna. El siguiente paso fue subirse los tirantes.

—Treinta mil duros por su parte y tres propiedades por la mía. Nos lo jugamos a cien carambolas y que gane el mejor.

Con los tirantes sobre los hombros se asentó entonces las manos en las caderas, repitiendo un gesto que durante un tiempo de su vida fue habitual en él. Cuando negociaba a brazo partido el precio de su plata, cuando peleaba a cara de perro por un yacimiento o un filón. A tal gesto recurrió sin ser consciente ahora: retador, desafiante.

En los ojos del andaluz contempló pasar un triste barco negrero, y vio los desplantes de Carola Gorostiza, y las noches que durmió en el suelo rodeado por coyotes y chinacos camino de Veracruz, y el limpio negocio de Calafat en el que ya nunca entraría, y su deambular sin rumbo por las calles habaneras masticando desazón.

Y pensó que ya iba siendo hora de poner su suerte boca arriba de una puñetera vez.

—¿Cómo me garantiza la veracidad de su propuesta?

Dentro de la cabeza le tronaron de golpe un tumulto de voces que hasta entonces andaban agazapadas, conteniendo la respiración a la espera de su siguiente movimiento. Andrade, Úrsula, Mariana. Pero ¿cómo vas a jugarte con este suicida cincuenta mil escudos cuando tus propios recursos no llegan ni a la mitad?, ladró el apoderado. ¿No estarás pensando, tronado del demonio, en sacar una rebanada de mis caudales para semejante desatino?, bramó su anciana consuegra dando un golpe sobre el piso de madera con el bastón. Por Dios, padre, acuérdate de Nico. De lo que fuiste. De mi criatura a punto de nacer.

¿Y si gano?, les retó. ¿Para qué carajo quieres tú esas propiedades en España por mucho que valgan?, le acosaron al unísono los tres. Para venderlas y, con la plata que consiga, regresar a México. A mi casa, a mi vida. Regresar a ustedes. Para qué si no.

—Si no le sirve mi palabra, sugiera un testigo.

—Quiero que actúe como intermediario don Julián Calafat. Que certifique su apuesta en firme y sea el único presente.

Habló con una contundencia cortante, con esa osadía que le fue natural en otros tiempos, cuando se habría carcajeado hasta dolerle el vientre si alguien le hubiera aventurado que iba a acabar jugándose el futuro en un burdel habanero.

Zayas salió a parlamentar con el anciano, él volvió a quedarse solo en mitad de la sala de aseo, parado y firme, mientras los burdos personajillos pintados en las paredes le observaban enredados en sus quehaceres carnales. A partir de aquel momento supo que ya no podía retroceder.

Iba a anudarse sobre la camisa el plastrón de seda gris cuando dudó. Qué coño…, masculló entre dientes. En honor a los viejos tiempos de las minas, a aquellas partidas eternas en cuchitriles donde aprendió todo lo que sabía de billar, se deshizo del cuello y retornó al salón turquesa.

Calafat departía con Gustavo Zayas en voz baja junto a un balcón. Los amigos de éste se solazaban con las fulanas que aún quedaban despiertas; la Chucha y Horacio andaban enderezando por las paredes los últimos cuadros torcidos tras el paso de la gentuza.

—Espero que no les incomode la incorrección de mi atuendo.

Todas las miradas se volvieron hacia él. Pero entiendan que son casi las seis de la mañana y estamos en un lupanar. Y que vamos a ir a muerte, le faltó decir.

Los dos contrincantes se acercaron a la mesa y el banquero se sacó el eterno habano de debajo del bigotón.

—Señores míos, señoritas; por deseo expreso de los jugadores, ésta va a ser una partida privada. Como testigos sólo estaremos la dueña de la casa, Horacio como utilero y un servidor, si los implicados lo tienen a bien.

Los dos aceptaron inclinando la cabeza mientras los amigos de Zayas mostraban abiertamente su fastidio. Con todo, acompañados de las chicas, tardaron poco en marcharse. Santos Huesos salió tras ellos, no sin antes cruzar una mirada cómplice con su patrón.

Las regias puertas de sabicú quedaron cerradas y la Chucha rellenó las copas de aguardiente.

—¿Vuelve a tratarse de un desquite entre caballeros o tienen sus mercedes intención de hacer apuestas? —preguntó con su voz todavía sugerente a pesar de la edad. Las ganancias de la noche con las niñas habían sido escasas, por lo que aún esperaba sacar alguna tajada adicional de aquella imprevista secuela.

—Yo me encargo de los gastos, negra. Tú tan sólo echa la moneda al aire cuando yo te diga.

El anciano recitó entonces los términos de la apuesta con la más adusta formalidad. Treinta mil duros contantes por parte de don Mauro Larrea de las Fuentes, frente a un lote compuesto por una propiedad urbana, una bodega y una viña en el muy ilustre municipio español de Jerez de la Frontera por la parte contraria, de las cuales responde don Gustavo Zayas Montalvo. ¿Están de acuerdo los dos interesados en jugarse lo descrito a cien carambolas y así lo atestigua doña María de Jesús Salazar?

Los dos hombres farfullaron su aceptación mientras que la vieja Chucha se llevó una mano oscura y huesuda al corazón, pronunciando un contundente sí, señor. Después se persignó. A saber cuántos disparates semejantes no habría presenciado a lo largo de los años en aquel negocio suyo.

Por los balcones entraban las primeras claridades cuando la reina de España volvió a saltar al aire. Esta vez correspondió a Zayas salir, y así arrancó la partida que trastocaría para siempre el porvenir de los dos.

Lo que en la madrugada fue tensión, en el amanecer se tornó fiereza. El paño verde se convirtió en un campo de batalla y el juego en un combate brutal. Volvió a haber tacadas magistrales e impactos de vértigo, trayectorias fascinantes, ángulos imposibles que fueron vencidos con solvencia y un derroche de furia capaz de cortar la respiración.

A lo largo de una primera parte, el equilibrio fue la tónica. Él jugaba con la camisa arremangada por encima del codo, dejando a la vista sus cicatrices y los músculos que ya no partían piedra ni arrancaban plata, pero seguían marcándose tensos al apuntar. Gustavo Zayas, a pesar de su habitual compostura, no tardó en imitarle y se quitó también la librea. La tenue luz de la alborada había dado paso a los primeros rayos fuertes de sol: sudaban ambos, y hasta ahí llegaba todo lo que tenían en común. Las diferencias, por lo demás, eran abismales. Mauro Larrea impulsivo, casi animal destilando nervio y garra. Zayas, de nuevo certero pero ya sin florituras ni filigranas premeditadas. Al límite los dos.

Seguían lanzando tacadas enfebrecidos frente a la mirada exhausta y expectante de Calafat. Horacio había cerrado las persianas y abanicaba a la Chucha medio dormida sobre un butacón. Hasta que, pasado el ecuador de la partida, dos horas después de haber empezado la demencial revancha, el equilibrio se empezó a agrietar. Tras superar la barrera de las cincuenta carambolas, Mauro Larrea comenzó a distanciarse; la fisura fue pequeña en principio y se extendió un poco más después, como el fino vidrio de una copa que se resquebraja. Cincuenta y una frente a cincuenta y tres, cincuenta y dos frente a cincuenta y seis. Para cuando superó las sesenta, Zayas estaba siete tantos por detrás.

Tal vez el andaluz podría haber remontado. Quizá después de haber dormido unas horas, de haber comido algo sólido o haber tomado un par de tazas de café. O si no le hubieran escocido tanto los ojos o no tuviera calambres en los brazos ni le acosaran las náuseas. Pero, por una cosa o por otra, el hecho fue que no logró manejar la situación. Y al verse descolocado por un pequeño puñado de tantos, por segunda vez le afloraron los nervios. Comenzó a disparar peor. Con excesiva rapidez y la boca fruncida. Con gesto contrariado. Un error intrascendente dio paso a un fallo desazonador. Aumentó la distancia.

—Sírveme otra copa, Horacio.

Como si en el aguardiente esperara encontrar el estímulo que necesitaba para acelerar su cuenteo.

—¿Otra para su merced, don Mauro? —preguntó el criado. Había dejado de abanicar a la Chucha tan pronto la dio por dormida, con sus largos brazos negros caídos a ambos lados del cuerpo y la cabeza recostada sobre un cojín de terciopelo.

Él la rechazó, sin separar la vista de la punta del taco. Zayas, por el contrario, señaló otra vez la suya. El jorobado la volvió a llenar.

Tal vez le faltó resistencia mental, tal vez fue el mero agotamiento físico. Tal vez por todo ello, o por alguna otra razón que él nunca conocería, Gustavo Zayas empezó a beber de más. Jamás sabría si lo hizo para impulsarse a ganar, o para culpar a esos últimos tragos del hecho cada vez más evidente de que iba a perder. Tres cuartos de hora más tarde, arrojó su taco al suelo con furia. Después apoyó las manos abiertas sobre la pared, dobló el torso, hundió la cabeza entre los hombros y vomitó sobre una de las escupideras de bronce.

No hubo esta vez ni gritos ni aclamaciones para certificar el triunfo de Mauro Larrea; ya no estaban allí la gentuza, ni las fulanas, ni los amigos de su contrincante. Tampoco él mismo sintió ganas de mostrar alegría: sentía rígidas todas las articulaciones del cuerpo y le zumbaban los oídos; tenía la mandíbula áspera, los dedos entumecidos y la mente aturdida, envuelta en una densa bruma como la que por las mañanas subía desde el mar.

El viejo Calafat le devolvió a la realidad con una sentida palmada sobre el hombro; él estuvo a punto de aullar de dolor.

—Enhorabuena, muchacho.

Empezaba a salir de su sepultura.

Un futuro le esperaba al otro lado del mar.

III.
Jerez

25

Los cierres de las contraventanas se resistían a abrirse, escasos como estaban de uso y de aceite. Tras el esfuerzo de las cuatro manos, los pasadores por fin cedieron y, al compás de los chirridos de las bisagras, la estancia se llenó de luz. Los bultos de los muebles dejaron entonces de parecer fantasmas y se percibieron nítidos.

Mauro Larrea alzó una de las sábanas y debajo apareció un sofá entelado en marchito satén grana; levantó otra y a la vista quedó una mesa coja de palisandro. Al fondo percibió una grandiosa chimenea con los esqueletos de su último fuego. Junto a ella, en el suelo, una paloma muerta.

Sus pasos eran los únicos que resonaban mientras recorría la imponente estancia; el empleado de la notaría, después de ayudarle a abrir el balcón central, se cobijó bajo el dintel de la puerta. A la espera.

—Entonces, ¿nadie se ocupó de esta casa en los últimos tiempos? —preguntó sin mirarle. Acto seguido arrancó de un tirón una nueva sábana: bajo ella dormía el sueño de los justos una butaca desfondada con brazos de nogal.

—Nadie que yo sepa, señor. Desde que don Luis se marchó, nadie ha vuelto por aquí. De todas maneras, el deterioro le viene de lejos.

El hombre hablaba con untuosidad y aparente sumisión: sin preguntar abiertamente, aunque sin disimular tampoco la correosa intriga que le generaba la tarea que el notario le había encomendado. Angulo, acompañe al señor Larrea a la casa de don Luis Montalvo en la calle de la Tornería. Y luego, si les da tiempo, lo lleva hasta la bodega en la calle del Muro. Yo tengo dos citas comprometidas entretanto, los espero de vuelta a la una y media.

Mientras el nuevo propietario examinaba el caserón con zancadas grandes y gesto adusto, el tal Angulo no veía el momento de terminar con la visita para escapar al tabanco de todos los mediodías y soltar la noticia. De hecho, en ese preciso momento ya estaba dándole vueltas cómo formular las frases para que el impacto fuera mayor. Un indiano es el nuevo dueño de la casa del Comino, ésa parecía una buena frase. ¿O tal vez debería decir primero el Comino está muerto, y un indiano se ha quedado con su casa, después?

Fuera cual fuera el orden de las palabras, las dos claves eran Comino e indiano. Comino porque por fin todo Jerez iba a saber qué había sido de Luis Montalvo, el propietario del mote y de la casa-palacio: muerto y enterrado en Cuba, ése había sido su fin. E indiano porque ésa era la etiqueta que de inmediato le adjudicó a aquel forastero de físico un tanto abrumador que esa misma mañana había entrado en la notaría pisando firme, que se presentó con el nombre de Mauro Larrea y que despertó entre todos los presentes un murmullo de curiosidad.

A la vez que Angulo, escuálido y demacrado, se relamía por dentro anticipando el eco del cañonazo que estaba a punto de soltar, ambos continuaron recorriendo estancia tras estancia bajo las arcadas de la planta superior: otro par de salones con escasos muebles, un gran comedor con mesa para docena y media de comensales y sillas para menos de la mitad, un pequeño oratorio desprovisto de cualquier ornato y un buen puñado de alcobas con camas de colchones hundidos. Por los resquicios se colaban de vez en cuando algunos tenues rayos de sol, pero la sensación general era de penumbra envuelta en un desagradable aroma a rancio mezclado con orín de animal.

—En el sobrado imagino que estarán los cuartos del servicio y de los trastos, como es lo común.

—¿Perdón?

—El sobrado —repitió Angulo señalando con un dedo al techo—. Las buhardillas, los desvanes. Sotabancos, los llaman por otras tierras.

Las losas de Tarifa y el mármol de Génova que conformaban la solera estaban llenos de suciedad; algunas puertas se mostraban medio desencajadas, había cristales rotos en varias ventanas y el amarillo calamocha de los vanos hacía tiempo que empezó a descascarillarse. Una gata recién parida los desafió desde un rincón de la gran cocina, sintiéndose amenazada en su papel de emperatriz de aquella triste pieza de fogones sin rastro de calor, techos ahumados y tinajas vacías.

Decadencia, pensó al volver al patio por cuyas columnas trepaban las enredaderas a su albedrío. Ésa era la palabra que llevaba un buen rato buscando en su cerebro. Decadencia era lo que aquella casa desprendía, largos años de dejadez.

—¿Quiere que vayamos ahora a ver la bodega? —preguntó el empleado con escasas ganas.

Mauro Larrea sacó el reloj del bolsillo mientras terminaba de inspeccionar su nueva propiedad. Dos esbeltas palmeras, multitud de macetas llenas de pilistras asilvestradas, una fuente sin agua y un par de decrépitos sillones de mimbre atestiguaban las gratas horas de frescor que aquel soberbio patio, en algún tiempo remoto, debió de proporcionar a sus residentes. Ahora, bajo los arcos de cantería, sus pies tan sólo aplastaban barro seco, hojas mustias y cagadas de animales. De haber sido más melancólico, se habría preguntado qué fue de los remotos habitantes de aquel hogar: de los niños que corrieron por allí, de los adultos que descansaron y se quisieron y discutieron y platicaron en cada dependencia del caserón. Como las cuestiones sentimentales no eran lo suyo, se limitó a comprobar que faltaba media hora para su cita.

—Prefiero dejarlo para más tarde, si no le importa. Volveré caminando hasta la notaría, no es necesario que me acompañe. Vuelva a su quehacer, yo me arreglo.

Su recia voz con acento de otras tierras disuadió a Angulo

de insistir. Se despidieron junto a la cancela, ansiando cada uno su libertad: él para digerir lo que acababa de ver y el enjuto empleado para trotar rumbo al puesto en el que a diario trasegaba con las novedades o los dimes y diretes de los que gracias a su trabajo se lograba enterar.

Lo que el tal Angulo, con su respiración flemática y su mirada retorcida, no podía siquiera sospechar era que aquel Mauro Larrea, a pesar de su porte seguro de rico de las colonias, de su estampa y de su vozarrón, se encontraba en el fondo tan desconcertado como él. Mil dudas se le agolpaban al minero en la cabeza cuando salió de nuevo al otoño de la calle de la Tornería, pero masculló tan sólo una: una pregunta dirigida a sí mismo que sintetizaba la esencia de todas las demás. ¿Qué carajo haces tú aquí, compadre?

Todo era lícitamente suyo, lo sabía. Se lo había ganado al marido de Carola Gorostiza ante testigos solventes cuando éste decidió arriesgarlo por su propia voluntad y con sus cabales intactos. Las oscuras razones que tuviera para hacerlo no eran de su incumbencia, pero el resultado sí. Vaya si lo era. En eso consistía el juego en España, en las Antillas y en el México independiente; en el más alto salón y en el más triste burdel. Se apostaba, se jugaba, y a veces se ganaba, y a veces se perdía. Y esta vez a él la suerte se le había puesto de cara. Con todo, después de patear aquel caserón desolado, el resquemor volvió a asaltarlo en forma de siluetas que quedaron al otro lado del mar. ¿Por qué fuiste tan insensato, Gustavo Zayas? ¿Por qué te arriesgaste a no volver?

Orientándose a golpe de instinto, atravesó una plaza flanqueada por cuatro espléndidas casas-palacio; pasó después por la puerta de Sevilla y enfiló la calle Larga hacia el corazón de la ciudad. Déjate de pendejadas, pensó entretanto. Tú eres el legítimo legatario, y los tejemanejes entre sus anteriores dueños a ti ni te van ni te vienen. Céntrate en lo que acabas de ver: incluso teniendo en cuenta su lamentable estado, esta casona seguro que vale su buen capital. Lo que ahora tienes que hacer es deshacerte de ella y del resto del patrimonio lo antes posible, para eso estás aquí. Para venderlo cuanto antes, echarte el dinero al bolsillo y cruzar de nuevo el Atlántico hasta la otra orilla. Para regresar.

Continuó avanzando hacia la notaría flanqueado a derecha e izquierda por dos hileras de naranjos. Apenas circulaban carruajes: a Dios gracias, pensó recordando los amenazantes enjambres que formaban los quitrines en las vías habaneras. Ensimismado como iba en sus propios asuntos, al recorrer la calle Larga apenas prestó atención al pulso sosegado y próspero de la vida local. Dos confiterías y tres sastrerías, cinco barberos, numerosas fachadas señoriales, un par de boticas, un talabartero y un puñado de apacibles negocios de zapatos, sombreros y comestibles. Y entre ellos, señoras de buen tono y señores vestidos a la inglesa, rapaces y criaditas, escolares, transeúntes variopintos y gente común de vuelta a casa a la hora de comer. Comparado con el pulso enloquecido de las ciudades ultramarinas de las que venía, aquel Jerez era como una almohada de plumas, pero él ni siquiera se percató.

Lo que sí notó, en cambio, fue el olor: un olor sostenido que sobrevolaba los tejados y se enredaba entre las rejas. Algo que no era humano ni animal. Nada que ver con el perenne aroma a maíz tostado de las calles mexicanas ni con los aires marinos de La Habana. Raro tan sólo, grato a su manera, distinto. Envuelto en esa fragancia llegó a la calle de la Lancería, donde lo acogió de nuevo una moderada agitación humana; parecía zona de despachos y gestiones, de quehaceres formales y constante tránsito. El notario, don Senén Blanco, lo esperaba liberado ya de sus compromisos.

—Permítame, señor Larrea, que le convide a almorzar en la fonda de la Victoria. No son ya horas de sentarnos a hablar de asuntos serios con el estómago vacío.

Una década por encima de él en edad y unos cuantos dedos por debajo en estatura, calculó mientras se dirigían hacia la Corredera. Con buena levita, patillas canosas de hacha y esa manera de hablar de la gente del sur que no era tan distante de las voces del Nuevo Mundo.

Don Senén no parecía en modo alguno tan fisgón como su empleado Angulo, pero en su interior bullía la misma curiosidad como un caldero al fuego. También a él le había impactado saber que, por una sucesión de insólitas transacciones, el antiguo legado de la familia Montalvo se encontraba ahora con todas las de la ley en poder de aquel indiano. No era la primera ni sería la última operación imprevista que le llegaba de allende los mares para que como escribano diera fe; todo correcto hasta ahí. Lo que le quemaba las entrañas eran otras preguntas y por eso ansiaba que el forastero le contara cómo demonios había acabado con aquellas propiedades en sus manos, cómo era que el último portador del apellido había muerto en las Antillas, y cualquier otro detalle adicional que el recién llegado tuviera a bien compartir.

Se sentaron en una mesa junto a un ventanal asomado a la vía pública y al trasiego de carros, bestias y seres, con su intimidad refugiada tras una cortinilla blanca que cubría los cristales de la parte inferior. Uno frente al otro, separados por mesa y mantel. Apenas habían terminado de acomodarse cuando un zagal de doce o trece años, con chaquetilla de camarero y el cabello estirado y mate a fuerza de agua mezclada con mal jabón, puso ante ambos un par de pequeñas copas. Pequeñas, más altas que anchas, cerradas de boca. Y, de momento, vacías. Junto a ellas dejó una botella sin etiqueta y una bandejita de loza rebosante de aceitunas.

Desdobló la servilleta y aspiró por la nariz. Como si volviera a ser consciente de algo que hasta entonces lo había acompañado pero que aún no había logrado identificar.

—¿A qué huele, don Senén?

—A vino, señor Larrea —respondió el notario señalando unos toneles oscuros al fondo del comedor—. A mosto, a bodega, a soleras, a botas. Jerez siempre huele así.

Sirvió entonces.

—De ello vivía la familia de cuyas propiedades es usted ahora dueño. Bodegueros fueron los Montalvo, sí señor.

Él asintió, con la vista concentrada en el líquido dorado mientras acercaba su mano al pie de cristal. El notario notó el costurón que le llegaba hasta la muñeca y los dos dedos machacados en la mina Las Tres Lunas, pero ni se le ocurrió preguntar.

—¿Y cómo fue que todo se les vino abajo, si me permite la indiscreción?

—Por esas cosas tan lamentables que a menudo ocurren en las familias, señor mío. En la Baja Andalucía, en España entera, y supongo que también en las Américas. El tatarabuelo y el bisabuelo y el abuelo se desloman para hacer un patrimonio, hasta que llega un momento en el que se rompe la cadena: los hijos se relajan en empeños y ambiciones, u ocurre una tragedia que lo trunca todo, o los nietos se pelean y lo echan a perder.

Por suerte para él, otro mozo igualmente ataviado con chaquetilla impoluta aunque algo más entrado en años se acercó en ese momento, y así evitó que a su mente asomara la imagen de su hijo Nicolás y la certeza de que su herencia no habría de llegar ni siquiera a la segunda generación.

—¿Estamos listos, don Senén? —preguntó el camarero.

—Listos estamos, Rafael. Empieza.

—De primero tenemos potaje de habichuelas con castañas, garbanzos con langostinos y sopita de fideos. De segundo a elegir, como siempre, carne o pescado. De los bichos de cuatro patas hoy hay ternera mechada y lomo de gorrino en salsa; de los que pían, arroz con tórtola. Y del agüita, tenemos sábalo del Guadalete, cazón en adobo y bacalao con pimentón.

El muchacho recitó las propuestas de memoria, con tono de pregonero y a la velocidad de un corcel. Él apenas entendió cuatro o cinco palabras, en parte por la pronunciación cerrada y en parte porque jamás en su vida había oído hablar de algunas de las viandas que ahora proponían servirle. A saber qué demonios serían el cazón o el sábalo.

Y mientras el notario decidía por los dos con la confianza de un cliente habitual, Mauro Larrea se llevó a los labios aquella copa de vino. Y con aquel sabor punzante en la boca y los ojos recorriendo las botas de madera y el trasiego ruidoso de la hora del almuerzo, sin hacer juicios ni aprecios, hablando tan sólo con su alma, se dijo: Así que esto es Jerez.

—Con sumo gusto le habría invitado a mi casa, pero a diario siento a tres hijas y tres yernos a la mesa, y no creo que ése sea el mejor escenario para hablar con la privacidad que requieren sus asuntos.

—Se lo agradezco igualmente —zanjó. Ansioso por saber novedades, abrió a continuación las manos en un gesto que venía a decir estoy dispuesto a escucharlo—. Cuando guste.

—Bien, vamos a ver… No he tenido tiempo de adentrarme a fondo en antecedentes testamentarios porque don Luis Montalvo recibió su herencia hace más de veinte años y esos asuntos los tenemos archivados en otro almacén pero, en principio, todo lo que usted me ha presentado parece estar en perfecto orden. Según los documentos que aporta, usted pasa a ser propietario de los bienes raíces consistentes en casa, viña y bodega por traspaso de don Gustavo Zayas quien, a su vez, los heredó de don Luis Montalvo a su muerte, siendo éste el último dueño de los mismos de quien en esta ciudad se tiene conocimiento.

No parecía tener problema alguno el notario en combinar el trasiego de vino a la boca con el recitar monocorde de su deber profesional.

—Una testamentaría en La Habana y otra en la ciudad de Santa Clara, provincia de Las Villas —continuó— dejan constancia oficial de ambas estipulaciones. Y lo que así se firma en Cuba, como territorio de la Corona española que es, tiene vigencia inmediata en la Península.

Y como para rubricar lo que de memoria había especificado, el notario se metió una aceituna en la boca. Él aprovechó el momento para indagar.

—Luis Montalvo y Gustavo Zayas, según tengo entendido, eran primos hermanos.

Eso fue lo que les reconfirmó en el despacho de Calafat el representante de Gustavo Zayas cuando, al día siguiente de la partida de billar, formalizó en su nombre la entrega de lo apostado. Y eso era lo que los apellidos que se cruzaban en el testamento que presentó parecía corroborar: Luis Montalvo Aguilar y Gustavo Zayas Montalvo. Tan pronto quedaron los trámites resueltos, y todavía con la suerte de cara, consiguió dos pasajes rumbo a Cádiz en el vapor correo *Fernando el Católico,* propiedad por entonces del Gobierno español. Embarcó junto a Santos Huesos un par de días más tarde, sin volver a ver a su contrincante. El viejo banquero le acompañó al muelle; de Carola Gorostiza no volvió a saber. La última imagen que conservaba de Zayas en la memoria era la de su espalda mientras vomitaba en una escupidera del salón de la Chucha, vaciando su cuerpo y su alma apoyado contra una pared.

—El padre de Luis Montalvo, que también se llamaba Luis, y la madre de Gustavo Zayas, María Fernanda, eran hermanos, sí, señor. Había además un tercero, Jacobo, el padre de las dos niñas, que también murió hace tiempo. Luis padre era el primogénito del gran don Matías Montalvo, el patriarca, y tuvo a su vez dos hijos: Matías, que murió jovencito por desgracia para todos, y Luisito, que era el menor de los primos y que, tras la pérdida de su hermano mayor, pasó a quedarse con los buques insignia del clan en propiedad: la gran casa-palacio, la bodega legendaria y la viña. En fin, las familias y sus líos desde que el mundo es mundo; ya irá usted sabiendo de la estirpe con la que se acaba de emparentar, si me permite la ironía.

El notario hizo una breve pausa para rellenar las copas y prosiguió desplegando una portentosa exhibición de memoria.

—Veo, señor Larrea, que no hace usted ascos a nuestro vino, eso está muy bien… Gustavo Zayas, como le digo, es pues hijo de María Fernanda, la tercera de los descendientes del viejo don Matías y la única hembra: una preciosidad de mujer en mis años de juventud, o al menos así la recuerdo yo. Ella al parecer no recibió propiedades, aunque sí una dote nada desdeñable. Pero hizo mala boda, cuentan que tuvo escasa suerte en el matrimonio y acabó yéndose de aquí, a Sevilla, si no recuerdo mal.

La llegada de los primeros platos frenó la intervención. Garbanzos con langostinos para los señores, anunció el mozo; para chuparse los dedos. Y en honor al forastero, despedazó el contenido: los bichos bien frescos y descabezados, con su poquito de pimiento troceadito, su ajo, su cebolla y su puñado de pimentón. Y a la vez que desmadejaba los secretos de la cocina, contempló con cierto descaro al invitado del notario, para ver si lograba averiguar algo. Ya le habían preguntado por él en un par de mesas. Rafaelito, niño, ¿quién es el señor que está sentado con don Senén? No lo sé, don Tomás, pero desde luego, de por aquí cerca no parece, porque habla muy distinto. ¿Cómo de distinto? ¿Como hablan los de Madrid? Vaya usted a saber, don Pascual, que yo no he estado en mi puñetera vida más arriba de Lebrija, pero para mí que no, que este hombre viene de más lejos. ¿De las Indias, quizá? Pues lo mismo, don Eulogio, lo mismo será que sí. Espérense ustedes, don Eusebio, don Leoncio, don Cecilio, a ver si oigo algo mientras les sirvo y, en cuantito que me entere, yo se lo vengo a relatar.

—En fin, cuestiones de parentesco aparte y tal como le decía, no percibo problema alguno para legalizar de inmediato el cambio de titularidad en el registro a fin de que conste todo a su nombre legalmente —continuó el notario, ajeno a las curiosidades de los comensales—. Aunque, y esto es a título personal, sí he percibido un detalle en el documento, señor Larrea, que me ha llamado la atención.

Él tragó despacio: prefería demorarse porque anticipaba la pregunta.

—Observo que se trata de una transacción graciosa y no onerosa, porque en ningún sitio se indica la cantidad que usted pagó por los inmuebles.

—¿Hay algún problema en ello?

—En absoluto —replicó Blanco sin empacho—. Simple curiosidad: me ha resultado llamativo porque se trata de algo que no es común en nuestra manera de hacer las cosas por esta tierra, donde es rarísimo que no haya un dinero de por medio en un traspaso de propiedades.

Las cucharas volvieron a los platos, se oyó el ruido del metal contra la loza y las conversaciones de las mesas cercanas. Sabía que no tenía por qué dar explicaciones. Que el trámite era correcto y legal. Con todo, prefirió justificarse. A su manera. Para que corriera la voz.

—Verá —dijo entonces apoyando el cubierto con cuidado en el borde del plato—. La familia política de don Gustavo Zayas está muy estrechamente vinculada a la mía en México, su hermano político y yo estamos a punto de casar a nuestros hijos. Por eso, entre ambos convinimos ciertos acuerdos mercantiles: ciertos intercambios de propiedades que, en función de las circunstancias…

Imposible hablarle a aquel atento caballero español y en aquella muy digna ciudad de Jerez del Café de El Louvre y el temerario reto de su paisano Zayas, de la noche de tormenta en el burdel del Manglar o de aquella diabólica primera partida frente a una turba de desharrapados. Del banquero y sus grandes mostachos, de la negra Chucha con su porte de vieja reina africana, de la extravagante sala de baño con las paredes repletas de obscenidades donde pactaron las condiciones de la revancha. Del juego salvaje que lo llevó a ganar.

—Por abreviar una larga historia —recapituló mirándole con firmeza—, digamos que propusimos una transacción privada y particular.

—Entiendo… —murmuró don Senén con la boca medio llena. Aunque igual no entendió—. En cualquier caso, insisto en que no es asunto mío indagar en las voluntades de los humanos, sino tan sólo dar fe de ellas pero, en otro orden de cosas y si no es indiscreción, me gustaría hacerle una nueva pregunta.

—Las que guste.

—¿Por casualidad tiene usted idea de qué demonios hacía Luis Montalvo en Cuba? Su ausencia fue algo que sorprendió a todo el mundo por aquí; nadie atina a saber cuándo se marchó ni hacia dónde. Simplemente, un buen día se le dejó de ver y nadie supo dar razón de su paradero.

—¿Vivía solo?

—Como la una, y llevaba una vida digamos…, digamos un tanto relajada.

—¿Relajada en qué sentido?

En ese instante llegó el sábalo, rebozado por fuera, blanco por dentro, lleno de sabor. El camarero volvió a demorarse un poco más de la cuenta, por si algo captaba de la procedencia del forastero. El notario, discreto, postergó la conversación hasta que el mozo les dio la espalda defraudado y lanzó otra tosca mueca destinada a su curiosa clientela.

—Era un tipo bastante peculiar, con un problema físico que le impidió crecer poco más allá de una vara y media; a la altura del codo le llegaría a usted más o menos. Le llamaban por eso el Comino, imagínese. Pero lejos de acomplejarse por su estatura, él decidió compensar su defecto con una desaforada pasión por el buen vivir. Juergas, mujeres, farra, cante, baile… De nada le faltó a Luisito Montalvo —remachó con un punto de ironía—. Y así, huérfano de padre desde poco después de cumplir los veinte años, y con una madre enfermiza a la que para mí tengo que acabó matando a disgustos no mucho después, él solito fue puliéndose la fortuna que heredó.

—Jamás se preocupó entonces por la viña ni por la bodega.

—Jamás, aunque tampoco se deshizo de ellas. Simplemente y para pasmo de todos, se desentendió y las dejó caer.

Aludió entonces a su visita al caserón de la familia Montalvo apenas una hora antes:

—Según he comprobado, la casa está también en un estado lamentable.

—Hasta la muerte de doña Piedita, la madre de Luis, al menos la residencia de la familia se mantuvo mal que bien. Pero desde que se quedó solo, por allí entraba y salía el mundo entero como Pedro por su casa. Amigos, fulanas, tahúres, fulleros. Cuentan que fue malvendiendo todo lo que había de valor: cuadros, porcelanas, alfombras, cuberterías, hasta las joyas de su santa madre.

—Poco queda, desde luego —confirmó. Apenas unos cuantos muebles que por su volumen habría costado trabajo mover, y que alguna mano caritativa había tapado con sábanas. A esas alturas, con lo que iba sabiendo del tarambana de Luis Montalvo, mucho dudaba que él mismo hubiera tenido tanta precaución.

—Se decía que a menudo paraba frente a su casa el Cachulo, un gitano de Sevilla con buen ojo y mucha labia que cargaba en su carro y luego revendía al mejor postor todo lo que lograba sacarle.

No era aquélla la única historia que Mauro Larrea había oído sobre heredades dilapidadas por la mala cabeza y los gustos desaforados de los descendientes. En las minas de Guanajuato y en la capital mexicana conocía unas cuantas; en la esplendorosa Habana le constaba que las había también. Pero ésa era la primera que le rozaba de cerca, por eso escuchó con curiosidad.

—Lástima del Comino —murmuró el notario con una mezcla de guasa y compasión—. No debió de ser fácil para él encajar con ese físico en el papel de prometedor heredero de una familia de bien plantados como fueron los Montalvo. Sus abuelos formaban una pareja imponente, guapos y elegantes los dos; todavía los recuerdo saliendo de misa mayor. Y de la misma pasta fueron todos los descendientes de los que tengo memoria, no hay más que ver a la prima casada con el inglés que anda estos días de vuelta por aquí. A Gustavo, en cambio, apenas lo recuerdo.

—Alto, ojos claros, pelo claro… —recitó sin entusiasmo—. Bien plantado, como usted dice.

Y raro como un perro verde, querría haber añadido; raro no en su aspecto ni maneras, pero sí en sus comportamientos y sus iniciativas. Por pura prudencia, se reservó.

—En cualquier caso, señor Larrea, nos estamos dispersando y creo que todavía no ha respondido a mi cuestión.

—Discúlpeme; ¿cuál era la pregunta, don Senén?

—Una muy sencilla que medio Jerez va a hacerme tan pronto me separe de usted: ¿Qué diantre hacía Luisito Montalvo en Cuba?

Para responderle no necesitó mentir.

—Si le soy sincero, señor mío, no tengo ni la más remota idea.

26

Más escenarios de desolación: eso fue lo que encontró cuando el notario lo llevó después del almuerzo hasta el exterior de la bodega en la calle del Muro. Con todo, y a pesar de que no hubo tiempo para entrar, lo que vio le satisfizo: una superficie de tamaño más que considerable rodeada por tapias que un día fueron blancas y que ahora rezumaban mohos, humedades y desconchones. Tampoco tuvo ocasión de llegar hasta la viña, pero por los apuntes que don Senén le aportó, en absoluto le pareció desestimable en tamaño y potencial. Más duros a la bolsa en cuanto las traspasara, menos impedimentos para regresar.

—Si está usted seguro, señor Larrea, de que quiere sacar todo esto de inmediato a la venta, lo primero que hará falta será precisar el valor presente de las propiedades —concluyó el notario momentos antes de su partida—. Por eso creo que lo más razonable es que las ponga en manos de un corredor de fincas.

—El que usted me recomiende.

—Le buscaré uno de mi entera confianza.

—¿Cuánto tardará en tener los documentos en orden?

—Digamos que para pasado mañana.

—Acá me tendrá entonces en dos días.

Habían llegado a la plaza del Arenal, le esperaba el carruaje de alquiler. Se tendieron las manos.

—El jueves sobre las once pues, con los papeles y el corredor. Salude de mi parte al hijo de mi buen amigo, don Antonio Fatou, que en gloria esté. Seguro que en su casa le están tratando como a un príncipe.

Cuando ya estaba del todo acomodado y los cascos de los caballos resonaban sobre los adoquines y las ruedas de la calesa habían comenzado a girar, escuchó al notario por última vez:

—Aunque lo mismo le resultaría más conveniente dejar Cádiz e instalarse aquí mientras todo se resuelve. En Jerez.

Partió sin responderle, pero la sugerencia de don Senén le seguía rebotando en el cerebro mientras el coche lo transportaba rumbo a El Puerto de Santa María con la tarde ya cayendo. Volvió a considerarla cuando cruzaba a bordo de un vapor las aguas negras de la bahía dormida, incluso se planteó consultarlo con Antonio Fatou, el corresponsal gaditano del viejo don Julián, en cuya espléndida casa de la calle de la Verónica se estaba alojando. Treintañero y afectuoso resultó ser aquel último eslabón de una próspera dinastía de comerciantes vinculados a las Américas desde más de un siglo atrás. A lo largo de los años, sus antecesores recibieron a los clientes y amigos de la familia Calafat como si fueran los propios, algo a lo que éstos siempre respondieron en La Habana con exquisita reciprocidad. Ni se le ocurra buscar otro hospedaje, querido amigo, le había dicho Fatou a Mauro Larrea tan pronto leyó la carta de presentación. Será un honor para nosotros tenerlo como huésped el tiempo que sus asuntos requieran. Faltaría más.

—¿Y cómo le fue en su visita a Jerez, mi estimado don Mauro? —le preguntó su anfitrión a la mañana siguiente, cuando al fin quedaron solos.

Acababan de desayunar chocolate con churros calentitos mientras tres generaciones de cargadores de Indias les observaban atentos desde los óleos que colgaban de la pared del comedor. A pesar de la ausencia de exhibicionismos innecesarios, todo alrededor transpiraba clase y buen dinero: la loza de Pickman, la mesa con filete de marquetería, las cucharillas de plata labrada con las iniciales de la familia entrelazadas.

Paulita, la joven esposa, se había disculpado con la excusa

de atender alguna menudencia doméstica, aunque probablemente tan sólo pretendiera retirarse discretamente para dejarlos hablar. Tendría poco más de veinte años y carnosos mofletes de niña, pero se la notaba ansiosa por cumplir bien con su nuevo papel de señora de la casa ante aquel hombre de hechuras y maneras contundentes que ahora dormía bajo su techo. ¿Otro churrito, don Mauro? ¿Mando calentar más chocolate, otro poquito de azúcar, está todo a su gusto, qué más le puedo ofrecer? Del todo distinta a Mariana, tan entera y segura siempre. Pero en cierta manera se la recordó. Una nueva esposa, una nueva casa, un nuevo universo para una joven mujer.

Desde la cocina, curiosonas e indiscretas, se asomaron al comedor un par de criadas para tasar a golpe de ojo al huésped. Buen mozo, no le falta razón a la Benancia, certificó una de ellas mientras se secaba las manos en el mandil. Buen mozo y guapetón, acordaron entre ambas tras la cortina. ¿Habanero? De Cuba dicen que viene, pero la Frasca escuchó a los señoritos hablando anoche y algo oyó que decían de México también. Vete tú a saber, chocho, de dónde salen estos cuerpos con ese lustre y esas fachas que se traen. Eso digo yo, hija mía de mi alma. Vete tú a saber.

Ajenos a los chismorreos de las mujeres, los señores continuaban departiendo en la mesa.

—Todo en marcha, por ventura —prosiguió—. Don Senén Blanco, el notario que usted me recomendó, fue amable y resolutivo en extremo. Mañana volveré para concluir las formalidades y conocer al corredor que ha de encargarse de la compraventa.

Añadió unas cuantas frases escasas de sustancia y un par de trivialidades. De momento, era todo lo que estaba dispuesto a contar.

—Deduzco entonces que por su cabeza no pasa ni por lo más remoto la idea de reemprender usted mismo el negocio, ¿verdad? —apuntó Fatou.

Qué carajo quiere que haga un minero entre viñas y vinos, hombre de Dios, pensó decirle. Se reprimió, no obstante.

—Me temo que tengo asuntos urgentes que atender en México. Confío por ello en poder desprenderme sin dilación de todos los inmuebles.

Dejó caer un par de supuestos asuntos perentorios, un par de cargos, un par de fechas. Todo mera palabrería: la tapadera para no exponer abiertamente que los únicos apremios que lo aguardaban eran liquidar el primer plazo de lo comprometido con el ruin Tadeo Carrús y arrastrar a su hijo hasta el altar, aunque fuera jalándolo de una oreja.

—Me hago cargo, desde luego —asintió Fatou—. Aunque es una lástima, porque el negocio vinatero se encuentra ahora mismo en un momento inmejorable. No sería usted el primero que llega con capitales de Ultramar para invertir en el sector. Hasta mi propio padre, que en gloria esté, anduvo también tentado de comprar unas cuantas aranzadas, pero le llegó la enfermedad y…

—Le ofrezco las mías a buen precio —propuso liviano.

—No será por falta de ganas aunque, agarrando como estoy todavía las riendas del negocio de la familia, me temo que sería una temeridad por mi parte. Con todo, quién sabe si algún día.

Lo único que Mauro Larrea sabía sobre vinos a esas alturas era que los había disfrutado en la mesa cuando su poderío económico se lo permitió. Pero apenas tenía nada que hacer esa mañana salvo esperar, y a Fatou tampoco parecía acosarlo la prisa. Por eso le tentó a seguir.

—En cualquier caso, don Antonio, ¿sería abusar de su confianza si me sirvo un poco más de su excelente chocolate mientras usted me cuenta cómo se mueve el asunto del vino en esta tierra?

—Todo lo contrario; un placer, mi querido amigo. Permítame, por favor.

Rellenó las tazas, sonaron las cucharillas contra la loza de La Cartuja.

—Déjeme de entrada que le confiese que, aunque nosotros no seamos bodegueros, el negocio de los caldos jerezanos nos está salvando prácticamente la vida. Los vinos, junto con los cargamentos de sal, son los que nos mantienen a flote. La situación se nos puso complicada después de la independencia de las colonias americanas; con todos mis respetos, amigo mío, sus compatriotas mexicanos y sus hermanos del sur nos hicieron una inmensa faena con sus aspiraciones de libertad.

En las palabras del corresponsal no había acritud y sí un punto de cordial ironía. Para seguirle el juego, él alzó los hombros como diciendo qué le vamos a hacer.

—Pero por suerte —continuó Fatou—, casi en paralelo a la contracción del comercio de coloniales, el asunto vinatero entró en una etapa de esplendor. Y la exportación a Europa, y muy principalmente a Inglaterra, es lo que está librando del declive a esta casa de comercio en particular y yo diría que, en gran manera, a Cádiz en general.

—¿Y en qué consiste tal esplendor, si me permite la curiosidad?

—Es una larga historia, vamos a ver si soy capaz de resumírsela. Lo que los cosecheros jerezanos producían hasta finales del siglo pasado eran tan sólo vinos en claro y simples mostos que se embarcaban en bruto rumbo a los puertos británicos. Vinos en potencia, para que me entienda, sin hacer. Una vez allí, eran envejecidos y mezclados por los comerciantes locales para adaptarlos al gusto de sus clientes. Más dulce, menos dulce, más cuerpo, menos cuerpo, más o menos graduación. Ya sabe usted.

No, no sabía. No tenía ni la más remota idea. Pero lo disimuló.

—Desde hace ya unas cuantas décadas, sin embargo —prosiguió el gaditano—, el negocio se ha vuelto infinitamente más dinámico, mucho más próspero. Ahora el proceso entero se realiza aquí, en origen: aquí se cultiva la vid, claro está, pero también se lleva a cabo la crianza de los vinos y la preparación a la manera que demandan los clientes ingleses. El término bodeguero, en definitiva, es en estos tiempos mucho más amplio que antes: ahora suele incluir todas las fases del negocio, lo que antes hacían casi siempre por separado los cosecheros, los almacenistas y los exportadores. Y nosotros, desde los muelles de la bahía y a través de casas como ésta, nos encargamos de que sus botas, o sea, sus barriles, lleguen a su destino, hasta los representantes o agentes de las empresas jerezanas en la Pérfida Albión. O hasta donde sea menester.

—Y así, el principal beneficio se queda en la tierra.

—Exactamente, en esta tierra queda, gracias a Dios.

Pinche Comino, pensó mientras daba un trago al chocolate ya medio frío. Cómo fuiste tan demente para dejar hundir un negocio así. Mientras de su cabeza salía muda su voz, otra no menos silenciosa entraba en ella. ¿Y quién eres tú para reprochar nada a ese hombre, si te jugaste tu emporio a una sola carta con un gringo que un mal día se te cruzó en el camino? ¿Ya estás aquí abroncándome otra vez, Andrade? Sólo vengo a recordarte lo que nunca debes olvidar. Pues olvídate de mí, y deja que me entere de cómo va este asunto del vino. ¿Para qué, si no lo vas ni siquiera a oler? Ya lo sé, hermano, ya lo sé. Pero ojalá tuviéramos tú y yo los años y la fuerza y el coraje que un día tuvimos; ojalá lo pudiéramos volver a intentar.

El fantasma de su apoderado se volatilizó entre las caprichosas molduras del techo tan pronto como él volvió a depositar la taza sobre el plato.

—Y dígame, amigo mío, ¿de qué magnitud comercial estamos hablando?

—De una quinta parte del volumen total de las exportaciones españolas, más o menos. Punta de lanza de la economía nacional.

Madre de Dios. Lusito Montalvo, pedazo de loco. Y tú, Gustavo Zayas, rey del billar habanero, ¿por qué después de heredar al orate de tu primo no volviste de inmediato a tu patria a poner en orden ese desastre de legado familiar? ¿Por qué te empeñaste en arriesgarlo todo conmigo, por qué tentaste tu suerte de esa demencial manera? El ímpetu comunicativo de Fatou lo sacó por suerte de sus pensamientos.

—Así que, resumiendo, ahora que las antiguas colonias marchan por libre y a los españoles ya sólo nos quedan las Antillas y las Filipinas, lo que nos está librando de la quiebra mercantil y portuaria es haber podido reconvertir el tráfico comercial de Ultramar en un creciente tránsito con Inglaterra y con Europa.

—Ya veo… —musitó.

—Claro que, como algún día los hijos de Britania dejen de beber su sherry, y en el Caribe y el Pacífico soplen también aires de independencia, o mucho me equivoco, o Cádiz y todos nosotros nos hundiremos sin remisión. Larga vida al jerez, aunque sólo sea por eso… —dijo Fatou alzando su taza con ironía.

Él, con entusiasmo más bien tibio, lo imitó.

Las toses del mayordomo interrumpieron el brindis. Don Antoñito, tiene usted esperando en la salita a don Álvaro Toledo, anunció. La charla amena llegó así a su fin y cada uno voló a sus asuntos. El dueño de la casa, a tomar retrasado las riendas de sus negocios en las dependencias del piso inferior. Y Mauro Larrea, a entretener como buenamente pudiera las horas de espera y a plantar cara otra vez a su desazón.

Echó a andar por la calle de la Verónica abajo, acompañado por Santos Huesos: el Quijote de las minas y el Sancho chichimeca cabalgando de nuevo, sin rocín ni rucio que los sostuvieran. Tan sólo por ver. Y, quizá, por pensar.

Desde que llegara a América cargando veintipocos años, dos hijos y un par de fardos con ropa vieja, el nombre de aquella ciudad había sido un eco permanente en sus oídos. Cádiz, la mítica Cádiz, el final del cordón umbilical que seguía uniendo el Nuevo Mundo con su decrépita madre patria a pesar de que casi todas sus criaturas le habían vuelto ya la espalda. Cádiz, de donde tanto llegó y a donde cada vez menos volvía.

Pero él hizo el camino de ida desde el puerto de La Luna, en Burdeos, desde el norte: las relaciones entre la metrópoli y su rebelde virreinato eran por entonces tensas, y en aquellos años en los que España se resistía a reconocer la independencia de México, el tránsito marítimo era mucho más fluido desde los puertos franceses. Por eso nunca supo cómo era en realidad esa legendaria puerta de entrada y salida del sur peninsular. Y aquella ventosa mañana de otoño en la que el levante subía de África con rachas de mil demonios, cuando por fin pudo patear sus rincones y contemplarla entera, de arriba abajo y del derecho y el revés, no la reconoció. En su imaginario había idealizado Cádiz como una extensa metrópoli mundana e imponente, pero, por mucho que la buscó, no dio con ella.

Tres o cuatro veces más pequeña que La Habana en habitantes, infinitamente menos opulenta que la antigua capital de los aztecas, y rodeada de mar. Discreta, coqueta en sus calles estrechas, en sus casas de altura regular y en las torres-miradores desde las que se veían los barcos entrar a la bahía y zarpar hacia otros continentes. Sin ostentosidad ni fulgor; recoleta, graciosa, manejable. Así que esto es Cádiz, se repitió.

No faltaba gente en movimiento intenso, casi todos caminando y casi todos con el mismo color de piel. Parándose sin prisa a saludar, a cruzar una frase, un recado o un chisme; a quejarse del viento canalla que levantaba las faldas a las mujeres y robaba a los varones papeles y sombreros. Negociando, comerciando, conviniendo. Pero en nada se aproximaba aquel escenario al bullicio estruendoso y desatado de las urbes de Ultramar. Ni eco del tumulto de los indígenas mexicanos voceando sus cargamentos, ni de los esclavos negros que atravesaban la perla antillana corriendo medio desnudos y sudorosos mientras cargaban al hombro enormes bloques de hielo o costales de café.

A su paso por la plaza de Isabel II y por la calle Nueva no halló cafés tan exquisitos como La Dominica o El Louvre; por la calle Ancha no transitaban ni la décima parte de los carruajes de La Habana ni en parte alguna le pareció ver teatros grandiosos como el Tacón. Tampoco contempló templos monumentales, ni escudos heráldicos, ni mansiones palaciegas semejantes a las de los aristócratas del azúcar o los viejos mineros del virreinato. Ninguna plaza igualaba al inmenso Zócalo que él mismo solía cruzar casi todos los días en su berlina antes de que la fortuna le diera la espalda, y muy poco tenía que ver esa dulce Alameda que se asomaba a la bahía con los grandiosos paseos de Bucareli o del Prado, en donde los criollos mexicanos y habaneros se solazaban en sus calesas y sus quitrines y observaban y se hacían ver. Ni rastro del enjambre de coches, animales, gentes y edificios que poblaban las calles del Nuevo Mundo que muy poco antes había dejado atrás. España se replegaba, y de aquel glorioso Imperio en el que nunca se ponía el sol apenas quedaban los restos; para lo bueno y lo malo, cada cual iba haciéndose dueño de su propio destino. Así que esto es Cádiz, volvió a pensar.

Entraron a comer en un freidor, les sirvieron pescado pasado por harina de trigo duro y aceite hirviente; se acercaron después al mar. A nadie pareció extrañar la presencia de un indígena de melena lustrosa al lado de un señor forastero: de sobra estaban acostumbrados por allí a la gente de otro tono y otro hablar. Y con la violencia del aire de levante removiéndoles el cabello, y a él los faldones de la levita, y a Santos Huesos su sarape de colores, asomados hacia poniente y mediodía desde la Banda del Vendaval, contemplaron el océano, y entonces Mauro Larrea creyó entender. Qué iba a saber él, un minero arruinado, de lo que era o fue Cádiz, y de lo que a lo largo de los siglos aconteció por sus calles y se trasegó en sus muelles. De lo que se habló en sus tertulias y se ventiló tras las casapuertas y en los escritorios y en los consulados; de lo que se defendió desde sus murallas y sus baluartes, de lo que se juró en sus iglesias, del temple con el que se resistió en tiempos adversos y de lo que se embarcó y desembarcó en los navíos que hicieron la carrera de las Indias una vez y otra vez y otra vez. Qué iba a saber él acerca de esa ciudad y ese mundo si hacía décadas que ni hablaba ni pensaba ni sentía como un español;

si su esencia allá por donde pisara no era más que la de permanente extranjero, una pura ambigüedad. Un expatriado de dos patrias, el hijo de un doble desarraigo. Sin pertenencia firme en ningún sitio y sin un hogar en plena propiedad al que volver.

Caía la tarde cuando enfiló de nuevo la suave pendiente de la calle de la Verónica rumbo a la residencia de los Fatou. Lo recibió entre toses Genaro, el viejo mayordomo, heredado por la joven pareja junto con la casa y el negocio.

—Al poco de su marcha esta mañana vino una señora preguntando por usted, don Mauro. Volvió de nuevo después de comer, pasadas las tres.

Él frunció las cejas con gesto extrañado mientras el achacoso anciano le tendía una pequeña bandeja de plata. Sobre ella, una simple tarjeta. Blanca, limpia, distinguida.

Mrs. Sol Claydon
23 Chester Square, Belgravia, London

La última línea aparecía tachada con un trazo firme. Debajo, reescrita a mano, una nueva dirección.

Plaza del Cabildo Viejo, 5. Jerez

27

Tal como habían acordado, se reunieron en la testamentaría apenas pasadas las once de la mañana. El notario, el corredor y él. El primero le presentó al segundo: don Amador Zarco, experto en peritación de bienes y transacciones de fincas y haciendas en toda la comarca jerezana. Un hombrón entrado en años de cuerpo tocinero, dedos como morcillas y recio acento andaluz; vestido a la manera de un labrador opulento, con un sombrero de ala ancha y su faja negra a la cintura.

Sin más distracciones que los primeros saludos y los ruidos que entraban desde la bulliciosa Lancería, el corredor arrancó a desmenuzar las propiedades y sus estimaciones. Cuarenta y nueve aranzadas de viña con su caserío, pozos, aljibes y lindes correspondientes, las cuales detalló con profusión. Una bodega sita en la calle del Muro con sus naves, escritorios, almacenes y resto de dependencias, amén de varios centenares de botas —vacías muchas, pero no todas—, útiles diversos y un trabajadero de tonelería. Una casa en la calle de la Tornería con tres plantas, diecisiete ambientes, patio principal, patio trasero, cuartos de servicio, cocheras, caballerizas y una extensión cercana a las mil cuatrocientas varas cuadradas, colindante por la izquierda, por la derecha y por detrás con otros tantos inmuebles anejos que asimismo quedaron pormenorizados.

Mauro Larrea escuchó con absoluta concentración y cuando, tras un buen rato de recuento monocorde, el tal don Amador anunció la suma del valor estimado de cada uno de los inmuebles, él estuvo a punto de dar un puñetazo monumental sobre la mesa, de soltar a la vez un aullido feroz lleno de júbilo y de estrechar en un abrazo de oso a los presentes. Con ese dinero podría liquidar de un golpe al menos dos de los tres plazos contraídos con Tadeo Carrús y celebrar una boda a lo grande para Nico. Jerez bullía con el vino y su comercio; todo el mundo se lo había dicho, apenas tardaría un suspiro en vender primero la bodega, y después vendría la viña, o al revés. O tal vez fuera primero la casa y luego... La luz, en cualquier caso. Estaba a punto de salir del pozo y ver la luz.

Mientras se relamía con su propio regocijo, notario y corredor cruzaron una mirada. El último carraspeó.

—Hay un asunto, señor Larrea —anunció sacándole de sus ensueños—, que condiciona en cierta manera los subsiguientes procedimientos.

—Usted dirá.

Su cerebro adelantó lo que creía que iba a escuchar. ¿Que todo estaba en un estado lamentable y eso tal vez redujera en algo el precio de los inmuebles? Igual le daba, estaba dispuesto a rebajarlo. ¿Que quizá alguno de los bienes necesitara más tiempo que el resto para venderse? No importaba, ya le harían llegar el rédito a su justo tiempo. Él, entretanto, volvería y agarraría las riendas de su vida allá donde las dejó.

El notario tomó entonces la palabra:

—Verá, es algo con lo que no contábamos, algo que he detectado cuando por fin hemos encontrado una copia de las últimas voluntades de don Matías Montalvo, el abuelo de don Luis y de su primo don Gustavo Zayas. Se trata de una cláusula testamentaria establecida por el patriarca al respecto de la indivisibilidad de los bienes raíces de la familia.

—Aclare, por favor.

—Veinte años.

—¿Veinte años, qué?

—Por decisión irrenunciable del testador, queda establecido que sean veinte años los que tienen que transcurrir desde su muerte hasta que el grueso del patrimonio pueda desmembrarse y salir a la venta en porciones independientes.

Separó incómodo la espalda de la silla, frunció el ceño.

—¿Y cuánto queda para que eso se cumpla?

—Once meses y medio.

—Casi un año, entonces —adelantó en tono agrio.

—No llega —intervino el corredor intentando sonar positivo.

—Lo que yo interpreto, en cualquier caso —continuó el notario—, es que se trata de una manera de intentar garantizar la continuidad de todo lo levantado por el difunto patriarca. *Testamentum est voluntatis nostrae iusta sententia de eo quod quis post mortem suam fieri velit.*

Déjese de latinajos, estuvo a punto de bramar. En cambio, carraspeó, apretó los puños y se contuvo en silencio a la espera de aclaraciones.

—Ya lo dijeron los romanos, amigo mío: el testamento es la justa expresión de la voluntad acerca de aquello que uno quiere que se haga después de su muerte. La medida restrictiva de don Matías Montalvo no es que sea muy común, pero tampoco es la primera vez que la veo. Suele darse en casos en los que el testador no confía plenamente en la intención continuista de sus legatarios. Y esta cláusula demuestra que el buen señor no se fiaba demasiado de sus propios descendientes.

—Recapitulando, esto significa entonces…

El corredor de fincas fue quien lo aclaró, con su denso acento andaluz.

—Que hay que vender necesariamente todo en bloque, señor mío: caserón, bodega y viña. Lo cual, y ojalá me equivoque, no creo que vaya a ser fácil de hoy a mañana. Y mire que son buenos tiempos en esta tierra, y que el negocio del vino mueve capitales de noche y de día, y que por aquí viene gente de un montón de sitios que casi nadie sabe poner en el mapa. Pero eso de que se trate de un lote inseparable, no sé yo. Habrá quien quiera viñas, pero no casa y bodega. Habrá quien precise bodega, pero no viñas ni casa. Sé de quien busca casa, pero no viña o bodega.

—En cualquier caso —interrumpió el notario intentando calmar las aguas—, tampoco es tanta la espera…

¿Poca espera un año?, estuvo a punto de gritarle a la cara. ¿Poca espera, maldita sea? Usted no se imagina lo que supone un año ahora mismo en mi vida; qué va usted a saber de mis urgencias y mis apremios. Se esforzó por contenerse, lo logró a duras penas.

—¿Y rentar? —preguntó a la mexicana mientras se frotaba la cicatriz de la mano.

—¿Arrendar, quiere decir? Mucho me temo que tampoco podrá: queda igualmente expresado en el testamento con todas sus letras. Ni vender ni arrendar. De no haber sido así, ya se habría encargado Luisito Montalvo de buscar arrendatarios y haber sacado así algún rédito. Hombre previsor fue don Matías: se quiso asegurar de que las joyas de su patrimonio quedaran en un lote pro indiviso. O todo, o nada.

Tragó aire con furia, ya sin disimulo. Después lo expulsó.

—Maldito viejo —dijo pasándose la mano por la mandíbula. Esta vez no habló para sí.

—Si le sirve de consuelo, dudo mucho que don Gustavo Zayas tuviera conocimiento de esta cláusula testamentaria cuando ustedes dos convinieron la transacción.

Rememoró en un fogonazo las bolas de marfil rodando como posesas sobre el tapete verde de la Chucha. Las tacadas brutales de ambos, los dedos manchados de talco y tiza. Los cuerpos doloridos, la barba crecida y el cabello revuelto, las camisas abiertas, el sudor. Mucho dudaba él también que en aquellos momentos su contrincante tuviera en mente alguna menudencia legal.

—En cualquier caso, don Mauro —intervino el corredor—, yo me pongo en faena de inmediato si usted quiere.

—¿Cuál es su comisión, amigo?

—Un diezmo es lo normal.

—El quince por ciento le doy si me lo liquida en un mes.

Al hombre le tembló la papada como la ubre de una vaca vieja.

—Muy difícil veo yo eso, señor mío.

—El veinte si es capaz de dejarlo resuelto en dos semanas.

Ahora se pasó la manaza por el cogote; de atrás adelante, de adelante atrás. Madre de Dios. Él lo volvió a retar.

—O una cuarta parte para su bolsillo si me trae un comprador antes del viernes que viene.

El intermediario se marchó desbarajustado, calándose el sombrero y echando a andar por la Lancería mientras pensaba en lo que tantos años llevaba oyendo acerca de los indianos. Seguros, decididos, así le habían contado que eran los hombres de esa calaña: aquellos españoles que se hicieron millonarios en las colonias y que, en los últimos tiempos, habían emprendido el camino de vuelta y compraban tierras y viñas como quien compra altramuces en un tablón del mercado. ¿Pues no acaba de ofrecerme el tío la mayor tajada de mi vida sin pestañear?, dijo en voz alta incrédulo, parando el corpachón en medio de la calle. Dos mujeres a su paso lo miraron como si estuviera loco; él no se dio ni cuenta. Este Larrea no compraba, éste vendía, siguió pensando. Pero su actitud era tal cual contaba la leyenda. Firme, osada. Lanzó un gargajo al suelo. Qué hijo de puta el indiano, soltó luego al aire. Con un punto de algo parecido a la envidia. O a la admiración.

Ajenos a las reflexiones callejeras del corredor, Mauro Larrea y el notario prosiguieron firmando documentos y dando por concluidas las últimas escrituras. Hasta que llegó el momento de la despedida, apenas media hora después. ¿Se va a animar por fin a trasladarse a Jerez mientras todo se resuelve, amigo mío? ¿O piensa seguir en Cádiz? ¿O quizá va a retornar a México, a la espera de que le dé razón? No lo sé de momento, don Senén; estas últimas noticias trastocan en gran manera mis planes. Tendré que pensar detenidamente lo que más me conviene. En cuanto sepa algo definitivo, se lo haré saber.

Santos Huesos le esperaba en la puerta de la notaría; juntos echaron a andar entre los charcos de una tenue lluvia mañanera que, como llegó, se fue. Pasaron frente al Consistorio, por la plaza de la Yerba, por la plaza de Plateros, y enfilaron finalmente la angosta Tornería. ¿Llevas las llaves, muchacho? Pues cómo no, patrón. Vamos para allá, pues. Ninguno de los dos, en el fondo, sabía bien a qué.

A diferencia de su larguísimo paseo por Cádiz del día anterior, cuando todo lo observó y todo lo intentó analizar, en esta ocasión apenas prestó atención a lo que lo rodeaba. Su mirada iba volcada hacia adentro. Hacia lo que acababan de comunicarle el corredor y el notario, intentando asimilar lo que ello suponía. Ni las fachadas de cal, ni las rejas de forja, ni los viandantes y sus vaivenes le generaron ningún interés. Lo único que le quemaba la sangre era saber que tenía una fortuna al alcance de los dedos, y muy escasa probabilidad de rozarla.

—Vete a dar una vuelta —propuso mientras abría el gran portón de madera claveteada—. A ver si encuentras algún sitio donde podamos comer.

Volvió a cruzar el patio con sus losas sucias y sus hojas secas mezcladas con el agua caída horas antes, notó de nuevo la decrepitud. Recorrió otra vez despacio las estancias: una a una, primero abajo, después arriba. Los salones decadentes, las alcobas inhóspitas. La pequeña capilla sin ornamentos, fría como un sepulcro. Ni altar, ni cáliz, ni vinagreras, ni campanilla.

La escalera quedaba a su espalda, oyó pasos que subían los primeros escalones, preguntó sin volverse:

—¿Ya estás de regreso, mi amigo?

Su voz retumbó en la oquedad del caserón vacío mientras seguía contemplando el oratorio. Ni un simple crucifijo colgaba en la pared. Tan sólo, en una esquina, observó un bulto arrumbado y cubierto con un trozo de lienzo. Tiró de él y ante sus ojos apareció un pequeño reclinatorio. Con la tapicería granate medio comida por las ratas, algunos palos tronchados y el tamaño justo para que se arrodillara en él un ser de corta edad.

—Mi abuelo Matías lo mandó hacer para mi primera comunión.

Se giró en seco, desconcertado.

—Lo que nunca supo fue que la noche anterior al gran día, mis primos, mi hermana y yo atracamos el sagrario y nos comimos cada uno cuatro o cinco formas consagradas. Encantada de conocerlo por fin, señor Larrea. Sea bienvenido a Jerez.

En su rostro había finura y en su prestancia, armonía. En sus grandes ojos castaños, una carga inmensa de curiosidad.

—Sol Claydon —añadió tendiéndole una mano enguantada—. Aunque durante un tiempo de mi vida, también fui Soledad Montalvo. Y viví aquí.

28

Tardó en reaccionar, mientras buscaba unas cuantas palabras que no lo delataran como el intruso que de pronto se sentía.

Ella se le adelantó.

—Tengo entendido que es usted el nuevo propietario.

—Disculpe que no le haya devuelto la visita, señora. Recibí su tarjeta ayer tarde y…

Alzó levísimamente el cuello y eso fue suficiente para dar por zanjadas las innecesarias excusas. Sobran, vino a decirle.

—Debía resolver unos asuntos en Cádiz, tan sólo quise aprovechar para presentarle mis respetos.

Los pensamientos se le atropellaron. Dios bendito, qué carajo se le replica a una mujer así. Una mujer amarrada por lazos de sangre a lo que tú ahora posees gracias a un demencial puñado de carambolas. Alguien que te mira como si quisiera llegar al fondo de tus entrañas para saber de verdad quién eres y qué demonios haces en un lugar que no te corresponde.

Falto de palabras, recurrió a los gestos. Los anchos hombros rectos, el sombrero sobre el corazón. Y un golpe de cabeza, una señal de gratitud fugaz y firme ante la hermosa presencia que acababa de colarse en su turbio mediodía. De dónde sales, para qué me buscas, habría querido decirle. Qué quieres de mí.

Llevaba una capa corta de terciopelo gris claro. Debajo, un vestido de mañana color agua, a la moda europea. Cuatro décadas espléndidas, año arriba, año abajo, le calculó de edad. Guantes de cabritilla y el cabello del tono de las avellanas en un recogido armonioso. Un pequeño tocado con dos elegantes plumas de faisán prendido a un lado con gracia, ninguna joya a la vista.

—Según tengo entendido, viene usted de América.

—Le informaron bien.

—Y fue al parecer mi primo hermano Gustavo Zayas quien le traspasó estas propiedades.

—A través de él me llegaron, cierto.

Se habían ido acercando. Él había salido del oratorio, ella había dejado atrás la escalera. La inhóspita galería por la que en los días del pasado glorioso transitaran los miembros de la familia Montalvo, y sus amigos y sus quehaceres y sus criados y sus amores, acogía ahora aquella inesperada conversación entre el nuevo dueño y la descendiente de los anteriores.

—¿Por un precio razonable?

—Digamos que resultó una transacción ventajosa para mis intereses.

Sol Claydon dejó transcurrir unos segundos sin desviar la mirada de aquel hombre de cuerpo sólido y rasgos marcados que mantenía ante ella una actitud entre respetuosa y arrogante. Él se mantuvo impasible, a la espera, esforzándose para que, tras el supuesto temple de su fachada, ella no percibiera el profundo desconcierto que lo carcomía.

—¿Y a Luis? —prosiguió—. ¿Conoció también usted a mi primo Luis?

—Nunca.

Fue contundente en su negación, para que a ella no le quedara la menor duda de que él jamás tuvo nada que ver con el viaje de aquel hombre a la Gran Antilla ni con su triste destino. Por eso añadió:

—Su muerte aconteció antes de que yo llegara a La Habana, no puedo ofrecerle mayores detalles, discúlpeme.

Los ojos de ella se desprendieron entonces de los suyos y vagaron por el entorno. Las paredes desconchadas, la suciedad, la desolación.

—Qué lástima que no tuviera oportunidad de haber conocido esto en otro tiempo.

Sonrió levemente sin despegar los labios, con un punto de amarga nostalgia colgado en las comisuras.

—Desde que recibí anteayer la noticia de que un próspero señor del Nuevo Mundo era el nuevo poseedor de nuestro patrimonio, no he parado de pensar en cuál debería ser mi papel en este imprevisto asunto.

—Hace tan sólo un rato que hemos terminado de protocolizar los trámites; todo se ajusta a legalidad —dijo a la defensiva. Sonó brusco, se arrepintió. Intentó por eso resultar más neutro al puntualizar—: Puede constatarlo si lo desea en la testamentaría de don Senén Blanco.

Sol Claydon sumó a su media sonrisa un punto de sutil ironía.

—Ya lo he hecho, naturalmente.

Naturalmente. Naturalmente. O qué pensabas, pendejo, que ibas a despellejar a su familia y que ella iba a tragarse lo que tú le contaras así como así.

—Me estaba refiriendo —agregó— a cómo añadir a este…, a este traspaso, por así llamarlo, un sello de ceremonia por insignificante que sea. Y, si quiere, también de humanidad.

No tenía ni la más remota idea de a qué se estaba refiriendo, pero asintió.

—Lo que usted guste, señora, por supuesto.

Volvió a recorrer con ojos cargados de melancolía el patético estado del que fuera su hogar y él aprovechó para observarla. Su prestancia, su entereza, su armonía.

—No vengo a pedirle cuentas, señor Larrea. Supondrá que esta situación no me resulta grata en absoluto, pero entiendo que se ajusta a lo legal y así debo aceptarla.

Él volvió a inclinar la cabeza en reconocimiento por su consideración.

—Así las cosas, y haciendo de tripas corazón, como última descendiente de la desafortunada estirpe de los Montalvo en Jerez, y antes de que nuestra memoria se desvanezca para siempre, con mi visita tan sólo pretendo bajar simbólicamente nuestra bandera y desearle lo mejor para el futuro.

—Le agradezco su amabilidad, señora Claydon. Pero quizá le interese saber que no tengo intención de quedarme con estos bienes. Estoy sólo de paso en España, con el propósito de tramitar su venta y volverme a marchar.

—Eso es lo de menos. Aunque su estancia sea fugaz, no creo que esté de más que sepa quiénes fuimos los que habitamos bajo estos techos en un tiempo en el que aún no nos acechaba la oscuridad. Venga conmigo, ¿quiere?

Sin esperar respuesta, sus pasos decididos la llevaron al salón principal. Y él, irremediablemente, la siguió.

Debió de ser difícil para el Comino encajar con ese físico suyo en una familia de bien plantados como fueron los Montalvo. Eso le había dicho el notario mientras comían en la fonda de la Victoria dos días atrás. Aquella atractiva mujer de porte airoso y huesos largos que se movía con desenvoltura entre el entelado hecho jirones de las paredes lo confirmaba. Mauro Larrea, el supuesto indiano poderoso y opulento, desprovisto de pronto de reacciones, se limitó a escucharla en silencio.

—Aquí se organizaban las grandes fiestas, los bailes, las recepciones. Los santos de los abuelos, el fin de la vendimia, nuestros bautizos… Había alfombras de Bruselas y cortinas de damasco, y una araña inmensa de bronce y cristal en el techo. De esa pared colgaba un tapiz flamenco con una escena de caza de lo más extravagante, y ahí, entre los balcones, teníamos unos espejos venecianos divinos que mis padres trajeron de su viaje de bodas por Italia y que reflejaban las luces de las velas y las multiplicaban por cien.

Recorría la estancia oscura sin mirarle mientras hablaba con un acento envolvente, una cadencia andaluza tamizada probablemente por el uso frecuente del inglés. Se acercó hasta la chimenea, contempló unos instantes la paloma muerta que todavía seguía allí. Su siguiente destino fue el comedor.

—A partir de los diez años se nos permitía sentarnos con los mayores; era una gran ocasión, una especie de puesta de largo infantil. En esta mesa se bebían las mejores soleras de la bodega, vinos franceses, mucho champagne. Y en Navidad, Paca, la cocinera, mataba tres pavos, y después de la cena mi tío Luis y mi padre traían a unos gitanos con sus guitarras y sus panderetas y sus castañuelas, y cantaban villancicos, y bailaban, y se llevaban luego las sobras de la cena.

Levantó una de las sábanas que tapaban las escasas sillas, luego otra, luego una tercera, sin encontrar lo que buscaba. Hizo con los labios un levísimo sonido de contrariedad.

—Quería enseñarle los sillones de los abuelos, no recordaba que también volaron. Los brazos estaban tallados como garras de león, de pequeña me daban un miedo espantoso y después me empezaron a fascinar. En el almuerzo del día de mi boda, los abuelos nos cedieron sus sillones a Edward y a mí. Fue la única ocasión en la que ellos no ocuparon su lugar de siempre.

Lo que menos le interesaba a Mauro Larrea de ella en aquel momento era el nombre de su marido, así que éste se le escurrió de los oídos sin esfuerzo. Entretanto, no dejó de absorber los retazos y las estampas del ayer que su boca iba desgranando mientras transitaban por las habitaciones. Los dormitorios los pasó casi por alto con unos cuantos comentarios ingrávidos; los cuartos menos nobles también. Hasta que, de vuelta en el tramo de galería donde se habían encontrado, entró en la última pieza. Desnuda por completo, sin rastro de lo que en el pasado contuvo.

—Y ésta fue la sala de juegos. Nuestro sitio favorito. ¿Tiene usted, señor Larrea, una sala de juegos en su casa en…?

Tres segundos de silencio separaron las dos partes de la frase.

—En México. Mi casa está en la ciudad de México. Y sí, podría decirse que tengo en ella una sala de juegos.

O la tuve al menos, pensó. Ahora se tambalea, y de esta otra casa suya, por increíble que suene, depende que la conserve o la termine perdiendo.

—¿Y a qué juegan allí? —preguntó ella con soltura.

—A un poco de todo.

—¿Al billar, por ejemplo?

Camufló su suspicacia bajo una falsa seguridad.

—Sí, señora. También jugamos al billar.

—Aquí teníamos una mesa de caoba magnífica —añadió colocándose en el centro de la estancia y extendiendo los dos brazos en toda su amplitud. Brazos largos, delgados, armoniosos bajo las mangas de seda—. Mi padre y mis tíos jugaban unas partidas magistrales que a menudo se alargaban toda la madrugada; mi abuela se ponía como una hidra cuando veía bajar a sus amigos ya de mañana, hechos unos adanes tras una larga noche de farra.

Largos viajes a Italia, juergas con gitanos y guitarras, partidas con los amigos hasta bien entrado el día. Comenzaba a entender las previsiones del viejo don Matías al empeñarse en amarrar cortos por veinte años a sus descendientes.

—Cuando nos fuimos haciendo un poco mayores —continuó—, el abuelo contrató a un profesor de billar para mis primos, un francés medio chalado que tenía una maestría impresionante. Mi hermana Inés y yo nos colábamos para verles, era mucho más divertido que sentarnos a bordar para los huérfanos de la Casa Cuna, como por entonces pretendían obligarnos a hacer.

Así que de aquí salió tu arte, Zayas, se dijo rememorando el juego de su contrincante: las tacadas complejas, las filigranas. Y al hilo de su memoria, y ante aquellos ojos que lo atravesaban intentando saber qué ocultaba tras su férrea coraza de hombre entero de otros mundos, no pudo contenerse.

—Tuve ocasión de jugar con su primo Gustavo en La Habana.

Como cuando una nube densa y plomiza tapa el sol, los ojos de Soledad Montalvo parecieron ensombrecerse.

—¿De verdad? —dijo. Su frialdad habría podido cortarse con un cristal.

—Una noche. Dos partidas.

Dio unos pasos hacia la puerta, como si no lo hubiera oído, dispuesta a dar por zanjado ese derrotero en su conversación. Hasta que súbitamente se detuvo y se giró.

—Siempre fue el mejor jugador de todos. Nunca vivió en Jerez permanentemente, no sé si él se lo contó. Sus padres, mis tíos, se instalaron en Sevilla al casarse, pero él pasaba aquí largas temporadas con nosotros: las pascuas de Navidad, las Semanas Santas, las vendimias. Soñaba con venir, esto era para él el paraíso. Después se fue para siempre; hace dos décadas que no le sigo los pasos.

Esperó unos segundos antes de preguntar ¿cómo está?

Arruinado. Tortuoso. Infeliz, seguramente. Atado a una mujer deplorable a la que no quiere. Y yo he contribuido a hundirlo aún más. Eso fue lo que podría haberle dicho y lo que se ahorró decir.

—Bien, supongo —mintió—. No nos conocemos mucho; tan sólo coincidimos unas cuantas veces en actos sociales y tuvimos oportunidad de jugar en una única ocasión. Después... después hubo por medio ciertos asuntos y, por circunstancias diversas, acabamos realizando la operación gracias a la cual estos bienes pasaron a mi poder.

Había intentado ser difuso sin sonar falso; convincente sin soltar ni prenda. Y ante su muy escasa precisión, anticipó que no tardarían en llegar las preguntas incómodas para las que él no tenía respuesta. Sobre un primo, sobre el otro, quizá sobre la mujer con la que formaron un triángulo en los últimos tiempos de vida de Luis.

La curiosidad de Sol Claydon, sin embargo, tomó otro camino.

—¿Y quién ganó esas partidas?

A pesar de que seguía intentando contenerla con todas sus fuerzas, por fin se abrió paso dentro de él la voz que no quería oír. ¡No serás capaz, insensato! ¡Cierra la boca ahora mismo! Cambia inmediatamente de conversación, no entres por ahí, Mauro, no entres por ahí. Calla tú, Elías; déjame que comparta con esta mujer la única miserable gloria que ha tenido mi vida en mucho tiempo. ¿No estás viendo que, a pesar de sus maneras atentas, a sus ojos sólo soy un advenedizo y un usurpador?

Déjame sacar ante ella un poco de orgullo, hermano. Es lo último que me queda, no me obligues a tragármelo también.

—Gané yo.

Se protegió, no obstante. Para que Soledad Montalvo no insistiera queriendo saber acerca de su desafortunado contrincante, de inmediato preguntó él:

—Su primo Luis, ¿también era aficionado al billar?

Entonces sí volvió a su rostro la nostalgia.

—No pudo. Siempre fue un niño bajito y enclenque, muy poquita cosa. Y a partir de los once o doce años, se frenó su desarrollo. Le vieron médicos de todas partes, hasta lo llevaron a Berlín, a que lo examinara un supuesto especialista milagroso. Le hicieron mil atrocidades: estiradores de hierro, tirantes de cuero para colgarlo por los pies. Pero nadie dio con la causa ni con la solución.

Acabó casi en un susurro:

—Todavía me cuesta creer que el Cominillo esté muerto.

El Cominillo, dijo con la gracia del habla popular de la tierra emergiendo entre su envoltura de sofisticación cosmopolita. Toda la frialdad que había mostrado al hablar de Gustavo se tornó en ternura al referirse a Luis, como si los dos primos ocuparan polos opuestos en su catálogo de afectos.

—Según me contó el notario —añadió él—, nadie sabía que estaba en Cuba. Ni que había fallecido.

Volvió a sonreír con otro trazo de fina ironía pegado a los labios.

—Lo sabía quien tenía que saberlo.

Enmudeció unos segundos sin dejar de mirarle limpiamente, como si estuviera pensándose si valía la pena seguir alimentando la curiosidad del extraño o parar ahí.

—Tan sólo estábamos al corriente su médico y yo —reconoció por fin—. De su muerte tuvimos noticia hace apenas unas semanas, cuando el doctor Ysasi recibió desde Ultramar carta de Gustavo. Ahora estábamos a la espera de recibir la partida de defunción para comunicar la noticia públicamente y encargarnos del funeral.

—Lamento haber sido el causante de que todo se haya precipitado.

Alzó los hombros con gracia, como diciendo qué le vamos a hacer.

—Supongo que era cuestión de días que llegara la documentación.

No te metas por ahí, chiflado. Ni se te ocurra. Las órdenes le llegaron al cerebro como latigazos, pero las esquivó con un par de quiebros.

—O quizá su primo tuvo en algún momento la intención de venir a Jerez y traerla consigo.

Los ojos castaños de Sol Claydon, abiertos como balcones, se llenaron de incredulidad.

—¿Ésa era de verdad su intención?

—Creo que lo estuvo considerando, aunque me temo que a la postre lo descartó.

Lo que salió de su hermosa garganta fue apenas un susurro.

—Volver Gustavo a Jerez, my goodness…

Desde abajo se oyeron ruidos, Santos Huesos acababa de llegar. Apenas entendió que el patrón no estaba solo, con ese olfato suyo capaz de detectar las tensiones a tres leguas, el criado se dio cuenta de que estaba de sobra y volvió a escabullirse sigiloso.

Para entonces, Sol Claydon había recuperado la compostura.

—En fin, turbias cuestiones familiares con las que no quiero entretenerlo más, señor Larrea —dijo devolviendo la cordialidad a su tono de voz—. Creo que es hora de que deje de robarle tiempo; como le he dicho a mi llegada, con esta visita tan sólo pretendía darle la bienvenida. Y quizá, en el fondo, también buscaba un reencuentro con mi pasado en esta casa antes de decirle definitivamente adiós.

Titubeó un instante, como si no estuviera del todo segura de la conveniencia de sus palabras.

—¿Sabe que durante años creímos que las herederas de Luis serían mis hijas? Así constaba en su primer testamento.

Un cambio testamentario de última hora, por todos los tormentos del infierno. Un cambio imprevisto que beneficiaba a Gustavo Zayas y a Carola Gorostiza. Y, por extensión, a él. Un sudor frío le recorrió la espalda. Corta amarras, compadre. Desvincúlate, mantente al margen; bastante te complicó las cosas la pinche hermana de tu consuegro.

Intentando ocultar su desconcierto, respondió con la más absoluta sinceridad:

—No tenía la menor idea.

—Pues mucho me temo que así es.

De haber sido Sol Claydon otro tipo de mujer, tal vez habría despertado en él, en medio de sus recelos, al menos una pizca de compasión. Pero la última de los Montalvo distaba mucho de prestarse a generar lástima.

Por eso, no le dio opción a reaccionar.

—Tengo cuatro, ¿sabe? La mayor de diecinueve, la pequeña acaba de cumplir once. Medio inglesas medio españolas.

Una pausa brevísima y a continuación una pregunta que, como casi todas, le agarró con el paso cambiado:

—¿Tiene usted hijos, Mauro?

Le había llamado por su nombre y algo se le removió dentro. Hacía mucho tiempo que ninguna mujer se había adentrado en el perímetro de su intimidad. Demasiado tiempo.

Tragó saliva.

—Dos.

—¿Y esposa? ¿Hay una señora Larrea esperándolo en algún sitio?

—Desde hace muchos años, no.

—Lo lamento enormemente. Mi marido es inglés; vivíamos en Londres, pero siempre hemos estado yendo y viniendo con relativa asiduidad, hasta que nos instalamos aquí de forma estable hace ya casi dos meses. Confío en que nos haga el honor de cenar con nosotros en alguna ocasión.

Con aquella etérea invitación que nada cerraba ni comprometía, dio por terminada su visita. Acto seguido, se dirigió hacia la amplia escalera que algún día fue una de las joyas de la casa, y lanzó una mirada de desagrado al pasamanos cubierto por una costra de mugre. A la vista de su estado y a fin de evitar ensuciarse, optó por no rozarlo y comenzó a descender sin apoyarse en él, alzándose la falda para que los pies no se le enredaran entre las enaguas y la porquería del mármol medio húmedo.

Él se puso a su lado en tres zancadas.

—Tenga cuidado. Agárrese a mí.

Dobló el brazo derecho y ella lo asió con naturalidad. Y a pesar de que entre ambos se interponían varias capas de ropa, notó su pulso y su piel. Entonces, movido por algo sin nombre ni registro en su memoria, el minero colocó su mano grande y machacada sobre el guante de Sol Claydon, de Soledad Montalvo, de la mujer que ahora era y de la niña que fue. Como si quisiera consolidar su apoyo para prevenir una caída lamentable. O como si quisiera garantizarle que, a pesar de haber desprovisto a sus hijas de su patrimonio y de haberle puesto la vida del revés, aquel desconcertante individuo venido del otro lado del océano, con su facha de indiano oportunista y sus verdades a medias, era un hombre en quien podía confiar.

Bajaron enlazados y en silencio, escalón tras escalón sin cruzar una palabra. Separados por sus mundos y sus intereses, unidos por la proximidad de sus cuerpos.

Ella murmuró gracias al desprenderse, él respondió con un ronco no hay de qué.

Mientras contemplaba su espalda esbelta y el batir de la falda sobre las losas al atravesar la casapuerta, Mauro Larrea tuvo la certeza de que en el alma de aquella luminosa mujer había sombras oscuras. Y con un pellizco en las tripas, le llegó también la intuición de que entre esas sombras acababa de entrar él.

La perdió de vista cuando ella salió a la Tornería. Sólo entonces se dio cuenta de que mantenía apretado el puño que contuvo su mano, como si se resistiera a dejarla ir.

29

Hablaban una vez más en la mesa del comedor gaditano de los Fatou, con los antepasados observando atentos desde las paredes, los churros calentitos sobre la mesa y el chocolate espeso en las tazas de la dote de la recién casada. Acababa de anunciarles que había decidido instalarse en Jerez.

—Creo que es lo más sensato; desde allí me resultará más cómodo negociar con los potenciales compradores y atender las obligaciones que la transacción vaya generando.

—Y díganos, don Mauro, si no es impertinencia —preguntó con cortedad Paulita—. Esa residencia en la que va a vivir, ¿se encuentra en condiciones? Porque si necesita cualquier cosa… —Miró a su marido antes de acabar la frase, como en busca de colaboración.

—… por supuesto que no tiene nada más que hacérnoslo saber —concluyó él—. Enseres, muebles; todo aquello con lo que crea que podamos ayudarle a instalarse. Tenemos un buen montón de todo en los almacenes; los tristes decesos de varios miembros de la familia nos han obligado a cerrar tres casas en los últimos años.

Por Dios que sería fácil decir que sí. Aceptar los sinceros ofrecimientos de la joven pareja, llenar hasta los topes un par de carros con buenas butacas y colchones, con chineros, biombos y armarios roperos que devolvieran a su triste casa nueva un mínimo de comodidad. Pero lo más sensato era no tender puentes, no generar más compromisos de los justos.

—Se lo agradezco infinito, pero creo que ya he abusado suficiente de ustedes.

Había regresado solo hasta Cádiz la noche anterior, Santos Huesos se quedó en el caserón de la Tornería. Adminístrate bien, muchacho, le dijo entregándole un dinero antes de partir. Los pasajes desde La Habana ya se habían llevado una buena tajada de sus cortos capitales, más le valdría contenerse.

—Salte a la calle en cuanto amanezca, a ver qué encuentras para adecentar un par de cuartos para que nos instalemos tú y yo; el resto lo mantendremos cerrado a cal y canto. Busca a gente que limpie, compra lo imprescindible, y mira a ver cuántas de las reliquias de los anteriores propietarios nos pueden servir.

—Pues no es que quiera yo llevarle la contraria, patrón, pero ¿de verdad está convencido de que vamos a vivir usted y yo aquí?

—¿Qué pasó, Santos Huesos?; muy delicado me parece a mí que te me has vuelto a estas alturas. ¿Y dónde creciste tú, sino entre los zacatales de la sierra de San Miguelito? ¿Y yo, sino en una mísera herrería? Y las noches de Real de Catorce que pasamos al raso entre fogatas, ¿ya se te olvidaron? ¿Y más cerca en el tiempo, el camino con los chinacos de México a Veracruz? Apúrate y déjate de remilgos, que pareces una solterona camino de misa del alba, cabrón.

—Pues no es por hablar de lo que no me corresponde, don Mauro, pero ¿qué tal van a pensar cuando sepan que habita esta ruina de casa, si toda esta gente cree que es usted un millonario de la plata mexicana?

Un extravagante millonario venido de Ultramar, exactamente. Ésa había previsto que fuera su fachada. Qué más le daba lo que pensaran, si en cuanto lograra liquidar sus asuntos se iría por donde vino y nadie en aquella ciudad volvería a oír jamás de él.

A pesar de sus negativas, el cachorrito que Fatou tenía por esposa no se resistió a dejar de cumplir con su papel. Así había visto comportarse a su madre y a su suegra en vida, y así quería ella agarrar la antorcha en el buen gobierno doméstico de su propio matrimonio: sin duda ésa era la primera ocasión que se le presentaba de ejercer como anfitriona ante un desconocido de semejante apariencia y postín. Por eso, a media mañana, mientras él recogía sus últimos enseres y cerraba los baúles y se cuestionaba por novena vez si aquel traslado era o no un desatino, Paulita llamó con timidez a la puerta del dormitorio.

—Disculpe la invasión, don Mauro, pero me he tomado la libertad de prepararle unos cuantos juegos de ropa de cama y algunas otras cosillas para que se instale con comodidad, ya nos lo retornará cuando regrese a Cádiz para volver a embarcarse. Si, como usted mismo ha dicho, su nueva residencia lleva un buen tiempo cerrada, aunque esté bien provista de todo lo necesario para ocuparla, sin duda se habrán acumulado en ella la humedad y mal olor.

Dios te bendiga, criatura, estuvo a punto de decirle. Y de darle un pellizco agradecido en la mejilla, o de acariciarle el pelo como quien mima a un caniche. Guardó las formas, no obstante.

—Ya que se tomó la molestia, sería muy descortés por mi parte no aceptar su amabilidad; le prometo devolvérselo todo en perfecto estado.

Las toses del mayordomo Genaro sonaron a su espalda.

—Usted perdone que los interrumpa, señorita. Don Antoñito manda que entregue esto a don Mauro.

—Don Antonio y señora, Genaro —susurró la joven, aleccionando al viejo por la que seguramente era la enésima vez—. Ahora ya somos don Antonio y señora, Genaro, cuántas veces voy a tener que repetírselo.

Demasiados años para cambiar de hábitos, debió de pensar el anciano sirviente sin inmutarse: los había visto nacer a los dos. Haciendo caso omiso de la inocente esposa, depositó en la mano del huésped un pequeño paquete timbrado con un puñado de estampillas habaneras y la pulcra caligrafía de Calafat.

—Lo dejo con su correspondencia, no le interrumpo más —remató Paulita. Le habría gustado desgranarle el contenido de lo que había previsto prestarle, para que viera el esmero que había puesto en la tarea. Cuatro juegos de sábanas de hilo, media docena de toallas de algodón, dos manteles de organza bordada. Todo perfumado con alcanfor y romero, más unas cuantas mantas de lana de Grazalema, más velas de cera blanca y lamparillas de aceite, más...

Para cuando terminó de repetir mentalmente la lista, la joven seguía plantada en la galería y él ya se había atrincherado en su alcoba. A falta de un abrecartas a mano, rasgó el papel con los dientes. Le urgía. Le urgía saber, tanto si las nuevas procedían directamente del anciano banquero como si a través de él, tal como habían acordado, le llegaban noticias de los suyos desde México. Para su fortuna, hubo de todo.

Comenzó con Andrade, ansioso por conocer qué había averiguado sobre el paradero de Nicolás. Localizado, le decía. En París, efectivamente. El minero sintió una ráfaga de alivio. Mariana te dará los detalles, leyó. A continuación venía una puesta al día sobre sus calamitosos asuntos financieros y un somero repaso al país que dejó. Las deudas estaban más o menos en orden, pero más allá de la casa de San Felipe Neri colgando de un hilo, de lo que fue su generoso patrimonio no quedaba ni una mala escoba. México, por su parte, se mantenía bullendo como en un caldero: las guerrillas reaccionarias contra Juárez seguían haciendo de las suyas, liberales y conservadores no hallaban la paz. Los amigos y conocidos le preguntaban por él allá por donde iba: en el café del Progreso, a la salida de misa en La Profesa, en las funciones del Coliseo. A todos respondía que sus negocios prosperaban como la espuma en el extranjero. Nadie sospecha, pero resuelve algo pronto, Mauro, por tus muertos te lo pido. Los Gorostiza siguen planificando el casamiento, aunque tu chamaco parece no saber de su vuelta. Lo hará, no obstante, en cuanto se le acabe el poco dinero que pueda quedarle. Por suerte o por desgracia, ya no podemos mandarle ni un mísero peso. Concluía con un Dios te guarde, hermano, y una posdata. De Tadeo y Dimas Carrús, de momento, no llegué a saber más.

A continuación leyó la larga misiva de Mariana, con los pormenores sobre Nico. Un hermano del prometido de una amiga había coincidido con él una madrugada en París. En una soirée en la Place des Vosges, en la residencia de una dama chilena de pelaje algo libertino. Rodeado por otros cachorros de las jóvenes repúblicas americanas, con varias copas de champagne en el cuerpo y bastante incierto respecto a su inmediato regreso a México. Quizá retorne en breve, había dicho. O puede que no. Estuvo a punto de estrujar el papel entre los dedos. Pinche descerebrado, pedazo de disoluto, masculló. Y la niña de los Gorostiza, penando por él. Serénate, cabrón, se ordenó. Al menos está localizado y entero, que no es poco. Aunque, como había apuntado su apoderado, a esas alturas debía de estar ya escaso de plata para seguir dándose la gran vida. Y entonces no tendría más remedio que volver, y los lobos acecharían de nuevo. Prefirió no detenerse a pensar y proseguir con la carta de su hija, jugosa en pequeñeces y naderías: su criatura seguía creciendo en su vientre, se llamaría Alonso como el padre si era niño, y su suegra insistía en que fuera otra Úrsula en caso de nacer hembra, ella estaba cada día más grávida, se la pasaba comiendo a todas horas borrachitos y palanquetas de cacahuate. Lo extrañaba inmensa, infinitamente. Al terminar de leer, miró la fecha: con una cuenta rápida y un pellizco en el estómago, calculó que su Mariana estaría en esos días casi a punto de dar a luz.

Finalmente fue el turno de Calafat. El banquero le enviaba algo que, al día siguiente de zarpar él de La Habana, le había llegado desde una ciudad del interior: la cédula española de identidad de Luis Montalvo y la partida de defunción y posterior enterramiento en la Parroquial Mayor de Villa Clara. La misma partida que espera ella, precisó en referencia a Sol Claydon. Y, como un destello, a la memoria le volvió su rostro hermoso, su empaque. Su sutil ironía, su elegante entereza, su espalda al marchar. Sigue leyendo, no te distraigas, se ordenó. Pese a no llevar remite, al banquero no parecía caberle duda respecto a la procedencia de todo aquello: lo enviaba el propio Gustavo Zayas desde la provincia de Las Villas, donde tenía su cafetal. Y el destinatario, sin expresarlo tampoco, no era su propia prima ni aquel doctor jerezano del que ella le habló, sino el propio Mauro Larrea. Por si necesitara justificar en lugar alguno los datos que constan, decía el anciano. O para hacérselo llegar a quien corresponda.

* * *

Atrás dejó Cádiz a la mañana siguiente, apenas despuntó el amanecer. Sus dos baúles y el arcón de ropa blanca lo acompañaban; el bolsón con el dinero de la condesa quedó a recaudo de la casa Fatou.

A su llegada a Jerez, el zaguán y el patio lucían bastante menos costrosos que los días anteriores.

—Santos Huesos, en cuanto volvamos a América me voy a ir a caballo hasta el Altiplano Potosino y voy a pedirle a tu padre tu mano para casarme contigo.

El chichimeca rio entre dientes.

—Todo fue cuestión nomás de soltar unas moneditas allá y acá, patrón.

La mugre había disminuido parcialmente en el patio, en la escalera y en las losas de la galería; además habían barrido y baldeado los salones principales, y los escasos muebles que antes andaban desparramados por las habitaciones y los desvanes habían sido recolocados juntos en la antigua sala de juego, consiguiendo algo parecido a una estancia medianamente habitable.

—¿Subimos el equipaje, pues?

—Mejor vamos a dejarlo la tarde entera junto a la puerta, a la vista de cualquiera que pase por la calle. Que piense todo el mundo que llegamos bien pertrechados; nadie tiene que saber que esto es lo único que tenemos.

Y así quedaron expuestos los opulentos baúles de cuero con sus remates y cierres de bronce, al alcance de todas las miradas que quisieron asomarse a la cancela tras los portones abiertos de par en par. Hasta la caída de la tarde, cuando por fin se los cargaron a las espaldas y los subieron al piso superior entre los dos.

Pasaron la primera noche sin sobresaltos, al cobijo de la ropa de cama prestada por la tierna Paulita. Al alba lo despertó un gallo en un corral cercano y las campanas de San Marcos lo pusieron en pie. Santos Huesos ya le tenía preparada media bota de vino llena de agua lista para su aseo en el patio trasero; después le sirvió el desayuno en la estancia que en su día acogió la mesa de billar.

—Por mis hijos te juro que vales tu peso en oro, cabrón.

El criado sonrió en silencio mientras él devoraba sin preguntar de dónde habían salido ni el pan ni la leche ni aquella media vajilla de loza de pedernal, aparente aunque un tanto desportillada. Lo hizo sin prisa: sabía que después del desayuno ya no podría posponer más lo que llevaba rumiando desde el día anterior. Incapaz de tomar la decisión por sí mismo, tomó una moneda y decidió dejarlo al albur.

—Elige una mano, muchacho —propuso poniéndoselas a la espalda.

—Lo mismo va a dar lo que yo saque, digo yo.

—Elige, haz el favor.

—Derecha, pues.

Abrió la mano vacía, no supo si para bien o para mal.

Haber elegido la otra, la izquierda, la que contenía la moneda, le habría supuesto dirigirse a casa de Sol Claydon a fin de compartir con ella los documentos de su primo Luis Montalvo, algo en lo que llevaba pensando desde que abriera en Cádiz el paquete de Calafat. Al fin y al cabo ella era en Jerez, si no su heredera legal, sí al menos su legataria moral. El Cominillo, le había llamado. Y por enésima vez volvió a recordar su rostro y su voz, sus brazos largos extendidos al mostrarle dónde estaba la vieja mesa de billar, la levedad de su mano, su cintura escueta y su andar armonioso al partir. Déjate de pendejadas, idiota, bramó sin voz a su conciencia. Pero el criado había elegido la derecha. Así que te quedas con los papeles; todo el mundo sabe ya aquí que el primo está muerto, el notario don Senén tiene todas las garantías. Te los quedas aunque no tengas ni idea de por qué, ni de para qué.

—Híjole, Santos. —Se levantó decidido—. Te dejo acabando de rematar mientras yo salgo a resolver unas cuantas cosas por ahí.

Su primera visita al exterior de la bodega fue en carruaje y acompañado por el notario; ahora, solo, a pie y desorientado, llegar hasta allí se le complicó. Un laberinto endemoniado de estrechas callejas configuraba la maraña del viejo Jerez árabe; las imponentes casas solariegas de abolengo con blasones nobiliarios se mezclaban con otras más populares en un singular potaje arquitectónico. Un par de veces tuvo que deshacer lo andado, en más de una ocasión se paró a preguntar a algún viandante hasta que, al cabo, logró dar con la bodega en la calle del Muro. Más de treinta varas de tapia en esquina, pidiendo a gritos una mano de cal. Junto al portón de madera, dos viejos sentados en un poyete.

—A la paz de Dios —dijo uno.

—Esperando estamos al señorito desde hace unos cuantos días.

Entre los dos juntaban menos de ocho dientes y más de un siglo y medio de edad. Rostros con la piel curtida como el cuero viejo y surcos en vez de arrugas. Se levantaron con cierta dificultad, se despojaron de sus ajados sombreros y le hicieron una respetuosa reverencia.

—Muy buenos días tengan ustedes, señores.

—Hemos oído por ahí que se ha quedado usted con las propiedades de don Matías, y aquí estamos, para lo que le podamos servir.

—Pues en verdad, no sé yo...

—Para enseñarle el casco de bodega por dentro y contarle todo lo que quiera usted saber.

Extremadamente corteses estos jerezanos, pensó. A veces tomaban la forma de bellas señoras y a veces las de cuerpos enjutos al borde de la sepultura, como esos dos.

—¿Acaso trabajaron alguna vez? —preguntó tendiéndoles la mano a ambos. Y con el mero tacto calloso y áspero de las palmas de los ancianos, adelantó que la respuesta sería sí.

—Servidor fue arrumbador de la casa durante treinta y seis años, y aquí mi pariente unos pocos más. Se llama Marcelino Cañada y está sordo como una tapia. Mejor hable para mí. Severiano Pontones, a mandar.

Llevaban ambos alpargatas desgastadas por el empedrado de las calles, pantalones de paño basto y ancha faja negra en la cintura.

—Mauro Larrea, agradecido. Aquí traigo la llave.

—Ninguna falta hace, señor mío; no hay más que empujar.

Bastó un buen impulso de su hombro para que el postigo de madera cediera, dejando a la vista una gran explanada rectangular flanqueada por filas de acacias. Al fondo, una construcción con tejado a dos aguas. Sobria y alta, blanca entera debió de ser en su día, cuando la enjalbegaban una vez al año. Ahora lucía manchas negras y mohosas en su parte inferior.

—Aquí, a este lado, están los escritorios, desde donde se llevaban las cuentas y la correspondencia —dijo el sordo alzando la voz y señalando a la izquierda.

Se acercó en tres zancadas y se asomó a una de las ventanas. Dentro sólo vio telarañas y suciedad.

—Hace años que arramblaron con los muebles.

—¿Cómo?

—¡Que le digo al amo nuevo que hace ya años que arramblaron con los muebles!

—La Virgen, si hace años...

—Y ahí estaba el escritorio de don Matías, su despacho. Y el del administrador.

—Ésa era la sala para recibir a las visitas y a los compradores.

—Y allí detrás el taller de tonelería.

—¿Cómo?

—¡El taller, Marcelino, el taller!

Siguió caminando sin prestar atención al vocerío, hasta llegar a la construcción principal. Aunque parecía cerrada, intuyó que la gran puerta cedería con la misma facilidad que el postigo de la calle.

Apoyó sobre ella el peso del lado izquierdo de su cuerpo y empujó.

Quietud. Reposo. Y un silencio entre penumbras que le estremeció los huesos. Eso fue lo que percibió al entrar. Techos altísimos atravesados por vigas de madera vista, suelo terrizo, la luz filtrada por esterones de esparto trenzado colgados en las ventanas. Y el olor. Ese olor. El aroma a vino que flotaba en las calles y que aquí se multiplicaba por cien.

Cuatro naves se comunicaban mediante arcos y pilares estilizados. A sus pies dormían centenares de botas de madera oscura, extendidas por toda la superficie, superpuestas en tres andanas.

Ordenadas, oscuras, serenas.

A su espalda, como en señal de respeto, los viejos arrumbadores dejaron de hablar.

30

Reemprendió sus quehaceres confuso, con las pupilas y la nariz llenos de bodega. Extrañado, descolocado por la sensación.

El siguiente tramo de camino lo llevó a la notaría de don Senén Blanco para anunciarle que había decidido aposentarse en Jerez durante su espera. Y el siguiente movimiento fue recorrer otra vez la estrecha calle de la Tornería. De vuelta.

—Tuvimos visita, patrón.

Le entregó algo que él, a la vez, esperaba y no esperaba: un sobre con sello de cera azul en el reverso. Dentro, una nota escueta escrita en letra pequeña y firme sobre grueso papel marfil. El señor y la señora Claydon tenían el honor de invitarle al día siguiente a cenar.

—¿Vino ella?

—Mandó a una criada nomás, una extranjera.

Por la tarde cerraron los portones, para que nadie lo viera arremangarse y faenar hombro con hombro junto a su criado a fin de continuar adecentando el caserón. Medio descamisados, con el vigor que en otros tiempos usaron para descender a los pozos y atravesar galerías subterráneas, ahora arrancaron hierbajos y malezas, enderezaron azulejos y recompusieron tejas y losas. Se llenaron de mugre y arañazos, maldijeron, blasfemaron, escupieron. Hasta que el sol cayó y no tuvieron más remedio que parar.

La mañana siguiente la ocuparon en el mismo menester. Imposible calcular cuánto tiempo iba a durar su estancia entre aquellas paredes, así que más les valía acondicionar el inmueble por si la cosa se retrasaba. Y de paso, trabajando con las manos y con la fuerza bruta, como cuando sacaba plata del fondo de la tierra, Mauro Larrea mantenía la mente ocupada y dejaba las horas transcurrir.

Ya había oscurecido cuando partió hacia la plaza del Cabildo Viejo. Plaza de los Escribanos la llamaban también, por la actividad mañanera que éstos realizaban bajo la sombra de sus tenderetes atendiendo a demandantes, a pleiteadores, a madres de soldadesca y a enamorados: a cualquiera que necesitara transcripciones a pluma y papel de aquello que les bullía en la cabeza y en el corazón. Antes, con la última luz de la tarde, medio desnudo en el patio trasero, se había frotado a conciencia con uno de los jabones de bergamota que Mariana introdujo en su equipaje, y se había afeitado frente a un espejo resquebrajado que Santos Huesos encontró en algún desván. Se vistió después con su mejor frac, incluso rescató de uno de los baúles una botella de aceite de Macasar cuyo contenido se extendió generosamente por el cabello. Hacía tiempo que no ponía tanto esmero en su propia persona. Frénate, cabrón, se reprochó cuando cayó en la cuenta de por qué lo estaba haciendo.

Las hermosas fachadas que adornaban la plaza de día —el Cabildo renacentista, San Dionisio con su gótico y las imponentes mansiones particulares— se habían convertido en sombras a aquella hora en la que el bullicio callejero aún no había decaído del todo pero ya comenzaba a mermar. Jamás se le habría ocurrido a Mauro Larrea en México asistir a una cena a pie; siempre acudió en su berlina, con su cochero Laureano embutido en una vistosa librea y sus yeguas lujosamente enjaezadas. Ahora pateaba las calles tortuosas de la vieja ciudad árabe con las secuelas del trabajo bruto clavadas como aguijones en los músculos y las manos metidas en los bolsillos. Oliendo a vino en el aire, esquivando charcos y perros vagabundos, envuelto en un universo ajeno. Con todo, andaba lejos de sentirse mal.

A pesar de su puntualidad, tardaron en responder a los golpes del suntuoso llamador de bronce. Hasta que apareció un mayordomo calvo y envarado, y lo hizo pasar. En el suelo del zaguán pisó una espléndida rosa de los vientos hecha con incrustaciones de mármol. *Good evening, sir, please, come in,* le había dicho en inglés mientras le acompañaba a un gabinete a la derecha del patio central; un hermoso patio cubierto por una montera de cristal, a diferencia del abierto de su propia residencia mexicana y del de la casa que ahora ocupaba en Jerez.

Nadie acudió a recibirlo una vez se evaporó el mayordomo. Costumbre extranjera debe de ser, pensó. Tampoco se asomó ningún criado, ni oyó el ruido del traqueteo doméstico previo a una cena, ni la voz o los pasos de alguna de las cuatro hijas de la familia.

Acompañado por el compás pesado de un soberbio reloj sobre la chimenea encendida, optó por dedicarse a observar con cierta curiosidad el hábitat de la última descendiente de los Montalvo. Los óleos y acuarelas que colgaban de las paredes, las telas cargadas de cuerpo, los jarrones llenos de flores frescas sobre pies de alabastro. Las densas alfombras, los retratos, los quinqués. Habían pasado más de diez minutos cuando por fin oyó sus pasos en el vestíbulo y la vio entrar irradiando prisa y brío, acabándose de acomodar los pliegues de la falda, esforzándose por sonreír y sonar natural.

—Estará pensando con toda razón que en esta casa somos unos absolutos descorteses, le ruego que nos perdone.

Su presencia acelerada lo abstrajo y lo envolvió de tal manera que, durante unos instantes, su mente no registró nada más. Llegaba vestida de noche, envuelta en terciopelo verde con los hombros huesudos y armoniosos al aire, la cintura ajustada y un escote pronunciado hasta el límite justo para no perder la elegancia.

—Y le suplico por favor que disculpe sobre todo a mi marido. Unos asuntos imprevistos le han obligado a abandonar Jerez; lo lamento enormemente, pero me temo que no podrá acompañarnos esta noche.

Estuvo a punto de decir yo no. Yo no lo lamento, señora

mía; no lo lamento en absoluto. Probablemente se tratara de un hombre interesante. Viajado, educado, distinguido. Y rico. Todo un gentleman inglés. Pero. Aun así.

Optó, no obstante, por ser cortés.

—En tales circunstancias, quizá prefiera cancelar la cena; ya habrá otra ocasión.

—Ni muchísimo menos, de ninguna manera, ni hablar, ni hablar... —insistió Sol Claydon con un punto de aceleración. Paró entonces un instante, como si ella misma fuera de pronto consciente de que debía serenarse. Era patente que algo la había absorbido hasta ese instante, y que aún seguía movida por la inercia. Las demandas por la ausencia del esposo, quizá las turbulencias adolescentes de alguna de sus hijas o un pequeño altercado con el servicio—. Nuestra cocinera —añadió— nunca me lo perdonaría. La trajimos con nosotros desde Londres y apenas ha tenido ocasión todavía de mostrar sus dotes ante nuestros invitados.

—En tal caso…

—Además, por si anticipa que pueda aburrirle pasar conmigo a solas la velada, le advierto que tendremos compañía.

No fue capaz de adivinar si en sus palabras había ironía alguna; le faltó tiempo porque justo en ese momento, aunque no se hubiera oído previamente el llamador de la puerta principal, alguien entró en el salón.

—Por fin, Manuel, my dear.

En su saludo descargó un alivio que a él no le pasó por alto.

—El doctor Manuel Ysasi es nuestro médico: un antiguo y entrañable amigo de la familia, como también lo fueron su padre y su abuelo. Él es el encargado de atender todos nuestros malestares. Y Mauro Larrea, como ya te he contado, querido, es…

Prefirió adelantarse.

—El intruso que viene de allende los mares; un placer.

—Encantado de conocerle al fin, ya me han puesto en antecedentes.

Y a mí también, pensó mientras le tendía una mano. Fuiste el médico del Comino y el único al que Zayas, desde Cuba, anunció su muerte. A ti, y no a la prima hermana de los dos. A saber por qué.

Una doncella pulcramente uniformada llegó entonces con una bandeja presta para servir un aperitivo, la conversación se mantuvo trivial. Se relajaron los tratamientos: el doctor Ysasi, con su constitución delgadísima y su barba negra como el carbón, pasó a ser tan sólo Manuel mientras él se transmutó definitivamente en Mauro para los otros dos. Qué le parece Jerez, cuánto tiempo tiene previsto quedarse, cómo es la vida en el Nuevo Mundo emancipado: vacuas preguntas y leves respuestas. Hasta que el mayordomo anunció la cena en su más pulido inglés.

—*Thank you,* Palmer —replicó ella con el tono firme de señora de la casa. Y en voz baja y cómplice, ya sólo para ellos, añadió—: Le está costando un mundo aprender español.

Atravesaron el amplio vestíbulo y subieron a la planta noble, al comedor. Paredes empapeladas con escenas orientales, muebles Chippendale. Diez sillas alrededor de la mesa, mantel de hilo, dos esbeltos candelabros y servicio dispuesto para tres.

Comenzó el movimiento a sus espaldas, sirvieron los vinos en decantadores de cristal tallado con boca y asa de plata. Los platos, la charla y las sensaciones empezaron a secuenciarse.

—Y ahora, con las aves —indicó en su momento la anfitriona—, lo que los acertados paladares jerezanos aconsejarían sería un buen amontillado. Pero mi marido tenía previsto sacar algo distinto de nuestra bodega. Confío en que les guste el borgoña.

Alzó la copa con delicadeza; la luz de las velas arrancó en su contenido unos intensos reflejos rojizos que ella y el doctor contemplaron con admiración. Él, en cambio, aprovechó el momento para mirarla una vez más sin ser notado. Los hombros desnudos en contraste con el terciopelo en color musgo del vestido. El cuello largo, la clavícula afilada. Los pómulos altos, la piel.

—Romanée Conti —continuó ella ajena—. Nuestro favorito. Tras unas negociaciones larguísimas, hace cuatro años que Edward logró ser su representante en exclusiva para Inglaterra; es algo que nos honra y nos llena de orgullo.

Lo degustaron admirando su cuerpo y su aroma.

—Magnífico —murmuró sincero tras probarlo—. Y ya que hablamos de ello, señora Claydon…

—Sol, por favor.

—Ya que hablamos de ello, Sol, según entiendo, y le ruego que disculpe mi curiosidad y mi ignorancia, su actual negocio no es exactamente hacer vino tal como fue el de su familia, sino vender el que otros hacen.

Depositó la copa sobre el mantel antes de responder, después dejó que le sirvieran las viandas trinchadas. Y entonces alzó su voz envolvente. Hacia él.

—Así es, más o menos. Edward, mi marido, es lo que en inglés se conoce como un *wine merchant*, algo que no se corresponde del todo con la idea de un comerciante a la española. Él, por lo general, no dispensa vinos para su consumo directo; es…, digamos un agente, un marchante. Un importador con conexiones internacionales que busca, y he de reconocer que generalmente consigue, caldos excelentes en distintos países, y se encarga de que lleguen a Inglaterra en las mejores condiciones posibles. Oportos, madeiras, clarets de Burdeos. Representa además a varias bodegas francesas de las zonas de Champagne, Cognac y Borgoña, prioritariamente.

—Y, por supuesto —la interrumpió el doctor con confianza—, se encarga también de que arriben al Támesis nuestros vinos de Jerez. Gracias a ello matrimonió con una jerezana.

—O por eso se casó la jerezana con un wine merchant inglés —contravino ella con gracia plagada de ironía—, a mayor gloria de nuestras soleras. Y ahora, Mauro, pregunta por pregunta, cuéntenos usted, por favor. Más allá de las transacciones inmobiliarias que lo han traído hasta esta tierra, ¿a qué se dedica exactamente, si no es indiscreción?

Recitó por enésima vez su discurso esforzándose por sonar articulado y veraz. Las tensiones internas en México y las fricciones con los países europeos, su interés en diversificar negocios y todo el fútil blablablá que había ido amasando desde que los desvaríos de su extravagante consuegra le facilitaran un argumento endiablado que —para su sorpresa— acabó resultando creíble a oídos de todo el mundo.

—¿Y antes de que decidiera abrirse camino fuera de México, cuál era allí su quehacer?

Continuaban degustando el faisán con castañas y el espléndido vino, llevándose a los labios las servilletas de hilo, charlando de manera natural. La cera blanca de las velas disminuía en altura, del marido no volvieron a hablar mientras la chimenea seguía crepitando y la noche fluía gratamente. Quizá por eso, por esa momentánea sensación de bienestar que hacía tanto tiempo que no sentía en los huesos, aunque anticipara que sus palabras iban a disparar la cólera distante de su apoderado, prefirió no reprimirse.

—En realidad, nunca fui más que un minero al que la suerte se le puso de cara en algún momento de su vida.

El tenedor de Sol Claydon se quedó a medio camino entre el plato y su boca. Tras un par de segundos, lo volvió a depositar sobre la porcelana de Crown Derby, como si el peso del cubierto le impidiera la concentración. Ahora le encajaban las dos facetas desconcertantes del nuevo propietario de su legado familiar. Por una parte, el frac impecable que llevaba esa noche y la elegante levita de paño fino con la que lo conoció, su firme afán por comprar y vender, las maneras y gustos mundanos, su saber estar. Por otro, los rotundos hombros cuadrados, los brazos fuertes que le brindaron su apoyo al bajar la escalera, las manos grandes y curtidas llenas de secuelas, su armazón de intensa masculinidad.

—Empresario minero, supongo que querrá decir —apuntó el doctor Ysasi—. De los que arriesgan su dinero en las excavaciones.

—En los últimos años, sí. Pero antes me curtí en el fondo de los pozos de plata machacando piedra entre las tinieblas, sudando sangre seis días a la semana para ganar un jornal miserable.

Dicho está, compadre, anunció mentalmente a su apoderado. Ahora, si te complace, grítame hasta partirte el alma. Pero tenía que sacarlo: ya que en el presente vivo envuelto en una grandiosa mentira, entiende que al menos, en cuanto al pasado, deje salir mi verdad.

Andrade, desde su distancia oceánica, no rechistó.

—Muy interesante —afirmó el doctor con tono sincero.

—Nuestro querido Manuel es todo un liberal, Mauro; un librepensador. Coquetea peligrosamente con el socialismo; seguro que no le dejará en paz hasta conocer de arriba abajo su historia.

Llegó el postre mientras la conversación continuaba ágil, sin pasar ni siquiera de puntillas por los detalles más escabrosos que le habían llevado hasta Jerez: Gustavo Zayas, la muerte del Comino, su oscura transacción comercial. *Charlotte russe á la vanille*, la especialidad de nuestra cocinera, anunció Soledad. Y para acompañarla, el dulzor de un Pedro Ximénez denso y oscuro como el ébano. Pasaron después a la biblioteca: más charla distendida entre tazas de aromático café, copas de armagnac, delicias turcas rellenas de pistacho y soberbios cigarros de Filipinas que ella les ofreció señalando un pequeño arcón labrado.

—Siéntanse libres de fumar, por favor.

Le extrañó que necesitara concederles permiso y mientras despuntaba su tabaco cayó en la cuenta de que no había visto a una sola mujer con un cigarro o un cigarrito en la boca desde que desembarcó. Nada más lejos de México y La Habana, donde las féminas consumían tabaco a la misma velocidad que los varones y con idéntica fruición.

—Y acerca de sus hijos, Mauro —prosiguió ella—, cuéntenos...

Les habló de ellos por encima mientras los tres permanecían acomodados en confortables sillones rodeados de libros forrados en piel tras los paneles acristalados. Sobre la criatura que pronto daría a luz Mariana, sobre la estancia de Nico en Europa y su próximo matrimonio.

—Cuesta tenerlos tan lejos, ¿verdad? Aunque para ellos resulte lo más conveniente, al menos en nuestro caso. De eso te libras, querido Manuel, con tu férrea soltería.

—¿Siguen sus hijas en Inglaterra, entonces? —preguntó Mauro Larrea sin dejar al médico contestar. Ahora se iban ajustando las piezas, ya entendía mejor la inusitada quietud de la casa.

—Así es; las dos pequeñas, en un internado católico en Surrey, y las mayores en Chelsea, en Londres, al recaudo de unos buenos amigos. Por nada del mundo querían perderse las amenidades de la gran ciudad, ya sabe: los bailes, las funciones, los primeros pretendientes.

—¿Cómo llevan, por cierto, las niñas el español? —quiso saber Ysasi.

Ella respondió con una carcajada que subió en varios grados la acogedora temperatura de la habitación.

—Brianda y Estela, escandalosamente mal, he de confesar para mi vergüenza. No hay manera de que atinen con las erres, ni con el tú y el usted. Con las mayores, Marina y Lucrecia, todo me resultó más fácil porque yo pasaba más tiempo con ellas y me tomaba muy en serio eso de que mis criaturas no perdieran una parte sustancial de su identidad. Con las pequeñas, sin embargo…, en fin, las cosas se han ido alterando, y me temo que se emocionan más con el *Rule, Britannia!* que con las bulerías, y son mucho más hijas de la reina Victoria que de nuestra castiza Isabel.

Rieron los tres, sonaron las once, el doctor propuso entonces la retirada.

—Va siendo hora de que dejemos descansar a nuestra anfitriona, ¿no le parece, Mauro?

Bajaron la escalera en paralelo, esta vez sin rozarse. El mayordomo les trajo sus pertenencias; ella, en ausencia del señor de la casa, los acompañó prácticamente hasta el zaguán, pisando ambos el norte de la rosa de los vientos plasmada en el suelo. Le tendió la mano como despedida, él se la acercó a los labios, apenas la rozó. Al palpar y oler su piel, esta vez sin guantes, le recorrió un estremecimiento fugaz.

—Ha sido una noche muy grata.

De soslayo vio al doctor Ysasi ajeno a la despedida entre ellos dos, recogiendo su maletín de galeno unos metros más allá; Palmer, el mayordomo, le sostenía el capote mientras le decía en su lengua unas frases incomprensibles y el médico, concentrado, asentía.

—El placer ha sido mío, confío en que podamos repetir cuando regrese Edward. Aunque antes, quizá… Creo que no conoce todavía La Templanza, ¿me equivoco?

Templanza, eso era lo que su ánimo necesitaba: mucha templanza, templanza a espuertas. Pero dudaba que ella se estuviera refiriendo a la virtud cardinal de la que él desde hacía tiempo carecía. Por eso alzó una ceja.

—La Templanza, nuestra viña —aclaró—. O, mejor dicho, la que ahora es de su propiedad.

—Disculpe, desconocía que la viña tuviera nombre.

—Como las minas, supongo.

—En efecto, a las minas también solemos bautizarlas de alguna manera.

—Pues lo mismo ocurre aquí. Permítame que le acompañe a ver la que fuera de mi familia, para que vaya tomando contacto. Podemos ir en mi calesa, ¿le vendría bien mañana por la mañana, alrededor de las diez?

Y entonces ella bajó la voz, y así fue como Mauro Larrea supo de pronto que los caldos franceses y el postre ruso, la ausencia de preguntas impertinentes, los tabacos de Manila y, sobre todo, el atractivo envolvente que desprendían todos los poros de aquella mujer, iban a acabar teniendo un precio.

—Necesito pedirle algo en privado.

31

—¿Tienen por costumbre los señores de Ultramar acostarse temprano, o me acepta una última copa?

Acababa de cerrarse a sus espaldas el portón de los Claydon, y fue Manuel Ysasi el que, una vez al raso, le hizo la invitación.

—Nada me agradaría más.

El médico había resultado ser un excelente conversador, un tipo inteligente y grato. Y a él le vendría bien otro trago para acabar de digerir las intempestivas palabras de Soledad Montalvo que aún le retumbaban en los oídos. Una mujer en busca de un favor. Otra vez.

Atravesaron la calle Algarve y de allí pasaron a la calle Larga para recorrerla hacia la puerta de Sevilla en toda su longitud.

—Confío en que no le importe que vayamos andando; heredé de mi padre un viejo faetón para las urgencias nocturnas o por si alguna vez tengo que acercarme a alguna gañanía, pero comúnmente me muevo a pie.

—Todo lo contrario, amigo mío.

—Le adelanto que mucha agitación nocturna no vamos a encontrar. A pesar de su creciente auge económico, Jerez no deja de ser una pequeña ciudad que conserva todavía mucho de la urbe mora que fue en su día. No somos más de cuarenta mil habitantes, aunque tenemos bodegas para parar un tren: más de quinientas hay censadas. Del vino vive de manera directa o indirecta, como supongo que ya sabe, la gran mayoría de la población.

—Y no les va mal, según aprecio —apuntó señalando alguna de las magníficas casas solariegas que asomaban al caminar.

—Depende del lado en el que le haya colocado la fortuna. O pregunte, si no, a los jornaleros de las viñas y los cortijos. Faenan de sol a sol por cuatro perras, comen unos míseros gazpachos hechos con pan negro, agua y apenas tres gotas de aceite, y duermen sobre un poyete de piedra hasta que regresan al tajo con el nuevo amanecer.

—Tenga en cuenta que ya he sido puesto al tanto de sus querencias socialistas, amigo mío —dijo con un punto irónico que el médico acogió de buen talante.

—Hay mucho de positivo también, para serle sincero; en absoluto quiero que se quede con una mala imagen por mi culpa. Disfrutamos de alumbrado público de gas como bien puede notar, por ejemplo, y el alcalde ha anunciado que el agua corriente está a punto de llegar desde el manantial del Tempul. Tenemos también un ferrocarril que sirve sobre todo para sacar las botas de vino hasta la bahía, un buen puñado de escuelas de primeras letras y un instituto de segunda enseñanza; incluso una Sociedad Económica del País plagada de prohombres y un hospital más que decente. Hasta el Cabildo Viejo, al lado de casa de Sol Montalvo, ha sido convertido recientemente en biblioteca. Hay mucho trabajo en las viñas y, sobre todo, en las bodegas: arrumbadores, capataces, toneleros…

No le pasó por alto a Mauro Larrea que Ysasi nombrara a Sol Claydon por su nombre de soltera, a pesar de que las leyes inglesas desposeían de su apellido a las esposas tan pronto daban el sí quiero ante el altar. Sol Montalvo, había dicho, y con ello constataba el doctor, involuntariamente, su cercanía y su larga amistad.

Seguían departiendo mientras a su paso se iban cruzando las últimas almas del día. Un limpiabotas, una anciana doblada como una alcayata que les ofreció cerillas y papel de fumar, cuatro o cinco pillastres. Los puestos, los cafés y las tabernas de la zona más céntrica tenían cerradas las puertas; la mayoría de los vecinos se encontraban ya cobijados en sus casas en torno al brasero de picón. Un sereno con chuzo afilado y linterna de aceite les saludó en ese momento con un Ave María Purísima desde debajo de su capote de paño pardo.

—Incluso contamos con vigilancia armada por las noches, ya ve.

—No parece un mal balance, vive Dios.

—El problema, Mauro, no es Jerez; aquí somos dentro de lo que cabe unos privilegiados. El problema es este desastre de país del que, por suerte, ya se han independizado ustedes en casi todas las viejas colonias.

No tenía la menor intención de enzarzarse en diatribas políticas con el buen doctor, sus intereses andaban por otros derroteros. Ya que le había desgranado las generalidades de la ciudad, era el momento de ir avanzando hacia lo particular. De la parte ancha del embudo, a la estrecha. Por eso le interrumpió.

—Acláreme algo, Manuel, si no le es molestia. Supongo que en todos esos avances algo habrá tenido que ver la fructífera actividad de los bodegueros, ¿cierto?

—Obviamente. Jerez fue siempre una ciudad de labradores y vinateros, pero la alta burguesía bodeguera y los grandes capitales que por aquí se mueven en las últimas décadas es lo que está determinando su verdadero pulso actual. Los bodegueros de nuevo cuño se están comiendo con papas, si me permite la broma, a la secular aristocracia terrateniente de la zona: la que ha poseído tierras, palacios y títulos nobiliarios desde el Medievo, y que ahora se repliega ante el brío y el esplendor económico de esta nueva clase, brindándoles alianzas matrimoniales con sus hijos y todo tipo de complicidades. Los Montalvo, de hecho, fueron en cierta forma un ejemplo de cómo acabaron convergiendo esos dos mundos ajenos.

Ahí quería yo llegar, amigo mío, pensó con un punto de disimulada satisfacción. A esa compleja familia a la que el pinche destino ha querido vincularme. Al clan de la mujer que acaba de invitarme a cenar desplegando todas sus gracias y delicias para sacarme después un estilete y emplazarme Dios sabe para qué. Hable, doctor, suelte por su boca libremente.

Pero no pudo ser; al menos no de inmediato. Acababan de dejar atrás la calle Larga; no se encontraban, de hecho, nada lejos de su nuevo domicilio.

—¿Ve? Otra muestra del creciente auge de la ciudad, el Casino Jerezano.

Ante ellos se alzaba una grandiosa construcción barroca recorrida por grandes ventanales y airosos cierros. Al frente, una soberbia portada en dos cuerpos de mármol blanco y rojo, columnas salomónicas a los lados y un magnífico balcón en la parte superior.

Se quedaron fuera unos segundos, admirando la fachada bajo las estrellas.

—Impone, ¿verdad? Sepa de todas maneras que se trata de un inmueble arrendado, mientras les terminan la nueva sede. Esto es el viejo palacio del marqués de Montana; el pobre hombre sólo pudo disfrutarlo durante siete años antes de morir.

—¿Nos quedamos, entonces?

—Otro día. Hoy voy a llevarle a un sitio similar y distinto a la vez.

Arrancaron a andar hacia la calle del Duque de la Victoria, a la que todo el mundo seguía llamando Porvera, por aquello de seguir su trazado por la vera de la vieja muralla.

—El Casino Jerezano que acabamos de dejar congrega a los burgueses medianos y pequeños; cuenta con tertulias interesantes y no pocas inquietudes culturales. Pero es otro distinto el que acoge a los grandes patrimonios y a la alta burguesía: a los titanes que comercian con medio mundo, la verdadera aristocracia del vino que se apellida Garvey, Domecq, González, Gordon, Williams, Lassaletta, Loustau o Misa. Incluso cuenta entre sus socios con algún Ysasi, aunque no son los de mi rama. Unas cincuenta familias, más o menos.

—Suenan a extranjeros muchos de ellos...

—Algunos son de origen francés, pero lo que predomina es la raigambre británica. La sherry royalty, hay quien los llama, porque así es como se conoce a los vinos de Jerez fuera de España, como sherry. Y en algún momento hubo también hombres legendarios que, al igual que usted, fueron indianos retornados. Pemartín y Apezechea, por ejemplo, muertos ya por desgracia los dos.

Indiano retornado, pinche etiqueta la que le habían colgado. Aunque quizá, en el fondo, no fuera una mala máscara con la que ocultar su verdad ante el mundo.

—Aquí lo tiene, querido Mauro —anunció por fin el médico parándose ante otro soberbio edificio—. El Casino de Isabel II, el más rico y exclusivo de Jerez. Monárquico y patriótico hasta la médula, tal como indica su nombre, aunque a la par es muy anglófilo en sus gustos y maneras, casi como un club londinense.

—¿Y a este selecto enjambre es al que pertenece un hombre de sus ideas, doctor? —preguntó el minero con un punto de sorna.

Ysasi soltó una carcajada mientras le cedía el paso.

—Yo velo por la salud de todos ellos y por la de sus extensas proles, así que, por la cuenta que les trae, me tratan como a uno más. Como si le vendiera botas de vino hasta al mismísimo papa de Roma, vaya. Y ni que decir tiene que usted mismo, Mauro, si se propusiera levantar de nuevo el negocio de los Montalvo, sería uno más.

—Mucho me temo que mis planes llevan otro rumbo, mi estimado amigo —rumió al entrar.

Ni de lejos flotaba en el aire el endemoniado bullicio nocturno de los cafés mexicanos o habaneros, pero sí se respiraba un ambiente distendido entre los sillones de cuero y las alfombras. Tertulias, prensa española e inglesa repartida por las mesas, alguna partida sosegada, los últimos cafés. Todo hombres, naturalmente; ni rastro alguno de feminidad.

Olía bien. A madera pulida con cera de carnauba, a tabaco

caro y a lociones de afeitado extranjeras. Se acomodaron bajo un gran espejo, no tardó en acercarse un camarero.

—¿Brandy? —propuso el médico.

—Perfecto.

—Déjeme sorprenderle.

Pidió algo que él no acabó de entender y el mozo, asintiendo, tardó poco en llenar dos copas de una botella sin etiqueta. Se las llevaron a la nariz, después bebieron. Aroma intenso primero, untuoso al paladar luego. Volvieron a contemplar el tono de caramelo bajo la luz de las bujías al mecerse el licor contra el cristal.

—No es exactamente el armagnac de Edward Claydon.

—Pero no está nada mal. ¿Francés también?

El médico sonrió con cierta picardía.

—Ni de lejos. Jerezano, puro producto local. Hecho en una bodega a menos de trescientas varas de aquí.

—No me tome el pelo, doctor.

—Se lo prometo. Aguardiente envejecido en botas, en los mismos barriles de roble que antes han criado los vinos. Unos cuantos bodegueros emprendedores ya lo están empezando a comercializar. Cuentan que dieron con él por pura casualidad, cuando un pedido encargado en Holanda no pudo ser pagado y acabó añejándose sin darle salida. Aunque estoy convencido de que eso debe de ser una de tantas leyendas, y que hay más cabeza en el asunto que pura chiripa.

—Yo lo encuentro bien digno, sea cual sea su origen.

—Coñac español lo empiezan a llamar algunos; dudo que a los gabachos les agrade tal nombre.

Volvieron a paladear el licor.

—¿Por qué dejó Luis Montalvo que todo se hundiera, Manuel?

Quizá fuera el calor del brandy lo que hizo que su curiosidad fluyera espontáneamente. O la confianza que le generaba aquel médico flaco de barba negra y pensamientos liberales. Ya le había preguntado lo mismo al bonachón del notario el día en que se conocieron, pero como respuesta sólo obtuvo una vaguedad. Sol Claydon, en su primer encuentro, le había llevado casi en volandas a través de un paseo nostálgico por el esplendor del clan, pero se cuidó de contarle detalle alguno. Quizá el médico de la familia, más científico y cartesiano, podría ayudarle de una vez por todas a comprender el alma de aquella estirpe.

Ysasi necesitó un nuevo trago antes de responder, después se recostó en su butaca.

—Porque nunca se consideró digno de su herencia.

Antes de que lograra procesar esas palabras, a su espalda surgió un señor entrado en años, con empaque distinguido, bajo una rotunda barba rizada y canosa que le llegaba a la mitad de la pechera.

—Muy buenas noches, señores.

—Buenas noches, don José María —saludó el médico—. Permítame que le presente a…

No pudo acabar la frase.

—Bienvenido sea a esta casa, señor Larrea.

—Don José María Wilkinson —apuntó Ysasi sin sorprenderse de que el recién llegado conociera el apellido del minero— es el presidente del casino, además de uno de los bodegueros más reputados de Jerez.

—Y el devoto número uno de los eficaces cuidados médicos de nuestro apreciado doctor.

Mientras el aludido respondía al halago con un escueto gesto de gratitud, el recién llegado concentró la atención en él.

—Ya hemos oído hablar de usted y de su vínculo con las antiguas propiedades de don Matías Montalvo.

A pesar de su apellido, el tal Wilkinson hablaba sin rastro de acento inglés. Ante sus palabras y al igual que hiciera el médico, un simple gesto de reconocimiento fue la respuesta; prefirió no entrar en detalles sobre sus propósitos. Ni la pólvora con la que Tadeo Carrús estaba dispuesto a volar su casa de San Felipe Neri habría corrido tan rápido como las noticias en aquella ciudad.

—Aunque tengo entendido que su intención no es quedarse, siéntase por favor libre de disfrutar de nuestras instalaciones durante el tiempo que permanezca en Jerez.

Le agradeció formalmente la deferencia y pensó que con ello concluiría la interrupción, pero el presidente no parecía tener demasiada prisa por dejarlos solos.

—Y si en algún momento cambiara de opinión y se decidiera a poner de nuevo en valor la viña y la bodega, cuente con nosotros para lo que necesite, y créame que hablo en nombre de todos los socios. Don Matías fue uno de los fundadores de este casino y, en su memoria y en la de su familia, nada nos gustaría más que ver que alguien devuelve su esplendor a lo que él y sus antepasados levantaron con tanto tesón como cariño.

—Son de una raza especial estos bodegueros, Mauro; ya los irá conociendo —intervino Manuel Ysasi—. Compiten férreamente en los mercados, pero se ayudan, se defienden, se asocian y hasta casan entre sí a sus hijos. No eche en saco roto su propuesta: este ofrecimiento no es un brindis al sol, sino una auténtica mano tendida.

Como si no tuviera yo nada más apremiante que dedicarme a enredar con una ruina de empresa, pensó. Por fortuna, Wilkinson cesó en sus insistencias.

—En cualquier caso, y para que no abandone Jerez sin conocernos, voy a pedir a nuestro socio y amigo Fernández de Villavicencio que le curse una invitación para el baile con el que anualmente nos agasaja en su palacio del Alcázar. Cada año celebramos un acontecimiento significativo vinculado con alguno de nosotros, y en esta ocasión lo haremos en honor del matrimonio Claydon, con motivo de su reciente retorno. Soledad, la esposa…

—Es nieta de don Matías Montalvo, lo sé —remató.

—Intuyo entonces que ya se conocen, excelente. Lo dicho pues, mi estimado señor Larrea, confiamos en verle allí junto al doctor.

Ysasi rellenó las copas en cuanto el bodeguero y su gran barba se retiraron.

—Seguro que haremos una excelente pareja de baile usted y yo, Mauro, ¿qué prefiere, la polca o la polonesa?

Varias cabezas se volvieron al oír su sonora carcajada.

—Déjese de pendejadas, hombre de Dios, y sígame contando, a ver si logro entender a esa familia de una puñetera vez.

—Ya ni recuerdo por dónde andábamos, así que permítame hacerle un retrato a grandes trazos. Siempre parecieron inmortales los Montalvo. Ricos, guapos, divertidos. Tocados por la fortuna todos ellos, incluso el propio Luisito con sus limitaciones: el eterno niño de la casa. Querido, mimado, criado entre algodones en el sentido más literal. Era el benjamín de todos los primos, y por eso, y por su propia condición física, jamás se le pasó por la cabeza que acabaría siendo el legatario de la fortuna del gran don Matías. Pero la vida a veces nos sorprende con sus carambolas y nos tuerce el rumbo cuando menos lo esperamos.

Dímelo a mí, compadre. Ajeno a los pensamientos del minero, el doctor prosiguió:

—El declive, en cualquier caso, se veía venir a poco que se conociera a los hijos de don Matías, Luis y Jacobo, los padres respectivamente de Luisito y Soledad.

—¿Los que llevaban gitanos a las cenas de Nochebuena y jugaban al billar hasta el amanecer?

El médico rio con ganas.

—Se lo ha contado Sol, ¿verdad? Ésa era la cara familiar de los dos hermanos: la que los hijos, los sobrinos y los amigos adorábamos. Eran simpáticos a rabiar y apuestos como ellos solos; ingeniosos, elegantes, ocurrentes, desprendidos. Se llevaban apenas un año y se parecían como dos gotas de agua, en lo físico y en el temperamento. La lástima fue que, además de esas virtudes, también poseyeran otras características algo menos afortunadas: eran derrochadores, indolentes, jugadores, mujeriegos, irresponsables y con la cabeza llena de serrín. Jamás logró don Matías meterlos en vereda, y él sí que era un tipo recto y cabal como pocos. El nieto de un montañés hecho a sí mismo en una tienda de Chiclana, donde su padre se crió despachando cartuchos de legumbres y vino barato detrás de un mostrador. Los montañeses, permítame que le aclare, son gentes del norte de la Península que vinieron…

—También llegaron a México.

—Sabrá entonces de qué raza le hablo: hombres tenaces y trabajadores que salieron de la nada y se metieron en el comercio e incluso alguno, como el abuelo de don Matías, invirtió sus réditos en viñas y prosperó a lo grande. Y ya instalados en Jerez, con su buen capital por delante y el negocio más que consolidado, su heredero pidió para su hijo, o sea, para don Matías, la mano de Elisa Osorio, hija del arruinado marqués de Benaocaz, una bella señorita jerezana de tanto abolengo como corta hacienda. Así juntaron alcurnia con posibles, algo muy común por aquí últimamente, como le he dicho.

—La boyante burguesía bodeguera matrimoniada con la empobrecida aristocracia tradicional, ¿no es así?

—Efectivamente, veo que lo ha captado bien, amigo mío. ¿Otra copa?

—Cómo no —respondió haciendo resbalar el cristal sobre el mármol de la mesa. Y diez más si hiciera falta, con tal de que Ysasi siguiera hablando.

—Recapitulando: don Matías siguió los pasos de sus antecesores, se partió el espinazo, aplicó visión e inteligencia y multiplicó por cientos sus inversiones y su capital. Pero acabó cometiendo un descomunal error.

—Descuidó a sus hijos —anticipó él. Y sobre su cabeza aleteó la sombra de Nico.

—Efectivamente. Obsesionado como estaba en seguir prosperando, se le fueron de las manos. Para cuando quiso darse cuenta, se habían convertido en dos balas perdidas y ya era demasiado tarde para enderezarles la trayectoria. Con ilusas esperanzas, doña Elisa logró que se casaran con dos jovencitas de familias distinguidas que a su vez tampoco tenían ni dote ni carácter que aportar al matrimonio. Ni siquiera puso casa ninguno de los dos: hasta el final se quedaron viviendo todos en la mansión de la Tornería que ahora habita usted. Y tres cuartos de lo mismo pasó con la bella María Fernanda, la hija: un matrimonio desastroso con Andrés Zayas, un amigo sevillano de sus hermanos sin un real sonante en el bolsillo pero con muchas ínfulas.

Despacio, Ysasi, despacio. Gustavo Zayas y sus asuntos requieren su propio tiempo; vayamos por orden y a él lo dejamos para después. Por ventura, el doctor dio un trago a su copa y después retomó la historia por donde él ansiaba.

—En fin, que dando por perdidos a sus hijos, en quien don Matías comenzó a confiar fue en la tercera generación. En el primogénito de su primogénito, en concreto: Matías se llamaba también. A pesar de descender de un glorioso calavera, él parecía hecho de otra pasta. Apuesto y simpático como su progenitor, pero con bastante más cerebro. Le gustaba ir con su abuelo a la bodega desde pequeño, hablaba inglés porque pasó un par de años interno en Inglaterra, conocía por su nombre a todos los trabajadores y comenzaba a entender las claves del negocio.

—Sería también amigo suyo, supongo.

Alzó el médico su copa hacia el techo con un rictus melancólico, como brindándole el trago a alguien que ya no habitaba el mundo de los vivos.

—Mi buen amigo Matías, sí señor. En realidad, todos éramos una piña desde niños: año arriba, año abajo, teníamos prácticamente la misma edad, y yo me pasaba la vida entre ellos. Matías y Luisito, los dos hermanos. Gustavo cuando venía de Sevilla, Inés y Soledad. Crecí sin madre, siendo hijo único, así que cuando no acudía con mi abuelo para atender los achaques de doña Elisa, lo hacía con mi padre para tratar cualquier otro malestar en la familia, y me quedaba a comer, a cenar, hasta a dormir. Si pudiera contar las horas de mi infancia y juventud que pasé entre los Montalvo, resultarían mucho más numerosas que las que viví en mi propia casa. Hasta que todo se empezó a derrumbar.

Esta vez fue Mauro Larrea quien agarró la botella y sirvió de nuevo a ambos. Al sostenerla en la mano comprobó que se habían bebido más de la mitad.

—Exactamente dos días después de la boda de Sol con Edward.

Calló unos segundos Ysasi, como retrocediendo mentalmente en el tiempo.

—Fue durante una montería en el Coto de Doñana: un accidente terrible. Quizá por imprudencia, quizá por el más negro azar, el caso fue que Matías acabó con una bala de plomo en el vientre y nada se pudo hacer por él.

Por los clavos de Cristo, un hijo muerto con las tripas reventadas en plena juventud. Pensó en Nico, pensó en Mariana, y sintió una arcada. Querría haber preguntado algo más, si fue fortuito, si hubo algún culpable, pero el doctor, con la lengua destensada por el brandy y quizá también por la nostalgia, continuó hablando sin freno:

—No estoy diciendo que todo se viniera abajo súbitamente como si les hubiera caído encima una bomba de tiempos de los franceses pero, tras el entierro de Matías nieto, la situación comenzó a precipitarse hacia el desastre. Luis padre se sumergió en la más absoluta hipocondría, Jacobo siguió en solitario con su vida de crápula pero ya con las fuerzas mermadas, el abuelo don Matías envejeció como si le hubiera caído una losa de cien años encima, y las mujeres de la casa se vistieron de luto y se encerraron a rezar santos rosarios y a reconcomerse concienzudamente en sus enfermedades.

—¿Y ustedes, los más jóvenes?

—Por resumir una larga historia, digamos que cada uno tenía ya su senda más o menos marcada. Sol se instaló en Londres con Edward, tal como tenían previsto, y formó su propia familia; siguió viniendo por Jerez de tanto en tanto, pero cada vez con menos asiduidad. Gustavo, por su parte, embarcó a América y muy poco volvimos a saber de él. Inés, la hermana de Sol, tomó el hábito de las agustinas ermitañas. Y yo seguí estudiando en la Facultad de Ciencias Médicas en Cádiz y después me marché a doctorarme en Madrid. Nos desintegramos, en definitiva. Y aquel paraíso en el que nos criamos sintiéndonos a salvo de todo, mientras Jerez seguía creciendo próspero y boyante, se desvaneció.

—Y el único que quedó en él fue Luis.

—En un principio, tras la muerte de Matías, lo mandaron al Colegio de la Marina en Sevilla, pero tardó poco en regresar y a la postre fue el único que presenció la decadencia de la familia y acabó enterrando uno tras otro a sus mayores. Por suerte o por desgracia para el Comino, éstos no perdieron el tiempo en ir desapareciendo. Y cuando al cabo de los años se quedó solo, en fin, creo que ya sabe…

Fueron los últimos en salir aquella noche del casino. Por las calles no andaba ni un alma cuando pasaron por la puerta de Sevilla, Ysasi se empeñó en acompañarlo hasta el caserón.

Al llegar a él alzó la vista hacia la fachada sin atisbo de luz, como si quisiera absorberla entera con los ojos.

—Al marcharse Luis a Cuba, creo que era plenamente consciente de que nunca habría un camino de vuelta.

—¿Qué quiere decir, Manuel?

—Luis Montalvo se estaba muriendo y lo sabía. Era consciente de que se acercaba el final.

32

—Pensaba venir en mi calesa tal como le dije, pero al ver el día tan magnífico con el que hemos amanecido, he cambiado de opinión.

Habló sin bajar del caballo, enfundada en un exquisito traje de montar negro que, a pesar del aire masculino, aportaba a su figura una dosis adicional de atractivo. Chaqueta corta con cintura marcada, camisa blanca de cuello alto emergiendo entre las solapas, falda amplia para facilitar el movimiento y un sombrero de copa con un pequeño velo sobre el pelo recogido. Alta, erguida, imponente en su estilo. A su lado, un mozo sujetaba por la brida otro espléndido ejemplar; supuso que sería para él.

Dejaron atrás Jerez, recorrieron caminos secundarios, trochas y veredas bajo el sol de la media mañana. La Templanza fue su destino, a ella llegaron atravesando cerros claros llenos de silencio y aire limpio. Plantadas en perfectas cuadrículas se asomaban cientos, miles de vides. Retorcidas en sí mismas, despojadas de hojas y frutos, clavadas a sus pies. Albariza, dijo ella que se llamaba la tierra blanca y porosa que las acogía.

—En otoño las viñas parecen muertas, con las cepas secas y el color mudado. Pero sólo están durmiendo, descansando. Agarrando esa fuerza que luego subirá desde las raíces. Nutriéndose para dar de nuevo vida.

Mantenían el paso mientras hablaban de caballo a caballo, con ella llevando la palabra la mayor parte del tiempo.

—No están dispuestas así al azar —prosiguió—. Las viñas necesitan la bendición de los vientos, la alternancia de los aires marinos del poniente y los secos del levante. Cuidarlas es un arte complicado.

Habían alcanzado a trote lento lo que ella llamó la casa de viña, inmensamente desastrada también. Desmontaron y dejaron descansar a los animales.

—¿Ve? Las nuestras, o las suyas, mejor dicho, llevan años sin que nadie se ocupe de ellas, y mire.

Cierto. Restos de hojas secas aferradas a los pámpanos, sarmientos consumidos.

Desgranaba las palabras sin mirarlo, oteando el horizonte con una mano puesta sobre los ojos a modo de visera. Él volvió a contemplar su cuello estilizado y el arranque de su pelo de color de una melaza oscura. Tras la cabalgada se le habían escapado algunos mechones que ahora brillaban bajo la luz del cercano mediodía.

—De niños nos encantaba venir durante la vendimia. A menudo incluso convencíamos a los mayores para que nos dejaran quedarnos a dormir. Por la noche salíamos al almijar donde dejaban la uva ya recogida para que se soleara; con los jornaleros, a oírlos charlar y cantar.

Habría sido cortés por parte del minero mostrar más interés por lo que ella narraba. Y, de hecho, saber de viñas y uvas, de todo eso que ocurría por encima de la tierra y que le era tan ignoto, le resultaba atractivo. Pero no se le olvidaba que Sol Claydon le había sacado de Jerez con otros propósitos. Y como presentía que no le iban a agradar, prefería saber de ellos cuanto antes.

—La vendimia suele ser a primeros de septiembre —continuó—, cuando las temperaturas empiezan a bajar. Pero es la propia vid la que marca los tiempos: su altura, su ondulación e incluso su fragancia harán saber el momento en el que la uva ha alcanzado la madurez. A veces se espera también hasta que la luna esté en cuarto menguante, porque se piensa que el fruto estará entonces más blando y dulce. O si llueve antes, se retrasa la recogida hasta que los racimos vuelvan a llenarse de pruina, ese polvo blanco que los envuelve, porque con él se acelera después la fermentación. Si no se acierta con el momento, el vino resultará a la larga de peor calidad. Si la vendimia se hace antes de tiempo, los caldos saldrán flojos; si se atina bien, serán gruesos y fuertes, plenos.

Se mantenía de pie, airosa en su traje de montar, absorbiendo luz y campo. En su voz había pizcas de nostalgia, pero también un conocimiento patente de lo que les rodeaba. Y un deseo subterráneo por demorar en lo posible su verdadera intención.

—Fuera del trajín intenso de la vendimia, incluso en los momentos más tranquilos como el otoño, antes había siempre movimiento por aquí. El apeador, el guarda, los trabajadores... Mis amistades en Londres suelen reír cuando les cuento que las viñas se cultivan casi con más esmero que las rosaledas inglesas.

Se acercó a la puerta de la casa, pero no la tocó siquiera.

—My goodness, cómo está esto... —murmuró—. ¿Podría intentar abrir?

Lo hizo como en la bodega: mediante el impulso de su propio cuerpo. Dentro se respiraba desolación. Las estancias vacías, la cantarera sin cántaros, la fresquera sin nada que refrescar. Pero esta vez ella no se entretuvo en desenvainar recuerdos, tan sólo se fijó en un par de sillas de anea, viejas y exhaustas.

Se acercó a ellas, agarró una con intención de llevarla consigo.

—Deje, va a mancharse.

Mauro Larrea alzó las dos y las sacó a la luz. Las desempolvó con el pañuelo y las colocó delante de la fachada, mirando a la inmensidad de las viñas desnudas. Dos humildes sillas bajas con la anea deshilachada en las que algún día se sentarían los jornaleros bajo las estrellas tras sus largas horas de trabajo, o el guarda y su mujer para enhebrar sus pláticas, o los niños de la casa en esas noches mágicas con olor a uva recién vendimiada que Soledad Montalvo guardaba en la memoria. Sillas que fueron testigos de existencias simples, del suceder irremediable de las horas y las estaciones en su más suprema sencillez. Ahora, incongruentes, las ocuparon ellos, con sus ropas caras, sus vidas complicadas y sus portes de señores ajenos a la tierra y sus faenas.

Ella alzó el rostro al cielo con los ojos cerrados.

—En Londres me tendrían por una lunática si me vieran sentada en Saint James's o en Hyde Park absorbiendo el sol así.

Se oyó el zureo de una tórtola, la veleta oxidada chirrió en el tejado y ellos estiraron unos instantes más la ficticia sensación de paz. Pero Mauro Larrea sabía que, bajo aquella calma aparente, bajo aquella templanza que daba nombre a la viña y tras la que ella fingía parapetarse, algo se estaba agitando. La mujer desconcertante que apenas unos días antes se había infiltrado en su vida no le había llevado hasta aquel paraje aislado para hablarle de las vendimias de su niñez, ni le había pedido que sacara las sillas para que contemplaran juntos la belleza serena del paisaje.

—¿Cuándo va a decirme qué quiere de mí?

No cambió de postura ni abrió los ojos. Siguió tan sólo dejando que los rayos de la mañana de otoño le acariciaran la piel.

—¿Ha tomado usted alguna vez una gran decisión incorrecta en su vida, Mauro?

—Mucho me temo que sí.

—¿Algo que haya arrastrado a otros en cierta manera, que los haya expuesto?

—Me temo que también.

—¿Y hasta dónde sería capaz de llegar para enderezar su error?

—De momento, crucé un océano y llegué hasta Jerez.

—Entonces confío en que me entienda.

Despegó el rostro del sol, giró su torso esbelto hacia él.

—Necesito que se haga pasar por mi primo Luis.

En cualquier otro momento, la respuesta inmediata de Mauro Larrea habría sido un desplante o una agria risotada.

Pero allí, en medio de aquel silencio de tierra seca y vides desnudas, de inmediato supo que la petición que acababa de oír no era una extravagante frivolidad, sino algo concienzudamente sopesado. Por eso se tragó su desconcierto y la dejó continuar.

—Hace un tiempo —avanzó Soledad— hice algo indebido sin que lo llegaran a saber las personas afectadas. Digamos que realicé ciertas transacciones comerciales improcedentes.

Había vuelto de nuevo los ojos al horizonte, escapando de la mirada intrigada de él.

—No creo que sea necesario detallarle los pormenores, tan sólo quiero que sepa que obré intentando proteger a mis hijas y, en cierto modo, a mí misma.

Pareció reordenar sus pensamientos, se apartó de la cara un mechón suelto.

—Era consciente del riesgo que estaba corriendo, pero confiaba en que, si alguna remota vez llegaba el momento que ahora por desgracia está a punto de llegar, Luis me ayudaría. Con lo que yo no contaba era con que, para entonces, él ya no estuviera entre los vivos.

Transacciones comerciales improcedentes, había dicho. Y le pedía su colaboración. Otra vez una mujer desconocida intentando convencerlo para actuar a espaldas de su marido. La Habana, Carola Gorostiza, el jardín de la mansión de su amiga Casilda Barrón en El Cerro, una altiva presencia vestida de amarillo intenso montada en su quitrín mientras el mar se mecía frente a la bahía antillana llena de balandros, bergantines y goletas. Después de aquella nefasta experiencia, la respuesta sólo podía ser una.

—Lamentándolo mucho, estimada Soledad, creo que no soy la persona adecuada.

La réplica llegó rauda como un fogonazo. La traía preparada, obviamente.

—Antes de negarse, considere por favor que en reciprocidad yo también estoy en disposición de ayudarlo. Poseo numerosos contactos en el mercado del vino por toda Europa, puedo encontrarle un comprador mucho más solvente que los que sea capaz de proporcionarle Zarco el gordo. Y sin la desorbitada comisión que usted le ofreció.

Él hizo una mueca irónica. Así que ella ya estaba al tanto de sus movimientos.

—Veo que las noticias vuelan.

—A la velocidad de las golondrinas.

—En cualquier caso, insisto en que me resulta imposible acceder a lo que me pide. La vida me lleva muchos años enseñando que lo más conveniente es que cada uno liquide sus propios asuntos, sin intromisiones.

Ella volvió a ponerse la mano como visera y oteó de nuevo los cerros calizos; en busca de tiempo para su próxima acometida. Él concentró la vista en la tierra blanca y la removió con el pie, sin querer pensar. Después se acarició la cicatriz. Sobre sus cabezas sonó la veleta oxidada cambiando de rumbo.

—No se me pasa por alto, Mauro, que usted también arrastra una historia oscura.

Ahogó un amago de risa bronca y amarga.

—¿Para eso me invitó anoche a cenar, para calibrarme?

—En parte. También he investigado por ahí.

—¿Y qué averiguó?

—Poca cosa, si le soy sincera. Pero lo suficiente como para plantearme algunas dudas.

—¿Acerca de qué?

—De usted y sus razones. Qué hace, por ejemplo, un próspero minero de la plata mexicana tan lejos de sus intereses, arreglando con sus propias manos las tejas de un caserón desolado en este confín del mundo.

En la garganta se le cuajó ahora otra carcajada áspera.

—¿Mandó a alguien a vigilarme de cerca?

—Naturalmente —reconoció arreglándose los bajos de la falda para que se llenaran lo menos posible de polvo. O quizá simulaba que lo hacía—. Por eso me consta que está dispuesto a vivir hecho un salvaje, sin muebles y entre goteras, hasta que logre vender a la desesperada unas propiedades por las cuales nunca llegó a pagar un simple real.

Maldito notario, dónde y por qué te fuiste de la lengua, Senén Blanco, farfulló sin palabras. O maldito escribiente del notario, pensó recordando a Angulo, el untuoso empleado que lo llevó al caserón de la Tornería por primera vez. Se esforzó, no obstante, para que su voz sonara serena.

—Disculpe mi franqueza, señora Claydon, pero creo que mis cuestiones personales no son de su incumbencia.

A fin de restablecer la distancia, había vuelto a llamarla por el nombre de casada. Cuando ella despegó los ojos del horizonte y se volvió de nuevo, en su gesto percibió una firme lucidez.

—Aún estoy asimilando que ya no nos queda ni una mala piedra, ni una simple bota, ni un triste sarmiento de lo que fue nuestro gran patrimonio familiar. Permítame al menos el legítimo derecho de la curiosidad: que haya indagado para saber quién es en realidad el hombre que se ha quedado con todo lo que un día tuvimos y creímos ilusamente que seríamos capaces de retener. En cualquier caso, le ruego que no se tome mis pesquisas como una invasión gratuita en sus asuntos privados. También lo sigo de cerca egoístamente porque lo necesito.

—¿Por qué a mí? No me conoce, tendrá otros amigos, supongo. Alguien más cercano, más de fiar.

—Podría decirle que me mueve una razón sentimental: ahora tiene usted en sus manos el legado de los Montalvo, y eso establece necesariamente un vínculo entre nosotros y lo convierte de alguna manera en el heredero de Luis. ¿Le convence?

—Preferiría una explicación más creíble, si no es mucho pedir.

Se levantó una ráfaga de aire. La tierra calcárea se removió alzando polvo blanco y los mechones sueltos del pelo de la esposa del wine merchant inglés se volvieron a despegar. La segunda razón, la auténtica, se la dio sin mirarlo, con las pupilas concentradas en las viñas, o en el cielo inmenso, o en el vacío.

—¿Y si le digo que lo hago porque estoy desesperada y usted ha aparecido como caído del cielo en el momento más oportuno? ¿Porque me consta que usted se desvanecerá en cuanto cambien las cosas y así, cuando los vientos vuelvan a soplarme en contra, difícilmente podrán seguirle el rastro?

Un indiano huidizo, una sombra fugaz, pensó con un azote de amargura. En eso te ha convertido el pinche destino, compadre. En una mera percha en la que poder colgar el nombre de un muerto o presta para que se aferre cualquier mujer hermosa dispuesta a ocultar a un marido sus deslealtades.

Ajena a esas reflexiones y dispuesta al menos a hacerse oír, ella continuó relatando sus planes.

—Se trataría tan sólo de hacerse pasar momentáneamente por mi primo ante un abogado londinense que no habla español.

—Eso no es una simple pantomima, y usted lo sabe igual que yo. Eso, aquí en España, en su Inglaterra o en las Américas, es un fraude con todas las de la ley.

—Tan sólo tendría que mostrarse cortés, quizá invitarlo a una copita de amontillado, dejarlo que verifique que usted es quien asegura ser y responder afirmativamente cuando pregunte.

—Cuando pregunte ¿qué?

—Si a lo largo de los últimos meses realizó una serie de transacciones con Edward Claydon. Unos traspasos de acciones y propiedades.

—¿Y de verdad los realizó su primo?

—La realidad es que lo hice todo yo. Falsifiqué los documentos, las cuentas y las firmas de los dos: la de Luis y la de mi marido. Después, una parte de esas acciones y propiedades las transferí a mis propias hijas. Otras, en cambio, siguen a nombre de mi difunto primo.

Una pregunta veloz cruzó su mente. Qué clase de mujer eres, Soledad Montalvo, por el amor de Dios. Ella, en cambio, no pareció inmutarse: debía de estar más que acostumbrada a convivir con aquello dentro.

—El abogado ya está de camino; de hecho, intuyo que no tardará en llegar. Hay alguien en Londres que duda de la autenticidad de las transacciones y lo envía para que lo compruebe. Viene acompañado por nuestro administrador, alguien de toda confianza con cuya discreción cuento.

—¿Y su marido?

—No sabe absolutamente nada y créame si le digo que eso es lo mejor para todos. Va a estar unos días fuera de Jerez, tiene compromisos. Mi intención es que siga sin saber.

Cuando dejaron La Templanza el cielo ya no era limpio. Menos amable, más lleno de nubes. El aire seguía levantando polvaredas blanquecinas entre las viñas. Un silencio tenso se mantuvo entre ellos hasta que se adentraron de nuevo en la ciudad. Fue un alivio para los dos oír el traqueteo de los carros sobre el empedrado, los gritos de los lecheros y alguna coplilla tarareada tras cualquier reja por una muchacha anónima envuelta en sus quehaceres.

Entraron en la cuadra de los Claydon y Mauro Larrea no esperó a que se acercara ningún mozo: bajó de su caballo con agilidad y luego la ayudó a desmontar. Con la mano de ella en su mano. Otra vez.

—Le ruego que lo considere al menos —fueron las últimas palabras de Sol antes de darlo todo por perdido. Como si quisiera suscribirlas, su corcel soltó un relincho.

Por respuesta, él tan sólo se tocó el ala del sombrero. Después se dio la vuelta y se marchó a pie.

33

Empujó el portón de madera sin haber logrado aplacar la irritación que llevaba dentro, decidido a dar por zanjada aquella demencial propuesta antes de que Soledad Montalvo empezara a amasar cualquier esperanza. Subiría a su cuarto, recogería los documentos de su primo Luis que Calafat le envió desde Cuba, volvería a casa de ella, cortaría el vínculo de raíz.

Entró en el dormitorio austero, abastecido con lo imprescindible para la subsistencia masculina más elemental: una cama de latón con el colchón medio hundido, una butaca que para sostenerse necesitaba estar apoyada contra la pared, un ropero al que faltaba una puerta. En un rincón, sus baúles.

Alzó apresurado los cierres de uno de ellos y revolvió el contenido, pero no halló lo que buscaba. Sin molestarse en cerrarlo de nuevo, abrió el otro, esparciendo a su alrededor los absurdos préstamos domésticos que le preparara en Cádiz la delicada Paulita Fatou. Servilletas bordadas que volaron por el aire, sábanas de hilo de Holanda. Un cobertor de raso, por todos los demonios. Hasta que, en el fondo, dio con su objetivo.

Resguardó los papeles entre el pecho y la levita y en menos de diez minutos estaba en un costado de San Dionisio, contemplando la puerta de la mansión de los Claydon entre los tenderetes coloridos de los escribanos y el gentío que abarrotaba la plaza. Instantes después, tocó el pesado llamador de bronce.

Palmer, el mayordomo, acudió mucho más presto que la noche anterior. Y antes incluso de tener la puerta del todo abierta, ya estaba invitándolo ansioso a entrar. Una simple mirada le sirvió para constatar que todo estaba tal cual él lo recordaba, sólo que esta vez acariciado por la luz solar que se filtraba a través de la montera de cristal del patio. La rosa de los vientos clavada en el suelo del zaguán, las plantas frondosas en sus maceteros orientales.

No tuvo ocasión de apreciar nada más: como si estuviera alerta a cualquier llamada desde la calle, la vio acudir a su encuentro. Aún iba vestida con el traje de montar, esbelta y airosa; sólo se había quitado el sombrero. Pero en la distancia de los escasos metros que los separaban, él percibió un cambio en ella: el rostro demudado, los ojos aterrados, el largo cuello rígido y una palidez intensa, como si la sangre le hubiera dejado de regar la piel. Algo la amenazaba como cuando el peligro acorrala a un animal: una hermosa cierva a punto de ser alcanzada por un disparo de pólvora, una elegante yegua alazana acosada en mitad de la noche por los coyotes.

La mirada entre los dos se hizo magnética.

Tras la puerta entreabierta por la que ella acababa de aparecer, se oían voces. Voces de hombre, sobrias, extranjeras. De su boca salió un murmullo sordo:

—El abogado del hijo de Edward se ha adelantado. Ya está aquí.

Súbitamente, de algún sitio recóndito e impreciso, a Mauro Larrea le surgieron unas ganas irracionales de apretarla contra su pecho. De sentir su cuerpo cálido y hundir el rostro en su pelo, de susurrarle al oído. Sea lo que sea, Soledad, todo va a estar bien, quiso decirle. Pero dentro de su cabeza, con la violencia del marro que tantas veces empuñó en otros tiempos para arrancar mineral, se repetía una sola palabra. No. No. No.

Dio dos pasos más, tres, cuatro, hasta quedar frente a ella.

—Intuyo que no es buen momento para que hablemos; mejor será que me vaya.

Como réplica sólo obtuvo una mirada desbordante de ansiedad. No estaba Sol Claydon acostumbrada a mendigar favores, él sabía que de su boca no iba a salir súplica alguna. Pero las palabras que sus labios se resistían a pronunciar las percibió en la desesperación de sus ojos. Ayúdeme, Mauro, pareció que le gritaban. O eso creyó entender.

Sus cautelas y sus reparos; su férreo esfuerzo por mantenerse en los límites de la prudencia y la firme determinación de no dejarse arrastrar: todo se disolvió como un puñado de sal echada en agua hirviendo.

Le posó la mano sobre la curva de la cintura y la obligó a girarse, a volver hacia la estancia de la que había salido. De su boca manaron dos palabras:

—Vamos allá.

Los varones presentes quedaron de pronto callados al ver entrar a la pareja. Sólidos, seguros, pisando fuerte. En apariencia.

—Señores, muy buenos días. Mi nombre es Luis Montalvo y creo que tienen interés en hablar conmigo.

Se dirigió hacia ellos sin más preámbulo y les tendió una mano enérgica. La misma que tantas veces usó para cerrar tratos y acuerdos cuando movía toneladas de plata; la que le sirvió para presentarse ante lo más granado de la sociedad mexicana y para firmar contratos por cantidades con muchos ceros acumulados a la derecha. La mano del hombre de peso que un día fue y que a partir de ese momento iba a fingir seguir siendo. Sólo que ahora iba a hacerlo bajo la fraudulenta identidad de un difunto.

El encuentro tenía lugar en una pieza que él no había conocido en su anterior visita, un despacho o un gabinete personal: quizá la habitación donde en otros momentos arreglaba sus asuntos el señor de la casa. Pero nadie ocupaba el sillón de cuero tras el escritorio, todos se encontraban en la parte más cercana a la puerta, alrededor de una mesa redonda con la superficie cubierta al completo de papeles.

Los dos hombres que estaban en pie pronunciaron sus respectivos nombres, sin lograr encubrir del todo el desconcierto que les provocó su irrupción; Soledad, acto seguido, los repitió apostillando sus cargos, para que él se hiciera a la idea de quién era quién. Míster Jonathan Wells, abogado en representación del señor Alan Claydon, y míster Andrew Gaskin, administrador de la empresa familiar Claydon & Claydon. Del tercero, un simple amanuense joven y bisoño, tan sólo apuntaron el nombre mientras éste se levantaba, hacía un gesto cortés con la cabeza y se volvía a sentar.

Con un fugaz recuerdo de la conversación que mantuvieron en La Templanza, Mauro Larrea dedujo que el primero de ellos —en torno a los cuarenta, rubio, espigado y con grandes patillas— era por así decirlo el adversario. El segundo —más bajo, más calvo, rondando la cincuentena—, el aliado. El mencionado y ausente Alan Claydon era sin duda el hijo del marido de Soledad que ella le había nombrado un minuto antes. Hay alguien en Londres que duda de la autenticidad de las transacciones, le había dicho en la viña. Ya estaba claro quién era. Y para defender sus intereses, estaba allí su abogado.

Ambos señores vestían con distinción: levitas de buenos paños, leontinas de oro, botines brillantes. Qué esperan de ella, a qué está expuesta, cómo piensan castigarla, habría querido preguntarle al sajón de pelo claro. Mientras esos interrogantes sonaban en su mente, Soledad, con la entereza magistralmente recobrada, tomó la palabra haciendo acrobacias entre el español y el inglés.

—Don Luis Montalvo —dijo aferrándose a su antebrazo con fingida confianza— es mi primo en primer grado. Como creo que saben, mi apellido de soltera es Montalvo también. Nuestros padres eran hermanos.

Un silencio compacto invadió la pieza.

—Y para que quede constancia —apostilló él esforzándose por permanecer impertérrito ante el contacto de ella—, permítanme…

Se llevó lentamente la mano derecha al corazón y aplastó el tejido de la levita. A la altura de su pecho, se oyó el crujido inconfundible del papel. Después introdujo los dedos hasta alcanzar el bolsillo interior. Con las yemas rozó los documentos doblados que había sacado del baúl: los que Calafat le envió desde Cuba. Mientras todos los presentes le observaban desconcertados, calibró su grosor. El más abultado era la partida de defunción y enterramiento: el que no podría salir a la luz. Y el más delgado, una mera cuartilla plegada, la cédula de vecindad que permitió al Comino viajar a las Antillas.

Había previsto entregárselo todo a Soledad para certificar con ello su negativa a inmiscuirse en sus problemas. Tenga; con esto me desentiendo de todo lo vinculado a su familia, había pensado decirle. No quiero saber más ni de sus primos vivos o muertos, ni de sus oscuras maquinaciones a espaldas de su marido. No quiero verme envuelto en más contratiempos con mujeres tortuosas; ni usted me conviene a mí, ni yo le convengo a usted.

Ahora, sin embargo, su angustia había demolido aquella firmeza. Y mientras cuatro pares de ojos esperaban estupefactos su siguiente movimiento, él, parsimonioso, agarró con el pulgar y el índice el documento necesario, y despacio, muy despacio, lo sacó de su cobijo.

—Para que no haya equívocos y mi identidad conste a todos los efectos, lean y comprueben, por favor.

Se lo entregó directamente al abogado inglés. Éste, aunque no entendiera ni palabra de lo que allí se indicaba, observó el escrito con detenimiento y después lo puso ante los ojos del escribiente para que reprodujera su contenido en pulcras anotaciones. Don Luis Montalvo Aguilar, natural de Jerez de la Frontera, vecino de la calle de la Tornería, hijo de don Luis y de doña Piedad…

El silencio planeó por la estancia mientras todos observaban atentos. Una vez concluida la tarea, el representante legal le pasó el documento al administrador; éste se encargó de doblarlo y, sin palabras, se lo devolvió a su supuesto propietario. Sol, entretanto, apenas respiró.

—Bien, señores —dijo el falso Luis Montalvo retomando la palabra—. A partir de ahora, quedo a su entera disposición.

Ella tradujo y los invitó a sentarse alrededor de la mesa, como si intuyera que aquella parte de la representación podría llevarles un tiempo considerable. ¿Desean tomar algo?, preguntó señalando una mesa accesoria bien dispuesta con licores, un espléndido samovar de plata y algunos dulces. Todos rechazaron el ofrecimiento, ella se sirvió una taza de té.

Las preguntas fueron numerosas, a menudo punzantes y comprometedoras. El abogado iba, sin duda, bien preparado. ¿Manifiesta usted haberse reunido con el señor Edward Claydon en la fecha del…? ¿Declara usted ser conocedor de…? ¿Es usted consciente de haber firmado…? ¿Reconoce usted haber recibido…? Subrepticiamente, agazapadas entre las palabras traducidas, Soledad le iba facilitando claves escuetas sobre el sentido en el que él debía responder. Entre los dos, sobre la marcha, trenzaron una complicidad casi orgánica que no mostró fisuras ni desajustes; como si llevaran la vida entera juntos, sacando pañuelos de una chistera.

Aguantó los embates con aplomo mientras el escribiente reproducía meticulosamente las réplicas con su pluma de ganso. Sí, señor, está usted en lo cierto. Sí, señor, ratifico que ese extremo es correcto. Tiene razón, señor, así exactamente fue. Incluso se permitió adornar las respuestas con algunas puntualizaciones menores de su propia cosecha. Sí, señor, recuerdo a la perfección ese día. Cómo no estar al tanto de tal detalle, por supuesto que sí.

Los silencios entre pregunta y pregunta fueron tensos: a lo largo de ellos tan sólo se oía el sonido de la pluma raspando los pliegos de papel y los ruidos que entraban por las ventanas a pie de calle desde la plaza bulliciosa. El administrador se sirvió en algún momento una taza de té del samovar, Sol dejó la suya prácticamente intacta, y el abogado, el amanuense y el supuesto primo ni siquiera llegaron a mojarse los labios. A menudo las preguntas la incluían a ella; cuando así era, respondía con implacable elegancia manteniendo la espalda recta, el tono sereno y las manos sobre la mesa. En esas manos fijó él su concentración durante los espacios muertos del interrogatorio: en las muñecas delgadas emergiendo de los encajes blancos que remataban las mangas de la chaqueta de montar, en sus dedos estilizados adornados tan sólo por dos sortijas en el anular izquierdo. Un soberbio brillante solitario y una alianza: anillo de compromiso y anillo de casada, supuso. De casada con un hombre al que en un día del pasado juró amor y lealtad, y al que ahora engañaba arrebatándole a pedazos su fortuna ayudada por él.

Casi tres horas habían pasado cuando todo acabó. Sol Claydon y el falso Luis Montalvo llegaron al final imperturbables, enteramente dueños de sí mismos tras haber mostrado en todo momento una seguridad pétrea. Nadie habría dicho que acababan de bordear con los ojos vendados un foso lleno de cocodrilos.

El abogado y el escribiente comenzaron a recoger sus papeles mientras Mauro Larrea jugaba con la ajena cédula de vecindad entre los dedos. Soledad y el administrador, de pie frente a una de las ventanas, intercambiaban en voz queda unas frases en inglés.

Se despidieron, el administrador mayor con más afecto y el abogado joven con cortés frialdad. El escribiente tan sólo volvió a inclinar la cabeza. Ella los acompañó al vestíbulo y él permaneció en el gabinete, reubicándose, incapaz todavía de verlo todo en perspectiva y, mucho menos, de adelantar las consecuencias que podría acarrearle lo que allí acababa de acontecer. Lo único que sacó en claro fue que Soledad Montalvo, hábil y sistemáticamente, había ido traspasando a nombre de su primo acciones, propiedades y activos de la empresa de su marido hasta dejar a éste prácticamente desplumado.

Mientras de lejos se oían las últimas voces de los ingleses a punto de marchar, por un resquicio se coló como un aullido lejanísimo la voz de Andrade. Acabas de convertirte en el cretino más grandioso del universo, compadre. No tienes perdón de Dios. Para no hacerle frente, se levantó, se sirvió de un decantador una copa de brandy y se bebió la mitad de un trago. Justo en ese momento regresó Sol.

Cerró tras ella y dejó caer la espalda contra la puerta; después se llevó ambas manos a la boca, tapándosela por completo para reprimir un inmenso grito de alivio. Y así, con la parte inferior de la cara oculta, se sostuvieron una mirada infinita. Hasta que él alzó su copa a modo de tributo ante la magnífica actuación de los dos.

Por fin ella separó el cuerpo y se aproximó.

—Me faltan palabras para expresarle mi gratitud.

—Confío en que, a partir de ahora, todo vaya mejor.

—¿Sabe lo que haría en este momento, si no fuera del todo improcedente?

Abrazarle, reír a carcajadas, darle un beso infinito. O eso al menos fue lo que él interpretó que ella ansiaba. En un intento inútil por mitigar la ráfaga de calor que le ascendió desde las entrañas, se bebió el resto del brandy de un golpe.

Pero lo que finalmente hizo la tramposa cónyuge del rico marchante de vinos fue aplacar sus anhelos y guardar las maneras. Como llevada por el nombre de la viña, Soledad Montalvo recuperó la templanza y se dominó.

—Aún me queda mucho por conquistar, Mauro. Esto sólo ha sido una batalla dentro de una gran guerra contra el hijo mayor de mi marido. Pero jamás habría logrado ganarla sin usted.

34

Había amanecido hacía apenas media hora y ya estaba terminándose de reajustar la corbata, a falta de ponerse la levita de paño azul. De amanecida, harto de no dormir, había decidido pasar el día en Cádiz. Necesitaba alejarse, poner distancia. Pensar.

Santos Huesos apenas asomó la cabeza.

—En el zaguán quieren verlo, patrón.

—¿Quién?

—Venga, mejor.

Qué tal si fuera Zarco, el corredor de fincas. Una punzada de ansiedad lo espoleó escaleras abajo.

No acertó: se trataba de una pareja desconocida. Humildes a todas luces y de edad imprecisa; entre los sesenta y el camposanto, más o menos. Flacos como estoques, con la piel del rostro y las manos resquebrajadas por largos años de dura faena. Ella llevaba sayas burdas, un mantón de bayeta parda y el pelo encanecido recogido en un moño. Él, chaqueta y pantalón de paño basto y una faja de lana a la cintura. Ambos agacharon la cabeza en señal de respeto al verlo.

—Muy buenos días. Ustedes dirán.

Se presentaron con un profundo acento andaluz como antiguos sirvientes de la casa. A rendirle sus respetos al nuevo amo, dijeron que venían. Una lágrima recorrió el rostro ajado de la mujer al mentar al difunto Luis Montalvo. Después se sorbió los mocos.

—Y también estamos aquí por si en algo piensa que podamos servir al señorito.

Intuyó que el señorito era él. Señorito, a sus cuarenta y siete años. Pero aquella mañana de brumas no tenía ganas de reír.

—Se lo agradezco, pero lo cierto es que sólo estoy aquí temporalmente; no tengo previsto permanecer más tiempo del justo.

—Eso es lo de menos: igual que llegamos, con las mismas nos podemos marchar con viento fresco cuando su voluntad lo quiera. La Angustias guisa estupendamente y yo hago de todo lo que me manden, mire usted. A los hijos ya los tenemos colocados y nunca está de sobra algo que echar a la olla.

Se frotó el mentón, dudando. Más gastos y menos intimidad. Pero lo cierto era que les vendría bien alguien que se encargara de lavarles la ropa y les preparara para comer algo más que los pedazos de carne que Santos Huesos asaba agachado frente a una fogata en un rincón del patio trasero, como si vivieran en plena sierra o en los viejos campamentos de las minas. Alguien al tanto de quién llegaba o se asomaba desde la calle, que les echara una mano en el adecentamiento de aquella ruina de casa. Como un salvaje, le había dicho Sol Claydon que vivía. No le faltaba razón.

—Híjole, Santos, ¿a ti qué te parece? —preguntó alzando la voz hacia su espalda. El criado no estaba a la vista, pero él sabía que andaba cerca, escuchando como una sombra desde cualquier esquina.

—Pues digo que igual no nos vendría mal una ayudita, patrón.

Lo sopesó otros breves segundos.

—Aquí se quedan, entonces. A la orden de este hombre, Santos Huesos Quevedo Calderón —dijo soltando una sonora palmada sobre el hombro del criado recién aparecido—. Él les dirá lo que hay que hacer.

Los sirvientes —Angustias y Simón— volvieron a bajar la cabeza en señal de gratitud, mirando a la vez de reojo al chichimeca. No eran conscientes de la ironía de sus apellidos, pero sí de que era la primera vez en su vida que veían a un indio. Con su pelo largo y su sarape y su cuchillo siempre presto. Y encima, tiene cojones la cosa, farfulló el marido por dentro, nos tiene que mandar.

Mauro Larrea se encaminó hacia el Ejido y entró en la estación por la plaza de la Madre de Dios; había decidido ir en tren. En México, a pesar de los numerosos planes y concesiones, el ferrocarril todavía no era una realidad; en Cuba sí, para sacar sobre todo el azúcar de los ingenios del interior hasta la costa a fin de embarcarla rumbo al resto del mundo. Durante su breve paso por la isla, sin embargo, no tuvo ocasión de viajar en aquel invento; por eso, en cualquier otro momento de su vida, ese breve viaje iniciático por el que pagó ocho reales le habría llenado la cabeza de proyectos, olfateando ávido un posible negocio que trasladar al Nuevo Mundo, intuyendo una próspera oportunidad. Aquella mañana, no obstante, tan sólo se dedicó a observar el trasiego no demasiado numeroso de pasajeros y el movimiento infinitamente más cuantioso de botas de vino procedentes de las bodegas, camino del mar.

Acomodado en un carruaje de primera clase, llegó hasta el puerto del Trocadero, y desde allí a la ciudad en vapor. Cinco años llevaba funcionando aquel camino de hierro —el tercero de España, decían—, desde que sus cuatro locomotoras empezaran a arrastrar vagones de carga y de pasajeros, y Jerez celebrara aquel adelanto con un gran acto oficial en la estación y un buen puñado de celebraciones populares: bandas de música en la plaza de toros, peleas de gallos por las calles, la ópera *Il Trovatore* de Verdi en el teatro y dos mil hogazas de pan repartidas entre los menesterosos. Hasta en la cárcel y en el asilo municipal aquel día se comió a lo grande.

Lo primero que hizo al llegar a Cádiz fue dar salida a su correo. A ratos y a trompicones, había logrado escribir a Mariana y a Andrade. A su hija, con un puño en el estómago al rememorar que un mal parto se llevó el aliento de Elvira, le deseaba fuerza y coraje para traer a su criatura a la vida. A su apoderado le contaba, como siempre, verdades que no llegaban a serlo del todo: estoy a la espera de cerrar una gran operación que acabará con todos nuestros problemas, regresaré en breve, pagaremos en tiempo a Tadeo Carrús, casaremos a Nico como Dios manda, volveremos a la normalidad.

Callejeó luego sin destino por la ciudad: de los muelles a la puerta de la Caleta, de la catedral al parque Genovés sin dejar de dar mil y una vueltas en el cerebro a aquello en lo que quería y no quería pensar: a la insensata manera en la que, empujado por Sol Claydon, había transgredido todas las normas más elementales de la sensatez y la legalidad.

Compró papel de carta en una imprenta de la calle del Sacramento, comió el choco con papas que le sirvieron en un colmado de la plazuela del Carbón; lo regó con dos cañas de vino seco y claro que olió antes de beber, como había visto hacer al notario, al médico y a la propia Soledad. El aroma punzante le trajo a la memoria la vieja bodega de los Montalvo, silenciosa y desierta, y el sonido chirriante de la veleta oxidada en el tejado de la casa de viña de La Templanza, y la silueta de una desconcertante mujer sentada a su lado en una vieja silla de anea, contemplando un océano de tierra blanca y vides retorcidas mientras le proponía impasible la más extravagante de todas las muchas cosas extravagantes que la vida le había echado a las espaldas. Pinche imbécil, mascullo mientras dejaba sobre el mostrador unas monedas. Después salió otra vez a la calle y aspiró una bocanada de mar.

De muy poco le habían servido las leguas de distancia que había puesto entre Jerez y Cádiz: su ánimo seguía turbio y sus preguntas sin respuesta. Harto de vagar sin rumbo, decidió regresar, pero antes quiso pasarse a saludar a Antonio Fatou en su casa de la calle de la Verónica. Por rematar el día cruzando unas palabras con algún ser humano, sin ningún otro motivo.

—Mi estimado Mauro —lo saludó afable su joven anfitrión saliéndole al encuentro tan pronto le avisaron de su presencia—. Qué alegría volver a tenerlo entre nosotros. Y qué casualidad.

Frunció el entrecejo. ¿Casualidad? Nada de lo que en su vida ocurría últimamente se debía al puro azar. Fatou interpretó el gesto como una interrogación y se apresuró a ofrecerle aclaraciones.

—Precisamente acaba de decirme hace un rato Genaro que alguien ha venido preguntando por usted. Otra señora, al parecer.

Estuvo a punto de hacerle un gesto cómplice, como diciéndole qué suerte tiene con tanta dama persiguiéndolo, amigo mío. Pero el ceño contraído de Mauro Larrea lo disuadió.

—¿La misma que vino la vez anterior?

—No tengo la menor idea. Espere y lo averiguamos enseguida.

El anciano mayordomo se adentró cansino en las dependencias del negocio, envuelto como siempre en toses.

—Me dice don Antonio que alguien anduvo en mi busca, Genaro. Cuénteme, haga el favor.

—Una señora, don Mauro. Ni una hora hace que salió por la puerta.

Volvió a repetir la pregunta:

—¿La misma que vino la vez anterior?

—Yo diría que no.

—¿Dejó su tarjeta?

—No hubo manera. Y mire que se la pedí.

—¿Dijo al menos su nombre, o para qué me requería?

—Ni prenda.

—¿Y le dieron mi nueva dirección?

—No, señor, porque yo la ignoro y el señorito Antoñito no estaba por aquí.

Ante la ausencia de más detalles, el dueño de la casa mandó al mayordomo de vuelta a sus quehaceres con la orden de que alguien les llevara un par de tazas de café. Charlaron brevemente sobre nada en concreto y, calculando la hora para abordar el vapor y luego el tren de vuelta a Jerez, el minero tardó poco en despedirse.

Apenas había recorrido una decena de pasos por la calle de la Verónica cuando decidió retroceder. Pero esta vez no accedió a las oficinas en busca del propietario; tan sólo se escurrió hasta la cancela y tras ella halló a quien buscaba.

—Olvidé preguntarle, Genaro… —dijo metiéndose la mano en un bolsillo de la levita y sacando un espléndido habano de Vueltabajo—. Esa señora que vino en mi busca, ¿cómo era, exactamente?

Antes de que el viejo empleado abriese la boca, el cigarro, perteneciente a la caja que le regalara Calafat al embarcar en La Habana, reposaba ya en el bolsillo del chaleco de piqué del mayordomo.

—Un buen pase tenía, sí señor, elegantona y de pelo azabache.

—¿Y cómo hablaba?

—Distinto.

La tos bronca le interrumpió unos instantes, hasta que por fin pudo añadir:

—Para mí que venía de las Américas, como usted. O de por ahí.

Llegó hasta el muelle a zancadas con la intención de cruzar hasta el Trocadero lo antes posible, pero no lo consiguió: parado en seco, con la respiración entrecortada y las manos en las caderas, al contraluz de la tarde contempló una embarcación alejándose. Puta mala suerte, masculló, y no precisamente para sí. Quizá fuese una jugarreta de su propia fantasía, pero en la cubierta, entre los pasajeros, le pareció distinguir una silueta familiar sentada sobre un pequeño baúl.

Abordó el siguiente vapor y llegó a Jerez de noche cerrada. Apenas sus pasos resonaron en el zaguán del caserón de la Tornería, soltó una bronca voz al aire:

—¡Santos!

—A la orden, patrón —respondió el criado desde algún punto oscuro de la arcada del piso de arriba.

—¿Tuvimos alguna otra visita?

—Pues más bien yo diría que sí, don Mauro.

Como si le hubieran asestado un puñetazo en la boca del estómago, así se sintió.

Descubrir sus nuevas señas no le habría resultado a nadie una tarea demasiado compleja: al fin y al cabo, su porte de indiano caído del cielo y la vinculación con Luis Montalvo le habían convertido en lo más novedoso que había acontecido en los últimos días.

—Suéltalo pues.

Pero las palabras del criado no fueron por ahí.

—El gordo que se encarga de la venta quiere verlo mañana por la mañana. En el café de La Paz, en la calle Larga. A las diez.

La sensación de recibir un puñetazo en las tripas se repitió.

—¿Qué más dijo?

—Nomás eso, pero para mí que lo mismo ya nos encontró un comprador.

* * *

Cuando vio asomar el corpachón del corredor de fincas, Mauro Larrea ya había leído *El Guadalete* de cabo a rabo, se había dejado lustrar el calzado por un concienzudo limpiabotas tuerto y tenía a medias el tercer café. Llevaba levantado desde el alba, anticipando lo que Amador Zarco iba a contarle y sin borrar de su mente la inquietud de la tarde previa antes de abandonar Cádiz: una figura alejándose entre las olas a bordo de un vapor.

—Buenos días nos dé Dios, don Mauro. —Acto seguido, dejó caer en una silla contigua el sombrero y se sentó frente a él desparramando pliegues de carne por los bordes de la silla.

—Gusto de verlo —fue su escueto saludo.

—Parece que hoy ha amanecido más fresco, ya lo dice el refrán: De los Santos a Navidad, es invierno de verdad. Aunque como decía mi pobre madre, que en gloria esté, no hay que fiarse mucho de los refranes porque luego ya sabe usted lo que pasa.

Él tamborileó sin disimulo sobre el mármol de la mesa y con el movimiento apresurado de los dedos vino a decir arranque, buen hombre, de una vez. El obeso corredor, ante la visible impaciencia del indiano, no se demoró.

—No quisiera lanzar las campanas al vuelo antes de la cuenta, pero igual podemos estar de suerte y tener algo interesante a la vista.

En ese preciso instante les interrumpió un joven camarero:

—Aquí le traigo su cafelito, don Amador.

Sobre la mesa, al lado de la taza, dejó también una botella.

—Dios te lo pague, criatura. —No había terminado el muchacho de darse la vuelta cuando el gordo prosiguió—: Hay una gente de Madrid que tiene ya medio apalabrada una compra grande en Sanlúcar, llevan un par de meses viendo cosas por la zona.

A la vez que hablaba, Zarco quitó el tapón de corcho a la botella y, ante el estupor del minero, volcó un chorro en el café.

—Es brandy, no vino —aclaró.

Él hizo un gesto de impaciente indiferencia. Usted sabrá cómo o con qué estropea su café, amigo. Y ahora hágame el favor de continuar.

—Les he tentado con sus propiedades y les ha picado la curiosidad.

—¿Cuántos son, por qué habla en plural?

La pequeña taza de loza quedó casi perdida entre los gruesos dedos en su camino a la boca. Se la bebió de un trago.

—Dos: uno que pone los cuartos y otro que lo asesora. Un ricacho y su secretario, para que usted me entienda —dijo devolviéndola al platillo—. De viñas y vino no tienen ni idea; pero sí conocen que el mercado crece con los días y están dispuestos a invertir.

Le miró con ojos de buey.

—La cosa no va a ser fácil, don Mauro; eso se lo adelanto ya. El otro acuerdo lo tienen medio cerrado, y propuestas no les faltan así que, en el remoto caso de que sus propiedades les acaben interesando, seguro que van a apretarle a base de bien. Pero no perdemos nada por probar, ¿no le parece a usted?

Amador Zarco no fue capaz de decir nada más y él no le insistió porque supo que nada más sabía: su comisión aún estaba en la franja del veinte por ciento, así que el intermediario tenía un interés tan grandioso como el suyo por vender pronto y bien.

Abandonaron juntos el café después de concertar un próximo encuentro tan pronto como lograra saber cuándo llegarían a Jerez los potenciales interesados; ya estaban entrecruzando las últimas frases frente a la puerta cuando Mauro Larrea distinguió a Santos Huesos entre los viandantes que recorrían la calle Larga.

Quizá, al verlo en la distancia, por primera vez fue consciente de la incongruencia de su fiel criado en esa Baja Andalucía donde no escaseaban las pieles morenas requemadas por el sol o por la sangre de varios siglos de presencia mora. Pero el color de bronce de aquel indio no lo tenía nadie por allí, ni su pelo oscuro y lacio por debajo de los hombros, ni su constitución. Nadie tampoco vestía como él, con pañuelo anudado a la cabeza bajo el ala ancha del sombrero y aquel eterno sarape tejido en colores. Más de quince años llevaba a su lado, desde que era un chamaco afilado y despierto que se movía por las galerías de las minas con la agilidad de una culebra.

Acabó de despedirse del corredor y, momentáneamente inquieto por las nuevas que podría traerle, esperó a que el criado se le acercara.

—¿Quihubo, Santos?

—Nomás vinieron en su busca.

Tragó aire con ansia mientras miraba a izquierda y derecha: el trasiego diario de gentes, las voces de todos los días. Las fachadas, los naranjos. Ese Jerez.

—¿Una señora que tú conoces?

—Pues no y sí —replicó entregándole un pequeño sobre.

Esta vez, quizá por el apremio, iba sin lacrar. Reconoció la letra y lo abrió con precipitación. *Le ruego acuda a mi domicilio a la mayor prontitud*. En vez de una firma, dos letras: S. C.

Sol Claydon lo requería con urgencia. ¿Qué esperabas, majadero, que tu desatino iba a terminar sin consecuencias, que tus insensateces no traerían cola? En mitad del barullo mañanero no supo si la voz furiosa que le recriminaba era la de su apoderado Andrade o la suya propia.

—Listo, Santos, me doy por enterado. Pero tú estate al tanto, porque todavía hay otra visita que nos puede llegar. Si así fuera, que espere en el patio, no la dejes que entre. Y ni una silla le saques, ¿me oyes? Que espere nomás.

Caminó con prisa, pero se detuvo al alcanzar el arranque de la Lancería, cuando recordó que tenía algo pendiente; algo que, con los vaivenes imprevistos de los últimos días, se le había traspapelado en la memoria. Y a pesar del apremio de Soledad, decidió resolverlo sin dilación. Apenas le llevaría tiempo y mejor hacerlo ahora que dejarlo suspendido, no fuera a acabar acarreando peores desenlaces.

Echó una ojeada alrededor y vio el portal entreabierto de una estrecha casa de vecinos. Se asomó, nadie a la vista. Para lo que iba a durar el asunto, serviría. Paró entonces a un chiquillo, le señaló la notaría de don Senén Blanco y le dio una décima de cobre y unas cuantas indicaciones. Tres minutos después Angulo, el empleado chismoso que por primera vez le acompañó a la casa de la Tornería, aún con los manguitos de percalina puestos, entraba curiosón en el portal oscuro donde él lo estaba esperando.

La propia Sol, sin ser consciente, le había puesto en guardia. Desde la notaría se había filtrado que él se hizo con las propiedades de los Montalvo sin dinero de por medio; que quizá había algo no del todo transparente en la transacción. Sabía que don Senén Blanco era un hombre cabal, incapaz de soltar la lengua alegremente. Por eso intuía el origen del que, presumiblemente, partió todo. Y por eso, ahora, estaba a punto de actuar.

Primero lo acorraló contra los azulejos, después llegó el aviso.

—Como vuelvas a soltar una sola palabra sobre mí o mis asuntos, la próxima vez te parto por la mitad.

Lo agarró entonces por el cuello y al rostro del pobre diablo le subió de pronto toda la sangre del cuerpo.

—¿Quedó claro, pendejo?

Como por respuesta tan sólo obtuvo un sonido ahogado, le golpeó la nuca contra la pared y le apretó el gaznate un poco más.

—¿Seguro que lo entendiste bien?

De la boca espantada del escribiente salió un hilillo de baba y una voz minúscula que parecía querer decir sí.

—Pues a ver si no hace falta que volvamos a vernos.

Lo dejó con el cuerpo arqueado a punto de caer al suelo, tosiendo como un asno. Antes de que pudiera reaccionar siquiera, él ya estaba en la calle ajustándose los puños de la camisa y guiñando un ojo al rapaz estupefacto.

Esta vez no tuvo que abrir Palmer la puerta: Soledad lo estaba esperando y él volvió a sentir esa misma sensación sin nombre que le recorría la piel todos los días desde que la conoció. Vestía de color guinda y la preocupación plagaba otra vez sus rasgos armoniosos.

—Lamento muchísimo molestarlo de nuevo, Mauro, pero creo que tenemos otro problema.

Otro problema, había dicho. No el mismo de dos días antes extendido, multiplicado, enmarañado o resuelto. Otro problema distinto. Y había dicho tenemos. En plural. Como si ya no se tratara de un problema suyo para el que necesitara ayuda, sino de un asunto vinculado desde un principio a los dos.

Sin una palabra más, le dirigió a la sala de recibir donde él la estuvo esperando la primera noche.

—Pase, por favor.

El sofá que entonces estaba vacío, se veía ahora ocupado. Por una mujer. Tumbada, con los ojos cerrados y dos cojines bajo la nuca, pálida como la cera. Con la negra cabellera desparramada, vestida enteramente de oscuro, con un prominente escote al aire que una joven mulata más flaca que un suspiro no paraba de abanicar.

A su espalda sonó un murmullo.

—La conoce, ¿verdad?

Le contestó sin girarse:

—Mucho me temo que sí.

—Ha llegado hace apenas una hora, viene indispuesta. He mandado a buscar a Manuel Ysasi.

—¿Habló algo?

—Sólo le ha dado tiempo a presentarse como la esposa de mi primo Gustavo. Todo lo demás han sido incongruencias.

Se mantenían los dos sin apartar la vista de la otomana. Él un paso por delante y Sol Claydon detrás, susurrándole queda junto al oído.

—También lo nombró a usted. Varias veces.

La alarma fue paralela a su turbación, al notar pegada a su cuerpo la calidez que emanaba de ella y de su voz.

—Dijo mi nombre, ¿y qué más?

—Frases inconexas, palabras sueltas. Todo enrevesado y sin sentido. Algo relativo a una apuesta, creí entender.

35

El doctor Ysasi le tomó el pulso, le presionó el estómago y le palpó el cuello con dos dedos. Después le examinó la boca y las pupilas.

—Nada preocupante. Deshidratación y agotamiento; síntomas comunes tras una larga travesía por mar.

Sacó un frasco de láudano del maletín, pidió que le prepararan un zumo de limón exprimido con tres cucharadas de azúcar y a continuación prestó atención a la joven esclava, repitiéndole las mismas pruebas. Había mandado correr las espesas cortinas y la sala estaba en una semipenumbra incongruente con la luz matinal que llenaba la plaza. El minero y la anfitriona observaban el quehacer desde la distancia, de pie ambos todavía, con los rostros teñidos de intranquilidad.

—Tan sólo necesitará reposo —concluyó el médico.

Mauro Larrea se giró hacia el oído de Soledad y le habló entre dientes:

—Hay que sacarla de aquí.

Ella asintió con un lento movimiento de cabeza.

—Supongo que todo tiene que ver con la herencia de Luis.

—Seguramente. Y eso no nos conviene a ninguno de los dos.

—Listo —anunció el doctor en ese instante, ajeno a la conversación que entre ellos iban armando—. Lo más aconsejable es no moverla ahora mismo, que descanse tumbada. Y a esta chiquilla —añadió señalando a la joven esclava—, que le den algo de comer; lo que tiene es pura inanición.

Al reclamo de la campanilla de Soledad, apareció una de

las criadas; inglesa, como todo el servicio de la casa. Tras recibir las órdenes pertinentes, la despachó camino de la cocina con la mulatica a su cargo.

—Lamentablemente, Edward sigue ausente y yo preferiría no quedarme sola con ella. ¿Les supondría un gran trastorno acompañarme a almorzar?

Lo más sensato, pensó Mauro Larrea, sería marcharse, ganar tiempo para pensar en cómo proceder a continuación. Aunque ahora descansara serena, estaba seguro de que la esposa de Zayas desembarcaba en España envuelta en una amenazante tormenta antillana: sabía de sobra hasta dónde era capaz de llegar. Hablaría más de la cuenta ante todo aquel que quisiera escucharla, tergiversaría los acontecimientos, haría pública la extravagante manera en la que las propiedades jerezanas volaron de manos de su marido, e incluso sería capaz de emprender acciones legales para reclamar los bienes ganados en la apuesta. Y aunque seguramente nada volviera a las manos de Zayas porque la ley lo acabaría amparando a él, con todo eso lograría algo que el minero no estaba dispuesto a soportar: verse enfangado en pleitos y diatribas, demorar sus planes y truncar, en definitiva, sus intenciones más perentorias. El calendario corría implacable en su contra, ya había consumido casi dos meses de los cuatro que tenía fijados con Tadeo Carrús. Había que encontrar la manera de minimizar las intenciones de la mexicana. De neutralizarla.

Lanzó una mirada de soslayo a Soledad mientras ella, a su vez, observaba con preocupación a la desfallecida. Si ésta empezaba a mover sus piezas, él no sería el único perjudicado: en caso de que se dedicara a indagar sobre las propiedades de Luis Montalvo, la arrastraría también.

—Acepto tu invitación del mejor grado, querida Sol —adelantó Ysasi mientras recogía sus útiles y los guardaba en el maletín—. Me seducen bastante más las habilidades de tu cocinera que las de mi vieja Sagrario, que apenas sale de los pucheros de siempre. Permíteme antes que me lave las manos.

A pesar de que en la cabeza de Mauro Larrea chocaban alborotadas las reticencias, su boca lo traicionó.

—Me sumo.

El médico salió de la estancia mientras ellos se quedaban envueltos en esa luz extraña del mediodía taponada por los pesados cortinones de terciopelo; de pie ambos, con la mirada fija aún en el cuerpo yacente de la recién llegada. Transcurrieron unos instantes de calma aparente en los que casi se podía oír cómo los cerebros de los dos acoplaban datos y ajustaban piezas.

Ella fue la primera en avanzar.

—¿Por qué tiene tanto interés en dar con usted?

Sabía que no valía la pena seguir mintiendo.

—Porque probablemente no está de acuerdo con la manera en la que Gustavo Zayas y yo acordamos el traspaso de las propiedades de su primo Luis.

—¿Y hay en verdad motivo para tal descontento?

Y sabía también que tenía que llegar hasta el fondo.

—Depende de lo bien que alguien acepte que su esposo se juegue su herencia en una mesa de billar.

* * *

Las viandas y los caldos volvieron a ser excelentes, la porcelana espléndida, la cristalería igualmente delicada. El ambiente cordial de la primera noche, sin embargo, había saltado por los aires.

Aunque sabía que no tenía que justificar su conducta ante nadie, se mantuvo firme en su decisión, por una maldita vez, de hablar con sinceridad. Al fin y al cabo, Soledad ya le había hecho partícipe de sus propios desmanes. Y del buen doctor, poco malo se podía esperar.

—Miren, yo no soy ningún tahúr ni un oportunista sin prejuicios, sino un mero hombre dedicado a sus negocios al que en un momento imprevisto se le torcieron las cosas. Y mientras intentaba reconducir mi mala fortuna, sin que yo la propiciara, se me cruzó por delante una coyuntura que se acabó resolviendo a mi favor. Y quien impulsó tal coyuntura fue Carola Gorostiza, obligando a su esposo a actuar.

Ni Manuel Ysasi ni Soledad le hicieron ninguna otra pregunta explícita, pero la curiosidad de ambos flotó silenciosa en el ambiente como las alas de un ave majestuosa.

Se debatió entre cuánto contar y cuánto callar, hasta dónde seguir avanzando. Todo era demasiado confuso, demasiado inverosímil. El encargo de Ernesto Gorostiza para su hermana, sus ansias por encontrar en La Habana un buen negocio, el barco congelador, el asunto vergonzante del negrero. Demasiado turbio todo para hacerlo digerible a lo largo de un almuerzo. Por eso decidió sintetizarlo de la manera más concisa:

—Hizo creer a su esposo que mantenía una relación sentimental conmigo.

La pala de pescado de Soledad quedó flotando sobre un pedazo de róbalo, sin llegar a rozarlo.

—Él me retó entonces —añadió—. Una especie de temerario duelo sobre un tapete verde con tacos de madera y bolas de marfil.

—Y ahora ella viene a pedirle cuentas, o a intentar invalidar aquello —apuntó el doctor.

—Eso supongo. Incluso, conociéndola como creo que la conozco, no sería extraño que también tenga interés en averiguar de paso si Luis Montalvo contaba en su poder con algo más. Al fin y al cabo, él convirtió a Gustavo en heredero universal con todas las de la ley.

—Al menos ahí dará en hueso, porque al pobre Luisito no le quedaba ni un ochavo.

Ante la presuposición del médico, Mauro Larrea y Soledad se llevaron a la vez los tenedores a la boca, bajaron al unísono la mirada y masticaron en paralelo el pescado con más lentitud de la necesaria; como si, entremezclado con la carne blanca y tierna del pez, quisieran también pulverizar el desasosiego. Hasta que ella decidió hablar.

—Verás, Manuel, lo cierto es que podría resultar que Luis, sin ser consciente de ello, contara con algo más entre sus posesiones.

El rostro del médico quedó demudado cuando le sintetizó la inaudita realidad. Ocultaciones, firmas falseadas, amaños ilícitos. Y el indispensable papel de Mauro Larrea en una sublime suplantación de Luis Montalvo frente a un abogado inglés.

—Por todos los diablos que no sé cuál de los dos es más temerario, si el minero que arrambla con una herencia ajena en una apuesta descabellada, o la fiel y distinguida esposa que despelleja su propia empresa familiar.

—Hay cosas que van más allá de lo que creemos que somos capaces de controlar —dijo entonces Sol alzando por fin su mirada serena—. Situaciones que nos ponen en el disparadero. Yo habría mantenido con sumo gusto mi cómoda vida en Londres con mis cuatro preciosas niñas, mis asuntos controlados y mi intensa vida social. Jamás se me habría ocurrido cometer la menor tropelía de no ser porque Alan, el hijo de Edward, decidió atacarnos.

A pesar de lo desconcertante de la afirmación, ninguno de los hombres osó interrumpirla.

—Persuadió a su padre con insidia para que lo integrara como socio en el negocio a mis espaldas, tomó decisiones absolutamente desafortunadas sin consultarlas con él, lo engañó y preparó el terreno, en definitiva, para que nuestras hijas y yo misma quedáramos en una muy débil situación el día en que Edward llegara a faltar.

Esta vez no fue vino lo que se llevó a los labios, sino un largo trago de agua, quizá para que la ayudara a diluir la mezcla de rabia y tristeza que había asomado a su rostro.

—Mi marido tiene problemas muy graves, Mauro. El hecho de que nadie lo haya visto desde que nos mudamos no responde a viajes de negocios ineludibles o a inoportunas jaquecas; eso no son más que mentiras que yo me dedico a extender. Desgraciadamente, se trata de algo bastante más complicado. Y mientras él no se encuentre en disposición de tomar medidas que contrarresten los ataques de su primogénito contra las pequeñas gitanas del sur, como nos llama despectivamente a mis hijas y a mí, la responsabilidad de protegernos está en mis manos. Y por ello, no me ha quedado otra solución más que actuar.

—Pero no contraviniendo de esa manera la ley, por Dios, Sol… —dijo Ysasi.

—De la única forma que puedo, mi querido doctor. Reventando el negocio desde dentro; de la única manera que sé.

Un golpe sonoro frenó en seco la conversación, como si algo voluminoso hubiera caído al suelo o chocado contra una pared en algún rincón de la casa. Las copas se tambalearon levemente sobre el mantel y los cristales del chandelier que colgaba del techo chocaron entre sí provocando un sutil tintineo. Soledad y él amagaron con levantarse instantáneamente, el doctor los frenó.

—Yo me encargo.

Con paso acelerado, abandonó el comedor.

Podría tratarse de Carola Gorostiza, quizá se había desplomado al intentar levantarse, pensó él. Pero intuyó que no era el caso. Quizá fuera tan sólo un percance del servicio, tal vez un tropezón de una criada. Sol se esforzó por restarle importancia.

—Seguro que no ha sido nada, pierda cuidado.

Dejó entonces los cubiertos sobre el plato y le miró con los ojos cargados de desolación.

—Todo se me está yendo de las manos; todo va a peor…

Aunque escarbó en lo más profundo de su repertorio, él no encontró palabras para replicar.

—¿No hay días en los que le gustaría que el mundo se parara, Mauro? Que se detuviera y nos diera un respiro. Que nos dejara inmóviles como estatuas, como simples mojones, y no tuviéramos que pensar, ni que decidir, ni que resolver. Que los lobos cesaran de enseñarnos los dientes.

Claro que había días de ésos en su vida. En los últimos tiempos, a montones. En aquel instante, sin ir más lejos, habría dado todo lo mucho que alguna vez tuvo por seguir compartiendo eternamente ese almuerzo con ella: sentado a su izquierda, solos en el comedor empapelado con adornos chinescos, contemplando su rostro armonioso de pómulos altos y el arranque de los huesos de sus hombros. Resistiendo la tentación de alargar el brazo hacia ella para agarrarle una mano como el día en que se conocieron; para apretársela con fuerza y decirle no te preocupes, estoy a tu lado, todo va a terminar pronto; pronto y bien. Preguntándose cómo, a sus años y con todo lo que llevaba vivido, cuando creía que ya nada podría sorprenderlo, sentía de pronto ese vértigo.

Imposible compartir con ella esas sensaciones, por eso prefirió orientarse en otra dirección.

—¿Volvió a saber algo del abogado inglés?

—Tan sólo que se encuentra en Gibraltar. No ha regresado a Londres, de momento.

—¿Y eso es preocupante?

—No lo sé —reconoció—. Realmente no lo sé. Tal vez no: puede que simplemente no haya encontrado estos días plaza en ningún steamer de la P&O rumbo a Southampton, o quizá tenga otros asuntos aparte de los míos que atender.

—¿O…?

—O puede que esté esperando a alguien.

—¿Al hijo de su marido, por ejemplo?

—Lo desconozco también. Ojalá lo supiera y pudiera confirmarle que todo avanza adecuadamente, y que nuestra farsa surtió su efecto sin fisuras. Pero lo cierto es que, según pasan los días, las dudas no cesan de crecer.

—Demos tiempo al tiempo —dijo sin ningún convencimiento—. Ahora mismo, además, tenemos otro problema que afrontar.

La pularda asada que les habían servido a continuación del róbalo se había quedado fría en los platos: ambos habían perdido el apetito, pero no la necesidad de seguir hablando.

—¿Cree usted que Gustavo habrá apoyado este disparate de su esposa, esta decisión de venir sin él desde Cuba?

—Supongo que no. Quizá se las arregló para que él no sepa nada. Habrá inventado algo: un viaje a México, o vaya usted a saber.

Presintió que ella quería preguntar algo, pero le costaba formularlo. Se llevó la copa a la boca, como para darse fuerza.

—Dígame, Mauro, ¿en qué situación se encontraba mi primo? —planteó al fin.

—¿Personal o económica?

Titubeó. Otro sorbo de vino.

—Ambas.

Mauro Larrea seguía notando la frialdad de Soledad hacia Zayas, el distanciamiento controlado que ella mantenía. Esta vez, no obstante, presintió que pretendía indagar en lo humano.

—Créame cuando le digo que no lo traté apenas, pero mi impresión es que distaba leguas de parecer medianamente feliz.

Retiraron los platos que apenas habían tocado, sirvieron el postre. El servicio se retiró.

—Y créame también si le aseguro que Carola Gorostiza y yo jamás mantuvimos relación sentimental alguna.

Ella asintió con un ligerísimo movimiento de barbilla.

—Aunque lo cierto es que sí tenemos otro tipo de vinculación.

—Vaya —murmuró. Y su tono no sonó grato en exceso, pero lo frenó con una cucharada de crème brûlée.

—Su hermano es amigo mío en México y pronto se convertirá en alguien cercano a mi familia. Su hija va a casarse con mi hijo Nicolás.

—Vaya —volvió a murmurar, esta vez con menos acritud.

—Por eso la conocí al llegar yo a La Habana: su hermano Ernesto me encargó hacerle entrega de un dinero. Así fue como entré en contacto con ella, y a partir de ahí vino todo lo demás.

—¿Y cómo es esa señora en los momentos en los que no tiene el capricho de desvanecerse?

Parecía haber recuperado algo del brillo de sus ojos de cierva y una pizca de la fina ironía que solía presidir sus conversaciones.

—Arrogante. Fría. Impertinente. Y se me ocurren algunas otras etiquetas que me reservo por cortesía.

—¿Sabe que se pasó los últimos años escribiendo a Luisito, insistiéndole machaconamente para que cruzara el océano y fuera a visitarlos? Le hablaba de la fastuosa vida de La Habana, del gran cafetal que poseían, de la inmensa satisfacción que sentiría Gustavo al verlo otra vez después de tantos años y de las muchas veces que ella había imaginado cómo sería aquel añorado primo español. Incluso, si me permite ser malpensada, en algunos pasajes creo que hasta se le llegó a insinuar; probablemente Gustavo jamás le habló a su mujer de las limitaciones físicas del pobrecito Comino.

—Siéntase libre de ser retorcida, estoy convencido de que no le falta razón. ¿Cómo tiene constancia de todo eso?

—Por las cartas firmadas por ella que guardo en un cajón de mi secreter. Me las llevé de su casa junto con el resto de sus cosas personales antes de que usted se instalara.

Así que fue Carola Gorostiza la que arrastró a Luis Montalvo hasta Cuba, a sabiendas de que era un soltero con propiedades y sin descendencia, unido por sangre a su marido. Y por eso seguramente maquinó, perseveró, porfió y no cejó hasta lograr que hiciera un nuevo testamento que retirara del juego a sus sobrinas carnales y dejara como único heredero a su primo hermano Gustavo, con el que hacía dos décadas que no tenía trato. Lista, Carola Gorostiza. Lista y tenaz.

La vuelta del médico les interrumpió.

—Todo en orden —musitó sentándose.

Soledad cerró los ojos un instante y asintió, entendiendo sin necesidad de más palabras lo que Manuel Ysasi quería decir. Mauro Larrea los miró alternativamente y, de pronto, toda la confianza ganada a lo largo del almuerzo y de los días anteriores pareció resquebrajarse al sentirse ajeno a aquella complicidad. Qué me ocultan, de qué quieren mantenerme al margen. Qué le ocurre a tu marido, Soledad; qué os aleja de Gustavo. Qué carajo pinto yo entre todos ustedes.

El doctor, ignorante de sus pensamientos, retomó la comida y la conversación, y el minero no tuvo más remedio que abstraerse de sus suspicacias.

—He echado un vistazo a nuestra dama y le he dado unas gotas generosas de hidrato de cloral para que se mantenga sosegada. No va a despertar en unas horas pero, con todo, sería conveniente que decidierais cómo pensáis actuar con ella.

Propongo lanzarla al fondo de una mina anegada, le habría gustado decir al minero.

—Enviarla de vuelta por donde ha venido —fue en cambio su reacción—. ¿Cuánto calcula que tardará en estar en condiciones de emprender el regreso?

—No creo que tarde en recuperarse.

—En cualquier caso, lo fundamental ahora mismo es sacarla de esta casa y retirarla de la circulación.

El silencio se extendió sobre el mantel mientras intentaban hallar una vía de salida. Mandarla a Cádiz sola para esperar el embarque sería excesivamente arriesgado. Retenerla en el destartalado caserón de la Tornería, un despropósito. Albergarla en un establecimiento público, una soberana insensatez.

Hasta que Sol Claydon planteó su propuesta, y sonó como una piedra lanzada contra un cristal.

36

Los pros y los contras los debatieron en la biblioteca, frente a tres tazas de café negro.

—Creo que no sois conscientes del desatino que estáis tramando.

En el tuteo con el que Ysasi trataba a Soledad desde la infancia había incluido ahora también al minero.

—¿Acaso tenemos otras opciones?

—¿Qué tal si probáis a hablar con ella calmadamente, a hacerla reflexionar?

—Y decirle ¿qué? —replicó Sol exasperada—. ¿La convencemos con dulces palabras para que tenga la inmensa amabilidad de regresar a La Habana y apartarse de nuestro camino?, ¿la persuadimos con gentilezas para que nos deje en paz?

Se levantó de su asiento con la agilidad de una gata rabiosa, dio cuatro o cinco pasos sin destino, después se giró de nuevo hacia ellos.

—¿O le contamos que a nombre de Luis Montalvo, listos para ser heredados por ella y por Gustavo en cuanto realicen los trámites pertinentes, hay acciones y títulos por valor de varios cientos de miles de libras esterlinas? ¿Y qué tal si le anunciamos además que ese dinero es el patrimonio de mi familia, arrancado de la codicia disparatada del medio hermano de mis propias hijas con mis más sucias y rastreras artimañas?

Tenía las mejillas encendidas y los ojos brillantes; volvió a dar unos pasos barriendo con la falda los arabescos de la alfombra, hasta situarse junto al sillón desde el que Mauro Larrea la contemplaba absorto con las piernas cruzadas.

—¿O le decimos también que este señor es tan galante y generoso que va a perdonarle a su marido una abultada deuda de juego a fin de que ella no se disguste en su peripatética visita a la madre patria? ¿Que les va a devolver de balde las propiedades que el muy imbécil, cobarde e irresponsable de mi primo decidió jugarse en una noche de billar?

A fin de enfatizar sus palabras, consciente o inconscientemente, voluntaria o involuntariamente, ella había depositado su mano derecha sobre el hombro de él. Y lejos de retirarla a medida que su irritación crecía, al lanzar al aire la segunda pregunta cargada de improperios contra Zayas, lo que hicieron sus dedos abiertos fue clavarse con fuerza. Traspasando casi la tela de la levita, aferrándose a su piel, a su carne y sus huesos: en el sitio de unión entre la espalda y el brazo, al lado del cuello. En el lugar más certero para que un incontenible latigazo de deseo se le enroscara al minero en las entrañas.

—Y además, Manuel, estamos hablando de Gustavo. De nuestro queridísimo Gustavo. Acuérdate bien.

Aún con Soledad aferrada a su hombro y aquella inesperada reacción sacudiéndole el cuerpo y el alma, a él no se le escapó el agrio sarcasmo de la última frase. Nuestro queridísimo Gustavo, había dicho. Y en sus palabras, como siempre que lo mencionaba, no había ni pizca de calor.

Manuel Ysasi intervino con tono de resignación:

—Bien, en tal caso, y aunque sigo convencido de que retenerla contra su voluntad es un sublime desacierto, supongo que no me dejáis otra salida.

—¿Eso significa que accedes a que se quede en tu casa?

La mano de ella se desprendió del hombro de Mauro Larrea para acercarse al médico, y él sintió una desoladora orfandad.

—Que os quede claro a ambos que, como este asunto se llegue a conocer en Jerez, me arriesgo a perder a la mayoría de mis pacientes. Y yo no tengo un próspero negocio de comercio vinatero ni minas de plata que me respalden; yo vivo tan sólo de mi trabajo, y eso cuando consigo cobrar.

—No seas cenizo, Manuelillo —cortó ella con un punto de sorna—. No vamos a secuestrar a nadie; tan sólo vamos a proporcionarle unos días de hospedaje gratuito a una invitada un tanto indeseable.

—Yo me encargaré personalmente de llevarla a Cádiz y embarcarla en cuanto usted considere que está en disposición de viajar —zanjó él—. De hecho, intentaré averiguar cuanto antes la fecha de salida del próximo vapor a las Antillas.

Ysasi, con negra ironía, dio por terminada la conversación.

—Hace mucho tiempo que dejé de creer en la intervención de un grandioso ser supremo en nuestros humildes asuntos terrenales, pero Dios nos encuentre a todos confesados si algo se tuerce en este plan demencial.

* * *

La dejaron instalada en la residencia del doctor en la calle Francos, en la vieja casa que heredara de su padre y éste de su abuelo, donde convivía con los mismos muebles y la misma criada que sirvió a tres generaciones de la familia. Eligieron un dormitorio trasero abierto a un corralón, con una estrecha ventana convenientemente alejada de las viviendas colindantes. A la esclava Trinidad la instalaron en el cuarto contiguo para que estuviera pendiente de las necesidades de doña Carola. Soledad le administró pautas de cuidado a Sagrario, la anciana criada. Calditos de pollo y tortillitas a la francesa, mollejitas de cordero, muchas jarras de agua fresca, mucho cambio de sábanas y orinales, y un no radical y absoluto a todo intento de ella por salir.

Santos Huesos quedó a cargo de la llave, haciendo guardia en el arranque del pasillo.

—¿Y si se pone brava, patrón, en ausencia del doctor?

—Mandas a la vieja a que me busque.

Después, con un leve gesto señaló la cadera derecha del indio: el sitio en el que siempre llevaba el cuchillo. Tras esperar a que la comitiva emprendiera el regreso al piso inferior, le aclaró la orden:

—Y si se pasa de vueltas, tú la atemperas. Nomás un poquito.

Apenas todo quedó en orden, Sol anunció su retirada. Seguramente la reclamaban aquellos complejos problemas de su marido que él seguía desconociendo. O quizá simplemente se le estaban acabando las fuerzas para seguir en la brecha.

Sagrario, la criada desgastada y medio coja, llegó arrastrando los pies. Le traía la capa, los guantes y el elegante sombrero con plumas de avestruz, un equipo más apropiado para transitar por las mundanas vías del West End londinense que para atravesar en plena noche las estrechas callejas jerezanas.

Fuera la esperaba su calesa, él la acompañó hasta el zaguán.

—¿Se encargará entonces de averiguar algo sobre las próximas salidas hacia Cuba?

—Será lo primero que haga mañana por la mañana.

Apenas había luz en el espacio de tránsito entre la residencia y la calle; una débil bujía alteraba los rasgos de sus rostros.

—Confiemos en que todo acabe pronto —dijo ella mientras introducía los dedos en los guantes. Por decir algo, sin esforzarse en mostrar el menor signo de convencimiento.

Que todo acabe pronto. Todo: un gran saco sin fondo en el que tenían cabida mil problemas ajenos y comunes. Demasiada buena fortuna sería necesaria para que, al lanzarlos al aire, el cúmulo al completo cayera de pie.

—Pondremos de nuestra parte para que así sea. —Y por ocultar la falta de seguridad que él mismo sentía, añadió—: ¿Sabe que esta misma mañana supe que puede haber a la vista unos posibles compradores para las posesiones de su familia?

—No me diga.

Imposible por parte de ella haber puesto menos entusiasmo en su voz.

—Gente de Madrid. Tienen algo casi concertado en otro sitio, pero están dispuestos también a considerar mi oferta.

—Sobre todo si usted les ofrece un precio ventajoso.

—Me temo que no me quedará otra opción.

Entre los paños de azulejos de Triana de la vieja casa de Ysasi, en semipenumbra, con el sombrero y los guantes ya puestos y la capa sobre sus hombros armoniosos, ella le dedicó una media sonrisa cansada.

—Tiene prisa por regresar a México, ¿verdad?

—Me temo que así es.

—Allí le esperarán su casa, sus hijos, sus amigos… Incluso quizá alguna mujer.

Lo mismo podría haberle replicado que sí que podría haberle replicado que no, y en ninguna de las dos formulaciones habría mentido. Sí, claro que sí: me espera mi espléndido palacio colonial en la calle de San Felipe Neri, mi preciosa hija Mariana convertida en una joven madre y mi cachorro Nicolás a punto de emparentar con la mejor sociedad tan pronto regrese de París; mis muchos amigos poderosos y prósperos, y unas cuantas mujeres hermosas que siempre se mostraron bien dispuestas a abrirme sus camas y sus corazones. O no, claro que no. En realidad, es muy poco lo que me espera allá; ésa podría haber sido también su respuesta. Las escrituras de mi casa están en manos de un usurero que me asfixia con plazos inflexibles, mi hija tiene su vida independiente, mi hijo es un tiro al aire que acabará haciendo lo que le venga en gana. A mi amigo Andrade, que es mi razón y mi hermano, lo tengo con una mordaza en la conciencia para que no me grite que me estoy comportando como un descerebrado. Y en cuanto a mujeres, ni una sola de las que alguna vez pasaron por mi vida logró jamás atraerme o conmoverme o perturbarme ni la centésima parte, Soledad Montalvo, de lo que, desde que apareció aquel mediodía de nubes en el desportillado caserón de su propia familia, me atrae, me conmueve y me perturba usted.

Su respuesta, sin embargo, fue mucho más vacía de datos y afectos, infinitamente más neutra:

—Allá es donde me corresponde estar.

—¿Seguro?

La miró con gesto confuso, frunciendo sus cejas espesas.

—La vida nos arrastra, Mauro. A mí me arrancó en plena juventud de esta tierra y me trasladó a una urbe fría e inmensa, a vivir en un mundo extraño. Más de veinte años después, cuando ya estaba amoldada a aquel universo, las circunstancias me han traído otra vez hasta aquí. Los vientos inesperados nos impulsan a emprender unas veces el camino de ida y otras el camino de vuelta, y a menudo no vale la pena nadar contra corriente.

Alzó una mano enguantada y le puso los dedos sobre los labios, para que no la contradijera.

—Sólo piénselo.

37

Chasquidos de vasos y botellas, rumor de pláticas destensadas y el rasgueo de una guitarra. Docena y media de hombres más o menos, y tan sólo tres mujeres. Tres gitanas. Una, muy joven y muy flaca, liaba cigarrillos de picadura con los ojos bajos mientras otra, más lozana, se dejaba requebrar sin demasiado interés por un señorito fino. La más vieja, con el rostro arrugado y seco como una pasa de Málaga, parecía dormitar con los ojos entreabiertos y la cabeza apoyada contra la pared.

Casi todos los presentes carecían de las ropas y modales del médico y de Mauro Larrea pero, con todo, la llegada de ellos dos a aquella tienda de vinos del barrio de San Miguel no pareció extrañar en absoluto a la parroquia. Más bien lo contrario. A las buenas noches, oyeron decir varias veces tan pronto como ambos atravesaron la puerta. Buenas noches nos dé Dios, doctor y la compañía. Gusto de verlo otra vez por aquí, don Manué.

Tras una parca cena conjunta en la casa de soltero del médico, comprobaron que la Gorostiza seguía durmiendo, que la mulatica descansaba al lado y que Santos Huesos quedaba preparado en el pasillo para una noche de sosegada vigilia. Y convencidos de que nada inesperado podría acontecer hasta la mañana siguiente al menos, Manuel Ysasi le había propuesto salir a respirar.

—¿Me leyó el pensamiento, doctor?

—Ya conoce dónde se solaza la sociedad más respetable. ¿Qué le parece si le llevo ahora al otro Jerez?

Por eso habían acabado en aquella taberna de la plaza de

la Cruz Vieja, en un barrio que tiempo atrás fue un arrabal de extramuros y ahora parte del sur de la ciudad.

Se acomodaron frente a una de las escasas mesas vacías, en sendos bancos corridos a la luz de los candiles de aceite, no lejos del mostrador. Tras éste, una ancha retaguardia repleta de botellas y botas de vino, y un muchacho que no llegaría a los veinte años secando loza callado y serio mientras lanzaba miradas llenas de melancolía a la joven gitana. Ella, entretanto, seguía liando hebras de tabaco sin levantar los ojos de su quehacer.

El muchacho acudió rápido, con dos vasos estrechos llenos de líquido color ámbar que no necesitaron pedir.

—¿Cómo sigue tu padre, zagal?

—Psssh, regular. No acaba de entonarse.

—Dile que el lunes me paso a verlo. Que siga con las cataplasmas de mostaza y haga vahos con agujas de pino.

—De su parte, don Manuel.

No había acabado el mozo de retirarse cuando se acercó hasta la mesa un hombre joven de espesas patillas negras y ojos como aceitunas.

—Otros dos privelos para el doctor y su acompañante, Tomás, que hoy tengo parné para pagarlos yo.

—Déjate, Raimundo, déjate, hombre… —rechazó el doctor.

—¿Cómo que no, don Manué, con todo lo que yo le debo?

Se dirigió entonces a Mauro Larrea.

—La vida de mi hijo se la debo yo a este hombre, señor mío, por si usted no lo sabe. La vida enterita de mi churumbel. Malito, muy malito lo tenía…

En ese preciso instante, con empuje de ciclón, entró en la taberna una mujer con el pelo tirante y alpargatas, cobijada bajo una burda mantilla de bayeta. Miró ansiosa a izquierda y derecha y, al descubrir su objetivo, en tres zancadas se plantó enfrente.

—Ay, don Manué, don Manué… Venga usted a mi casa un momentillo a ver a mi Ambrosio, por lo que más quiera; un momentillo nada más —insistió arrebatada—. Acaba de decirme mi comadre que le han visto venir para acá y en su busca vengo, doctor, que lo tengo medio muerto. Espuertas de palmito estaba haciendo esta tarde el hombre, tan tranquilito, cuando le ha dado un yo no sé qué... —Clavó entonces unos dedos como garfios sobre la mano del médico y tiró de ella—. Acérquese un momentillo, don Manué, por lo que usted más quiera, que está aquí al ladito, a orilla de la iglesia...

—En mala hora se me ha ocurrido traerlo hasta aquí, Mauro —masculló el doctor soltándose enérgico—. ¿Podrá disculparme un cuarto de hora?

Apenas le dio tiempo a decir cómo no, doctor: antes ya estaba Manuel Ysasi camino de la puerta embozándose en su capa, siguiendo los pasos de la torturada mujer. Tras dejar dos cañas más de vino sobre la mesa, el hijo del dueño del negocio volvió a su quehacer y a sus tristes miradas a la joven gitana desde detrás del mostrador. El padre caló de las patillas frondosas, por su parte, regresó al grupo del fondo, donde alguien seguía trasegando con la guitarra y otro alguien daba unas palmas quedas y un tercero echaba al aire, bajito, el arranque de una copla sobre malos amoríos.

Casi agradeció quedarse a solas y poder disfrutar del vino sin tener que hablar con nadie. Sin fingir, sin mentir.

Su gozo duró poco, no obstante.

—Me he enterado por ahí de que se ha quedado usted con la casa del Comino.

Tan ensimismado estaba, sosteniendo el vaso entre los dedos y concentrado en el color de la caoba del vino al chocar contra el cristal, que no había visto llegar a la gitana vieja arrastrando un taburete de anea. Sin pedir ni esperar permiso, se sentó en un flanco de la mesa, en ángulo con él. De cerca era incluso más añosa de lo que en la distancia parecía, como si su cara fuera de cuero trabajado con tajos de cuchillo. Tenía el pelo ralo y aceitoso, peinado tieso en un moño diminuto. De las orejas, enormes, le colgaban unos largos aretes de oro y coral que le estiraban los lóbulos hasta por debajo de la barbilla.

—Y que don Luisito la ha diñado, también eso me han dicho por ahí, Dios lo acoja en las alturas. Le gustaba mucho el bureo con todo lo enanillo que era, pero en los últimos tiempos se le veía menos animado. Por aquí, por la plazuela, venía mucho. A veces solo y a veces con otros amigos, o con don Manué. Una muy buena persona era el Comino, eso sí: de ley —sentenció con solemnidad. Y para certificar su parecer, montó el pulgar huesudo sobre un índice igualmente sucio y deformado, armando una cruz que besó con el ruido de una ventosa.

Le costaba entenderla: sin dientes, con la voz cascada y el acento obtuso, y con esas expresiones que él no había oído en su vida.

—¿Me convida a una copita, señorito, y le leo yo ahora mismito en la palma de la mano cómo le va a ir a usted en su hacienda y en su porvenir?

En cualquier otro momento se habría quitado de en medio a la gitana sin la menor contemplación. Déjeme en paz, fuera. Lárguese, haga el favor, le habría dicho. O sin el favor siquiera. Así lo había hecho montones de veces en México con aquellos menesterosos que ofrecían averiguarle los secretos del alma a cambio de un tlaco, y con las negras que le salieron al paso por las calles de La Habana con un cigarro puro en la boca, empeñadas en leerle la suerte en los cocos o los caracoles.

Pero quizá la culpa aquella noche la tuviera el oloroso potente y redondo que ya le estaba calentando las vísceras, o el día plagado de sacudidas que llevaba encima, o las confusas sensaciones que en los últimos tiempos se removían por su cuerpo con el brío de los gallos de pelea. El caso fue que aceptó. Ándale, dijo extendiendo la palma hacia ella. A ver qué ve usted en mi pinche destino.

—Pero ¿qué mano de indiano portentoso es ésta, criatura, si tiene usted más marcas que un jornalero después de la vendimia? Muy complicado va a ser sacarle de aquí la buena ventura.

—Pues déjelo entonces. —De inmediato lamentó haber accedido a aquella sandez.

—No, señorito, no. Aunque sea escondidas detrás de las cicatrices, aquí veo yo muchas cosas…

—Bueno pues, adelante.

Al fondo de la taberna seguían sonando quedas las palmas, el rasgueo de la guitarra y la voz que al compás seguía hablando de traiciones y venganzas por penares del querer.

—Veo que ha tenido usted muchos asuntos en la vida tronchados por la mitad.

No le faltaba razón. El padre al que nunca conoció, un feriante de paso por su aldea que no le legó ni el apellido. El abandono de su propia madre en la niñez temprana, dejándolo a cargo de un abuelo parco en palabras y afectos que siempre añoró su tierra vascongada y nunca logró hacerse al seco destierro castellano. Su matrimonio con Elvira, la marcha a América, su ruina final: todo eso había quebrado en algún momento u otro su trayectoria. Pocas continuidades había, ciertamente: no iba desencaminada la gitana. Aunque nada demasiado distinto, supuso, a las de muchos humanos con las mismas décadas de existencia en sus haberes. Probablemente la vieja embaucadora había repetido esa misma frase cientos de veces.

—Veo también que hay algo a lo que ahora mismo está usted agarrado, y que si no anda fino, lo mismo puede desaparecer.

¿Qué tal si fuera el caserón de los Montalvo y el resto de las propiedades lo que desapareciera de mi poder?, fantaseó. ¿Y qué tal si esa desaparición fuera a cambio de una grandiosa cantidad de onzas de oro?

—¿Y también está escrito que eso a lo que estoy agarrado me lo van a quitar de las manos unos señores de Madrid? —preguntó con un punto de sorna pensando en los posibles compradores.

—Eso esta vieja no puede saberlo, alma mía. Tan sólo le digo que use bien la calabaza —advirtió llevándose su ruinoso pulgar a la sien—, porque, por lo que aquí yo veo, quizá vaya usted a dudar. Y ya sabe lo que dice el refrán: sardina que se lleva el gato, tarde o nunca vuelve al plato.

Estuvo a punto de soltar una carcajada ante aquella sublime elocuencia.

—Muy bien, mujer. Ya veo mi futuro con toda claridad —dijo intentando dar por terminada la sesión adivinatoria.

—Un momentillo, señor mío, un momentillo, que aquí hay algo que se está poniendo como la candela. Pero para esto último voy a necesitar antes un buchito. Anda, Tomasillo, hijo, ponle a esta abuela un vasito de pajarete. A cuenta del señorito, ¿verdad usted?

Ni siquiera esperó a que el muchacho dejara el vino sobre la mesa; se lo arrancó de entre los dedos y limpió el vaso de un trago. Después bajó la voz, seria y sobria.

—Una gachí se lo tiene bien camelado, señor mío.

—No la entiendo.

—Que anda chochito por una hembra. Pero ella no está libre, ya lo sabe usted.

Frunció las cejas y nada dijo. Nada.

—¿Ve? —continuó ella pasando lentamente una uña costrosa sobre su palma extendida—. Bien clarito lo dice. Aquí, en estas tres rayas, está el triángulo. Y alguien va a salir de él a no mucho tardar. Entre agua o entre fuego, veo yo a alguien que se marcha.

Menuda clarividencia, vieja del demonio, estuvo a punto de farfullar mientras se soltaba violento con una mezcla de hartazgo y desconcierto. Hacía días que se veía mentalmente embarcado rumbo a Veracruz, no necesitaba que nadie se lo recordara. Salpicado por las gotas y la brisa del Atlántico, contemplando desde la cubierta de un vapor cómo Cádiz, tan blanca y tan luminosa, se iba empequeñeciendo en la distancia hasta convertirse en un punto perdido en el mar. Separándose de aquella vieja España y de ese Jerez que, de una forma imprevisible, le había hecho revivir sensaciones perdidas en lo más remoto de su memoria. Emprendiendo otra vez el camino de vuelta; regresando a su mundo, a su vida. Solo, como siempre. De retorno a un mundo en el que ya nada nunca sería igual.

—Y una cosa última quiero decirle yo a usted, señorito. Una cosilla nada más que aquí veo yo…

En ese instante se abrió de golpe la puerta de la taberna y entró de nuevo Ysasi.

—Pero bueno, Rosario, ¿qué pasa aquí? Salgo poco más de diez minutos, y te dedicas a enredar a mi amigo con tus chaladuras. Como se entere tu padre, Tomás, de que dejas cobijarse a esta gitana aquí noche tras noche, cuando se recupere de la tosferina te va a brear. Anda, vieja lianta, déjanos tranquilos y vete a dormir. Y llévate a tus nietas, que no son horas para que andéis por ahí las tres dando tumbos.

La anciana obedeció sin rastro de protesta; poca autoridad mayor entre aquellas gentes que la de ese doctor de negra barba que por puro altruismo los atendía en sus quebrantos y sus dolores.

—Lamento enormemente haber tenido que abandonarlo.

Él restó importancia a la ausencia con un simple gesto, como si de paso quisiera apartar también el eco de la voz de la gitana. De inmediato retomaron el vino y la conversación. Aquel barrio de San Miguel y sus vecinos, que sean otros dos vasos; la convalecencia de la Gorostiza, sirve otro par, Tomás. Y, como siempre, al final, la desembocadura inevitable de todos los asuntos. Soledad.

—Pensará, quizá con razón, que me entrometo donde no me llaman, pero hay algo que necesito saber para acabar de armar todas las piezas que ahora mismo tengo sueltas en la cabeza.

—Para lo bueno y lo malo, Mauro, usted ya está metido hasta las cejas en la vida de los Montalvo y sus apéndices. Pregunte con libertad.

—¿Qué ocurre exactamente con su marido?

Inspiró el doctor, llenando los carrillos y dotando a su rostro afilado de una complexión distinta. Después lo soltó, tomándose su tiempo para poner en orden lo que pretendía decir.

—En un principio pensaron que se trataba de simples episodios de melancolía: ese mal que se aloja en la mente y atiza latigazos que paralizan la voluntad. Eclosiones de tristeza, brotes de angustia infundada que llevan al desaliento y la desesperación.

Desequilibrios del ánimo y del temperamento, así que de eso se trataba. Comenzó entonces a entender. Y a hilar.

—Por eso dice ella que su propio hijo abusó de él con insidia, aprovechando su debilidad y obligándolo a actuar en el negocio familiar de forma adversa a los intereses de Soledad y de sus propias hijas —apuntó.

—Eso supongo. En condiciones normales, desde luego, estoy absolutamente convencido de que Edward jamás habría hecho el menor movimiento que las pudiera perjudicar. —Sonrió con un punto de nostalgia—. Pocas veces he visto un hombre más devoto de su esposa que él.

La taberna se había llenado hasta los topes, a la guitarra sosegada de los primeros momentos se le había unido otra, y las cuerdas de las dos sonaban con más arrebato. El cante quedo que oyeron a su llegada se había convertido en un jaleo de palmas, guitarras, voces y taconeos; el local vibraba entero.

—Lo recuerdo el día de su boda —prosiguió Ysasi ajeno, más que acostumbrado a todo aquel bullicio—. Con esa facha de normando aristocrático que portaba, tan alto y tan rubio, tan erguido siempre; y de pronto, ahí estaba en la Colegiata, duplicando su habitual elegancia, recibiendo parabienes y esperando la llegada de nuestra Sol.

Si Mauro Larrea hubiera sabido lo que son los celos, si los hubiera sentido en sus propios huesos alguna vez, habría reconocido esa sensación al instante, cuando una punzada de algo sin nombre le recorrió las tripas al imaginar a una radiante Soledad Montalvo dando el sí quiero en las alegrías y en las tristezas, en la salud y la enfermedad, frente al altar mayor. Híjole, cabrón, le susurró su conciencia, te estás volviendo un imbécil sentimental. Y en la distancia intuyó a su apoderado Andrade carcajeándose.

—Lo cierto fue que nadie podía sospechar aquel soleado domingo de principios de octubre que apenas dos días después llegaría la muerte de Matías nieto y todo se empezaría a desintegrar.

—¿Y a nadie importaba tampoco que ella se fuera de Jerez? ¿Que se la llevara a Londres un desconocido, que…?

—¿Un desconocido, Edward? No, no; igual no me he explicado bien, o acaso se me olvida a veces que usted es ajeno a ciertos detalles que yo doy por sabidos. Edward Claydon era alguien casi de la casa, alguien muy cercano a la familia: el agente del negocio familiar en Inglaterra, el hombre de confianza de don Matías en la exportación de su sherry.

Algo no le cuadraba; algo no encajaba entre la imagen del joven apuesto que acababa de imaginar recorriendo el pasillo central de la Colegiata a los sones de un órgano con la bella Soledad colgada de su brazo, y las sólidas relaciones comerciales del patriarca. Por eso, en espera de respuesta, intentó no interrumpir al doctor.

—Desde hacía más de una década él pasaba temporadas en Jerez, alojado siempre con la familia. Nada tenía que ver por entonces con Sol, ni… Ni con Inés.

—Inés es la hermana que se metió a monja, ¿no?

Asintió con un gesto afirmativo, después repitió el nombre. Inés, sí. Nada más. Él seguía intentando que las piezas encajaran en su cerebro, pero ni trabajándolas con un escoplo lograba acoplarlas. De fondo, más palmas, más jaleo, más rasgueos de guitarra y tacones contra el suelo.

—En fin, amigo, supongo que es ley de vida.

—¿Qué es ley de vida, doctor?

—Que con la edad nos aceche el deterioro irreversible.

—Pero ¿de la edad de quién me habla? Discúlpeme, pero creo que estoy cada vez más perdido.

El médico chasqueó la lengua, hizo un gesto de resignación y dejó el vaso sobre la mesa con un golpe seco.

—Discúlpeme usted, Mauro; igual es culpa mía y del vino; pensé que lo sabía.

—Que yo sabía ¿qué?

—Que Edward Claydon es casi treinta años mayor que su mujer.

38

Estaba en la cocina recién levantado, con el pelo revuelto como si acabara de pelearse con los aliados de Satanás, vestido tan sólo con un pantalón sin fajar y una camisa arrugada y medio abierta. Intentaba encender la lumbre para hervir café cuando oyó entrar por la puerta del patio trasero a Angustias y Simón, la pareja de añejos sirvientes. Apenas había tenido ocasión de cruzarse con ellos, pero la casa agradecía su presencia. El patio y la escalera estaban más limpios; las habitaciones más vivibles a pesar del deterioro, sus camisas blancas recién lavadas se secaban tendidas de un cordel y después aparecían en el armario mágicamente impecables. Y llegara a la hora que llegara, en las chimeneas siempre quedaba un resquicio de calor y por ahí algo que llevarse a la boca.

La mañana, repleta de densas nubes, no acababa de abrir, y de la cocina aún no había salido el helor y la semioscuridad al sonar los buenos días nos dé Dios de la pareja.

—Verá usted lo que le traemos, señorito —anunció la mujer—. Ayer mismo lo cazó mi hijo el mediano, mire qué hermosura.

Agarrado por las patas traseras, alzó orgullosa un conejo muerto de pelaje gris.

—¿Va a almorzar hoy usted aquí, don Mauro? O si no, se lo dejo para la cena, porque tenía yo pensado guisarlo al ajillo.

—No tengo idea de lo que haré para el almuerzo, y de la cena no se preocupe porque no estaré.

La invitación que le anunciara el presidente del casino días atrás no había tardado en llegar. Un baile en el palacio del Alcázar, residencia de los Fernández de Villavicencio, duques de San Lorenzo. En honor de los señores Claydon, según rezaba el tarjetón. Una reunión galante y distendida con la mejor sociedad jerezana. Podría saltárselo si quisiera, nada ni nadie le obligaba a asistir. Pero, quizá por deferencia, quizá por curiosidad ante ese insólito universo de terratenientes y bodegueros de raza a los que apenas conocía, aceptó.

—Pues yo se lo dejo en una cazuela en la lumbre, y ya verá usted.

—¿Dónde está el indio? —la interrumpió el marido.

—El indio tiene nombre, Simón —fue la respuesta de Angustias en tono de reproche—. Santos Huesos se llama, por si no te acuerdas. Y es más bueno que un apóstol, aunque lleve esos pelos largos como el Cristo de la Expiración y tenga la piel de una color distinta.

—Hoy no durmió en la casa, tiene asuntos que resolverme en otra parte —aclaró él sin entrar en detalles. Más bueno que un apóstol, había dicho la mujer. De no tener el cerebro tan embotado, se habría echado a reír. A cambio, tan sólo pidió—: ¿Me prepararía usted una buena olla de café bien negro, Angustias?

—Ahora mismo iba a ponerme; no lo tiene usted ni que pedir. Y en cuanto termine, empiezo a desollar el conejo, ya verá lo rico que me sale. El pobre don Luisito se chupaba los dedos cada vez que se lo hacía: con sus ajitos, y su chorrito de vino, y su hojita de laurel, y luego se lo servía yo con sus coscorrones de pan frito…

Dejó a la mujer enredada con sus cuitas culinarias y salió a asearse al patio con una toalla al hombro.

—¡Espere a que ponga al fuego una olla, don Mauro, que va a atrapar usted una pulmonía!

Para entonces ya tenía la cabeza sumergida en el agua helada del amanecer.

El desvelo le había acuchillado temprano, a pesar de ser ya las tantas de la madrugada cuando regresó con el amontillado y el repique de guitarras y palmas machacándole la cabeza. No se presenta fácil el día, adelantó pensando en la Gorostiza mientras se secaba los chorros que le recorrían el torso. Así que mejor será que empecemos cuanto antes.

Tocaban a misa de nueve en San Marcos cuando salió con el pelo aún húmedo rumbo a la calle Francos. Manuel Ysasi estaba ya en la entrada, metiendo en el maletín un fonendoscopio, listo para empezar con sus quehaceres.

—¿Cómo fue la noche?

—No me he enterado de nada hasta abrir el ojo a eso de las siete. Según su criado, nuestra invitada se alteró un tanto, pero acabo de subir a examinarla y, aparte de un genio de mil demonios, está bien. Aunque no parece tenerlo en mucho aprecio, a juzgar por las lindezas que le ha dedicado.

Intercambiaron un puñado de frases frente a la cancela antes de despedirse; el doctor partía a Cádiz, a ciertos quehaceres profesionales que le detalló tangencialmente sin que él retuviera una sola palabra. Su concentración estaba en otro sitio, dispuesto a enfrentarse al trueno habanero por primera vez.

Al oír su nombre, Santos Huesos salió del cuarto contiguo al de la Gorostiza seguido como una sombra por la mulata flaca. La misma con la que lo dejó en la plaza de Armas la noche de retreta en la que su ama lo citó en aquella iglesia, recordó fugazmente. Pero no era momento de lanzar sogas para amarrar los recuerdos difusos del otro lado del mar; lo perentorio ahora era averiguar qué carajo iba a hacer con esa mujer.

—No sufra, patrón, que ya está tranquila.

—¿Cómo anduvo de revuelta?

—Se encabronó nomás un poquito cuando al despertar de amanecida vio que no podía salir de la recámara, pero ya luego se le pasó.

—¿Tuviste que entrar, platicaste con ella?

—Pues cómo no.

—¿Y ella te reconoció?

—Por supuestito que sí, don Mauro; de La Habana me recordaba, de verme a su costado. Y si va a preguntarme si quiso saber de usted, la respuesta es sí, señor. Pero yo nomás le dije que andaba bien ocupado, que igual no podría venir hoy a verla.

—¿Y cómo la encontraste?

—Pues yo diría que de salud no anda mal, patrón. Ahora sí, con ese carácter del carajo que tiene, no sé yo cómo se va a tomar que la mantenga enjaulada.

—¿Comió algo?

Sagrario, la sirvienta añosa, se acercaba en ese momento por el corredor con su cojera a rastras.

—¿Algo, dice, señorito? Más hambre traía que un preso del penal de la Carraca.

—¿Y después se durmió otra vez?

—No, señor. —Quien respondió fue la dulce Trinidad, callada hasta entonces a la espalda de Santos Huesos—. Arregladica como a una novia la tengo a mi ama, a falta de peinarla. Casi dispuesta para salir.

Dispuesta para salir a ningún sitio, mascculló el minero mientras se acercaba al cuarto del fondo.

—La llave, Santos —ordenó tendiendo la mano.

Dos vueltas y entró.

Lo esperaba de pie, alertada por su voz tras la puerta. Furiosa, como era previsible.

—Pero ¿usted qué se pensó, cretino? ¡Haga el favor de sacarme de aquí inmediatamente!

No le pareció, en efecto, que tuviera mal aspecto a pesar de la incongruencia entre lo modesto de la habitación y su vestido magenta coronado por la melena negra y espesa hasta media espalda.

—Me temo que va a ser imposible hasta dentro de unos días. Entonces la llevaré a Cádiz para embarcarla de vuelta a La Habana.

—¡Ni se le pase por la cabeza!

—Venir hasta aquí desde Cuba ha sido un absoluto despropósito, señora Gorostiza. Le ruego que reconsidere su comportamiento y aguarde serena unos días. En breve quedará organizada su partida.

—Sepa que no pienso moverme de esta ciudad hasta recabar el más ínfimo puñado de tierra de lo que me corresponde. Así que deje de mandarme indios y matasanos, y arreglemos nuestros asuntos de una vez.

Se llenó los pulmones de aire, intentando mantener la compostura.

—Nada hay que arreglar: todo se realizó según convinimos su marido y yo. Todo está en orden, ratificado en una testamentaría. Este empeño en recuperar lo perdido no tiene ni pies ni cabeza, señora. Recapacite y asúmalo.

Lo miró con esos ojos suyos tan negros y tan insidiosos. De la boca le brotó un ruido parecido al de una nuez cascada; como si una amarga risa seca se le hubiera quedado atravesada en algún sitio.

—Usted no entiende nada, Larrea; no entiende nada.

Él alzó las manos con gesto de resignación.

—No entiendo nada, verdaderamente. Ni de sus amaños ni de sus despropósitos entiendo nada en absoluto y, a estas alturas, me da igual. Lo único que sé es que usted aquí no tiene nada que hacer.

—Necesito ver a Soledad.

—¿Se refiere a la señora Claydon?

—A la prima de mi marido, a la causante de todo.

Para qué seguir ahondando en sus sinrazones, si no había ningún destino al que llegar.

—No creo que comparta su interés; le aconsejo que vaya olvidándose de ella.

Ahora sí que la risa le brotó entera, con una carga de acidez.

—¿O es que también a usted le sorbió el seso? ¿Ah?

Calma, hermano, se advirtió. No le sigas el juego, no la dejes embaucarte.

—Sepa que pienso denunciarle.

—Si necesita cualquier cosa, hágaselo saber a mi criado.

—Y que comunicaré su comportamiento a mi hermano.

—Procure descansar y reservar energías: la travesía del Atlántico, ya sabe, puede ser borrascosa.

Al ver que Mauro Larrea se dirigía a la puerta con intención de volverla a dejar encerrada, la indignación se tornó en cólera y amagó con abalanzarse. Para impedírselo, para abofetearlo, para mostrarle su rabia. Él la rechazó con el antebrazo en horizontal.

—Cuidado —advirtió severo—. Ya está bien.

—¡Quiero ver a Soledad! —exigió con un grito agudo.

Agarró el pomo como si no la hubiera oído.

—Volveré cuando me sea posible.

—Después de ser la causante de todos los males de mi matrimonio, ¿la muy maldita no va venir siquiera a hablar conmigo?

No fue capaz de interpretar aquella desconcertante frase, como tampoco creyó que valiera la pena aclararle unos cuantos extremos que contradecían su acusación. Que fueron sus propias maquinaciones las que desproveyeron a las hijas de Sol de su futura herencia, por ejemplo; que fueron sus tretas las que impulsaron a su primo Luis Montalvo, un pobre diablo enfermo y desgastado, a abandonar su mundo para acabar muriendo en una tierra ajena. Más tenía que reprocharle Soledad a ella que al revés. Pero tampoco quiso entrar por ahí.

—Creo que está empezando a desvariar, señora; necesita seguir reposando —le aconsejó con un pie en el corredor.

—No va a conseguir librarse de mí.

—Haga el favor de comportarse.

El último grito traspasó la puerta recién cerrada, acompañado por el resonar de un puño golpeando con saña la madera.

—¡Es usted un ser ruin, Larrea! ¡Un hijo de mala madre, y un..., un...!

Los últimos insultos no le llegaron a los oídos; su atención ya estaba puesta en otro objetivo.

* * *

Dos mil seiscientos reales en camarote o mil setecientos cincuenta en cubierta; eso era lo que iba a costarle empaquetar a la Gorostiza hasta La Habana. Y con la esclava a su lado, sería el doble. Se lo acababan de notificar en una agencia de portes y pasajes de la calle Algarve, y de ella salía maldiciendo su negra suerte no sólo por tener que gestionar cómo librarse de su ingrata presencia, sino por el mordisco inesperado a sus famélicos capitales.

Cinco días más tarde zarparía desde Cádiz el correo *Reina de los Ángeles.* Con escalas en Las Palmas, San Juan de Puerto Rico, Santo Domingo y Santiago de Cuba, incluso le dieron la información impresa. Unas cuatro o cinco semanas de singladura, puede que seis, dependerá de los vientos, ya sabe usted, le dijeron. Las ganas de tenerla lejos eran tan inmensas que estuvo tentado a comprometer de inmediato el pasaje, pero la razón lo previno. Espera, compadre. Un día al menos, negoció consigo mismo. Según transcurriera la jornada, a la mañana siguiente dejaría el asunto cerrado. A partir de entonces, y mientras no se resolvieran las intenciones de los madrileños, llegaría lo que hasta entonces había pretendido evitar a toda costa: las puñaladas a los dineros de su consuegra y no para invertirlos en jugosos proyectos como ella le pidiera, sino para su más parco sobrevivir.

—¿Mauro?

Abajo se vinieron todos los razonamientos y anticipaciones que iba amontonando en su cabeza en una estructura de aparente solidez. Se los llevó como un soplo la sola presencia de Sol Montalvo a su espalda en la plaza de la Yerba, con su gracia y sus andares bajo los árboles de ramas peladas y el gris plomo del cielo en aquella mañana desabrida de otoño; con su capa del color de la lavanda y la intriga pintada en el rostro, camino a la calle Francos.

—¿Ya la vio?

Le sintetizó el encuentro en una breve parrafada de la que omitió algunos apuntes, mientras los dos permanecían parados frente a frente en mitad de la pequeña plaza, llena de idas y venidas a esa hora de comercios abiertos y actividad a borbotones.

—En cualquier caso, creo que me gustaría hablar con ella. Es la esposa de mi primo, al fin y al cabo.

—Mejor evítela.

Negó con la cabeza, rechazando su advertencia.

—Hay algo que necesito saber.

Él no se anduvo con miramientos.

—¿Qué?

—Acerca de Luis. —Desvió la mirada al suelo lleno de hojas sucias y pisoteadas, bajó la voz—. Cómo fueron sus últimos días, cómo fue ese reencuentro con Gustavo.

La mañana seguía bullendo: almas que cruzaban hacia la plaza de los Plateros o del Arenal, cuerpos que se apartaban al paso de un carro, que se saludaban y se detenían unos momentos para preguntar por la salud de un pariente o quejarse de lo feo que había amanecido el día. Dos señoras de porte distinguido se les acercaron en ese instante, haciendo estallar la burbuja invisible de melancolía en la que ella se había guarecido momentáneamente. Soledad querida, qué gusto verte, cómo están tus niñas, cómo está Edward, cuantísimo lamentamos la pérdida de Luis, ya nos dirás cuándo es el funeral. Nos veremos en casa de los Fernández de Villavicencio en el Alcázar, ¿verdad? Encantadas de conocerlo, señor Larrea. Un placer. Adiós, hasta la noche, un placer.

—Nada bueno va a sacar de ella, hágame caso —dijo retomando la conversación tan pronto las perdieron de vista.

Ahora fue un varón maduro de aspecto más que respetable quien les interrumpió. Nuevos saludos, más pésames, un piropo galante. Hasta la noche, querida. Señor Larrea, un honor.

Quizá aquellas presencias no eran incordios sobrevenidos, sino señales de aviso: mejor no seguir en esa dirección. Así lo pensó el minero y así pareció verlo Soledad cuando cambió del todo el rumbo y el tono.

—Ya me dijo Manuel que le habían invitado al baile; él no sabe si podrá llegar, tenía previstas unas sesiones médicas en Cádiz. ¿Cómo irá usted?

—No tengo la menor idea —reconoció sin tapujos.

—Venga a casa, vayamos juntos en mi carruaje.

Dos segundos de silencio. Tres.

—¿Y su marido?

—Sigue fuera.

Él sabía que ella mentía. Ahora que por fin era consciente de los muchos años y los muchos desajustes del marchante de vinos, intuía que difícilmente podría encontrarse lejos de su mujer.

Y ella sabía que él no lo ignoraba. Pero ninguno de los dos lo demostró.

—Allí estaré entonces, si lo considera oportuno, con mis mejores galas de indiano opulento.

Por fin cambió la expresión de Soledad, y él sintió una especie de ridículo orgullo pueril al haber sido capaz de sacarle una sonrisa entre los nubarrones. Serás pendejo, berreó Andrade. O la conciencia. Déjenme los dos en paz, largo de aquí.

—Y para que no vuelva a reprocharme que vivo hecho un salvaje, sepa también que contraté sirvientes.

—Eso está bien.

—Una pareja entrada en años que ya trabajó para su familia.

—¿Angustias y Simón? Vaya, qué casualidad. ¿Y está contento con ellos? Angustias era hija de Paca, la vieja cocinera de mis abuelos; las dos tenían unas manos excelentes.

—De eso se vanagloria. Hoy precisamente iba a prepararme…

Le interrumpió desenvuelta:

—¿No me irá a decir que Angustias va a guisarle su legendario conejo al ajillo?

A punto estaba de preguntarle y usted cómo demonios lo sabe, cuando una ráfaga de repentina lucidez lo paró. Claro que lo sabía, imbécil, cómo no iba a saberlo. Sol Claydon sabía que la pareja de sirvientes llegaría a su nueva residencia porque ella misma se había encargado de que así fuera: ella fue quien decidió que adecentaran el decrépito caserón de su familia para que él pudiera vivir con mediana comodidad, quien ordenó que alguien le preparara comidas calientes y le lavara la ropa, quien se aseguró de que la vieja criada armonizara con Santos Huesos. Soledad Montalvo lo sabía todo porque, por primera vez en su vida, a aquel minero vivido, bragado, fogueado en mil batallas, se le había cruzado en el camino una mujer que, al socaire de sus propios intereses y sus propias urgencias, iba siempre tres pasos por delante de él.

39

La primera hora de la tarde apuntaba lluvia.

—¡Santos!

Todavía vibraba el eco del nombre sobre las paredes cuando recordó que no tenía ningún sentido llamarle: su criado seguía haciendo guardia frente a la puerta de la Gorostiza.

Acababa de revolver los baúles en busca de un paraguas que no halló. Cualquier otro día le habría importado poco mojarse en caso de que el cielo se acabara abriendo, pero esa noche, no. Bastante insólita iba a ser su presencia en el palacio del Alcázar acompañando a Sol Claydon en ausencia de su esposo, como para hacerlo además empapado.

Sopesó pedírselo a Angustias o a Simón, y camino de las cocinas andaba cuando cambió de idea. Quizá en los desvanes, en los altos de la casa, podría haber alguno. Del Comino, o de quien fuera. De allí habían sacado Santos Huesos y él algunos de los parcos muebles y enseres entre los que ahora transcurrían sus jornadas, desde los viejos colchones de lana sobre los que dormían hasta las palmatorias de barro cocido que sostenían las velas que iluminaban la penumbra de sus noches. Quizá lo encontrara, nada perdía con probar.

Anduvo revolviendo armarios y cajones de madera, moviéndose entre paredes que evidenciaban el paso del tiempo: pardas, faltas de calor y cal. Entre los desconchones aún se percibían huellas de manos sucias, roces, muescas y centenares de manchas de humedad de todos los tamaños; incluso algunas burdas anotaciones hechas con un pedazo de carbón o grabadas con algún objeto puntiagudo: el extremo de una llave, el filo de una piedra. Dios salve, rezaban unas letras sobre el lugar donde alguna vez estuvo el cabecero de una cama. Madre, decían otras con torpeza casi analfabeta. Al fondo de un pasillo de techos bajos, dentro de una pieza en la que dormían el sueño de los justos un par de cunas y un caballo de madera con la crin desmochada, tras la puerta halló una inscripción más. A la altura intermedia entre su codo y su hombro, del tamaño de dos manos abiertas. Un corazón.

Algo infundado le hizo agacharse para mirarlo de cerca: como el animal que no busca presa, pero estira intuitivo el cuello y las orejas cuando el olfato le indica la cercanía de una captura en potencia. Tal vez fuera el pálpito de que una criadita enamorada de un flaco jornalero jamás habría dibujado aquel símbolo de una manera tan precisa; tal vez el aspecto refinado e incongruente de la oscura sustancia usada para pintarlo: tinta, quizá óleo. Fuera por la razón que fuera, acercó los ojos a la pared.

El corazón aparecía atravesado por una flecha, herido por un juvenil amor. A ambos lados de ésta, en sus extremos, percibió unas letras. Las mayúsculas aparecían rubricadas con más fuerza y anchura, las minúsculas las seguían en trazos rectos, concisos. El nombre que las letras conformaban a la izquierda del corazón, junto a la cola de la flecha, comenzaba por una G. A su derecha, rozando la punta, el otro se iniciaba con una S. G de Gustavo, S de Soledad.

Apenas tuvo tiempo para digerir aquel hallazgo cándido y desconcertante en partes proporcionales: la voz de Angustias desde el piso bajo le obligó a enderezarse. Le llamaba a gritos, ansiosa.

—¡Así que no lo encontraba yo por ningún lado, señorito! ¡Cómo iba a imaginarme que andaba usted enredando por el desván! —exclamó aliviada al verlo descender trotando por los escalones que llevaban a la parte menos noble de la casa.

Ni siquiera la dejó preguntar para qué lo requería con aquella urgencia.

—En el zaguán tiene a un hombre —anunció—. Parece que viene apurado, pero servidora no entiende ni papa de lo que dice y el Simón se ha acercado a donde el herrero en busca de una ganzúa, así que haga usted el favor, don Mauro, y asómese a ver qué se le antoja a la criatura.

Algo pasó en la calle Francos, anticipó mientras recorría apresurado la galería y bajaba de dos en dos los peldaños de la grandiosa escalera de mármol. Algo se salió de madre con la Gorostiza, Santos Huesos no se atrevió a dejarla sola y mandó a avisar.

La presencia que lo aguardaba, sin embargo, venía de otras latitudes.

—Señor Larrea venir a casa Claydon inmediatamente, por favor —fue el saludo del mayordomo Palmer en un español penoso—. Milord and milady tener problemas. Doctor Ysasi no estar en ciudad. Usted venir pronto.

Arrugó el entrecejo. Milady, había dicho. Y también milord. Sus suposiciones tomaron cuerpo: Edward Claydon, efectivamente, no estaba en ningún viaje de negocios, sino bajo el mismo techo que su mujer.

—¿Cuál es el problema, Palmer?

—Hijo de milord, aquí.

Así que Alan Claydon había aparecido. Así que todo se retorcía aún más.

El mayordomo le puso brevemente al tanto por el camino con un puñado de palabras a duras penas comprensibles. Señores retenidos en dormitorio de señor Claydon. Hijo no permitir salir. Puerta cerrada dentro. Amigos de hijo esperar en gabinete.

Entraron por la parte trasera, por el portón a través del que Soledad y él accedieran a caballo después de que ella, con la excusa de mostrarle La Templanza, le invitara a infiltrarse dentro de su vida de una manera que ya no tenía vuelta atrás. En la cocina, con la preocupación en el rostro y evidentes señales de desasosiego, se encontraban una cocinera con hechuras de matrona y dos sirvientas; más inglesas las tres que el té de las cinco.

El trasfondo de la situación no necesitó explicaciones: el hijastro de Soledad había decidido dejar de mandar emisarios y actuar por sí mismo, y no con maneras demasiado cordiales. Así las cosas, dos opciones se abrían frente a Mauro Larrea. Una era esperar pacientemente a que todo se resolviera por su propio cauce: aguardar a que Alan Claydon, hijo del primer matrimonio del señor de la casa, decidiera por su libre voluntad dejar de acosar a su padre y a la esposa de éste, abriera por sí mismo la habitación del piso superior en la que mantenía a ambos encerrados y, en compañía de los dos amigos con los que había llegado muy posiblemente desde Gibraltar, volviera a subirse en su carruaje y se marchara por donde había venido. Y después, una vez todo estuviera concluido y a espaldas como siempre de su esposo, él podría ofrecer a Sol un pañuelo para secarse las lágrimas si las hubiera después del mal rato. O un hombro para reposar sobre él su desazón.

Aquélla era la primera potencial solución, probablemente la más sensata.

La otra posibilidad, sin embargo, marcaba una dirección del todo distinta. Menos racional, sin duda. Más arriesgada también. Por ella optó.

—Calle Francos, 27. Santos Huesos, el indio. Vaya a avisarlo, que venga de inmediato.

Este mandato fue la primera de sus decisiones, y por destinataria tuvo a una de las muchachas. La siguiente orden fue para el mayordomo.

—Explíqueme exactamente dónde y cómo están.

Piso superior. Dormitorio. Puerta cerrada desde dentro por hijo. Dos ventanas sobre patio trasero. Hijo llegar a casa antes de mediodía, cuando señora estar fuera. Señora regresar alrededor de una o'clock, hijo no permitir ella volver a salir. No comida. No bebida. Nada para milord. Pocas palabras excepto algún grito de milady. Algún golpe también.

—Enséñeme las ventanas.

Ambos salieron al patio manteniendo el sigilo mientras las

mujeres quedaban en la cocina. Pegados al muro para evitar ser vistos desde arriba, levantaron las cabezas hacia las aberturas de los pisos superiores. Enrejadas en su práctica totalidad, de tamaño mediano; incongruentes con el lugar en el que cualquiera habría supuesto que dormía el próspero dueño de aquella próspera residencia. Pero no era momento de cuestionar por qué razón Edward Claydon ocupaba una de aquellas habitaciones traseras, sin duda poco opulentas. Ni de preguntarse si su esposa compartía o no cada noche las sábanas con él, que fue el siguiente interrogante que pasó por la mente del minero. Céntrate, se ordenó con los ojos aún encaramados a la segunda planta. Observa bien y averigua cómo carajo te las vas a arreglar para subir.

—¿Adónde da? —preguntó señalando un ventanuco sin protección. Estrecho pero suficiente para entrar. Si era capaz de llegar hasta él.

Palmer se frotó enérgico los brazos, como si se lavara. Él dedujo que intentaba expresar que a una sala de aseo.

—¿Cerca del dormitorio?

El mayordomo juntó las manos en una palmada sorda. Pared con pared, vino a indicar.

—¿Hay una puerta entre medias?

Por respuesta recibió un gesto afirmativo.

—¿Cerrada o abierta?

—Closed.

Pinche mala suerte, iba a decir. Pero para entonces el mayordomo se había sacado de una trabilla un aro del que colgaban más de una docena de llaves entrechocando entre sí. Separó una del resto y se la entregó. Sin apenas mirarla, él se la guardó en un bolsillo.

Buscó entonces posibles puntos de apoyo. Un reborde continuado, una cornisa, un saliente: cualquier cosa a la que pudiera agarrarse. Tenga, dijo tras desanudarse la corbata. No había tiempo que desperdiciar: la tarde seguía nublada como panza de burra y no tardaría en empezar a anochecer. Incluso a llover, lo que sería aun peor.

Mientras se despojaba de levita y chaleco, en su cabeza trazó veloz un plano mental como los que tantas veces usara en otro tiempo para taladrar la tierra rumbo a las venas de plata que recorrían su esófago. Sólo que ahora habría de moverse por encima de la superficie, en vertical y sin apenas sujeción. Esto es lo que voy a hacer, explicó mientras se arrancaba el cuello duro y los gemelos. En realidad, que el mayordomo conociera los detalles del camino que pretendía recorrer le importaba bastante poco pero, al plasmarlo en voz alta, parecía dar cierta consistencia material al boceto que ahora era incapaz de trazar sobre papel. Voy a subir por acá. Luego, si puedo, seguiré por allá, continuó a la par que se enrollaba las mangas de la camisa sobre los antebrazos. Y después voy a intentar pasar hasta ese otro lado. Con el índice le mostró sus intenciones. Palmer asintió sin una palabra. Su apoderado Andrade, en algún punto remoto de su cerebro, movió los labios como si quisiera decirle algo a gritos desencajados, pero su voz no le llegó.

Al desprenderse de ropas innecesarias, a la vista, pegadas a su cuerpo, habían quedado las dos pertenencias que agarró precipitado antes de salir. El Colt Walker de seis balas y su cuchillo charro con cacha de hueso: llevaban acompañándolo media vida, no era momento de librarse de ellos. Movido por el mero instinto, antes de dejar su casa había tomado precauciones. Por lo que pudiera pasar.

—Hijo de milord no bueno para familia. But be careful, sir —musitó flemático el sirviente al ver las armas. A pesar de su aparente frialdad, las palabras llevaban entreveradas un poso de inquietud. Tenga cuidado, señor.

Estuvo a punto de caer tres veces. Con la primera seguramente no habría sufrido más que un costalazo sin mayores repercusiones; con la segunda podría haberse quebrado una pierna. Y con la última de ellas, resultante de una falta de cálculo a más de cinco varas de altura y ya con escasa luz, se habría partido sin duda la crisma. Logró esquivar los tres desplomes por muy poco. Entre potencial caída y potencial caída, a pesar de su esfuerzo vigoroso y elástico, se desolló las palmas de las manos, se clavó en un muslo un saliente de hierro y se rasgó la espalda con un canalón colgante. Aun así, logró llegar. Y una vez arriba rompió con un puño el cristal, introdujo la mano para abrir la manilla y, comprimiendo el cuerpo para hacerlo pasar por el angosto hueco, entró.

Repasó el espacio con ojos rápidos: una gran bañera de mármol veteado, un inodoro de porcelana y dos o tres toallas dobladas sobre una silla. Nada más: ni espejos, ni afeites, ni objetos higiénicos personales. Una sala austera, desnuda en exceso. Sanitaria, casi. Con una puerta en la pared derecha; cerrada según había previsto el mayordomo. De buena gana habría buscado un poco de agua para refrescarse la garganta y limpiarse la mugre y la sangre que llevaba pegadas a las manos. Consciente de que el tiempo iba en su contra, se limitó a frotarse las palmas magulladas en los flancos del pantalón.

No tenía la más mínima idea de la escena a la que iba a enfrentarse, pero prefirió no perder un segundo: los cristales rotos podrían haberse oído al otro lado del tabique. Por eso, sin más dilación, introdujo la llave en su sitio, la giró con un movimiento rápido y, de una patada, abrió la puerta de par en par.

La única iluminación era la de la tarde a punto de extinguirse entrando a través de las cortinas descorridas. Ni una bujía, ni una vela o un quinqué. Aun así, a media luz ya, fue capaz de distinguir la estancia y a sus ocupantes.

De pie, Soledad. Llevaba puesto el mismo traje con el que la había visto por la mañana, pero del peinado ahora se le escapaban varios mechones, tenía las mangas y el cuello desabotonados y, a falta de prendas propias para combatir el efecto de la chimenea apagada, sobre los hombros llevaba un echarpe masculino de mohair.

El veloz barrido visual detectó entonces a un varón de piel clara y pelo pajizo. Frisando los cuarenta, con barba rubia y patillas prominentes; sin chaqueta, con la corbata deshecha. Daba la impresión de haber estado recostado indolente en un diván a cuyos pies se amontonaban docenas de papeles desparramados; reaccionó incorporándose al oír el estrépito de la puerta abierta de golpe y la súbita irrupción de un extraño con la ropa desgarrada, las manos ensangrentadas y el aspecto de no estar dispuesto a tratarlo con la menor cortesía.

—*Who the hell are you?* —bramó.

No necesitó traductor para entender que le preguntaba quién diablos era.

—Mauro... —susurró Soledad.

El tercer hombre, marido y padre respectivamente, no estaba a la vista; su presencia, sin embargo, se intuía tras un amplio biombo entelado en otomán, en el interior de un espacio paralelo del que Mauro Larrea sólo pudo percibir los pies de una cama y una catarata sorda de sonidos incomprensibles.

El hijo de Claydon, ya de pie, parecía dudar entre hacerle frente o no. Era alto y corpulento, pero no fornido. Le había imaginado bastante más joven, quizá de la edad de Nicolás, pero la madurez de aquel individuo era coherente con la edad del padre. Su rostro demudado reflejaba una mezcla de ira e incredulidad.

—*Who the hell is he?* —gritó dirigiéndose ahora a su madrastra.

Antes de que ella decidiera si le respondía o no, fue Mauro Larrea quien preguntó:

—¿Habla español?

—Apenas.

—¿Está armado?

Lanzaba las preguntas a Soledad sin apartar la vista de su hijastro. Ella, mientras, se mantenía tensa y a la expectativa.

—Tiene cerca un bastón con puño de marfil.

—Dile que lo tire al suelo, hacia mí.

Ella le transmitió el mensaje en inglés y por réplica obtuvo una risotada nerviosa. Ante la escasa voluntad participativa, el minero optó por actuar. En cuatro zancadas estaba frente al hombre. En cinco lo agarró por la pechera y lo empujó contra la pared.

—¿Cómo está tu marido?

—Relativamente calmado. Y ajeno, por suerte.

—¿Y este cabrón, qué es lo que quiere?

Mantenía los ojos clavados en el rostro aturdido mientras sus manos le oprimían el pecho.

—No parece ser consciente de que alguien suplantó a Luis, pero ahora está detrás del resto: lo que consta a nombre de nuestras hijas y lo que yo he depositado en un paradero que él desconoce. Pretende además inhabilitar a su padre y anularme a mí.

Él seguía sin mirarla, sujetando al inglés cada vez más enrojecido. Su boca no paraba de farfullar frases cuyo sentido ni entendía ni le interesaba entender.

—¿Para eso son todos esos documentos? —preguntó señalando con la mandíbula los papeles esparcidos a los pies del diván.

—Exigía que los firmara antes de dejarme salir.

—¿Lo consiguió?

—Ni un garabato.

A pesar de la adustez de la escena, estuvo a punto de sonreír. Era dura Soledad Montalvo. Dura de pelar.

—Terminemos pues con esto. ¿Qué quieres que haga con él?

—Espera.

Ninguno se había dado cuenta de que el usted con el que hasta entonces se trataban entre ellos se había volatilizado; sin tener certeza de quién había empezado, se estaban hablando de tú. Apenas un par de segundos después él notó el cuerpo de Sol prácticamente pegado a su dorso. Las manos en sus caderas, los dedos en movimiento. Contuvo el aliento mientras ella trasteaba en la funda de cuero bajo su costado izquierdo, oyéndola respirar, notando cómo sus dedos lo rozaban. Tragó saliva. La dejó hacer.

—¿Sabes cómo desuella Angustias a los conejos, Mauro?

Él entendió la intempestiva pregunta como si fuera una instrucción: con un movimiento enérgico separó al hijastro de la pared contra la que lo mantenía retenido y se puso a su espalda aferrándole los brazos y ofreciéndole a Sol el torso. Claydon intentó desfajarse; a cambio, recibió un tirón que a punto estuvo de dislocarle el hombro. Aulló de dolor y, haciéndose por fin cargo de la coyuntura, supo que lo más sensato sería dejar de moverse.

El cuchillo mexicano que Soledad acababa de despegar del costado de Mauro Larrea se acercó entonces amenazante a la entrepierna del inglés. Y después, lenta, muy lentamente, comenzó a moverlo.

—Primero los ata por las patas traseras y los cuelga de un gancho de hierro. Y después les atraviesa el pellejo. En canal. Así.

Mientras el hombre comenzaba a sudar copiosamente, la hoja cortante se deslizó temeraria sobre sus ropas. Pulgada a pulgada. Por los genitales. Por la ingle. Por el bajo vientre. Con calma, sin prisa. El minero, con los músculos tensos, observaba mudo el quehacer de ella sin cejar su presión sobre el indeseable.

—Cuando éramos pequeños, nos turnábamos para ayudarla —musitó con voz turbia—. Era asqueroso y fascinante a la vez.

Seguía teniendo mechones de pelo fuera del recogido y las mangas desabrochadas desde debajo del codo; el chal se le había caído al suelo, los ojos le brillaban en la semioscuridad. El metal recorría ahora la zona del estómago del hijastro, demorándose en su subida. Hasta que llegó al esternón, y luego a la garganta ya sin protección de ropa, entrando en contacto con la carne blanquecina.

—Nunca me aceptó al lado de su padre, siempre fui un estorbo.

Agarrotado y sin parar de transpirar, el inglés cerró los ojos. La punta de hierro pareció clavársele en la nuez.

—Y, a medida que fueron naciendo las niñas, cada vez más.

El último movimiento le recorrió la quijada. De izquierda a derecha, de derecha a izquierda, como un barbero en un afeitado desquiciante. Después habló con voz decidida:

—Este cretino no merece mejor trato que un conejo pero,

para evitar problemas mayores, lo más sensato será que lo dejemos marchar.

Rubricó sus palabras rasgando la mejilla apenas, justo encima del nacimiento de la barba. Como quien pasa una uña sobre un papel. De la incisión brotó un hilo de sangre.

—¿Seguro?

—Seguro —confirmó tendiéndole el arma. Con elegancia extrema, como si en vez de un cuchillo de monte le devolviera un abrecartas de malaquita. El inglés respiró a bocanadas ansiosas.

Soledad lanzó una última mirada desafiante al medio hermano de sus propias hijas. Después le escupió en la cara. Una mezcla de pavor y desconcierto impidió al hijastro reaccionar: la saliva de ella le enturbiaba la vista del ojo derecho y se le mezcló entre los pelos rubios de la barba con restos de su propio sudor y con el reguero de sangre que manaba del corte. Su mente embotada se esforzaba por entender qué era lo que en los últimos cinco minutos había pasado en esa habitación que durante más de cinco horas él había mantenido tenazmente controlada. Quién era esa mala bestia que se había abierto paso a patadas y había estado a punto de romperle los brazos, por qué tenía la esposa de su padre esa camaradería con él.

En ese mismo instante, desde la contigua sala de baño, se oyeron pisadas sobre los cristales.

—Quihubo, Santos; a punto llegas —adelantó Mauro Larrea alzando el tono aún sin verlo. Acto seguido, apartó al inglés con un empellón como quien se deshace de un fardo maloliente. El hombre trastabilló, chocó contra una consola y estuvo a punto de tumbarla y de desplomarse él detrás. A duras penas logró recobrar el equilibrio mientras se frotaba las muñecas doloridas.

Santos Huesos apareció en la habitación, dispuesto a recibir órdenes.

—Retenlo y prepárate para sacarlo en breve —ordenó a la vez que recogía el bastón del inglés del suelo y se lo lanzaba al criado—. Yo bajo a ocuparme de los amigos.

Para entonces Soledad se había aproximado al biombo que aislaba a su marido del resto de la estancia. Tras él, comprobó que el altercado no parecía haberle causado mayor trastorno: tan sólo seguía oyéndose un manar sordo e ininteligible proveniente de la boca de quien algún día debió de ser un hombre apuesto, pujante, activo.

—Por suerte, antes de que este desgraciado nos encerrara, pude ponerle una dosis triple de medicación —dijo ella aún de espaldas—. Siempre la llevo conmigo; se la inyecto a través de una aguja hueca. Sólo así logramos calmarlo. Y sólo a veces.

Él la contempló en la semipenumbra desde la puerta mientras se restregaba una manga por el rostro para limpiarse el sudor; ella continuó:

—El muy miserable le sacó a su padre todo y más. Con su parte de la herencia adelantada, se estableció en la colonia del Cabo y empezó su propio negocio en el vino, siempre con altibajos que nuestro dinero se encargó una y otra vez de subsanar. Hasta que lo hundió sin remisión y, cuando supo de la condición de Edward, dejó África y planificó su regreso a Inglaterra para desposeernos de lo que, primero él y después yo, habíamos levantado con los años.

Con la mano aún apoyada en un borde del biombo, Sol se giró.

—Los especialistas no acaban de concretar el diagnóstico. Unos lo denominan desorden psicótico, otros trastorno de las facultades, algunos demencia moral…

—Y tú, ¿cómo lo llamas?

—Pura y simple locura. La cabeza perdida entre las tinieblas de la sinrazón.

40

Un carruaje inglés atravesaba media hora después las calles de Jerez. Rumbo al sur, a la bahía o al Campo de Gibraltar, flanqueado por un hombre a caballo. Cuando pasaron la cuesta de la Alcubilla, y dejaron de verse las últimas luces, éste apretó el galope, ganó distancia y se interpuso en el camino, obligando al cochero a parar.

Sin desmontar, abrió la portezuela izquierda, hasta oír la voz de su criado dentro.

—Todo en orden por acá, patrón.

Santos Huesos le devolvió entonces la pistola con la que a lo largo del trayecto había mantenido el sosiego de los viajeros. Mauro Larrea, desde la silla del alazán de los Claydon, flexionó el torso y agachó la cabeza hasta asegurarse de que los ocupantes pudieran verle el rostro. Los dos acompañantes habían resultado ser un flaco amigo inglés y un gibraltareño de acento impenetrable. Hartos de esperar durante horas, ambos habían dado buena cuenta de los licores del dueño de la casa hasta quedar desmañados y medio beodos. No habían puesto la menor resistencia cuando el minero les ordenó salir y esperar en el interior del carruaje; sin duda, se alegraban de poner fin a aquel tedioso asunto familiar en el que se habían visto metidos sin ningún fin ni función.

Cosa distinta fue el hijastro. Superada su confusión inicial tras el desencuentro en la alcoba, su actitud se tornó retadora. Por eso, al reconocer de nuevo en la oscuridad del camino los rasgos de aquel turbador extraño que había dado al traste con sus planes, se le encaró.

Las palabras les resultaron incomprensibles, pero su reacción no dio lugar a equívocos. Iracundo, colérico, alzando la voz.

—Híjole, indio, ¿tú entiendes algo de lo que dice este pendejo?

—Ni palabra, patroncito.

—¿A qué esperamos, pues, para hacerlo callar?

Los dos se activaron al unísono, silenciosamente coordinados. Mauro Larrea amartilló el revólver y rozó la pálida sien del inglés con el cañón. Santos Huesos le agarró entonces una mano. Temiendo lo que estaba a punto de ocurrir, los acompañantes contuvieron la respiración.

Primero se oyó el ruido del hueso al quebrarse, después el aullido.

—¿El otro también, o no?

—Yo diría más bien que sí, no vaya a ser que siga con ganas de mentar madres.

Se escuchó un segundo crujido, como si alguien partiera un puñado de avellanas. El hijastro volvió a bramar. A medida que su grito se fue apagando, no hubo más bravuconadas ni más gestos altaneros; tan sólo un quejido quedo y lastimoso como el de un cochino herido que poco a poco va perdiendo el resuello.

El arma volvió entonces al cinto de su propietario y Santos Huesos subió a la grupa, a espaldas de su patrón. Mauro Larrea golpeó el techo del carruaje con un par de palmadas contundentes para invitarlos a desaparecer. Sabía, no obstante, que no las tenía todas consigo. Los pulgares rotos de las dos manos eran una razón poderosa para no volver a tentar la suerte, pero ese tipo de gente antes, después, en persona o a través de otros, casi siempre acababa por retornar.

Pasó por la calle Francos para confirmar que todo estaba en el orden previsible y dejar a Santos Huesos de nuevo en su puesto. El doctor aún no había regresado de Cádiz, la Gorostiza había pasado la tarde calmada, la criada Sagrario andaba batiendo huevos en la cocina ayudada por Trinidad. De ahí a la plaza del Cabildo Viejo tardó un suspiro.

Soledad, sentada, con el mismo vestido arrugado, las mangas

igualmente descompuestas, el cuello entreabierto y sin peinarse aún, observaba abstraída el fuego en su gabinete, la pieza de la casa a la que Palmer le condujo y que él aún no conocía. Ni bastidores para bordar con hilo perlado, ni caballetes sobre los que pintar dulces amaneceres: los elementos femeninos y los ornatos eran mínimos en aquel espacio lleno de carpetas atadas con cintas rojas, libros de cuentas, cuadernos de facturas y archivadores. Los tinteros, las plumas y los secantes ocupaban el lugar en el que cualquier otra señora de su clase tendría cupidos y pastorcillos de porcelana; los pliegos de papel y las cajas de correspondencia sustituían a las novelas románticas y a los números atrasados de revistas de moda. Cuatro retratos ovalados de otras tantas hermosas criaturas con rasgos similares a los de su madre eran prácticamente las únicas concesiones a la realidad mundana.

—Gracias —susurró.

Ni lo menciones, apenas me costó esfuerzo alguno. De nada, no hay de qué. Habría podido usar cualquiera de aquellas manidas fórmulas, pero prefirió no ser hipócrita. Sí le había costado esfuerzo, claro que sí. Y desgaste. Y tensión. No sólo por la escalada temeraria que a punto estuvo de abrirle la cabeza, ni por el enfrentamiento a cara de perro con un ser despreciable. Ni siquiera por haberse visto obligado a amenazar a aquel hijo de puta a punta de pistola, o por haber dado a Santos Huesos una orden inclemente sin que le temblara la voz. Lo que en el fondo le había turbado y se le había clavado como una daga en algún sitio sin nombre era otra cosa menos fugaz y palmaria, pero mucho más hiriente: la férrea solidez que constató en la relación entre Soledad y Edward Claydon; la certeza de que entre ellos, a pesar de las circunstancias, existía una alianza titánica e invulnerable.

Sin esperar a ser invitado, sucio y desharrapado como estaba, destapó un botellón de una bandeja próxima, se sirvió una copa y se sentó en un sillón parejo. Y después mencionó lo que, al recibirlo en esa habitación, él intuyó que ella había querido hacerle saber.

—Así que eres tú quien ahora está al mando del negocio.

Asintió sin apartar los ojos de las llamas, rodeada por el cuantioso despliegue de materiales y útiles de trabajo, como si se tratara del despacho de un tenedor de libros o de un fiscal.

—Empecé a involucrarme desde que Edward tuvo los primeros síntomas, poco después de quedarme embarazada de nuestra hija pequeña, Inés. Había al parecer en su familia una tendencia a la..., digamos a la extravagancia. Y desde que fue consciente de que podía haberla heredado en su versión más atroz, se encargó de instruirme para que yo quedara al frente de todo cuando él ya no fuera capaz.

Agarró distraída el tapón de vidrio de la botella, comenzó a moverlo entre los dedos.

—Yo llevaba por entonces más de una década en Londres, volcada en mis niñas y envuelta permanentemente en una agitada vida social. Al principio me costó un mundo adaptarme, ¿sabes? Verme tan lejos de Jerez, de los míos, de esta tierra del sur y de su luz. No te imaginas la de días que pasé llorando bajo aquel cielo plomizo lamentando mi marcha, anhelando volver. Incluso en alguna ocasión pensé escaparme: meter cuatro cosas en una maleta y embarcar de tapadillo en uno de los sherry ships que a diario partían hasta Cádiz a cargar botas de vino.

El fuego pareció crepitar al compás de la risa triste con la que rememoró la descabellada idea que rondó su mente en aquellos días agridulces de su juventud.

—Pero no es difícil sucumbir ante los encantos de una metrópoli de tres millones de habitantes cuando tienes los contactos necesarios, dinero sonante y un marido pendiente de tus caprichos. Así que me aclimaté en todos los sentidos y me convertí en una asidua a soirées, compras, mascaradas y salones de té, como si mi existir fuera un interminable carrusel de vanidades.

Se levantó y se acercó a la ventana. Paseó la mirada por la plaza casi desierta bajo la luz del puñado de faroles de gas, pero quizá no fue capaz de ver nada más allá de sus propios recuerdos. Entre los dedos mantenía el tapón de cristal, rozando sus aristas con las yemas mientras proseguía.

—Hasta que Edward me propuso acompañarlo a uno de sus viajes a la Borgoña y, recorriendo los viñedos de la Côte de Beaune, me anunció que debía prepararme para lo que inexorablemente se nos avecinaba. La fiesta había terminado: llegó el momento de asumir la más cruel y más penosa realidad. O yo agarraba las riendas, o nos hundíamos. Por fortuna, las crisis de su mal fueron espaciadas al principio, y así yo pude ir abriéndome paso en el negocio de su mano, aprendiendo los rudimentos, conociendo los entresijos y las relaciones. A medida que su condición se fue deteriorando, yo empecé a mover los hilos en la sombra; hace ya casi siete años que todo está en mis manos. Y así podría haber seguido de no haber sido...

—De no haber sido por el retorno de tu hijastro.

—Mientras yo estaba en Portugal cerrando la compra de una gran partida de oporto y disfrazando una vez más la ausencia de mi marido bajo mil excusas, Alan aprovechó mi viaje y logró que Edward, trastornado, sin recordar que su hijo ya había recibido su sustanciosa herencia y sin sospechar lo que aquel nuevo acto acarrearía, firmara documentos que le hacían socio nominal de la compañía y le concedían un sólido puñado de competencias y privilegios. A partir de ahí, como ya sabes, no me quedó otra opción más que empezar a actuar. Y cuando la turbiedad se hizo espesa como el barro y la salud mental de Edward se deterioró de forma irreversible, decidí volver a casa.

Seguía de pie frente a la ventana. Él se había levantado y acudido a su lado. Sus rostros se reflejaban en el cristal. Sobrios ambos, hombro con hombro, cercanos y separados por cien universos.

—Creí, ilusa, que Jerez sería el mejor refugio, un puerto seguro donde sentirme resguardada. Pensé en reorganizar radicalmente el negocio desde aquí, prescindir de proveedores europeos y centrarme en exclusiva en la exportación de sherry a la vez que mantenía a Edward apartado de todos los acechos. Empecé a tomar decisiones drásticas: dejar a un lado los claretes de Burdeos, los marsalas sicilianos, los borgoñas, los oportos, moselas y champagnes. Volver a lo que fue la esencia del negocio desde el principio: el jerez. Son unos momentos excelentes para nuestros vinos en Inglaterra; la demanda aumenta vertiginosamente, los precios se incrementan en paralelo y la coyuntura no puede ser más ventajosa.

Enmudeció unos segundos, a la espera de ordenar sus decisiones antes de seguir.

—Tanto que incluso sopesé volver a poner en labor La Templanza y la bodega de mi familia: convertirme yo misma en cosechera y almacenista sin saber, ingenua de mí, que mis hijas no acabarían heredando ese patrimonio a la muerte de mi primo Luis. En cualquier caso, organicé temporalmente las estancias de las niñas en internados y residencias de amigos con la intención de traérmelas después, cerré nuestra casa de Belgravia y emprendí el camino de vuelta. Pero me equivoqué. Calculé mal las ansias de Alan, no fui capaz de prever hasta dónde llegaría.

Aún se contemplaban en la ventana de cortinas descorridas, había empezado a caer una lluvia floja.

—¿Para qué me cuentas todo esto, Soledad?

—Para que conozcas mis luces y mis sombras antes de que cada uno siga su rumbo. El de Edward y el mío todavía no sé cuál va a ser, pero tengo que decidirlo de inmediato. A la única conclusión que he llegado esta tarde es a la de que no podemos seguir aquí, expuestos a que Alan insista en intervenir con abogados o con intermediarios o con su propia presencia, arriesgándonos a un escándalo público y a descomponer aún más la precaria salud mental de su padre. Fui una insensata al pensar que esto sería una solución.

—¿Qué vas a hacer entonces, volver a Londres?

—Tampoco, estaríamos otra vez a su alcance, totalmente expuestos; precisamente estaba pensando en ello cuando has llegado. Quizá podríamos refugiarnos en Malta temporalmente, tenemos un gran amigo, un marino de alto rango destinado en La Valeta; sería relativamente sencillo llegar desde Cádiz por mar y conseguiríamos una protección militar que

Alan no se atrevería a traspasar. O tal vez podríamos embarcar con destino a Burdeos y refugiarnos en algún recóndito château del Médoc, donde nuestros contactos vinateros se han convertido con los años en sólidas amistades. Tal vez, incluso... —Frenó unos instantes, tomó aire, remontó—. En cualquier caso, Mauro, lo que pretendo es dejar de comprometerte de una vez por todas en nuestros turbios problemas. Bastante has hecho ya por nosotros, no quiero que nuestros asuntos puedan perjudicar los tuyos. Lamento haberte sugerido que meditaras la venta de las propiedades; estaba en un error. Ilusamente pensé que..., que si te quedabas y las ponías en marcha otra vez... En fin, a estas alturas, ya todo da igual. Lo único que quería que supieras es que en breve nos iremos. Y que lo más prudente sería que tú también desaparecieras a no mucho tardar.

Mejor así. Mejor así para todos. Cada uno por su lado, siguiendo su propio camino: el cauce inesperado de un destino que ninguno de los dos buscó, pero al que los vaivenes de la vida les acabaron por empujar.

El reflejo de los dos cuerpos frente a la ventana se descompuso cuando ella se separó.

—Y ahora, life goes on; más vale que nos demos prisa o llegaremos tarde.

La miró incrédulo.

—¿Estás segura?

—Aunque tenga que justificar la ausencia de Edward con un embuste por enésima vez, el baile es un evento en nuestro honor. Allí estarán casi todos los bodegueros que un día fueron amigos de mi familia: los que asistieron a mi boda y a los entierros de mis mayores, no puedo hacerles el feo de no aparecer. Por los viejos tiempos y por el regreso de la hija pródiga, aunque ellos no sean conscientes de lo desastrosamente inútil que ha sido mi decisión de retornar.

Lanzó una mirada al reloj de la chimenea.

—Deberíamos estar allí en poco más de una hora; mejor será que yo te recoja.

41

Llovía mansamente. Se oyó el chasquido de la lengua del cochero seguido de un latigazo. Al instante, los caballos reanudaron su andadura. Soledad le esperaba en el interior del carruaje envuelta en una capa color noche rematada en armiño, con su cuello esbelto descollando entre las pieles y los ojos brillantes en la oscuridad. Distinguida y airosa como siempre; capeando los densos nubarrones bajo un rostro diestramente empolvado con poudre d'amour y ocultando su desazón tras una seductora fragancia de bergamota. Al mando de la situación, segura de sí una vez más. O estrujándose el alma a fin de reunir el coraje preciso para simularlo.

—¿No resultará extraño que la homenajeada aparezca con un anónimo recién llegado?

Al reír con un punto de sarcasmo, los largos pendientes de brillantes bailaron en la oscuridad iluminados por la luz de gas de un farol callejero.

—¿Anónimo tú, a estas alturas? Raro será quien no sepa quién eres, de dónde vienes y qué es lo que haces por aquí. Todo el mundo conoce el vínculo que nos une a través de nuestras antiguas propiedades, y todo el mundo supone que a un señor de edad como es Edward puede surgirle en cualquier momento un imprevisto problema de salud, que será el bulo que esparciré a diestro y siniestro. En cualquier caso, nuestros bodegueros son gente de mundo y suelen tolerar bastante bien las excentricidades de los extranjeros. Y a pesar de nuestros orígenes, a estas alturas de nuestras vidas, tanto tú como yo lo somos en gran manera.

La fachada del palacio barroco del Alcázar resplandecía frente a las antorchas llameantes insertadas en anillas de hierro en las jambas del portalón. Fueron prácticamente los últimos en llegar, provocando sin quererlo que todas las miradas giraran hacia ellos como un solo hombre. La nieta expatriada del gran Matías Montalvo dentro del espectacular vestido azul de Prusia que exhibió tras dejar resbalar desde los hombros la capa de piel; el indiano con un frac intachable y estampa de próspero hombre del Nuevo Mundo de regreso a la vieja piel de toro.

Ni llevando la imaginación hasta lo más descabellado habría logrado ninguno de los presentes figurarse que aquella señora de porte esbelto y aire cosmopolita que ahora se dejaba besar la mano y las mejillas entre cálidas sonrisas mientras recibía agasajos, finuras y plácemes, apenas unas horas antes había pasado el filo de un cuchillo de monte por el cuerpo amilanado del hijo de su propio esposo. O que el próspero minero de acento ultramarino cuyas sienes empezaban a platear, debajo de sus guantes impolutos, llevaba las manos vendadas tras despellejárselas al trepar como una salamandra por la superficie vertical de un paredón.

Hubo pues saludos y cumplidos en un ambiente tan exquisito como cordial. Soledad, querida, qué alegría tan inmensa volver a tenerte entre nosotros; señor Larrea, es un grandísimo honor acogerlo en Jerez. Más sonrisas y halagos por acá, más cumplidos por allá. Si alguien se preguntó qué diablos hacían juntos la última descendiente del viejo clan y aquel gachupín advenedizo que enigmáticamente se había quedado con las posesiones de la familia, lo disimuló con suprema corrección.

Bajo tres magníficas arañas de bronce y cristal, el salón de baile acogía a la mayor parte de la oligarquía vinatera y la aristocracia terrateniente local. Las imágenes se multiplicaban en los suntuosos espejos de marco de pan de oro repetidos a lo ancho de cada pared. Los rasos, sedas y terciopelos de las señoras cambiaban de tono bajo las luces; abundaban las joyas discretas pero elocuentes. Entre los varones, barbas bien recortadas, trajes de etiqueta, fragancias de Atkinsons de Old Bond Street, y un buen puñado de condecoraciones. Refinamiento y lujo sobrio en definitiva, sin ostentación: menos opulento que en México, menos exuberante que en La Habana. Y aun así, rezumando señorío, dinero, buen gusto y saber estar.

Un quinteto interpretaba valses de Strauss y Lanner, galops y mazurcas que los danzantes marcaban con golpes de tacón. Les saludaron los dueños del palacio; Soledad tardó poco en ser solicitada y, al punto, se le acercó afectuoso José María Wilkinson, el presidente del casino.

—Acompáñeme, amigo mío, déjeme que lo presente.

Departió entre elegantes señores de apellidos con sabor a vino —González, Domecq, Loustau, Gordon, Pemartín, Lassaletta, Garvey...—, ante todos narró por enésima vez sus sinceras mentiras y sus verdades llenas de embustes. Las complejidades políticas que supuestamente habían motivado su marcha de la joven República mexicana, las perspectivas que la madre patria ofrecía a esos hijos desarraigados que ahora retornaban de las antiguas colonias insurrectas con los bolsillos presuntamente repletos, y un sinfín de falsedades verosímiles de similar magnitud. Todos fueron con él atentos en extremo, enredándole en una fluida conversación: le preguntaron, le respondieron, le ilustraron y le pusieron al tanto sobre cuestiones elementales acerca de aquel mundo de tierras blancas, viñas y bodegas.

Hasta que, al cabo de más de dos horas de circular cada uno por su lado, Soledad logró acercarse al grupo masculino con el que él departía.

—Estoy segura de que nuestro invitado está disfrutando inmensamente de vuestra conversación, mis estimados amigos, pero mucho me temo que, si no me lo llevo, no va a ser capaz de reclamarme el baile que le tengo comprometido.

Por supuesto, querida Sol, se oyó en varias bocas. No le retenemos más; por favor, señor Larrea; discúlpanos, querida Soledad, cómo no, por Dios, cómo no.

—Mi padre jamás habría perdonado una sola polonesa en un día como hoy. Y yo debo mantener en alto su prestigio como digna hija que soy de Jacobo Montalvo: el mayor botarate en los negocios y el más diestro en los salones, como todos con tanto afecto lo recordáis.

Las carcajadas bienintencionadas rubricaron el tributo al progenitor; el doble sentido de la frase nadie lo llegó a captar.

Quizá fue la cálida acogida de los bodegueros lo que contribuyó a destensarlo y le hizo arrumbar temporalmente en un rincón de la memoria los turbios incidentes de esa tarde. O quizá, de nuevo, fue el propio atractivo de Soledad, esa mezcla de gracia y entereza que la había acompañado en todas las tormentas y todos los naufragios de su vida. A partir del momento en el que se integraron en el centro del salón, en cualquier caso, todo se volatilizó para Mauro Larrea como por el arte de un mago capaz de convertir en humo un as de corazones: los pensamientos rocosos que constantemente le machacaban el cerebro, la existencia de un hijastro deleznable, la música alrededor. Todo pareció evaporarse tan pronto como enlazó el talle de Sol y notó el peso liviano de su largo brazo atravesándole la espalda. Y así, cuerpo con cuerpo, mano con mano, con su torso rozando el escote soberbio de ella y el mentón casi acariciando la piel desnuda de su hombro, oliéndola, sintiéndola, podría haber permanecido hasta el día del juicio universal. Sin importarle el frenético ayer que dejó atrás y el futuro desasosegante que lo aguardaba. Sin perturbarle que aquélla pudiera ser la primera y la última vez que bailaran juntos; sin recordar que ella se estaba preparando para marcharse a fin de proteger a un marido sumido en la demencia al que quizá nunca había amado apasionadamente, pero al que iba a seguir siendo leal hasta el último aliento.

Al igual que ocurre casi siempre con las más irreflexivas fantasías, algo terrenal y próximo lo descabalgó de su deserción de la realidad y lo retrotrajo al presente. Manuel Ysasi, vestido de calle y no de etiqueta, les observaba con el rostro contraído desde una de las grandes puertas abiertas del salón, a la espera de que los ojos de alguno de los dos notaran su presencia. Quizá fue Sol la primera en verlo, quizá fue él. En cualquier caso, las miradas de ambos acabaron por cruzarse con la del doctor mientras seguían girando al compás de una pieza que de pronto se les antojó a ambos interminable. El mensaje les llegó nítido desde la distancia, tan sólo fueron necesarios unos discretos gestos para transmitirlo: algo grave ocurre, tenemos que hablar. En cuanto se cercioró de que lo habían entendido, el doctor desapareció.

Media hora y numerosas excusas y despedidas ineludibles más tarde, salían juntos del palacio bajo un amplio paraguas y se adentraban en el carruaje de los Claydon, donde el médico les esperaba impaciente.

—No sé quién está más loco, si el pobre Edward o vosotros dos.

A él se le tensaron los músculos; Soledad irguió la cabeza con altanería. Pero ninguno pronunció una sola sílaba mientras el coche emprendía la marcha: mudamente acordaron dejarlo hablar. Y el médico prosiguió:

—Venía hace unas horas por el arrecife, de regreso de Cádiz, cuando paré a cenar en un ventorrillo antes de llegar a Las Cruces, a poco más de una legua de Jerez. Y allí lo encontré, junto a un par de adláteres.

No necesitó mencionar el nombre de Alan Claydon para que ellos supieran de quién estaba hablando.

—Pero no os conocéis —protestó Sol.

—Cierto. Tan sólo nos habíamos visto una vez, el día de tu boda, cuando yo sólo era un joven estudiante y él un adolescente malcriado, rabioso ante el nuevo matrimonio de su padre como un becerro tras el destete. Pero en algo recuerda a Edward. Y habla en inglés. Y sus amigos lo llamaban por su apellido, y a ti te nombraron repetidamente. Así que no hacía falta ser un lince para adivinar la situación.

—¿Te identificaste? —volvió a interrumpirlo ella.

—No con mi nombre o mi relación contigo, pero no tuve

más remedio que hacerlo como médico al ver la penosa situación en la que se encontraba.

Soledad lo miró con gesto interrogatorio. Mauro Larrea carraspeó.

—Algún bruto sin miramientos le partió los pulgares.

—Good Lord... —La voz le surgió rota entre las pieles que le rodeaban la garganta.

El minero giró el rostro hacia la ventanilla derecha, como si le interesara más la noche desangelada que el asunto que se debatía en el interior.

—También tenía un corte de cuchillo en la mejilla. Superficial, por fortuna. Pero hecho obviamente a traición.

Fue entonces ella la que hizo volar la mirada al otro lado de la ventanilla del carruaje. El doctor, sentado frente a ellos, interpretó correctamente las reacciones de ambos.

—Os habéis comportado como unos bárbaros irresponsables. Habéis hecho pasar por vivo a un difunto frente a un abogado, me habéis enredado para retener a la mujer de Gustavo en mi propia casa, habéis maltratado al hijo de Edward.

—Lo de la impostura de Luisito no ha desencadenado el menor problema posterior —alegó cortante Soledad con el rostro todavía vuelto hacia la oscuridad.

—Carola Gorostiza embarcará rumbo a La Habana en breve en las mismas condiciones en que llegó —añadió él.

—Y respecto a Alan, con un poco de suerte, mañana por la mañana ya estará en Gibraltar.

—Con un poco de suerte, mañana por la mañana a lo mejor os libráis los dos de entrar en la cárcel de Belén y tan sólo os piden explicaciones en el cuartel de la Guardia Civil.

Volvieron por fin las cabezas, reclamando sin palabras que aclarara aquel siniestro pronóstico.

—Alan Claydon no tiene ninguna intención de regresar a Gibraltar. Después de entablillarle los dedos en la venta, me ha preguntado por el nombre y señas del representante de su país en Jerez. Le he dicho que no lo conozco, pero no es cierto: sé quién es el vicecónsul y sé dónde vive. Y sé también que la voluntad inmediata de tu hijastro es localizarlo, exponerle los hechos y reclamar su asistencia para interponer una denuncia penal contra ti, Sol.

—Ella no tiene nada que ver con la agresión —atajó el minero.

—Los tiros no van por ahí del todo; es cierto que el amigo gibraltareño mencionó a un indio, tu criado, Mauro, supongo, y a un violento hombre armado a caballo, que intuyo que serías tú. Pero eso, a estas alturas, es lo de menos.

La pregunta sonó al unísono en ambas bocas.

—¿Entonces?

El carruaje se paró en ese mismo momento, habían llegado a la plaza del Cabildo Viejo. Ya sin la protección del ruido de las ruedas y de los cascos de los caballos sobre los charcos y las vías empedradas, Ysasi bajó la voz.

—Lo que pretende alegar el hijo de Edward es que su padre, súbdito británico aquejado de una problemática salud, está retenido en contra de su voluntad en un país extranjero, secuestrado por su propia esposa y por el supuesto amante de ésta. Y, para resolverlo, va a requerir mediación diplomática urgente y la intervención de las propias autoridades de su país desde Gibraltar. De hecho, sus acompañantes han partido hacia el Peñón esta misma noche en un coche de colleras, a fin de poner sin mínima tardanza el caso en conocimiento de quien corresponda. Él se ha quedado solo en la venta, con el propósito de regresar aquí mañana. Está furioso y parece dispuesto a implicar hasta al papa de Roma, no tiene intención de que nada quede tal cual.

—Pero, pero…, pero esto es inadmisible, esto sobrepasa…, esto…

La irritación de Soledad era superior a su capacidad instantánea para razonar. Alterada, indignada, desplegando una furia incontenible dentro de la opaca estrechez del vehículo.

—Yo misma hablaré con el vicecónsul a primera hora; no

lo conozco personalmente, sólo sé que ostenta el cargo desde hace poco, pero iré a verlo y lo aclararé todo. Le, le…

—Sol, escucha —intentó calmarla su amigo.

—Le explicaré en detalle todo lo que ha sucedido hoy, la llegada de Alan y su…, su…

—Sol, escúchame —insistió el médico intentando hacerla entrar en razón.

—Y después…, después…

Fue entonces cuando Mauro Larrea, sentado a su lado, se giró y la agarró firmemente por las muñecas. Ya no era el contacto sensual del baile ni la caricia de una piel contra otra piel, pero algo volvió a perturbársele en las entrañas al sentir los finos huesos de ella bajo sus dedos mientras los ojos de los dos se reencontraban en la oscuridad.

—Y después, nada. Serénate y atiende a Manuel, por favor.

Tragó saliva como quien traga cristales; luego cerró los ojos en un esfuerzo voluntarioso por recobrar el aplomo.

—Tú no debes hablar con nadie de momento porque estás demasiado implicada —prosiguió Ysasi—. Tenemos que ver la forma de llegar al vicecónsul de una manera más sutil, más sibilina.

—Podemos intentar detener a Claydon, impedirle que vuelva a Jerez —intervino entonces él.

—Pero bajo ningún concepto a tu manera, Larrea —replicó el doctor tajante—. Yo no sé cómo se resuelven estos asuntos entre mineros mexicanos o en ese legendario Nuevo Mundo del que vienes, pero aquí las cosas no funcionan así. Aquí las personas decentes no achantan a sus adversarios encañonándoles la sien ni ordenan a sus criados que hagan de quebrantahuesos.

Alzó la palma derecha. Suficiente, vino a decir. Mensaje captado, compadre, no necesito más monsergas. Cayó entonces en la cuenta de que su apoderado Andrade llevaba largo tiempo enmudecido en su conciencia, y ahora entendía la razón. El doctor Ysasi, hablándole de tú como hacía con su amiga de la infancia y como hizo con todos los Montalvo, le había tomado el relevo para iluminarlo en el recto camino de la sensatez. Que le hiciera o no caso sería otro cantar.

—Pero, Manuel —insistió Soledad—, tú puedes explicar a quien sea preciso que las cosas no son así...

—Yo puedo certificar clínicamente el verdadero estado mental de Edward; puedo garantizar delante del fulano que tú siempre has obrado intentando protegerlo y que durante años has velado noche y día por su bienestar. Puedo asegurar también que me consta fehacientemente que su hijo ha jugado sucio con vosotros, que os ha sacado dinero como una sanguijuela, que a ti jamás te estimó y que ha abusado del penoso estado psíquico de su padre para realizar un buen montón de tropelías financieras. Pero mi testimonio valdría lo mismo que el papel mojado: nada. Por la amistad que nos une, estoy desacreditado en este asunto desde el principio.

La contundencia del argumento era irrebatible. Lo peor fue que no acabó ahí.

—Y al respecto de vuestra supuesta relación sentimental —prosiguió el doctor—, también puedo jurar por lo más sagrado que este hombre no es tu amante a pesar de que las propiedades de los Montalvo hayan pasado oscuramente a su poder. Pero lo cierto es que todo Jerez os ha visto llegar y salir juntos del palacio del Alcázar; os ha visto bailar esta noche plenamente armonizados y ha sido testigo de vuestra complicidad. Y docenas de personas más, de gente de a pie, saben que estos días habéis estado entrando y saliendo de casa de uno y de otro con libertad absoluta. Si alguien quiere dar una vuelta de tuerca malpensada al asunto, no van a faltarle indicios: habrá sin duda quien considere que habéis transgredido con el más palmario descaro las normas de la decencia entre una íntegra madre de familia y un forastero libre de compromisos.

—Por Dios bendito, Manuel, ni que estuviéramos...

—No pretendo hacer un juicio moral acerca de vuestra conducta, pero lo cierto es que esto no es una gran capital como

Londres, Sol. O como México, o como La Habana, Mauro. Jerez es una pequeña ciudad del sur de España, católica, apostólica y romana, donde ciertos comportamientos públicos pueden tener difícil cabida y desembocar en consecuencias ingratas. Y vosotros lo deberías saber igual que yo.

El razonamiento del doctor volvía a ser certero, por mucho que les pesara. Escudados en su coraza de extranjería y protegidos por esa reconfortante sensación de no pertenecer a la vida local, ambos se habían sentido libres de proceder a su antojo en la búsqueda desesperada de soluciones para sus propios problemas. Y, a pesar de tener ambos la seguridad de no haber dado ni un solo paso socialmente reprochable en cuanto a la ética de su relación personal, la apariencia sin duda apuntaba en otra dirección.

—Mucho me temo que estáis solos frente al abismo —remató el médico—. Y así las cosas, más nos vale decidir deprisa qué vamos a hacer.

Una quietud compacta se extendió entre los tres. Seguían dentro del oscuro carruaje, hablando en voces quedas frente al portón principal mientras la lluvia callada acariciaba las ventanillas. Sol bajó la cabeza y se cubrió los flancos de la cara con las manos, como si la cercanía de sus largos dedos al cerebro pudiera ayudarla a reflexionar. Ysasi mantenía el ceño contraído. Mauro Larrea fue el único que habló:

—Si no hay pruebas, no hay delito. Así que lo primero que debemos hacer es sacar al señor Claydon de esta casa: guarecerlo donde nadie pueda sospechar siquiera.

42

Llevaban un buen rato encerrados en la biblioteca, intentando trazar sin éxito un plan sensato. El reloj de péndulo marcaba las dos y diez de la mañana. Del omnipresente botellón de licor faltaba ya la mitad.

—Me parece un absoluto disparate.

Ésa fue la reacción de Ysasi ante la iniciativa de Soledad.

La propuesta de aquel lugar seguro al que quizá podrían trasladar a su marido se le había ocurrido a ella de pronto y la había comunicado súbitamente con la misma mezcla de pavor y euforia que si hubiera encontrado una vacuna contra la polio. El rechazo del doctor sonó solemne, definitivo. El minero, acodado en la repisa de la chimenea mientras agotaba su tercera copa de brandy, se dispuso a escuchar.

—A nadie se le ocurriría jamás pensar que Edward está en un convento —insistió ella.

—El problema no es el convento en sí.

Ysasi se había levantado de su butaca y daba paseos erráticos por la estancia.

—El problema es…

—El problema es Inés, tu hermana, lo sabes igual que yo.

El silencio corroboró la presuposición. El doctor, cartesiano, articulado y razonable normalmente, les daba su flaca espalda envuelto en sus pensamientos. Sol se acercó, le puso una mano sobre el hombro.

—Han pasado más de veinte años, Manuel. No tenemos más salidas, hay que intentarlo.

A más silencio, más insistencia.

—Quizá se avenga, quizá acceda.

—¿Por piedad cristiana? —preguntó mordaz el médico.

—Por el propio Edward. Y por ti, y por mí. Por lo que todos nosotros fuimos para ella alguna vez en su vida.

—Lo dudo. Ni siquiera aceptó conocer a tus hijas cuando nacieron.

—Sí lo hizo.

Ysasi se giró con un poso de extrañeza en el rostro.

—Siempre me has dicho que nunca conseguiste que se dejara ver.

—Así fue. Pero yo se las fui llevando una a una en brazos a la iglesia del convento tan pronto las traje a España apenas unos meses después de darlas a luz.

Por primera vez, el minero notó que a Soledad, siempre tan entera y tan dueña de sí, le temblaba la voz.

—Y allí me senté sola con cada una de mis niñas, ante la beata Rita de Casia y el Niño de la Cuna de Plata. Y dentro del templo vacío yo sé que ella, desde algún rincón, desde algún sitio, me oyó y nos vio.

Pasaron unos instantes densos en los que, como un par de caracoles, ambos se refugiaron dentro de sí mismos para lidiar con una tropa de recuerdos vidriosos. Algo hizo presentir al minero que el recuerdo de la hermana y amiga que los dos compartían iba más allá del de una piadosa jovencita que un buen día tomó los hábitos para servir al Señor.

El médico fue el primero en sacar la cabeza.

—Nunca nos ofrecería siquiera la oportunidad de pedírselo.

Amarrando retazos y fragmentos de aquel diálogo con algunos detalles que había ido oyendo en sus últimos días en Jerez, Mauro Larrea intentó bosquejar la situación. Pero le fue imposible. Le faltaban datos, piezas, luces que le permitieran entender qué fue lo que en algún momento del pasado ocurrió entre Inés Montalvo y los suyos; por qué nunca quiso volver a saber de ellos después de alejarse del mundo. No era el momento, sin embargo, para entretenerse jugando a las adivinanzas, como tampoco lo era para pedir explicaciones detalladas sobre algo que a él ni de lejos le rozaba. Lo que se imponía era la urgencia, la necesidad apremiante de hallar una salida. Por eso intervino entre el fuego cruzado:

—¿Y si me dejan que se lo proponga yo?

* * *

Avanzó a zancadas por callejuelas oscuras y estrechas como puñales, todavía vestido de frac, tocado con chistera y embozado en su capa de paño de Querétaro. Había dejado de llover, pero quedaban charcos que a veces logró esquivar y a veces no. Andaba alerta, con la atención concentrada para no desorientarse entre los balcones y las ventanas con rejas de hierro fundido y los esterones a modo de persianas. No podía permitirse el menor extravío, no había un mal minuto que perder.

Todo Jerez dormía cuando sonaron las tres en la torre de la Colegiata. Para entonces, casi había llegado a la plaza de Ponce de León. La reconoció por el ventanal esquinado que le habían descrito Ysasi y Soledad. Renacentista, le dijeron que era. Bellísimo, había añadido ella. Pero no había tiempo para el deleite arquitectónico: lo único que le interesaba de aquella obra de arte era saber que marcaba el fin de su camino. Lo siguiente era dar con la puerta del convento de Santa María de Gracia: la casa de las madres agustinas ermitañas, esas hembras recluidas en la oración y el recogimiento al margen de las veleidades del resto de los humanos.

La encontró en un angosto callejón anexo, golpeó insistente la madera con el puño. Nada. Volvió a insistir. Nada tampoco. Hasta que, en una tregua que las nubes dieron a la luna, vio a su derecha una cuerda. Una cuerda que haría sonar en el interior una campana. Tiró de ella sin recato y en escasos instantes alguien acudió a la puerta y descorrió un cerrojo de hierro, abriendo un pequeño ventanuco enrejado sin dejarse ver.

—Ave María Purísima.

Sonó áspero en mitad de la noche desnuda.

—Sin pecado concebida —respondió una voz asustada y somnolienta al otro lado.

—Necesito hablar urgentemente con la madre Constanza. Se trata de un grave asunto familiar. O le dice usted que salga de inmediato, o en diez minutos empiezo a tañer la campana y no paro hasta poner al barrio entero en pie.

El ventanuco se cerró ipso facto, el cerrojo se volvió a correr, y él quedó esperando la secuela de su amenaza. Y mientras aguardaba envuelto en su capa y en la negrura de un cielo sin estrellas, por fin pudo detenerse a pensar en las imprevistas circunstancias que le habían forzado a andar alterando el sosiego de un puñado de inocentes monjas a aquellas horas, en vez de estar metido entre las mantas como la gente de bien. Todavía no sabía cuánto de verdad había en las palabras del doctor al recriminarles a Soledad y a él su cercanía pública, aquel ostentoso despliegue de complicidad. Quizá, pensó, no le faltaba razón. Y, ahora, su propia actitud se les volvía en contra y amenazaba con clavarles los dientes en la yugular.

Fue entonces, en mitad de sus dudas, cuando oyó otra vez el cerrojo.

—Usted dirá.

La voz sonó queda y sin embargo rotunda. No logró vislumbrar el rostro.

—Tenemos que hablar, hermana.

—Madre. Reverenda madre, si no le importa.

Ese brevísimo primer intercambio de frases sirvió a Mauro Larrea para intuir que la mujer con la que habría de negociar distaba mucho de ser una cándida religiosa mendicante dedicada a cantar maitines y a hornear tartas de yema a mayor gloria de Dios. Más le valía andarse con tiento: aquello iba a ser un pulso de igual a igual.

—Reverenda madre, eso es; disculpe mi torpeza. En cualquier caso, le ruego que me escuche.

—Acerca de qué.

—Acerca de su familia.

—No tengo más familia que el Altísimo y esta comunidad.

—Usted sabe igual que yo que eso no es así.

El silencio del callejón desierto era tan fino, tan sutil, que a ambos lados del ventanuco se oía la respiración de los dos cuerpos.

—¿Quién le manda, mi primo Luis?

—Su primo falleció.

Esperó a que reaccionara con alguna pregunta sobre el cómo o el cuándo de la muerte del Comino. O a que pronunciara al menos un Dios lo tenga en su gloria. Pero no hizo ni lo uno ni lo otro; por eso, al cabo de unos segundos baldíos, él avanzó.

—Vengo en nombre de su hermana Soledad. Su marido se encuentra en una situación crítica.

Dígale que le suplico que me ayude, que se lo pido por la memoria de nuestros padres y nuestros primos; por todo lo que un día compartimos, por lo que un día fuimos… Sol le había transmitido su mensaje apretándole las manos con todas sus fuerzas, esforzándose por retener las lágrimas. Y aunque fuera lo último que él hiciera en su vida, así se lo tenía que hacer llegar.

—Difícilmente veo cómo podría yo intervenir en esos asuntos ajenos, viviendo como viven fuera de nuestras fronteras.

—Ya no. Llevan una temporada en Jerez.

Por réplica volvió a encontrar tensos instantes de vacío. Continuó:

—Necesitan un refugio para él. Está enfermo y hay quien quiere aprovecharse de su debilidad.

—¿Qué malestar le aqueja?

—Un profundo desorden mental.

Está loco, carajo, estuvo tentado a gritarle. Y su mujer, desesperada. Ayúdelos, por Dios.

—Me temo que muy poco puede hacer al respecto esta humilde sierva del Señor. En esta morada no se tratan más angustias y tribulaciones que las propias del espíritu ante el Todopoderoso.

—Sólo serán unos días.

—No faltan las fondas en esta población.

—Mire usted, señora...

—Reverenda madre —zanjó de nuevo contundente.

—Mire usted, reverenda madre —prosiguió haciendo acopio de paciencia—. Ya sé que no mantiene trato con los suyos desde hace largos años, y que no soy yo quién para intervenir en las cuestiones que les separan ni rogarle que las dé por superadas. Yo tan sólo soy un pobre pecador muy poco dado a las liturgias y a la observancia de los preceptos, pero aún recuerdo lo que el párroco de mi pueblo predicaba en mi infancia sobre qué era ser un buen cristiano. Y entre esas catorce obras, y corríjame si me falla la memoria, se encontraban cuestiones como cuidar a los enfermos, dar de comer al hambriento, dar de beber al sediento, dar posada al peregrino...

El susurro de la réplica fue afilado como un estilete.

—No necesito que un indiano impío venga en plena madrugada a aleccionarme sobre las dádivas de misericordia.

La respuesta de él, en un murmullo bronco, sonó más cortante todavía:

—Tan sólo le estoy pidiendo que, si no está dispuesta a amparar humanamente a su hermano político como la Inés Montalvo que un día fue, lo considere al menos como un pinche deber de su presente condición de sierva de Dios.

—El Señor me perdonará si le digo que es usted un hereje y un blasfemo.

—A pulso me he ganado que mi alma acabe ardiendo en los infiernos, no le falta razón, señora. Pero también lo hará la suya si les niega su socorro a quienes tanto la necesitan en estos momentos.

El ventanuco se le cerró frente a la cara con un brusco golpe que resonó hasta el fondo del callejón. Él no se movió del sitio: intuía que aquello todavía no había llegado al final. En unos minutos tuvo la confirmación a través de la vocecita joven que lo había atendido al llegar.

—La reverenda madre Constanza le espera en la puerta del huerto, a la espalda de la casa.

Nada más reunirse en el acceso indicado, iniciaron la andadura con paso rápido y parejo. Mirándola de soslayo, calculó que tenía más o menos la misma altura de Soledad. Bajo el hábito y la toca, sin embargo, le resultó imposible sospechar siquiera si los parecidos iban más allá.

—Le ruego que disculpe mis bruscas maneras, madre, pero la situación, por desgracia, no permite la espera.

Frente a la habitual soltura de Sol, la antigua Inés Montalvo no parecía dispuesta a cruzar ni media palabra con el irreverente minero. Con todo, prefirió aclararle su papel en medio de aquel asunto. Que ella no hablara no implicaba necesariamente que tampoco estuviera dispuesta a escuchar.

—Permítame que me presente como el nuevo dueño de las propiedades de su familia. Por abreviar una larga historia, su primo Luis Montalvo, al morir en Cuba, se las legó a su otro primo Gustavo, que reside en la isla desde hace largos años. Y de Gustavo, pasaron a mí.

Omitió los detalles al respecto del procedimiento que generó tal traspaso. De hecho, a partir de ese momento y ante el obcecado silencio de ella, decidió callar mientras seguían atravesando la noche, recorriendo entre charcos las calles sombrías con las capas de ambos ahuecadas por la prisa. Hasta que, al llegar a la puerta de los Claydon, fue ella por fin quien quebró la tensión con una orden:

—Deseo asistir al enfermo sola. Hágalo saber a quien corresponda.

Mauro Larrea se adentró en la casa en busca de Soledad y el doctor mientras la madre Constanza esperaba, sombría y a oscuras, sobre la rosa de los vientos del zaguán.

—No quiere verlos —anunció crudamente—. Pero aceptó, lo va a resguardar.

El desconcierto se les dibujó en los rostros con lúgubres brochazos. Sol fue quien rompió la tensión cuando un par de lágrimas comenzaron a rodarle por las mejillas: al minero se le partió el alma, pero volvió la vista al médico. No logró verle la cara, prefirió darle la espalda. A él, y a lo que acababa de oír.

Con todo, acataron la exigencia. Cerraron las bocas, cerraron las puertas y Palmer, el mayordomo, fue el único que acompañó a la religiosa hasta el dormitorio de milord.

Tres cuartos de hora pasó sola con el marchante de vinos a la débil luz de una palmatoria. Nadie supo si hablaron, si se entendieron de alguna manera. Tal vez Edward Claydon no abandonó ni siquiera momentáneamente el sueño o la locura. O tal vez sí, y en la silueta oscura que se asomó a su cama en mitad de la noche y le agarró una mano y se hincó de rodillas para llorar y rezar a su lado, la mente torturada del anciano extranjero distinguió con un soplo de fugaz lucidez a la hermosa joven de cintura breve y larga trenza castaña que fue Inés Montalvo en aquellos años en los que ella aún no se había rasurado el cráneo para abstraerse del mundo; en aquellos tiempos en los que el caserón de la Tornería estaba lleno de amigos y risas y promesas de futuro que acabaron descomponiéndose como el papel quemado por un cabo de vela.

En la biblioteca, entretanto, acompañados por un fuego que se fue extinguiendo en la chimenea sin que nadie se ocupara de avivarlo, cada cual batalló contra sus propios fantasmas como buenamente pudo. Cuando por fin vislumbraron el porte regio de la madre Constanza bajo el dintel de la puerta, todos a una se pusieron en pie.

—En el nombre de Cristo y por el bien de su alma, accedo a acogerlo en una celda de nuestra morada. Hemos de partir de inmediato, tenemos que estar dentro antes de que principien los laudes.

Ni Soledad ni el doctor fueron capaces de decir una sola palabra: habían quedado enmudecidos ante aquella figura de hábito negro tan solemne como ajena. Ninguno fue en un primer momento capaz de tejer mentalmente un debilísimo hilo que uniera a la niña querida de sus memorias con la imponente religiosa que, bajo su lóbrega toca y sobre un par de recias sandalias de cuero, les miraba con ojos enrojecidos cargados de dolor.

Su primera decisión fue que nadie los acompañara.

—Vamos a una sagrada casa de Dios, no a una posada.

Aquella dura actitud de Inés Montalvo frenó en seco cualquier conato de acercamiento afectivo por parte de los suyos.

Mauro Larrea los contempló desde una discreta retaguardia, fumando en el rincón peor iluminado de la biblioteca junto a un pedestal de alabastro. Cuando desde la distancia por fin logró apreciar el rostro de la religiosa bajo una tenue luz, la comparación le resultó compleja: difícil sustraer las facciones de cada una de las hermanas del embalaje que las envolvía. Alrededor de Sol, una brillante cabellera en un airoso recogido y el suntuoso traje de noche azul profundo que aún llevaba puesto y que dejaba al descubierto hombros, escote, clavículas, brazos y espalda; palmos enteros de carne tersa y piel seductora. Alrededor de Inés, como contraste, sólo había varas de tosco paño negro y unos breves retazos de holán blanco comprimiéndole el cuello y la frente. Afeites y cuidados mundanos en una; en la otra, la huella de años de retiro y abstracción. Poco más pudo percibir porque en apenas un minuto acabó el encuentro.

Soledad, con todo, no logró resistirse.

—Inés, te lo ruego, espera; háblanos un minuto nada más...

La religiosa, inclemente, se giró y salió.

La casa se puso entonces en movimiento, arrancaron los preparativos. Mauro Larrea, una vez cumplido su cometido de convencer a la madre Constanza, se mantuvo al margen: permaneció en la biblioteca inmóvil, acompañado por el humo de su habano mientras los demás solventaban con prisa las cuestiones logísticas imprescindibles, sintiéndose un intruso en el íntimo ir y venir y decir y callar de aquella tribu ajena, pero consciente de que no podía marcharse. Todavía quedaban cuestiones importantes por resolver.

Se oyeron finalmente los cascos de los caballos y las ruedas del carruaje familiar al rasgar el silencio de la plaza desierta; unos momentos después, Soledad y Manuel regresaron a la biblioteca arrastrando una mole inmensa de desolación. Ella retenía las lágrimas a duras penas y se apretaba un puño contra la boca en un intento por recuperar la serenidad. Él mostraba el gesto contraído, atormentado como un lobo famélico en una noche de ventisca.

—Tenemos que decidir qué hacer con el vicecónsul.

Mauro Larrea sonó áspero y falto de tacto, insolente incluso ante las delicadas circunstancias. Pero logró el efecto que buscaba: ayudarlos en el tránsito, obligarlos a terminar de tragar la bola compacta de amargura que a los dos se les había quedado atascada en la garganta al ver partir en plena madrugada al esposo y amigo vulnerable bajo la protección de una adusta sierva de la Iglesia en la que no habían sido capaces de reconocer ni un solo destello de la joven tan próxima a ellos que un día fue.

—Si Claydon hijo está decidido a regresar a Jerez, sin duda no va a demorarse —añadió—. Supongamos que a las diez de la mañana ya está aquí, y que dedica después una hora a dar unos cuantos palos de ciego hasta que pueda entenderse medianamente con alguien que le sepa decir quién es el compatriota que ostenta el cargo diplomático y dónde está su residencia, y llegar hasta allí. Serán para entonces las once de la mañana; once y media máximo. Ése es todo el tiempo con el que contamos.

—Para entonces yo ya habré hablado con el vicecónsul. Manuel me ha aclarado quién es, Charles Peter Gordon: un escocés que vive en la plaza del Mercado, un descendiente de los Gordon. Seguro que conoció a mi familia, tal vez fue amigo de mi abuelo, o de mi propio padre…

—También te he dicho que no es una buena idea.

Era ahora Manuel Ysasi quien se implicaba en la conversación, pero ella no se dio por aludida.

—Iré temprano, lo pondré al tanto. Le diré que Edward está en Sevilla, o…, o en Madrid, o qué sé yo, tomando las aguas en los baños de Gigonza. O quizá, mejor, que ha regresado a Londres a causa de un asunto comercial urgente. Le anticiparé la catadura de Alan, confío en que me dé más crédito a mí que a él.

—*Excusatio non petita, accusatio manifesta,* insisto. No tiene sentido ir defendiéndote de lo que nadie te ha acusado todavía. Creo que es una imprudencia, Sol.

Ella lo miró entonces con esos ojos suyos de hermoso animal acorralado. Ayúdame, no me dejes caer, le pedía sin palabras. Una vez más.

—Lo siento, Soledad, pero creo que es hora de frenar este desatino.

No me traiciones, Mauro. Tú no.

Como si alguien le quemara las vísceras con una tenaza de hierro candente de las que su abuelo le enseñó a usar en la vieja herrería en la que él mismo creció, eso sintió al recibir la mirada de ella. Pero había que parar aquella masa de despropósitos como fuera, y para ello sólo tenía en ese momento un arma: la frialdad.

—El doctor tiene razón.

La inmediata llegada de Palmer alteró de pleno la atención de los tres, y él sintió un alivio infinito al ver cómo los ojos de Soledad dejaban de suplicarle desesperadamente auxilio. Cobarde, se reprochó.

Ella se levantó de golpe, se acercó rauda, preguntó al mayordomo en inglés. Palmer respondió sucinto, manteniendo su perenne flema a través de la cual no fue difícil apreciar su abatimiento. Todo en orden, milord llegó bien, ya está entre las paredes del convento. Ella, conmocionada aún, le indicó casi en un murmullo ininteligible que podía retirarse. Darle las buenas noches a aquellas horas habría sonado una broma harto grotesca.

—Pásate por mi casa a primera hora, Mauro, para ver qué tal noche pasó la esposa de Gustavo. Yo saldré en cuanto amanezca en busca del hijo de Edward, antes de que ella se levante —concluyó Ysasi—. Intentaré convencerlo con la verdad por delante y ya veremos qué decide hacer. Sólo os ruego, por vuestro propio bien, que os mantengáis al margen: bastante emponzoñadas están ya las cosas. Y ahora, creo que es el momento de que todos intentemos descansar. A ver si logramos que el sueño traiga a nuestras pobres cabezas un poco de serenidad.

43

Cuando Mauro Larrea salió a la plaza del Cabildo Viejo, el día aún estaba despuntando, gris otra vez. Los portales cercanos empezaban a entornarse, de las cocinas escapaban los humos domésticos más tempraneros. Algunos cuerpos madrugadores ya callejeaban de acá para allá: un lechero que arreaba a su vieja mula cargada con cántaras de barro; un cura con sotana, bonete y manteo rumbo a su misa del alba; muchachitas de servicio, criaturas apenas, con los ojos cargados de sueño camino de las casas pudientes para ganar su humilde jornal. Casi todos volvieron la cabeza hacia él: no era común ver a un hombre de su envergadura con esa vestimenta a la hora en que los gallos ya se habían aburrido de cantar y la ciudad comenzaba a desperezarse. Apretó por eso el paso; por eso y porque la urgencia le iba mordiendo los talones.

Se aseó con agua fría en el patio, se afeitó con su propia navaja y se domó después el pelo revuelto tras la intensa noche cargada de tensiones. Se puso ropa limpia de mañana: pantalón de dril, camisa nívea con corbata de nudo impecable, casaca color nuez. Para cuando bajó, de la cocina salía un olor capaz de levantar a un muerto.

—Nada más entrar he notado que hoy ha madrugado el señorito —fue el saludo de Angustias, en lugar de un canónico buenos días—. Así que ya le tengo listo el desayuno, por si tiene usted prisa en salir.

A punto estuvo de agarrarle la cara entre las manos y depositarle un beso en medio de la oscura frente curtida por el sol de los campos, los años y los penares. A cambio, tan sólo dijo Dios se lo pague, mujer. Tenía hambre canina, en efecto, pero ni siquiera se había parado a pensar que le convendría llenar el estómago antes de ponerse de nuevo en marcha.

—Ahora mismito se lo subo, don Mauro.

—De ninguna manera.

En la misma cocina, sin apenas sentarse, devoró tres huevos fritos con tajadas de jamón, unas cuantas rebanadas generosas de pan todavía caliente y dos contundentes tazones de leche teñida con café. Masculló un gruñido de despedida con la boca aún medio llena, dejando sin respuesta a la pregunta de si volvería a la hora de almorzar.

Ojalá, pensó mientras atravesaba el patio. Ojalá para entonces todo estuviera resuelto, y el doctor se hubiera entendido con Claydon hijo, y todo hubiera vuelto a una mediana normalidad. O no, recapacitó. Nada volvería a la normalidad en su vida porque nunca la hubo desde que llegó a Jerez. Desde que Soledad Montalvo se cruzó en su camino, desde que él aceptó entrar en el mundo de ella agarrado a su mano, movidos ambos por razones del todo distintas. Ella por necesidades imperiosas; él... Prefirió no poner etiqueta a sus sensaciones; para qué. Decidió sacudirse los pensamientos igual que media hora antes se había sacudido el agua del cuerpo al secarse: sin contemplaciones, casi con brusquedad. Más le valía centrarse en lo inmediato; la mañana iba entrando con fuerza y había cuestiones apremiantes que resolver.

La puerta de la casa de la calle Francos estaba entreabierta, la cancela de hierro forjado que separaba el zaguán del patio, también. Por eso entró vacilante. Y una vez dentro, fue cuando lo oyó. Revuelo, agitación, gritos. Un llanto agudo luego, más gritos enmarañados.

Subió de tres en tres los escalones, recorrió a zancadas la galería. La estampa que halló fue confusa pero elocuente. Dos féminas alborotadas, gritándose una a otra. Ninguna lo vio llegar: fue su vozarrón lo que las acalló momentáneamente e hizo que las dos cabezas se volvieran hacia él.

Sagrario, la vieja, dio un paso atrás, dejando a la vista a la esclava Trinidad envuelta en lágrimas. El pánico y el estupor se mezclaron en el rostro de ambas al verlo.

Y al fondo de la estampa, una puerta abierta. La del cuarto de Carola Gorostiza. De par en par.

—Don Mauro, yo no… —empezó a decir la sirvienta.

La cortó en seco.

—¿Dónde está?

Las dos bocas parecieron murmurar algo, pero ninguna se atrevió a hablar con mediana claridad.

—¿Dónde está? —repitió. Se esforzó por no sonar demasiado brusco, pero no lo consiguió ni por asomo.

Por fin habló otra vez la anciana, en un susurro acobardado.

—No lo sabemos.

—¿Y mi criado?

—En su busca salió.

Abordó entonces a la esclava.

—¿A dónde fue tu ama, muchacha? —bramó.

Seguía llorando, con la melena hecha una maraña y el gesto descompuesto. Y sin dar una respuesta. La agarró por los hombros, repitiendo la pregunta en tono cada vez más duro, hasta que en ella pudo más el miedo que el pesar.

—No lo sé, su merced, ¿qué es que yo voy a saber?

Calma, hermano, calma, se dijo. Necesitas saber qué ocurrió y, atemorizando a esta pobre niña y a esta abuela, poco vas a conseguir. Así que, por tus hijos, compórtate. Para aplacarse, se metió en los pulmones con ansia el aire del pasillo entero, y lo expulsó a chorros después. Lo único importante, recapacitó, era que Carola Gorostiza se había largado. Y que, si Santos Huesos no había logrado encontrarla todavía, lo más probable era que a aquella hora anduviera dando tumbos por las calles, buscándole más problemas de los que ya tenía.

—Vamos a ver si nos tranquilizamos para que yo pueda entender qué fue lo que pasó.

Las dos cabezas asintieron en silencio respetuoso.

—Trinidad, serénate, por favor. No va a pasar nada, aparecerá. Dentro de unos días estarán las dos embarcadas rumbo a La Habana, de vuelta a casa. Y en cuatro o cinco semanas, andarás otra vez paseando por la plaza Vieja y comiendo patacones hasta hartarte. Pero antes tienes que ayudarme, ¿de acuerdo?

Por respuesta sólo obtuvo un barullo de palabras ininteligibles.

—No te entiendo, muchacha.

Imposible descifrar el sentido de aquel parlamento embarullado entre lágrimas e hipidos. Fue la achacosa sirvienta quien finalmente lo ayudó a comprender.

—Que la mulata no quiere irse con su ama, señorito. Que ni a rastras quiere volver a Cuba con su señora. Que lo que quiere la niña es quedarse con el indio.

Un pensamiento pasó por su mente veloz. Santos Huesos, desgraciado, qué carajo le metiste en la cabeza a esta pobre criatura.

—Todo se hablará a su debido tiempo —añadió con un esfuerzo soberano por no volver a alterarse—. Pero ahora me urge saber qué pasó exactamente. Cómo y cuándo logró salir la señora de la habitación, qué se llevó con ella, si alguien tiene alguna idea de adónde pudo ir.

La criada coja dio un paso adelante.

—Verá usted, señorito; don Manuel se marchó al alba sin deshacer la cama siquiera, lo mismo tenía una urgencia. El caso es que cuando yo me levanté, fui directo a la cocina y luego salí a por carbón para la lumbre. Y cuando volví a entrar, noté la puerta de la calle abierta, pero pensé que él, con las prisas, no la cerró bien. Después le preparé el desayuno a la huésped, y fue al subírselo cuando vi que había volado como un gorrión.

—Y tú, Trinidad, ¿dónde andabas entretanto?

El llanto de la esclava, algo calmado para entonces, volvió a intensificarse.

—¿Dónde estabas, Trinidad? —repitió.

Ninguno de los tres se había dado cuenta de que Santos Huesos, escurridizo como siempre, había retornado e iba avanzando en ese momento por el corredor.

Al llegar al fondo, fue él mismo quien respondió:

—En el cuarto contiguo, patrón —anunció casi sin resuello.

Y la joven, por fin, dijo algo comprensible:

—Con él entre las sábanas, con permiso de su merced.

La anciana se persignó escandalizada al oír referir semejante contubernio. La mirada furiosa de Mauro Larrea transmitió todo aquello que habría dicho a su criado si hubiera podido desahogarse a gritos con plena libertad. Por los clavos de Cristo, cabrón, se pasaron la noche encamados como posesos, y se les escapó la Gorostiza en el peor de los momentos.

—A medianoche yo le quité a él la llave del cuarto de mi ama del bolsillo y en un momentico de descuido, le abrí la puerta —confesó del tirón—. Después, se la volví a guardar en el mismo sitio sin que él se percatara. Tan pronto oyó que el señor doctor se fue, ella aguardó un poquitico y salió detrás.

La presencia imprevista de Santos Huesos parecía haber calmado a Trinidad: la cercanía del hombre con el que había compartido cuerpo, susurros y complicidades le había devuelto el valor.

—No lo acuse a él, su merced, porque toda la culpa no es más que mía.

A sus ojos volvieron las lágrimas, pero ahora ya eran de otro tipo.

—Mi ama me prometió… —añadió con su meloso acento caribeño entrecortado—. Ella me prometió que si le conseguía la llave me daría mi carta de libertad, y yo dejaría de ser una esclava, y me podría ir a donde quisiera con él. Pero si no lo hacía, al volver a Cuba me mandaría al cafetal, y me ataría ella misma al tumbadero, y haría al mayoral menearme el guarapo con un bocabajo de veinticinco latigazos de los que hacen saltar la sangre hasta el firmamento. Y esta mulata no quiere que la azoten, su merced.

Suficiente. De momento, no precisaba saber más. La vetusta sirvienta, espantada ante la siniestra amenaza, le pasó los brazos sobre los hombros para reconfortarla. Recuperando aún la respiración entrecortada tras la urgencia por volver, Santos Huesos mantuvo los ojos altos asumiendo con entereza su monumental error.

No tenía ningún sentido seguir hurgando en lo que ya no podía ser, decidió.

—Ándale, muchacho —añadió—. Salgamos en su busca; ya hablaremos tú y yo en su momento. Ahora, vámonos sin perder un segundo más.

Lo primero que hizo una vez en la calle fue mandar al criado a la plaza del Cabildo Viejo para poner al tanto a Sol; por si a la esposa de su primo se le ocurría volver por allí. La causante de todas las desdichas de su matrimonio, había dicho que era. Y a su memoria volvió el corazón raspado en la pared. La G de Gustavo. La S de Soledad.

Él, por su parte, alquiló una calesa dispuesto a recorrer fondas y paradores, por si acaso a la mexicana se le había ocurrido tomar un cuarto mientras decidía qué pasos dar. Pero ni en las fondas de la Corredera, ni en las de la calle de Doña Blanca, ni en las de la plaza del Arenal: en ningún sitio le dieron razón a medida que recorría apresurado los establecimientos. En el tránsito fugaz de uno a otro, entró también por la notaría de la Lancería, en busca de un tentáculo con el que llegar hasta donde él solo no podía hacerlo. Una vieja amiga recién llegada de Cuba anda perdida, don Senén, le mintió al notario. Viene trastornada y de su boca puede salir más de una barbaridad. Si por un casual sabe algo de ella, reténgala, por lo que más quiera, y hágamelo saber.

Ya estaba dispuesto a irse cuando sus ojos recayeron en la figura del empleado fisgón con el que mantuvo aquel encuentro un tanto singular unos días antes. Intentaba el pobre hombre pasar desapercibido, volcado sobre un libro de tapas de cuero mientras fingía escribir con avidez ante la amenazante presencia del indiano. El minero se detuvo frente a su mesa y le lanzó un murmullo imperceptible para el resto, pero de sobra elocuente. Baje ahora mismo.

—Ingénieselas como pueda para escaparse de sus quehaceres; tiene que ir a todos los rincones de la ciudad en los que haya autoridades de cualquier tipo y en los que alguien pueda interponer una denuncia formal o informal. O allá donde una persona pueda hablar más de la cuenta ante cualquiera con poder, usted me entiende. Civiles, militares o eclesiásticos, tanto da.

El escribiente, a punto de que se le aflojara el vientre, musitó un simple lo que usted mande, señor mío.

—Averigüe si por algún sitio pasó esta mañana una señora que responde al nombre de Carola Gorostiza de Zayas, y si dijo algo al respecto de mí. Si no hubiese resultados, ponga un hombre en cada puerta para que vigile por si acaso aparece más tarde. Igual me sirve un mendigo manco que un capitán general: cualquiera con los ojos bien abiertos que frene y retenga en caso necesario a una señora bien plantada de pelo azabache y hablar ultramarino.

—Sí, sí, sí, sí —tartajeó el pobre Angulo. Flaco, amarillento, retorciéndose los dedos.

—En caso de dar con ella, pendientes a su favor quedan tres duros de plata. Si me entero en cambio de que trasciende una sola palabra de más, le mando a mi indio a que le arranque las muelas del juicio. Y yo no me fiaría del instrumental que gasta para esas cirugías.

Se despidió dándole la espalda con un difuso haga por encontrarme, andaré por ahí. Santos Huesos lo recogió en la esquina.

—Vamos a volver a la Tornería; mucho lo dudo, pero lo mismo le dio por ir allá.

Ni Angustias ni Simón reconocieron haber visto a ninguna dama de semejante porte.

—Échense a la caza, hagan el favor. Si dan con ella, arréglenselas para traerla aunque sea a rastras. Y luego me la encierran en la cocina; si se pone brava, la amenazan con el gancho de la lumbre para que no se le ocurra irse.

Dejaron la calesa al principio de la calle Larga y la rastrearon a pie entre hileras de naranjos y el bullicio de la mañana. Uno por la derecha y otro por la izquierda, entraron y salieron de tiendas, colmados y cafés. Nada. Creyó verla dentro de una falda gris volviendo una esquina, luego bajo un sombrero negro, después en la silueta de una dama con capotillo pardo que salía de un comercio de zapatería. Se equivocó siempre. Dónde carajo estará la maldita mujer.

Miró la hora, las once menos veinte. De vuelta a casa del doctor Ysasi, apúrate. Para entonces, el doctor ya debería haber regresado del ventorrillo con noticias de Alan Claydon.

Para su desconcierto, no había ningún carruaje a la vista en las proximidades de su residencia en la calle Francos. Ni el viejo faetón del médico, ni el coche inglés que llevara hasta Jerez al hijastro de Soledad: nadie había llegado todavía. Miró la hora: la mañana avanzaba con el paso implacable de una carga militar. El médico, perdido. Y la mexicana, sin aparecer.

—Preguntaste en la plaza del Arenal, por si por un casual tomó un carruaje de alquiler, ¿verdad?

—Mientras usted andaba por las fondas, patrón.

—¿Y?

—Y nada.

—Natural. Adónde va a ir esa chiflada sola, sin su esclava, sin su equipaje, y sin acabar de ajustar las cuestiones que cree que tenemos pendientes.

—Pues yo más bien pienso que sí.

—Que sí ¿qué?

—Que lo mismo la doña voló de Jerez. Que le tiene a usted más miedo que a una vara verde, como dicen los gachupines de por aquí. Y para mí que habrá hecho todo lo que esté en su mano por poner tierra de por medio a fin de arreglar sus componendas desde la distancia.

Pudiera ser. Por qué no. Carola Gorostiza sabía que dentro de aquella ciudad él iba a encontrarla más temprano que tarde: no tenía ningún sitio seguro en el que ponerse a salvo, no conocía a nadie vinculado a Cuba, los confines eran más que limitados. Sabía también que, tan pronto diera con ella, la volvería a recluir. Y ni por toda la gloria del cielo estaba dispuesta a consentirlo.

—A la estación de ferrocarril, ándale.

Sólo había un tren en las vías cuando llegaron, ya vacío.

De los pasajeros que habían descendido, tan sólo quedaba uno en el andén. Un joven rodeado de baúles. Alto, elástico, buenmozo, con pelo oscuro despeinado por el aire y vestido a la moda de las grandes capitales. Consultaba algo medio de espaldas a un encargado cetrino que le llegaba por el hombro, escuchaba atento mientras recibía indicaciones.

—Júrame por tus muertos, Santos, que no estoy perdiendo yo también el poco juicio que me quedaba.

—En sus purititos cabales sigue, don Mauro. De momento, al menos.

—Entonces, ¿tú estás viendo lo mismo que estoy viendo yo?

—Con estos meros ojos que han de comerse los gusanos, patrón. Contemplando estoy en este mismo instante al niño Nicolás.

44

El abrazo fue grandioso. Nicolás, la causa de sus desvelos en las noches infantiles de sarampión y escarlatina, el gran generador de tantos problemas como carcajadas y de tantos regocijos como quebraderos de cabeza, imprevisible cual revólver en las manos de un ciego, aparecía recién bajado de un tren.

Las preguntas brotaron a borbotones, saliendo atropelladas de las bocas de ambos. Dónde, cuándo, en qué manera. Después se volvieron a abrazar, y a Mauro Larrea se le atoró un grumo en la boca del estómago. Estás vivo, cabrón. Vivo, sano, y hecho un hombre. Una sensación de alivio infinito le recorrió por unos instantes la piel.

—¿Cómo fue que diste conmigo, pedazo de orate?

—Este planeta es cada vez más chiquito, padre; no creerías la cantidad de descubrimientos que se ven por ahí. La daguerrotipia, el telégrafo...

Dos mozos empezaron a cargar el voluminoso equipaje mientras Santos Huesos dirigía los movimientos después de fundirse con el chamaco de la familia en otro estrujón sonoro.

—No enredes con vaguedades, Nico. Y ya hablaremos despacio de tu huida de Lens y del mal lugar en que me habrás hecho quedar con Rousset.

—Estando en París —replicó el muchacho esquivando con un quiebro airoso la voz amenazante—, me invitaron una noche a una recepción en una residencia del Boulevard des Italiens, un encuentro de patriotas mexicanos huidos como gallinas del régimen de Juárez que conspiraban entre perfume de Houbigant y botellas de champaña helada. Imagínate.

—Céntrate, mijo —ordenó.

—Allá coincidí con algunos de tus viejos amigos; con Ferrán López del Olmo, el dueño de la gran imprenta de la calle de los Donceles, y con Germán Carrillo, que andaba recorriendo Europa con sus dos hijos pequeños.

Arrugó el ceño.

—¿Y sabían dónde paraba yo?

—No, pero me dijeron que el agregado comercial les puso en aviso, por si lograban verme por algún sitio, de que en la embajada aguardaba una carta para mí.

—Una carta de Elías, supongo.

—Supones bien.

—Y cuando te quedaste sin un peso, fuiste por ella y, para tu sorpresa, apenas te mandaba capital.

Dejaban atrás el andén y se dirigían hacia la calesa.

—No sólo me pedía que hiciera trucos de magia financiera con lo poco que enviaba —reconoció Nicolás—. También me ordenó que no se me ocurriera volver a México mientras no llegaras tú; que estabas resolviendo negocios en la madre patria, y que si quería saber de ti, me pusiera en contacto en Cádiz con un tal Fatou.

—En contacto por correo, imagino que querría decir Andrade; no creo que imaginara que acabarías viniendo.

—Pero preferí hacerlo, así que, como no me podía costear un pasaje decente, embarqué en el puerto de Le Havre en un buque carbonero que tocaba Cádiz en su singladura, y acá estoy.

Lo miró de reojo mientras seguían hablando a la vez que caminaban. Del corazón a la cabeza y de la cabeza al corazón, al minero le fluían sentimientos encontrados. Por un lado, le tranquilizaba inmensamente volver a tener a su lado al que fuera un renacuajo quebradizo, convertido ahora en un desenvuelto veinteañero de aire mundano y pasmoso savoir faire. Por otro, no obstante, aquella intempestiva llegada descompensaba el endeble equilibrio en el que todo hasta entonces se sostenía. Y estando las cosas como estaban aquella mañana, lo peor era que no sabía qué demonios hacer con él.

Nico lo sacó de sus pensamientos poniéndole la mano en el hombro con una recia palmada.

—Hemos de platicar largamente, monsieur Larrea.

A pesar de la broma en el trato, el padre intuyó un poso de imprevista seriedad.

—Tienes que contarme qué demonios haces en este rincón del Viejo Mundo —agregó— y hay algunas cosas de mí que también me gustaría que supieras.

Claro que tenían que hablar. Pero a su debido tiempo.

—Seguro que sí pero, de momento, vete con Santos a acomodarte. Yo tomaré entretanto otro coche de alquiler para arreglar algo que tengo pendiente y, en cuanto pueda, nos volvemos a reunir.

Dejó a su hijo protestando a sus espaldas.

—A la calle Francos —ordenó al cochero del primer carruaje que encontró al salir de la estación.

Nada había cambiado para entonces en el paisaje cercano al domicilio de Ysasi. Ningún vehículo más allá del carro de un chamarilero y los borricos de un par de aguadores. Miró la hora, las doce y veinte. Demasiado tarde para que el doctor no hubiera llegado, con o sin el inglés. Algo no fue bien, masculló.

Reanudó entonces la búsqueda de la mexicana, por si acaso finalmente no hubiera abandonado Jerez. Dé usted la vuelta ahí, le fue diciendo al cochero. Métase por acá, ahora tuerza allá, siga recto, deténgase, espere, arranque, para allá otra vez. La imaginación volvió a jugarle malas pasadas: le pareció haberla encontrado saliendo de la iglesia de San Miguel, entrando en San Marcos, bajando desde la Colegiata. Pero no. Ni viva ni muerta aparecía.

A quien sí vio al pasar por el tabanco de la calle de la Pescadería fue al escribiente. Caía una llovizna que, con todo, algo mojaba, pero Angulo estaba en la puerta, a la espera en la esquina con la plaza del Arenal por la que suponía que en algún momento acabaría pasando el indiano. Un movimiento de cabeza fue suficiente para que él, sin bajarse del coche, lo supiera. Nada de momento. La búsqueda del empleado chismoso no había dado fruto. Siga, le ordenó.

Su siguiente destino fue la plaza del Cabildo Viejo; para su sorpresa, halló el portón tachonado abierto de par en par. Se bajó del carruaje antes de que el caballo se detuviera del todo. Qué carajo pasó, qué ocurre.

Palmer le salió al encuentro con gesto adusto de enterrador. Antes de que pudiera aclararse en su mísero español, el doctor, apresurado, apareció a su espalda con gesto de desmoralización absoluta.

—Acabo de llegar y me estoy yendo. Todo inútil. El hijo de Edward cambió de idea, se largó del ventorrillo antes del amanecer. Hacia el sur, según dijo el ventero.

Prefirió ahorrarse las barbaridades que se le juntaron en la boca.

—Recorrí unas cuantas leguas sin dar con él —continuó el médico—. Lo único evidente es que por alguna razón trastocó sus planes y decidió finalmente no volver a Jerez. Al menos, de momento.

—Pues ya son dos los golpes de mala fortuna que llegan juntos.

—Sol acaba de decírmelo: la esposa de Gustavo voló de mi casa. Hacia allá voy ahora mismo.

Mauro Larrea quiso darle detalles, pero el médico le interrumpió:

—Entra en el gabinete sin perder un segundo.

En vez de preguntar, frunció el entrecejo. La réplica fue inmediata.

—Acaban de llegar tus potenciales compradores.

—¿Los de Zarco?

—Nos cruzamos en la entrada y, por el gesto que traían, yo

diría que no vienen con demasiadas ganas. Pero al gordo has debido de ofrecerle una tajada bien magra si intermedia a tu favor, porque antes es capaz de quedarse un mes sin comer tocino que consentir que los clientes emprendan su vuelta a Madrid sin verte. Y nuestra querida Soledad no tiene intención de soltar a las presas de entre los dientes hasta que no sepa que estás aquí.

El hijastro, desvanecido. La mexicana, huida. Nicolás, caído del cielo en mitad de la estación. Y ahora sus posibles salvadores —los únicos que tal vez podrían allanarle el camino de vuelta— llegaban agarrados por los pelos y en el más pésimo de los momentos. Por Dios que la vida se vuelve a veces perra y traicionera.

—Que cada cual cubra un flanco —propuso Ysasi. A pesar de sus escasas querencias religiosas, añadió—: Y luego, Dios dirá.

Tres hombres lo esperaban en el mismo gabinete de recibir en el que días antes se hiciera pasar por el difunto Luisito Montalvo. Sólo que en esta ocasión no se trataba de extranjeros, sino de españoles. Un jerezano y dos madrileños. O, al menos, de la capital venían y hasta allí tenían prisa en volver aquellos dos varones de indudable buena traza que se levantaron con obligada cortesía a saludarlo. Señor y secuaz le parecieron: uno era el que ponía el dinero y se dejaba aconsejar; el otro el que aconsejaba y proponía. Zarco, por su parte, no tuvo que levantarse porque ya estaba de pie, con el rostro enrojecido y la gran papada ocultándole el cuello.

Entre ellos, Soledad. Serena, dominando las tablas, desplegando un estilo soberbio dentro de su traje de tafeta color hielo. Con la habilidad de un prestidigitador de ferias y plazoletas, de su semblante había hecho desaparecer las huellas del cansancio y la tensión. A diferencia del encuentro con los ingleses, sus ojos ya no eran los de una potra acorralada. Ahora desprendía una mirada de férrea determinación. A saber qué les estaría contando.

—Por fin lo tenemos aquí, señor Larrea. Se nos une por

ventura en el momento más oportuno: justo cuando acababa de exponer al señor Perales y al señor Galiano las características de las propiedades que podemos ofertarles.

Hablaba sólida, segura, profesional casi. La causante y cómplice de sus más estrafalarios desmanes, la mujer que con su mera cercanía despertaba en su cuerpo indómitas pulsiones primarias, la esposa leal, protectora y diligente de un hombre que no era él había dado paso a una nueva Soledad Montalvo que Mauro Larrea aún no conocía. La que compraba, vendía y negociaba: la que se batía de igual a igual en un mundo masculino de intereses y transacciones, en un territorio exclusivo de varones al que el destino la había abocado sin ella pretenderlo y en el que, empujada por el más desnudo instinto de supervivencia, había aprendido a moverse con la agilidad de un trapecista que sabe que a veces no hay más remedio que saltar sin red.

Malditas las ganas que tendría de contribuir a que aquellos desconocidos acabaran por quedarse con lo que siempre pensó que sería suyo, pensó él mientras cruzaba saludos formales sin excesivo entusiasmo. Encantado, tanto gusto, bienvenidos. No le pasó por alto que, delante de los extraños, ella había vuelto a hablarle de usted.

—Por ponerlo en antecedentes, señor Larrea, acabo de describir a los señores la situación de las magníficas aranzadas que tenemos catastradas en el pago Macharnudo para el cultivo de la vid. Les he informado igualmente de las particularidades de la casa-palacio que entraría en el lote de compraventa de modo indivisible. Y ahora, ha llegado el momento de que nos pongamos en camino.

¿Adónde?, preguntó él con un gesto apenas perceptible que ella captó al vuelo.

—Vamos a proceder a enseñarles la bodega, origen hasta hace pocos años de nuestras afamadas soleras altamente reputadas en el comercio internacional. Tengan la amabilidad de seguirnos, por favor.

Mientras el gordo intercambiaba con los potenciales compradores unas cuantas frases camino de la puerta, él la agarró por el codo y la frenó un instante. Se inclinó hacia ella y, volcado en su oído, volvió a turbarse ante el olor y la tibieza anticipada de su piel.

—La mujer de Gustavo sigue sin aparecer —musitó entre dientes.

—Razón de más —murmuró ella sin apenas despegar los labios.

—¿Para qué?

—Para ayudarte a que les saques a estos imbéciles hasta los higadillos, y tú y yo podamos marcharnos antes de que todo se acabe de hundir.

45

Descendieron de los carruajes junto al gran muro que rodeaba la bodega, antaño bañado de luminosa cal y ahora basculante entre el color pardo y el gris verdoso, casi negro en partes, fruto de los largos años de dejadez. Mauro Larrea abrió el postigo de entrada tal como hizo la vez anterior, con un empujón del hombro. Sonaron los goznes oxidados y cedió a todos el paso al gran patio central festoneado por filas de acacias. Llovía otra vez; los madrileños y Soledad se cobijaban bajo grandes paraguas, el gordo Zarco y él se cubrían tan sólo con sus sombreros. Estuvo tentado de ofrecerle su brazo a ella para evitarle un traspié sobre el empedrado resbaladizo, pero se contuvo. Mejor mantener la fachada de una fría relación de intereses meramente comerciales que ella había decidido mostrar. Mejor que ella siguiera al mando.

No hacía tanto que había estado allí escoltado por los viejos arrumbadores en un día lleno de sol e infinitamente menos aciago, pero le pareció que había transcurrido una eternidad. Por lo demás, todo se mantenía igual. Las altas parras que dieran sombra en los lejanos veranos, ahora peladas y tristes; las buganvillas sin asomo de flores; los tiestos de barro vacíos. De las tejas medio rotas, a modo de canalones, caían regueros de agua.

Si en algo se inmutó Soledad ante aquel contacto con la decadencia de su radiante pasado, bien se guardó de mostrarlo. Envuelta en su capa y con la cabeza cubierta por una amplia capucha rematada en astracán, concentró su empeño en señalar lugares y enumerar medidas con gestos precisos y voz segura, aportando información relevante y huyendo de las sombras sentimentales del ayer. Tantascientas varas cuadradas de superficie, tantoscientos pies de extensión. Observen, señores, la magnífica factura y la excelente materia prima de las construcciones; lo fácil, lo sencillo que resultaría devolverle el esplendor pretérito.

De un bolsillo de la capa sacó un aro de viejas llaves. Vaya abriendo puertas, haga el favor, ordenó al tratante de fincas. Entraron entonces en dependencias oscuras que él aún no conocía y por las que ella se movía como pez en el agua. Las oficinas —los escritorios, las llamó— en las que los escribientes con gorra y manguitos realizaran en su día las tareas administrativas cotidianas y de cuyo recuerdo ya sólo quedaban los restos de unas cuantas facturas amarillentas y pisoteadas. La sala de visitas y clientes, cuyo decrépito uso testimoniaban un par de sillas cojas volcadas en una esquina; las dependencias del personal de mayor nivel, en las que no había ni siquiera hojas en las ventanas. Finalmente, el despacho del patriarca, el feudo privado del legendario don Matías, convertido ahora en una caverna maloliente. Ni rastro de la escribanía de plata, ni de las librerías acristaladas, ni de la soberbia mesa de caoba con sobrecubierta de piel pulida. Nada de eso quedaba. Tan sólo desolación y mugre.

—En cualquier caso, todo esto no es más que una simple bagatela; algo que, con unos cuantos miles de reales, podría ser devuelto a su antiguo estado en un brevísimo plazo sin la menor dificultad. Lo verdaderamente importante es lo que viene a continuación.

Señaló sin detenerse otras edificaciones al fondo. El lavadero, el taller de tonelería, el cuarto de muestras, dijo al paso. Acto seguido les condujo hacia la alta construcción del otro lado del patio central: hacia el mismo casco de bodega al que a él lo llevaron los ancianos arrumbadores. Igual de alto e imponente que lo recordaba, pero con menos luz en aquel día de lluvia. El olor era no obstante idéntico. Humedad. Madera. Vino.

—Como supongo habrán podido apreciar —añadió desde el umbral dejando caer sobre la espalda la capucha de su capa—, la bodega está levantada de cara al Atlántico, para recoger los vientos y aprovechar en todo lo posible las bendiciones de las brisas marinas. De esos aires que llegan del mar dependerá en gran manera que los vinos acaben siendo fuertes y limpios; de ellos, y de la paciencia y el buen saber hacer de aquellos a su cargo. Acompáñenme, por favor.

Todos la siguieron en silencio mientras ella continuaba hablando y su voz rebotaba contra los arcos y las paredes.

—Observarán que el sistema constructivo es sumamente elemental. Pura simplicidad arquitectónica heredada a través de los siglos. Por encima siempre del nivel de tierra, con tejado a dos aguas para minimizar el efecto del sol, y con muros de acusada anchura para retener el frescor en el ambiente.

Recorrían ahora con paso lento los espacios entre las botas acumuladas en hileras de tres, de cuatro alturas, desde donde se trasegaba el vino desde las de arriba a las de abajo a fin de aportarle homogeneidad. Las magníficas soleras de la casa, dijo. Destapó una corcha, aspiró el aroma cerrando los ojos, la devolvió a su lugar.

—Dentro del roble se realiza el milagro de lo que aquí llamamos la flor: un velo natural de organismos diminutos que crece sobre el vino y lo protege, lo nutre y le da fundamento. Gracias a ella se consiguen los requisitos de las cinco efes que siempre se ha considerado que deben cumplir los buenos vinos: fortia, formosa, fragantia, frígida et frisca. Fuertes, hermosos, fragantes, frescos y añejos.

Los cuatro hombres se mantenían atentos a las palabras y los movimientos de la única mujer del grupo, mientras el agua que resbalaba de los capotes y los paraguas llenaba el albero de pequeños charcos.

—Intuyo, no obstante, que estarán ya más que hartos de oír tanta salmodia; todo el mundo les habrá intentado vender su bodega como la mejor. Ahora, señores míos, ha llegado el momento de que nos centremos en lo que verdaderamente interesa: en apuestas y oportunidades. En lo que nosotros nos encontramos en condiciones de ofrecerles y lo que ustedes están dispuestos a ganar.

A la distinguida señorita andaluza Soledad Montalvo, criada entre encajes, nannies inglesas y misas de domingo por la mañana, y a la Sol Claydon exquisita y mundana de las compras en Fortnum & Mason, los estrenos del West End y los salones de Mayfair, se le superpuso entonces su nuevo desdoblamiento. El de la consumada comerciante y dura negociadora, fiel discípula de su marido marchante y de su astuto abuelo, heredera del alma de los viejos fenicios que tres mil años atrás llevaron desde el Mediterráneo las primeras cepas a esas tierras que ellos llamaron Xera y que los siglos acabaron convirtiendo en Jerez.

Su tono se volvió más rotundo.

—Estamos al tanto de que llevan ustedes semanas visitando pagos y bodegas en Chiclana, Sanlúcar y El Puerto de Santa María; incluso sabemos que han llegado al Condado. Nos consta también que están estudiando seriamente varias ofertas que, por su precio inferior al nuestro, pueden resultarles atractivas en un primer momento. Pero permítanme que les ponga sobre aviso, señores, de cuán equivocados están.

Los madrileños no lograron ocultar su turbación, Zarco comenzó a sudar. Y el minero mantuvo el gesto férreamente controlado para no mostrar su monumental asombro ante la mezcla de coraje y descaro que estaba presenciando: la segura arrogancia de alguien capaz de sacar a relucir el orgullo de una clase, de una casta que aunaba componentes inmensamente dispares y sin embargo complementarios. Tradición e iniciativa, elegancia y arrojo, amarre a lo propio y alas para volar. Las entrañas del legendario Jerez bodeguero cuya esencia sólo ahora él empezaba a apreciar en toda su plenitud.

—No me cabe duda de que, teniendo el interés que ustedes parecen tener por entrar en el mundo del vino, habrán sido cautos de antemano y se habrán puesto al día sobre lo complicado que podrá resultarles el último paso de la cadena. El primero, convertirse en cosecheros, lo lograrán comprando buenas viñas y haciendo que los trabajadores las faenen de forma eficaz. El segundo, hacerse almacenistas, tampoco les será difícil si logran dar con una óptima bodega, un gran capataz, y personal hábil y bien dispuesto. El tercero, sin embargo, la exportación, es sin ningún género de duda el más resbaladizo para ustedes, por razones obvias. Pero nosotros estamos en disposición de facilitarles ese complejísimo salto: el acceso inmediato a las más ventajosas redes de comercialización en el exterior.

Él la seguía contemplando cinco pasos por detrás de los demás. Con los brazos firmemente cruzados y las piernas entreabiertas, sin despegar la mirada de las manos que se movían con airosa elocuencia; de esos labios que proponían garantías y prebendas con pasmosa soltura incluyéndolo a él en el plural que en todo momento usaba. Por Dios que se los estaba metiendo en el bolsillo: el efecto en el tal señor Perales y su secretario estaba siendo devastador, no había más que verlos. Intercambio de palabras sordas de un oído a otro, carraspeos, miradas disimuladas y gestos a tres bandas. A Zarco estaban a punto de reventarle los botones de la chaqueta con sólo pensar en la jugosa comisión que se llevaría si la señora era capaz de apretar un poco más.

—El precio de las propiedades es elevado, somos plenamente conscientes de ello. Lamento informarles, no obstante, de que también es innegociable: no vamos a bajarlo ni una simple media décima.

De no haber confiado en ella a ciegas, su cruda carcajada habría rebotado contra las paredes y los altos arcos de cal para reverberar después contra los cientos de botas. ¿Acaso se te contagió la demencia de tu esposo, mi querida Soledad?, podría haberle preguntado. Por supuesto que él habría estado dispuesto a rebajar el precio, a considerar cualquier oferta y a dar todo tipo de facilidades con tal de agarrar un buen pellizco y salir corriendo. Pero como el tenaz negociador que el minero también fue en sus propios días de gloria, de inmediato supo reconocer la descarada osadía del envite. Y por eso calló.

—Contactos, agentes, importadores, distribuidores, marchantes. Yo misma represento a una de las principales firmas londinenses, la casa Claydon & Claydon, de Regent Street. Controlamos al detalle la demanda y nos mantenemos en todo momento al tanto de las fluctuaciones en precios, gustos y calidades. Y estamos preparados para poner ese conocimiento a su disposición. El próspero mercado británico crece con los días, la expansión se prevé imparable, los vinos españoles cubren hoy en día el cuarenta por ciento del sector. Hay, no obstante, adversarios de enorme solvencia en permanente lucha por su parcela. Los eternos oportos, los tokais húngaros, los madeiras, los hocks y moselas alemanes, incluso los caldos del Nuevo Mundo, que cada vez se hacen más presentes en las islas. Y, por supuesto, los legendarios y siempre activos vinateros de las múltiples regiones francesas. La competencia, amigos míos, es feroz. Y más para alguien que llega de nuevas a ese universo tan fascinante como gloriosamente complejo.

Nadie osó pronunciar una palabra. Y a ella, poco le quedaba para rematar su actuación.

—El precio ya lo conocen a través de nuestro intermediario. Piénsenlo y decidan, señores. Ahora, si me disculpan, tengo algunos otros asuntos urgentes de los que ocuparme este mediodía.

Dormir unas cuantas horas después de una de las noches más tristes de mi vida, por ejemplo. Saber cómo se encuentra mi pobre marido encerrado en una celda conventual. Encontrar a una mexicana prófuga casada con alguien que durante un tiempo de mi vida ocupó un lugar importante en mi corazón. Averiguar el siguiente paso de un hijastro perverso empeñado en desproveerme de lo conseguido tras largos años de esfuerzo. Todo eso podría haberles desglosado Soledad Montalvo mientras se desplazaba entre las andanas camino de la salida. En su lugar, sin embargo, tan sólo dejó una estela de silencio y un demoledor vacío.

Mauro Larrea tendió entonces la mano a los compradores.

—Nada que añadir, señores; todo está dicho. Para cualquier nueva toma de contacto, ya saben dónde encontrarnos.

Mientras se dirigía a la salida en pos de ella, un zarpazo de desazón le arañó con la saña de un felino hambriento ¿Por qué eres incapaz de alegrarte, desgraciado? Estás a un paso de conseguir lo que tanto codicias, a punto de alcanzar todas tus metas, y no logras salivar como un perro famélico frente a un pedazo de carne fresca.

Un chisteo lo hizo salir de su ensimismamiento. Giró confuso la cabeza a izquierda y derecha. Tan sólo unas varas más allá, semioculto entre las grandes botas oscuras, encontró una presencia que no encajaba.

—¿Qué carajo haces tú aquí, Nico? —preguntó atónito.

—Matar el tiempo mientras mi padre decide si puede o no prestarme su atención.

Touché. El trato dispensado a su hijo después de tanto tiempo sin verse no era ciertamente de recibo. Pero las circunstancias le apretaban el gaznate como en su día lo hicieran las aguas negras del fondo de Las Tres Lunas, cuando aquella inundación feroz estuvo a punto de dejar huérfano en plena infancia al muchacho que ahora le echaba en cara su paternal dejadez. O como Tadeo Carrús cuando le fijó cuatro opresivos meses de plazo, de los cuales ya se habían cumplido la mitad.

—Lo siento de veras; lo siento en el alma, pero las cosas se me complicaron de la manera más inoportuna. Dame un día, nomás un día para que logre desenredarme. Después nos sentaremos los dos con sosiego y platicaremos largamente. Tengo que contarte cosas que te afectan y más vale que sea con calma.

—Supongo que no hay otra alternativa. Entretanto —añadió pareciendo recobrar su humor habitual—, reconozco que me tiene fascinado este nuevo viraje en tu vida. La vieja Angustias me contó que ahora eras propietario de una bodega; vine por mera curiosidad, sin saber que andabas por acá. Después les vi dentro y no quise interrumpir.

—Obraste con cabeza, no era el momento.

—Eso precisamente quería decirte yo a ti.

—¿Qué?

—Que uses el cerebro.

No pudo evitar un rictus sarcástico. Su hijo aconsejándole que no hiciera pendejadas: el mundo al revés.

—No sé de qué me hablas, Nico.

Atravesaban el patio caminando deprisa, hombro con hombro, seguía lloviendo sin brío. Cualquiera que les viera de espaldas, de canto o de frente habría percibido que tenían la misma estatura y una prestancia semejante. Más sólido y rotundo el padre. Más flexible y juncal el hijo. Bien parecidos los dos, cada uno a su manera.

—Que no las pierdas.

—Sigo sin entenderte.

—Ni esta bodega, ni a esa mujer.

46

Después de haber sido testigo de la actuación de Soledad Montalvo, algo varió en el comportamiento de Nicolás. Como imbuido de una espontánea sensatez, intuyó que no era el momento de exigir atenciones inmediatas. Y, contra pronóstico, anunció que tenía unas cartas urgentes que escribir. Mentía, naturalmente; tan sólo pretendía dejar el camino despejado para que su padre rematara aquello que le ocupaba y le trastornaba y le transformaba en alguien distinto al hombre que lo despidió en el palacio de San Felipe Neri unos meses antes.

El minero, por su parte, presentía que algo se traía el muchacho entre manos, algo que aún no le había apuntado siquiera: la razón verdadera que lo llevó hasta Jerez. Algo que, a leguas, olía a problema. Por eso había preferido no preguntar todavía, para retardar el encuentro con lo inevitable y no acumular más contrariedades de las que ya llevaba cargadas a las espaldas.

Ambos sostuvieron la farsa, cómplices. Y Nico se quedó en la Tornería, y Mauro Larrea, después de pasar por la calle Francos y comprobar para su desolación que seguían sin rastro de la mexicana, voló hacia el único sitio en el mundo donde ansiaba estar.

Soledad lo acogió esforzándose a duras penas por contener su irritación ante la negativa de su hermana Inés a permitirle ver a su propio marido. Ésta es una morada de recogida y oración, no un balneario de aguas sulfurosas, le había transmitido sin dejarse ver cuando se personó en el convento tras salir de la bodega. Está bien y sereno, vigilado en todo momento por una novicia. Nada más.

Había vuelto a refugiarse en su gabinete, esa guarida desde la que él ahora sabía que ella manejaba en la sombra los hilos del negocio. Aunque sobre las esferas de los relojes las agujas tan sólo habían recorrido diecisiete horas, el tiempo parecía haber dado un salto descomunal entre la primera vez que Mauro Larrea entró en aquella habitación y el presente: desde que ella le anunciara frente a la ventana la noche anterior su decisión de abandonar Jerez y ese desconcertante mediodía de nubes densas en el que ambos, cansados, frustrados y confusos, seguían sin ver ni una chispa de luz al final de ninguno de los túneles que ante ellos se abrían siniestros.

—Acabo de dar orden al servicio de empezar a preparar el equipaje, no tiene ningún sentido seguir esperando.

Y, como movida por la misma prisa que insufló en su personal, ella misma arrancó a organizar el contenido profuso de su mesa mientras hablaba. De pie, a unos metros, él la observó callado mientras doblaba pliegos llenos de anotaciones, amontonaba correspondencia en varias lenguas y lanzaba miradas rápidas a unos cuantos papeles para después rasgarlos en pedazos sin miramientos, impregnando su quehacer con la furia sorda que le hervía en el interior. Se preparaba para irse, definitivamente. Se iba alejando cada vez un poco más.

—Sólo Dios sabe dónde se habrán metido de momento el desgraciado de mi hijastro y la mujer de mi primo —añadió sin mirarlo, obcecada en su tarea—. Lo único seguro es que, más pronto que tarde, él va a volver a enseñarnos los colmillos, y para entonces ya no debemos seguir aquí.

Para evitar machacarse el alma pensando en cómo sería el mundo cuando dejara de verla todos los días, Mauro Larrea tan sólo preguntó:

—¿Malta, por fin?

Por respuesta obtuvo un gesto negativo mientras seguía despedazando con maña sanguinaria un puñado de cuartillas repletas de cifras.

—Portugal. Gaia, junto a Oporto: creo que es lo más accesible para llegar por mar desde Cádiz y para estar a la vez relativamente cerca de casa y de las niñas. —Hizo una breve pausa, bajó la voz—. De Londres, quiero decir. —Prosiguió después con energía—: Nos acogerán amigos del vino, ingleses también. Los lazos son fuertes, harían cualquier cosa por Edward. Es una escala en casi todas las travesías de buques británicos, no tardaremos en encontrar pasajes. Nos llevaremos tan sólo a Palmer y a una de las doncellas; nos arreglaremos. Mientras termino de organizarlo todo, y por si acaso Alan apareciera, yo permaneceré recluida aquí y Edward seguirá en manos de Inés.

Los interrogantes se le acumulaban al minero formando una masa informe, pero los últimos acontecimientos habían sido tan complicados, tan demandantes de tiempo y atención, que no le habían dado ni un miserable respiro para plantear las preguntas necesarias. Ahora, solos e inciertos como estaban los dos en aquella estancia de luz gris en la que nadie se había preocupado de encender un quinqué, mientras la fina lluvia seguía cayendo sobre la plaza desprovista de toldos, escribanos y clientela, quizá era el momento de averiguar.

—¿Por qué actúa así tu hermana? ¿Qué tiene contra el pasado, contra ti?

Se acomodó en la misma butaca que ocupó la noche anterior sin esperar a que ella lo invitara, y con su gesto carente de formalidad pareció querer decir siéntate a mi lado, Soledad. Deja de volcar tu ira en la absurda tarea de rajar papeles. Ven junto a mí, háblame.

Ella miró al vacío unos instantes con las manos aún llenas de documentos, esforzándose por hallar una respuesta. Después los tiró sobre la superficie revuelta del escritorio y, como si le hubiera leído el pensamiento, se acercó.

—Llevo más de veinte años intentando poner una etiqueta a su actitud y todavía no lo he conseguido —dijo ocupando el sillón frente a él—. ¿Resentimiento tal vez? —se preguntó mientras él advertía cómo cruzaba las largas piernas bajo la falda de seda piamontesa—. ¿Rencor? ¿O simplemente un doloroso desencanto? ¿Un desencanto agrio e infinito que intuyo que jamás tendrá fin?

Calló unos instantes, como si intentara encontrar cuál de sus planteamientos era el más acertado.

—Ella piensa que la dejamos sola en el momento más tremebundo, tras el entierro de nuestro primo Matías. Manuel regresó entonces a sus estudios de Medicina en Cádiz; yo me fui con Edward a emprender mi vida de recién casada, Gustavo acabó en América. Inés se quedó sola mientras nuestros mayores se despeñaban cuesta abajo sin remisión. La abuela, mi madre y las tías con sus lutos perennes, sus láudanos y sus lúgubres rosarios. El abuelo consumido por la enfermedad. Tío Luis, el padre de Matías y de Luisito, hundido en una pena negra de la que ya nunca saldría, y el calavera de nuestro padre, Jacobo, cada día más perdido por los tugurios y las casas de mala vida.

—¿Y Luisito, el Comino?

—En un principio lo mandaron interno a Sevilla, sólo tenía quince años y apenas aparentaba más de diez. Le trastornó profundamente la muerte de su hermano mayor, entró en un período de abatimiento enfermizo y tardó tiempo en superarlo. Así que Inés era la única que en un principio parecía destinada a permanecer en medio de aquel infierno, conviviendo con una caterva de cadáveres vivientes. Nos suplicó entonces que la ayudáramos, pero nadie la escuchó: huimos todos. De la desolación, del fracaso de nuestra familia. Del amargo final de nuestra juventud. Y ella, que hasta entonces jamás había mostrado ningún destacable afán piadoso, prefirió encerrarse en un convento antes que soportarlo.

Triste panorama, cierto, reflexionó él sin dejar de mirarla. La vida de un prometedor muchacho segada en su lozanía y, como consecuencia, un clan entero sumido en un pesar profundo. Triste, sí, pero algo le chirriaba: no acababa de encontrar aquella causa lo suficientemente inmensa como para desatar una tragedia colectiva de tal magnitud. Quizá por eso, porque esa historia no resultaba del todo convincente y los dos eran conscientes de ello, al cabo de unos instantes de silencio Soledad decidió hacerle saber más.

—¿Qué te ha contado Manuel que ocurrió en aquella montería de Doñana? —preguntó juntando las yemas de los dedos debajo de la barbilla.

—Que se trató de un percance accidental.

—Un tiro anónimo desviado, ¿no?

—Eso creo recordar.

—Lo que tú sabes es la verdad disfrazada, la que siempre contamos de puertas afuera. La realidad es que el disparo que reventó a Matías no salió de una escopeta cualquiera, sino de la de uno de los nuestros. —Hizo una pausa, tragó saliva—. De la de Gustavo, en concreto.

A su memoria retornaron fugazmente los ojos claros de su rival. Los de la noche de El Louvre. Los del burdel de la Chucha. Impenetrables, herméticos, como llenos de un agua clara petrificada. Así que con aquello cargabas, amigo mío, se dijo. Por primera vez sintió por su contrincante un poso de sobria compasión.

—Ésa fue la razón por la que se fue a América, la culpa —prosiguió Sol—. Nadie pronunció jamás la palabra asesino, pero todos nos quedamos con esa idea aferrada. Gustavo mató a Matías, y por eso el abuelo le puso en las manos una suma considerable de dinero contante y le ordenó que desapareciera de nuestras vidas y se marchara. A las Indias o al infierno. Para que dejara, casi, de existir.

Su temeraria apuesta, las intuiciones de Calafat, el ruido de las bolas de marfil al chocar febriles entre sí sobre el tapete en aquel juego demoníaco en el que se enzarzaron. Todo empezaba a tener sentido.

La voz de Soledad le arrancó de La Habana y le devolvió a Jerez.

—En cualquier caso, antes ya había tensiones en el aire. Fuimos una piña durante la infancia, pero habíamos crecido y nos estábamos desintegrando. En aquel eterno paraíso doméstico en el que vivíamos, mil veces nos habíamos prometido ingenuamente unión y fidelidad por los siglos de los siglos. Ya desde niños, una tropa de inocentes constructores de quimeras, organizamos el andamiaje perfecto: Inés y Manuel se casarían; Gustavo sería mi marido. A Matías, que nunca entraba como protagonista en aquellas fantasías, pero sí llevaba la batuta en su papel de primo mayor, le buscaríamos una linda señorita que no nos diera problemas. Y Luisito, el Cominillo, se quedaría perpetuamente soltero a nuestro lado, como un aliado fiel. Todos seguiríamos siempre juntos y revueltos, tendríamos recuas de hijos y las puertas de la casa común estarían siempre abiertas para todo aquel que quisiera ser testigo de nuestra eterna felicidad.

—Hasta que la realidad todo lo puso en su sitio —sugirió él.

En su boca hermosa se mezclaron ironía y amargura. La lluvia seguía entretanto cayendo floja tras los cristales.

—Hasta que el abuelo Matías comenzó a diseñar para nosotros un futuro radicalmente distinto. Y antes de que nos diéramos cuenta de que había un mundo fuera lleno de hombres y mujeres con los que compartir la vida más allá de nuestras paredes, él cambió las piezas del juego sin necesidad de mover siquiera el tablero.

Mauro Larrea recordó entonces las palabras de Ysasi en el casino. El salto generacional.

En ese momento llegó al gabinete la doncella de la cara mantecosa llevando entre las manos una bandeja de tentempiés. La depositó cerca de ellos: bocados de carnes frías sobre mantel de hilo, pequeños emparedados, una botella, dos copas talladas. De lo poco que dijo la empleada en inglés, él tan sólo entendió míster Palmer; intuyó por eso que la iniciativa provenía del mayordomo, al haber pasado hacía rato la hora del almuerzo sin que nadie hiciera amago de acercarse al comedor. La muchacha señaló entonces un quinqué de pantalla pintada sobre una mesa de palosanto, debió de preguntar si la señora deseaba que lo prendiera para clarear la penumbra de la habitación. La respuesta fue un contundente no, thank you.

Tampoco hicieron caso a las viandas. Soledad había empezado a empujar el portón que daba acceso a su pasado y allí no había lugar para el oloroso y la pechuga de pato fileteada. Tan sólo, como mucho, para masticar una especie de amarga nostalgia y compartir las sobras con el hombre que la escuchaba.

—En los nietos puso el punto de mira y para ello elaboró un sofisticado proyecto, parte del cual consistía en casar a una de las niñas con su agente inglés. Con ello blindaba una parte esencial del negocio: la exportación de los vinos. Poco importaba que Inés y yo tuviéramos por entonces diecisiete y dieciséis años, y Edward más edad que nuestro propio padre y un hijo casi adolescente. Tampoco le pareció preocupante al abuelo que ninguna de las dos entendiera en un principio por qué súbitamente aquel amigo de la familia al que conocíamos desde niñas nos traía de Londres dulces de naranja amarga de Gunter's, y nos invitaba a pasear por la Alameda Vieja, y se empeñaba en que leyéramos en voz alta las melancólicas odas de Keats para corregir la pronunciación de nuestro inglés. Aquélla fue la ocurrencia del patriarca, que nos eligiera a una de nosotras. Y a Edward no le disgustó la propuesta. Y así acabé yo, sin haber cumplido aún los dieciocho, dando el sí quiero bajo un espectacular velo de blonda de Chantilly, absoluta, ingenua y estúpidamente ignorante de lo que vendría después.

Se negó a imaginarla, prefirió desviarse.

—¿Y tu hermana?

—Jamás me lo perdonó.

El movimiento del terciopelo de la falda le hizo intuir de nuevo que, bajo la espléndida tela, ella descruzaba las piernas para volverlas después a cruzar en el sentido contrario.

—Una vez que ambas fuimos conscientes de la situación, y a la vista de que a Edward no parecíamos desagradarle inicialmente ninguna de nosotras, ella empezó a tomárselo infinitamente más en serio que yo. Comenzó a ilusionarse y a dar casi por hecho que, al ser ella la mayor, la más cuajada y serena, quizá incluso la más hermosa, acabaría tornándose en la depositaria definitiva de los afectos de nuestro pretendiente una vez acabara aquel juvenil cortejo a dos bandas que todos asumimos en un principio con cierta frivolidad. Todos excepto él.

—¿Excepto tu abuelo?

—Excepto Edward —corrigió rápidamente—, que acató el reto de elegir esposa con absoluto rigor. Su primera mujer, huérfana a su vez de un rico importador de pieles del Canadá, había muerto de tuberculosis nueve años antes. Él era por entonces un viudo que superaba los cuarenta, apasionado del vino y dueño de una próspera casa comercial heredada de su padre; se pasaba la vida viajando de un país a otro cerrando operaciones; su hijo se criaba entretanto con unas tías de la rama materna en Middlesex, unas solteronas que acabaron convirtiéndolo en un pequeño monstruo egoísta e insoportable. Cada vez que Edward venía a Jerez un par de veces al año, nuestra casa era para él lo más parecido a un hogar y a una fiesta continua. Con el abuelo en calidad de eficaz aliado en cuestiones de negocios, y con mi padre y mi tío como amigos entrañables a pesar del contraste con su moral de burgués victoriano, ya sólo faltaba que nuestras sangres se mezclaran por vía de matrimonio.

Descruzó una vez más las piernas, esta vez para levantarse de la butaca. Se acercó a la mesa que la doncella había señalado anteriormente: la que sostenía sobre su superficie un delicado quinqué con la tulipa cuajada de ramas y aves zancudas. De una caja de plata sacó una larga cerilla de cedro, lo encendió con ella y sobre el gabinete cayó un manto de calidez. Sin sentarse todavía, apagó con un leve soplo el fósforo y con él aún en la mano, prosiguió:

—No tardó en decidirse por mí, jamás le pregunté por qué.

Avanzó hacia el ventanal; le hablaba de espaldas quizá para no tener que desnudar su intimidad cara a cara.

—Lo único cierto es que puso un especial empeño por abreviar el trance en lo posible, asumiendo la perversidad de la situación: dos hermanas sacadas al escaparate, obligadas a entrar en involuntaria competencia a una edad en la que todavía carecíamos de la madurez necesaria para entender muchas cosas. Hasta que la noche anterior a la boda, con la casa llena de flores y de invitados extranjeros, y con mi vestido de novia colgado caprichosamente del chandelier, Inés, que a ojos de todos pareció en un principio asumir esa inesperada elección sin dramatismo, en su cama junto a la mía, en la habitación que siempre habíamos compartido y que es la misma que ahora ocupas tú, se vino abajo en un llanto sin consuelo que duró hasta el alba.

Regresó a su butaca, reclinó la espalda. Y a pesar de seguir desgranando cuestiones que le rozaban el corazón, esta vez le miró de frente.

—Yo no estaba enamorada de Edward, pero sí ingenuamente seducida por la estima que comenzó a desplegar hacia mí. Y por el mundo que pensaba que se me ponía a los pies, supongo —añadió con cierta acidez—. Gran boda en la Colegiata, espléndido ajuar, una maisonette en Belgravia. Regresos a Jerez dos veces al año, al día en las últimas modas y cargada de novedades. El paraíso para la joven irreflexiva, mimada y romántica que yo era por entonces, una ingenua criatura que ni siquiera sospechaba lo amargo que sería el desarraigo, ni lo duro que iba a resultarme en aquellos primeros años convivir tan lejos de los míos con un extraño que me sacaba treinta años y que además aportaba un hijo insufrible a la vida conyugal. Una atolondrada a la que no se le pasó siquiera por la cabeza que aquel compromiso casi sobrevenido le amputaría para siempre la relación con el ser más cercano que había tenido desde que nació.

Mauro Larrea seguía escuchándola absorto. Sin beber, sin comer, sin fumar.

—Aprendí a querer a Edward, a pesar de todo. Nunca le faltó atractivo, siempre fue atento y generoso, con un extraordinario don de gentes, grata conversación, mucho mundo y un impecable saber estar. Hoy sé, no obstante, que lo hice de una manera diferente a como habría amado a un hombre elegido por mí misma.

Sonó descarnada, turbadora sin pretenderlo.

—De una forma radicalmente distinta a como habría querido a alguien como tú.

Él se rascó la cicatriz con las uñas, casi hasta hacerla sangrar.

—Pero siempre fue un gran compañero de viaje; a su lado

aprendí a nadar en aguas mansas y en aguas turbias, y gracias a él me hice la mujer que hoy soy.

Fue entonces el minero quien se levantó. De sobra tenía, se negaba a oír más. No necesitaba seguir corroyéndose el alma mientras imaginaba cómo habría sido convivir todos esos años al lado de Soledad. Despertándose a su lado cada mañana, construyendo ilusiones comunes, engendrando hija a hija en su vientre fecundo.

Se acercó al ventanal del que ella se había alejado hacía unos instantes. Ya no llovía, el cielo gris empezaba a abrirse. En la plaza, un puñado de chiquillos zarrapastrosos chapoteaba entre los charcos mezclando carreras y carcajadas.

Acaba ya, compadre. Descuélgate de los pasados sin vuelta y de las proyecciones de un futuro que nunca va a existir; retoma la vida en el punto en el que la dejaste. Retorna a tu patética realidad.

—A saber por dónde demonios andará esa pendeja buscándonos complicaciones —farfulló.

Antes de que Sol reaccionara frente al súbito giro de la conversación, una voz llenó la estancia.

—Creo que yo lo sé.

Ambos volvieron sorprendidos la cabeza hacia la puerta. Bajo el dintel, escoltado por Palmer, estaba Nicolás.

—Santos Huesos volvió de patear las calles en su busca: él me contó.

Entró con desparpajo, traía la ropa medio mojada.

—Me dijo que andaban desesperados a la búsqueda de una pariente de los Gorostiza que venía de Cuba, una dama vistosa y algo distinta a las señoras de por acá. No necesité más datos para recordarla: me la crucé en… ¿en Santa María del Puerto?

—El Puerto de Santa María —corrigieron al unísono.

—Igual da; en el muelle la encontré esta mañana temprano, a punto de cruzar hacia Cádiz en el mismo vapor del que yo acababa de desembarcar.

47

Era ya noche cerrada cuando hizo sonar la aldaba de bronce con forma de corona de laurel. Él se ajustó el nudo de la corbata, ella se recolocó la lazada del sombrero. Carraspearon luego prácticamente a la vez, cada uno con su tono, limpiándose las gargantas.

—Tengo entendido que por acá anda la señora de Ultramar que vino en mi busca.

Genaro, el viejo mayordomo, les condujo sin palabras a la sala de las visitas comerciales donde lo recibieran cuando él, recién desembarcado, llegó a la casa Fatou con una carta de presentación de Calafat. A partir de aquella mañana, no había vuelto a pisar esa habitación formal destinada a los clientes y los compromisos: en las jornadas posteriores, se convirtió en un cálido invitado y a su disposición tuvo un confortable dormitorio, la sala familiar y el comedor en el que cada mañana le servían el chocolate y los churros calentitos bajo los rostros inalterables de barbudos antepasados al óleo. Ahora, sin embargo, había retrocedido a la casilla de salida y allí estaba de nuevo: sentado sobre la misma tapicería de canutillo y rodeado por los mismos bergantines petrificados en sus litografías. Como si fuera otra vez un extraño entre las tenues luces que iluminaban la estancia. La única diferencia era que esta vez tenía a su lado a una mujer.

—Comerciante naviero es nuestro Fatou, cuarta generación —aclaró en voz queda entre dientes a Soledad—. Mueve mercancías por Europa, Filipinas y las Antillas; mucho jerez entre ellas. Posee buques y almacenes propios, y es además prestamista en grandes transacciones, comisionista y asentista del Gobierno.

—No está mal del todo.

—Para mis huesos querría yo la quinta parte.

A pesar de la tensión, estuvieron a punto de soltar una carcajada. Una carcajada inoportuna, sonora, improcedente y gamberra que les desinhibiera de la inquietud acumulada y les nutriera de ánimo para encarar todo lo incierto que se les avecinaba. No pudo ser, sin embargo, porque en ese mismo momento hizo su entrada el dueño de la casa.

No lo saludó con el afable Mauro a secas con el que se despidieron jornadas atrás: un sobrio buenas noches señores indicó de antemano que el panorama se preveía tirante como parche de tambor. Sol Claydon fue entonces presentada como la prima política de la huida Carola Gorostiza; seguidamente Fatou, rígido e incómodo a todas luces, tomó asiento frente a ellos. Antes de hablar se colocó meticulosamente la fina franela rayada del pantalón sobre los huesos de las rodillas, concentrando la atención en aquella insustancial tarea con la que tan sólo pretendía ganar algo de tiempo.

—Bien…

El minero prefirió ahorrarle el mal rato.

—Lamento enormemente, estimado Antonio, las molestias que este desagradable asunto puede estarles causando. —El uso del nombre de pila no era casual, obviamente; con él perseguía restablecer en lo posible la complicidad de otros momentos—. Hemos venido tan pronto sospechamos que la señora Gorostiza podría estar aquí.

Dónde, si no, podría haberse metido esa loca en Cádiz, pensó tan pronto supieron acerca de su destino gracias a Nicolás. No conoce a nadie en la ciudad, lo único que tiene es un apellido y un domicilio anotados en un pedazo de papel porque de La Habana salió con ellos para buscarme. En casa de los Fatou fue donde le dieron difusas cuentas sobre mi paradero en Jerez y ése es el único sitio vinculado a su llegada al que puede regresar. Aquéllas fueron sus elucubraciones y hacia allí se dirigieron sin perder un minuto. A Nico, pese a que habría preferido cien veces ir con ellos aunque fuera nada más por tener algo que hacer, lo enviaron a poner al tanto a Manuel Ysasi, enredado en sus consultas y sus visitas como todos los días. Y a aguardar la posible respuesta de los madrileños. Nos va mucho en ello, mijo, le advirtió apretándole el antebrazo al despedirse. Estate atento porque, en lo que finalmente decidan, a los dos nos va el futuro.

Soledad y él habían sopesado las distintas maneras de actuar. Y optado por una meridianamente simple: demostrar que Carola Gorostiza era una codiciosa y extravagante forastera indigna de la menor confianza. Con esa idea en mente llegaron a la calle de la Verónica y se sentaron en aquella estancia entre las luces y las sombras de dos tenues quinqués.

A la espera de poder ofrecerle a Fatou su propia e interesada versión de la historia, oyeron primero lo que el gaditano tenía que decirles.

—Lo cierto es que se trata de algo bastante turbio. Y me pone en una situación francamente comprometida, como podrá imaginar. Son acusaciones muy graves las que esta señora ha vertido contra usted, Mauro.

Había abandonado el apellido y retomado el trato cercano; un tanto a su favor. De poco sirvió, no obstante, para aligerar la implacable salva de fogonazos a quemarropa que llegó después.

—Retención física en contra de su voluntad. Apropiación indebida de bienes y propiedades pertenecientes a su esposo. Manipulación torticera de documentos testamentarios. Negocios ilícitos en casas de lenocinio. Incluso trata negrera.

Dios todopoderoso. Hasta el tugurio del Manglar y los nefandos negocios del locero Novás había metido aquella chiflada en el saco. Notó cómo Sol tensaba el espinazo, prefirió no mirarla.

—Confío en que usted no le haya dado la más mínima credibilidad.

—Mucho me gustaría no tener que dudar de su honradez, amigo mío, pero los datos en su contra son numerosos y no del todo incoherentes.

—¿Le dijo también la señora adónde pretende llegar con todas esas disparatadas incriminaciones?

—De momento, me ha pedido que la acompañe mañana para denunciarlo a usted ante un tribunal.

Soltó un bufido, incrédulo.

—Supongo que no irá a hacerlo.

—Aún no lo sé, señor Larrea. —No se le escapó que había vuelto a la formalidad del apellido—. Aún no lo sé.

Se oyeron pasos; la puerta que Fatou había tenido la precaución de cerrar se abrió de pronto sin que nadie la tocara pidiendo permiso.

Iba vestida en un discreto tono vainilla y con un escote bastante menos generoso de lo que acostumbraba. El cabello negro, otras veces suelto y lleno de flores, bucles y aderezos, lucía tirante en un sobrio rodete en la nuca. Lo único inalterable eran esos ojos que él ya conocía: encendidos como dos candelas, mostrando su determinación para acometer cualquier barbaridad.

Dominaba la escena dentro de un papel diestramente calculado. Un papel con el que él no contaba y que lo trastocó de inmediato: el de víctima doliente. Pinche zorra tramposa, farfulló para sí.

Obvió saludarlo, como si no lo hubiera visto.

—Buenas noches, señora —dijo desde la entrada tras observarla detenidamente unos instantes—. Supongo que usted es Soledad.

—Ya nos conocemos, aunque no lo recuerde —replicó ella con aplomo—. Se desvaneció en mi casa apenas llegó. La estuve atendiendo un largo rato, le puse compresas de alcohol de romero en las muñecas y le froté las sienes con aceite de estramonio.

Fuera de la estancia Paulita, la joven esposa de Fatou, peleaba por asomarse a la sala pero la Gorostiza, inmóvil bajo el dintel, se lo impedía.

—Mucho dudo que fuera un desmayo casual —zanjó la mexicana entrando al fin con aire de heroína maltratada—. Más bien yo diría que me lo provocaron de alguna manera deliberada para poderme retener. Después se creyeron a salvo encerrándome en un inmundo cuarto. Pero poco han conseguido, como ven.

Con un cierto aire regio, tomó asiento en una de las butacas mientras Mauro Larrea la contemplaba atónito. En su mente había anticipado un reencuentro con la Carola Gorostiza de siempre: altanera, aguerrida, soberbia. Alguien con quien medirse cara a cara y a grito limpio si hacía falta. Y en esa coyuntura, no dudaba de que él habría tenido posibilidades de quedar por encima. Pero a la esposa de Zayas le había sobrado tiempo para calcular su estrategia y, de todas las opciones a su alcance, había elegido la menos previsible y quizá la más inteligente. Hacerse pasar por mártir. Puro victimismo: un grandioso despliegue de hipocresía con el que podría ganarle la partida por la mano si él no se ponía en guardia.

Se levantó movido por una reacción inconsciente, anticipando quizá que estar de pie le ayudaría a dotar de mayor verosimilitud a sus palabras. Como si una simple postura pudiera hacer frente a la demoledora carga de munición que ella traía preparada.

—¿De verdad, amigos, piensan que yo, un solvente empresario minero en quien su corresponsal cubano don Julián Calafat depositó su más plena confianza, puedo haber sido capaz…?

—Capaz de las peores bellaquerías —terció ella.

—¿Capaz de cometer tales desmanes con una señora a la que apenas conozco, que cruzó el Atlántico persiguiéndome sin razón sensata alguna, y que resulta además ser la hermana menor de mi propio consuegro?

—Mi incauto hermano no sabe en qué familia se está metiendo si consiente que su hija se case con alguien de su estirpe.

Almorzando estaban los Fatou cuando les anunciaron la llegada de una extranjera envuelta en lágrimas. Rogaba auxilio, apelaba a la conexión de la familia con los Calafat cubanos, e incluso a la esposa e hijas del banquero, con quienes juró moverse por La Habana entre los círculos de la mejor sociedad. Huía de Mauro Larrea, anunció entre hipidos. De ese bruto sin conciencia. De ese salvaje. Y dio detalles sobre él que hicieron dudar a la pareja. ¿No les parece extraño que viniera desde América tan sólo para vender unas propiedades que ni siquiera conocía? ¿No les resulta sospechoso que se hiciera con ellas sin saber siquiera en qué consistían? Para cuando horas más tarde el minero apareció en su busca, ella ya se había metido en el bolsillo a la tierna esposa y mantenía a su cónyuge en la cuerda floja, sumido en la incertidumbre.

—¿Saben, mis queridos amigos, lo que este individuo esconde bajo su buena presencia y sus trajes distinguidos? A uno de los mayores tahúres que jamás vio la isla de Cuba. Un buscavidas arruinado; un caribe sin escrúpulos, un…, un…

Él murmuró un ronco por el amor de Dios mientras se pasaba los dedos sobre la vieja cicatriz.

—Por las calles de La Habana andaba a la caza de la más mísera oportunidad de arañar algo de plata. Pretendió sacarme dinero a espaldas de mi esposo para una dudosa empresa; después lo instigó a él para que se jugara su patrimonio en una partida de billar.

—Nada de eso fue así —refutó rotundo.

—Lo arrastró a una casa de mala vida en un arrabal de gentuza y negros curros, lo desplumó con malas artes y se embarcó a la carrera rumbo a España antes de que nadie lograra echarle el alto.

Se plantó frente a ella. No podía permitir que hincara los dientes en su dignidad como un zorro famélico y lo sacudiera a su antojo de un lado a otro arrastrándolo por el polvo sin soltarlo.

—¿Le importaría dejar de decir pendejadas?

—Y si desde Cuba vine siguiéndolo —prosiguió la Gorostiza hicándole los ojos como quien clava puñales—, fue tan sólo para exigirle que me devuelva lo que es nuestro.

El minero inspiró con ansia animal. Aquello no se le podía ir de las manos; perdiendo los estribos no haría sino darle la razón.

—Todos los documentos de propiedad están a mi nombre, refrendados por un notario público —atajó contundente—. Jamás, en ningún momento, bajo ningún concepto y en ninguna de sus formas, cometí la menor ilegalidad. Ni siquiera la menor inmoralidad, algo que no estoy seguro de que pueda afirmar usted. Sepan ustedes, amigos míos...

Antes de entrar a saco en sus argumentos, barrió la sala con una mirada veloz. La joven pareja presenciaba la escena sin un parpadeo: anonadados, acobardados ante el agrio combate que les estaba enfangando las alfombras, las cortinas y los entelados de las paredes. Todo previsible hasta ahí; raro habría sido que los Fatou no se mostraran atónitos ante semejante gresca, más propia de una taberna portuaria que de aquella respetable residencia gaditana donde jamás tuvo cabida la palabra escándalo.

Lo que a él no le cuadró, sin embargo, fue la reacción de la tercera testigo. La de Soledad. En el rostro de su aliada, para su estupor, no halló lo que esperaba. Su postura permanecía inalterable: sentada, alerta, con los hombros erguidos; sin moverse apenas desde que llegaran. Eran sus grandes ojos los que mostraban algo distinto. Algo que él de inmediato captó. Una sombra de recelo y suspicacia amenazaba con ocupar el sitio en el que hasta entonces sólo había complicidad sin fisuras.

Las prioridades de Mauro Larrea se transmutaron en ese preciso instante. Lo que hasta entonces habían sido sus peores temores dejaron súbitamente de preocuparle: el pronóstico de verse acusado delante de un tribunal español, la amenaza de seguir arrastrando su ruina a perpetuidad, incluso el ruin Tadeo Carrús y sus malditos plazos. Todo eso pasó a un lugar secundario en una fracción de segundo porque a ello se antepuso una tarea mucho más apremiante, infinitamente más valiosa: el rescate de una confianza quebrada que necesitaba reconquistar.

Se le tensaron los músculos, contrajo el mentón, apretó los dientes.

Su voz atronó entonces la sala de visitas.

—¡Se acabó!

Hasta pareció que temblaban los cristales.

—Proceda usted como estime conveniente, señora Gorostiza —prosiguió rotundo—, y que dirima este asunto quien lo tenga que dirimir. Acúseme formalmente, presente ante un juez las pruebas que tenga en mi contra, y ya veré yo la forma de defenderme. Pero le exijo que deje de atentar contra mi integridad.

Un silencio tenso y sostenido preñó la habitación. Lo rasgó la voz de la esposa de Zayas, como si pasara sobre él una cuchilla de barbero.

—Disculpe su merced, pero no. —Poco a poco estaba dejando atrás el papel de mártir ultrajada e iba metiéndose de nuevo en su propia piel—. Nada acabó todavía, caballero; tengo aún mucho que hablar sobre usted. Mucho que acá nadie conoce y que yo voy a encargarme de difundir. Las negociaciones con el locero de la calle de la Obrapía, por ejemplo. Sepan, señores, que en tratos con un traficante de esclavos anduvo este innoble para sacarle una buena tajada al penoso comercio de carne africana.

Ni plegándose él a sus intenciones estaba la Gorostiza dispuesta a dejar de disparar bazofia. Su intención claramente no era tan sólo ver devuelta la herencia de su marido: cobrarse por el trato recibido en Jerez también formaba parte de la revancha.

—Llegó sin un mísero cobre en el bolsillo para pagarse un quitrín o una volanta que lo llevara de acá para allá, como hace la gente decente en La Habana —prosiguió desplegando ya toda su exuberancia. Hasta el pelo se le destensó del modoso recogido, las mejillas se le encendieron y su pecho voluminoso reconquistó la opulencia contenida—. Se presentaba en fiestas donde nadie lo conocía; vivía en casa de una cuarterona, la antigua querindonga de un peninsular con la que él compartía vasos de ron y sólo Dios sabe qué más.

Mientras seguía lanzando al aire granalla de ponzoña, el mundo parecía haberse detenido para Mauro Larrea, pendiente tan sólo de una mirada.

Sin palabras transmitía lo único que en ese momento de su vida le importaba.

No dudes de mí, Soledad.

Hasta que ella decidió intervenir.

48

—Bien, señores, creo que este lamentable espectáculo ya ha durado más de lo razonable.

—¿Qué es que usted habla, maldita? ¿Qué es que usted se va a atrever a decir de mí? Porque nada voy a admitirle, ¿sabe? Porque este hombre no es el único causante de mis desdichas, porque mucho antes de que él entrara en mi vida, ya estaba en ella usted.

La había interrumpido a voz en grito: los nervios estaban pasándole por fin factura a la mexicana. La larga noche sin sueño a la espera del momento de su fuga, los días previos de encierro, el desasosiego. De todo ello se estaba resintiendo: el papel de víctima sumisa se le había reventado como una pompa de jabón.

Una tensa quietud volvió a llenar la sala.

—Nada de esto habría comenzado si usted no hubiese estado siempre en la cabeza de mi marido. Si Gustavo no hubiera tenido tanto miedo a un reencuentro con usted, nunca se habría dejado arrebatar su herencia.

La memoria de Mauro Larrea voló al salón turquesa de la Chucha, las imágenes y los momentos se superpusieron con velocidad febril. Zayas jugándose su regreso a España con un taco y tres bolas, poniendo su destino al albur de una partida de billar frente a un extraño. Peleando con rabia por derrotarlo y ansiando perder a la vez; teniendo presente en todo momento el pálpito de una mujer a la que no veía desde hacía más de veinte años y a la que, desde que cruzara el océano, no había dejado de añorar ni un solo día. Una insólita manera de proceder: dejando que la suerte resolviera. De haber ganado, habría regresado con dinero y solvencia al territorio del que lo expulsaron tras el drama que él mismo causó: una vuelta al reencuentro con los vivos y los muertos. Un regreso a Soledad. De perder y no conseguir el montante que necesitaba para retornar con una mediana firmeza, cedía a su contrincante las propiedades familiares, se sacudía las manos y se desvinculaba para siempre de la casa de sus mayores, de la viña y la bodega. De la culpa y del ayer. Y, sobre todo, de ella. Una forma singular de tomar decisiones, ciertamente. Todo o nada. Como quien arriesga el porvenir a un suicida cara o cruz.

Carola Gorostiza, entretanto, comenzó a buscar sin fruto un pañuelo en los puños del vestido; la señora de Fatou le tendió solícita el suyo, ella se lo llevó al lagrimal.

—Media vida llevo peleando contra tu fantasma, Soledad Montalvo. Media vida intentando que Gustavo sintiera por mí una pizca de lo que nunca dejó de sentir por ti.

Había pasado al tuteo para desnudar una intimidad que hasta entonces ninguno conocía: un tuteo descarnado para exhibir la infelicidad de un largo matrimonio seco de afectos y el sordo llanto de una hembra malquerida.

Algo se le removió a Sol Claydon en su interior, pero estuvo muy lejos de manifestarlo. Se mantuvo como una cariátide, con la espalda elegantemente erguida, los pómulos altos y los dedos entrelazados en el regazo, dejando a la luz sus dos anillos. El que la comprometió siguiendo las decisiones incontestables del gran don Matías y machacó así la pasión juvenil de su primo. Y el que la casó con el extranjero y la desgarró de su hermana y su mundo. Fría en apariencia, así permaneció Soledad Montalvo ante el desconsuelo ajeno. A pesar de que el corazón se le había arrugado como un pergamino, se negó a dejar entrever su reacción tras la fachada de falsa pasividad.

Al cabo, serena y sombría, habló.

—Me gustaría no haber tenido que llegar a este extremo, pero, dadas las circunstancias, me temo que debo hablarles con dolorosa franqueza.

Sus palabras tuvieron el efecto de un brochazo, pintando en los rostros de los presentes un gesto de intriga.

—Como habrán comprobado a lo largo de este período de tiempo en el que la hemos dejado explayarse, la salud mental de la señora de Zayas está notablemente deteriorada. Por fortuna, mi primo nos tiene a toda la familia sobre aviso.

—¡Tú y tu primo juntos otra vez a mis espaldas!

Ella, simulando no haberla oído, continuó explayándose con una solidez pasmosa:

—Tal es la razón por la que estos días, atendiendo a las prescripciones facultativas, hemos preferido mantenerla recluida en su dormitorio. Desafortunadamente, en un momento de descuido del servicio y presa de su maníaca actitud, decidió marcharse por cuenta propia. Y venir hasta aquí.

Carola Gorostiza, arrebatada por la incredulidad y fuera de sí, amagó con levantarse de su asiento. Antonio Fatou la frenó en seco, interviniendo con una contundencia hasta entonces ajena.

—Quieta, señora Gorostiza. Continúe, señora Claydon, por favor.

—Su huésped, mis estimados amigos, sufre un profundo desequilibrio emocional: una neurosis que trastorna su visión de la realidad, deformándola caprichosamente y haciéndola adoptar comportamientos altamente excéntricos como el que acaban de presenciar.

—Pero ¿qué dices tú, china? —chilló la mexicana descompuesta.

—Por eso, y a petición de su esposo…

Sol hizo resbalar una de sus largas manos dentro del bolso que mantenía sobre las rodillas. De él sacó un estuche de gamuza color tabaco cuyo contenido empezó a desempaquetar con inquietante parsimonia. Lo primero que puso sobre el mármol de la mesa fue un pequeño bote de cristal lleno hasta la mitad de un líquido turbio.

—Se trata de un compuesto de morfina, hidrato de cloral y bromuro de potasio —aclaró en voz baja—. Esto la ayudará a remontar la crisis.

Al minero se le atascó el aliento a la altura de la nuez. Aquello era algo más que una treta ingeniosa o un órdago soberbio como el que lanzara a los madrileños en la bodega. Aquello era una absoluta temeridad. Siempre llevaba la medicación de su marido encima, eso le había dicho la tarde en que su hijastro les retuvo. Por si acaso. Ahora, con el objetivo de aletargar la furia insensata de aquel ciclón con forma de mujer, pretendía que las sustancias acabaran en un organismo harto distinto.

La Gorostiza, desencajada, se levantó al fin y dio un paso adelante, dispuesta a arrebatarle la sustancia. Mauro Larrea y Antonio Fatou, como movidos por sendos resortes, la detuvieron de inmediato, agarrándola férreamente por los brazos mientras ella intentaba resistirse como poseída por todos los demonios del averno.

Soledad, entretanto, extrajo del estuche una jeringa de pistón. Y, por último, una aguja metálica hueca que acopló al extremo con la pericia de quien ha repetido el mismo acto una y otra vez.

Entre los dos varones inmovilizaron a la mexicana sobre el sofá. Despeinada, con el busto prácticamente fuera del escote y la ira incrustada en los ojos como los tatuajes de los hombres de la mar.

—Levántele la manga del vestido, por favor —ordenó a Paulita. La joven esposa obedeció, acobardada.

Ella se acercó, del extremo de la aguja salieron un par de gruesas gotas.

—El efecto es inmediato —dijo con voz densa y oscura—. En cuestión de veinte, de treinta segundos, queda adormecida. Paralizada. Inerte.

El gesto de rabiosa rebeldía dio paso en la cara de Carola Gorostiza a una mueca aterrorizada.

—Pierde la consciencia —añadió Sol sin mutar su tono sombrío.

El cuerpo de la mexicana, preso del pavor, había dejado de agitarse. Jadeaba, los labios se le habían convertido en dos finas líneas blancas, el sudor empezaba a perlarle la frente. Soledad había decidido quebrar sus opciones al precio que fuera. Aun dando por demenciales los sentimientos sin duda veraces de Gustavo Zayas hacia ella misma. Aun usando las mismas armas con las que contraatacaba el perverso mal que había devastado el cerebro de su marido y había desgarrado en canal su propia vida.

—Y entra en un sopor profundo y duradero.

El desconcierto planeaba por la sala espeso como una densa niebla. La esposa de Fatou contemplaba aterrada la estampa; los hombres, tensos, esperaban el siguiente movimiento de Soledad.

—A no ser… —susurró la jerezana con la jeringa a un palmo de la carne de la presunta demente. Dejó pasar unos instantes tensos—. A no ser que logre calmarse por sí misma.

Sus palabras surtieron efecto inmediato sobre la supuesta enferma mental.

Carola Gorostiza cerró los ojos. Y tras unos instantes, asintió. Con un levísimo movimiento de barbilla, sin ningún ademán contundente. Pero con aquella ínfima seña acababa de firmar su claudicación.

—Pueden soltarla.

El concentrado de drogas que el organismo de Edward Claydon llevaba años absorbiendo para combatir su desorden mental no llegó a las venas de la mexicana: el pavor a ser neutralizada con sustancias químicas, sí.

El minero y Soledad se evitaron la mirada mientras ella devolvía pulcramente el instrumental a su estuche y él se desprendía del cuerpo rendido. Los dos sabían que acababan de hacer uso de una maniobra miserable; lacerante y mezquina a todas luces. Pero no había otra salida. No tenían más cartas que jugar.

O cesas o te aniquilo, había venido a decirle Sol a la esposa de su primo. Y ésta, a pesar de su rabia y sus ansias por desquitarse, la entendió. Inofensiva al fin tras el silencioso pacto, la Gorostiza se dejó conducir hasta el piso superior. Las señoras, sin moverse del patio central, la observaron subir la escalera. Digna y envarada, mordiéndose la lengua para no seguir plantándoles cara. Orgullosa en cualquier caso, a pesar de la monumental estocada que acababan de darle. Sol pasó un brazo sobre los hombros de la pobre Paulita: presa de una mezcla de espanto y alivio, había arrancado a llorar sin consuelo. Los hombres flanquearon a la mexicana hasta un cuarto de invitados, cerraron la puerta con llave y Fatou dio unas cuantas órdenes al servicio.

—Convendrá mantenerla aislada, aunque dudo que la crisis vuelva a repetirse. Dormirá serena y mañana estará plenamente relajada —aseguró Sol cuando bajaron—. Vendré a primera hora, yo me encargaré de vigilarla.

—Quédense a pasar la noche si gustan —ofreció la joven dueña de la casa con un hilito de voz.

—Nos están esperando unos amigos, muchísimas gracias —mintió.

La pareja no insistió, aturdida todavía.

—Me encargaré de conseguirle un pasaje en el próximo barco a las Antillas —añadió Mauro Larrea—. Tengo entendido que habrá un correo en breve. Cuanto antes vuelva a casa, mejor será.

—El *Reina de los Ángeles*, pero faltan aún tres días —aclaró otra vez acobardada la esposa con un pico del pañuelo aún en el lagrimal. Le aterrorizaba a todas luces la idea de tener aquella bomba bajo su techo hasta entonces—. Lo sé porque unas amigas van en él a San Juan.

No habían regresado a la sala, hablaban en el patio, con Soledad y Mauro Larrea poniéndose capas, guantes y sombreros, dispuestos a salir de allí con la presteza de un par de lebreles. Antonio Fatou dudó unos segundos, y luego habló.

—Tenemos al ancla en el puerto una fragata prevista para un flete de dos mil fanegas de sal. Zarpará pasado mañana al amanecer, dentro de poco más de veinticuatro horas, rumbo a Santiago de Cuba y La Habana.

El minero estuvo tentado a soltar un aullido. Aunque llegara al Caribe convertida en salazón; el caso era sacar a aquella mujer de Cádiz cuanto antes.

—Estaba previsto que sólo admitiera carga —añadió el gaditano—, pero en otros tiempos solía llevar también algunos pasajeros; creo recordar que hay un par de pequeñas camaretas con unas viejas literas que podrían adecentarse. Al no hacer escala ni en las Canarias ni en Puerto Rico, arribará bastante antes que el correo.

Contuvieron las ganas de abrazarlo. Grande, grande, Antonio Fatou. Digno hijo de la legendaria burguesía gaditana, un señor de la cabeza a los pies.

—¿Estará ella en condiciones de…? Quizá sea conveniente que la vea un doctor —propuso cauta Paulita.

—Como una malva, querida. Formidable va a encontrarse a partir de ahora, ya verá.

Quedaron en atar los últimos cabos al día siguiente, la pareja les acompañó hasta el zaguán: las mujeres delante, detrás los hombres. Soledad besó a la cachorrito en las mejillas, Fatou estrechó la mano de Mauro Larrea con un sentido lamento muchísimo, amigo mío, haber puesto en duda su honorabilidad. Ni se preocupe, respondió él con vergonzante descaro. Bastante han hecho ustedes con aguantar en su propia casa este feo asunto sin tener nada que ver.

Aspiraron con codicia el olor a mar mientras el mayordomo salía a alumbrarlos con un farol de aceite.

—Buenas noches, Genaro, y muchas gracias por su ayuda.

Por respuesta, un par de toses y una inclinación de la cabeza.

Arrancaron a andar: un par de canallas, de felones sin escrúpulos deambulando por las calles desiertas en mitad de la noche, pensaron ambos. Apenas habían avanzado unos cuantos pasos cuando oyeron la voz del anciano a sus espaldas.

—Don Mauro, señora.

Se volvieron.

—En la fonda de las Cuatro Naciones, en la plaza de Mina, los atenderán bien. Yo echo un ojo a la forastera y a los señoritos, no se apuren. Vayan ustedes con Dios.

Se alejaron callados, incapaces de exprimir ni una mísera gota de gozo a aquel triunfo amargo que les había dejado destemplanza en la piel y un asqueroso sabor a bilis aferrado al alma.

49

Se levantó de un salto al oír golpes en la puerta. Por las cortinas entreabiertas a la plaza se colaban ya la luz y los ruidos del principio del día.

—Quihubo, Santos, ¿de dónde sales?

Apenas terminó de pronunciar la última sílaba cuando, como empujados por una descomunal paletada, a su cabeza volvieron en tromba todos los hechos de los dos últimos días. Empezando por el final.

En la fonda les recibieron dándoles dos alcobas contiguas sin mediar pregunta y sirviéndoles una parca cena a deshora en una esquina del comedor desangelado. Fiambre de vaca. Jamón cocido. Una botella de manzanilla. Pan. Hablaron poco, bebieron poco y apenas comieron a pesar de que llevaban desde el desayuno los estómagos vacíos.

Subieron la escalera en paralelo y atravesaron el corredor codo con codo, cada cual con su llave respectiva en la mano. Al llegar a las puertas de las habitaciones, a los dos se les quedaron atrancadas las buenas noches en el fondo de la garganta. Y faltos de palabras, fue ella quien se acercó. Apoyó la frente en su pecho y le hundió el rostro hermoso entre las solapas de la levita en busca de refugio, o de consuelo, o de la solidez que a ambos empezaba a escasearles y que sólo conjuntamente, apoyándose el uno en el otro, parecían ser capaces de apuntalar. Él le clavó la nariz y la boca en el pelo, absorbiéndola como el desahuciado que embebe su último aliento. En el instante en que iba a estrecharla, Soledad dio un paso atrás. Le acercó entonces la mano al mentón, lo acarició apenas un fragmento de segundo. Lo siguiente fue el sonido de una llave al descorrer la cerradura. Al perderla tras la puerta él sintió como si le hubieran desgarrado la piel de su propia carne de un tirón brutal.

A pesar de la fatiga acumulada, le costó un mundo agarrar el sueño. Porque dentro de su cerebro, quizá, seguían batiéndose escenas, voces y rostros preocupantes como gallos de pelea en un palenque. O tal vez porque su cuerpo anhelaba con furia la presencia que al otro lado de la pared se despojaba silenciosa de ropajes, dejaba caer su melena espesa sobre los hombros angulosos y desnudos, y se guarecía bajo los cobertores intranquila por la suerte de un hombre que distaba mucho de ser él.

Rozarla, sentir su aliento, darse calor en aquella madrugada negra. Todo lo poco que ahora tenía y lo mucho que un día tuvo y lo que la incierta fortuna le acabara deparando en los tiempos venideros: todo lo habría dado por pasar esa noche amarrado a la cintura de Soledad Montalvo. Por recorrerla con las palmas de las manos y las puntas de los dedos, y enredarse entre sus piernas y dejarse abrazar. Por hundirse en ella, oír su risa en su oído, y su boca en su boca, y perderse entre sus pliegues y sorber su sabor.

Morfeo le ganó el lance después de que en la cercana torre de San Francisco sonaran las tres y media. Aún no eran las ocho cuando Santos Huesos entró en la habitación y lo sacó del sueño, áspero, sin miramientos.

—El doctor Ysasi necesita que vuelva a Jerez.

—¿Qué pasó? —preguntó incorporándose sobre la cama revuelta.

—Apareció el inglés.

—Alabado sea Dios. ¿Por dónde andaba el pendejo?

Había empezado a vestirse apresurado, el pie izquierdo embocaba ya una pernera del pantalón.

—Ayer tarde se lo dejaron a don Manuel en la mera puerta del hospital. Lo asaltaron, al parecer.

Soltó una blasfemia atroz. Nomás eso nos faltaba, masculló.

—Voy a buscarle un jarro de agua —anunció el criado—, veo que amanece hoy con un ánimo regular.

—Quieto, espera. Y ahora mismo, ¿dónde está?

—Creo que pasó la noche en casa del doctor, pero no lo sé certero porque apenas enterarme me las compuse para venir a buscarlo.

—¿Llegó malherido?

—Meramente lo justito. Más el susto que otra cosa.

—¿Y las posesiones?

—En las alforjas de los salteadores, supongo; dónde si no. A la vuelta ya no llevaba ni un real. Hasta el sombrero y las botas le limpiaron.

—Y los documentos, ¿volaron también?

—Mucho saber sería eso por mi parte, ¿no le parece, patrón?

Le trajo por fin el agua y una toalla.

—Vete a buscarme papel y pluma.

—Si es para dejar una nota a doña Soledad, mejor no se moleste.

Lo miró a su espalda, desde el espejo frente al que se esforzaba por desbravar con los dedos el pelo indómito.

—Madrugó más que usted, me crucé con ella al entrar. Camino a la casa Fatou me anunció que iba; justito de donde yo venía de preguntar por ustedes.

La punta de un clavo de vergüenza se le hincó en el pundonor mientras se calzaba a la carrera. Más ágil, cabrón, deberías haber estado.

—¿Le contaste lo del hijastro?

—De cabo a rabo.

—¿Y qué dijo?

—Que se encargara de él usted con don Manuel. Que ella se quedaba al cuidado de doña Carola. Que le enviara su equipaje a la mayor brevedad, a ver si la embarcaban pronto.

—Ándale, pues. Vámonos.

Santos Huesos, con su melena lustrosa y su sarape al hombro, no se movió de la baldosa que ocupaba.

—También mencionó otra cosa, don Mauro.

—¿Qué? —preguntó mientras buscaba el sombrero.

—Que le mande a la mulata.

Lo encontró en una esquina, sobre un paragüero.

—¿Y?

—Que Trinidad no se quiere ir. Y la doña se lo debe.

Recordó aquel peculiar acuerdo que entre lágrimas mencionó la esclava: si ella ayudaba a escapar a Carola, ésta, a cambio, le daría su libertad. Conociendo a la Gorostiza, mucho dudaba de que tuviera la menor intención de cumplir su parte del trato. Pero a la cándida muchacha se le había llenado la cabeza de pajarillos. Y a Santos Huesos, al parecer, también.

Lo miró por fin de frente mientras se abrochaba la levita. Su leal criado, su compañero de mil fatigas. El indígena escurridizo que quedó bajo su ala cuando era un muchacho recién bajado de la sierra, encelado ahora como un garañón con una flaca mulata del color de la canela.

—Pinches mujeres…

—Pues no está usted últimamente, perdóneme que le diga, para darme a mí lecciones.

No lo estaba, ciertamente. Ni a él ni a nadie. Sobre todo después de que el dueño de la fonda le dijera a la salida que la señora ya había satisfecho la cuenta pendiente. El clavo que tachonaba esa mañana su decoro varonil se le hundió un poquito más.

Aún no había logrado despejar su turbiedad cuando enfilaron la calle Francos unas horas después.

—No te habrá visto el inglés, ¿verdad?

—Ni de canto, se lo juro.

—Más nos vale entonces que tampoco me vea a mí.

Un real fue la solución: el que le dio a un mozo que transitaba la calle sin quehacer aparente a cambio del favor de asomarse a casa del médico. Dígale a don Manuel que lo espero en el tabanco de la esquina. Y tú, Santos, vete en busca de Nicolás.

Apenas tres minutos tardó en llegar Ysasi con el ceño bien apretado, certificando una vez más el desagrado que le provocaba aquella situación. Se pusieron al tanto de los detalles en la mesa más alejada del mostrador, sentados frente a un plato de aceitunas machacadas y un par de vasos de opaco vino de pago. No le fue necesario recurrir al siempre engorroso lenguaje médico para describir el estado de Alan Claydon.

—Hecho un nazareno, pero sin grandes perjuicios.

A continuación relató lo ocurrido: lo mismo que le contara Santos Huesos, pero en versión detallada.

—Pasto de una cuadrilla de bandoleros comunes, de los muchos que asaltan cotidianamente estos caminos del sur. Se les debió de hacer la boca agua al ver el magnífico carruaje inglés que lo trajo desde Gibraltar sin un mal escopetero por escolta; el infeliz súbdito de la reina Victoria no sabe todavía cómo nos las gastamos en este país. Le quitaron hasta el negro de las uñas, coche y cochero incluidos. Medio en cueros dejaron al hijastro, entre pitas y chumberas en el fondo de un barranco. Por fortuna, un arriero que por allí pasaba ya casi de anochecida le oyó pedir auxilio. Tan sólo logró entenderle dos palabras: Jerez y doctor. Pero con gestos le describió mi barba y mis pocas carnes. Y el hombre, que me conocía porque hace unos años lo traté de un tabardillo del que sanó de milagro, se apiadó de él y me lo trajo al hospital.

—¿Y los documentos?

—¿Qué documentos?

—Los que Claydon pretendía que firmara Soledad cuando les retuvo en el dormitorio.

—En la lumbre que les calienta el puchero a los del trabuco, supongo que estarán. Esos vándalos no saben ni firmar con el dedo, así que imagínate lo poco que les interesarán unos cuantos legajos escritos en inglés. De todas maneras, aun sin papeles, seguro que el hijo de Edward tiene muchas otras formas de inculparla: este incidente puede que retrase sus intenciones más inmediatas pero, desde luego, tan pronto regrese a Inglaterra, hallará la manera de contraatacar.

—Así que cuanto más se demore en llegar allí, mejor.

—Sí, pero la solución no es retenerlo en Jerez. Lo mejor será mandarlo de vuelta a Gibraltar; entre que llega, se repone y organiza el viaje a Londres, al menos habremos ganado unos días para que los Claydon puedan ponerse a salvo de él.

Rondaba ya el mediodía, y el tabanco de vigas vistas y suelo terrizo se iba llenando de parroquianos. Subía el tono de las voces y el ruido de cristal contra cristal entre carteles de tardes de toros. Tras el mostrador de madera, trajinando con el cachón de botas superpuestas, dos mozos de tiza en la oreja despachaban a chorro los vinos de las bodegas cercanas.

—Del padre no sabemos nada, supongo.

—Pasé anoche por el convento y he vuelto esta mañana. Como era previsible, Inés se niega a verme.

Uno de los camareros se acercó a la mesa con otro par de vasos y un plato de altramuces en las manos, de parte de otro paciente agradecido. Ysasi lanzó el correspondiente ademán de gratitud que alguien recibió en la distancia.

—Soledad me contó las razones, más o menos. Pero a ese muro de piedra que tiene por hermana no parece que se la pueda tumbar ni con barrenos de voladura.

—Simplemente, decidió sacarnos de sus vidas. No hay más.

Alzó el vaso en un amago de brindis.

—El magnetismo de las hermanas Montalvo, amigo mío —añadió con sarcasmo—. Se te meten en los huesos y no hay manera de hacerlas salir.

Mauro Larrea intentó ocultar su desconcierto detrás de un trago contundente.

—La misma atracción que tú sientes ahora por Sol —prosiguió Ysasi— la viví yo por Inés en mi juventud.

El líquido ámbar le quemó el gaznate. Carajo, doctor.

—Y ella me dijo sí, y luego me dijo no, y luego me dijo sí, y después me volvió a rechazar. Para entonces creía haberse enamorado de Edward, pero era tarde. Él ya había hecho su elección.

—Soledad me puso al tanto.

Lo mismo le habría dado al abuelo que la escogida fuera una nieta o la otra: el caso era afianzar el contacto comercial con el mercado inglés de manera indisoluble. Viejo cabrón.

—Después, cuando ocurrió en Doñana lo de Matías apenas días después de la boda de Edward y Sol, y todo en la familia voló por los aires, Inés me rogó que no la abandonara. Juró haber errado al depositar sus afectos en el que ya era marido de su hermana, tener sentimientos encontrados, haberse dejado arrastrar por una fantasía. Me lloró tardes enteras en los bancos de la Alameda Cristina. Vendría a vivir conmigo a Cádiz, prometía. A Madrid, al fin del mundo.

En los ojos negros del médico brilló una sombra de melancolía.

—Seguía queriéndola con toda mi alma, pero mi pobre orgullo herido andaba indómito como un toro bravo de la campiña. Y me negué en un principio, pero luego reflexioné. Cuando regresé a Jerez a pasar la Navidad dispuesto a decirle que sí, ella ya había tomado los hábitos; jamás volví a verla hasta hace dos noches.

Remató el vino de un trago mientras se levantaba, cambió el tono de manera radical.

—Me voy a echarle el alpiste al inglés y a hacer que te lleven el equipaje de la esposa de Gustavo a la Tornería. A ver si entretanto se te ocurre alguno de tus disparates para sacarlo de mi casa y conseguimos dar fin a este deplorable sainete de una vez por todas.

Dejó el vaso sobre la mesa con un golpe áspero. Después, sin despedirse, se marchó.

Media hora más tarde, él se sentaba a comer con Nicolás en la fonda de la Victoria. A ella lo llevó el notario el día de su llegada a la ciudad, cuando aún no se había enredado en la espesa tela de araña de la que ahora no veía manera humana de desprenderse. Y a ella regresaba con su hijo, a la misma mesa, junto a la misma ventana.

Lo dejó explayarse sobre las maravillas de París mientras compartían un pollo estofado. De buena gana se habría saltado el almuerzo para dedicarse al montón de urgencias que le esperaban: acercarse al convento por si lograba mejor suerte que Ysasi, decidir qué hacer con el hijastro, regresar a Cádiz y comprobar que todo estaba en orden en casa de los Fatou. Planear el embarque en el barco de sal, volver al lado de Soledad. Todo aquello lo acuciaba como un zopilote veracruzano sobrevolando una mula muerta pero, en paralelo, era también consciente de que tenía un hijo al que no veía desde hacía cinco meses y que reclamaba al menos una pizca de atención.

Asentía por eso a lo que Nico le iba contando, y preguntaba de tanto en tanto sobre alguna menudencia a fin de no evidenciar que su cabeza andaba por territorios muy lejanos.

—¿Te dije, por cierto, que en una función de la Comédie-Française coincidí con Daniel Meca?

—¿El socio de Sarrión, el de las diligencias?

—Con su hijo mayor.

—¿No andaba ya metido ese chamaco en el negocio?

—Sólo en un principio.

Se llevó a la boca el tenedor con media patata pinchada mientras Nico proseguía.

—Después se vino a Europa. A empezar una nueva vida.

—Pobre Meca —dijo sin pizca de ironía recordando al compañero de tantas tertulias en el café del Progreso—. Menudo disgusto se habrá llevado al ver a su heredero a la fuga.

Seguía estrujándose las meninges para intentar dar soluciones a sus problemas, pero las noticias sobre viejos conocidos mexicanos lo apartaron de ellos momentáneamente.

—Supongo que habrá sido doloroso —apuntó el chico—. Aunque también comprensible.

—Comprensible ¿qué?

—Que los hijos acaben quebrando las expectativas.

—Las expectativas ¿de quién?

—De los padres, lógicamente.

Alzó la mirada del plato y le observó con desasosegante curiosidad. Algo se le estaba escapando.

—¿Adónde quieres llegar, Nico?

El muchacho dio un largo trago de vino; para armarse de valor, lo más seguro.

—A mi futuro.

—¿Y por dónde empieza tu futuro, si puede saberse?

—Por no casarme con Teresa Gorostiza.

Se clavaron los ojos el uno al otro.

—Déjate de pendejadas —murmuró bronco.

La voz joven, sin embargo, sonó nítida.

—No la quiero. Y ni ella ni yo nos merecemos atarnos a un matrimonio infeliz. Por eso vine, para hacértelo saber.

Tranquilo, compadre. Tranquilo. Eso se decía a sí mismo mientras contenía a duras penas el impulso de soltar un puñetazo en la mesa y de gritarle con toda la fuerza de sus pulmones es que perdiste el norte, ¿o qué?

Logró contenerse. Y hablar sereno. Al menos, en un principio.

—No sabes lo que estás diciendo; no sabes a qué te enfrentas si renuncias a ese casamiento.

—¿Al cariño de ella o a la fortuna del padre? —preguntó ácido.

—¡A ambas cosas, rediós! —bramó dando una palmada brutal sobre el mantel.

Como movidos por un resorte, los ocupantes de las mesas vecinas volvieron instantáneas las cabezas hacia los vistosos indianos que habían acaparado toda la atención de la clientela desde que entraron. Ellos callaron, conscientes. Pero mantuvieron las miradas de perros recelosos. Sólo entonces vislumbró Mauro Larrea a quien antes no había visto. Sólo entonces empezó a entender.

Frente a sí ya no tenía al ser quebradizo de los primeros meses tras la muerte de Elvira, ni al cachorro protegido de su infancia, ni al adolescente impulsivo y vibrante que lo suplantó después. Cuando consiguió blindar temporalmente en una esquina del cerebro sus propias contrariedades, cuando fue capaz de mirar a su hijo con detenimiento por primera vez desde que llegara, al otro lado de la mesa encontró sentado a un hombre joven provisto —equivocadamente o no— de una firme determinación. Un hombre joven que en parte se parecía a su madre, y en parte a él, y en parte a nadie salvo a sí mismo, con un carácter en desbordante efervescencia que ya no tenía contención.

Le faltaba, con todo, algo fundamental. Le faltaba saber lo que él a toda costa pretendió ocultarle en un principio. Aunque, a aquellas alturas, qué más daba. Por eso dejó los cubiertos sobre el plato, echó el cuerpo hacia delante y habló en voz quebrada con rabiosa lentitud.

—No. Puedes. Frenar. Esa. Boda. Estamos. Arruinados. A-rrui-na-dos.

Casi escupió las últimas sílabas, pero el joven no pareció alarmarse. Tal vez lo intuía. Tal vez le daba igual.

—Aquí tienes propiedades. Rentabilízalas.

Resopló con furia contenida.

—No seas cerril, Nico, por lo que más quieras. Recapacita un poco, tómate un tiempo.

—Llevo semanas reflexionando y ésa es mi decisión.

—Ya están hechas las amonestaciones, la familia Gorostiza en pleno aguarda tu regreso, la niña tiene hasta el vestido de novia colgado del ropero.

—Es mi vida, padre.

Volvió a cundir entre ellos un silencio cortante que a los comensales cercanos no les pasó por alto. Hasta que Nicolás lo rompió.

—¿No piensas preguntarme por mis planes?

—Seguir dándote la gran vida, supongo —replicó con una brusquedad punzante—. Sólo que ya no tienes con qué.

—Igual estás equivocado. Igual tengo un proyecto.

—¿Dónde, si puede saberse?

—Entre México y París.

—Haciendo ¿qué?

—Abriendo un negocio.

Soltó una risotada ácida. Un negocio. Un negocio, su Nico. Por el amor de Dios.

—Comercio de piezas de arte y muebles nobles de otras épocas entre los dos continentes. Los llaman antigüedades. En Francia mueven fortunas. Y los mexicanos se vuelven locos por ellas. Hice contactos, tengo un socio a la vista.

—Tremendas perspectivas... —musitó con la cabeza baja fingiendo una profunda concentración en separar la piel de la carne del muslo.

—Y aguardando estoy también —prosiguió el joven como si no lo hubiera oído.

—¿A qué?

—Hay una mujer en la que he puesto mis afectos. Una mexicana expatriada que ansía volver, para que te quedes tranquilo.

—Ándale, pues. Cásate con ella, fecúndala con quince chamacos, sé feliz —replicó sarcástico mientras seguía afanándose con el despiece del ave.

—Imposible de momento, me temo.

Alzó por fin la vista del plato, entre el hartazgo y la curiosidad.

—Está a punto de desposarse con un francés.

Le faltó un ápice para transformar la furia en carcajada. Enamorado andaba además de una muchacha comprometida, para rematar el cúmulo de desatinos. Pero es que no vas a hacer ni una a derechas, hijo de mis entrañas.

—Ignoro por qué te asombra mi elección —añadió Nicolás con sorna afilada—. Al menos ella aún no ha pasado por el altar, ni tiene un marido enfermo encerrado en un convento, ni cuatro hijas esperándola en otra patria.

Absorbió ávido una bocanada de aire, como si éste contuviera lonjas de la paciencia que tanto necesitaba.

—Basta, Nico. Ya está bien.

El chico se quitó la servilleta de las piernas y la dejó sobre la mesa sin miramiento.

—Lo mejor será que terminemos esta conversación en otro momento.

—Si lo que buscas es mi aprobación para tus desvaríos, no cuentes con ella ni ahora ni después.

—Me ocuparé entonces yo solo de mis asuntos, no te apures. Bastante tienes tú con resolver el montón de embrollos en los que andas metido.

Le vio marchar con paso enérgico y rabioso. Y una vez quedó solo en la mesa de la fonda, frente a una silla vacía y los huesos del pollo a medio comer, lo embargó algo parecido a la desolación. Habría dado su alma porque Mariana hubiera estado cerca para mediar entre ellos. A cuento de qué había insistido en que su hijo se marchara a Europa justo antes de casarse, se lamentó. Qué carajo hacían ambos en esa tierra ajena que no paraba de llenarlo de incertidumbres; cómo y cuándo se empezó a quebrar la férrea alianza que siempre hubo entre ellos, primero en los atroces días de las minas y luego en el esplendor de la gran capital. A pesar de sus desafíos juveniles, era la primera vez que Nicolás cuestionaba en firme su autoridad paterna. Lo hacía, además, con la fuerza de una bala de cañón lanzada contra uno de los muy escasos muros que aún quedaban alzados en su ya casi devastada resistencia.

Y entre todos los momentos inoportunos que a millones flotaban en el cosmos, por todos los diablos que había elegido el peor.

50

Tras dejar sobre la mesa un importe generoso sin esperar la cuenta, desde la fonda voló al caserón. El equipaje de la Gorostiza le esperaba en el zaguán.

—Agarra tú por allá, Santos, que yo levanto acá.

A esas alturas, lo mismo le daba que los jerezanos le vieran estibando bultos como un vulgar mozo de cuerda. Arriba, un, dos, tres. Listo, ándale. Todo hacía aguas por todas partes; todo se le escurría de entre las manos, qué importaba sumar a su haber una deshonra más.

Lo último que hizo antes de partir fue mandar al viejo Simón con una nota a casa del doctor. Ruego acompañes al interesado hasta Cádiz. Plaza de Mina, le había escrito. Fonda de las Cuatro Naciones. Nos veremos allá esta noche para decidir cómo proceder.

Estaba convencido de que Fatou les ayudaría a encontrar la manera de que el inglés embarcara con rumbo a Gibraltar a la mayor brevedad y, hasta que ese momento llegara, no tenía más argucias ni más componendas: alojar al hijastro en un cuarto de hotel era todo lo que se le había ocurrido. Que esperara su transporte cerca del muelle mientras ellos despachaban a la Gorostiza hasta La Habana en su barco de sal. Dios diría después.

Para cuando llegaron a Cádiz a la caída de la tarde, la esclava seguía llorando como una criatura de pecho. Santos Huesos, hosco como casi nunca, se había limitado a contestar a las preguntas de su patrón a lo largo del camino con monosílabos. Lo que me faltaba, farfulló para sí.

—Den un paseo, vayan despidiéndose —les dijo al aproximarse al portón claveteado de la calle de la Verónica—. Y arréglatelas como puedas para que se calme, Santos: no quiero escenas cuando vea a su ama.

—Pero ella me lo prometió… —volvió a hipar Trinidad.

Estalló entonces en unos sollozos tan afilados que hicieron volver algunas cabezas entre los viandantes. El espectáculo era cuando menos pintoresco: una mulata con un vistoso turbante encarnado lloraba como si fueran a degollarla mientras un indígena con el pelo a media espalda intentaba sin fruto serenarla, y un atractivo señor de aspecto ultramarino contenía a duras penas su irritación ante los dos. En las elegantes casas vecinas, con discreto afán fisgón, se abrieron unas cuantas persianas.

Les lanzó una mirada asesina. Lo último que necesitaba en ese momento era añadir contratiempos gratuitos a la cuenta de favores adeudados que ya tenía pendiente con Fatou. Y si no lo frenaba rápido, con ese número de opereta en plena calle estaba a un paso de conseguirlo.

—Cállala, Santos —masculló antes de darles la espalda—. Por tus muertos, cállala.

Volvieron a recibirlo Genaro y sus toses.

—Pase usted, don Mauro, le están esperando.

Esta vez no lo acogieron en la sala de las visitas comerciales, sino en la estancia del piso principal. La de las noches de charla con la estufa encendida y el café y el licor. La familiar. El matrimonio, con los rostros todavía un tanto demudados a pesar del esfuerzo por disimularlo, ocupaba un diván de damasco bajo una pareja de bodegones al óleo llenos de hogazas, cántaros de barro y perdices recién cazadas. Junto a ellos, sentada en una butaca, Soledad lo recibió serena en apariencia, con una escuetísima señal de bienvenida que sólo él percibió. Bajo su calma forzada, sin embargo, Mauro Larrea sabía que seguía batiéndose a duelo contra una tropa de inquietantes belcebús.

Vámonos, vámonos de aquí, quiso decirle cuando sus miradas se cruzaron. Levántate, déjame que te abrace primero;

déjame que te sienta y te huela, y te roce los labios y te bese en el cuello y te tiente la piel. Y luego agárrate fuerte a mi mano y vámonos. Subamos a un barco en el muelle: a cualquiera que nos lleve lejos, donde no nos acosen las calamidades. Al Oriente, a las Antípodas, a la Tierra de Fuego, a los mares del Sur. Lejos de tus problemas y de mis problemas; de las mentiras conjuntas y de los embustes de cada cual. Lejos de tu marido demente y de mi caótico hijo. De mis deudas y tus fraudes, de nuestros fracasos y del ayer.

—Buenas tardes, amigos míos; buenas tardes, Soledad —fue lo que dijo en cambio.

Le pareció que ella, con un gesto casi imperceptible, había replicado ojalá. Ojalá pudiera. Ojalá yo no tuviera lastres ni ataduras, pero ésta es mi vida, Mauro. Y allá donde yo vaya, mis cargas conmigo habrán de venir.

—Bien, parece que todo se va resolviendo.

Las palabras de Antonio Fatou hicieron estallar en el aire sus absurdas fantasías.

—Ansioso estoy por oír los avances —anunció sentándose—. Les ruego disculpen mi demora, pero unos cuantos asuntos importantes me obligaron a retornar a Jerez.

Le detallaron los preparativos: en cuanto terminaron de trasvasar la sal gruesa de las marismas de Puerto Real, Fatou mandó adecentar las parcas camaretas y se ocupó del suministro necesario. Limpieza a fondo, colchones, mantas, un considerable refuerzo de agua y comida. Caprichos incluso, añadidos por la mano misericordiosa de Paulita, su mujer: jamón dulce, galletas inglesas, guindas en almíbar, lengua trufada. Hasta un gran frasco de agua de Farina añadió. Todo con la intención de mitigar las deplorables comodidades de un viejo buque de carga que jamás imaginó que acabaría llevando en sus entrañas a una regia señora a la que todos querían mandar lejos cual si incubara sarna perruna.

Aunque no zarparían hasta la mañana siguiente, habían decidido embarcarla esa misma noche. Sin luz, para que no fuera del todo consciente de la situación hasta que Cádiz no se hubiera perdido en la distancia.

—No disfrutará de las comodidades de una pasajera de cámara en un navío convencional, pero confío en que sea una travesía razonablemente llevadera. El capitán es un vizcaíno de absoluta confianza y la tripulación, escasa y pacífica; nadie la molestará.

—Y viajará con ella su criada, por supuesto —apuntó Sol.

—Su esclava —corrigió él.

La misma muchacha que suplicaba desconsolada que la dejaran quedarse junto a Santos Huesos. La que sollozaba por su libertad pactada en un trato tan frágil como una lámina de hielo.

—Su esclava —asintieron algo incómodos los demás.

—El equipaje ya está también listo —anunció.

—En tal caso —dispuso Fatou—, creo que podemos proceder.

—¿Me permitiría antes hablar con ella en privado? Intentaré que sea breve.

—Cómo no, Mauro, por favor.

—Y le agradecería que también me prestara algunos útiles de escribir.

La Gorostiza lo recibió contenida en apariencia. Con el mismo vestido que el día anterior y el cabello otra vez tenso; sin afeites ni esos polvos de arroz a los que tan dada era en Cuba. Sentada junto al balcón en su habitación de invitados entelada en toile de Jouy, junto a la luz de un tenue quinqué.

—Sería una hipocresía por mi parte decirle que lamento que nada haya salido como usted esperaba.

Ella desvió la mirada hacia la noche temprana tras las cortinas y los cristales. Como si no lo hubiera oído.

—Con todo, confío en que arribe a La Habana sin mayores percances.

Seguía impertérrita, aunque probablemente bullía por dentro y no le faltaran ganas de decirle maldito seas.

—Hay un par de asuntos, no obstante, que quiero tratar con usted antes de su partida. Puede o no colaborar conmigo, como guste, pero de ello dependerá el estado en que desembarque. Supongo que no le agradará la idea de llegar al muelle de Caballería hecha una piltrafa: agotada y sucia, sin haberse cambiado de ropa en varias semanas. Y sin un peso.

—¿Qué quiere decir usted, desgraciado? —preguntó por fin, rompiendo el falso letargo.

—Que ya está todo previsto para su embarque, pero no pienso devolverle su equipaje hasta que no se avenga a solventar dos cuestiones.

Esta vez sí lo miró.

—Es usted un hijo de mala madre, Larrea.

—Contando con que la mía me abandonó antes de cumplir los cuatro años, no veo manera de contradecir tal afirmación —replicó acercándose al pequeño buró que ocupaba una esquina de la alcoba. Sobre él depositó el papel, la pluma bien afilada, el tintero de cristal y el secante que Fatou acababa de proporcionarle—. Bien, cuanto menos tiempo perdamos, mejor. Haga el favor de sentarse aquí y prepárese para escribir.

Se resistió.

—Le recuerdo que no sólo está en juego su guardarropa. El dinero de su herencia que traía cosida al interior de las enaguas, también.

Diez minutos y unos cuantos improperios después, tras múltiples rechazos y reproches, logró que transcribiera una a una las palabras que él le dictó.

—Prosigamos —ordenó tras soplar la tinta sobre el papel—. El segundo de los asuntos tiene que ver con Luis Montalvo. La verdad completa, señora. Eso es lo que me apremia saber.

—Otra vez el dichoso Comino… —replicó agria.

—Quiero que me diga por qué acabó nombrando heredero a su marido.

—¿Y a usted qué le importa? —le espetó furiosa.

—Se está arriesgando a que por toda La Habana se sepa el penoso estado en el que llegó de su gran viaje a la madre patria.

Se clavó las uñas en las manos y cerró unos segundos los ojos, como si quisiera controlar su furia.

—Porque así se hacía justicia, señor mío —dijo al fin—. Eso es todo lo que tengo que explicarle.

—Se hacía justicia, ¿a qué?

Sopesando si avanzar algo más o cerrarse en banda, la Gorostiza se mordió un labio. Él la contemplaba con los brazos cruzados. En pie, férreo, a la espera.

—A que mi esposo hubiera cargado con una culpa ajena durante más de veinte años. Y, a causa de ella, haber sufrido el destierro, el desprecio de los suyos y el aislamiento de por vida. ¿No le parece suficiente?

—Hasta que no comprenda a qué culpa se refiere, no se lo podré decir.

—A la culpa de ser el causante de la muerte del primo.

Se hizo un silencio espeso, hasta que ella fue consciente de que ya no le quedaba más salida que terminar.

—Él nunca disparó aquel tiro.

Apartó ahora la mirada, volvió a dirigirla a través de los cristales.

—Siga.

Apretó los labios hasta hacerles perder el color, negándose.

—Siga —repitió.

—Lo hizo Luis.

Le pareció que la llama del quinqué se estremecía. ¿Qué?

—El niño de la casa, el enfermito, el benjamín —farfulló la mexicana escupiendo cinismo—. Él apretó el dedo del disparo asesino que acabó con su propio hermano.

Las piezas se acercaban, a punto de encajar.

—Matías y mi marido estaban enzarzados en una pelea, habían dejado apartadas las escopetas, se gritaban, se maldecían como jamás lo habían hecho. Y el pequeño Luisito, que tan sólo les acompañaba desarmado, se puso nervioso y pretendió intermediar. Agarró entonces una de las armas, quizá sólo pretendía lanzar un tiro al aire, o quiso amedrentarlos, o sabe Dios.

Para cuando los cazadores más cercanos llegaron hasta ellos, la escopeta de Gustavo estaba en el suelo recién disparada, Matías se desangraba en el suelo y el Comino lloraba con un ataque de nervios encima del cuerpo caliente. Mi marido intentó aclarar lo sucedido, pero todo estaba en su contra: sus gritos y maldiciones durante la pelea se habían oído en la distancia y el arma era la suya.

No necesitó seguir insistiendo para que hablara: ella misma parecía haberse destensado.

—Al ver el estado de su hermano mayor, al enano le entró un mal de nervios y ni media palabra dijo. En vez de ser considerado como el asesino que en verdad era, se lo trató como a una segunda víctima. Jamás hubo tampoco una denuncia formal contra Gustavo, todo quedó en la familia. Hasta que el abuelo le puso una bolsa de dinero encima de la mano y lo desterró.

Nunca se creyó merecedor del patrimonio del que fue heredero. Eso le había respondido Manuel Ysasi en el casino a su pregunta del porqué de los desmadres y la vida disoluta de Luisito Montalvo; a la razón de su desafecto por el negocio y las propiedades de la familia. Entonces no fue capaz de interpretar al doctor. Ahora sí.

—Y ya que me está sacando las palabras como el sacamuelas habanero de la calle de la Merced, déjeme que le cuente algo más. ¿Usted quiere conocer por qué se peleaban?

—Lo imagino, pero confírmemelo.

Su fugaz carcajada sonó amarga como un trago de angostura.

—Cómo no. Siempre en medio, la gran Soledad. Gustavo estaba desolado porque ella se acababa de casar con el inglés, acusaba a su primo mayor por no haber frenado ese romance en su ausencia; él por entonces vivía en Sevilla. Lo tachó de traidor, de desleal. De haber colaborado con el viejo para que la prima de la que estaba enamorado desde que tenía memoria se apartara de él.

Hablaba firme ahora la Gorostiza, como si poco le importara todo una vez que había empezado a tirar del hilo de la madeja.

—¿Sabe una cosa, Larrea? Mucho ha llovido desde que mi marido me contó todo aquello: cuando los fantasmas lo despertaban en la madrugada, cuando todavía hablaba conmigo y se esforzaba por fingir que me quería siquiera un poquitico, aunque la maldita sombra de otra mujer conviviera perenne entre nosotros. Pero nunca olvidé que ahí se le tronchó la vida a Gustavo, por eso escribí a Luis Montalvo a lo largo de los años. Por eso puse a su disposición nuestra casa y nuestra hacienda como una pariente cariñosa, diciéndole que mi marido ansiaba el reencuentro cuando él ni siquiera sospechaba ni por lo más remoto lo que yo tramaba. Lo único que yo perseguía era avivarle el ánimo, que le bullera la sangre en el cuerpo después de tanto tiempo de cargar con la angustia de un pecado ajeno a sus espaldas. Y pensé que podría conseguirlo devolviéndole los escenarios de aquel mundo feliz del que los suyos lo echaron a patadas. La casa de su familia, la bodega, las viñas de su infancia. Así que primero logré traer al Comino desde España para que se congraciaran y después, sin que mi marido lo supiera, lo convencí para que cambiara su testamento. Nada más.

Una mueca cargada de acidez se le dibujó en el rostro.

—Tan sólo me costó unas cuantas lágrimas falsas y un notario público con pocos escrúpulos: no se imagina lo sencillísimo que resulta para una mujer bien provista alterar las voluntades de un moribundo con la conciencia manchada.

Prefirió pasar por alto la insolencia, le urgía acabar cuanto antes: los Fatou y Soledad esperaban ansiosos en la sala, todo estaba listo. Pero él, implicado hasta los tuétanos entre los escombros de los Montalvo, se negaba a dejarla partir sin antes terminar de entender.

—Prosiga —ordenó de nuevo.

—¿Qué más quiere saber usted? ¿Por qué mi esposo fue tan insensato a la postre como para jugárselo todo con usted en una partida de billar?

—Exactamente.

—Porque me equivoqué de cabo a rabo —reconoció con un rictus de pesar—. Porque su reacción no encajó en mis previsiones, porque no logré ilusionarlo como pretendía. Me creí capaz de proponerle un futuro alentador para los dos: vender nuestras propiedades en Cuba y venir juntos a España, recomenzar en la tierra que tanto añoró. Sin embargo, lejos de lo que yo esperaba, al saberse propietario de todo tras la muerte de su primo, en vez de sentirse reconfortado, se hundió en su perpetua indecisión, y más cuando supo que su prima había regresado con su marido a Jerez.

Se oyeron ruidos desde fuera, pasos, presencias; la noche avanzaba, alguien acudía en su busca. Pero al oírles hablar, quienquiera que fuese optó por no interrumpir.

—¿Sabe qué fue lo peor de todo, Larrea, lo más triste para mí? Confirmar que yo no tenía cabida en sus planes; que si por fin se decidía a volver, no iba a traerme consigo. Por eso no se planteó vender nuestras propiedades en Cuba, ni la casa ni el cafetal, para que yo pudiera seguir subsistiendo sola, sin él. ¿Y sabe qué pretendía apartándome de todo?

No lo dejó adelantar sus conjeturas.

—Su único objetivo, su única razón, era reconquistar a Soledad. Y para ello necesitaba algo que no tenía: dinero contante. Dinero para volver pisando fuerte y no como un fracasado suplicando perdón. Para regresar con un proyecto, con un plan ilusionante entre las manos: reflotar el patrimonio, empezar a levantarlo todo otra vez.

La recordó la noche del baile en casa de Casilda Barrón, pidiéndole su complicidad entre la densa vegetación del jardín mientras lanzaba miradas cautelosas hacia el salón.

—Por eso me empeñé en que él no supiera lo que usted me traía desde México: porque eso era lo único que él necesitaba para dar el paso final. Un capital inicial para retornar con solvencia, y no como un perdedor. Para hacerse valer delante de ella y abandonarme a mí.

Las lágrimas, esta vez verdaderas, empezaban a rodarle por el rostro.

—¿Y por qué decidió incluirme en sus maquinaciones, si no es mucho preguntar?

La mezcla del llanto amargo con una mueca repleta de cinismo fue tan incongruente y tan descarnadamente sincera como toda la historia que estaba desentrañando.

—Ése fue mi gran error, señor mío. Meterlo a usted por medio, inventarme la patraña de su supuesto afecto hacia mí; en mala hora se me ocurrió. Tan sólo pretendía inquietar a Gustavo con una preocupación distinta, para ver si se encendía al ver en peligro al menos su dignidad pública como marido.

Se le tensó el rictus.

—Y lo único que logré fue ponerle en bandeja una cuerda para que se ahorcara.

Al fin. Al fin todo cuadraba en el cerebro del minero. Todas las piezas tenían ya un perfil propio y una posición en aquel complejo juego de mentiras y verdades, de pasiones, derrotas, maquinaciones y amores frustrados que ni los años ni los océanos habían logrado tronchar.

Todo lo que necesitaba saber estaba ya ahí. Y no había tiempo para más.

—Ojalá pudiera darle réplica, señora, pero habida cuenta de las urgencias que nos acosan, creo que lo mejor será que se vaya preparando.

Ella volvió la vista al balcón.

—Yo tampoco tengo más nada que hablar. Ya arrambló usted con mi futuro entero, igual que Soledad Montalvo llevaba décadas machacando mi presente. Pueden estar satisfechos los dos.

Salió dispuesto a dirigirse a la sala familiar, desconcertado, abrumado todavía. Pero había que actuar con premura. Listo, procedamos, iba a decirle a Fatou; ya tendría tiempo de reflexionar más adelante. Pero no pudo avanzar, algo se lo impidió. Una presencia acurrucada en el suelo, entre las sombras mortecinas del pasillo. Una falda extendida sobre las tablas, una espalda encorvada contra la pared. La cabeza hundida entre los hombros, los brazos alrededor, cobijándola. El sonido del llanto quedo de otra mujer. Soledad.

De ella eran los pasos que él oyó llegar por el pasillo mientras la Gorostiza vomitaba sus viejos penares. Ella era quien acudía a avisarle que la prisa apremiaba, y quien quedó parada junto a la puerta al oír las palabras descarnadas de la mujer de su primo.

Ahora, encogida en un ovillo como un huérfano en una noche de pesadillas, lloraba por lo que nunca supo del ayer. Por las culpas ajenas y las culpas propias. Por lo que le ocultaron, por lo que le mintieron. Por los tiempos pasados, felices y desgarradores según los años y los momentos. Por los que ya no estaban, por todo aquello que perdió a lo largo del camino.

51

El muelle les acogió oscuro y silencioso, lleno de navíos amarrados con gruesas cuerdas al hierro de los noráis, con las velas apretadas contra los mástiles y sin sombra de vida humana. Goletas y faluchos en pleno sopor nocturno, balandras y jabeques adormecidos. Apenas había rastro alrededor de los montones habituales de cajones, toneles y fardos provenientes de otros mundos, ni de los cargadores vociferantes, ni de los carros y recuas que a diario entraban y salían por la Puerta del Mar. Tan sólo el ruido del agua oscura batiendo sorda contra la madera de los cascos y la piedra del cantil.

Fatou, el minero y su criado acompañaron en la chalupa a las mujeres hasta el barco salinero. Paulita se quedó en casa, preparando un ponche de huevo —según dijo— para cuando todos regresaran con la humedad metida en los huesos.

Soledad, por su parte, vio partir las siluetas resguardada tras los cierros de una estancia del piso principal. Mauro Larrea la había alzado del suelo del pasillo; estrechándola contra su pecho, la condujo después a un cuarto cercano, mientras se esforzaba tenaz por no dejarse llevar por las pulsiones de su cuerpo y sus sentimientos, intentando obrar con la cabeza fría y la más gélida razón. Yo me encargo, volveré, le susurró al oído. Ella asintió.

No llegó a cruzar ni una palabra con Carola Gorostiza, no hubo tiempo. O quizá, simplemente, no había nada que decir. Qué sentido tenía a esas alturas enviar nada a Gustavo a través de su esposa. Cómo taponar con la precipitación de unas cuantas frases más de veinte años de culpa arbitraria, más de dos décadas de un despecho tan desgarrador como atrozmente injusto. Por eso optó por mantenerse al margen. Con las yemas de los dedos apoyadas sobre los cristales y las lágrimas llenándole los ojos, sin decir adiós a la mujer que, a pesar del vínculo del matrimonio y de los largos años de convivencia, jamás logró suplantarla en los sentimientos de un hombre del que, en otro tiempo y en otro escenario, tampoco se llegó a despedir.

La Gorostiza, conservando digna la compostura, no abrió la boca a lo largo de la breve travesía; a la mulata Trinidad tampoco se la oyó apenas, parecía haber asumido la realidad con resignación. Santos Huesos mantuvo en todo momento la atención desviada hacia las luces de plata de la ciudad.

Si al pasar desde la chalupa al viejo barco carguero la mexicana sospechó que aquél no era el lugar más adecuado para una señora de su clase, lo disimuló con altivo menosprecio. Simplemente, dedicó un somero buenas noches al capitán y exigió que sus pertenencias fueran trasladadas de inmediato a su cabina. Sólo cuando quedó encerrada en aquella camareta angosta y opresiva a pesar de los esfuerzos de los Fatou, oyeron desde la cubierta un grito henchido de rabia.

Estaba a punto de librarse de un estorbo que le pesaba como un saco de plomo echado a la espalda, pero el alivio se le mezclaba a Mauro Larrea con una sensación confrontada. Desde que le arrancara con mañas fulleras sus más ocultas intimidades, algo había cambiado en su percepción de aquel ser que, con sus patrañas y sus embustes, había puesto su vida del revés. La mujer que iniciaría su regreso al Nuevo Mundo apenas se intuyera la alborada, la causante de la partida de billar que torció su destino, seguía siendo a sus ojos compleja, farsante y egoísta, sólo que ahora él sabía que tras sus actos ocultaba algo que hasta entonces no había sido capaz siquiera de intuir. Algo más allá del mero afán material que le imaginó desde un principio. Algo que en cierta manera la redimía y la humanizaba y que a él le generaba un poso de desconcierto:

el ansia desesperada de sentirse querida por un marido que ahora emergía también con un perfil distinto, con sus astillas dolorosas clavadas en el corazón.

En cualquier caso, ya no tenía ningún sentido dar vueltas a las causas y las consecuencias de todo lo que había pasado entre la mexicana y él desde que la conociera en aquella fiesta de El Cerro habanero. Con ella malamente acomodada en su más que modesto camarote, sólo una última cosa le restaba por hacer. Por eso, mientras Fatou y el capitán ultimaban detalles junto al puesto de mando, Mauro Larrea llamó a Santos Huesos aparte. El criado fingió no oírlo mientras se sentaba en la proa sobre un rollo de sogas. Volvió a llamarlo sin resultado. Seis pasos después lo agarró por el brazo y lo forzó a levantarse.

—¿Me quieres escuchar, cabrón?

Estaban ya frente a frente, ambos con las piernas separadas para mantener el equilibrio a pesar de la mar tranquila de aquella noche atlántica. Pero el criado se resistía a alzar la vista.

—Mírame, Santos.

Lo esquivó, enfocando hacia el agua negra.

—Mírame.

Jamás había rehuido una orden de su patrón a lo largo de los muchos años que llevaba siendo su sombra. Excepto aquella vez.

—¿Tanto en verdad le costaría dejarme un rato nomás en paz?

—Allá tú si no quieres saber que la doña cumplió su palabra.

Sólo entonces alzó el indio los ojos brillantes.

—La muchacha es libre —dijo el minero llevándose la mano al pecho y palpando el papel resguardado en el bolsillo interior de la levita—. Voy a entregar al capitán el escrito en el que así consta; él se encargará de hacerlo llegar a don Julián Calafat.

En nombre de Dios todopoderoso, amén. Sépase que yo, María Carola Gorostiza y Arellano de Zayas, dueña en plenitud de todas mis facultades en el momento que este documento escribo, ahorro y liberto de cualquier sujeción, cautiverio y servidumbre a María de la Santísima Trinidad Cumbá y sin segundo apellido, la cual dicha libertad le doy graciosamente y sin estipendio alguno para que como persona libre disponga de sus derechos y su voluntad.

Aquello era lo que le había obligado a redactar sobre el buró de su cuarto: la manumisión de la joven por la que penaba su fiel Santos Huesos.

Cuando quiera, Mauro. La voz de Fatou se oyó a sus espaldas antes de que el criado pudiera reaccionar.

—Ándate a la carrera a decirle a Trinidad que vuele a casa del banquero tan pronto desembarque en La Habana —añadió bajando el tono—. En cuanto lea este documento, él le indicará cómo debe proceder.

Al criado, entumecido, le faltaron las palabras.

—Ya pensaremos cómo pueden reencontrarse cuando sea momento —zanjó él palmeándole con vigor el hombro como para ayudarlo a salir del desconcierto—. Ahora, apúrate y vámonos.

* * *

Nadie tendría que esperarlos en el muelle, pero los aguardaba una silueta oscura portando un farol. A medida que se fueron acercando, distinguieron dentro de ella a un muchacho. Un esportillero a la caza del último acarreo del día, o un pillastre de la calle, o un enamorado contemplando la negrura de la bahía mientras penaba, ay, por un querer infeliz; nada que ver con ellos seguramente. Hasta que, a punto de desembarcar, lo oyeron.

—¿Alguno de los señores responde a las señas de Larrea?

—Servidor —dijo tan pronto tocó tierra firme con los dos pies.

—Le reclaman en la fonda de Las Cuatro Naciones. Sin demora, a ser posible.

Algo se le había torcido a Ysasi con el inglés, no necesitó preguntar.

—Aquí nos despedimos de momento, amigo mío —dijo tendiendo una mano precipitada a Fatou—. Inmensamente agradecido quedo por su generosidad.

—Tal vez pueda acompañarlo…

—Ya he abusado de usted lo suficiente, mejor será que lo deje volver a casa. Hágame el favor, no obstante, de poner a la señora Claydon sobre aviso. Y ahora le ruego que me disculpe, pero debo ausentarme de inmediato; me temo que no se trata de un asunto menor.

Por aquí, señor, advirtió el muchacho impaciente haciendo oscilar la luz. Tenía orden de acompañarlos hasta la fonda a la carrera, y no estaba dispuesto a perder el real comprometido. Y el minero lo siguió a zancadas, con Santos Huesos detrás aún rumiando desconcierto.

Salieron del puerto, recorrieron la calle del Rosario y el callejón del Tinte al fin, sin apenas más transeúntes a esas horas que algún alma triste envuelta en harapos adormecida contra una fachada. Pero no lograron llegar a la fonda: se lo impidió alguien que emergió en mitad de la plaza de Mina y los paró entre las sombras de los ficus y las palmeras canarias.

—Toma —dijo Ysasi tendiéndole una moneda al mozo—. Déjanos la lámpara y arrea.

Aguardaron a que se desvaneciera en la oscuridad.

—Se va. Ha encontrado un barco que lo lleva a Bristol.

Sabía que el médico se estaba refiriendo a Alan Claydon. Y sabía que aquello era una absoluta contrariedad porque significaba que en ocho días, diez a lo sumo, el hijastro estaría en Londres emponzoñando los asuntos familiares otra vez. Para entonces, Sol y Edward apenas habrían tenido tiempo de recluirse.

—Me lo traje desde Jerez convencido él de que iba a partir para Gibraltar por mi pura cortesía, pero hemos tenido la mala ventura de coincidir en el comedor de la fonda con tres ingleses; tres importadores de vino que celebraban con una buena cena la última noche de su estancia en España. Sentados unas mesas más allá, hablaban de botas y galones de oloroso y amontillado, de las excelentes operaciones que habían conseguido; de calidades y precios, y de la urgencia que tenían por colocarlo todo en el mercado.

—Y él los oyó.

—No sólo. Los oyó, se levantó de la mesa y se acercó a ellos, les habló.

—Y les pidió que lo llevaran directo a Inglaterra.

—En un sherry ship listo para zarpar cargado de vino hasta el palo mayor. A las cinco de la mañana han quedado en reencontrarse.

—Pinche malaventura.

—Eso exactamente pensé yo.

Imbécil, se dijo entonces. Cómo se le ocurrió proponer al médico que expusiera abiertamente al hijastro en un establecimiento público dentro de una ciudad en la que sus compatriotas no escasean. Obsesionado como estaba por desembarazarse de la Gorostiza, abstraído por la posible venta inminente de las propiedades y por las exasperantes decisiones de Nicolás, no había tenido en cuenta ese detalle. Y el detalle se acababa de convertir en un descomunal error.

Hablaban en la semioscuridad de la plaza que antaño fuera la huerta del convento de San Francisco, de pie y en tono quedo con los cuellos de los capotes alzados, bajo el enrejado de hierro por el que trepaban sombrías las buganvillas sin flores.

—No se trata de simples comerciantes de paso: esos ingleses son gente del negocio con sólidos contactos por aquí —prosiguió Ysasi—. Conocían a Edward Claydon, se mueven en el mismo circuito, así que, a lo largo de los días de travesía conjunta hasta la Gran Bretaña, tendrán tiempo a montones para enterarse de todo lo que Alan tenga a bien contarles, y él para dosificar sus infundios.

—Buenas noches.

La voz femenina a unos pasos de distancia le erizó la piel. Soledad se acercaba a su espalda, embozada en su capa de terciopelo, rasgando la noche con el ritmo ágil de sus pies. Decidida, preocupada, llevando a Antonio Fatou a un costado. Los saludos fueron breves y con voces apagadas, sin moverse de la umbría de los jardines. El lugar más seguro, sin duda. O el menos comprometedor.

Apenas estuvieron cerca, Mauro Larrea apreció en sus ojos el rastro de su llanto amargo. Escuchar tras la puerta las descarnadas confesiones de la Gorostiza sobre su primo Gustavo había desmontado de un golpe atroz el entramado sobre el que su familia construyó una cruel e injusta versión de la realidad. No debía de ser fácil para ella asumir la verdad desconcertante más de veinte años después. Pero la vida sigue, pareció decirle la jerezana en un fugaz diálogo mudo. El dolor y el remordimiento no me pueden lastrar ahora, Mauro; ya llegará el momento de que me enfrente a ellos. De momento, debo continuar.

Un escueto gesto le sirvió a él para decir de acuerdo. Y después, también sin palabras, le preguntó qué hacía Fatou allí otra vez. Bastante incordio le causamos ya; bastantes mentiras le contamos y bastante nos expusimos ante él, vino a decirle. Ella lo tranquilizó alzando la curva de una de sus armoniosas cejas. Comprendido, replicó mediante un leve movimiento del mentón. Si lo trajiste contigo, alguna razón tendrás.

El médico les resumió el problema sobrevenido con un puñado de breves frases.

—Eso inhabilita lo previsto —musitó Sol por respuesta.

Qué carajo es lo previsto, pensó él. En el tumultuoso día que llevaba a cuestas, nada, absolutamente nada, había tenido tiempo de prevenir.

Las palabras de Fatou justificaron entonces su presencia entre ellos.

—Disculpen mi intromisión en este asunto ajeno, pero la señora Claydon me puso al tanto de su desafortunada situación familiar. A fin de contribuir a solventarla, yo le había ofrecido la posible solución de embarcar a su hijastro hasta Gibraltar en un laúd de cabotaje. Pero no está previsto que zarpe, en cualquier caso, hasta pasado mañana.

Así que por eso estás aquí, mi querido amigo Antonio, se dijo el minero ocultando una mueca cargada de sarcasmo. Tú también tienes sangre caliente en las venas y a ti también te cautivó nuestra Soledad. Por delante había ido ella, como siempre: ni una puntada sin hilo daba nunca la última de los Montalvo. Ahora entendía Mauro Larrea la razón por la que ella se había quedado a lo largo del día entero en Cádiz. Para ir avanzando: tanteando a Fatou, persuadiéndolo sutilmente, seduciéndolo como lo había seducido a él. Conquistando, en definitiva, la voluntad del comerciante con el objetivo único de canalizar lo antes posible el destino de Alan Claydon. Y el de ella y su marido tras él. Naturalmente.

El silencio trepó por las datileras y se enredó entre los troncos de los magnolios; oyeron luego al sereno dar las doce menos cuarto con su chuzo y su linterna desde uno de los costados de la plaza. Entretanto, formando un pequeño corro, cuatro cerebros cavilaban bajo las estrellas sin hallar salida alguna.

—Mucho me temo que esto se nos va de las manos —concluyó Ysasi con su habitual tendencia a ver siempre la botella medio vacía.

—De ninguna de las maneras —solventó tajante Soledad.

La cabeza que emergía de entre los pliegues de terciopelo de una elegante capa de factura parisina acababa de tomar una decisión.

52

A partir de ahí, todo fue movimiento. Pasos, zancadas, cruce de órdenes, más de una carrera. Recelos e incertidumbre a borbotones. Dudas, resquemor. Quizá todo fuera un desatino disparatado. Quizá aquélla fuera la más temeraria de todas las formas posibles de sacar a Alan Claydon del mapa durante una larga temporada pero, con la madrugada soplándoles en la nuca como una bestia hambrienta, o procedían con presteza, o Bristol acabaría ganando el lance.

Las tareas y funciones quedaron repartidas de inmediato. En la calle de la Verónica urgieron a la joven Paulita para que preparara un escueto equipo de viaje con un puñado de prendas masculinas en desuso; cuatro marineros de confianza fueron sacados del sueño recién agarrado; el anciano Genaro compuso unos cuantos bultos con avituallamiento adicional. Era cerca de la una cuando el doctor entró de nuevo en la fonda.

—Tenga la amabilidad de despertar al caballero inglés del cuarto número seis, haga el favor.

El mozo de noche le miró con cara de sueño.

—El aviso lo tengo para las cuatro y media, señor mío.

—Hágase a la idea de que acaban de sonar —dijo deslizando un duro sobre el mostrador. Sabía que Claydon no tendría manera de saber la hora exacta en la que el mundo se movía: por fortuna para ellos, el reloj fue lo primero que los bandoleros le limpiaron.

El hijastro llegó en apenas minutos al patio central. Llevaba los pulgares entablillados con vendas y un corte en la mejilla; la piel antes clara y cuidada del rostro lucía ahora el desgaste de una jornada tremebunda pasada en el fondo de un barranco: pruebas tangibles de los penosos momentos que le brindó aquel país del sur, fanático y estrafalario, con una de cuyas hijas —para su contrariedad— decidió casarse su padre. Todo lo acontecido durante su breve estancia en España había sido violento, brutal, demencial: la irrupción a patada limpia del supuesto amante de su madrastra en el dormitorio, el indígena que le destrozó los pulgares sin alterar su pacífico semblante, el atraco de unos salteadores de caminos que estuvieron a punto de afanarle hasta el apellido. A juzgar por el paso raudo con el que Ysasi le vio aproximarse, debía de ser inmensa su avidez por abandonar cuanto antes aquella tierra desventurada.

Una mueca poco grata, sin embargo, se le asomó al no hallar ni sombra de los marchantes de Bristol.

El doctor lo tranquilizó. Acaban de salir hacia el muelle para arreglar los últimos trámites, dijo con el inglés que aprendió entre las institutrices de los Montalvo; se ha adelantado la hora del embarque previniendo adversos cambios de tiempo, yo mismo lo acompañaré. La suspicacia pasó fugaz por el rostro de Alan Claydon pero, antes de poder dar una segunda pensada a las palabras del médico, éste profirió un contundente come on, my friend.

Habían convenido que fueran Ysasi y Fatou los únicos que dieran la cara acompañándolo. El médico era una carta segura porque ya tenía ganada su confianza. Y el joven heredero de la casa naviera porque, encandilado por los habilidosos e interesados encantos de Soledad, había decidido ponerse ciegamente de su lado desoyendo las mil sensatas razones que le dictaban tanto su esposa como el sentido común.

En el muelle los esperaban dos botes amarrados a la espera, cada uno con un par de marineros a los remos: recién sacados a toda prisa de sus jergones, preguntándose aún somnolientos qué bicho le habría picado al señorito Antonio para ofrecerles un duro de plata por cabeza si salían a esas horas a la mar. Fatou, lógicamente, no se identificó ante el hijastro por su nombre, pero sí actuó con toda la seriedad posible, comunicándose con el recién llegado en el inglés formal que cotidianamente utilizaba en su negocio para mover sus mercancías desde la piel de toro hasta la Pérfida Albión. Cuatro o cinco vaguedades respecto al falso viento cambiante o una improbable niebla matutina, un par de menciones a los gentlemen from Bristol que ya habían partido supuestamente hacia el sherry ship anclado en la bahía, y la urgencia de que míster Claydon les siguiera lo antes posible. Choque de manos de despedida; thank you por aquí, thank you por allá. Sin opción ya para la duda o el arrepentimiento, el hijastro se acomodó mal que bien en la pequeña embarcación. La negrura de la noche no les impidió ver el desconcierto que aún llevaba pintado en el rostro cuando el cabo de amarre quedó suelto. Ysasi y Fatou lo contemplaron desde el cantil mientras los boteros comenzaban a remar. Vaya con Dios, amigo. *God bless you. May you have a safe voyage.*

Le concedieron unos minutos a fin de no amargarle la breve travesía antes de tiempo. Rumbo a la Gran Antilla lo mandaban, sin contemplaciones y sin él saberlo. A una isla caribeña bulliciosa, calurosa, agitada y palpitante, donde el inglés sería un intruso pobremente acogido y de donde —sin contactos ni dinero como iba— confiaban en que le costara un largo infierno retornar. En cuanto estimaron que la distancia era prudente, de las bambalinas entre las tinieblas emergió el resto de la troupe para culminar la función. El mayordomo Genaro y un joven criado de la casa acarrearon hasta el segundo bote las provisiones. Más pipas de agua, más comida, otro par de colchones, tres mantas, un quinqué. Soledad se unió a Antonio Fatou y a Manuel Ysasi para comentar las últimas impresiones, y Mauro Larrea, entretanto, reclamó a su lado a Santos Huesos bajo un toldo de lona junto a la muralla.

—Déjeme un momentito nomás, patrón, que acabe de ayudar.

—Ven para acá, no hay momento que valga.

Se acercó sosteniendo todavía un costal de habichuelas a la espalda.

—Te vas con ellos.

Dejó caer el fardo al suelo, desconcertado.

—No me fío un pelo del inglés.

—¿En verdad me está pidiendo que vuelva a Cuba sin usted?

Su agarradero, su sitio en el mundo, la razón de sus vaivenes. Todo aquello era para el muchacho ese minero que lo sacó del fondo de los pozos de plata a los que le había arrastrado la puritita necesidad cuando no era más que un resbaloso chamaco de huesos afilados dentro de un pellejo cobrizo.

—Al lado del hijoputa te quiero durante toda la travesía, con los ojos bien abiertos —prosiguió agarrándole los hombros—. Atiéndelo hasta donde te permita y evítale en lo posible el contacto con la Gorostiza. Y si hablaran entre ellos, cosa que dudo porque ninguno conoce la lengua del otro, tú no te despegues de su lado, ¿está claro?

Asintió con un ademán, incapaz de soltar palabra.

—Una vez en La Habana —prosiguió sin un respiro—, se esfuman para que ninguno de los dos pueda encontrarlos. Calafat te dirá adónde podrán ir, entrégale esta misiva en cuanto llegues.

Le suplico mediante la presente, mi querido amigo, que proteja a mi criado y a la mulata liberta refugiando a ambos fuera de la ciudad. Eso era lo que decía el mensaje garabateado. En algún momento próximo le haré saber acerca de mi paradero y compensaré debidamente el servicio prestado, continuaba. Para rematar la breve nota, un guiño preñado de sorna que el viejo banquero sabría interpretar. Agradecido de antemano, se despide su ahijado el gachupín.

—Y llévate contigo también esto —añadió después.

Sus últimos dineros, resguardados hasta entonces en casa de Fatou, pasaron de mano a mano: a partir de ahí, o vendía el patrimonio con presteza, o las dentelladas a la bolsa de la condesa se convertirían en una realidad.

—Tuyo es —dijo hundiendo la bolsa en el estómago de un Santos Huesos sin capacidad de reacción—. Pero úsalo con cabeza, ya sabes que no hay más. Y ojo con la muchacha mientras estén a bordo: a ver si las calenturas de la entrepierna no nos juegan de nuevo una mala pasada. Después enfila tu vida, mi hermano, hacia donde tú quieras llevarla. A mi lado siempre tendrás un sitio, como conforme estaré también si al cabo decides quedarte en las Antillas.

Algo húmedo recorrió el rostro del chichimeca bajo la luna creciente.

—No me salgas con sentimentalismos, criatura —advirtió con una falsa carcajada destinada a aliviar la congoja mutua del momento—. Jamás vi a un hombre de la sierra de San Miguelito soltar ni media lágrima; no vayas a ser tú el primero, cabrón.

El abrazo fue tan fugaz como sincero. Ándale, sube al bote. Mantente alerta siempre, no te me apachurres. Cuídate mucho. Y cuídala.

Se giró tan pronto oyó el primer chapoteo de los remos; prefirió no quedarse a contemplar cómo, rumiando una zozobra tan grande como el cielo que los resguardaba, aquel muchacho que se había convertido en un hombre bajo su ala se alejaba mecido por el vaivén de las aguas negras hacia el barco fondeado. Bastante amargo había sido ver a Nicolás despegarse de él aquel mismo mediodía; ninguna necesidad tenía de clavarse dos cuchilladas seguidas en el mismo lado de las entrañas.

Emprendieron en grupo y en silencio el camino de vuelta hacia la calle de la Verónica, masticando cada uno con las muelas de su propia conciencia las implicaciones de la tropelía que entre todos acababan de perpetrar. Hasta que al embocar la calle del Correo, Soledad ralentizó sus pasos y sacó algo de entre los pliegues del vestido.

—Esta misma mañana llegaron dos cartas; Paula me pidió que te las entregara, por si ella no te veía.

Detenido momentáneamente bajo la luz de un farol de hierro, distinguió las huellas palpables del desgaste en dos misivas que habían sorteado valles, montañas, islas y océanos hasta llegar a él. En una distinguió la pulcra caligrafía de su apoderado Andrade. En la otra, el remite oscuro de Tadeo Carrús.

La segunda la deslizó a un bolsillo; el lacre de la primera lo rompió sin miramientos. La fecha databa de un mes atrás.

Después de un día y medio de parto laborioso —rezaba—, tu Mariana alumbró anoche a una criatura radiante que sacó el coraje de su abuelo agarrado a los pulmones. A pesar del cerril empeño de tu consuegra, ella se niega a cristianarla como Úrsula. Elvira será su nombre, como lo fue el de su madre. Dios las bendiga y Dios te bendiga a ti, hermano, allá donde estés.

Alzó los ojos hacia las estrellas. Los hijos que se iban y los hijos de los hijos que llegaban: el ciclo de la vida, casi siempre incompleto y casi siempre aleatorio. Por primera vez en muchos años, Mauro Larrea sintió unas ganas insensatas de llorar.

—¿Todo correcto? —oyó entonces junto a su oído.

Una mano sin peso se le asentó en el brazo, y él se tragó de un golpe la desazón y volvió a la realidad de la noche portuaria y a la única certeza que le quedaba intacta cuando ya ninguna de sus defensas se tenía en pie.

Esta vez no fue capaz de contenerse. Agarrándola por la muñeca la atrajo hacia el doblez de una esquina, donde nadie podría verlos si volvían la mirada preguntándose dónde diablos estaban. Le rodeó el rostro con sus manos grandes y castigadas; deslizó los dedos alrededor del cuello esbelto, se aproximó. Con ansia primaria fundió sus labios con los de Soledad Montalvo en un beso grandioso que ella aceptó sin reservas; un beso que contenía todo el deseo embarrancado a lo largo de los días y toda la abismal angustia que le estrangulaba el alma y todo el alivio del mundo porque al menos una, una única cosa entre las mil calamidades que lo acuciaban como espolones, había salido bien.

Siguieron besándose protegidos por la madrugada llena de salitre y por el cercano campanario de San Agustín, arropados por el olor a mar, apoyados sobre la piedra ostionera de una de tantas fachadas. Desinhibidos, apasionados, irresponsables; amarrados uno a otro como dos náufragos bajo las torres y las azoteas de aquella ciudad ajena, contraviniendo las más elementales normas del decoro público. La jerezana distinguida, cosmopolita y bien casada, y el indiano traído por los vientos de Ultramar, enredados a la luz de las farolas callejeras como una simple hembra sin ataduras y un bronco minero indomable, desprovistos por unos momentos de temores y corazas. Puro deseo, pura víscera. Puro poro, saliva, calor, carne y aliento.

Su boca ávida recorrió los huesos de la clavícula de Soledad hasta acabar en el refugio profundo del hombro bajo la capa, anhelando anidar allí por los siglos de los siglos mientras pronunciaba su nombre con voz ronca y sentía un anhelo rabioso enroscado entre las piernas, el vientre y el corazón.

Apenas a unos pasos, sonó contundente la tos asmática de Genaro. Sin verlos, les avisaba discretamente que alguien lo mandaba en su busca.

Los dedos largos de ella dejaron de acariciar la mandíbula en la que a aquellas horas ya despuntaba una barba cerrada.

—Nos esperan —le susurró al oído.

Pero él sabía que no era cierto. Nada ni nadie lo esperaba en ningún sitio. Entre los brazos de Sol Claydon era el único lugar del universo en el que ansiaba quedarse para siempre anclado.

53

Ninguno se abandonó al sueño durante el regreso a pesar del cansancio que acumulaban. Soledad, mecida por el traqueteo acompasado de las ruedas sobre los baches del camino, reclinaba la cabeza contra un lateral del carruaje con los ojos cerrados. A su lado, Mauro Larrea intentaba sin resultado que el buen raciocinio volviera a su ser. Y entre ambos, al cobijo de los frunces de la falda y de la oscuridad, diez dedos entrelazados. Falanges, yemas, uñas. Cinco de ella y cinco de él, aferrados como conversos a una fe íntima y común mientras allá fuera, tras los cristales, el mundo era turbio y era gris.

Sentado frente a ambos iba Manuel Ysasi, adusto tras la barba negra y su eterna carga de opacos pensamientos.

Tenían previsto llegar a Jerez al alba, cuando la ciudad aún se estuviera quitando las legañas para desplegarse en lo que podría haber sido una mañana como otra cualquiera, con los trabajadores entrando en las grandes casas o saliendo al campo o acudiendo a las bodegas; con las campanas de las iglesias repicando, y las mulas y los carros arrancando sus andanzas cotidianas. Apenas les quedaba media legua para adentrarse en ese previsible ajetreo cuando aquella promesa de cotidianidad reventó en el aire con la violencia de una pila de pólvora prendida por una antorcha al amanecer.

En un principio no fueron conscientes de nada, protegidos como iban por la caja del carruaje y las cortinas de hule: ni oyeron la galopada febril que se les acercaba levantando un polvo denso, ni identificaron el rostro del jinete que se les cruzó en diagonal en medio del camino. Sólo cuando las bestias ralentizaron bruscamente el trote, intuyeron que algo ocurría. Descorrieron entonces las cortinillas e intentaron asomarse. Mauro Larrea abrió la portezuela. Entre polvareda, relinchos y desconcierto, junto al carruaje, a lomos del caballo recién llegado, distinguió una figura del todo fuera de sitio.

Descendió de un salto y cerró tras de sí con un portazo, aislando a Soledad y al doctor de lo que estaba a punto de oír de boca de Nicolás.

—El convento.

El joven señaló el norte. Un humo del color del pellejo de una rata se alzaba sobre los tejados de Jerez.

Soledad abrió entonces la portezuela.

—¿Puede saberse qué es lo que...? —preguntó descendiendo por sí misma con agilidad.

Ante las miradas pétreas del minero y de su hijo, giró la cabeza en idéntica dirección. El rostro se le contrajo en un rictus de angustia. Los dedos que antes se amarraban a los suyos en un cálido nudo se le clavaron ahora en el brazo como garfios de carnicero.

—Edward —musitó.

Él no tuvo más remedio que asentir.

Transcurrieron unos instantes de quietud agarrotada, hasta que el doctor, fuera ya del carruaje y también consciente de lo acontecido, empezó a disparar preguntas. Cuándo, dónde, en qué manera.

—Empezó pasada la medianoche en una de las celdas, imaginan que la causa fue un simple cabo de vela o un candil —arrancó el muchacho. Llevaba pelo, cara y botas manchados de ceniza—. Los vecinos han estado ayudando toda la madrugada; por suerte, el fuego no tocó la iglesia, pero sí las dependencias de las religiosas. Alguien mandó aviso desde dentro a la residencia de los Claydon y el mayordomo, sin saber a quién acudir, me sacó de la cama; con él fui hasta allá, los dos intentamos..., intentamos... —Dejando la frase inconclusa, sus palabras cambiaron de rumbo—. Ya está prácticamente extinguido.

—Edward —repitió queda Soledad.

—Lograron poner a salvo a las madres, se las llevaron a casas particulares —prosiguió el chico—. Falta tan sólo una, al parecer. —Bajó entonces el tono—. Nadie habló de un hombre.

La remembranza de Inés Montalvo, de la madre Constanza, se entreveró con el frío de la primera mañana.

—Mejor será no perder tiempo —dijo el minero con intención de que todos volvieran al carruaje.

Ella no movió los pies del suelo.

—Vamos, Sol —insistió el doctor pasándole un brazo por los hombros.

Siguió sin reaccionar.

—Vamos —repitió.

El alazán en el que Nicolás había llegado relinchó entonces. Era el mismo ejemplar de la cuadra de los Claydon que ella montara cuando fueron a La Templanza por primera vez. Al oírlo, Soledad sacudió brevemente la cabeza, cerró y abrió los ojos en un veloz parpadeo y pareció retornar al presente. A tomar las riendas, como siempre. Esta vez en el sentido más literal.

Se acercó al animal, le palmeó la grupa. Los tres hombres entendieron de inmediato lo que pretendía y ninguno osó frenarla. Fue Nico quien la ayudó a montar. Apenas arrancó el trote con su capa al aire, ellos se lanzaron al carruaje azuzando al cochero. En pos de ella salieron, entre nubes de polvo y tierra levantada, atronados por el ruido de los cascos y del hierro de las ruedas al saltar encabritadas sobre las piedras mientras la espalda esbelta de Soledad Montalvo se iba empequeñeciendo en la distancia para adentrarse sola entre las calles de la ciudad y en una incertidumbre tan viscosa y negra como la brea.

El galope tendido del alazán ganó a los caballos de tiro por la mano, no tardaron en perderla de vista.

Llegaron a las cercanías del convento con los corceles echando espuma por la boca. A pesar de intentarlo entre gritos, amagos y bravatas, no lograron adentrar el carruaje en la pequeña plaza abarrotada. Descendieron de un salto; padre, hijo y doctor empezaron a abrirse paso con esfuerzo entre la muchedumbre que aún se agolpaba con las primeras claras del día. Tres bodegas cercanas, según oyeron decir mientras avanzaban a empujones, habían aportado bombas de agua para combatir el desastre. Tal como había adelantado Nicolás, habían logrado que el fuego no saltara a la iglesia. Otra cosa era el propio convento.

Desperdigados por el suelo entre charcos y montones de escombros, iban tropezando con cubos de madera volcados, cántaros de barro y hasta lebrillos de las cocinas que los vecinos aterrados se habían pasado de mano en mano a lo largo de la madrugada, formando largas cadenas humanas desde los pozos de los patios aledaños. Sorteando el gentío y los enseres lograron alcanzar la fachada: abrasada, renegrida, devastada por un fuego del que ya sólo quedaban rescoldos. Frente a ésta, un rodal se había abierto entre el tumulto de almas. En medio estaba el caballo exhausto con los ollares temblorosos, un Palmer desgastado y sucio le sostenía las riendas. A su lado, paralizada frente al estrago, Soledad.

Jerez era, a la larga y a la corta, un reducto en el que todos se conocían, y en el que el ayer y el hoy subían y bajaban por escaleras paralelas. Y, si no, siempre había alguien capaz de establecer la relación. Por eso, ante la vista de aquella distinguida señora que contemplaba el lúgubre escenario con los puños contraídos y el rostro velado por la ansiedad, el comadreo empezó a correr de boca en boca. En murmullos y rumores primero, sin recato después. Es la hermana de una de las monjas, se decían unos a otros dándose codazos en los riñones. Señoritas de las finas finas; mírala qué bien plantada y qué buen trapío tiene; esa capa de terciopelo que lleva puesta vale lo menos trescientos reales. Nietas de un bodeguero de campanillas, hijas de un pájaro de aquí te espero, ¿no se acuerda usted? Para mí que ésta es la que casó con un inglés. Lo mismo es hermana de la madre superiora. O de la que dicen que no aparece, a saber.

La flanquearon como guardia pretoriana. Ysasi a su derecha, los Larrea por la izquierda: hombro con hombro todos frente a la desolación. Jadeantes, sudorosos, aspirando aire sucio con aliento entrecortado e incapaces todavía de calibrar la envergadura y las consecuencias de lo acontecido. Sobre sus cabezas se mecían cadenciosas centenares de cenizas y volutas negras; entre los pies les crujían las últimas brasas menudas. Ninguno fue capaz de decir ni media palabra y las voces de los vecinos y los curiosos, entre avisos quedos y bisbiseos, se fueron acallando. Hasta que el silencio cubrió la escena como un gran manto de sobrecogedora quietud.

Se oyó entonces un ruido aterrador, como las ramas tronchadas de un árbol gigantesco. A continuación llegó el sonido de piedras y cascotes rodando, chocando entre sí. Se ha desplomado parte del claustro, anunció a gritos un muchacho que apareció a la carrera desde un lateral. Soledad volvió a apretar los puños, los tendones del cuello se le tensaron. Mauro Larrea la contempló de reojo, intuyendo lo que iba a venir a continuación.

—No —zanjó rotundo. Y, a modo de tranca, extendió un brazo en horizontal contra su cuerpo, frenando el paso que ella pretendía dar.

—Tengo que encontrarlo, tengo que encontrarlo, tengo que encontrarlo...

La catarata comenzó a borbotear en sus labios con cadencia febril. Al ser consciente de que el brazo del minero iba a seguir bloqueándola como una barrera, ella se volvió hacia el doctor.

—Tengo que entrar, Manuel, tengo que...

La reacción de su amigo fue idénticamente firme. No.

La sensatez apuntaba a que ambos hombres tenían razón. Las llamas ya no ardían con la furia de horas antes, pero las secuelas amenazaban con la misma magnitud. Con todo. Aun así.

Fue entonces cuando ella, en un movimiento felino, se deshizo de su brazo y lo agarró por las muñecas con la fuerza de dos cepos de caza, obligándolo a mirarla de frente. A pesar de lo improcedente, al cuerpo y el ánimo del minero, como empujados por un caudal salido de madre, retornaron en tropel mil sensaciones. El beso profundo que los había unido sólo unas horas antes, voraz y glorioso entre las sombras. Su boca recorriéndola hambriento, ella entregada sin evasivas; las manos que ahora lo presionaban como tenazas transitando entonces ávidas por la nuca masculina, por el rostro, por los ojos, abriéndose paso en las sienes para enredarse entre el pelo, bajando por el cuello, clavándose en los hombros, aferradas a su pecho, a su torso, a su esencia y su ser. Las entrañas y el deseo de Mauro Larrea, ajenos a la frialdad de cirujano que el momento requería, se volvieron a avivar como candelas sopladas por un gran fuelle de cuero. Deja de desbarrar, cabrón, se ordenó a sí mismo con brutalidad.

—Tengo que encontrarlo…

No le costó anticipar lo que a continuación pretendía pedirle. En algún lugar del convento, quizá en algún rincón piadosamente indultado por las llamas, tal vez en alguna esquina que misericordiosamente no llegó a ser rozada por el fuego, puede que Edward se esté aún aferrando a una brizna de esperanza. Puede que siga vivo, Mauro. Si no me dejas entrar, encuéntralo tú por mí.

—Pero ¿es que te has vuelto loco tú también, hombre de Dios? —tronó el doctor.

54

Un cubo de agua, pidió en un grito. La voz se corrió. Un cubo de agua, un cubo de agua, un cubo de agua. En segundos tuvo tres a sus pies. Se arrancó entonces levita y corbata, remojó el pañuelo, se tapó con él la boca y la nariz. A lo largo de su vida había sido testigo de un buen puñado de incendios tremebundos: el fuego era algo consustancial a las minas. En el fondo de tiros y socavones habían quedado amigos, compañeros y empleados, cuadrillas enteras a menudo tragadas por las llamas; abrasados, o asfixiados, o aplastados por el derrumbe de las estructuras. Él mismo había escapado por los pelos en más de una ocasión. Por eso sabía cómo debía actuar y por eso también tenía una conciencia diáfana de que lo que estaba a punto de hacer era una temeridad monstruosa.

El doctor seguía abroncándole con nulos resultados; los parroquianos le lanzaban sus cautelas precavidos. Tenga cuidado, señorito, que el fuego es muy traicionero. Hubo mujeres que se persignaron, alguna arrancó un avemaría, una vieja contrahecha peleaba entre el gentío por llegar hasta él para rozarlo con la estampa de una Virgen. Nico sopesó acompañarlo, se empezó a despojar de ropa. Atrás, bramó él, movido por el más desnudo instinto animal: el que lleva al padre a proteger a su estirpe frente a las inclemencias y las desventuras y los enemigos y los sinsabores. El muchacho, a pesar de su reciente rebeldía en otros flancos, supo que tenía perdida la batalla.

La última imagen que le quedó en la retina antes de adentrarse en las tinieblas fue el pavor en los ojos de Soledad.

Avanzó entre humo aplastando ascuas, hundió los pies en montones de cenizas que aún ardían. Se guiaba por el más puro instinto, sin orientación. Los vanos eran diminutos, apenas entraba luz. Los ojos tardaron poco en empezarle a escocer. Se tambaleó al encaramarse a un montón de cascotes, logró apoyarse en una columna de piedra, bufó una blasfemia al notar la temperatura que desprendía. Atravesó luego lo que debió de haber sido la sala capitular, con parte del techo caído y el banco que recorría su perímetro reducido a astillas carbonizadas. Se alzó el pañuelo mojado que le cubría parte del rostro, inspiró con ansia, expulsó el aire, siguió adelante. Supuso que avanzaba hacia la zona más privada del convento. Pisó piedras, pisó esquirlas y cristales. Con el resuello quebrado recorrió lo que intuyó que fueron las celdas de las monjas. Pero no halló sombra humana: tan sólo jofainas despedazadas, esqueletos de catres y, de vez en cuando, en el suelo, un libro de oraciones destripado o un crucifijo caído bocabajo. Alcanzó el final del largo corredor respirando a sacudidas y emprendió la desandada. Apenas había avanzado un par de varas cuando oyó un estrépito atronador a su espalda. Prosiguió impetuoso sin mirar atrás: prefirió no ver el muro de mampostería que acababa de desmoronarse dejando un hueco abierto al cielo. De haber caído unos segundos antes, le habría machacado el cráneo.

Regresó a la zona común empapado en sudor, su propia respiración le atronaba los oídos. Tras el refectorio, con la larga mesa y los bancos calcinados, se adentró casi a ciegas en las cocinas. Le ardía la garganta, apenas veía. El pañuelo que lo protegía se le había llenado de polvo espeso, empezó a toser. Intentó dar a tientas con una pipa de agua ansiando poder hundir en ella la cabeza, pero no la encontró. Un tabique desplomado sobre una cantarera había derramado más de una arroba de aceite por las losas de barro; resbaló, rebotó contra un banco, cayó después de costado sobre el codo izquierdo, soltó un aullido animal.

Transcurrieron unos minutos infernales, el dolor le impedía

recuperar el aliento. Arrastrándose sobre el charco untuoso del jugo de las olivas, logró a duras penas sentarse con el brazo pegado al torso, apoyando la espalda contra los restos de un muro medio caído. Se palpó con precaución, volvió a bramar. El hueso del codo se había salido de su sitio, convirtiéndose en una obscena protuberancia. Rasgando con los dientes, logró arrancarse a tirones la manga de la camisa. La retorció con los dedos, hizo con ella una bola informe, se la metió en la boca, la mordió con toda la fuerza de la quijada. Una vez prietos los dientes y las muelas, jadeando todavía y resollando por la nariz, con la mano derecha comenzó a manipular el antebrazo izquierdo. Primero lo hizo de una forma lenta y delicada y, al cabo de unos segundos, cuando lo tuvo medio engañado, se dio un salvaje tirón que le arrancó lágrimas como puños y le obligó a volver a un lado la cabeza para escupir el bollo de tela. Después, como quien se saca del alma a Belcebú, vomitó con una arcada feroz.

Dejó pasar unos minutos con los ojos cerrados y las piernas extendidas sobre el aceite, con el olor a quemado tatuado en la pituitaria, la espalda caída a plomo, su propio vómito a un palmo de distancia y un brazo acunando al otro. Igual que hiciera tantas veces con Mariana y Nico cuando les acosaban las pesadillas en las noches de la infancia; como haría con el cuerpecito tibio de la pequeña Elvira recién llegada a la vida cuando la adversa fortuna se cansara de darle correazos.

Las sienes dejaron poco a poco de bombearle, la respiración se le fue tornando acompasada y el mundo empezó a rodar sobre el eje de siempre, con el hueso dislocado de vuelta a los cuarteles. Fue entonces, mientras intentaba levantarse, cuando le pareció oír algo. Algo distinto a los ruidos que le habían acompañado desde que entrara al convento. Se dejó caer de nuevo, volvió a cerrar los ojos y aguzó el oído. Frunció el entrecejo mientras lo escuchaba por segunda vez. A la tercera, ya no tuvo duda. El sonido debilitado pero inconfundible que le llegaba era el de un ser vivo peleando por salir de un sitio donde sin duda no quería estar.

—¿Alguien puede oírme? —gritó.

Por respuesta, volvió a llegarle el eco de golpes amortiguados sobre la madera.

Logró por fin escapar del aceite viscoso, avanzó empapado y resbaladizo hacia el lugar del que provenían los ruidos, en el doblez de un pasillo que probablemente comunicara la cocina con alguna otra dependencia secundaria. La despensa, el obrador, quizá el lavadero. El acceso, en cualquier caso, era inexistente: una barrera de escombros impedía abrir la puerta.

Primero logró desplazar las vigas caídas levantándolas a oscuras pulgada a pulgada con un hombro y otro hombro, según la posición. Después comenzó a mover piedras con un solo brazo. Imposible calcular el tiempo que tardó en liberar la entrada, igual fue media hora que tres cuartos, que hora y media. En cualquier caso, acabó por conseguirlo. Para entonces, del otro lado aún no había salido voz alguna y él prefirió no anticipar identidades. Tan sólo, de cuando en cuando, oía el impacto de un puño nervioso, anhelante por volver a ver la luz.

—Voy a entrar —avisó mientras retiraba los últimos cascotes.

Pero no llegó a hacerlo, porque antes de rozar siquiera su superficie, la puerta se abrió con un quejido lastimoso. A la vista quedó un rostro demacrado bajo un cabello muy corto, con un rictus de angustia infinita como grabado con un buril.

—Sáqueme de aquí, por lo que más quiera.

La voz era opaca y los labios apenas dos rayas blanquecinas.

—¿Y él?

Ella negó lentamente con la cabeza, apretando los párpados. Tenía la piel del color de la cera y una quemadura profunda en un pómulo. No lo sé, musitó. Que el Señor me perdone con su clemencia infinita, pero no lo sé.

55

Se oyeron gritos de júbilo entre el gentío. ¡Milagro, milagro!, corearon las mujeres entrelazando los dedos a la altura del pecho y elevando los ojos al cielo. ¡La beata Rita de Casia ha hecho un milagro! ¡El Niño de la Cuna de Plata ha hecho un milagro! Se oyeron palmas, se oyeron loas. Los zagales daban saltos y lanzaban pitos con huesos huecos de melocotones. Un vendedor de cachivaches hacía sonar desaforado su mercancía.

Sol Claydon y los hombres a sus flancos, sin embargo, mantuvieron un silencio pétreo con la respiración contenida.

Las siluetas emergían de la oscuridad cada vez con mayor nitidez. Mauro Larrea, inmundo y con el torso desnudo, llevaba agarrada a la madre Constanza. O a Inés Montalvo, según. La ayudaba a sortear restos calcinados y rescoldos que aún echaban humo a fin de evitar que se quemara los pies descalzos. Él había improvisado un cabestrillo con los pringosos restos de la camisa, para seguir acunando su brazo díscolo. Ambos entrecerraron los ojos al recibir la luz de la mañana.

No, fue la respuesta que dio desde la distancia y sin palabras al rostro acongojado de Soledad. No encontré a tu marido. Ni vivo ni muerto. No está.

Se separó entonces de la religiosa, notó a Nico a su vera recibiéndolo eufórico, alguien le tendió un jarrillo de agua fría que bebió con avidez; su hijo le echó después un cubo entero por encima y con él se arrancó del cuerpo una capa de ceniza mezclada con aceite y sudor. La desazón, sin embargo, se le quedó incrustada dentro de todos los poros.

Mientras todo eso ocurría, él no había dejado de mirarla. O de mirarlas. A las dos. Unos cuantos pasos, el amor de un hombre y más de media vida bajo distintas banderas separaban a las hermanas Montalvo. Una se cubría con vestimentas distinguidas, la otra con un burdo camisón de lienzo medio quemado. Una llevaba la melena recogida en un moño que a esas horas ya estaba prácticamente deshecho pero que, con todo, aún denotaba su elegancia natural. La otra, sin toca, tenía el cráneo casi rasurado y una quemadura que el tiempo acabaría tornando en una fea cicatriz.

A pesar de la abismal incongruencia entre el aspecto de ambas, él por fin percibió cuán parecidas eran.

Se observaban cara a cara, inmóviles. Soledad fue la primera en reaccionar, dando un paso lento hacia Inés. Luego otro. Y un tercero. Alrededor de ambas se había despejado el espacio y se había hecho el silencio. Manuel Ysasi se tragaba la zozobra como quien traga una amarga medicina; Palmer parecía a punto de perder su flema ante la persistente falta de noticias de milord. Nicolás, ajeno a gran parte de la historia, intentaba intrigado atar cabos sin lograrlo. Mauro Larrea, con el agua de un segundo cubo todavía chorreándole sobre el pelo y el pecho, se sostenía el codo atenazado por el dolor mientras seguía preguntándose dónde carajo podría haberse metido el esposo perturbado.

La bofetada restalló como un latigazo, alrededor sonaron voces de estupor. Inés Montalvo, con el rostro vuelto por el efecto del golpe, comenzó a sangrar por la nariz. Transcurrieron unos momentos agónicos, hasta que lentamente enderezó la posición de la cabeza, frente a frente de nuevo con su hermana. No se movió ni una mera pulgada más. No se llevó la mano a la mejilla enrojecida, ni soltó una protesta o un quejido. Sabía lo que aquello significaba, el porqué de esa violencia incontenible. Unos gruesos goterones de sangre le rodaron por el camisón.

Fue entonces cuando Sol, descargada de su rabia, abrió los brazos. Esos brazos largos que a él le cautivaban y le seducían y que jamás se cansaba de contemplar. Los que lo abrazaron en Cádiz en la madrugada bajo el cobijo de la torre de San Agustín; los que se extendieron como alas de gaviota para mostrarle la sala de juego de los Montalvo y reposaron en su espalda cuando bailaron juntos valses y polonesas hacía ya un siglo. ¿O quizá fue tan sólo un par de noches atrás? Sus brazos, en cualquier caso. Cansados ahora, entumecidos por la tensión de los últimos días y las últimas horas. Con ellos se aferró al cuello de su hermana mayor. Y las dos, cobijadas una en otra, por los tiempos pasados y el dolor del presente, arrancaron a llorar.

—Tiene que venir ahora mismo, don Mauro.

Se giró brusco. En la laringe se le atragantaba todavía una masa compacta de cenizas mezcladas con saliva.

Quien le hablaba era Simón, el viejo criado, recién llegado a su vera.

—A no más tardar, señorito. —Bajo el pelo cortado a trasquilones y tras la piel cuarteada como un odre centenario, el hombre se veía aterrado—. Véngase conmigo ahora mismito a su casa, por lo que más quiera.

Creyó entenderlo. El grumo seguía atorado, cada vez más espeso a la altura de la nuez.

—¿Hace falta que nos acompañe el doctor?

—Mejor que sí.

Salieron de la plaza otra vez a empujón limpio y avanzaron sin mediar palabra, reservándose las energías para apretar el paso. Algunas cabezas se voltearon estupefactas ante su aspecto. Calle de la Carpintería, de la Sedería, plaza del Clavo. La Tornería al fin.

Angustias les esperaba descompuesta en el zaguán. A su lado, tres hombres que a todas luces la estaban estorbando y que evidentemente no eran la razón por la que el anciano sirviente salió en su busca.

—¡Por fin, amigo Larrea! ¡Buenas noticias traemos!

La sonrisa triunfal que se acababa de extender en la boca carnosa del tratante de fincas se le borró al ver su aspecto. Tras él, los madrileños se pusieron en guardia. Dios bendito, qué le ha pasado al indiano, de dónde sale con esa pinta infame. Sin camisa bajo la levita, empapado, goteando mugre y aceite. Con los ojos enrojecidos como heridas abiertas y apestando a chamusquina. ¿De verdad venimos a cerrar un trato con este individuo?, parecieron decirse al cruzar la mirada.

Él entretanto se esforzó por recordar sus nombres. No lo logró.

—Ya les he dicho yo a los señores que no era buen momento para hablar con usted, señorito —se excusó torpemente Angustias—. Que mejor volvieran por la tarde. Que hoy tenemos..., que hoy tenemos que atender otros menesteres.

Si hubiera tenido un par de minutos para pensar con lucidez, quizá se habría comportado de otra manera. Pero los nervios acumulados le jugaron una mala pasada. O tal vez fue el agotamiento. O el destino, que ya estaba escrito.

—Lárguense.

Al intermediario le tembló la papada.

—Mire usted, don Mauro, que los señores ya se han decidido y tienen los cuartos.

—Fuera.

El potencial comprador y su secretario le seguían contemplando. Pero qué es esto, murmuraron entre dientes. Pero qué le ha pasado a este señor, con lo firme y lo solvente que parecía.

El rostro de Zarco se había teñido de rojo, sobre la frente le brillaban gotas de sudor gordas como arvejones.

—Mire usted, don Mauro... —repitió.

Entre brumas, le pareció recordar que aquel hombre no era más que un honesto tratante al que él mismo había requerido sus servicios. Pero eso debió de ser en otra vida. Hacía por lo menos una eternidad.

El intermediario se le acercó y bajó el tono, como intentando ganar confianza.

—Están dispuestos a pagar todo lo que pidió la señora —susurró casi—. La compra más abultada que se ha hecho en esta tierra en mucho tiempo.

Lo mismo le habría dado que Zarco le hablara en arameo.

—Salgan, hagan el favor.

Sin una palabra más, se adentró en el patio.

Dónde se habrá agarrado la curda que lleva encima, le pareció que le susurraba el secretario al rico madrileño. Si parece recién salido de una cochiquera. Eso fue lo último que oyó. Y le importó bien poco.

A su espalda, el potencial comprador hizo un gesto de soberbio desagrado. Estos americanos de nuestras viejas colonias, así es como son. Por haberse empeñado en romper con la madre patria, ya vemos cómo les va. Volubles, frívolos, jactanciosos. Otro gallo les cantaría si no hubieran sido tan rebeldes.

El gordo, conmocionado, se limpiaba entretanto el sudor con un pañuelo inmenso.

El doctor fue el último en intervenir:

—Vaya a refrescarse un poco, buen hombre, que le va a dar una alferecía. Y ustedes, amigos, ya han oído al señor Larrea. Les ruego respeten su voluntad.

Se marcharon furibundos y con ellos rodaron calle abajo todos sus proyectos y esperanzas. El capital para regresar a México, para recuperar sus propiedades, su estatus, su ayer. Para casar o no a Nico. Para volver con orgullo recobrado al pellejo del hombre que un día fue. Seguramente, cuando lograra ver las cosas con la razón menos turbada, se arrepentiría de lo hecho. Pero ahora no había tiempo para reflexionar sobre lo procedente o lo inconveniente de la decisión, les apremiaban otras urgencias.

—¡Tranca la puerta, Simón! —ordenó Angustias con un grito punzante.

A pesar de la artrosis y de las muchas fatigas que llevaba hincadas en los huesos, tan pronto se vio liberada de los visitantes salió escaleras arriba embalada como una liebre, alzándose las sayas con las manos y dejando a la vista sus decrépitas pantorrillas desnudas.

—Corran, señoritos; corran, corran…

Subieron de dos en dos los escalones. La añosa criada se

paró en seco al llegar al antiguo comedor. Bajo el dintel, se persignó y se besó ruidosamente la cruz que formó con el pulgar y el índice. Después se hizo a un lado y les dejó contemplar la escena.

Estaba sentado de espaldas a la puerta. Erguido, en una de las cabeceras de la gran mesa de los Montalvo. La misma mesa en la que se sirvió el almuerzo tras su propia boda, la misma en la que cerró tratos con el viejo don Matías degustando el mejor oloroso de la casa. La mesa en la que rio a carcajadas con las ocurrencias de sus tremendos amigos Luis y Jacobo, e intercambió miradas galantes con dos bellezas casi adolescentes entre las que acabó eligiendo a la que habría de ser su mujer.

Los hombres se adentraron con paso cauteloso en la estancia. Primero lo vieron de perfil: un contorno patricio, anguloso, con la nariz afilada y la boca entreabierta. Como un normando aristocrático, así le había descrito el doctor. Conservaba una mata leonina de pelo rubio entreverado con mechones de plata; ni pizca de grasa en el cuerpo huesudo, mal cubierto por una arrugada camisa de dormir. Las manos, nervudas y marchitas, reposaban paralelas sobre la mesa, con los dedos limpiamente separados. Se acercaron con lentitud manteniendo un respetuoso silencio.

Al fin lo vieron de frente.

Dos cuencas profundas guarecían los ojos abiertos. Claros, vidriosos, desorbitados.

En la pechera, chorros de sangre. En la garganta, clavada, una escuadra de cristal.

Al médico y al minero se les heló el corazón.

Edward Claydon, libre de las ataduras de la lógica y la lucidez, fruto de la sinrazón o en un acto de irracional entrega, se había quitado la vida sesgándose la yugular con precisión quirúrgica.

Lo contemplaron unos segundos eternos.

—*Memento mori* —musitó Ysasi.

Se acercó entonces y le cerró los párpados con delicadeza.

Mauro Larrea salió a la galería.

Apoyó las manos sobre la balaustrada, flexionó el cuerpo por la cintura y apoyó la frente sobre la piedra, sintiendo el frío. Habría dado el aliento por ser capaz de rezar.

Entre agua o entre fuego veo yo que alguien se marcha, le había dicho una vieja gitana sin dientes al leerle la buena fortuna hacía al menos un milenio. O tal vez fue tan sólo un puñado de noches atrás. Qué más daba. El marido de Soledad había desencadenado un fuego atroz y después había huido de él para emprender, desde aquel caserón decrépito en el que años atrás fue feliz, un camino sin retorno a la oscuridad. Desprovisto de conciencia, de razón, de miedos. O no.

Sin alzarse, Mauro Larrea buscó un pañuelo por los bolsillos, pero sólo halló restos de papel mojado e ilegible. En el remite de lo que fuera una carta, donde antes se leía Tadeo Carrús, había ahora una mancha borrosa de tinta y aceite. La desmigajó entre los dedos sin mirarla, dejó caer los pedazos a sus pies.

Notó una mano sobre la espalda arqueada, no había oído los pasos. Después, la voz del médico.

—Vámonos.

56

Septiembre le trajo su primera vendimia y, con ella, la bodega se inundó de vida. Por los postigos permanentemente abiertos entraban y salían carros llenos del mosto de la uva pasada por los lagares; el suelo estaba perpetuamente mojado y eran legión las voces, los cuerpos y los pies en movimiento.

Un año había transcurrido desde que aquellas yanquis vestidas como cuervos llegaron intempestivamente a la casa mexicana que fue suya y que ya no lo era, para anunciarle la ruina y desviar su camino hacia la incertidumbre. Cuando echaba la vista atrás, sin embargo, a veces le parecía que entre aquel ayer y su presente habían transcurrido unas cuantas centurias.

Pese a sus reticencias iniciales, acabó siendo el dinero de su consuegra el que le ayudó a dar sus primeros pasos para levantar de nuevo el legado de los Montalvo: lo que la anciana condesa quería al fin y al cabo era una óptima inversión, y él estaba dispuesto a darle réditos cuando llegara el momento. Mariana, por su parte, lo apoyó en la distancia. Olvídate de volver a ser quien fuiste, inténtalo mirando otro horizonte. Llegues a donde llegues, en este lado del mundo estaremos orgullosas de ti.

Tadeo Carrús murió tres días después de cumplirse la fecha límite de aquel primer plazo de cuatro meses que él no llegó a cumplir. Contraviniendo las amenazas del usurero, su hijo Dimas no reventó los cimientos de la casa; ni siquiera destrozó una losa o un cristal. Una semana después de darle a su progenitor una mísera sepultura y para pasmo de toda la capital, se instaló en el que fuera el palacio del viejo conde de Regla con su brazo marchito y sus perros entecos, dispuesto a asentarse permanentemente en su nueva posesión.

Al final del otoño comenzó el vínculo de Mauro Larrea con La Templanza, entre las viñas y en su propio interior. En diciembre buscó gente, enero anunció siembra, febrero fue alargando los días; marzo vino con lluvia y en abril el verde comenzó a despuntar. Mayo llenó las tierras albarizas de vides blandas, junio trajo la poda, a lo largo del verano levantaron las varas de las cepas para airear los racimos y evitar que rozaran la tierra caliente, y en agosto asistió al milagro del fruto pleno.

A la par que la retina se le empapaba de aquellas lomas blancas cuadriculadas por las hileras de cepas, poco a poco fue adquiriendo sus primeras letras en las fases y los modos centenarios del cuidado de las vides. Aprendió a discernir los pagos y las nubes; a distinguir entre los días en que el seco y temible levante africano trastornaba la paz de las viñas, y aquéllos en los que soplaba un poniente húmedo que llegaba benigno desde el Atlántico cargado de sales marinas. Y al ritmo de las estaciones, las faenas y los vientos, buscó también consejo y sabidurías. Oyó a los viejos, a los jornaleros, a los bodegueros. Con unos compartió tabaco de picadura en los eternos tabancos, en los colmados y las tiendas de montañeses. A otros, sentado junto a ellos a la sombra de una parra, les escuchó mientras majaban el gazpacho en un dornillo. Ocasionalmente, muy ocasionalmente, tan sólo cuando necesitaba respuestas o lo acechaban las dudas, disfrutó de notas de piano y copas talladas con mil matices en los salones entelados de las grandes familias del vino.

Los mismos ojos que durante décadas se movieron por las tinieblas del subsuelo se acostumbraron a las largas horas de inclemente claridad solar; las manos que arañaron la tierra profunda en busca de vetas de plata se metieron entre los pámpanos para palpar la turgencia de los racimos. La mente que siempre anduvo llena de ambiciosos proyectos por montones se mantuvo tenaz en un único objetivo, preciso y tangible: recomponer aquella debacle y volver a arrancar.

Compró un caballo árabe con el que recorrió trochas y caminos, recuperó el vigor del brazo lacerado en el convento, se dejó crecer una barba espesa, adoptó a un par de perros famélicos que por allí vagaban y, aunque alguna noche esporádica apareció por el casino para compartir un rato de charla con Manuel Ysasi, la mayor parte del tiempo convivió con la pureza de un silencio al que apenas le costó acostumbrarse. De la vieja casa de viña de La Templanza hizo su hogar tras cerrar a cal y canto el caserón de la Tornería y, cuando llegó el calor, más de una madrugada durmió al raso, bajo el mismo firmamento plagado de puntos brillantes que en otras latitudes arropaba a esas presencias a las que se esforzaba con escaso logro en dejar de echar en falta. Se habituó, con todo, a coexistir con otras luces y otros aires y otras lunas, y poco a poco fue haciendo suyo ese rincón de un Viejo Mundo al que jamás imaginó que acabaría regresando.

Aquella penúltima mañana de vendimia escuchaba atento las apreciaciones de su capataz. En el bullicioso patio empedrado de la bodega, de espaldas, con las mangas de la camisa arremangadas, las manos en las caderas y el pelo revuelto por el constante ir y venir. Hasta que, a mitad de una frase sobre las carretadas que iban entrando, el antiguo trabajador de don Matías de edad considerable y faja ceñida que ahora trabajaba para él desvió la mirada por encima de su hombro y paró el parlamento en seco. Fue entonces cuando se giró.

Habían pasado más de nueve meses desde que Soledad saliera de Jerez y de su vida. Sin su marido al lado, ya no tuvo necesidad de esconderse junto a la desembocadura del Duero, o en La Valeta frente al Mediterráneo, o en ningún recóndito château francés. Por eso realizó tan sólo el movimiento más sencillo y razonable: regresó a Londres, a su mundo. Lo más natural. Ni siquiera llegaron a despedirse en medio de aquellos turbios días de duelo y desasosiego tras la muerte de Edward Claydon; por todo adiós recibió una de las impersonales tarjetas de cortesía con borde negro que ella envió a sus conocidos y amistades a fin de agradecer las condolencias. Dos o tres amaneceres después, con su leal servicio, sus muchos baúles y su dolor a cuestas, simplemente se marchó.

Avanzaba ahora hacia él con el paso airoso de siempre, volviendo la cabeza a los lados para contemplar el trajín de los arrumbadores con los mostos y las botas; la vuelta al brío de la vieja bodega. La última vez que la vio iba vestida de negro de la cabeza a los pies y un velo espeso le cubría el rostro. Fue en la misa de funeral en San Marcos, ella rodeada por su amigo Manuel Ysasi y por los miembros de los clanes bodegueros a los que un día perteneció. Él se mantuvo alejado del cortejo, solo al final de la iglesia, de pie, con el codo en cabestrillo. No habló con nadie; apenas pronunció el cura el requiescat in pace, se fue. A ojos de la ciudad y gracias a los amaños del doctor, el anciano marchante inglés había fallecido en su propia cama de muerte natural. La palabra suicidio, tan demoníaca, jamás se pronunció. Inés Montalvo no estuvo presente en aquel último adiós; más tarde supo de su traslado a un convento mesetario del que no dio razón a nadie.

De aquel luto desolador, Soledad había pasado ahora a un vestido de chintz gris claro abotonado al frente; sobre su pelo ya no había ningún velo, sino un sombrero de simplísima elegancia. No se rozaron al quedar frente a frente: ni siquiera se acercaron medio palmo más allá de lo estrictamente formal. Ella permaneció aferrada al marfil del puño de su sombrilla; él, por su parte, mantuvo inalterable la postura, aunque las tripas se le hubieran amarrado en un nudo tenso y la sangre le bombeara por las venas como si la empujara el ímpetu de un marro.

Para que el recuerdo de aquella mujer no lo apuñalara con cada bocanada de aire al respirar ni la nostalgia se le clavara en las entrañas como un rejón, a fin de encontrar algún consuelo que suplantara su ausencia, el minero se había dedicado simplemente a trabajar. Doce, trece, catorce horas, hasta caer exhausto al final de la jornada como un peso muerto. Para no seguir escarbando en la memoria de los momentos que pasaron juntos; para no imaginar cómo habría sido darse calor mutuamente en las noches de invierno o hacerle el amor despacio con una ventana abierta a las mañanas de primavera.

—Una vendimia gloriosa la de este año, según he oído.

Eso parece, podría haberle replicado. Y aunque han sido los vientos los grandes aliados del milagro tal como tú me enseñaste, puse todo mi esfuerzo en colaborar. Tras mandar insensatamente al carajo a los compradores madrileños y dar por perdido todo lo que dejé en México, opté por no regresar, pero si me preguntas la razón, me temo que no tengo respuesta. Por pura cobardía, tal vez: por no tener que enfrentarme de nuevo a lo que un día fui. O por la ilusión de afrontar un nuevo proyecto cuando ya creía perdidas todas las batallas. O quizá por no despegarme de este territorio en el que siempre, sobrevolando todos los momentos y todos los sonidos, todos los olores y todas las esquinas, sigues estando tú.

—Bienvenida seas, Soledad —fue, sin embargo, lo único que dijo.

Ella volvió a virar la cabeza, admirando el ajetreo alrededor. O como si lo hiciera.

—Reconforta ver esto otra vez.

El minero la imitó, haciendo vagar su mirada alrededor sin ningún objetivo determinado. Ambos intentaban ganar tiempo, seguramente. Hasta que uno de los dos tuvo que abrir la brecha. Y fue él.

—Confío en que todo se acabara solventando de la forma más óptima.

Alzó los hombros con esa gracia natural suya. Los mismos ojos de potra hermosa, los mismos pómulos, los mismos brazos largos. Lo único que advirtió distinto fueron sus dedos; uno en concreto. El anular izquierdo desnudo, desprovisto de aquellos dos anillos que antes certificaran sus ataduras.

—Tuve que enfrentarme a algunas pérdidas cuantiosas, pero por fin logré deshacer mi maraña de trampas y fraudes antes de que Alan regresara de La Habana. A partir de ahí, tal como tenía previsto, he acabado estrechando mis miras para centrarme únicamente en el sherry.

Asintió haciéndose cargo, aunque no era eso exactamente lo que más le interesaba. Cómo estás tú, Sol. Cómo te sientes, cómo viviste estos meses lejos de mí.

—Por lo demás estoy bien, más o menos —añadió como si le hubiera leído el pensamiento—. El negocio y el revuelo de mis hijas me han mantenido ocupada, ayudándome a hacer más llevaderas las ausencias de los muertos y los vivos.

Él bajó la cabeza y se pasó una mano sucia por el cuello y la nuca, sin saber si entre aquellas ausencias se había encontrado por un casual la suya.

—Te sienta bien esa barba —continuó ella cambiando el tono y el derrotero de la conversación—. Pero confirmo que sigues hecho un salvaje.

En la comisura de sus labios percibió un punto de aquella ironía tan suya, aunque no le faltaba razón: el rostro, los brazos y el torso requemados por la constante vida en la viña bajo el sol implacable así lo testimoniaban. La camisa entreabierta, el pantalón estrecho para poderse mover con facilidad y las viejas botas llenas de tierra tampoco contribuían a darle un aspecto de gran señor, precisamente.

—Te robo un minuto nomás, hermano…

Un hombre maduro, calvo, con prisa desbocada y anteojos de fina montura de oro, se les acercó caminando con la mirada fija en un pliego de papeles. Tenía algo más en la punta de la lengua cuando la vio.

—Disculpe la señora —dijo azorado—. Lamento interrumpir.

—No es molestia en absoluto —zanjó cordial mientras se dejaba besar una mano.

Así que es ella, pensó Elías Andrade al contemplarla con

exquisito disimulo. Y acá está de nuevo. Pinches mujeres. Ahora empiezo a entender.

Tardó un suspiro en volatilizarse, excusando urgencia en sus quehaceres.

—Mi apoderado y mi amigo —le aclaró mientras ambos le contemplaban la espalda—. Cruzó el océano en mi busca pretendiendo convencerme para volver pero, en vista de que no lo consigue, se queda de momento un tiempo a mi lado.

—¿Y tu hijo y Santos Huesos, regresaron alguno de los dos?

—En París sigue Nico, vino a verme no hace mucho; después partió hacia Sevilla en busca de unos cuadros barrocos para un cliente. Contra mis pesimistas pronósticos, le va bien. Anda aliado con un viejo conocido mío abriéndose el negocio de las antigüedades, y se ha desenamorado por enésima vez. Santos, por su parte, se acabó asentando en Cienfuegos. Matrimonió con la mulata Trinidad y ya echaron un hijo al mundo; para mí tengo que lo engendraron bajo el techo de nuestro buen doctor.

La carcajada femenina estalló como una sonaja en medio de aquel escenario de voces viriles y cuerpos de hombre, de quehacer bronco y sudor. Después viró el tono y el rumbo.

—¿Volviste a tener noticias de Gustavo y su mujer?

—Nunca directamente, pero por Calafat, mi vínculo cubano, sé que siguen juntos. Entrando, saliendo, alternando. Sobreviviendo.

Ella se tomó unos instantes, como si dudara.

—Yo escribí a mi primo —dijo finalmente—. Una carta profusa, un alegato de perdón en mi nombre y en memoria de nuestros mayores.

—¿Y?

—Nunca contestó.

El silencio volvió a enredarse en el aire mientras los trabajadores continuaban moviéndose alrededor con sus prisas y faenas. Y entre ellos, por unos instantes, vagó la sombra de un hombre con ojos llenos de agua. El mismo que construyó castillos en el aire que el crudo viento de la vida desplomó inmisericorde; el que se aferró a un taco de billar buscando una última y temeraria solución para lo que ya jamás tendría vuelta atrás.

Fue Soledad quien rompió la quietud.

—¿Te parece que entremos?

—Por supuesto, disculpa, claro, cómo no.

Espabila, pendejo, se ordenó mientras le cedía el paso bajo la puerta de madera oscura y se limpiaba las manos infructuoso en los perniles del pantalón. Vigila esas maneras; con tanta vida alejado de los humanos, va a pensar que te acabaste convirtiendo en un animal.

En la bodega les acogió una umbría fragante que a ella le hizo entrecerrar los ojos y aspirar con ansia nostálgica. Mosto, madera, esperanza de vino pleno. Él, entretanto, aprovechó para contemplarla fugazmente. Allí estaba otra vez el ser que se infiltró en su vida un mediodía de otoño y al que creyó que jamás volvería a ver, reencontrándose con los aromas, las coordenadas y las presencias del mundo en el que creció.

Arrancaron a andar en la fresca semipenumbra, entre las largas calles flanqueadas por andanas de botas superpuestas. Las paredes de altura de catedral frenaban el calor del fin de la mañana con su cal y su grosor; las manchas de moho cercanas al suelo evidenciaban la perpetua humedad.

Intercambiaron unas cuantas naderías mientras pisaban el albero mojado, oyendo amortiguados alrededor de ellos los sonidos del faenar constante. Ha sido bueno que no lloviera hasta ahora; en Londres tuvimos un horrible calor en julio; parece que las soleras de tu abuelo prometen un vino glorioso. Hasta que los dos se quedaron sin excusas y él, por fin, mirando otra vez al suelo terrizo y removiéndolo con la puntera, se atrevió.

—¿A qué volviste, Soledad?

—A proponerte que volvamos a juntar nuestros caminos.

Pararon de andar.

—El mercado inglés se está llenando de una competencia infame —añadió—. Jereces australianos, jereces italianos; hasta

Jereces del Cabo, por el amor de Dios. Sucedáneos que desprestigian los vinos de esta tierra y lastran su comercio; una absoluta barbaridad.

Mauro Larrea se apoyó contra una de las viejas botas pintadas de negro y cruzó los brazos sobre el pecho. Con la serenidad de quien ya lo daba todo por perdido. Con la paciencia anhelante de alguien que ve cómo un portón que creía blindado empieza a dejar entrever una rendija de luz.

—¿Y qué tiene eso que ver conmigo?

—Ahora que has decidido convertirte en bodeguero, ya eres parte de este mundo. Y cuando dentro de él estallan las guerras, todos necesitamos aliados. Por eso vengo a pedirte que batallemos juntos.

Un estremecimiento le recorrió el espinazo. Cómplices, camaradas, le pedía que fueran de nuevo: peleando cada uno con sus armas. Ella con sus muchas intuiciones y él con sus pocas certezas, para abordar hombro con hombro otros retos y otros lances de cara al porvenir.

—Tengo oído que el servicio postal desde la Gran Bretaña es altamente eficaz. Será por la cercanía de Gibraltar, supongo.

Ella pestañeó desconcertada.

—Quiero decir que, para proponerme un acuerdo comercial, podrías haberlo hecho por carta.

Soledad extendió una mano hacia otra de las grandes botas y tras ella se le fue a él la mirada. La rozó distraída con la punta de los dedos, hasta que recobró la entereza, dispuesta por fin a desplegar su verdad con todas las letras y fundamentos.

—Bien sabe Dios que a lo largo de estos meses he peleado contra mí misma con todas mis fuerzas por sacarte de mi cabeza. Y de mi corazón.

Al grito bronco del capataz, los mozos que por allí trajinaban soltaron de pronto al aire estruendos de alivio. Abandonaban el quehacer: hora del almuerzo, de secarse el sudor y dar sosiego a los músculos. Las frases completas que a continuación salieron de la boca de Soledad Montalvo quedaron por eso perdidas entre el ruido de las herramientas dejadas caer y el vigor de las voces masculinas que pasaron cercanas arrastrando hambres de lobo.

Tan sólo unas cuantas palabras quedaron flotando entre los altos arcos, prendidas de las motas de olor a vino añejo y a mosto nuevo. Fueron las suficientes, no obstante, para que él las interpretara al vuelo. Contigo, yo, aquí. Allá, conmigo, tú.

Junto a los cachones de vino, las soleras y criaderas, así quedó forjada una alianza entre el indiano que a la fuerza cruzó dos veces el mar y la heredera que se convirtió en marchante por la necesidad más desnuda. Lo que a continuación él le dijo, y lo que ella luego le respondió, y lo que después hicieron ambos, quedó manifiesto en un futuro lleno de idas y venidas, y en las etiquetas de las botellas que año tras año fueron saliendo de la bodega a partir de aquel septiembre. Montalvo & Larrea, Fine Sherry, se leía en ellas. Dentro, tamizado por el cristal, llevaban el fruto de las tierras blancas del sur repletas de sol, templanza y aire de poniente, y el empeño y la pasión de un hombre y una mujer.

AGRADECIMIENTOS

En un proyecto que cruza un océano, vuela en el tiempo y ahonda en mundos con esencias locales profundamente dispares que casi siempre dejaron ya de existir, son muchas las personas que me han tendido una mano para ayudarme a recomponer pedazos del pasado y a dotar al lenguaje, los escenarios y las tramas de rigor y credibilidad.

Siguiendo el tránsito geográfico de la propia narración, quisiera transmitir en primer lugar mi gratitud a Gabriel Sandoval, director editorial de Planeta México, por su presta y afectuosa disposición; a la editora Carmina Rufrancos por su tino dialectal y al historiador Alejandro Rosas por sus precisiones documentales. Al director de la Feria del Libro del viejo Palacio de Minería en el Distrito Federal, Fernando Macotela, por invitarme a recorrer todos los rincones del soberbio edificio neoclásico que un día pisó Mauro Larrea.

Por revisar los capítulos cubanos con su aguda y nostálgica mirada habanera, deseo dejar constancia de mi agradecimiento a Carlos Verdecia, veterano periodista, antiguo director de *El Nuevo Herald* de Miami, y hoy cómplice en ilusiones literarias que quizá en un futuro se lleguen a materializar. Y a mi colega Gema Sánchez, profesora del Departamento de Lenguas Modernas de la University of Miami, por facilitarme el acceso a los fondos de la Cuban Heritage Collection e invitarme a cenar mahi mahi en la cálida noche del sur de la Florida.

Cruzando el Atlántico, expreso mi reconocimiento a los profesores de la Universidad de Cádiz Alberto Ramos Santana y Javier Maldonado Rosso, especialistas en cuestiones históricas vinculadas al comercio del vino en el marco de Jerez, por sus magníficos trabajos de investigación y por prestarse a ser acribillados por mis mil preguntas. Y a mi amiga Ana Bocanegra, directora del Servicio de Publicaciones de la misma casa, por propiciar el encuentro con ambos entre ortiguillas y tortillitas de camarón.

Adentrándome en ese universo que quizá un día envolvió a la familia Montalvo, quiero hacer llegar mi gratitud a un puñado de jerezanos de raza vinculados a aquellos míticos bodegueros del XIX. A Fátima Ruiz de Lassaletta y Begoña García González-Gordon, por su entusiasmo contagioso y su caudal de detalles. A Manuel Domecq Zurita y Carmen López de Solé, por su hospitalidad en su espléndido palacio de Camporreal. A Almudena Domecq Bohórquez, por llevarnos a recorrer esas viñas que bien podrían haber albergado a La Templanza. A Begoña Merello, por trazar paseos literarios y guardar secretos, a David Frasier-Luckie por dejarme imaginar que su preciosa casa fue la de Soledad y por permitirnos su asalto repetidamente. Y de una manera muy especial, a dos personas sin cuyo respaldo y complicidad este vínculo jerezano habría perdido gran parte de su magia. A Mauricio González-Gordon, presidente de González-Byass, por acogernos en su legendaria bodega tanto en privado como en tropel, por ejercer de maestro de ceremonias en nuestra primera puesta de largo, y por su grata calidez. Y a Paloma Cervilla, por orquestar ilusionada estos encuentros y demostrarme con su generosa discreción que, por encima del celo periodístico, prevalece la amistad.

Más allá de los contactos personales, han sido también numerosos los trabajos de los que me he empapado para extraer a veces retratos panorámicos y a veces diminutos detalles que aliñan con sal y pimienta esta narración. Aunque quizá se me escape involuntariamente alguno y no estén todos los que son, sí son, desde luego, todos los que están: *Por las calles del viejo Jerez,* de Antonio Mariscal Trujillo; *El Jerez de los bodegueros,* de

Francisco Bejarano; *El jerez, hacedor de cultura*, de Carmen Borrego Plá; *Casas y Palacios de Jerez de la Frontera*, de Ricarda López; *La viña, la bodega y el viento*, de Jesús Rodríguez, y *El Cádiz romántico*, de Alberto González Troyano. Acerca del sherry y su grandiosa dimensión internacional, me han resultado imprescindibles los clásicos *Sherry*, de Julian Jeffs, y *Jerez-Xérez-"Sherish"*, de Manuel María González Gordon. No puedo dejar de mencionar las evocaciones del gran escritor jerezano José Manuel Caballero Bonald que, trenzadas en su magistral prosa, son una delicia para cualquier lector. Y por recorrer atmósferas y ambientes con ojos femeninos tan ávidos y casi tan forasteros como los míos, quiero citar los volúmenes llenos de gracia y sensibilidad de cuatro mujeres de otro tiempo que, como yo ahora, también se dejaron seducir por unos mundos entrañables: *Life in Mexico, 1843*, de Frances Erskine Inglis, marquesa de Calderón de la Barca; *Viaje a La Habana*, de Mercedes Santa Cruz y Montalvo, condesa de Merlín; *Headless Angel*, de Vicki Baum; y *The Summer of the Spanish Woman*, de Catherine Gaskin.

De vuelta a la realidad, un guiño como siempre a mi familia: a los que siguen estando presentes en el día a día y a los que se han ido de nuestro lado mientras yo componía esta novela, dejándonos un inmenso vacío en el alma que jamás lograremos llenar. A los amigos que han recorrido conmigo algunos de estos escenarios; a los que hacen palmas en cuanto oyen descorchar una botella, y a todos aquellos a los que les he robado nombres, apellidos, orígenes o maneras de plantarse ante la vida para trasvasarlas a unos cuantos personajes.

A Antonia Kerrigan, que ya amenaza con convertir en amantes de los caldos jerezanos a lectores de medio mundo, y a toda la competente tropa de su agencia literaria.

Me encuentro cerrando este apartado muy escasos días después de que José Manuel Lara Bosch, presidente del Grupo Planeta, nos diera su adiós. Sin su visión y su tenacidad, tal vez esta historia nunca habría llegado a las librerías o lo habría hecho sin duda de una manera radicalmente distinta. A él in memoriam y a aquéllos en quienes confió para arropar a cientos de escritores y hacer crecer sus libros, quiero hacer llegar mi más profunda gratitud. Al equipo editorial que me arropa con su nueva configuración: Jesús Badenes, Carlos Revés, Belén López, Raquel Gisbert y Lola Gulias, gracias de corazón por esa calidad humana e inmensa profesionalidad. A través del teléfono, de los emails cotidianos y bajo la luz mañanera de la plaza de la Paja, en los despachos de Madrid y Barcelona y en los paseos por Cádiz, Jerez y el D. F.; incluso a las tantas de la madrugada en los insuperables antros tapatíos, ahí han estado siempre accesibles, sólidos, cómplices. A Isa Santos y Laura Franch, responsables de prensa, por urdir otra vez una espléndida promoción y lograr que algo que podría resultar extenuante se convierta casi en un viaje de placer. A los magníficos equipos de diseño y marketing, a la nutrida red comercial con la que compartí sorpresas. A la pintora Merche Gaspar por transmitir corporeidad a Mauro Larrea y Soledad Montalvo con su hermosa acuarela.

A todos los lectores mexicanos, habaneros, jerezanos y gaditanos que conocen a fondo las coordenadas por las que muevo las tramas, esperando que me perdonen algunas pequeñas licencias y libertades necesarias para la mayor fluidez y estética de la acción.

Y, por último, a todos aquellos vinculados de alguna manera al mundo de las minas y del vino. A pesar de ser de principio a fin una ficción, esta novela pretende también rendir un sincero tributo a los mineros y bodegueros, pequeños y grandes, de ayer y de hoy.